Rosa Cerrato

Der Fluch vom Valle della Luna

atb aufbau taschenbuch

Rosa Cerrato, geboren in Vercelli, hat als Literaturwissenschaftlerin, Deutschlehrerin und Werbegraphikerin gearbeitet, bevor sie zur erfolgreichen Krimiautorin wurde. Heute lebt sie mit ihrem Mann, drei Katzen und einem Hund in Genua und im Val Fontanabuona.

»Der Fluch vom Valle della Luna« ist nach »Das böse Blut der Donna Luna« und »Schnee an der Riviera« der dritte Fall der sympathischen und eigenwilligen Genueser Kommissarin Nelly Rosso.

Ein Schicksalsschlag nach dem anderen rafft die Männer der Familie Pisu hinweg. Doch keiner der scheinbaren Unfälle wird zur Anzeige gebracht, denn die Pisus sind sardischer Abstammung, und dort wäscht man seine schmutzige Wäsche zu Hause, nicht auf der Piazza, und schon gar nicht vor der Polizei. Als Kommissarin Nelly Rosso schließlich doch die Ermittlungen aufnimmt, blättert bald die glänzende Fassade der steinreichen Upperclass-Familie, und zum Vorschein kommen Missgunst und Zwietracht. Jedes der Kinder des alten Giacomo Pisu, der in den sechziger Jahren fluchtartig sein Dorf auf Sardinien verließ, um nie wieder dorthin zurückzukehren, hätte ein Motiv, seinen Geschwistern an den Kragen zu wollen. Doch Beweise gibt es keine. Schließlich folgt Nelly mal wieder ihrem Instinkt und besteigt die nächste Fähre nach Sardinien. Im archaischen Valle della Luna stößt sie auf ein ungesühntes Verbrechen und den Fluch einer alten Schäferin.

Rosa Cerrato

Der Fluch vom Valle della Luna

Nelly Rosso ermittelt

Kriminalroman

Aus dem Italienischen von Verena von Koskull

aufbau taschenbuch

Die Originalausgabe unter dem Titel
»Le uova del cuculo«
erschien 2008 bei Fratelli Frilli Editori

FSC
Mixed Sources
Product group from well-managed forests and other controlled sources
Cert no. SA-COC-001819
www.fsc.org
© 1996 Forest Stewardship Council

ISBN 978-3-7466-2709-0

Aufbau Taschenbuch ist eine Marke
der Aufbau Verlag GmbH & Co. KG

1. Auflage 2011

Umschlaggestaltung Mediabureau Di Stefano, Berlin
unter Verwendung mehrerer Motive von iStockphoto
© Luna marina, © Ivonne Wierink-van Wetten, © Subjug
und © Rafael Laguillo
Druck und Binden CPI – Moravia Books, Pohořelice
Printed in Czech Republic

www.aufbau-verlag.de

Für Charly
für seine unermüdliche Hilfe
und die unverhoffte Reise nach Sardinien

Stammbaum der Familie Pisu

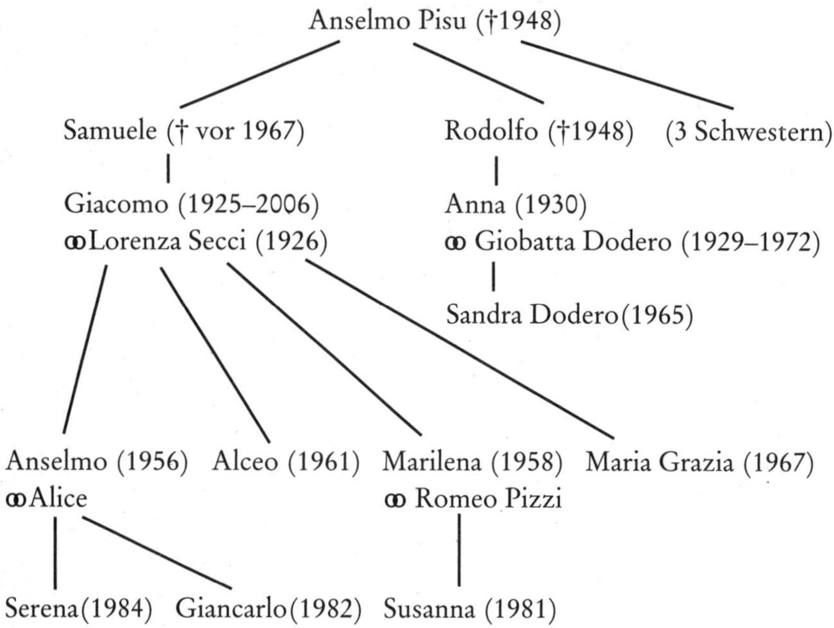

ERSTER TEIL

Nacht und Regen

Genua ist in Finsternis gehüllt. Ein heftiger Sommerwolkenbruch wütet mit der stürmischen See um die Wette, deren Grollen ganz nah zu hören ist. Die Gischt peitscht bis in den Corso Italia, wo der Alte gerade seinen Wagen abgestellt hat. Er bemerkt den Regen kaum, der auf ihn niederprasselt und ihn binnen Sekunden durchweicht. Er blickt sich um, die Straße ist menschenleer. Er steckt die Hände in die Taschen. Als er sich in Bewegung setzt, fällt das Licht einer Straßenlaterne auf sein verzerrtes Gesicht. Blanker Hass. Feixend umklammert er den Messergriff.

Dir werd ich's zeigen, dämlicher Schwachkopf. Wolltest mich in die Falle locken wie ein Opferlamm. Aber du sollst Giacomo Pisu kennenlernen – ach was, kennenlernen, Blut wirst du spucken und krepieren …

Gedankenversunken erreicht er den Zebrastreifen, der zur Chiesa di San Giuliano hinabführt. Dort unten vor der Kirche ist der Treffpunkt. *Keine Menschenseele, und dazu schüttet es wie aus Eimern. Perfekt für das, was ich erledigen muss.* Er hat die Mitte des Zebrastreifens erreicht, den Blick in die vom prasselnden Regen verschwommene Dunkelheit jenseits der Straße gerichtet. Als er das Motorengeräusch näher kommen hört und merkt, dass es beschleunigt, statt abzubremsen, ist es zu spät. Ein dumpfer Aufprall. Dann Finsternis.

»Ist alles gut gelaufen? Ist er …« »Tot? Ja, verreckt ist er. Ich hab dir doch gesagt, mach dir keine Gedanken. Es ist alles glattgegangen, du musst nicht weinen.« »Ich weine vor Freude. Ich fühl mich sofort besser, weißt du? Ein Gefühl ist das … Als hätte ich jahrelang kaum Luft gekriegt, gerade genug, um nicht zu sterben, und jetzt bekäme ich

reinen Sauerstoff.« »Das wird noch besser, glaub's mir. Das ist erst der Anfang. Ich hab beschlossen, reinen Tisch zu machen. Du kannst dir die Lungen so richtig vollpumpen, schwindelig wird dir werden vor Sauerstoff, und es wird immer schöner. Du hast es verdient, und sie haben's auch verdient.«

SECHS MONATE SPÄTER

Seit einer Weile hat der Mann ein komisches Gefühl. Als würde jede seiner Bewegungen von einem Blick verfolgt. Er spürt ihn im Nacken, im Rücken. Es macht ihn ganz kirre. Wie eine Schwäche, ein Zeichen, dass er alt wird. *Was ist los mit mir? Macht mich der Prozess so nervös, ehe er überhaupt begonnen hat? Dazu wird es mit Alice immer schlimmer, die ist völlig neben der Spur, da muss man was machen. Giancarlo … Wenn ich daran denke, wie stolz ich war, als er geboren wurde, und jetzt habe ich den Feind im eigenen Haus.* Er seufzt. Umklammert die Autoschlüssel, beugt sich kurz übers Geländer und sieht das Treppenhaus hinab. Noch so viele Stockwerke. Jeden Tag geht er die Treppe zu Fuß bis in die Garage hinunter, um fit zu bleiben.

Das Licht erlischt, flackert wieder auf. *Dieser dämliche Hausmeister schafft es noch nicht mal, die Glühbirnen zu wechseln. Wozu bezahlen wir den eigentlich! Was … Nein, nein, ahhhhh …* Der Sturz in den Treppenschacht, der Aufprall des Kopfes auf dem Fußboden. Wie eine reife Melone, die zerplatzt. Das Licht kehrt zurück, und auch die Stille.

»Du hast es wirklich getan? Aber bist du sicher, dass er …« »Ich hab's kontrolliert. Auch wenn er nicht tot ist, wird er's nicht überleben. Und sollte er doch überleben, hat er nichts gesehen. Keine Sorge, Anselmo ist auch weg. Mit ihm hab ich auch abgerechnet.« »Ich fasse es nicht. Und das war wirklich so einfach?« »Ja.«

I

»Ciao, Nelly. Alles klar?« Sandras Stimme am Telefon klang wie immer, und doch konnte Commissario Nelly Rosso eine leise Unruhe heraushören.

»So weit schon, meine Liebe. Und bei dir, alles okay?« Ein Schweigen, ein Sekundenbruchteil zu lang, und dann dieses untypische Zögern in Sandras Stimme, als sie wieder zu sprechen anhob …

»Ich muss dich sehen. Wann kommst du heute Abend aus dem Präsidium?«

Nelly warf einen Blick auf die Wanduhr mit dem vergilbten Zifferblatt. Fünf Uhr. Draußen war es bereits dunkel. Das Neonlicht ließ die grünlichen Wände ihres Büros noch frostiger erscheinen. Es war Ende Januar und der Frühling noch weit weg. Eine heftige Sehnsucht nach Sonne und Licht durchfuhr sie wie ein körperlicher und seelischer Schmerz. Am liebsten wäre sie aufgesprungen und abgehauen, weit weg und für lange, lange Zeit, vielleicht mit Sandra oder auch allein, wieso nicht.

»Wo bist du gerade?«

»Bei der Zeitung.«

»Wenn's dir passt, sehen wir uns in einer halben Stunde im *Caffè degli Specchi*«

»Super. Bis gleich.«

Nelly runzelte die Stirn. Sie hatte ihre Freundin Sandra, die Journalistin bei der lokalen Tageszeitung »Il Secolo XIX« war, seit ein paar Wochen nicht gesehen. Seit vor Weihnachten nicht, um genau zu sein. Und auch da hatten sie sich, wie so oft, nur flüchtig in einer Bar getroffen, sich frohe Weihnachten gewünscht, Geschenke ausgetauscht und waren weitergehetzt. Sie seufzte. *Man bräuchte mehrere Leben, eins ist einfach zu wenig. Eines zum Arbeiten, eines für die Familie, eines für die Freunde und eines für die Liebe …*

Sie betrachtete den Schreibtisch, der ausnahmsweise nicht komplett mit Akten zugestapelt war. Seit ein paar Tagen herrschte Flaute, was in ihrem Job ein Segen war. Schon der normale Bürokram war ätzend genug, wenn man bei der Mordkommission arbeitete. Nicht gerade der rosigste Blickwinkel auf das Leben. Entschlossen klappte sie die Akte zu, an der sie gerade saß. Ein Drogendealer, den man tot in seiner Wohnung in der Altstadt aufgefunden hatte. Der Mörder war ein Junge aus »gutem Hause«, noch minderjährig. Sie beschloss, Feierabend zu machen. Rasch fuhr sie sich mit dem Kamm durchs Haar, glosste sich die Lippen, nahm den schwarzen Parka vom Haken, schlüpfte hinein, schnappte ihre Tasche – einen geradezu riesenhaften Beutel – und spürte wieder dieses Verlangen in sich aufsteigen, ihrem Alltag zu entfliehen, das sie sonst so gar nicht kannte.

»Valeria, ich bin weg. Wenn's was gibt, ruf mich an.«

Die Polizeisekretärin sah von ihrem Computer auf und warf ihr ein herzliches Lächeln zu, das von der männlichen Fauna, die sie nicht näher kannte, stets als Schlafzimmerlächeln interpretiert wurde. Im Sommer hatte sie sich das hellbraune Haar raspelkurz geschnitten und ließ es jetzt wieder wachsen. Selbst zu dieser Jahres- und Tageszeit sah sie frisch und ausgeruht aus. Dass es um fünf bereits dunkel war, schien ihrer guten Laune keinen Abbruch zu tun. Valeria nickte und bemerkte die Spannung in Commissario Rossos breitem, von Sommersprossen überhauchtem Gesicht. Das lockige, kupferrote Haar fiel ihr wie immer wirr in die Stirn und auf die Schultern. In den letzten Monaten hatte Nelly abgenommen, seit dem Sommer, in dem der Fall Simba, eine beispiellose Mordserie, die Stadt erschüttert hatte. Im Herbst dann das Abenteuer mit der Interpol, das ebenfalls seine Spuren hinterlassen hatte. Ihre Figur hatte davon profitiert, die Kommissarin hatte mindestens acht Kilo verloren und sah blendend aus. Lediglich ein paar Falten mehr verrieten den Stress, von dem sie sich noch nicht vollends erholt hatte.

»Gehen Sie ruhig, Dottoressa, hier ist alles unter Kontrolle.«

Nelly trabte die Treppe hinunter, grüßte ein paar Kollegen und trat in die kalte Abendluft hinaus, die die Feuchtigkeit noch frostiger erscheinen ließ. Sie setzte die mit falschem Pelz gesäumte Kapuze auf und lächelte in Vorfreude auf ihr Treffen mit Sandra. Wozu wohl die Eile? Gab's was Besonderes? Hastig durchquerte sie den Tunnel, der ins Zentrum führte, und reduzierte das Atmen aufs Nötigste, um möglichst wenig Abgase in die Lunge zu kriegen. Sie bewegte sich geschmeidig und fühlte sich jünger und begehrenswerter. *Ja. Genau: Ein schöner Südseestrand, Sonne, ein neuer Bikini und …*

Sie kam bei den Wolkenkratzern heraus, die sich im Vergleich zu ihren Namensvettern in New York, Dubai oder Shanghai geradezu lächerlich ausnahmen, aber ihre Bezeichnung nun einmal weghatten, und ging in Richtung »Haus des Kolumbus«, bei dem es ebenfalls fragwürdig war, ob es diesen Titel verdiente, das als Touristenmagnet jedoch bestens funktionierte. Sie stieg zur Barbarossa-Mauer hinauf, ging rechts Richtung Piazza Matteotti und bog fast im Laufschritt – seit einiger Zeit war ihr hier ein normales Tempo nicht mehr möglich, jedes Mal hatte sie das Gefühl, jemand oder etwas verfolge sie – nach links in die Salita Pollaiuoli ein.

Das Caffè degli Specchi machte seinem Namen alle Ehre. Die Wände waren mit Spiegeln vertäfelt, die rokokohafte Einrichtung war elegant und schnörkelig zugleich, wie man es vielleicht in Venedig oder Rom erwartet hätte. In Genua hingegen wirkte es stets erfreulich deplatziert, und beim Betreten hatte Nelly jedes Mal das Gefühl, in außerterritoriales Gebiet einzudringen. Unligurisch. Unernst. Extravagant. Wie auch immer. Einbildung, Spinnerei. Sandra saß weder im vorderen Teil des Lokals, der fast vollständig vom Tresen eingenommen wurde, noch in dem kleinen Gastraum dahinter. Also stieg Nelly in die erste Etage hinauf und entdeckte sie ganz hinten an einem Fenster, das auf die Salita Pollaiuoli hinausging. Gedankenverloren saß sie da und schreckte auf, als Nelly den Stuhl zurückzog, um sich ihr gegenüber zu setzen.

»Ciao, Sa.«

»Ciao, Nelly.«

Während sie den Parka auszog, nahm sie ihre Freundin in Augenschein. Sandra war unverschämt braun für die Jahreszeit und trug, den Speckröllchen und den drallen Brüsten zum Trotz, ein schreiend rotes enges Kleid aus leichter Wolle. Das dunkle, halblange Haar verriet die häufigen Friseurbesuche. Die unvermeidlichen Goldketten um den Hals und an den Handgelenken machten das Gesamtbild komplett. Über der Stuhllehne hing, den Tierschützern Hohn lachend, eine Nerzjacke.

»Schön, dich zu sehen, meine Liebe. Wie gut, dass du mich angerufen hast, ich hab im Büro schon Schimmel angesetzt.«

»Echt? War der Superbulle nicht da, um dich aufzuheitern?«

Sandra lächelte verschmitzt. Mit dem Superbullen war der Polizeivize Tano Esposito gemeint, Nellys Vorgesetzter. Nelly kniff die nussbraunen Augen zusammen und verzog das Gesicht.

»Worauf willst du hinaus, hm?«

Sandra grinste vielsagend. »Komm schon, ihr wart doch zusammen im Bett. Sag mir, dass ihr's endlich getan habt. Der ist so schnuckelig!«

»Was redest du denn da, Sa? Du weißt ganz genau, dass ich mit Carlo zusammen bin. Daran gibt's nichts zu rütteln. Und außerdem gefällt Carlo dir doch auch, du sagst selbst immer, er sei perfekt für mich, was soll das also?« *Totale Überreaktion. Tja, wenn einen das Gewissen kneift …* Nelly lächelte, um den Ärger in ihrer Stimme zu mildern. Sandra hob beschwichtigend die Hände.

»Hey, der Kapitän ist für mich natürlich nicht zu toppen. Er ist ein wunderbarer, verlässlicher Mann, genau der richtige für dich, das stimmt. Aber er ist nie da. Der Superbulle hingegen ist immer verfügbar. Eigentlich ideal.«

Fast zu ideal. Wenn du wüsstest! Es fällt mir wirklich schwer, dir was vorzumachen, mein Schatz, aber ich kann mit niemandem darüber reden, nicht mal mit dir.

»Du weißt doch, dass ich treu bin.« Wieder Lächeln und Augenzwinkern.

Sandra zuckte mit den Achseln.

»Na, dann bist du vielleicht gar nicht meine Freundin Nelly, die mit mir in der Lasterbude gewohnt und nichts ausgelassen hat. Vielleicht kommst du aus einem Paralleluniversum und siehst nur so aus wie die echte Nelly. Oder du sagst mir nicht die Wahrheit.«

Der Kellner, der an den Tisch kam, um die Bestellung aufzunehmen, half Nelly aus der Klemme. Sie entschied sich für einen Punt e Mes, Sandra für einen Negroni. Draußen war es inzwischen ganz dunkel geworden, die Passanten hasteten vorbei, auf dem Weg zu einem warmen, geschützten Ort, weg aus den engen, ungemütlich kalten und feuchten Straßen. Das Lokal füllte sich mit den Bewohnern der benachbarten Gassen, mit Studenten und Angestellten, die gerade aus dem Büro kamen. Die üblichen Gesichter des Viertels, frustrierte Alt-Achtundsechziger, Studenten zwischen zwanzig und dreißig und angehende Künstler zwischen fünfunddreißig und fünfzig. Die jungen Leute – und nicht nur die – bestellten Aperitifs, die mit reichlich Häppchen daherkamen, sodass man für wenig Geld praktisch zu Abend aß. Genau das war auch Sandras und Nellys Vorhaben. Die Kommissarin blickte sich um und versuchte dabei erfolglos, ihre widerspenstigen Locken zu bändigen, während sie hoffte, dass ihre Freundin nicht weiter nach Carlo und Tano fragen würde. Doch ihre Sorge war völlig unbegründet. Es war offensichtlich, dass die etwas ganz anderes im Kopf hatte. Auch sie beobachtete schweigend die übrigen Gäste und wirkte irgendwie besorgt. Der Kellner kehrte zurück und stellte zwei Gläser und einen bunt bepackten Teller vor ihnen ab. Die beiden

Freundinnen stießen an und machten sich über Focaccia, Kartoffelbällchen, Minipizzas, Omeletteecken, Oliven und Knabberzeug her. Eine gespannte Erwartung lag in der Luft, doch Sandra brauchte noch einen Moment.

»Mau? Alles okay in Mailand?«

Nelly verschluckte sich fast an einem allzu großen Happen und hustete, dass ihr die Tränen in die Augen traten. Peinlich berührt blickte sie sich um, doch niemand schien die kleine Bestrafung ihrer Gier mitbekommen zu haben, sie waren alle zu sehr mit sich selbst oder mit ihren Tischgenossen beschäftigt: angespannte, verschlossene Gesichter, deren Ausdruck Nelly nur zu gut kannte. War das nicht das gleiche Gesicht, das ihr morgens aus dem Spiegel entgegenblickte? Verrannt in einen immer verbisseneren Kampf mit sich selbst und dem Leben, in einer Stadt, die zu einem Schützengraben geworden war.

»Dem Jungen geht's ganz gut. Die Designschule macht ihm Spaß, er will sich auf Fotografie spezialisieren. Vielleicht. Ich glaube, er ist froh, nicht in Genua zu sein. Mit Monica scheint es wirklich aus zu sein. Na ja, mal abwarten, bei den beiden weiß man's nie so genau. Er hat ein Zimmer in einer WG mit zwei anderen Studenten gefunden, beim Teufel auf der Rinne, aber für Mailänder Verhältnisse erschwinglich. Zu Weihnachten ist er nicht nach Hause gekommen. Das war hart für mich, aber was soll's? Ich kann es verstehen.«

»Und Monica?«

Monica, dieses kleine Hexchen. So traurig und verzweifelt, nachdem sie das Kind verloren hatte. So anders.

»Sie ist in London. Geht da auf irgendeine Super-Akademie. Von der sieht und hört man auch nichts mehr.«

»Wie schade.«

Sandra seufzte. Sie sahen einander in die Augen, in denen sich zahllose gescheiterte Geschichten spiegelten. Eigene und fremde. Liebe und Schmerz und Hoffnung und Ende, Enttäuschung und

Einsamkeit. Nelly schluckte. *Deshalb habe ich dich nicht getroffen, Sa. Ich bin so schon frustriert genug. Bring mich doch zum Lachen.*

»Es braucht schon einiges, um das eigene Gleichgewicht zu finden. Und dann verliert man es womöglich doch wieder. Du wirst es nicht glauben, aber mit Giorgio scheint's zu funktionieren.«

»Wie schön für dich! Ist ein interessanter Typ. Wollt ihr zusammenziehen?« *Heuchlerin.*

»Nicht im Traum! Wir sind beide gegen das Zusammenleben. Wir wollen, wie soll man es sagen ... den Zauber nicht brechen.«

Giorgio, dieser Armleuchter. Was findest du bloß an dem? Natürlich willst du mit dem nicht zusammenziehen ... Im Geiste sah Nelly Sandras derzeitigen Freund Giorgio Del Vecchio mit am Tisch sitzen. Fünf Jahre jünger als sie, mittelgroß, kahl an den Schläfen, Intellektuellenbrille. Leichtes Übergewicht. Einigermaßen erfolgreicher Schriftsteller und Journalist. Ätzend, aggressiv und nervtötend. Nellys Typ war er nicht, aber wenn Sandra mit ihm glücklich war, bitte.

»Sandra, ich bin echt froh, ein bisschen Zeit mit dir zu verbringen, aber ich hab den Eindruck, es gibt einen Grund für dieses Tête-à-Tête, oder irre ich mich?«

Sie hatte sich ein wenig vorgebeugt und lächelnd den Kopf zur Seite gelegt. Wie ertappt riss Sandra kurz die Augen auf und brach in ein leicht gewolltes Lachen aus.

»Mit euch Bullen kann man wohl nicht mal ein kleines Schwätzchen halten, was? Immer müsst ihr ermitteln und herumstochern. Du hast recht. Es gibt einen Grund für unser heutiges Treffen. Eine Art Familienangelegenheit, wenn auch einigermaßen entfernt.«

Sie machte es sich auf ihrem Stuhl bequem, um zu erzählen. Nelly ließ sich ebenfalls gegen die Lehne sinken.

»Meine Mutter stammt aus Sardinien, wie du weißt. Ihr Mädchenname ist Pisu, ihre Familie kommt aus einem Dorf im Landesinneren, in der Nähe von Tempio Pausania. Luras. Deshalb hat sie hier in Genua auch nicht viele Verwandte, nur einen ein wenig älteren Cousin, der mit einer Frau aus dem Dorf verheiratet ist. Sie waren immer in Kontakt, zumindest bis zu seinem Tod vor sechs Monaten. Dieser Cousin, Giacomo, hatte vier Kinder. Zwei Jungen und zwei Mädchen.«

O Himmel, muss das sein. Nelly bemühte sich, ein interessiertes Gesicht zu machen, aber sie war zu Tode gelangweilt. Familiengeschichten konnte sie einfach nicht ausstehen. Sie merkte, dass sie gähnen musste, und unterdrückte den Reflex mit einer seltsamen Fratze, was der Freundin nicht entging.

»Gedulde dich und bleib wach. Ich muss dir den Hintergrund erklären, dann komme ich zum Punkt. Sagt dir der Name Alceo Pisu was?«

»*Der* Alceo Pisu? Der Regisseur?«

»Genau. Er ist das dritte der Kinder. Der Erstgeborene ist Anselmo, der ist ...«

»Anwalt. Und ein erfolgreicher dazu. Ich kenne ihn vom Sehen, auch wenn ich nie direkt etwas mit ihm zu tun hatte. Ich habe gehört, er sei vor ein paar Tagen den Treppenschacht seines Hauses hinabgestürzt. Ich hatte keine Ahnung, dass er mit dir verwandt ist.«

»Die Zweite ist Marilena. Vielleicht kennst du sie unter dem Namen Pizzi.«

»Die Schönheitschirurgin? Ziemlich bekannt. Gehört ihr nicht diese VIP-Privatklinik in Novi Ligure?«

»Genau die. Die Vierte kennst du bestimmt nicht. Sie heißt Maria Grazia und hat nie was auf die Reihe bekommen. Sie ist in ihrem Elternhaus geblieben und kümmert sich um die Mutter Lorenza, die seit ein paar Jahren bettlägerig ist. Schlaganfall, glaub ich.«

Wieder senkte sich die bleierne Langeweile wie ein dichter grauer Nebel auf Nelly herab. *Hoffen wir mal, dass das irgendwo hinführt und nicht ewig so weitergeht.*

»Aber eigentlich wollte ich mit dir über Anselmo den Anwalt

reden. Nach dem Sturz liegt er im Koma. Es ist ein Wunder, dass er noch am Leben ist, leider sind die Chancen, dass er wieder aufwacht, den Ärzten zufolge gleich null.«

»Wir sind noch dabei, den Fall zu prüfen. Wenn ich nicht irre, hatte der Hausmeister die Eingebung, sofort die Kripo zu rufen, dadurch haben die einen intakten Schauplatz vorgefunden und können rekonstruieren, was passiert ist. Ob es sich um einen Unfall oder womöglich um Mord handelt. Mein Kollege Rivelli, Paolo Rivelli, kümmert sich drum.«

»Ja, ich weiß. Marilena hat's mir gesagt, sie hat mich gestern angerufen. Wir haben uns seit den Familientreffen in unserer Jugend nicht mehr gesehen, auch wenn wir regelmäßig zu Ostern und Weihnachten telefonieren. Sie klang ziemlich nervös. Sie weiß, dass ich Journalistin bin und die ganze Stadt kenne. Und auch, dass Mord und Totschlag in mein Ressort fallen. Sie wollte meine Meinung hören, wissen, ob ich jemanden bei der Polizei kenne.«

Komm schon, Sa, spuck's aus, bevor ich einschlafe.

»Vor etwa einem Monat haben sie Drohbriefe bekommen. Das sind die Fotokopien.«

Sandra zog eine Papierrolle aus ihrer braunen Krokotasche, blickte sich verstohlen um und rollte sie auf dem Tisch aus. An den umliegenden Tischen wurde geplaudert, gelacht, gestritten, und alle waren mit sich beschäftigt. Niemand scherte sich um die beiden verschwörerisch dreinblickenden Fortysomethings. Nelly besah sich die Briefe: klassische Drohbriefe, zusammengeklebt aus verschiedenen Zeitungsbuchstaben. Immer die gleichen Worte: »Schweine. Das werdet ihr büßen.«

»Nicht gerade originell.«

»Stimmt. Der oder die hat wohl keine besonders sprühende Phantasie. Als meine Verwandten sie vor einem Monat bekommen haben, hielten sie es für einen schlechten Scherz. Die Briefe sind an Lorenza geschickt worden, die Cousine meiner Mutter. Und an die Adressen sämtlicher Kinder.«

»Aber warte mal, dein Cousin ist doch Anwalt, oder? Was hat der dazu gesagt?«

Sandra kniff die Lippen zusammen, und ihre großen dunklen Augen blickten Nelly besorgt an.

»Er hat darüber gelacht. Ist ja auch keine besonders dolle Drohung. Nichtssagend. Wenn eine Patrone oder so was im Umschlag gelegen hätte, irgendwas Konkretes, dann …«

Langsam erwachte Nelly aus ihrem Halbschlaf. Ein leises Kribbeln machte sich in ihren Fingern und Zehen bemerkbar, doch es war schwer zu sagen, ob es an der verspannten Haltung lag, in der sie die letzten Minuten verharrt hatte, oder ob es doch dieses merkwürdige Gefühl war, das sie immer überfiel, wenn ihr etwas ohne triftigen Grund verdächtig vorkam.

»Was hältst du davon, Nelly? Glaubst du, zwischen dem Unfall und diesen beknackten Briefen könnte es einen Zusammenhang geben?«

Bin ich etwa eine Wahrsagerin oder was? Sie trommelte mit den Fingerspitzen auf die Blätter, die stumpf die immer gleiche vage Drohung wiederholten.

»Schwer zu sagen. Alle Familienmitglieder haben sie bekommen? Wirklich alle?«

»Ja, Anselmo, Marilena, Lorenza – die Mutter, die mit Maria Grazia zusammenlebt –, und auch Alceo. Nach dem Unfall vor drei Tagen sind Marilena die Briefe wieder eingefallen und da hat sie gedacht, dass man sie vielleicht ernster hätte nehmen müssen, dass womöglich mehr hinter dem Unglück steckt, welches Anselmo widerfahren ist.«

»Hmmmm …« Nelly kratzte sich nachdenklich am Kinn. »Aber Moment mal, kümmert sich nicht schon mein Kollege Rivelli darum? Deine Verwandten, haben die ihm die Briefe nicht gezeigt und ihre Zweifel geschildert? Wenn was dahintersteckt, kommt es auch raus. Bei den ausgeklügelten Ermittlungsmethoden heutzutage ist es so gut wie unmöglich, nicht erwischt zu werden.«

»Klar haben sie ihm die Briefe gezeigt. Aber anscheinend hat er nicht viel darauf gegeben, also hat Marilena beschlossen, sich an mich zu wenden, und ich wende mich an dich.«

Nelly verzog den Mund. Die Sache schmeckte ihr gar nicht.

»Ich mische mich nur ungern in die Ermittlungen der Kollegen ein, Sa. Rivelli ist auf Zack und obendrein ein anständiger Kerl, und ehrlich gesagt verstehe ich, dass diese Briefe ihn nicht sonderlich beeindruckt haben. Aber ich kann mal mit ihm reden, unter dem Vorwand, dass besagter Anwalt ein Verwandter einer sehr guten Freundin von mir ist. Es könnte genau das sein, wonach es aussieht: ein Unfall. Und mit diesen Briefen macht sich jemand Luft, der sauer auf deine Familie ist oder nicht mehr ganz sauber tickt, aber harmlos ist. Oft sind das Leute, die einem nur einen Schrecken einjagen wollen und sich freuen, wenn's gelingt, aber mehr als schwammige Drohungen kriegen die nicht zustande. Manche hingegen machen ernst und fangen an, einen zu verfolgen, lauern einem auf, rufen an, richtiges Stalking eben, und dann kommt's zum Knall. Nach dem Unfall hat man von ihm oder ihr nichts mehr gehört?«

»Nicht dass ich wüsste. Marilena hätte es mir gesagt.«

»Haben deine Verwandten irgendeinen Verdacht? Gefeuerte Angestellte, abgewiesene Verliebte, wütende Konkurrenten?«

Sandra zuckte mit den Schultern.

»Was soll ich sagen, Nellyschatz, keine Ahnung. Marilena bestreitet es, sie sagt, sie kann sich beim besten Willen nicht vorstellen, dass irgendjemand was gegen sie hat, aber vielleicht hat sie zu viel Schiss, um die Katze aus dem Sack zu lassen. Nach allem, was man hört, ist Alceo ein unerträglicher Typ, so erfolgreich er als Regisseur auch sein mag. Er legt sich mit jedem an und ist regelrecht verschrien für seinen miesen Charakter, aber was hat Anselmo damit zu tun? Und die anderen? Es tut mir leid, dass ich dich mit dieser Sache nerve, vielleicht führt das auch zu nichts, aber ich hab Marilena versprochen, mich darum zu kümmern, und ich kenne auch Alice ganz gut, Anselmos Frau. Wir waren zusammen auf dem Gymnasium. Sie haben zwei Kinder, Serena und Giancarlo. Vielleicht kriegst du ja was raus, mit deiner Spürnase.«

Lächelnd drückte sie ihren Arm und griff nach dem Kassenzettel, den der Kellner auf den Tisch gelegt hatte. Nelly grinste.

»Ja, so ist's brav, wenigstens den Aperitif kannst du mir spendieren, wenn du mir schon diesen Mist überhilfst.«

Zu der klammen Kälte draußen hatte sich ein eisiger Nieselregen gesellt. Die Läden der Altstadt hatten bereits geschlossen oder zogen gerade die Rollläden herunter. Nur ein paar flüchtige Schatten eilten achtlos aneinander vorbei. Nelly verabschiedete sich von Sandra, zog sich die Kapuze über den Kopf und hastete nach Hause. Zum Glück war es nicht weit. Ihr fiel ein, dass sie so gut wie nichts im Kühlschrank hatte. Ungeachtet des genervten Blicks der Verkäuferin schlüpfte sie unter dem schon halb herabgelassenen Rollgitter einer Pizzabäckerei hindurch. Ein entschuldigendes Lächeln, und schon verließ sie mit je einem großen Stück Artischocken- und Salamipizza triumphierend den Laden. Entweder hatte der Aperitif nicht gereicht oder Sandras Schilderungen und Vermutungen hatten sie hungrig gemacht. Beim Gedanken an das Bier im Kühlschrank und die Pizza in der Tüte lief ihr das Wasser im Mund zusammen. Zwei Riesenstücke für eine Person waren natürlich viel zu viel. *Ich bin noch nicht daran gewöhnt, allein zu leben. Immer vertue ich mich in der Menge, als würde Mau mit Bärenhunger zu Hause auf mich warten. Na, umso besser. Wenn ich nicht alles schaffe, hab ich noch was für morgen.*

Ein heftiger Widerwille überfiel sie beim Gedanken an die leere Wohnung. Wenigstens gab es noch die Katzen. *Was ist aus mir geworden. Vielleicht sollte ich ins Kino gehen oder ich rufe …* Sie war an der Haustür angekommen – die dank einer kaputten Laterne im Dunkeln lag – und so vertieft in ihre Grübeleien, dass sie den Mann davor nicht bemerkte und direkt in ihn hineinrannte. Zwei starke Arme umfassten sie, und in Windeseile ging ihr Hirn alle Möglichkeiten zu ihrer Verteidigung durch, vom Tritt in die Eier bis zum Finger im Auge, doch im nächsten Sekundenbruchteil erkannte sie Carlos herbes Aftershave. Die Freude schnürte ihr die Kehle zu. Sie war so dankbar, dass sie am liebsten getanzt und geschrien hätte. Stattdessen murmelte sie nur halb erstickt: »Scheiße, du bist's. Was machst du denn hier?« und lauschte verzückt seinem tiefen Lachen.

»Wieso bist du nicht nach oben gegangen? Es regnet.«

Wieder lachte er, zufrieden über die gelungene Überraschung.

»Dich zu überraschen ist eine Sache, aber dich 'nen Herzkasper kriegen zu lassen, weil ich unangemeldet in deiner Wohnung stehe, erschien mir zu riskant. Was, wenn Commissario Rosso mich ohne Vorwarnung erschießt? Eine einfache Vorsichtsmaßnahme. Wie auch immer, ich bin erst seit ein paar Minuten hier, wenn der Regen noch schlimmer geworden wäre, hätte ich es gewagt und wäre raufgegangen.«

»Wie schön, dass du da bist ...« Na bitte, endlich hatte ihre Stimme fast normal geklungen. »Hast du schon gegessen?«

»Nein. Was gibt's denn Gutes? O nein, ich wette, es ist Pizza«, sagte Carlo und blickte kritisch auf das Päckchen, das zwischen ihm und Nelly steckte und von einem trüben Single-Abend zeugte.

»Komm, ich lad dich zum Essen ins *Galeone* ein.« Er griff entschlossen nach ihrer Hand und traf auf einen noch entschlosseneren Widerstand. »Nichts da, ich will mit dir allein sein, nur wir zwei. Pfeif aufs Essen.«

Eng umschlungen stolperten sie die schmale Treppe hinauf und stießen kichernd und flüsternd überall an. *Wie schön, wie schön, wie schön, zum Glück bist du gekommen, ein Wunder, mein Flehen wurde erhört – dies ist ein ganz besonderer Abend, diese Leere in mir hat mich schier aufgefressen, wärst du eine Stunde später gekommen, wäre ich vielleicht nicht allein gewesen. Ich will gar nicht daran denken!*

II

Beim Klingeln des Weckers öffnete Nelly die Augen. Fahles Licht erfüllte das Schlafzimmer, und einen Moment lang starrte sie verdutzt auf den kräftigen Arm, der über ihrem Bauch lag, ehe sich ihr Gesicht zu einem dankbaren Lächeln verzog. Carlo lag bäuchlings da, alle viere von sich gestreckt, schnarchte leise vor sich hin und nahm drei Viertel des Bettes ein. Behutsam schob sie seinen Arm weg und stand auf. Ihr war nicht kalt, obwohl sie nichts anhatte. Der Tag draußen war ebenso grau und regnerisch wie der davor, doch für sie war es, als strahlte die Sonne. Der Spiegel zeigte ihr das Bild einer Frau mit glatter, rosiger Haut, glänzenden Augen und vom Küssen geschwollenen Lippen. Es war, als wäre das Treffen mit Sandra am Abend zuvor von einem Sturm, einem heilsamen Unwetter weggefegt worden.

»Black magic woman« vor sich hin summend drehte sie die Dusche auf und fuhr zusammen, als das eiskalte Wasser auf sie niederrauschte und ihr den Atem nahm. *Zum Teufel mit den Bruchbuden in der Altstadt. So schön sie sind, sie sind verdammt unkomfortabel.* Der Vorhang wurde zur Seite geschoben, und Carlos muskulöse Figur zwängte sich in die Kabine und drückte sie gegen die Wand. Im selben Augenblick wechselte der Wasserstrahl von eisig zu kochend heiß. Schreie, Lärm, und der Unhold vergriff sich ein weiteres Mal an der armen, gegen die kalten Kacheln gedrückten Frau, die sich lachend befreite, um sich vor dem heißen Wasser und seiner Übermacht zu retten.

Ein halbes Stündchen später ging Nelly in die Küche, blieb auf der Schwelle stehen und sah enttäuscht aus dem Fenster. Die Terrasse war tropfnass vom Regen, an ein Frühstück im Freien war nicht zu denken. Die drei Tigerkatzen Silvestro, Minni und Pippo hockten ebenfalls vor der Scheibe und drückten sich daran die Nasen platt. Doch als Nelly sich anschickte, die Tür zu öffnen, wichen sie empört zurück, drehten ihr das Hinterteil zu und verschwanden im Inneren der Wohnung. Nasse Pfoten? Um Gottes willen. Carlo stand im Bademantel daneben und grinste.

»Ich mache Frühstück, du musst eher los als ich. Mein Flugzeug geht erst heute Nachmittag um zwei.«

Ein Schlag in die Magengrube. Unter die Gürtellinie.

»Verführt und verlassen also?«

»Es tut mir leid, Liebste. Vielleicht hätte ich besser gar nicht kommen sollen. Ich hab die paar Stunden zwischen zwei Fahrten gequetscht, weil du mich gerufen hast.«

»Ich habe was?« Mit noch feuchten Haaren, das Handtuch um die Brust gewickelt, starrte Nelly ihn an. Carlos kräftige Gestalt nahm fast den ganzen Türrahmen ein. Verlegen zuckte er mit den Achseln.

»Klingt bescheuert, was? Ich hatte eine seltsame Eingebung. Als wärst du ganz nah und würdest mich bitten, sofort zu dir zu kommen. Also bin ich in Hamburg in den nächsten Flieger, in Frankfurt umgestiegen, und war bei dir. War das blöd von mir? Heute Nacht kam es mir gar nicht so vor.«

Nelly flatterte mit den Lidern, als wollte sie einen lästigen Gedanken verscheuchen.

»Nein, das war nicht blöd von dir.« Sie schluckte trocken. »Ich bin froh, dass du gekommen bist. Es tut mir nur weh, dass du so bald wieder wegmusst. Ich brauche dich so sehr«, fügte sie leise hinzu. Carlo war schon zum Kühlschrank gegangen und hatte es nicht mehr gehört. Nelly ging sich anziehen und bemerkte, dass ihre Hände zitterten. *Albern. Aber es ist so schön, ihn in der Küche das Frühstück machen zu hören …* Früher hatte Mau Frühstück gemacht. Dieser lästige Stich in der linken Brust. Dabei weiß man doch, dass Kinder groß werden und ihre Wege gehen, dass ihr Leben ihnen gehört und so weiter und so fort, aber die Angst, die ihr manchmal die Kehle abschnürte, seit er nach Mailand gezogen war, sagte über die Kluft zwischen Vernunft und Gefühl mehr als genug. Seufzend beschloss sie, wenigstens die letzten Momente mit Carlo zu genießen.

»Ich ruf im Präsidium an und sage, dass ich heute später komme, dann brauchen wir uns nicht zu hetzen, okay?«

Sie setzte sich an den Küchentisch, goss sich eine große Tasse duftenden Espresso ein, tat Milch und zwei Löffel Zucker hinein, verspürte jedoch keinen Hunger und sah mit schief gelegtem Kopf Carlo zu, der sich zwei Toasts aus dem Toaster angelte und sie dick mit Butter und Honig bestrich. Der Honig kleckerte wie immer zäh über den Glasrand, und er fuhr mit dem Finger daran entlang und leckte ihn ab. Ihre Blicke trafen sich.

»Elender Vielfraß.«

»So ist es, ich bin gefräßig und maßlos. Stört dich das?«

»Kommt drauf an.«

All das hatte sich am Morgen zugetragen und gehörte bereits der Vergangenheit an. Carlo war wieder weit weg, wie ein nächtlicher Traum, der sich im Morgengrauen verflüchtigt hat. Als Nelly gedankenversunken das Präsidium betrat, spürte sie Tanos Blick auf sich, noch ehe sie seine Stimme hörte.

»Ciao, Nelly«, rief der Polizeivize. »Du siehst blendend aus. Was ist passiert?«

Er musterte sie mit der instinktiven argwöhnischen Anteilnahme, die einen befällt, wenn man Liebe wittert und eifersüchtig ist. Tano war größer als sie, ungefähr so groß wie Carlo, jedoch weniger kräftig, eher schlank und durchtrainiert. Er hatte lachende blaue Augen – zumindest, wenn er guter Laune war, wenn nicht, wurden sie grau und stumpf. Oder hell und eisig. Nelly spürte, wie die Röte ihr den Hals hinauf in die Wangen stieg. Im Hintergrund lief Commissario Lojacono vorbei, ihr persönlicher Feind, und bleckte die Zähne zu einem Lächeln. Vor einiger Zeit hatte er

Gerüchte über sie und Tano in Umlauf gesetzt. Gerüchte, die damals nicht der Wahrheit entsprochen hatten.

»Ciao, Tano. Nichts ist passiert. Es muss wohl an diesem phantastischen Wetter liegen, das mich mit Feuchtigkeit versorgt und frisch hält wie eine Rose«, sagte sie und deutete auf den einförmig grauen Himmel vor dem Fenster. Er lachte. »Komm doch bitte in mein Büro, sobald du kannst.« Sie nickte und senkte den Blick, um das Leuchten der Liebesnacht mit Carlo darin vor ihm zu verbergen. *Wieso eigentlich? Er ist mein Mann. Und Tano weiß das ganz genau. Wenn's ihm nicht passt, sein Pech.* Sie beschloss, sich als Erstes um Sandras Angelegenheit zu kümmern.

Als Nelly sein Büro betrat, sah Paolo Rivelli von der Akte auf, die vor ihm lag, und lächelte sie an. Er war ein beleibter, gut gelaunter Mittfünfziger mit wachen Augen. Das einst schwarze, gewellte Haar war schütter geworden, und auf seinem blanken Schädel spiegelte sich die Neonleuchte. Er ließ sich gegen die Rückenlehne fallen und sah sie fragend an.

»Ciao, Paolo. Störe ich?«

»Du doch nie, Nelly. Was verschafft mir die Ehre?«

»Ich hab gehört, du kümmerst dich um die Sache mit Rechtsanwalt Anselmo Pisu, du weißt schon, der, der …«

»Das Treppenhaus runtergepurzelt ist. Genau. Wieso interessiert dich das, wenn ich fragen darf?«

»Er ist der Cousin meiner besten Freundin, der Journalistin Sandra Dodero. Ich wollte fragen, was du davon hältst und an welchem Punkt ihr seid. Einfach nur so.«

Paolo Rivelli musterte sie spöttisch. Einfach nur so?

»Nun ja, bis jetzt gibt es noch nichts Neues. Der Herr ist wie jeden Morgen auf dem Weg ins Büro die Treppe hinuntergegangen. Zu Fuß, um sich die Beine zu vertreten. Im dritten Stock ist er dann über die Brüstung gestürzt und das Treppenhaus runtergeflogen. Verschiedene Frakturen, Schädelbruch, er liegt im Koma. Keine Zeugen. Der Hausmeister war gerade nicht da, weil er Arzneimittel für eine alte Mieterin gekauft hat. Wenn du die Zeugenaussagen sehen willst, hier.« Er hielt ihr eine Akte hin. »Auf der Treppe war niemand, keiner hat was gesehen oder gehört. Er wurde rund eine Stunde nach dem Vorfall gefunden. Was den Hergang angeht, da gibt es zwei Hypothesen. Die eine: Er ist beim Runterlaufen gestolpert, hat das Gleichgewicht verloren und ist über das Geländer gestürzt. Scheißpech, aber kann passieren. Die andere: Jemand hat ihn gestoßen. Es gibt allerdings keinerlei Kampfspuren, nichts, was auf das Zutun einer zweiten Person schließen lässt. Celsi meint, wenn jemand ihn geschubst hat, muss der sehr geschickt gewesen sein und richtig viel Schwein gehabt haben. Lies ruhig, lies den Bericht.«

Nelly überflog den Bericht der Spurensicherung. Rivelli musterte sie schweigend.

»Weiß man, ob der Typ Feinde hatte? Hat er Drohungen bekommen?«

Rivelli lachte.

»Der war Anwalt, ein ziemlich bekannter obendrein, und er war schon lange im Geschäft. Sein Gebiet waren Finanzdelikte, Korruptionsfälle. Er hat wichtige Mandanten gehabt, einflussreiche Leute rausgehauen. Mach dich schlau, wenn du willst, in der Akte findest du alles, was wir bisher herausbekommen haben. In seiner Kanzlei arbeitet rund ein Dutzend Anwälte, wir befragen jeden einzelnen. Und zum Stichwort Drohungen: Das Einzige, was bisher ans Licht gekommen ist, sind ein paar nichtssagende Drohbriefe. Darin stand, Moment …« Er zog eine Fotokopie der Briefe hervor, die Sandra ihr am Vorabend im Caffè degli Specchi gezeigt hatte.

»Hier, schau: ›Schweine. Das werdet ihr büßen.‹ Aber die haben alle Familienmitglieder bekommen, nicht nur er. Ist schon eine Weile her. Pisus Schwester, Marilena Pizzi, meint, da stecke was hinter, aber ich glaube nicht, dass es eine Verbindung zu dem Sturz des Anwalts gibt. Wenn du mich fragst, handelt es sich um einen

Unglücksfall: Man passt nicht auf, tritt ins Leere, und schon ist es vorbei. Wir hängen alle am seidenen Faden, meine Liebe. Nichtsdestoweniger machen wir mit den Ermittlungen weiter, und ich halte dich auf dem Laufenden, wenn du willst.«

Die Zeit rast. Es ist bereits später Nachmittag. Als sie ein wenig Luft hat, überfliegt Nelly die Akte zu Anselmo Pisu und ruft sich noch einmal ins Gedächtnis, was Rivelli gesagt hat. *Paolo hat von ihm gesprochen, als wäre er schon tot. Na ja, tiefes Koma …* Tano schlüpft lautlos herein, setzt sich vor ihren Schreibtisch. Sie blickt auf. Er sieht sie an, und das Schweigen zwischen ihnen wächst wie eine Pfütze, die sich in einen See verwandelt. Ein stumpfes, kleines Lächeln erscheint auf ihrem Gesicht, als sie sich erinnert, dass er sie gebeten hatte, so bald wie möglich in sein Büro zu kommen. Er räuspert sich.

»Ich … Gestern Abend war ich drauf und dran, zu dir zu kommen. Ich weiß nicht, was mich davon abgehalten hat.« Er ist aufgestanden und geht auf sie zu, doch sie weicht instinktiv zurück. Er begreift, dass er sie nicht berühren soll, und hält gerade noch inne.

»Das kann ich dir genau sagen. Ich habe es dir verboten, das hat dich abgehalten. Wenn wir nichts voneinander hören, lässt du dich nicht blicken, ich dachte, darüber wären wir uns einig. Was würdest du denn sagen, wenn ich plötzlich ohne Vorwarnung bei dir auftauchen würde und du gerade mit deiner aktuellen Affäre im Bett wärst? Wie heißt die aus Bologna noch? Anita?«

Wut und Angst lassen ihre Stimme zittern. Er presst die Lippen zusammen, und das Blau weicht aus seinen Augen. Nelly wendet sich ab, damit sie die Veränderung in seinem Gesicht nicht mit ansehen und sich eingestehen muss, dass sie der Grund dafür ist.

»Dann stimmt es also, du warst gestern Abend mit jemandem zusammen?«

Er hat wieder vor dem Schreibtisch Platz genommen, die Hände unterm Kinn gefaltet, und plötzlich sieht er aus wie ein Bulle bei einem Verhör. *Großer Fehler, mein Lieber. Genau das darf nicht passieren: Mit mir keine Kreuzverhöre.*

»Ich dachte, es wäre alles klar. Wir hätten eine Abmachung. Du bist frei oder auch nicht, ganz egal. Ich bin nicht frei, und Carlo ist mir wichtig.« Oh, oh, seine Augen haben sich in bleigraue Schlitze verwandelt, doch Nelly lässt nicht locker, auch wenn sich ihr der Magen zusammenzieht. »Wenn wir ab und zu mal Lust darauf haben, sehen wir uns, aber nur mit Vorankündigung, keine Überraschungen. Hab ich was verpasst? Hat sich seit unserer Abmachung irgendwas geändert?«

Nellys Zunge ist wie geschwollen, ihre Kehle trocken. Sie schluckt noch einmal mühsam, blickt auf und sieht ihn an. Doch Tano starrt aus dem Fenster, als gäbe es dort etwas sehr Interessantes zu sehen. Sein Stuhl knarzt, trocken lässt er seine Fingergelenke knacken. Der See aus Schweigen breitet sich weiter aus, dunkel und unergründlich. Dann holt er tief Luft und dreht sich zu ihr um. Seine Augen sind wieder blau, zumindest scheint es so, doch sehr viel kälter als vorher.

»Nein, du hast nichts verpasst. Das ist die Abmachung, und an Abmachungen hält man sich. Also, ich wollte mit dir über eine seltsame Geschichte reden. Sagt dir der Anwalt Anselmo Pisu etwas?«

Nelly sieht ihn fragend an. Sie muss an ihre Unterhaltungen mit Sandra und Rivelli denken.

»Avvocato Pisu? Der hat doch einen Unfall gehabt. Er ist den Treppenschacht runtergestürzt und liegt jetzt im San-Martino-Krankenhaus im Koma.«

»Er ist vor zwei Stunden gestorben. Rivelli hat mir gesagt, dass morgen die Autopsie und Freitag die Beisetzung ist. Ich habe mir überlegt hinzugehen. Ich kannte ihn, wenn auch nur flüchtig. Kommst du mit?«

III

An diesem Freitag nieselte es nicht. Eisiger Schneeregen fiel auf die graue Stadt, die Kälte drang einem bis ins Mark. Die Autos, die aus dem Inland kamen, hatten bereits Schnee auf den Dächern, er war also nicht mehr weit weg. *Ideales Wetter für eine Beisetzung. Das reine Vergnügen. Und die Autopsie hat nichts Auffälliges ergeben. Keinerlei Gewalteinwirkung vor dem Unfall, nichts. Sämtliche Brüche stimmen mit dem Sturz in den Treppenschacht überein. Ein Rätsel oder tatsächlich nur Pech, wie Rivelli behauptet.*

Die San-Martino-Kirche war gerammelt voll mit Verwandten, Freunden, Bekannten, Kollegen, die es mit dem Sauwetter aufgenommen hatten, um Avvocato Anselmo Pisu das letzte Geleit zu geben. In ihren biberfarbenen Mantel mit der weiten Kapuze gehüllt – ein Irrsinn, obwohl sie ihn letztes Jahr im Schlussverkauf erstanden hatte –, stand Nelly mit zu Eisklümpchen gefrorenen Zehen neben einem hocheleganten Tano in rauchfarbenem Mantel und nutzte den nicht enden wollenden Trauergottesdienst dazu, die Anwesenden in Augenschein zu nehmen. Undurchdringliche Beileidsmienen. Einzig das Gesicht der dreiundzwanzigjährigen Tochter des Verstorbenen war tränenüberströmt und zeigte wahren Schmerz. *Wie heißt die noch gleich? Sandra hat's mir gesagt. Serena, genau.* Sie war mittelgroß, blass und blond und trotz der Augenringe und des leidverzerrten Gesichtes sehr hübsch. Der Bruder Giancarlo, ein junger Mann um die fünfundzwanzig, stand steif und ausdruckslos neben ihr. Er war dunkel und ziemlich groß, die Mutter hingegen war blond – inzwischen gefärbt, doch es musste ihre ursprüngliche Haarfarbe gewesen sein – wie die Tochter. *Sandra hat sie … Alice genannt, genau, Alice.* Sehr gepflegt, schlank und elegant in einem nerzgefütterten Mantel. Sie wirkte seltsam unbeteiligt, vielleicht war es der Schock? Ein Mann um die fünfzig stand neben ihr und hielt ihre Hand. Er war rund eins fünfundsiebzig groß und kräftig, hatte graumeliertes, halblanges Haar und etwas Pseudokünstlerhaftes an sich. *Na klar, der Regisseur, der Bruder des Toten. Alceo Pisu.* Auf der anderen Seite eine Frau gleichen Alters, gepflegt, gut geschminkt, dunkel mit mahagonifarbenen Strähnen. *Marilena Pizzi, die Schwester. Die berühmte Schönheitschirurgin.* Erfolglos suchte Nellys Blick nach der anderen Schwester. Wie hieß die noch? Maria Grazia? *Vielleicht konnte sie nicht kommen, wegen der kranken Mutter.* Dann der letzte Gruß, die Beileidsbekundungen derer, die den Verstorbenen nicht mehr auf den Friedhof von Staglieno begleiten würden und sich hier verabschiedeten. In der Gruppe Familienangehöriger entdeckte Nelly Sandra in einer dreiviertellangen Kamelhaarjacke mit schwarzem Spitzenschleier. Sie nickten einander zu, und Sandra machte ihr ein Zeichen, dass sie sie anrufen würde. Tano hatte sich hinter verschiedenen Richtern und Anwälten, die Nelly persönlich oder vom Sehen kannte, in die Schlange der Kondolierenden eingereiht. Der Richter Luca Ferrari, mit dem sie einmal eine kurze Affäre gehabt hatte, entdeckte sie und lächelte ihr zu. Sie nutzte die Gelegenheit und ging zu ihm, um etwas über den Verstorbenen zu erfahren.

»Ciao, meine Liebe. Wie geht es dir?«

»Ciao, Luca. Danke, gut. Und dir?«

»Bestens. Und bei Mau, alles in Ordnung?«

»Ja, er ist jetzt in Mailand, zum Studieren.«

»Die Zeit ist schlimmer als ein Transrapid, ich weiß noch, wie er gerade auf die Welt gekommen war …«

Nelly kniff die Lippen zusammen und hakte ihn unter.

»Stimmt. Hör mal, Luca. Anselmo Pisu, kanntest du den gut? Wie war der so?«

Er zog die Brauen hoch, als dächte er nach. Dann beugte er sich zu ihr und flüsterte ihr ins Ohr.

»Überheblich. Nervtötend. Brillant, aber nicht besonders beliebt. Willst du noch mehr hören? Wenn ja, lade ich dich gerne zum Essen ein und erzähle dir alles, was ich weiß. Und du verrätst mir, weshalb dich das interessiert.«

»Wir zwei, zum Essen? Und was sagt Maria Antonia dazu?«

Ein undefinierbares Lächeln huschte über sein langes, beherrschtes Gesicht.

»Sie erzählt mir auch nicht, mit wem sie ausgeht und was sie macht. Du weißt doch, wie es zwischen uns steht, leider. Und in den letzten Jahren ist es bestimmt nicht besser geworden. Was hältst du von Montag um halb neun im *Terrazze del Ducale*? Wir haben uns seit einer Ewigkeit nicht mehr in Ruhe gesehen.«

»Das stimmt allerdings. Also, abgemacht. Ich freue mich darauf, endlich mal wieder ein bisschen mit dir zu plaudern, Luca!«

Er drückte leicht ihre Hand. Die Schlange war inzwischen kleiner geworden, und sie standen fast vor der Witwe. Die Augen der Frau waren leer. *Die ist mit Beruhigungsmitteln oder ähnlichem Zeug vollgestopft.* Nelly sah die tiefen, verbitterten Furchen um ihren Mund. Das schwere Make-up konnte ihre violettblauen Augenringe nicht kaschieren.

»Danke, dass du gekommen bist, Luca.« Während der Richter ihre Finger mit beiden Händen ergriff und einige aufrichtige Sätze des Bedauerns sagte, beobachtete Nelly Anselmos Tochter, die nicht aufhören konnte zu weinen. Sie stellte sich vor, flüsterte ein paar Platituden, drückte verschiedene Hände und trat zur Seite, um anderen Platz zu machen.

Vor der Kirchentür hasteten einige davon, die meisten folgten jedoch dem Trauerzug bis zum Friedhof von Staglieno. Nelly und Tano gingen zu seinem Auto, das wild in einer der Krankenhauszufahrten parkte, und reihten sich mit einiger Mühe in die Autoschlange hinter dem Bestattungswagen ein, der sich auf dem Corso Europa langsam in den Verkehr Richtung Val Bisagno einfädelte.

Tano fuhr schweigend und hing seinen Gedanken nach, die er offenbar nicht mit seiner Begleiterin teilen wollte. Nelly war darüber froh und sauer zugleich. Hin und wieder blinzelte sie verstohlen zu seinem schönen, ernsten, fast finsteren Profil hinüber, das ihr inzwischen so vertraut war. *Wieso muss das Leben so kompliziert sein? Und wieso mache ich es mir immer noch komplizierter? Ist ein Mann nicht genug? Ich liebe Carlo – und bin in Tano verliebt. Auf keinen der beiden kann ich verzichten. Ich bin verrückt …* Der Polizeivize schien ihre Gedanken zu lesen, denn er wandte kurz den Kopf und blickte sie an.

»Das Leben, was, Nelly? So kurz und voller Widrigkeiten. Einmal nicht aufgepasst, man stolpert auf der Treppe, und alles ist aus.«

Nelly erschauderte und drückte sich in den weichen Mantel, bis ihr Gesicht in der weiten Kapuze fast verschwand.

»So ist es.« Er griff nach ihrer Hand. Nelly leistete keinen Widerstand, lehnte sich zurück und schloss die Augen.

Die Autokolonne kam vor dem Haupteingang von Staglieno zum Stehen. Genua ist berühmt für seinen Monumentalfriedhof mit den von namhaften Künstlern gestalteten Grabmälern. Zu jeder Jahreszeit laufen Scharen von Touristen mit Reiseführern dort herum, doch an diesem eisigen Wintermorgen war von ihnen nichts zu sehen. Nelly stieg aus dem Auto, ließ den Blick über die riesige Totenstadt schweifen und empfand wie immer Abscheu. Sie war nur wenige Male hier gewesen, und das bestimmt nicht freiwillig. Sie hasste Friedhöfe im Allgemeinen und Staglieno im Besonderen.

Zu Fuß folgte die trübe Karawane dem dunklen Bestattungswagen, der im Schritttempo vorneweg fuhr und schließlich hielt. Der Bruder, der Sohn und andere Männer, die Nelly nicht kannte, schulterten den Sarg und trugen ihn das letzte Stück den von Mausoleen übersäten Hügel hinauf. Von den Bergen wehte ein eisiger

Wind, und die halb gefrorenen Regentropfen traktierten die Gesichter der Trauergäste wie Nadelstiche. Es sah aus, als hinge die Luft voller Glassplitter. Nelly fing so heftig an zu zittern, dass Tano ihr ungeachtet der zahlreichen Zeugen den Arm um die Schultern legte und sie an sich zog. Sie ließ ihn gewähren. Ihre Lippen waren blau, der Blick starr. Ihr war, als hätte sie plötzlich ihren Körper verlassen und beobachtete alles von außen, den Sarg auf den Männerschultern, die Menschen in Schwarz, Tano, sich selbst. Beim Gang auf den Hügel war der Nebel dichter geworden, und die weinenden Engel, die einige Gräber schmückten, schienen unvermittelt aus dem Jenseits aufzutauchen, um die Sterblichen an ihr gemeinsames, unausweichliches Schicksal zu erinnern.

»Nelly? Nelly, um Gottes willen, geht's dir gut? Du bist so blass, schmier mir hier bloß nicht ab, hörst du!«

Tano flüsterte ihr ins Ohr und versuchte sie zu stützen, als er merkte, dass sie schlaff in seinem Arm hing und jeden Augenblick schwerer wurde. Doch Nelly hörte ihn nicht. Ihre starren Augen waren weit aufgerissen und sie zitterte unaufhörlich. Ihr war, als würde sie im Nebel versinken, als der Trauerzug plötzlich wie ein Mann vor der weit geöffneten Pforte einer schwarzen Marmorkapelle zum Stehen kam. Zwei Engel mit drohend in die Höhe gereckten Schwertern bewachten den Eingang. *Es ist wie im Sommer, als Simba sein Unwesen trieb und Claire und ich … Das ist unmöglich, das ist mir seitdem nie mehr passiert …* Sie presste die Lider zusammen, das Geräusch der Friedhofsdiener, die damit beschäftigt waren, den Sarg in der Kapelle einzumauern, vermischte sich mit ihrem Herzschlag. Für einen entsetzlichen Moment schien es ihr, als läge sie anstelle des Toten im Sarg.

»Jetzt reicht's, wir gehen. Ich sehe doch, dass du dich elend fühlst.«

Fügsam stolperte sie neben Tano her, der sie um die Taille fasste. Sie fühlte sich kraft- und willenlos, die Statuen schienen sich über sie lustig zu machen. Die Schneeflocken fielen jetzt groß und dicht, und die Landschaft verschwand in einem weißen Strudel, während die Zeit ins Grenzenlose zerfloss. Als sie schließlich – sie wusste nicht, nach wie vielen Stunden – die Augen öffnete, war sie bei Tano zu Hause.

Tano, der ihr Hände und Füße massierte. Tano, der sie auszog und in eine Wolldecke hüllte. Tano, der ihr etwas Warmes, Starkes einflößte, das brennend in den Magen rann. Der sie auf den Mund küsste, zunächst ganz sacht, dann immer fordernder, die Hände überall. Nelly schloss die Augen, erwiderte seine Küsse und ließ sich gehen.

IV

Sie lag allein in dem großen Bett mit dem gepolsterten, schwarzledernen Kopfende. *Paradiesisch. Von der Hölle ins Paradies.* Zum zweiten Mal binnen weniger Tage öffnete sie die Augen und fühlte sich vollkommen glücklich. Dann kam ihr die Beisetzung in den Sinn, ihre plötzliche Verstörtheit, und sie fragte sich, welche ihrer Erinnerungen, die ihr noch immer wie ein Traum vorkamen, der Wirklichkeit entsprachen. Sie hatte mit Tano geschlafen, da gab's nichts zu rütteln. Seufzend schwang sie die Beine aus dem Bett und trat ans Fenster. Tano wohnte in einer stilvoll eingerichteten Zweizimmerwohnung im Zentrum, das große Fenster ging auf den Parco dell'Acquasola hinaus, und vor ihr lag still die in makelloses Weiß gehüllte Stadt. Genua im Schnee war ein höchst ungewöhnlicher Anblick. Da es nur selten schneite, war man nicht entsprechend gerüstet, und jedes Mal geschah das Gleiche: Nach dem ersten Schnee war die Stadt wie mit einem Bann belegt. Der Verkehr brach zusammen, vor allem die Autobusse kamen auf den steilen Straßen nicht voran, gerieten auf dem vereisten Pflaster ins Rutschen und stellten sich quer. Die Schulkinder jubelten, Ferien! Tags darauf hatten sich dann die meisten darauf eingestellt, die Busse legten Schneeketten an, und das Leben lief wieder fast normal. Wenige Tage später war der Schnee weggeschmolzen, und nur ein paar schmutzige, vereiste Haufen an den Straßenrändern erinnerten an ihn. Doch jetzt war er unberührt, mindestens dreißig Zentimeter hoch und hüllte jeden Makel in blendendes Weiß.

Nelly hatte die Nase gegen die Scheibe gedrückt, die von ihrem Atem beschlug, und hörte den Schlüssel im Schloss nicht. Mit zwei verlockenden Take-away-Päckchen von *Bruciamonti* in der Hand betrat Tano lächelnd die Wohnung. »Tintenfisch mit Kartoffeln und Oliven, geräucherter Lachs, Caponata. Na, wie klingt das?«, verkündete er. Sofort fühlte Nelly sich unwohl, am falschen Ort mit dem falschen Mann. Die Nacht mit Carlo war noch zu lebendig. Tano bemerkte sofort, wie sich ihre Miene veränderte, stellte die Tüten auf der Kommode ab und sah sie ernst und fragend an.

»Wie geht's? Fühlst du dich besser?«

»Ja, alles bestens. Danke für deine Hilfe auf dem Friedhof. Ich weiß wirklich nicht, was mit mir los war. Entschuldige, aber jetzt muss ich los. Tut mir leid wegen des Abendessens.«

»Ein ziemlich plötzlicher Abschied, muss ich sagen.«

»Es tut mir leid, ich … Wäre die Situation eine andere … Aber es ist nun mal so, wie es ist.«

»Das liegt nicht an mir, Nelly. Wenn's nach mir ginge …«

Aber sie schnitt ihm das Wort ab und bat ihn mit einer Handbewegung, das Schlafzimmer zu verlassen, damit sie sich anziehen konnte.

V

Auf den Dächern und Straßen begann der Eintagsschnee zu schmelzen. Es war Wochenende, früher Sonntagnachmittag, und Nelly blickte aus dem Wohnzimmerfenster auf die Terrasse und die mit schmuddeligem Schneematsch bedeckten Kräutertöpfe. Seit Mau weggezogen war, hatte sie sich im Gegensatz zu früher einigermaßen regelmäßig um sie gekümmert, denn es hätte ihr leidgetan, wenn sie eingegangen wären. Er hatte sie immer gepflegt ... Wie war das noch mal? Unter dem Schnee sind die Pflanzen geschützt, es ist der Frost, der ihnen schadet. Na, wenn das mal stimmte. Sie öffnete die Fenstertür, zog sich den ausgeblichenen rosa Morgenmantel um die Schultern und trat hinaus. Unter dem schweren, hier und da vom Wind aufgerissenen Winterhimmel war die Terrasse ein einmalig stimmungsvoller Ort. So klein sie war, bot sie einen atemberaubenden Blick über Stadt, Berge und Meer und bildete in Nellys Privatleben den Mittelpunkt. Das Meer war grau wie der Himmel, doch die ziehenden Wolken zauberten Lichtreflexe auf seine Oberfläche. Der Hafen und die Altstadt mit den ebenfalls grauen Schieferdächern sahen aus wie eine weiß gesprenkelte Felsenlandschaft. Der Sonntag, sowieso der ruhigste Tag der Woche, war von einer unnatürlichen Stille erfüllt, als befände man sich tatsächlich in einer antiken, verlassenen Ruinenstadt. *Die haben sich alle in ihren Wohnungen verkrochen, liegen im Bett oder sitzen mit Verwandten und Freunden bei Tisch.* Sie seufzte und spürte, wie sich die Leere in ihr breitzumachen drohte. Schaudernd zog sie sich den Morgenmantel genannten Lumpen eng um die Schultern, kehrte in die Wohnung zurück und schloss die Tür. Silvestro, der lautlos und unbemerkt auf die Terrasse geschlichen war, hockte miauend davor und wollte wieder ins Warme. Winkend hob er die Pfoten und warf ihr herzzerreißende Blicke zu. Sie öffnete, doch kaum stand die Tür auf, wurde das dumme Tier sofort unschlüssig. *Die legen sich auch nicht gern fest, genau wie ihr Frauchen.* Sie dachte an den vorigen Tag, Samstag, an ihre Flucht aus Tanos Wohnung. *Ich brauche mir gar nichts vorzumachen, Tano zieht mich einfach magisch an, kaum bietet sich eine Gelegenheit, sind wir zwei nicht zu halten. Himmel, was für ein Schlamassel! So kann es nicht weitergehen. Aber warum eigentlich nicht? So wie mir geht's doch vielen! Sich nicht entscheiden zu können, dies und das zu wollen. Ich bin sicher, daran ist nur die Entfernung schuld. Wäre Carlo immer hier, würde mir das nicht passieren. Aber so ... Scheiße noch mal, wer will sich überhaupt entscheiden?*

Sie ging zum Kühlschrank, öffnete ihn, griff nach dem Glas Light-Mayonnaise und dem Kastenweißbrot, steckte zwei Scheiben in den Toaster, setzte sich und wartete, dass sie wieder heraussprangen. Einsame Sonntage waren trostlos. Als ihr Sohn noch bei ihr wohnte, war er zwar auch fast nie zu Hause gewesen, aber dennoch hatte er die Bude mit Leben gefüllt. Unversehens konnte er hereinkommen, lachen, herumwitzeln, streiten ... Seufzend betrachtete sie ihre Taille, die wieder runder zu werden drohte. Kein Wunder, wenn sie weiterhin von Brot mit Mayo und Take-away-Pizza lebte. Die Brotscheiben sprangen mit einem Klacken aus dem Toaster, Nelly bestrich sie großzügig mit der gelben Creme und fühlte sich sehr masochistisch. Gerade wollte sie in die erste Scheibe beißen, da klingelte das Telefon. Schnaubend griff sie nach dem Hörer. Sandras tiefe, kehlige und von ihr selbst als sexy bezeichnete Stimme drängte sich in ihr Ohr und fegte die grauen Gedanken hinweg.

»Nelly? Was machst du gerade?«

»Ich kratze mich, stell dir vor.«

»Entschuldige, wenn ich dich bei so einer anspruchsvollen Tätigkeit störe, dazu noch am heiligen Sonntag. Was hältst du von einem netten Familientreffen?«

Nelly begriff nicht. »Was denn für'n Familientreffen?«

Ein Seufzer, dann: »Hör mal, ich bin echt nicht sauer, wenn du mir den Mittelfinger zeigst, aber ich bin gerade bei meiner Tante Lorenza. Alle Verwandten sind da, das wäre eine prima Gelegenheit, um ein bisschen mit ihnen zu plaudern. Nur, um dir selbst ein Bild zu machen, wie die Familie tickt. Um ein paar Eindrücke und Ideen zu kriegen. Na? Komm doch, bitte. Sie wohnen nicht weit vom Bahnhof Principe, gleich hinter der Via Balbi.«

Sandras Stimme klang flehend. Nelly wollte nicht, dass sie bemerkte, wie froh sie über diesen Vorschlag war, doch sie konnte sich nicht verstellen. »Wo? Wann?«, platzte sie heraus. Sie verabredeten sich um fünf.

Die gefütterten Stiefel knöcheltief im dreckigen Matsch, den man bis vor wenigen Stunden als Schnee bezeichnen konnte, und in ihren schwarzen Parka gehüllt, blickt Nelly verdutzt auf den wuchtigen Palazzo, der nach wenigen hundert Metern in der steilen, mit Ziegelsteinen gepflasterten Gasse jenseits der Via Balbi vor ihr auftaucht. Neugierig geht sie so weit wie möglich um das Gebäude herum, das selbst für das vor originellen Bauwerken strotzende Genua einzigartig ist. Das Eingangstor in der trutzigen Wand sieht aus wie ein Burgtor, und tatsächlich wird die Mauer hinter der nächsten Ecke noch höher und wirkt, als gehörte sie zu einem Turm oder einer Festung. *Reste einer Stadtmauer? Einer Befestigungsanlage?* Kopfschüttelnd versucht sich Nelly einen Reim darauf zu machen. Da denkt man, man kennt fast jeden Winkel dieser Stadt, und trotzdem gibt es immer wieder neue Überraschungen. Man biegt in ein steiles Gässchen ein, passiert einen Bogengang und entdeckt eine neue Welt. Nelly kehrt zu dem riesigen, mit spitzen Metallbeschlägen bewehrten Tor zurück und sucht auf dem Klingelschild nach dem Namen Pisu. Da ist er. Sie schellt, das Schloss schnappt mit einem trockenen Klacken auf, doch die schweren Flügel öffnen sich nur einen Spaltbreit. Nelly muss sich mit ganzer Kraft dagegenstemmen, um hindurchschlüpfen zu können. *Wer, bitte, wohnt denn hier? Riesen? Zyklopen?* Die Überraschungen hören nicht auf. Das Atrium ziert rechts ein Nymphäum, links führt eine von Säulen flankierte Marmortreppe zu einer von außen unsichtbaren, hinter den meterhohen Mauern verborgenen Terrasse. Rechts ein weiteres Tor, der eigentliche Eingang zu diesem architektonischen Monstrum, hinter dessen mittelalterlicher Fassade ein Bau aus dem neunzehnten Jahrhundert zum Vorschein kommt, mit Treppen und Aufzügen. Endlos lange Gänge auf jeder Etage, nur zwei Wohnungen pro Geschoss. *Wo bin ich da bloß hingeraten? Wenn Poe oder Polanski das hier sehen könnten, wer weiß, was denen dazu einfallen würde!* Der Aufzug ist ziemlich neu, allerdings nicht so neu, dass sie nicht zusammenzuckt, als er mit einem jähen Ruck zum Stehen kommt. Im sechsten Stock des bizarren Gebäudes leben Lorenza und Maria Grazia Pisu. Sie bewohnen die gesamte Etage. Nelly steht vor einer gepanzerten Tür. Das Treppenhaus ist noch unsaniert, die Wände sind mit langen verschiedenfarbigen Strichen überzogen, die davon zeugen, dass die Elektroinstallation auf europäischen Standard gebracht wurde. Sandra öffnet ihr die Tür in einem weit ausgeschnittenen Etuikleid aus schwarzem Samt mit einer dreifachen Goldkette auf der braunen Haut.

»Da bist du ja, Nelly. Danke, dass du gekommen bist, du Liebe.«

Die Decken sind unglaublich hoch, wie so oft in den alten großbürgerlichen Genueser Wohnungen. Der einst mehrfarbige Stuck bröckelt und hätte eine fachmännische Restaurierung nötig. Der Fußboden ist aus Genueser Terrazzo, mit dunklen Rahmen um den senfgelben Grund, doch hier und da sind nachlässig zugeschmierte Risse erkennbar, Verschleißspuren, wie Löcher in einem makellosen Gobelin. An den Wänden verschossene Tapeten, die Beleuchtung ist spärlich und schummrig, *Grabeslicht*, der vergoldete Wandspiegel, die Empire-Kommode, die dunklen, schwarz gerahmten Bilder könnten bei einem ausgesuchten Antiquitätenhändler stehen.

Sandra zieht sie einen endlos scheinenden Flur entlang, der sich dunkel und bedrohlich in den Eingeweiden des Hauses verliert. Durch eine große Glastür linker Hand betreten sie einen geräumigen Salon, der dem Palazzo Ducale alle Ehre machen würde. Da sind sie, Sandras Verwandte. In einem Sekundenbruchteil registriert Nelly die Szene: grauer Marmorkamin an einer Wand, Louis-Philippe-Möbel, riesiges Sofa, vier Sessel, alles mit abgenutztem Originalgobelin bezogen. Vor dem Sofa ein grünes Marmortischchen. Auf dem Boden alte Teppiche, teils fadenscheinig und restaurierungsbedürftig, aber sehr wertvoll. Eine Wand wird von einem wunderschönen Kelim eingenommen. Antike Porzellanvasen und düstere Bilder in ebenso dunklen Rahmen vervollständigen die Einrichtung. In der Luft ein leichter Geruch nach Moder, nach geschlossenen Räumen, nach … Niedergang? Die anwesenden Personen, eben noch ins Gespräch vertieft, wenden sich zur Tür und starren Sandra und Nelly schweigend an. Auf dem Sofa sitzt Cousine Marilena, die plastische Chirurgin, in einem grauen Seidenkostüm, das dunkle, mahagonirot schimmernde Haar perfekt frisiert. Sie ist runder als Sandra, hat ebenfalls braune Augen und ein breites Gesicht, das mit dem Alter dick zu werden droht. Neben ihr sitzt ein Mann mit grauem, schütterem Haar, den Nelly bisher noch nicht gesehen hat. Er muss sehr groß sein, denn er hält die langen Beine unbequem angewinkelt. Daneben steht, an eine grüne Marmorsäule gelehnt und in einer Haltung, die an die sepiafarbenen Aufnahmen der letzten Jahrhundertwende erinnert, der Künstler der Familie, der berühmte Regisseur Alceo Pisu. Er ist mittelgroß und dunkel, doch seine wilde Mähne ist inzwischen recht graumeliert. Mit einem dannunzianisch gelangweilten Gesichtsausdruck hebt er verächtlich eine Braue, und das ist der einzige Funke Leben in dieser vollkommen reglos scheinenden Szenerie. Neben ihm steht eine attraktive Frau Mitte, Ende dreißig –

heutzutage ist es wirklich schwer, das Alter einer Frau zu erraten, vielleicht hat sie die vierzig auch schon überschritten –, blondiert, in unpassendem Knallgrün, die blauen Augen stark geschminkt, die Lippen rot. Auf einem Sessel sitzt Alice Pisu, die Witwe, mit dem gleichen weggetretenen Gesichtsausdruck wie bei der Beerdigung. Neben ihr steht der Sohn Giancarlo. In einem weiteren Sessel sitzt die Tochter Serena, das blasse Gesicht ist nicht mehr tränenüberströmt, die traurigen Augen sind ins Leere gerichtet. Als wäre die Klappe eines Regisseurs gefallen, kommt plötzlich Leben in das gerade noch unbewegte Bild. Es ist Sandra, die den Zauber bricht.

»Meine Lieben, das ist meine Freundin Nelly Rosso, Kommissarin bei der Genueser Polizei. Komm, Nelly, ich stelle dir meine Cousins vor.«

Doch weiter kommt sie mit der Bekanntmachung nicht. Der Mann neben der Marmorsäule, den Nelly als den Regisseur erkannt hat, macht eine ungehaltene Handbewegung, wie um eine Fliege zu verjagen, und verzieht angewidert den Mund.

»Ich verstehe einfach nicht, was für einen Scheiß du dir da in den Kopf gesetzt hast, Sa. Was hat deine Freundin mit Anselmos Tod zu tun? Die Polizei schnüffelt sowieso schon überall herum, sogar obduziert haben sie ihn. Ohne Ergebnis. Ein Unfall, es war ein beschissener Unfall. Können wir also bitte aufhören, die Sache auf Teufel komm raus schlimmer zu machen, als sie ohnehin schon ist?«

Zum bewegten Bild hat sich der Ton gesellt. Nicht gerade eine Verbesserung. Alceo Pisu hat einen harten Bariton, der das ganze Zimmer erfüllt, man hört, dass er gewohnt ist herumzukommandieren. Sandra lässt sich jedoch nicht einschüchtern.

»Du führst dich mal wieder auf wie die Axt im Wald, Alceo. Ich habe mit allen gesprochen, mit Marilena, mit Alice, alle waren einverstanden, nur du musst mich vor meiner Freundin blöd dastehen lassen, die ihren freien Tag opfert, um euch ein paar Fragen zu stellen.«

Sie sieht Nelly an. »Entschuldige, meine Liebe, er kann nichts dafür, dass er so ein Trampeltier ist.«

Alceo bricht in Lachen aus, kommt auf Nelly zu und streckt ihr in einer einstudierten, theatralischen Geste die Hände entgegen.

»Meine liebe … Nelly?« – »Dottoressa Nelly Rosso.« – »Meine liebe Dottoressa Rosso, entschuldigen Sie meine Ehrlichkeit, die stets hart an der Grenze zur Unverschämtheit ist. Ich bin Alceo Pisu, Anselmos Bruder. Ich habe gewiss nichts gegen Sie, im Gegenteil, es ist sehr freundlich von Ihnen, sich den schönen Sonntag mit vollkommen Unbekannten zu versauen, die dazu noch in Trauer sind, ein Riesenspaß!, aber die Frauen der Familie sehen überall Gespenster und Verschwörungen. Ich hingegen nehme das Schicksal, wie es ist. Anselmo ist von uns gegangen, weil seine Zeit gekommen war, das ist alles. Friede seiner Seele, das Leben geht weiter, lasst es uns genießen, so lange wir können.«

Anselmos Tochter Serena bricht wiehernd in Tränen aus, die Mutter presst die Lippen zusammen. Nelly macht einen Schritt in das Zimmer, während Marilena Pizzi sich vom Sofa erhebt und mit ausgestreckter Hand auf sie zukommt. Fast die identische Geste wie bei Alceo. Sind in dieser Familie alle Schauspieler?

»Eigentlich war es meine Idee, Sie einzuladen, Dottoressa. Ich bin Marilena Pizzi. Ich möchte mich für meinen Bruder entschuldigen, er muss immer im Mittelpunkt stehen, ohne geht es nicht, die anderen sind ihm egal. Verzeihen Sie ihm, auch wenn er es nicht verdient. Herzlich willkommen und danke, dass Sie sich die Zeit genommen haben.«

Mit der Schnelligkeit einer Schlange fährt sie zu ihrem spöttisch dreinblickenden Bruder herum.

»Wenn dich das Ganze nicht interessiert, mein lieber Alceo, wieso schnappst du dir nicht deine Schnalle und ziehst Leine? Von uns wird dich bestimmt keiner vermissen.«

Marilenas Tonfall ist sanft und freundlich. Alceo zuckt nur mit den Achseln, verzieht das Gesicht und grinst seine Begleitung an, die die Szene völlig kaltzulassen scheint. Offenbar kennt sie das alles schon.

»Tja, also … bei all diesen Weibern, die mir in den Rücken fallen, habe ich wohl keine Chance, ich ergebe mich. Gnade, Erinnyen, entmannt mich nicht!« Er dreht sich um und ruft in Richtung einer zweiten Tür: »Magraja, wo zum Teufel steckst du? Komm her, wir wollen was trinken.«

Von der herrischen Stimme gerufen – in so einem Ton ist man früher vielleicht mit seinen Dienstboten umgesprungen, denkt Nelly –, erscheint eine hochgewachsene, schlanke Frau in der Tür, jedoch mit hängenden Schultern und leicht zur Seite geneigtem Kopf, was sie kleiner aussehen lässt. *Als wollte sie sich unsichtbar machen.* Sie ist irgendwas zwischen dreißig und vierzig, ihre Haut ist glatt, ohne eine einzige Falte, bemerkt Nelly, von ihrer Erscheinung fasziniert. Sie hat ein blasses Gesicht mit hohen Wangenknochen, eine wohlgeformte Nase, zwei unglaublich grüne Augen und einen Mund, der aussieht wie eine Wunde. Das hellbraune, straff zurückgekämmte Haar ist zu einem Pferdeschwanz gebunden. Sie trägt einen schwarzen Pulli und einen grauen Rock mit schwarzen Streifen, ihr Gesicht ist vollkommen ausdruckslos. *Das muss die zweite Schwester sein, Maria Grazia – Magraja? Selbst in dieser Aufmachung ist sie die Schönste der ganzen Familie. Die anderen sind alle irgendwie grobschlächtig, vulgär, aber sie …*

»Was möchtet ihr trinken? Tee? Kaffee? Es ist alles fertig, ich bring's euch. Und für dich, Alceo«, der Anflug eines vielleicht ironischen, vielleicht resignierten Lächelns huscht über ihre Züge, »gibt es Port, wenn du willst.« Alceo nickt, die anderen entscheiden sich für Tee oder Kaffee, und sie verschwindet wie eine Komparsin von der Bühne. Nelly wirft Sandra einen fragenden Blick zu, den diese übersieht. Unterdessen hat Marilena sie bei der Hand genommen und neben sich auf das Sofa gezogen, nachdem sie dem farblosen, spinnenbeinigen Kerl mit einer unmissverständlichen Geste zu verstehen gegeben hat, er möge sich verkrümeln. Er gehorcht und beugt sich leicht zu Nelly herunter, um sich vorzustellen: »Romeo Pizzi. Ich bin … der Mann meiner Frau«, fügt er ironisch lächelnd hinzu, derweil Marilena ihm mit einem genervten Schnauben zuzischt: »Und dafür kannst du dem Himmel danken.« Als hätte er die ätzende Bemerkung nicht gehört, trollt er sich und verschwindet durch dieselbe Tür wie Maria Grazia. Inzwischen fragt sich Nelly, was sie eigentlich in diesem Käfig voller Narren verloren hat. Vielleicht hätte sie besser zu Hause bleiben und Schubladen aufräumen sollen. Pflichtschuldig und mit noch immer abwesendem Blick drückt Alice ihre schluchzende Tochter an sich.

»Mein Mann war ein anständiger Mensch. Niemand kann etwas gegen ihn gehabt haben, er war ein redlicher Mann.«

Alceo schnauft und zündet sich eine Zigarette an.

»Der übliche Schwachsinn. Hin und wieder macht sich ein Mann Feinde. Und ein Anwalt erst recht. Redlich – was für ein Quark. Du weißt ganz genau, dass dein Mann ein nervtötender Kotzbrocken war, noch unerträglicher als ich. Damit will ich nicht sagen, dass jemand mit ihm abgerechnet hat.« Mit einer ungehaltenen Geste hindert er Sandra daran, ihn zu unterbrechen. »Doch dieses Gegreine geht mir auf die Eier. Nur weil einer stirbt, wird er deshalb nicht zum besseren Menschen, oder? Im Gegenteil, er fängt an zu stinken.« Der berühmte Regisseur feixt in die verstörte Runde. Es ist offensichtlich, dass diese Auftritte zum Repertoire gehören und er es genießt, seine Umwelt zu schockieren oder zumindest vor den Kopf zu stoßen. Nelly fällt auf, dass sie gar keine Fragen zu stellen braucht, die Antworten kommen von ganz allein. Diesmal fühlt sich Giancarlo, der Sohn des Verstorbenen, dazu berufen, einzuschreiten. Um das väterliche Andenken zu schützen? Weit gefehlt.

»Ich bin ganz deiner Meinung, Onkel. Papa wusste, wie man sich Feinde macht.« *Oh, oh, jetzt wird's interessant.* »Und in mancher Hinsicht war er ein richtiges Schwein.« Die Schwester springt auf, stürzt sich erbittert auf ihn, doch er packt sie nur hämisch grinsend bei den Handgelenken. »Er hat sogar die beste Freundin unserer lieben Serena gebumst. Ach komm, das wusstest du doch, hör auf, die untröstliche Tochter zu spielen, oder wär's dir lieber gewesen, er hätte dich rangenommen? Du weißt ganz genau, dass er mir die Freundin ausgespannt hat, deine alte Busenfreundin Gioia. Ja, genau so war's.« Er blickt triumphierend in die Runde, weil er es geschafft hat, die Aufmerksamkeit auf sich zu lenken und seinem Onkel Alceo die Show zu stehlen. »Er hat meine Mutter unglücklich gemacht, sie in ein mit Psychopharmaka vollgestopftes Wrack verwandelt, und ich soll sagen, er sei ein redlicher Mann gewesen, nur weil er mir den Gefallen getan hat, ins Gras zu beißen? Ach, leckt mich doch alle am Arsch!«

In der Stille, die der Szene folgt, betritt Maria Grazia mit einem Tablett in der Hand den Raum, begleitet von Romeo Pizzi mit einem zweiten Tablett. Sie stellen alles auf dem grünen Marmortisch ab, und mit anmutigen Bewegungen verteilt sie die bestickten Servietten. Wer möchte Tee? Wer Kaffee? Wie viel Zucker? Nelly ist von ihren unglaublich schönen Händen fasziniert, den langen Fingern und perfekt geformten Nägeln. Sie füllt eine Tasse nach der anderen mit duftender schwarzer oder goldschimmernder Flüssigkeit, tut auf Verlangen Zucker hinein und reicht sie den Anwesenden, ohne dass ein einziger Tropfen auf dem wertvollen Teppich landet. Die anderen wirken völlig ausgepumpt. Niemand spricht, jeder ist froh über die Waffenruhe und konzentriert sich auf seine Tasse. Nelly steht auf, tritt an eines der vier hohen, dunkel gerahmten Fenster und wirft einen Blick hinaus. Sie schiebt den Vorhang zur Seite, der das Licht ausgesperrt hat. Ein Balkon flankiert den Saal auf ganzer Länge. Nelly öffnet die Tür und schlüpft hinaus, um die klare Luft zu atmen. Sandra gesellt sich zu ihr.

»Entschuldige, Nelly. Hätte ich das geahnt …«

»Lass gut sein, Sa. Ist ja nicht deine Schuld, und der Tee ist ausgezeichnet. Zeigst du mir den Rest der Wohnung?«

Drinnen trinkt Maria Grazia im Stehen neben der Tür, wie eine Angestellte. Sandra winkt sie heran.

»Magraja, Nelly würde gern die Wohnung sehen, wärst du so nett?«

»Aber natürlich, kommt, hier entlang.«

Nelly bemerkt, wie schlank sie ist und wie behände sie sich bewegt, trotz der krummen Schultern und des ausweichenden Blicks. Wie jemand, der körperliche Arbeit gewöhnt ist. Sie gehen den endlosen Flur entlang, Maria Grazia öffnet die Türen zu zahllosen Zimmern: Bibliothek, Papas Arbeitszimmer, Anselmos Arbeitszimmer, Alceos Zimmer, Bad, noch ein Bad, dann biegen sie in einen abzweigenden Korridor und erreichen nach ein paar fensterlosen Räumen die Küche. *O Gott, was ist das denn?* Die Küche ist riesig. Die Möbel stammen aus den Sechzigern oder Siebzigern. Nur der Kühlschrank sieht neuer aus. Ein einziges Fenster und eine Tür, die auf einen Balkon hinausgeht. Nelly tritt hinaus, blickt hinunter, und ihr stockt der Atem. Der Innenhof ist ein finsteres, bodenloses Loch. Auf der einen Seite wird die sechste Etage um drei weitere überragt – war die sechste nicht die letzte? Dazu geht es mehrere Stockwerke tief in den Bauch der Erde hinab, bis weit unterhalb des Straßenniveaus, von dem aus Nelly das Haus betreten hat. Ein graues Wetterdach verdeckt den Himmel. Balkons und Eisenstiegen, überall liegt altes Zeug herum, eine Haushaltshölle, in der Generationen von Bediensteten gedarbt haben.

»Beeindruckend, nicht?« Sandra ist unbemerkt neben sie getreten.

»Das kannst du laut sagen.«

Sehnsüchtig denkt Nelly an ihre kleine Terrasse und kann es gar nicht abwarten, endlich von hier zu verschwinden. Doch die beiden Frauen führen sie in ein schummriges Schlafzimmer, fernab vom Rest des Hauses. Einsam, riesig und schlecht beheizt. Unangenehmer Uringeruch liegt in der Luft. Maria Grazia blickt sie entschuldigend an. Im Ehebett erkennt Nelly einen zusammengekauerten Schemen. Auf der Kommode allerlei Behandlungsinstrumente, Arzneimittel, ein Blutdruckmessgerät. Auf einem Stuhl eine mit einem Handtuch zugedeckte Bettpfanne.

»Seit drei Jahren ist Mama in diesem Zustand. Nach ihrem Schlaganfall hat sie sich nicht mehr erholt. Manchmal geht es ihr ganz gut, dann kriegt sie mit, was um sie herum passiert, und versucht, etwas zu sagen. Ich tue für sie, was ich nur kann.«

Nelly denkt, in so einem Zustand wäre es besser, gar nichts mehr mitzukriegen, doch sie nickt. Sie fragt sich, ob Maria Grazia diese Bürde alleine tragen muss oder ob ihr jemand hilft. Während die beiden Frauen auf den Flur zurückkehren, mustern Maria Grazias große, glänzende Augen sie. Sie lesen ihre Gedanken.

»Zum Glück hilft mir jemand. Celeste springt ein und steht der Mama bei, wenn ich nicht mehr kann und mal raus muss. Sie ist eine sehr gute Fachkrankenschwester. Wenn ich alleine wäre, könnte ich das Haus nie verlassen, und darunter würden meine Nerven und mein Gemüt sicher leiden. Mit einem Nervenzusammenbruch wäre ich meiner Mutter zu nichts mehr nütze. Und mir selbst auch nicht«, schließt sie unsicher, den Blick wieder gesenkt.

»Und was halten Sie von den Drohbriefen, Maria Grazia? Hier sind die doch auch angekommen, nicht wahr?«

Maria Grazia zieht die Schultern hoch und presst die Lippen zusammen.

»Ich habe dazu keine Meinung. Natürlich ist das sehr merkwürdig. Seit Papa gestorben ist, hängt der Familiensegen schief. Er hat die Kinder zusammengehalten. Er war ein ganz besonderer Mensch, wissen Sie? Sehr stark.«

Marilena ist im Flur aufgetaucht und hat den letzten Satz mitbekommen. Mit einem spöttischen kleinen Lachen gesellt sie sich zu Nelly und den anderen beiden.

»Unsere kleine Magraja lobt Papa mal wieder in den Himmel. Ihr geliebter Papi … Liebe Dottoressa Rosso, darf ich Sie Nelly nennen?« – »Bitte.« Nellys Blick fällt auf die speckige Hand mit den kurzen, schwarz lackierten Nägeln, die sich ihr auf den Arm legt und sie zu einer Seitentür zieht, während Maria Grazia wie erstarrt dasteht und sofort kapiert hat, dass die Schwester sie bei der Unterredung mit dem Gast nicht dabeihaben will.

»Magraja? Was bedeutet das?« Nelly sucht den Blick der kleinen Schwester, doch die steht mit hängendem Kopf da und überlässt die Antwort Marilena.

»Das ist die verkürzte Form von Maria Grazia, so hat sie sich als kleines Kind selbst genannt, und seitdem heißt sie in der Familie so. Niedlich, finden Sie nicht?«

Unterdessen hat sie Nelly in ein Zimmer gezogen und macht das Licht an. Ein Zimmer, das sie noch nicht gesehen hat, ein Kinderzimmer, allenfalls ein Jugendzimmer. Himmelblaue Wände mit Silbersternchen. Ein Bett, ein Schreibtisch und ein Schrank, alles weiß lackiert. Auf einem Bord ein paar alte Puppen, ein herzförmiges Kissen auf der weißblau geblümten Bettdecke. Marilena runzelt die Stirn.

»Ich hab mich in der Tür geirrt, ich dachte, das wäre mein altes Zimmer, dabei ist es Magrajas. Na, macht nichts. Ich wollte nur kurz unter vier Augen mit Ihnen reden.«

Sie setzt sich aufs Bett und zieht Nelly neben sich.

»Sie müssen nicht glauben, dass wir alle völlig durchgedreht sind, Nelly. Wir sind eine ganz normale Familie, oder vielmehr, wenn man unsere Lebensläufe ansieht, meinen, Anselmos, Alceos, durchaus über dem Durchschnitt. Anselmos plötzlicher, sinnloser Tod hat uns tief erschüttert, Alceo mehr als alle anderen. Und was Giancarlo angeht, so war der schon immer neidisch auf seinen Vater. Er hat nichts auf die Reihe gekriegt, wissen Sie? Er hat die Uni nicht fertiggemacht, dabei ist er gar nicht blöd. Nur dass er mit zwanzig plötzlich diese Krisen bekommen hat … Nun ja, er leidet an Schizophrenie. Mit Medikamenten kriegt man die Krankheit zwar einigermaßen in den Griff, aber mehr erreicht man im Leben nicht, nicht wahr?«

Mit zur Seite geneigtem Kopf beobachtet sie die Wirkung ihrer Worte.

»Wie traurig für ihn. Und seine Freundin? Wieso hat sie ihn verlassen?«

»Na, deswegen, nicht wahr? Wenn Sie wüssten, wie der wird, wenn er nicht dauernd unter Kontrolle ist. Den müsste man einliefern. Die arme Gioia hat das einfach nicht mehr ausgehalten, von wegen Affäre mit meinem Bruder Anselmo. Er ist nicht nur schizophren, sondern auch paranoid, überall sieht er Feinde, Fallen, Hinterhalte. Dass seine Mutter Psychopharmaka nimmt, liegt ganz bestimmt nicht an meinem Bruder.«

Nelly wartet, bis Marilena Luft holt, um in ihren Wortschwall eine Frage einzuschieben.

»Könnte Giancarlo dem Vater etwas angetan haben? Vielleicht die anonymen Briefe geschrieben haben?«

Marilena Pizzi verzieht das Gesicht, trommelt mit den Fingern auf die Bettdecke, spielt mit den Rüschen des Kissens.

»Keine Ahnung, aber ich glaube nicht. Bisher ist er nie gewalttätig gewesen. Und was die Briefe betrifft, weiß ich nicht, was ich denken soll, Nelly. Vielleicht ist es einfältig, sich aufzuregen und einschüchtern zu lassen, und die Briefe sind nur ein dummer Scherz, wie Alceo behauptet und wie auch Ihr Kollege, Hauptkommissar Rivelli, meint. Wenn nur mein Vater vor seinem Tod nicht auch einen Drohbrief erhalten hätte. Den habe ich nach seiner Beisetzung in einer Schreibtischschublade gefunden und dummerweise weggeschmissen. Hätte ich das bloß nicht getan. Ich erinnere mich nicht mehr genau, was da drinstand, es hatte etwas mit seiner Vergangenheit zu tun. Glaube ich zumindest. Sicher weiß ich, dass er nicht aus Zeitungsbuchstaben zusammengesetzt war wie die anderen, er war mit dem Computer geschrieben. Ein paar sardische Wörter waren auch drin. Ihrem Kollegen habe ich nicht davon erzählt, keine Ahnung, warum. Und dann ist da noch etwas, Nelly ...«

»Wie ist Ihr Vater gestorben, Marilena?«

Zum ersten Mal senkt Marilena ihren penetranten Blick und schweigt ein paar Sekunden lang. Dann sagt sie mit unmerklich zitternder Stimme: »Mein Vater ist bei einem Autounfall ums Leben gekommen. Er wollte den Corso Italia am Zebrastreifen überqueren, dabei hat ihn irgendein Mistkerl voll erwischt. Und ist abgehauen.«

Überrascht runzelt Nelly die Stirn.

»Abgehauen? Haben sie den Fahrerflüchtigen denn gefunden?«

»Leider nein. Es war Nacht, es goss in Strömen, keine Zeugen. Ich bin die Einzige, die von diesem Brief weiß. Deshalb sind die anderen Drohbriefe mir nach dem, was Anselmo zugestoßen ist, in einem anderen Licht erschienen. Ich hab gedacht, vielleicht ... Na ja, jetzt ist Anselmo auch zu Tode gekommen. Durch einen Unfall. Genau wie Papa.«

Draußen ist es inzwischen dunkel geworden, doch der Himmel ist klar und die Luft lau. Der Schnee ist nichts als Erinnerung. Nelly saugt die Abendluft in ihre Lungen und ist froh, die Familie Pisu hinter sich zu lassen. In ihrer gotischen Festung. Das Bild des Innenhofes tut sich wie eine Wunde vor ihrem geistigen Auge auf. Sie meint, den Pipigeruch zu riechen, den Magrajas großzügig verteiltes Lavendelwasser nicht überdecken kann. Sie sieht den schizophrenen Anwaltssohn vor sich, die tablettensüchtige Frau, den rücksichtslosen Bruder, Marilena und ihre Zwangsvorstellungen, den duckmäuserischen Mann, den ganzen Zirkus. Um das Maß voll zu machen, saßen nach ihrer Rückkehr in den Saal alle wieder genauso da wie bei ihrer Ankunft, ganz still und als könnten sie kein Wässerchen trüben. Als hätten sie nicht gerade eine Theatervorstellung – nein, ein waschechtes Psychodrama zum Besten gegeben. Murmelnd hat sie sich verabschiedet, ist hinausgeeilt, noch ehe Sandra sie zurückhalten konnte, hat die Tür hinter sich zugeknallt und sich aus dem Staub gemacht, als wäre ein Rudel rasender Höllenhunde hinter ihr her. *Wenn ich ein Familiendrama schreiben müsste, wären die Pisus die idealen Charaktere. Was für Leute! Und die arme Sandra, die nicht mehr wusste, wo sie sich lassen sollte vor Peinlichkeit, mich in diese Grube voller Wölfe – und Lämmer – hineingelotst zu haben. Anselmo Pisus Tochter, die kleine Serena, und diese schöne, geopferte Frau mit dem Namen eines Kleinkinds, Magraja. Von der Alten im Bett ganz zu schweigen. Brrr, zum Gänsehaut-Kriegen. Doch Giacomo, der Vater, hat Drohungen erhalten und ist in einem ungeklärten Unfall ums Leben gekommen, und jetzt ist Anselmo ebenfalls durch einen Unfall gestorben, und auch er hat Drohungen bekommen, wenn auch keine konkreten. Morgen Abend treffe ich mich mit Luca, mal sehen, was er mir zu dem toten Anwalt sagen kann. Seltsame Leute, seltsame Geschichte, und diese aggressive Stimmung … Wer weiß, wie es um deren Finanzen bestellt ist, wer was vom Vater geerbt hat und wer jetzt von Anselmo erbt. Rivelli prüft das bestimmt. In was für ein Wespennest hast du mich da hineingezogen, Sandra. Der werde ich die Meinung geigen!* Just in dem Moment ruft Sandra an und kommentiert lachend den trostlosen Familiennachmittag. Sie ist dermaßen lustig und respektlos, dass Nellys Groll im Nu verfliegt.

»Nelly, ich schwöre dir, ich hab die noch nie so erlebt. Glaubst du, die haben sich 'ne Ladung Koks reingezogen, bevor du kamst? Einerseits wollte ich im Erdboden versinken, andererseits war das eine einmalige Performance, zum Totlachen. Als Giancarlo über den kaum unter die Erde gebrachten Vater hergezogen ist und ihn beschuldigt hat, ihm die Frau ausgespannt zu haben! Der muss total durchgeknallt sein!«

»Ja, mein Schätzchen, und ich leg noch einen drauf, falls du es nicht schon wusstest: Dein kleiner Cousin leidet an Schizophrenie und Verfolgungswahn. Hat Marilena gesagt. Das hast du nicht geahnt, was?«

Schweigen. Sandra hat es offenbar die Sprache verschlagen. Nelly nutzt die Gelegenheit, ihr eine gute Nacht zu wünschen und das

Telefonat zu beenden. Für heute Abend reicht es mit der Familie Pisu und ihrer nahen und fernen Verwandtschaft. Wieder klingelt das Telefon. *O nein, nicht du, Tano, bitte! Lasst mich doch alle in Ruhe.*

»Na, Tano, was gibt's? Wenn du mich anrufst, heißt das wohl, dass deine Freundin Anita nicht in der Nähe ist und du reden kannst, stimmt's?«

Schweigen.

»Zwischen Anita und mir ist es aus. Zufrieden?« Nelly spürt, wie die Wut ihr rot in die Wangen steigt. Ihre Hand, die das Handy hält, beginnt zu zittern.

»Was soll das heißen, zufrieden? Machst du Witze? Das ist deine Sache, ich hab dich um nichts gebeten.«

»Das weiß ich sehr gut. Ich bin derjenige, der ihren Ausschließlichkeitsanspruch nicht mehr ertragen hat, vor allem, weil ich eine andere im Kopf habe.«

»Und, ist das etwa meine Schuld?«

»Schuld oder Verdienst, was weiß ich? Wir sehen uns morgen im Büro, Nelly. Schlaf gut.«

Mit einem Kloß im Hals steht Nelly da und starrt auf das Telefon, das in ihrer Hand erlischt. Am meisten ärgert sie, dass sie es wirklich ist: zufrieden. Sie ist drauf und dran, eine Selbstanalyse zu starten, da packt sie jemand am Arm und lässt sie zusammenfahren. Vor ihr steht Giancarlo Pisu, der sie um ein paar Zentimeter überragt. Seine Augen sind eingefallen, sein Mund verzerrt. Eine äußerst unangenehme Begegnung in der bereits dunklen und fast menschenleeren Via Balbi.

»Sie sind Polizistin, richtig?« Das Sprechen scheint ihm Mühe zu bereiten. Nelly versucht, keine Angst zu zeigen und einen beruhigenden Ton anzuschlagen.

»Ja, ich bin Polizeikommissarin, aber vor allem eine Freundin Ihrer Cousine Sandra. Ich bin nicht als Polizistin zu Ihnen gekommen, wieso fragen Sie?«

Giancarlo zuckt unkontrolliert mit dem Kopf. Die Hand auf Nellys Arm zittert, hält sie aber fest wie eine Schraubzwinge. Sie beißt die Zähne zusammen und versucht, sich nichts anmerken zu lassen.

»Fühlen Sie sich nicht gut? Kann ich etwas für Sie tun?«

Der junge Mann schließt die Augen, und Nelly fürchtet, dass er gleich kollabiert, doch stattdessen atmet er mehrmals tief durch, ehe er wie aus einem Traum aufzuschrecken und zu begreifen scheint, wo er ist und mit wem.

»Es ist nur, dass ich heute … meine Tabletten vergessen habe. Jetzt gehe ich nach Hause und nehme sie. Wenn ich die nicht nehme, dann … Entsetzlich, wissen Sie … etwas Entsetzliches hat man dann im Kopf, in sich drin, etwas, das einen beherrscht, in der Hand hat, und man kann nichts dagegen tun. Ich wollte Ihnen nur noch etwas über meine Familie sagen. Sie sind alle verdammt, verstehen Sie? Sie konnten es nicht sehen, doch der Satan ist unter ihnen und kontrolliert sie, jeden Einzelnen.«

Er hat seine Stimme zu einem verschwörerischen Flüstern gesenkt. Besorgt blickt er sich um, als fürchte er, Beelzebub höchstpersönlich müsse gleich um die nächste Ecke biegen und sich auf sie stürzen.

»Sie sind alle verdammt, jeder mit seiner Strafe. Ich habe meine im Kopf, doch wenigstens weiß ich Bescheid, sie hingegen wissen nicht, dass sie Kreaturen des Teufels sind, sie sind … seine Diener. Ich muss gehen, ich wollte Ihnen nur sagen, dass der Satan kein Fall für die Polizei ist, hehehe …«

Hysterisch lachend löst Giancarlo Pisu seinen Griff und macht sich im nächsten Moment Richtung Trogoli di Santa Brigida davon, biegt um die Ecke und ist aus Nellys Blickfeld verschwunden. Mechanisch massiert sie sich den schmerzenden Arm. *Total durchgeknallt, der arme Junge. Ob er seinen Vater umgebracht haben könnte? Hm. Rivelli wird sich schon schlau gemacht haben, wo er war, als der Vater die Treppe hinabgestürzt ist.*

Gedankenversunken setzt Nelly ihren Heimweg fort und merkt nicht, dass ein undeutlicher Schemen hinter ihrem Rücken die Gassen entlanghuscht. Ein Schatten, der sie begleitet, bis sie die Haustür aufschließt und darin verschwindet.

VI

Der Montag verging mit dem üblichen Verwaltungskram, der naturgemäß nicht sonderlich geeignet war, Nelly aus ihren Gedanken zu reißen. Manchmal hatte sie den Eindruck, ihre Fähigkeit, sich zweizuteilen, mache einem orientalischen Guru inzwischen alle Ehre: Sie konnte ihre Pflicht tun, Anträge stellen, Briefe unterschreiben, Ordner durchackern, Anweisungen geben, derweil eine zweite Nelly irgendwo in einer Ecke saß und sich um ihren eigenen Kram scherte.

Drei Uhr nachmittags, und es war ihr bisher gelungen, Tano aus dem Weg zu gehen, der allerdings ebenfalls keinerlei Anstrengungen unternommen hatte, ihr zu begegnen. Vielleicht bereute er es, mit Anita Schluss gemacht zu haben. Oder vielleicht erwartete er, dass sie mit fliegenden Fahnen zu ihm ins Büro und in seine Arme stürzte. *Da kannst du lange warten, ich habe was ganz anders im Kopf als deine verquasten Liebesabenteuer, mein werter Chef.* Und tatsächlich ließen ihr die Ereignisse der vergangenen Tage keine Ruhe. Die Verdammten war der Spitzname, den sie den Pisus nach dem Zusammentreffen mit Giancarlo gegeben hatte. Nellys Doppelgängerin hockte gerade gemütlich auf der Fensterbank und sann über die merkwürdige Atmosphäre in der Turmwohnung nach – noch eine von Nellys Bezeichnungen, um das Spukschloss der Pisus zu benennen –, als Tano das Büro betrat und die Tür hinter sich schloss.

»Ich muss mit dir reden, Nelly. Lass uns heute Abend essen gehen.« Ein Fragezeichen gab es nicht. Sie starrte ihn mit offenem Mund an, derweil die andere Nelly rasch zurück in ihren Körper schlüpfte. *Am Ende ist Giancarlo Pisu nicht der Einzige, der hier schizophren ist.*

»Das fände ich total schön«, flötete sie und fühlte sich blöd. »Aber heute Abend habe ich schon was vor.«

Tanos Gesicht war fahl und angespannt. Er machte weder Anstalten, sich zu setzen, noch zu gehen.

»Dann morgen Abend. Ganz egal. Um acht hole ich dich ab.«

»Ich …« Nelly wollte noch sagen, dass das keine gute Idee sei, doch ihr anderes Ich knuffte sie mit dem Ellenbogen in die Seite. Sie wollte nicht mit Tano sprechen. Und sie wollte ihn schrecklich gern sehen. Die wenigen Sekunden, die dabei draufgingen, reichten ihm, um zur Tür zu gehen und zu verschwinden. *Vielleicht ist es besser, wenn wir uns sehen und das eine oder andere klären. So kann es schließlich nicht weitergehen. Aber wie sonst?*

An diesem Abend ging Nelly rechtzeitig nach Hause, um sich für ihre Verabredung zurechtzumachen. Sie kam nicht besonders oft in ein so schönes Lokal wie das Terrazze del Ducale und deshalb zog sie etwas Besseres aus ihrem spärlich bestückten Kleiderschrank, eine lange Jacke plus passender Hose aus schwarzer Seide. Nicht dass sie auf Luca Eindruck machen wollte, Gott bewahre. Ihre Affäre lag schon so lange zurück, dass sie inzwischen fast unwirklich erschien. Es war überhaupt nur dazu gekommen, weil Roberto, ihr Lebensgefährte und Vater von Maurizio, während eines Einsatzes getötet worden war und sie sich einsam und verzweifelt fühlte. Luca war Robertos bester Freund gewesen. Eine vorhersehbare und ein wenig trübe Geschichte, noch dazu, weil er verheiratet und sie mit seiner Frau befreundet war. Damals war ihr das vollkommen schnuppe gewesen. Heute bedauerte sie ihre jugendliche Rücksichtslosigkeit. Schmerz hin oder her, die Gefühle anderer gehörten nicht mit den Füßen getreten. Luca hatte die Entschuldigung, verknallt zu sein. Sie war es nicht. Als ihr klar wurde, dass seine Ehe kurz vor dem Aus stand, machte sie einen Rückzieher. Sie hatte ihn ohne ein Wort verlassen.

Obwohl ich ihn so behandelt habe, ist Luca mein Freund geblie-

ben. Wenn er sich mir gegenüber so verhalten hätte, hätte ich bestimmt nicht mehr mit ihm geredet. Seufzend schlang sie sich den bunten Wildseidenschal um den Hals, den Carlo ihr zu Weihnachten geschenkt hatte. Gold, Orange, Rot und Türkis, er war wunderschön. Sie streichelte ihn und hatte das Gefühl, Carlo stünde hinter ihr und umarmte sie, genau wie an jenem Abend, als er ihn ihr umgelegt hatte. Nur dass er Tanos Augen hatte. Sie schüttelte den Kopf und tupfte sich ein wenig Chanel No.5 auf. *Ein Klassiker, nichts Besonderes, aber wirkungsvoll. Und außerdem habe ich nie behauptet, besonders originell zu sein, geschweige denn perfekt.* Sie schlüpfte in ihren eleganten Mantel und verließ in Vorfreude auf das Abendessen das Haus. Seit sie ohne ihren Sohn lebte, befielen sie Teenagersehnsüchte nach Abenteuer und Freiheit oder zumindest – wie heute – nach einem Abend, der anders war als die anderen. Ihr übergroßes mütterliches Pflichtbewusstsein Mau gegenüber hatte sich gelegt, die Frau in ihr kam wieder zum Tragen und überraschte sie mit Wünschen, Sehnsüchten und Interessen, die sie schon als passé abgetan hatte. *Ob das der Anfang der Menopause ist? Soll sie doch kommen, die Menopause. Wen kratzt's, solange man liebt und gesund ist?*

Unterdessen war sie beim Palazzo Ducale angekommen. Voller Bewunderung für dieses erstklassig restaurierte Bauwerk durchquerte sie die riesige Eingangshalle. Ein Architekturstudium hätte ihr auch gefallen. Sie erreichte den Aufzug und fuhr in den obersten Stock. Leider konnte man zu dieser Jahreszeit nicht draußen auf der herrlichen Terrasse im Schatten des Grimaldina-Turms essen. Doch auch innen war das Lokal für einen besonderen Abend gut (wenn man einen Abend mit Luca denn so bezeichnen mochte): gedämpftes Licht, schlichte, elegante Einrichtung. Während sie noch daran dachte, wie sehr ein solches Diner ihre prekären Finanzen in Gefahr brächte, entdeckte sie Luca. Ein Kellner kam ihr entgegen, sie deutete auf den Tisch, und der Mann führte sie beflissen an ihren Platz und zog ihr den Stuhl zurück, während

Luca sich erhob, um sie zur Begrüßung auf die Wange zu küssen. Der Richter hatte einen guten Platz gewählt: direkt neben der breiten Fensterfront, weit ab vom Inneren des Lokals und der Tür. Auch von hier aus konnte man einen Ausschnitt des Panoramas erhaschen, das die Terrasse bot.

Luca lächelte sie an, ein herzliches und ein wenig schüchternes Lächeln. Das nur ihr gehörte. Ansonsten war Richter Ferrari alles andere als schüchtern. Er galt als harter Knochen. Der Kellner hatte ihr den Mantel abgenommen, und so blieb Nelly nichts weiter übrig, als sich in dem kleinen Polstersessel bequem zurechtzusetzen und ebenfalls zu lächeln. Das Tête-à-Tête mit Luca machte sie leicht befangen, obgleich sie in all den Jahren kaum an ihre kurze Affäre gedacht hatte und sie beruflich recht häufig miteinander zu tun gehabt hatten. Er hatte sich stets tadellos benommen. Jetzt fragte sie sich, ob sich hinter seiner Gentlemanfassade doch mehr verbarg, als sie ahnte – Groll? Wehmut? –, oder wirklich nur die Gleichgültigkeit der Zeit, die sich über alles legt. Für einen Moment war sie drauf und dran, ihn zu fragen, doch sie fand nicht die richtigen Worte. Der Dialog zwischen ihnen war eingespielt, bewegte sich auf sicheren Bahnen, weitab von emotionalen Fallstricken. *Unsere Vergangenheit sparen wir lieber aus.*

Die Unterhaltung plätscherte dahin, ohne dass Nelly den Zweck ihres Treffens für einen Moment aus den Augen gelassen hätte, derweil Luca sich gar nicht mehr daran zu erinnern schien. Dem Champagner folgte ein Antipasto von Jakobsmuscheln. Während sie sich an das Trüffel-Risotto machten, sprach Nelly das Thema an, das ihr am Herzen lag, und fragte Luca, was er von Avvocato Pisu hielt. Was für ein Mensch er gewesen sei. Das Schweigen, das ihrer Frage folgte, überraschte sie. Eifrig und konzentriert kaute der Richter auf seinem Risotto herum. Dann tupfte er sich den Mund mit der Serviette ab und blickte sie ohne eine Spur von Schüchternheit oder Herzlichkeit an.

»Wieso interessierst du dich für Anselmo Pisu, Nelly?«

Verblüfft über den eisigen, forschenden Ton flatterte Nelly mit den Lidern. Was steckte hinter dem Tod von Sandras Cousin? Sollte sie Luca alles sagen? Ohne auf ihre warnende innere Stimme zu hören, entschied sie sich dafür.

»Erinnerst du dich an Sandra Dodero, meine Journalistenfreundin, die beim ›Secolo‹ arbeitet?«

»Sandra Dodero? Aber natürlich erinnere ich mich an sie. Die beherrscht ihr Metier, auch wenn sie manchmal eine echte Nervensäge ist. Was hat die Dodero mit Anselmo Pisu zu tun?«

»Er war ihr Cousin. Also kein berufliches Interesse ihrerseits. Aber das ist nicht alles.«

Nelly legte fast alle Karten auf den Tisch. Sie erzählte von den Befürchtungen der Angehörigen, insbesondere von Marilena Pizzi, der Tod des Anwalts könnte kein Unfall gewesen sein. Allerdings erwähnte sie weder den Tod des Vaters noch den Drohbrief, den Marilena in der Schreibtischschublade gefunden haben wollte. Als sie zu Ende geredet hatte, saß Luca einen Moment lang schweigend da und sah sie über den Tisch hinweg an. Unterdessen hatte der Kellner die leeren Risotto-Teller abgeräumt und den Hummer *alla Catalana* gebracht. Nelly bedauerte, dass sie mit dem Thema nicht bis zum Ende des Essens gewartet hatte, aber nun war es zu spät. Sie widmete sich dem Hummer, damit Luca sich auf eine Antwort besinnen konnte. Doch er machte keinerlei Anstalten zu reagieren. Ungefähr eine Viertelstunde später – sie waren bereits beim Birnensorbet angelangt – kam schließlich ein Lebenszeichen.

»Anselmo Pisu war ein harter, ehrgeiziger Mann. Er wollte immer und um jeden Preis gewinnen. Brillant und äußerst unangenehm. Seine Kanzlei gehört zu den angesehensten der Stadt. Seine letzten Mandanten waren in eine heikle Sache verstrickt, das Verfahren beginnt bald, bestimmt hast du davon gehört: Es geht um den Skandal bei der Global-Bank. Die Sache mit den amerikanischen Subprime-Krediten. Ob das Betrug seitens der Bankführung war oder nicht und ob für das Verschwinden dieser Milliardenbeträge ein zynisches, betrügerisches Schicksal verantwortlich ist oder ob sie irgendjemandem in die Tasche gewandert sind. Einer Partei beispielsweise. So zumindest lautet die Anklage.«

»Scheiße.«

»Du sagst es, meine Liebe.«

Langsam dämmerte es Nelly, weshalb Luca beim Thema Anselmo so zurückhaltend war. Doch wieso sollten sie den Verteidiger eines Verfahrens umbringen, das noch gar nicht begonnen hatte?

»Und du meinst, zwischen dem Verfahren und Pisus Tod könnte es einen Zusammenhang geben?«

Sie waren beim Kaffee angelangt, und Luca nippte entspannt zurückgelehnt an seiner Tasse.

»Ich weiß nicht, was ich sagen soll. Es erstaunt mich, dass die Pisus die Drohbriefe nicht umgehend der Polizei übergeben haben. Womöglich hätte das nichts gebracht, aber vielleicht doch ...«

»Anselmo war wohl entschieden dagegen. Sandra hat mir gesagt, er hätte sie gar nicht ernst genommen.«

Luca verzog den Mund. »Typisch für Anselmo Pisus Arroganz.«

»Das Merkwürdige ist, dass alle Angehörigen diese Drohungen bekommen haben, nicht nur er. Wenn man ihn damit einschüchtern wollte, mal abgesehen davon, dass er deinen Schilderungen nach nicht der Typ scheint, der sich leicht einschüchtern lässt, wieso hat man sie ihm nicht direkt geschickt, und nur ihm? Was meinst du?«

Luca stellte die Tasse ab und winkte dem Kellner. Dauernd diese Ausweichmanöver! Er bestellte einen Cointreau, sie einen Sambuca. Nelly konnte sich nicht mehr entspannen. Von wegen nettes Wiedersehen. Was sie am meisten verblüffte, war Lucas Distanziertheit, seit er erfahren hatte, dass Sandra etwas damit zu tun hatte.

»Luca, fürchtest du vielleicht, Sandra könnte einer heißen Sache auf der Spur sein? Dass sie an der Global-Bank dran und deshalb auf mich zugekommen ist?«

Sein Gesichtsausdruck verriet, dass sie ins Schwarze getroffen hatte. Auch wenn er sich nicht sicher war, hatte Luca den Verdacht, Sandras Interesse könnte nicht allein familiärer Natur sein.

»So wie ich die Dodero einschätze, würde sie für eine brandheiße Geschichte ihre eigene Mutter verkaufen. Und diese Angelegenheit hat es wirklich in sich, verstehst du, Nelly? Wenn ein Journalist darin herumstochert ...«

»Du irrst dich, Luca. Sandra ist nicht so.«

Luca lächelte sie an, sah zur Decke und fuhr sich mit den langen, gepflegten Fingern durchs graue, nicht mehr ganz dichte Haar.

»Vielleicht tue ich ihr wirklich unrecht. Aber manchmal trifft man doch den Nagel auf den Kopf.« Er griff nach ihrer Hand auf dem Tisch, während sie an ihrem Sambuca nippte. Ohne die Hand zurückzuziehen, sah Nelly ihm ernst in die hellen Augen.

»Von mir hat Sandra nie etwas erfahren, was sie nicht wissen sollte, und das wird auch so bleiben. Und außerdem habe ich nicht die geringste Lust, meine Nase in Angelegenheiten zu stecken, die mich nichts angehen, Luca. Ich hoffe, das weißt du.«

Sein zerknirschtes Jungengesicht machte ihn wieder sympathisch.

»Ich halte dich doch nicht für einen Maulwurf, Gott bewahre. Ich habe dich nur gewarnt, das ist alles. Und jetzt lass uns zu persönlicheren Dingen übergehen. Bist du noch immer mit diesem Seefahrer zusammen?«

Die Bezeichnung ließ Nelly schmunzeln.

»Mit diesem Seefahrer, ganz genau. Und wie geht es bei dir und Maria Antonia? Bei Anselmo Pisus Beisetzung habe ich sie nicht gesehen.«

»Wir führen getrennte Leben. Wir sollten uns endlich ein für alle Male entscheiden, aber am Ende ist es nicht so einfach. Ich ...«, er sah sie fast entschuldigend an, «habe eine ernste Beziehung. Sie ist Anwältin, geschieden, siebenunddreißig Jahre alt. Gut möglich, dass sich da in nächster Zeit was tut. Vielleicht kennst du sie, Fiorenza De Mattei, sie arbeitet in Pisus Kanzlei und war auch bei der Trauerfeier. Sie drängt mich natürlich zur Scheidung, möchte, dass wir zusammenleben. Kinder, ein neuer Anfang …«

Einen Augenblick lang starrte Nelly ihn mit offenem Mund an. In seinen grauen Augen lag ein altbekanntes Leuchten, das sie seit Jahren nicht mehr gesehen hatte. *Ein weiterer treuer Verehrer, der sich verabschiedet. Ein neuer Anfang … Und wieso nicht? Du bist echt egoistisch, Nelly. Soll sich der arme Kerl etwa ein Leben lang nach dir verzehren?*

»Das freut mich wirklich sehr für dich. Ja, ich kenne Fiorenza De Mattei, aber nur sehr flüchtig. Sie scheint eine wirklich gute Anwältin zu sein. Sieht auch super aus.«

Ihre Stimme klang flach, trotz der Herzlichkeit, die sie hineinzulegen versuchte. Vor Nellys Augen erschien eine schlanke, rothaarige Frau, *rothaarig, wie ich!*, nicht wirklich hübsch, aber mit dem gewissen Etwas, das sie vom Gros ihrer Kolleginnen abhob. *Schau an, der Luca. Und ich wollte seine Ehe retten.*

»Ja, es ist großartig, wenn man wieder zu leben beginnt. Jahrelang«, vielsagender Blick, *o nein!*, »habe ich nicht richtig gelebt. Die Liebe ist für jeden wichtig, auch für reife, langweilige Richter wie mich.« Er lachte.

Nelly wurde die Engherzigkeit ihrer Reaktion bewusst. Jetzt griff sie nach seiner Hand. Ihre Stimme klang warm und aufrichtig.

»Ich freue mich wirklich sehr für dich.« Unwillkürlich entfuhr ihr ein Seufzer. »Es gibt nichts, was dem Leben mehr Sinn verleiht als die Liebe, auch wenn das verdammt nach Glückskeks-Zettelchen klingt.«

Später brachte Luca sie nach Hause. Langsam schlenderten sie nebeneinander her. Vor Nellys Haustür verabschiedeten sie sich mit einem Kuss auf die Wange. Ohne zu wissen, warum, kam es Nelly vor wie ein Lebewohl.

»Die werden anfangen zu ermitteln … Überall herumschnüffeln… glaubst du, dass …« »Hör auf, dir Sorgen zu machen. Sollen sie doch ermitteln. Die werden sich die Zähne ausbeißen. Falschen Fährten folgen und nichts rauskriegen. Wie sollten sie auch?« »Stimmt, wie sollten sie auch.«

VII

Tano war nervös. Er blickte noch nicht einmal auf, als Nelly vor ihm stand und ihm einen Kaffee hinhielt, sondern riss ihr nur die Tasse aus der Hand und kippte den Inhalt in einem Schluck hinunter.

»Widerlich. Nach Neapel müsste man die schicken, damit sie lernen, anständigen Kaffee zu machen.«

Eine widerspenstige Strähne fiel ihm in die Stirn. Er trug ein hellblaues Button-down-Hemd, Tweedjackett und graue Hosen. Keinen Schlips. Mit einem Stich im Herzen stellte Nelly fest, dass er für sie der bestaussehende Mann der Welt war. Sie schluckte.

»Glaubst du wirklich, Volponi hat Rivelli und dich wegen dieser schwammigen Pisu-Geschichte einbestellt? Merkwürdig.«

»Was weiß denn ich, verdammt? Der nervt doch immer. Wenn er anruft, gibt's Stress, und er hat die Affäre um die Global-Bank durchblicken lassen.«

Nur selten geriet Tano über den Polizeipräsidenten derart in Rage, irgendetwas lag ihm offenbar gehörig quer. Suchend blickte er sich nach einem Gegner um, den er in Stücke reißen konnte. Er war aufgestanden, tigerte in seinem Büro auf und ab und warf Nelly grimmige Blicke zu, die gerade den letzten Schluck ihres tatsächlich nicht sonderlich schmackhaften Kaffees hinunterkippte. Schließlich blieb Tano anklagend vor ihr stehen.

»Die Verabredung gestern Abend war also mit deinem netten Freund Luca. Ich wette, ihr habt über Avvocato Pisu geredet. Außerdem musste ich erfahren, dass du die Nase in die entsprechende Akte gesteckt und darüber mit Rivelli geredet hast. Kannst du mir verraten, warum du die Sache nicht mit mir besprochen hast, obwohl ich drei Türen weiter sitze? Na? Mit mir, deinem direkten Vorgesetzten, der dich zur Beisetzung mitgenommen hat … und überhaupt?«

Paolo, du mieses Aas, musstest du das Tano stecken? Nelly fühlte sich dermaßen ertappt, dass ihre gewohnte Schlagfertigkeit sie im Stich ließ.

»Ich hab das nicht für wichtig gehalten. Meine Freundin Sandra ist die Cousine des Toten, und Rivelli hat dich bestimmt über alles informiert, Drohbriefe eingeschlossen. Sandra hat mich als Freundin angerufen, um meine Meinung zu diesen Briefen zu hören. Und was Luca betrifft, er kannte Anselmo Pisu gut, und ich wollte von ihm wissen, was für ein Typ der berühmte Anwalt war. Stattdessen kommt heraus, dass vielleicht der Skandal um die Global-Bank dahintersteckt. Was wusste ich denn schon von den Hintergründen, die angesichts der derzeitigen Sachlage wohl eher wilde Vermutungen sind? Ich hätte es dir heute Morgen eh gesagt, es gibt also keinen Grund, so sauer zu werden.«

Er warf einen nervösen Blick auf seine Armbanduhr, der Wanduhr traute er offenbar nicht, und das aus gutem Grund.

»Es ist so weit, ich muss zum Oberboss. Wir sehen uns nachher, Nelly.«

Auch der Dienstag ist gelaufen. Leicht außer Atem steigt Nelly die Treppen zu ihrer Wohnung hinauf, denkt über Tanos Feindseligkeit nach und kommt zu dem Schluss, dass er durchaus einen Grund hat, auf sie sauer zu sein. Sie hätte ihn einweihen sollen, verflixt. Was hat sie sich nur dabei gedacht, ihn auszuschließen und sich hinter seinem Rücken mit Luca zu treffen? Ein reuevoller Seufzer entfährt ihr. Dabei ist sie doch sonst nicht so selbstkritisch. Sie schließt die Tür auf und stolpert fast über Silvestro, der wie ein Pfeil davonstiebt.

»Schon gut, schon gut, das Fresschen. Habt ihr vielleicht auch noch andere Interessen, vielleicht kultureller Art?«

Mühsam umdribbelt sie die Katzen, die ihr hungrig um die

Beine streichen. In der Küche holt sie die Lachs-Brekkies unter der Spüle hervor und füllt damit großzügig die verschiedenfarbigen Schüsseln. Dann gießt sie Milch in drei Glasschälchen und kann sich endlich von den Nervensägen befreien. Weg mit den Schuhen, einen nach rechts, den anderen nach links, eine Blitzsuche nach den Dr.-Scholl-Sandalen, dann schält sich Nelly aus dem schwarzen Pulli und dem karierten Rock und verschwindet im Bad.

Die Szene vom vorigen Abend wiederholt sich. Sie sucht das passende Outfit für eine Essenseinladung heraus, doch Nelly ahnt, dass Tano nicht in der Stimmung sein wird, Unsummen in einem schicken Restaurant auszugeben. Eine Pizza und fertig, und wenn es gut läuft, will er die Rechnung nicht mit ihr teilen. *Was das angeht, lässt du zu wünschen übrig, mein Guter. Und hack nicht zu sehr auf mir rum, sonst sind meine Gewissensbisse ganz schnell dahin und ich kratz dir die Augen aus.* Nelly zieht sich an und stellt betrübt fest, dass ihre Taille wieder dicker zu werden droht. Aber wer jeden Abend ausgehen und sich sinnlos vollstopfen muss … Zum x-ten Mal fällt ihr Blick auf das Telefon. Es bleibt stumm. Auch das Handy gibt kein Lebenszeichen von sich. Dieser Mistkerl von Mau lässt nie von sich hören. *Keine Neuigkeiten sind gute Neuigkeiten. Wenn er was braucht, wird er sich schon melden.* Das lockige Haar ist fast trocken. Ein bisschen Make-up, ein Hauch Parfüm, *nur ein Hauch, ich will ihn schließlich nicht verführen, die Bernsteinkette, auf dem Schwarz kommt die gut.* Es klingelt, das ist er, ab auf die Bühne.

Tano hat das *Lanterna* ausgewählt, Nellys Lieblingsrestaurant. Es liegt in der Altstadt, und sie gehen zu Fuß. Nellys Outfit ist für den Anlass genau richtig, das Lokal ist einfach und ohne Schnickschnack. Sie betreten den engen Raum, rechts der Tresen, hinter dem der Wirt seine Gäste und den Kellner im Auge hat. Links ein paar Tische, hinten ein bogenförmiger Durchgang, der in einen weiteren Gastraum führt. Sie setzen sich in den vorderen Teil an die Wand. Der Wirt, ein schnurrbärtiger, kräftiger Kerl, blickt neugierig zu ihnen herüber. Er kennt Nelly gut und sieht sie abwechselnd mit Carlo oder Tano. Zu gern würde er wissen, was Sache ist und mit wem sie was am Laufen hat. Vielleicht mit beiden, denkt er und macht sich daran, die Gläser zu polieren und auf die Borde zu stellen. Nelly vertieft sich in die Karte, obwohl sie schon genau weiß, dass sie Fischsuppe nehmen wird. Dazu den Weißwein des Hauses. Tano ist in eine wissenschaftliche Analyse der Gerichte vertieft. Als der Kellner kurzatmig auf ihren Tisch zusteuert – das Lokal ist voll, Tano muss vorbestellt haben –, nickt sie ihrem Begleiter bestätigend zu und lässt ihn Fischsuppe für die Signora und Sardellen mit Zitrone und Stockfischfrittelle für sich bestellen. Weißwein des Hauses, einen halben Liter Mineralwasser mit Sprudel für Nelly und einen halben Liter ohne für ihn. Der kulinarische Teil ist geklärt. Um Zeit zu schinden, knabbern sie Grissini, seine Hände sind nervös, und er blickt sich um, als wollte er sich jedes Gesicht einprägen. Eine echte Berufskrankheit. Seufzend spielt er mit der Serviette. Nelly hat ihn noch nie so zögerlich gesehen. Sie hat die gespannte Stimmung satt und versucht es mit einem Ablenkungsmanöver.

»Was hältst du von der Pisu-Geschichte? Verbrechen oder Unfall? Und wird das jemals rauskommen, wo doch die Autopsie und die Untersuchungen nichts ergeben haben? Wollte Volponi euch deshalb heute sprechen?« Der Weiße geht runter wie nichts.

»Volponi ist paranoid, der hat wie immer Schiss, dass irgendwelche Informationen zu Fällen durchsickern, die auch nur im Entferntesten etwas mit Politik zu tun haben könnten. Und was den Pisu-Fall angeht, wieso sagst du mir nicht, wie es zugegangen ist? Bist du nicht diejenige mit den übersinnlichen Fähigkeiten?«

Ironischer Ton, provozierender Blick. Tano spielt auf die Ereignisse des letzten Sommers an, als Nelly mit Hilfe von Claire, einer senegalesischen *Madame* mit übersinnlichen Fähigkeiten, auf recht unorthodoxe Weise an entscheidende Informationen im Fall des Serienkillers Simba gekommen war. Unter Gefahr für Leib und Leben. Die Erinnerung löst bei Nelly eine leichte Übelkeit aus.

»Hast du ein Problem mit mir? Dann red' nicht um den heißen Brei, sondern spuck's aus.«

Sie hat ihr Glas abgestellt und sieht Tano direkt an. Der Wein und die Feindseligkeit ihres Gegenübers haben ihr die Röte in die Wangen getrieben. Sie hat versucht, leise zu reden, doch offenbar vergeblich, denn der Wirt schielt verstohlen zu ihnen herüber. Offenbar gefällt Tano ihre Reaktion, ein unangenehmes kleines Lächeln erscheint auf seinen Lippen.

»Ich möchte wissen, was du von mir willst. Wie ich mich verhalten soll. Wie dein Teddybär, der dich tröstet und die Scherben zusammenfegt, während du auf die Rückkehr deines Kriegers wartest?«

Er umklammert das Weinglas so fest, dass seine Fingerknöchel weiß hervortreten. Nelly merkt, dass Tano kurz vorm Siedepunkt ist, und versucht sich im Zaum zu halten.

»Du wusstest doch von mir und Carlo. Dass ich ihn liebe, dass ich ihn nicht verlassen will, auch wenn ...« *O nein, bitte nicht, mir zittern die Lippen, ich blöde Kuh!* »Auch wenn ich mich bis über beide Ohren in dich verknallt habe. Er hat das einfach nicht verdient. Ich weiß, dass er der richtige Mann für mich ist. Vielleicht gerade weil er nie da ist, kann sein.« Herausfordernd hebt sie das Kinn. »Was soll ich machen? Eine Versetzung beantragen, damit ich dich nicht mehr sehe? Und du, wie steht's mit dir? So wie's aussieht, bist du auch nie lang allein. Du bist um meinetwillen nicht gerade zum Mönch geworden. Von wegen Teddybär, mit wie vielen bist du ausgegangen – Euphemismus –, seit wir uns kennen? Wenn du nicht die richtige Frau für dich findest oder einfach nur in der Gegend rumvögeln willst, musst du das nicht an mir auslassen.«

Tano holt tief Luft. Der Zorn verschwindet aus seinem Gesicht. Er nickt und gießt sich Wein nach.

»Du hast recht. Aber Gefühle lassen sich nun einmal nicht so ohne weiteres kleinreden. Wir leben nicht nur nach unserer Vernunft.«

Nelly fühlt sich ausgelaugt. Erschöpft. Sie hält ihm das leere Glas hin, ihre Lippen sind schmal, doch ihr Blick ist sanft. Er schüttelt resigniert den Kopf.

»Ich will nicht, dass du dich versetzen lässt. Um nichts in der Welt. Lieber lass ich mich versetzen.«

Tano klingt entschlossen. Nelly zuckt zusammen und spürt einen Kloß im Hals.

»Untersteh dich!«

Der Ausruf kommt derart spontan, dass Tano sich zu einem breiten Grinsen hinreißen lässt. Seine blauen Augen funkeln herausfordernd.

»Das möchtest du nicht?«

»Nein, bloß nicht.«

»Und wieso nicht?«

»Keine Ahnung.«

»Versuchen Sie nicht abzulenken und antworten Sie auf meine Fragen. Wieso nicht?«

Er hat seinen Verhör-Ton angeschlagen, und Nelly muss lachen. Der Wein macht sich langsam bemerkbar. Die Situation erscheint plötzlich weniger tragisch, eher amüsant und aufreizend. *Mach keinen Blödsinn. Das gibt nur Ärger.* Doch sie hat keine Lust, auf die Stimme der Vernunft zu hören.

»Weil du ein hervorragender Polizist bist?«

Tano legt den Kopf schief. Nelly steht mit dem Rücken an der Wand, doch sie schlägt sich tapfer.

»Keine Schmeicheleien, die Wahrheit.«

»Weil du so gute Restaurants kennst und so viel von Essen und Wein verstehst?«

Er runzelt drohend die Stirn. Sein Zeigefinger wackelt vor Nellys Nase hin und her.

»Vorsicht, Sie reiten sich immer weiter rein. Versuchen Sie nicht, mir was vorzumachen.«

Nelly lässt den Kopf nach vorn fallen. Die roten Locken verbergen ihr Gesicht. Sie sieht aus wie eine Schuldige.

»Dann muss ich wohl auspacken. Aber ich will einen *Deal*.«

Tano schüttelt ernst den Kopf.

»Wir sind nicht in Amerika, Herzchen.«

»Aber ich habe doch schon gestanden. Sagen Sie mir nicht, dass Sie das nicht mehr wissen, Dottor Esposito!«

»Nein, ich weiß es nicht mehr. Können Sie es wiederholen?«

Tanos Gesicht ist jetzt ganz dicht vor ihrem. Mit einem letzten Funken von Klarheit fragt sie sich, was zum Teufel sie da eigentlich macht. Tano ist ein Aal. Manchmal scheint er wirklich aufrichtig verliebt und bei der Sache zu sein, doch ihm zu trauen ist gefährlich. Im nächsten Augenblick ist er wieder gleichgültig. Abwesend. Im Sommer waren sie sich nähergekommen, dann hatte sie mit Carlo Ferien in der Camargue gemacht. Das Knistern zwischen ihnen schien verpufft. Beim Bootsmesse-Fall waren sie sich dann wieder dermaßen nahegekommen, dass die Funken schlugen, dann hatte er sich zurückgezogen und etwas mit Anita angefangen. Seit einiger Zeit umkreiste er sie wieder beharrlich und störte ihr durch Carlos und Maurizios Abwesenheit ohnehin schon labiles inneres Gleichgewicht. *Was kann das bringen? Nur Ärger Verwirrung Gewissensbisse Durcheinander. Eine Beziehung am Arbeitsplatz, was Beschisseneres kann's kaum geben. Schon mein Vater pflegte zu sagen: Hack das Holz fern vom Wald.* Genau. Nelly lässt zu, dass er ihre Hand nimmt und an die Lippen führt, sie rückt näher und flüstert ihm sanft ins Ohr: »Du willst es also noch mal hören, was? Na schön, ich gestehe. Ich habe mich in dich verknallt, Mistkerl.«

VIII

»Du führst was im Schilde, ich weiß es. Was hast du vor? Sag's mir!«
»Besser nicht. Du würdest dir nur Sorgen machen, und das will ich nicht. Lass die Dinge ihren Gang gehen. Überlass die Sache mir. Vertrau mir. Du musst Vertrauen haben.« »Es ist zu wenig Zeit vergangen, seit … Die würden Verdacht schöpfen. Wir dürfen nicht übertreiben.« »Übertreiben? Du bist gut. Nicht wir haben übertrieben, sondern die. Es reicht, ich will nicht mehr darüber sprechen – wart's ab, du wirst schon sehen.«

Wie war der Abend ausgegangen? Der Abend vor zwei Wochen, der in Tanos behaglichem großen Bett geendet und seitdem nicht der einzige geblieben war? Nelly blickte aus ihrem Bürofenster auf den Park am Corso Aurelio Saffi. Der Februar hatte es mit den Genuesern gut gemeint, eine fast frühlingshafte Sonne hatte die Stadt mit ihrer milden Wärme verwöhnt und die winterstarren Begehrlichkeiten ihrer Bewohner wieder zum Leben erweckt. Wie auch die derer, die am Schreibtisch hockten und für das Wohl der Gemeinschaft malochten wie sie. Das Ergebnis des Treffens im Lanterna war ein feiger Kompromiss gewesen, der Nelly absolut glücklich und entspannt machte und sie mit sich selbst und dem Leben versöhnte. Gerade gönnte sie sich eine kleine Pause und ließ den Abend mit halb geschlossenen Augen und einem Kaffee in der Hand noch einmal Revue passieren. Wenn man zwei Männer auf einmal hat, sind Vergleiche respektlos und ungerecht, aber leider unausweichlich. Und Nelly war zu einem Schluss gekommen: Die beiden Männer ihres Lebens waren einfach grundverschieden. Jedoch beide perfekt für sie. Sexuell gesprochen, versteht sich. In einem Theaterstück – Drama? Lustspiel? – käme Carlo die Rolle des Ehemannes und Tano die des Liebhabers zu. Seine Hände auf ihrer Haut, der gebrochene Widerstand, die Hingabe, die Leidenschaft ... *o dolci baci, o languide carezze** ... Immer wenn sie an ihre Treffen dachte, kam Nelly die Arie aus *Tosca* in den Sinn, sie sang sie sogar mit dümmlich verklärter Miene vor sich hin, genau wie jetzt. Das Telefon riss sie aus ihren Gedanken, in denen sie sich, wie sie in einem Moment lächelnder Selbstkasteiung befand, suhlte wie ein Ferkel im Dreck.

»Sandra, wie geht's dir? Das tut mir leid. Und wieso? Was ist los? Schön, komm doch heute Abend zu mir, aber red mir ja nicht schon wieder von den ... Okay, okay. Komm, wann du willst, ich koch dir was Nettes, in Ordnung? Wie du willst, dann kriegst du eben nur ein Glas Bourbon. Bis nachher.«

Hoffen wir mal, dass sie mir nicht wieder mit den Verdammten kommt. Die Sache war ins Stocken geraten oder vielmehr gar nicht erst in Fahrt gekommen. Avvocato Pisu war aus dem dritten Stock seines Hauses den Treppenschacht hinabgestürzt, weil er – gestolpert war? Sich plötzlich schlecht gefühlt hatte? Selbstmord war äußerst unwahrscheinlich, da er zum Zeitpunkt des Unfalls offenbar weder sonderlich verzweifelt noch besorgt gewesen war. Was jedoch keiner wissen konnte, da niemand es gesehen hatte, war, ob vielleicht jemand mit einem beherzten Stoß nachgeholfen hatte. Es gab weder Kameras im Treppenhaus noch Zeugen. Der Hausmeister hatte zur fraglichen Zeit woanders zu tun gehabt, keiner der Nachbarn war vorbeigekommen. Nelly hatte Rivelli nach seinen Eindrücken von seinem Besuch bei Anselmo Pisus Witwe gefragt. Paolo Rivelli war für Stimmungen besonders empfänglich, was sich schon häufig ausgezahlt hatte. Zerstreut brachte Nelly ihren Schreibtisch in Ordnung und rief sich ins Gedächtnis, was der Kollege ihr von seinem Besuch in der Wohnung des Anwalts, ein Penthaus in der Via Rimassa in Foce, berichtet hatte.

* (it.) Oh! Süsse Küsse, o sehnsüchtiges Kosen

»Du weißt schon, einer von diesen Palazzi aus den Fünfzigern, die auch heute noch ganz okay sind, zumindest, was die Lage angeht, aber der Verkehr ist die Hölle und die müssten dringend mal von Grund auf saniert werden. Na ja, vor vierzig, fünfzig Jahren war das bestimmt 'ne top Lage. Ich komme rein und stehe vor einem Pitbull, der mich aus seinen kleinen, bösen Äugelchen anstarrt, als wollte er sagen: ›Dein letztes Stündlein hat geschlagen.‹ Zum Glück ruft ein zuckersüßes Stimmchen, ›Komm hierher, Honey‹, die haben diese Knochenbrechermaschine doch tatsächlich Honey genannt!, und das Biest macht auf dem Absatz kehrt und rollt sich zu Füßen einer blassen Blondine zusammen, die aussieht wie achtzehn, aber mindestens vierundzwanzig oder fünfundzwanzig sein muss. Die Tochter des Toten, Serena Pisu. Sie studiert Jura, hat sie mir gesagt. Mit ein paar Kilo mehr auf den Rippen und ein bisschen Kollagen in den Lippen wäre die gar nicht so übel. Sie hat mich ins Wohnzimmer geführt. Solide Einrichtung, nix Extravagantes, aber an den Wänden – wer hätte das gedacht? – moderne Kunst bis zum Abwinken. Unser Freund hat moderne und zeitgenössische Kunst gesammelt. Mit Roboterstimme erklärt sie mir die für meine Begriffe nichtssagenden Schinken an der Wand. Ich setze mich und sehe mich um, schalte auf Durchzug und sauge die Atmosphäre ein. Kalt und steril, keinerlei Schwingungen. Oder doch, eine Schwingung gab's, nämlich die Angst, die ganz entfernt aus der Roboterstimme des Mädchens herauszuhören war. Die Tür geht auf und die Mutter kommt rein. Nicht schlecht für ihr Alter, naturblond, wenn auch inzwischen ein bisschen nachgeholfen. Ihre Augen schießen hin und her wie zwei wild gewordene Spatzen. Das Mädchen kreischt los: ›Hast du deine Medikamente genommen? Du weißt doch, dass du sie nehmen musst! Muss ich mich denn um alles kümmern?‹ Doch die Mutter unterbricht sie mit einer Handbewegung und sagt: ›Geh raus, Serena, es ist besser, ich rede allein mit Dottor …‹ ›Rivelli, Signora. Wir haben uns bereits kennengelernt, ich kümmere mich um den Fall ihres Ehemannes.‹ ›Rivelli, richtig, wusste ich's doch.‹ Das Blondchen steht einen

Moment lang gaffend da, Honey wittert die verquere Situation, steht knurrend auf und starrt mich an, als könnte nur ich der Schuldige für das drohende Fiasko sein. Dann fasst sich Frauchen endlich ein Herz, packt ihn am Halsband, schleift ihn hinaus und knallt die Tür zu. Die Mutter fordert mich auf, Platz zu nehmen, und lässt sich, nachdem sie sich eine Flasche Portwein und zwei Gläser geschnappt und auf den Couchtisch gestellt hat, aufs Sofa fallen. Ich lehne ab, sie füllt beide Gläser und kippt eines nach dem anderen hinunter. Ich schwöre. Dann blickt sie in den Himmel vor dem großen Fenster und sagt: ›Sie werden bestimmt Untersuchungen angestellt haben, das ist nun mal so üblich, doch das mit meinem Mann war ein Unfall. Davon bin ich überzeugt. Aber wenn Sie trotzdem etwas über uns wissen wollen, sage ich Ihnen gleich, zwischen mir und meinem Mann war seit gut zehn Jahren nichts mehr, wir liebten uns nicht mehr, aber er war ein anständiger Mensch, der stets seine Pflicht getan hat, bedenkt man bloß das Unglück mit Giancarlo und die Tatsache, dass er in den letzten Jahren eine Alkoholikerin als Frau ertragen musste, seit … seit bei meinem Sohn die ersten Krankheitssymptome aufgetreten sind. Serena war seine einzige Freude, ein großartiges Mädchen, das eine mutigere Mutter verdient hätte. Und eine gesunde. Mehr habe ich Ihnen nicht zu sagen, Dottor Rivelli, auf Wiedersehen.‹ Und dann ist sie rausgetorkelt. Honey kommt rein, überglücklich, mich jetzt endlich ungestört in Stücke reißen zu können, also greife ich in die Tasche und entsichere meine Pistole, bereit, zur Not auch ein Loch in meine Jacke zu schießen. Da kommt die Kleine rein, jagt ihn raus und setzt sich zitternd. Sie sagt, es tue ihr leid, ihrer Mutter gehe es schlecht und sie wisse nicht, was sie von der ganzen Geschichte halten soll, und falls jemand ihren Vater umgebracht habe, so könne das nur ein niederträchtiger, gemeiner Mörder gewesen sein, ihr Vater sei ein verkannter Heiliger gewesen. Ihre blauen Kulleraugen sind voller Tränen, und ich bin kurz davor, sie in den Arm zu nehmen wie ein kleines Kind. Sie zieht die Nase hoch, und auf meine Frage, ob der Bruder auch hier wohne, sagt sie, theoretisch schon, aber oft würde er für eine Weile verschwinden und dann würde sie sich schreckliche Sorgen machen. Jetzt zum Beispiel sei er gerade wieder unauffindbar und sie könne nur hoffen, dass er an seine Medikamente denke. Also frage ich, ob ich einen Blick in das Büro des Vaters werfen dürfe, und sie ist ganz baff, weil schon zwei Herren da waren, Kollegen, die alles fotografiert haben, im Büro auch. Alles klar, Nellyschätzchen? Der Geheimdienst. Ohne uns was zu sagen. Ich hab ein bisschen rumtelefoniert, um sicherzugehen. Alles in Ordnung, alles okay. Verstehst du? Das ist alles.«

Nelly hatte gehofft, die seltsame Geschichte endlich los zu sein. Sollte es ihn geben, hatte der Typ, der den Anwalt umgebracht hatte, ganze Arbeit geleistet und war drauf und dran, damit durchzukommen. Andererseits hatte auch ein Anwalt, dessen Mandanten in einen hochbrisanten Fall verwickelt waren, das gottverdammte Recht, einen dämlichen, absurden Unfall zu haben und sich den Hals zu brechen. Diese ewige Hinterfragerei war zum Kotzen. *Nun ja, die anonymen Briefe, der vom Fahrerflüchtigen überfahrene Vater … Doch was hatte der alte Giacomo Pisu mit der Global-Bank-Affäre zu tun? Und wieso macht Volponi sich ins Hemd, als handelte es sich um eine Staatsaffäre? Schluss jetzt, ich brauche Luft.* Sie schmiss sämtliche losen Blätter in eine Ablageschale, damit der Schreibtisch halbwegs ordentlich aussah. Besser als nichts. Sandra hatte sie fast vergessen.

Die Verabredung fiel ihr erst wieder ein, als sie quasi schon vor der Haustür stand. Sie machte auf dem Absatz kehrt und steuerte eine offene Pizzeria an. Die zahllosen Focaccerien und ihre chinesischen, arabischen, jordanischen und thailändischen Pendants, die in den letzten Jahren in den Gassen der Altstadt eröffnet hatten, hatten Nelly das Leben sehr viel leichter gemacht, auch wenn sie der gesunden Ernährung nicht immer zuträglich waren. Sie nahm vier Stücke, Margherita, Peperoni, Quattro Stagioni und Gorgonzola, und kehrte nach Hause zurück. Sie wusste doch, wie

Sandra tickte. Nein, bloß kein Essen, nur ein Bourbon, aber dann gab's kein Halten mehr. Es war besser, gewappnet zu sein. *Das letzte Mal, als ich Pizza in dem Laden besorgt habe, war's ein guter Abend …* Der Gedanke verursachte ihr zu Recht Gewissensbisse. Carlo, der extra aus Hamburg angeflogen war, um bei ihr zu sein. Ihre wunderschöne gemeinsame Nacht, die Wärme seiner Nähe. Und sie hatte sich einen Liebhaber zugelegt – die Male davor mit Tano waren reine Ausrutscher gewesen und zählten nicht – und war dazu noch glücklich darüber, so sehr, dass sie sogar froh war, ihren Sohn in weiter Ferne zu wissen und freie Hand zu haben. *Untreue, verlogene Rabenmutter. Aber das Leben ist so kurz. Und hat mein Großvater nicht immer gesagt, eine Freude ist mehr wert als hundert Enttäuschungen? O dolci baci …* Vor der Haustür stand mit dem Rücken zu ihr eine runde, weibliche Silhouette in zu engem schwarzem Rock und gefütterter goldfarbener Steppjacke. *Sandra. Auf Highheels.*

»Ein Wunder, dass du dir auf dem Genueser Pflaster noch nicht die Haxen gebrochen oder zumindest den Knöchel verstaucht hast, meine Liebe. Wie heißt der Schutzheilige der Leichtsinnigen?«

Mit offenem Mund und abwehrend erhobener Hand, die sie beim Anblick ihrer Freundin sogleich fallen ließ, fuhr Sandra herum.

»Du bist doch nur neidisch auf meine schlanken Fesseln und meine obersexy Beine, die Scharen von Männern in den Wahnsinn treiben. Wann hörst du endlich auf, immer nur Hosen und Omaröcke zu tragen, sobald es ein paar Grad kälter wird? Wie soll das erst werden, wenn du sechzig bist? Und was hast du da gerade gesungen? Das warst doch du?«

Ohne auf die entlarvende Frage einzugehen, umarmte Nelly ihre Freundin, fuhrwerkte mit dem Schlüssel im Schloss herum und ließ sie eintreten.

»Schade, dass du keinen Hunger hast, heute Abend gibt's super Pizza, hier an der Ecke hat eine Spitzen-Focacceria aufgemacht.«

Leichtfüßig stieg sie die Treppe hinauf und hörte Sandra hinter sich her keuchen. Schnaufend trat Sandra ein, stolperte über Silvestro, und Nelly konnte sie gerade noch auffangen.

»Diese elenden Mistviecher, wann machst du endlich Braten aus denen?«

Silvestro, Minni und Pippo hatten offenbar verstanden, denn sie zogen sich vorsorglich aus der Küche zurück. Lachend legte Nelly die Pizzapakete auf den Tisch und ging sich umziehen.

»Mach's dir bequem, ich bin gleich wieder da.«

Erleichtert zog Sandra die Stilettos aus und holte ein paar alte Plüschpantoffeln von Nelly aus dem Schuhschrank. »Ah, wie schön, wenn der Schmerz nachlässt.« Nelly lachte. »Selbst wenn ich wollte, würde ich in meiner Größe keine Highheels finden, also habe ich das Problem nicht.«

In Sweatshirt und mausgrauer Schlabberhose trat sie in die Küche, wo Sandra gerade die Pizza auf zwei Teller verteilte. Sie stellte den ersten in die Mikrowelle und drückte auf den Knopf. Nelly sah ihr wehmütig zu.

»Muss das toll sein, eine Frau zu haben, die einen erwartet, wenn man nach Hause kommt. Oder wenn Carlo immer hier wäre. Er kann viel besser kochen als ich.«

Sofort bereute sie es, ihn erwähnt zu haben.

»Ihr seid einfach das perfekte Paar.«

Autsch.

»Ich glaube, nichts ist perfekt, Sa. Es gibt nur den mehr oder weniger zutreffenden Anschein von Perfektion. Aber wie dem auch sei, ich hoffe, du hilfst mir mit diesem Berg Pizza. Oder soll ich den etwa alleine verdrücken? «

Sandra hatte sich an die Terrassentür gestellt und blickte hinaus ins Dunkel. Neumond. Sie drehte sich nicht um.

»Ein guter Punt e Mes ohne alles zum Aperitif. Mit oder ohne Olive, egal. Und da du mir leidtust, aber nur deshalb, will ich mich opfern und die mit Peperoni und die mit Gorgonzola essen. Hast du vielleicht ein Bierchen?«

Ohne eine Antwort abzuwarten, ging sie zu dem amerikanischen Kühlschrank, Nellys neuester, hart erkämpfter Errungenschaft, die sie noch immer abzahlte, und öffnete ihn. Beim Anblick des traurigen Inhalts verzog sie den Mund. Eine halbe Zitrone in einer Tasse, eine halbe, verschrumpelte Zwiebel in Klarsichtfolie, eine fast leere Packung H-Milch und drei Guinness. Sie griff danach und schloss die Tür.

»Man könnte meinen, du wohnst gar nicht hier. Dein Kühlschrank sieht vielleicht aus ...«

Hüstelnd überging Nelly die Bemerkung. *In letzter Zeit bin ich abends nun mal selten zu Hause. Wenn du wüsstest ...* Sandra zog eine Schublade auf und suchte nach dem Flaschenöffner. Nelly schüttelte den Kopf.

»Es gab eine Zeit, da reichte dir ein Feuerzeug, um 'ne Bierflasche aufzumachen. Man wird alt, was?«

Nelly goss eine großzügige Portion Punt e Mes in die Gläser, und das Klingeln der Mikrowelle verkündete, dass die Pizza heiß war. Der Duft nach Tomaten und Oregano erfüllte die Luft. Und die zwei Freundinnen setzten sich und stießen an. Geduldig wartete Nelly, dass Sandra mit dem Grund für ihr Treffen herausrückte. *Schon wieder die Verdammten, möchte ich wetten.* Verstohlen blinzelte sie zu ihrer Freundin hinüber, die sich über die Pizza hermachte.

»Du fragst dich, wann ich endlich die Katze aus dem Sack lasse, hm? Und ob's wieder um die Pisus geht. Jawoll, es geht um meine Cousins.«

Nur mit Mühe konnte Nelly den Unwillen verbergen, den der Familienname bei ihr auslöste. Sofort stellten sich ihr die Nackenhaare hoch.

»Was gibt's denn noch, Sandra? Du weißt, was die Ermittlungen ergeben haben, nämlich, dass sie nichts ergeben haben. Ich glaube, es gibt keinen Grund, sich weiter darüber den Kopf zu zerbrechen.«

Sandra schob sich ein weiteres Riesenstück in den Mund, legte die Gabel weg und seufzte verzagt. Sie stützte die Ellenbogen auf den Tisch, legte das Kinn in die Hände und sah ihre Freundin bekümmert an.

»Es geht nicht um Anselmo, Gott hab ihn selig. Giancarlo ist schon wieder verschwunden, diesmal seit fünf Tagen. Ohne seine Medizin. Serena ist völlig außer sich vor Sorge, sie weiß nicht, was sie machen soll, und ruft mich dauernd an. Der Vater ist tot, die Mutter ist Alkoholikerin und stopft sämtliche Psychopharmaka in sich rein, die sie zwischen die Finger kriegt. Das Mädchen tut mir leid, sie ist so allein.«

»Das verstehe ich, aber weißt du, mein Kollege Paolo Rivelli war neulich bei deinem Cousin Anselmo zu Hause, und Serena hat ihm erzählt, dass ihr Bruder tut, was er will, und manchmal tagelang von zu Hause verschwindet. Er ist erwachsen, wenn auch nicht ganz dicht. Seine Familie hat sich offenbar nie besonders um ihn gekümmert. Wieso sollte es diesmal anders sein? Er ist volljährig, Sandra. Er kann tun, was ihm passt, auch monatelang verschwinden. Wenn er allerdings eine Gefahr für sich und andere darstellt, ist es ein Leichtsinn von deinen Cousins, ihn frei herumlaufen zu lassen. Aber das hätten sie sich vorher überlegen müssen.«

Nelly hatte hastig gesprochen, ihre Geduld war drauf und dran, einem weniger positiven Gefühl Platz zu machen. Sandra kratzte sich ratlos am Kopf.

»Du hast recht. Aber weißt du, vorher gab's den Unfall des Vaters noch nicht und die Drohbriefe schienen völlig bedeutungslos zu sein, jetzt hingegen … Doch es ist nicht nur das. Marilena hat mir gesagt, sie befürchte, wenn Giancarlo zu weit weg von zu Hause ist und seine Medikamente nicht nimmt, könnte er gefährlich werden. Sie hat ihn in ihrer Klinik bereits ein paar Mal behandelt. Du weißt doch, wie das ist, Nelly. Wenn es um Geisteskrankheit geht, und nicht nur dann, neigen Familien dazu, die Wahrheit zu vertuschen, als müsste man sich dafür schämen. Lieber redet man sich selbst und den anderen ein, dass alles in Ordnung ist. Bis etwas Schlimmes passiert.«

Nelly nahm einen langen Schluck aus der Guinness-Flasche.

»Für wen ist er denn gefährlich? Ich wiederhole: für sich oder für andere?«

»Beides, fürchte ich. Soweit man weiß, beides.«

Sie griff nach ihrer Flasche und trank sie fast in einem Zug leer. Dann leckte sie sich den Schaumbart von den Lippen und sah Nelly unverwandt an. Diese elenden Pisus! Reichte es nicht, dass nach Anselmos Tod wie üblich der Geheimdienst auf den Plan getreten war? Dass sich Volponi mit einer selbst für ihn ungewöhnlichen Unverblümtheit in die Ermittlungen einmischte? Doch das konnte sie Sandra nicht sagen, es wäre Öl auf ihr Feuer gewesen. Sämtliche Medien hatten den Blick auf Genua gerichtet, wo demnächst der Prozess beginnen sollte, einer der wichtigsten der letzten Jahre, und es war nicht auszuschließen, dass Sandras Interesse an ihrer Familie bewusst oder unbewusst berufliche Gründe hatte. Auch einige überregionale Zeitungen hatten Zweifel am Tod des Anwalts geäußert. Spekulationen hatten immer Konjunktur. Doch Sandras dunkle, erwartungsvolle Augen erschienen ehrlich besorgt.

»Wollen sie Giancarlos Verschwinden der Polizei melden? Jedes Mal, wenn er beschließt, sich aus dem Staub zu machen? Ohne klipp und klar zu sagen, dass er womöglich gefährlich ist? Ich finde das von der Familie unverantwortlich.«

»Wenn er bis morgen nicht wieder auftaucht, wollen sie ihn suchen lassen. Noch nicht einmal in den üblichen Schlupfwinkeln bei seinen erbärmlichen Freunden in der Altstadt war er zu finden.«

Nelly wusste nicht, was sie sagen sollte. Sie musste an den alten Pisu denken, der ins Gras gebissen hatte, ehe er den Tod des Sohnes und das Schicksal des Enkels miterleben musste.

»Dein Onkel Giacomo, was hat der gemacht? War der reich?«

Sandra erzählte das Wenige, was sie von der Familie wusste. Giacomo und Lorenza waren vor rund vierzig Jahren nach Genua gekommen. Alle Kinder waren bereits geboren, die Jüngste, Magraja, war erst wenige Monate alt. Was Giacomo in seinem Dorf Luras getrieben hatte, wusste Sandra nicht genau. Doch, Bauunternehmer. Sie hatten Land, das hatten sie verkauft. Mit dem Erlös hatte er wohl angefangen, in Ligurien und anderen Regionen zu bauen, und damit ziemlich viel Geld gemacht. Von den Kindern interessierte sich keines für den Bau, jeder hatte sein eigenes Ding gemacht. Also hatte er die Firma irgendwann seinem Teilhaber überlassen und sich zurückgezogen. Offenbar hatte er vor seinem Tod einen Haufen Geld an der Börse verloren. Aber arm war er bestimmt nicht. Marilena hatte ihr verraten, dass das Startkapital für die Klinik fast zu hundert Prozent von ihrem Vater stammte. Dazu hatte er ihr mehrere Wohnungen in Sanremo vermacht, in einem Haus, das er selbst einst hatte bauen lassen, sowie eine wunderschöne Wohnung in der Via Corsica. Alceo hatte eine Wohnung in Rom bekommen, die jetzt ein Vermögen wert war, und ein Aktienpaket. Für Anselmo gab es die Wohnung in der Via Rimassa und ein Haus am Meer, in Varigotti. Giacomos Frau bekam eine üppige Rendite aus einem fest angelegten Vermögen und verfügte über die Wohnung, die Nelly gesehen hatte. Die dann an Magraja gehen würde, genau wie die Rendite aus dem Fonds, jedoch nur, wenn sie sich bis zu deren Tod um die Mutter kümmerte. Wenn nicht, wäre der Anspruch futsch. Das war's, mehr wusste sie nicht, doch das war schon einiges. Die Geschwister waren jedenfalls allesamt sauer und aufeinander neidisch, und bestimmt musste der arme Giacomo postum einen Haufen Verwünschungen über sich ergehen lassen.

»Die Einzige, die im Vergleich zu den Geschwistern nicht besonders viel bekommt, scheint mir Magraja zu sein.«

Sandra zuckte mit den Achseln.

»Was will man machen, das arme Ding, die war noch nie besonders helle. Lorenza hat meiner Mutter mal erzählt, sie sei zwar nicht direkt zurückgeblieben, aber richtig schlau sei sie auch nicht. Sie hat nur einen mittleren Schulabschluss und hat sich dann im Haus nützlich gemacht. Die Wohnung ist verdammt viel wert, auch wenn sie nicht mehr gut in Schuss ist. Bei Lorenzas Tod würde Magraja jedoch auch die Rendite aus dem Anlagefonds bekommen, und dann hätte sie einen Haufen Geld.«

Sie waren dermaßen konzentriert und angespannt, dass das Klingeln des Handys sie zusammenfahren ließ. Sandra erkannte ihren Klingelton und holte ihre Tasche aus der Diele. Hektisch kramte sie darin herum, bis sie endlich das Telefon fand.

»Serena, was gibt's.«

Wenn man vom Teufel spricht. Womöglich war das Brüderchen wieder brav in den heimatlichen Stall zurückgekehrt. Nelly wollte gerade nach der Flasche greifen und den Rest Guinness hinunterkippen, doch Sandras Gesichtsausdruck hielt sie davon ab. Ihre Freundin war unter der Sonnenbräune, die sie sich aus den Weihnachtsferien auf Haiti mitgebracht und durch ein paar Besuche im Sonnenstudio erhalten hatte, leichenblass geworden. Nelly hob fragend die Hand.

»Habt ihr einen Anwalt angerufen? Hör mal, ich bin gerade bei meiner Freundin, Commissario Nelly Rosso, sie kann sich schlau machen. Wo, sagst du, haben sie ihn hingebracht? O Scheiße … Ja, gut, wir sprechen uns später.«

»Was ist los, Sandra?«

Sandra ließ sich auf einen Küchenstuhl fallen. Sie atmete ein paar Mal tief durch.

»Das war Serena. Sie hat gesagt, Giancarlo hätte sie vor rund zwei Stunden angerufen. Er war anscheinend total von der Rolle, hat wirres Zeug gefaselt und dauernd »Gioia, Gioia« wiederholt. Dann hat er aufgelegt.« Nelly sah sie fragend an. »Gioia Innocenti ist seine Ex. Serena hat versucht, sie anzurufen, aber niemand ging ran. Also hat sie sich ins Auto gesetzt und ist nach Carignano zu der Wohnung des Mädchens im Corso Podestà gefahren. Um es kurz zu machen, die Wohnungstür stand auf und da hockte Giancarlo neben Gioias Leiche, wohl über und über mit Blut bedeckt. Noch ehe sie A sagen konnte, war die Streife da. Sie haben ihn direkt ins Marassi-Gefängnis gebracht und sie aufs Präsidium. Was für ein Irrsinn.«

Nelly war schon im Schlafzimmer und sprang in die Klamotten. Dann schnappte sie sich ihre Tasche und ging zur Tür, während Sandra völlig aufgelöst hinter ihr herstolperte und sie mit zusammenhanglosen Fragen bestürmte.

Vizekommissar Marco Auteri steht oben auf der Treppe und sieht mit fragend hochgezogener Braue zu, wie Nelly mit Sandra im Schlepptau die Stufen heraufhastet. Nelly dreht sich zu ihrer Freundin um und bittet sie zu warten, bis sie sich über den Stand der Dinge informiert hat. Im Präsidium ist viel los, eine fieberhafte Spannung liegt in der Luft. Marco macht Nelly ein Zeichen, ihm zu den Verhörzimmern zu folgen, und bringt sie rasch auf den neuesten Stand. Sie haben die Geschwister getrennt, er ist nach Marassi gebracht worden, und sie ist hier und wartet darauf, verhört zu werden. Seit sie da ist, hat sie nicht aufgehört, wie Espenlaub zu zittern.

»Eine üble Geschichte, Nelly. Du hättest das Gemetzel sehen sollen … Dieses arme Mädchen, Gioia Innocenti, das war vielleicht zugerichtet. Dann ist auch noch die Schwester gekommen und hat geschrien, dass es einem durch Mark und Bein ging. Die Zwillingsschwester, Gemma Innocenti. Am Tatort sind Esposito und Amanda Sacco, Parodi, Celsi und die Spurensicherung, der übliche Trupp.«

»Und wieso wurde ich nicht angerufen? Eigentlich bin ich rein zufällig hier. Meine Freundin Sandra, die Cousine der Pisus, war gerade bei mir, als Serena sie aus dem Präsidium angerufen hat.«

Sie versucht, ruhig zu bleiben, aber die Sache macht sie fuchsig. *Wieso haben die nicht sofort angerufen? Tano, was zum Henker …*

Marco breitet mit entschuldigender Miene die Arme aus. Da klingelt Nellys Handy. Es ist Tano.

»Nelly? Hast du schon gehört? Bist du schon im Präsidium?«

»Ja, aber wieso ...«

»Hör zu, ich bin sofort da. Unterdessen nimm dir die Schwester von diesem Pisu vor. Er steckt ziemlich in der Scheiße, man hat ihn von oben bis unten mit Blut bedeckt neben der Leiche gefunden, er wird so bald wie möglich vom Staatsanwalt im Gefängnis verhört, in unserem Beisein und dem seines Anwalts. Du und ich kümmern uns um den Fall. Du kennst die doch persönlich, oder? Die beiden Anwaltskinder, meine ich. Wie bitte, Dottore? Ja, ist gut ...«

Nelly hört ihn mit jemandem sprechen, vielleicht mit Parodi? Dann wendet er sich wieder an sie.

»Hör mal, wir warten auf die Staatsanwältin Antonella Pasqui. Versuch, auf die Schnelle was rauszufinden, okay? Das Mädel hat schon den Familienanwalt angerufen, die De Mattei aus der Kanzlei des Vaters, die ist bereits auf dem Weg. Die Mutter ist nicht in der Stadt, ist irgendwo in der Toskana, man ist bereits auf der Suche nach ihr. Versuch, irgendwas rauszukriegen, bis später.«

Tano hat aufgelegt. Nelly macht Marco ein Zeichen, ihr zu folgen. Auf dem Flur holt sie eine Tasse Kaffee für das Mädchen. Sie betreten den Verhörraum. Ein Polizeibeamter steht neben der Tür und lässt Serena, die zusammengesunken auf einem Stuhl hockt und kaum aufsieht, nicht eine Sekunde aus den Augen. Auf Marcos Blick geht der Beamte hinaus und schließt die Tür.

»Dottoressa Rosso.« Ihre Stimme ist ein Wispern. Ängstlich schaut sie den Vizekommissar an, der sich lächelnd vorstellt und sich daranmacht, das Gespräch aufzuzeichnen.

»Wie geht es Ihnen, Serena? Ich würde gern von Ihnen hören, was geschehen ist.«

Nelly setzt sich, stellt ihr den Kaffee hin und lächelt sie aufmunternd an. Dankbar greift Serena nach dem Becher.

»Also, was ist in Gioia Innocentis Wohnung passiert?«

»Wo ist Giancarlo, wie geht es ihm?«

»Er ist in guten Händen, machen Sie sich keine Sorgen. Er wurde ins Marassi gebracht und wird dort von der Staatsanwältin befragt, in Anwesenheit von Avvocato De Mattei. Und nun sagen Sie mir, was ist in Gioias Wohnung passiert?«

Serena ist unsicher, ob sie reden soll oder nicht, wie zwei Pingpongbälle wandern ihre Augen zwischen Nelly und Marco hin und her. Er hingegen kann den Blick nicht von dem verquälten Gesicht des Mädchens abwenden.

»Wie soll ich Ihnen helfen, wenn Sie mir nichts sagen? Wie Sie wissen, bin ich eine Freundin Ihrer Cousine. Sandra ist unten und macht sich große Sorgen um Sie.«

Serena hat Mühe, die Fassung zu bewahren, sie ist kurz davor, zusammenzubrechen. Nelly greift nach ihrer Hand.

»Dieser Anruf … Giancarlo … Ich habe gespürt, dass etwas Schlimmes passiert ist, und bin Hals über Kopf zu Gioia gefahren. Als ich die Wohnung betreten habe, war es so still. Dann hat er plötzlich angefangen zu schreien. Er war ganz voller Blut, überall war Blut, und Gioia … Ich wollte sie nicht ansehen, aber dann habe ich gedacht, sie lebt vielleicht noch, und hab sie angefasst …« Sie hält Nelly die blutverkrusteten Handflächen hin, auch der moosfarbene Pulli ist voller Flecken. »Dann das Sirenengeheul, alles war wie im Film. Giancarlo war wie in Trance, er hat nicht reagiert … Wie geht es meinem Bruder? Haben Sie ihn gesehen?«

»Sandra hat mir erzählt, er sei seit ein paar Tagen verschwunden gewesen und ihr habt euch Sorgen um ihn gemacht.«

»Ja, das stimmt. Er hatte seine Medikamente nicht bei sich, und wenn er die nicht nimmt, nimmt er Drogen. Es geht ihm schlecht, aber dass er das getan hat, ist unmöglich. Er betete Gioia an.«

»Dass er was getan hat?«

»Sie umgebracht hat. Er liebte sie immer noch, er hätte ihr niemals etwas zuleide getan.«

»Auch wenn er seit Tagen seine Medikamente nicht mehr genommen hatte? Auch wenn er unter dem Einfluss von Drogen stand?«

Serena senkt den Kopf und weint still in sich hinein.

»Was hast du getan? Was soll das heißen, du hast ihn versorgt? Hast du ihn auch …?« »Schlimmer. Viel schlimmer. Ich glaube, er wäre lieber tot. Wäre auch sehr viel besser für ihn. Aber er ist am Leben und wird's auch bleiben.«

IX

Nelly saß an ihrem Schreibtisch und betrachtete die Fotos, die die Spurensicherung in der Wohnung der Innocenti-Schwestern gemacht hatte. Seit die Eltern zwei Jahre zuvor bei einem Autounfall in Spanien ums Leben gekommen waren, lebten die beiden Schwestern, die Serena noch aus der Grundschule kannte, allein. Sie waren wohlhabend, hübsch und studierten wie Serena beide Jura. Gemma und Gioia. Auf den Fotos war Gioia allerdings ziemlich übel zugerichtet. Das Werk eines durchgedrehten Irren, eines Psychopathen, hatte der Gerichtsmediziner Nardini gemeint. Nelly hatte eine Tatortbegehung gemacht und rekonstruierte nun, was sich abgespielt haben musste. Giancarlo, der seine Medizin nicht genommen hatte und bis obenhin vollgepumpt war mit allem, was er hatte auftreiben können – man hatte Spuren von Ecstasy und Kokain in seinem Blut gefunden –, war während eines halluzinatorischen Anfalls, bei dem er sich für den toten Vater hielt, bei Gioia eingedrungen und hatte sie umgebracht. Etwas anderes war so gut wie ausgeschlossen. Der Hausmeister hatte ihn hinaufstürzen sehen und sich Sorgen gemacht, dann hatte er die abgehackten Schreie gehört und die Polizei gerufen, derweil war Serena eingetroffen und ebenfalls hinaufgelaufen, doch für Gioia war es zu spät. Nelly betrachtete das Urlaubsfoto aus dem vergangenen Sommer. Gioia und Gemma lächelnd im Badeanzug an einem Strand auf Sardinien. Zwei sympathische Mädchen mit kurzem, dunklem Haar und hellen Augen. Nelly konnte sie unmöglich auseinanderhalten, sie waren wie zwei Klone. Und jetzt war eine tot, und die andere blieb allein zurück. Valeria klopfte an die Tür und sagte, Gemma sei da. Nelly ließ die Fotos in der Schublade verschwinden.

Gemma Innocenti hatte nur wenig Ähnlichkeit mit dem lächelnden Mädchen auf dem Sommerfoto. Ungeschminkt, mit zusammengepressten Lippen und eingefallenen, starren Augen kam sie herein und nahm auf dem Stuhl vor dem Schreibtisch Platz. Hin und wieder blinzelte sie, eine Art Tick. Sie starrte Nelly feindselig an.

»Was wollt ihr denn noch von mir? Ihr habt mich schon tausendmal ausgefragt, ich bin's leid. Könnten Sie nicht so freundlich sein und mich in Frieden lassen?«

Ihr Mund begann zu zittern. Nelly versuchte, sich ein verständnisvolles Lächeln abzuringen. Die Welt war für dieses Mädchen zum zweiten Mal zusammengebrochen, und es blieb allein zurück.

»Ich verstehe Sie, Signorina Innocenti. Und ich möchte mich entschuldigen. Ich wollte nur ein paar unklare Details mit Ihnen ...«

»Unklare Details? Das Einzige, was hier unklar ist, ist das durchgeknallte Hirn dieses elenden Mörders. Ansonsten erscheint mir alles klar wie Kloßbrühe. Er hat Gioia abgeschlachtet, die ihn immer in Schutz genommen und behauptet hat, er würde keiner Fliege was zuleide tun, der arme Junge sei krank, er könne doch nichts dafür, wenn er nicht mehr sauber tickt. Ich hoffe, Sie lochen ihn ein und schmeißen den Schlüssel weg. Wenn der rauskommt, bringe ich ihn persönlich um. Ich schwöre, ich bringe ihn um.«

Die Stimme des Mädchens war grell und hysterisch geworden. Einen Moment lang sagte keiner etwas. Doch Nelly ließ nicht locker.

»Ich würde nur gerne wissen, ob Gioia und Giancarlo sich in der letzten Zeit vor ... vor der Tat gesehen haben.«

»Bevor er sie umgebracht hat? Nein, ich hab's schon tausendmal gesagt. Sie hatten keinen Kontakt mehr, ich dachte, es wäre vorbei. Ich hätte sie mir schnappen und wegbringen sollen, weit fort ... Ich hätte sie retten können.«

Gemma war den Tränen nahe. Sie konnte die Hände nicht stillhalten.

»Giancarlo hat gesagt, Gioia hätte ihn an diesem Tag angerufen, sie sei völlig verängstigt gewesen.«

»Aber sicher. Sie hat ihn angeblich angerufen, weil sein Vater kommen wollte, um sie zu holen. Sein toter Vater!« Gemma zog ein angewidertes Gesicht. »Und ihr hört auf das Gefasel dieses Irren?«

»Wir wollen nur verstehen, was genau passiert ist und ob hinter diesem Verbrechen vielleicht noch etwas anderes steckt.«

Gemma sprang auf. Sie zitterte am ganzen Körper.

»Jetzt reicht's. Was wollt ihr, ihn laufen lassen? Genügt es nicht, dass er seinen beschissenen Anwalt hat, der ihn nach ein paar Jahren wegen Geisteskrankheit raushaut? Es reicht, ich will nichts mehr hören!« Sie stürzte hinaus und schlug die Tür zu. Nelly seufzte. Die Verdammten ... Und wenn Giancarlo mit dieser Bezeichnung recht gehabt hatte? Mit einem leicht flauen Gefühl im Magen, das sie immer befiel, wenn es um die Pisus ging, klappte sie die Akte zu. In allen drei Fällen ließ die Sachlage keine anderen Hypothesen zu. Der Tod des Vaters Giacomo ein Unfall. Der des Sohnes ebenfalls. Die Tat Giancarlo Pisus ein im Wahnsinn verübtes Verbrechen.

Auf dem Schreibtisch lag die noch ungelesene Zeitung. Sie überflog die Schlagzeilen und blätterte zum Lokalteil. In der Stadt wurde wieder ein Film gedreht. In letzter Zeit war Genua zur beliebten Location für Regisseure und Produktionsfirmen geworden. In diesem Fall war vom Regisseur die Rede. Nelly zuckte zusammen. Alceo Pisu. Was war daran so komisch? Die Drehgenehmigung hatte es bestimmt lange vor den Ereignissen um Alceos Bruder und seinen Neffen gegeben. Und außerdem hatte Nelly bei ihrem kurzen Zusammentreffen im Haus der Mutter nicht den Eindruck gehabt, als hätte der berühmte Regisseur viel für die Familie übrig. Dem Artikel nach lebte er in Rom und London und weilte häufig in New York und Hollywood. Nelly las, die Hauptdarstellerin sei die amerikanische Schauspielerin Evelyn Russel, der männliche Hauptdarsteller der durch Fernsehserien und Actionfilme berühmte Lyndon McDuvell. Nelly betrachtete sein Foto. Groß, dunkel, ausdrucksvolles, ebenmäßiges Gesicht. In dem Moment kam Valeria mit leuchtenden Augen herein.

»Haben Sie gelesen, Dottoressa? Lyndon McDuvell ist in der Stadt, um einen Film zu drehen. Meine Töchter werden durchdrehen, er ist ihr Lieblingsschauspieler. Ein hübsches Kerlchen, wenn's davon nur mehr gäbe. Na ja, wir haben hier auch unseren schönen Mann. In einer Krimiserie würde Dottor Esposito eine gute Figur abgeben, finden Sie nicht?«

Nelly musste über Valerias unschuldige Begeisterung lächeln. Zum Glück ahnte sie nichts von ihr und Tano. Niemand im Präsidium ahnte etwas. Sie gaben sich alle Mühe, keinen Verdacht zu erregen. *Aber kann man sich immer sicher sein, dass ein Blick oder eine Geste einen nicht verrät? Für Valeria würde ich jedenfalls die Hand ins Feuer legen, die würde nie etwas rauslassen, auch wenn sie's durchschaut hätte.*

»Ich hab's auch gerade gelesen. Genua mausert sich zum Filmset, vielleicht kommt das ja auch dem Tourismus zugute, von dem alle reden, aber für den keiner was tut. Nun ja, solange die Mehrheit der Ansicht ist, ›Wenn sie kommen, ist es gut, und wenn sie nicht kommen, haben wir mehr Platz‹, ist es mit der Gastfreundschaft auch nicht weit her. Wenn ich daran denke, was Genua alles zu bieten hat an Kunstschätzen und Naturschönheiten – eine Goldgrube, und stattdessen haben die jungen Leute, die in der Tourismusbranche arbeiten könnten, Mühe, einen Job zu finden, oder müssen sogar woanders hinziehen.«

Valeria nickte nachdrücklich. Diese Krittelei war ein beliebter Gesprächsstoff zwischen den beiden – leider auch kein Thema, das zur Verbesserung der Laune beitrug.

»Was hältst du von einem guten Kaffee, Valeria? Wollen wir uns einen aus der Bar bringen lassen, einen richtigen?«

»Gute Idee.«

Valeria ging zu ihrem Schreibtisch, um in der Bar anzurufen, und Nelly riss sich mit Mühe aus den Grübeleien über die Familie Pisu. Inzwischen hatten sie noch einen weiteren Fall auf dem Tisch, in dem die Sachlage ziemlich eindeutig war. Ein Streit zwischen puertoricanischen und marokkanischen Jugendlichen vor einer Disko, in dem es einen Toten gegeben hatte. Das Leben in der Stadt machte eine schleichende, besorgniserregende Veränderung durch. Seit einiger Zeit schlug sich die Globalisierung auf die örtlichen Probleme nieder: Dealerei, Menschenhandel, mangelnde Integration neuer Einwanderergenerationen, Kämpfe um die Hoheit auf dem Drogenmarkt, all das kam nun noch zu den »üblichen«, den ewig menschlichen Gefühlen Neid, Hass, Rache und Gier geschuldeten Verbrechen hinzu. Dann gab es Grenzfälle wie den von Anselmo Pisu, in dem womöglich etwas anderes im Spiel war. Die Global-Bank, der Transfer von Millionen, vielleicht Milliarden. Geld- und Machtgier … Und wieder war sie bei den Pisus. Genervt schüttelte sie den Kopf. Zum Teufel mit Sandras Verwandten. Wenn sie sich trafen, redeten sie inzwischen von nichts anderem mehr. Wie viele Tage waren seit dem Abend vergangen, als Giancarlo und Serena neben Gioia Innocentis Leiche gefunden worden waren? Sie überlegte kurz: zwei Wochen. Es war Anfang März, in der Luft lag eine betörende Frühlingserwartung. Bald würde die Sommerzeit die Tage zusätzlich verlängern und Nellys Laune würde sich heben. *Hoffen wir's. Heute ist Freitag, heute Abend kommt Mau, endlich.* Der Gedanke an die Ankunft des Sohnes erfüllte sie mit Freude. Sie schob die Pisus, Tano und die wirtschaftlich-soziale Lage der Stadt beiseite. Mau würde am späten Nachmittag kommen. Sie musste etwas vorbereiten, das über eine schäbige Pizza hinausging. Schweinebraten mit Fritten zum Beispiel. Er liebte das und kochte es sich bestimmt nicht selbst in diesem Loch von WG-Küche. Sie war gerade mit der Planung des Abends beschäftigt, als Tano hereinkam. Kaum hatte er die Tür zugemacht, verschwand die offizielle Miene aus seinem Gesicht und machte einem strahlenden Lächeln Platz. Ohne etwas zu sagen, kam er hinter ihren Schreibtisch und küsste sie auf die Lippen. Stirnrunzelnd ließ sie ihn gewähren. Dann setzte er sich ihr mit verliebter Miene gegenüber, die mit seinem sonst so sicheren Auftreten nur schwer vereinbar war und die sie glücklich und verlegen machte. Sogleich war er wieder ernst.

»Sie haben ihn geschnappt, den aus der Disko, zusammen mit ein paar Komplizen. In der Via Cantore in Sampierdarena. Zumindest das Problem hätten wir erst mal vom Tisch.«

Sie nickte kurz und blickte ihn mit leicht zur Seite geneigtem Kopf an. Er faltete die Hände, schlug die Beine übereinander und fragte leise: »Sehen wir uns heute Abend? Kommst du zu mir?«

Seine Stimme war wie ein Streicheln auf nackter Haut, und Nelly verspürte einen sanften Schauder. *Dieser Mann macht mich einfach fertig. So was ist mir noch nie passiert. Ich muss total durchgeknallt sein, dass ich dieses doppelte Spielchen spiele, dabei fand ich das immer das Allerletzte. Das wird böse enden, ich weiß es. Ich werde sie beide verlieren, und vor allem verliere ich den Respekt vor mir selbst …* Sie beugte sich vor, den Blick halb auf ihn und halb auf die Tür hinter ihm gerichtet, an der ab und zu Valerias Silhouette vorbeihuschte, und streichelte ihm über die stoppelige Wange. Die Berührung ließ sie abermals erschaudern.

»Tut mir leid, Tano. Heute Abend kommt Mau nach Hause, zum ersten Mal seit Monaten, wir müssen es also verschieben.«

Sie schluckte. Er presste kaum merklich die Lippen zusammen. Nur seine Augen waren eine Spur dunkler geworden und verrieten seinen Unwillen.

»Kein Problem. Verstehe ich bestens. Grüß ihn von mir.«

Er blieb sitzen. Was gab es noch?

»Der Fall Anselmo Pisu, wenn es denn je ein Fall war, ist so gut wie abgeschlossen. Keine Spuren, keine Indizien, nichts. Die Hypothese mit dem Prozess erschien mir von Anfang an sehr gewagt. Das Verfahren ist noch nicht mal eröffnet, und schon machen sie sich die Mühe, den Verteidiger aus dem Verkehr zu ziehen? Ich habe ein paar Freunde beim Geheimdienst. Die vermuten offenbar durchaus einen Zusammenhang, auch wenn sie wie üblich alles daransetzen, die Sache unter den Teppich zu kehren. Aber ich gebe nichts auf diese Theorie. Dann schon eher der durchgedrehte Sohn, der selbst nicht sagen konnte, wo er war, als der Vater die Treppe runtergesegelt ist. Was meinst du?«

Nelly sagte nichts. Sie hatte die Nase voll von den Pisus.

»Selbst, wenn er's gewesen wäre. Jetzt ist er jedenfalls für eine ganze Weile weg vom Fenster. Aber frustrierend ist es trotzdem, dass Gioia Innocenti vielleicht noch am Leben sein könnte. Womöglich werden wir nie erfahren, was tatsächlich passiert ist.«

Sie redeten noch ein paar Minuten, dann sah Tano auf die Uhr, verabschiedete sich und verschwand. Nur der leichte Moschusduft seines Aftershaves blieb zurück, den Nelly – *dämliche, alberne Kuh* – witternd einatmete wie ein Jagdhund.

Langsam neigte sich der Tag dem Ende. Nelly machte sich zeitig auf den Heimweg und überlegte, wie lange der Braten wohl brauchte. Sie kaufte Bier und Fruchtsäfte und eine Schokoladeneistorte und kam völlig außer Atem vor der Wohnungstür an, wo sie die höllisch schweren Einkaufstüten abstellte und leise fluchend ihren Ledersack nach dem Schlüssel durchwühlte. Die kleine Diele war erleuchtet. Nelly machte ein verdutztes Gesicht. Dann entdeckte sie Maus abgenutzte Reisetasche in der Ecke und auf dem Stuhl eine Zeitung und eine Plastiktüte mit Dreckwäsche. Sie riss die Zimmertür ihres Sohnes auf – dunkel. Die Katzen waren aufgeregter als sonst, sie miauten zum Gotterbarmen. Nelly meinte zu verstehen, was sie sagten: Er ist da, er ist da ... Sie knipste das Küchenlicht an und sah, was sie erwartet hatte: einen Zettel auf dem Tisch.

»Ma, sei nicht böse, ich bin früher gekommen als gedacht und gehe heute Abend mit Giangi und Baffo zu einem Konzert von Paura im Buridda. Martino und seine Band Bedda Matre spielen auch. Warte nicht auf mich, es wird spät. Wir sehen uns morgen. Kuss. Mau.«

Alles wie gewohnt. Nur dass sie sich seit Oktober nicht gesehen hatten, und jetzt war März. Eine blinde Wut stieg in ihr auf, gefolgt von einem dermaßen verzweifelten Verlassenheitsgefühl, dass ihr die Tränen in die Augen stiegen. *Blöde Kuh. Na klar, er ist seit Ewigkeiten weg, will seine Freunde sehen, was hast du denn gedacht, liebe Nelly. Wir sehen uns morgen … vielleicht. Kein Grund zur Eile. Er ist bis Sonntagabend in der Stadt, da bleibt noch genug Zeit.*

Sie schob die Torte ins Tiefkühlfach, stellte die Flaschen weg und sah, dass Mau den Katzen schon etwas zu fressen gegeben hatte. Allein zu sein erschien ihr auf einmal unerträglich. Sie stopfte seine dreckigen Sachen in die Waschmaschine, stellte sie an und griff zum Telefon, um Tano anzurufen. Der Abend war noch nicht verloren. Nichts, sein Handy war ausgeschaltet. Sie versuchte es auf dem Festnetz. Keine Antwort. *Wo hast du dich verkrochen, elender Mistbock? Hast dir sofort eine Alternative gesucht, die dir den Freitagabend versüßt, was? Du verlierst wirklich keine Zeit.* Etwas, das rasender Eifersucht gefährlich nahe kam, krampfte ihr den Magen zusammen. Sie konnte unmöglich zu Hause bleiben. Nicht heute Abend. Sie duschte rasch, rieb sich mit einem ayurvedischen Öl ein, das ein Vermögen gekostet hatte, stieg ohne allzu große Mühe in eine Jeans, die ihr vor vier Jahren gepasst hatte, schlüpfte in eine weite, bunte Bluse – aus Brasilien, wie das Etikett verriet –, zog sich den schwarzen Parka über und trat in den Trubel der Genueser Freitagnacht hinaus.

Piazza delle Erbe empfing sie mit einer Umarmung aus Licht, Geräuschen und Menschen, und nach ein paar tiefen Atemzügen löste sich der Knoten auf, der ihr die Kehle zugeschnürt hatte. Die Luft war ungewöhnlich lau, und der Platz wimmelte vor Pärchen und Grüppchen jeden Alters. Allein ging man offenbar nicht aus, stellte Nelly grimmig fest, vielleicht war es polizeilich verboten. Es war fast zehn Uhr, sie stellte sich in Bertos Bar an den Tresen und bestellte einen Bourbon plus das übliche Knabberzeug. Das Lokal war voll, Stimmengewirr und Gelächter mischten sich mit der Musik, umfingen sie wohlig wie der Alkohol und versöhnten sie mit dem Leben. Der Barmann musterte sie verstohlen, dann fand er interessantere Beobachtungsobjekte und wurde von der Arbeit abgelenkt. Die Kneipe war eng, und Nelly musste sich an die Wand quetschen, um nicht von dem Strom der Gäste, die sich die Treppe hinauf- und hinunterdrängten, überrannt zu werden.

Sie gab sich ihrer Lieblingsbeschäftigung hin und beobachtete die Leute. Der große, hagere, fast glatzköpfige Mann, der das zierliche, hübsche dunkle Mädchen an sich drückte, das lachend den Kopf zurückwarf, die lärmende Freundesgruppe, Studenten älteren Semesters oder angehende Künstler, Regisseure, Fernsehreporter, Tänzerinnen, Schauspielerinnen, Fotografen auf der Jagd nach Erfolg, die in der Altstadt wohnten und sie interessant und lebenswert machten. *Was würde ich machen, wenn ich jetzt zwanzig wäre? Wieder Polizistin werden? Keine Ahnung ... Na, so was?!* Wie vom Donner gerührt starrte sie auf die graumelierte Mähne des Mannes, der sich, umringt von einer bunten Schar Männer und Frauen, an ihr vorbeidrängte. Als hätte er ihren Blick gespürt, drehte er sich zu ihr um. Seine Augen flackerten erstaunt.

»Hallo, sind Sie nicht Sandras Freundin, die Kommissarin. Nelly, richtig?«

»Ganz genau. Guten Abend, Signor Pisu. Wie spricht man Starregisseure an, mit Maestro?«

Sie lachte. Sie fühlte sich leicht und lebendig, als Teil eines organischen Ganzen. Der Puls der Freitagnacht. Er musterte sie verblüfft und versuchte, die attraktive, relaxte Frau mit dem Bild in Einklang zu bringen, das er sich bei ihrem ersten Treffen von ihr gemacht hatte. Lachend versuchte er, die kurze Verlegenheit zu überspielen.

»Alceo. Nennen Sie mich ruhig Alceo, durch Sandra sind wir ja fast verwandt, nicht wahr?«

Wieder lachte er, froh darüber, seine Schlagfertigkeit zurückgewonnen zu haben. Der Rest der Gruppe warf ihnen mehr oder weniger gleichgültige Blicke zu und drängte sich die schmale Treppe hinauf.

»Ganz allein, Nelly?«

»Sieht so aus.«

»Na, dann gesellen Sie sich doch zu uns. Und wenn wir uns duzten? In unserer Branche siezt man sich nicht.«

»Sehr gern«, hörte Nelly sich zu ihrer eigenen Überraschung antworten. Sie folgte ihm zur Treppe. *Sieh mal einer an, was mir heute Abend passieren muss. Damit habe ich nun wirklich gar nicht gerechnet, aber vielleicht tut die Abwechslung ganz gut. Mal sehen, wie diese Filmfritzen so sind.*

X

Mit angestrengt gerunzelter Stirn ließ Nelly jede Minute dieses Freitagabends Revue passieren. War ihr etwas entgangen? Und wenn ja, was? Sie schloss die Augen, lehnte sich in ihrem Schreibtischstuhl zurück und rief sich die Szene wieder ins Gedächtnis. Während der Essensduft und das Stimmengewirr in ihrem Geist wieder auflebten, fingen die Personen an, sich wie auf das Kommando eines Theaterregisseurs zu rühren. Klappe.

Sie allein am Tresen. Die Crew kommt rein, sie sieht Alceo Pisu, erkennt ihn. Er dreht sich zu ihr um und erkennt sie ebenfalls. Kurzes Plaudern, dann bewegen sich alle in Richtung Treppe und ins oberste Stockwerk der Kneipe, wo ein paar aus der Gruppe bereits einen langen Tisch in Beschlag genommen haben und eng zusammenrücken, um den Nachkommenden Platz zu machen. Sie nimmt jeden Einzelnen in Augenschein. Die Produktionssekretärin, die falsche Blonde, die sie im Haus der Pisu-Mutter gesehen hat. Sofia Lebeau. Durch ihre leicht getönte Pseudo-Intellektuellenbrille wirft sie ihr giftige Blicke zu. Sie hat Alceo neben sich auf die Bank an die Wand gezerrt und versucht, seine Aufmerksamkeit zu erhaschen. Ob sie eifersüchtig auf Nelly ist? Lächerlich. Neben Nelly, am Kopfende des Tisches, sitzt ein schmächtiger Typ mit Pferdeschwanz und einer riesenhaften Nase, auf deren Spitze eine winzige Brille sitzt. Er trägt ein schwarzweiß kariertes Hemd und eine rote Lederweste. Der leitende Kameramann Walt Wales. Daneben der Produzent, ein großer, bulliger Ami mit heiserer Stimme, Samuel O'Donnell. Noch eine Assistentin, hässlich, knochig, ungepflegt, mit strähnigen roten Haaren, um die fünfunddreißig, Lilian Graves. Neben ihr sitzt die Hauptdarstellerin Evelyn Russel, Shootingstar am Hollywoodfirmament. Wirklich hübsch: dunkelblaue Augen, schwarzes, langes, *zum Pferdeschwanz gebundenes Haar. Ein perfektes, schmuckes Liz-Taylor-Gesicht. Schmale Taille, lange Beine, Prachtbusen. Selbst ungeschminkt, in Jeans und schwarzem Pulli zieht sie die Blicke sämtlicher männlicher Anwesender auf sich. Sie wirft dem männlichen Hauptdarsteller Lyndon McDuvell komplizenhafte Blicke zu. Er hat ein ebenmäßiges Gesicht, breite Schultern und engstehende, helle Augen. Seine Ehefrau, eine welkende Schönheit, behält ihn im Auge. Cheryll, neben der die beiden Kinder sitzen. Max, acht Jahre, und Lewis, zehn. McDuvell gibt sich völlig locker und versucht, keine der beiden Frauen zu verprellen: Er hat den Arm um die Schultern seiner Frau gelegt, küsst sie hin und wieder zärtlich auf die Wange und macht derweil seiner Kollegin schöne Augen. Neben ihm sitzt eine blutjunge farbige Schauspielerin von vielleicht sechzehn Jahren in Begleitung ihrer Mutter. Das Mädchen strahlt Sinnlichkeit aus und sieht aus wie jemand, der weiß, was er will. Die Mutter ist kaum älter als dreißig und wirkt noch schöner und willensstärker. Susan und Shannon Whright. Für das Mädchen ist der Film die erste große Chance. Beide starren Alceo und Nelly an und scheinen sich zu fragen, was zum Henker diese Italienerin an ihrem Tisch verloren hat. Neben Shannon sitzt ein Regieassistent, Tom Charnetzky, glatzköpfig, fett und verschwitzt. Die Tischrunde ist komplett. Die übrigen aus der Truppe waren zu müde und sind bereits ins Hotel zurückgegangen. Während Nelly mit Alceo plaudert, mustert sie jeden mit aufmerksamer Neugier. Ein Kellner kommt, alle bestellen Käse, Wurst und* frisceu*, *die auf Brettchen serviert werden. Die Getränke reichen von Bier über mehr oder weniger teuren Wein bis Cola light und Fruchtsaft. Nelly bestellt ein Glas Dolcetto, Alceo ein großes Weizenbier. Sofia fragt, ob sie abends oft alleine ausgeht, sie nickt grinsend: Bei der Polizei verdiene man schlecht, irgendwie müsse man schließlich über die Runden kommen. Alceo lacht, Sofia dreht ihr beleidigt den Rücken zu. Das Gespräch kommt auf Giancarlo.*

* typisch ligurische Vorspeise: Fisch oder Gemüse im Hefeteig frittiert

Alceo ist kein bisschen verwundert über das, was passiert ist, bei dem Jungen war schon immer eine Schraube locker. Was soll man machen? Die Familie ist voll von Extremen: Genies wie er, Anselmo und auf ihre Art auch Marilena, und Degenerierte wie Giancarlo und Magraja. Die Ärmsten sind total lebensuntüchtig. Und angesichts der Tatsache, dass man nicht weiß, was das genetische Roulette so alles bereithält, hat er schon vor einer Ewigkeit beschlossen, keine Kinder zu haben. Noch so einen wie Giancarlo, nein danke. Wieso, ist denn Magraja wie Giancarlo?, wundert sich Nelly, und Alceo mustert sie. Kalt. Feindselig.

»Ihr Bullen seid auch nie außer Dienst, was?«, schnaubt er genervt. »Wenn du's genau wissen willst, Magraja ist nicht ganz richtig im Kopf, wenn auch auf ganz andere Art als Giancarlo. Irgendwas funktioniert bei ihr nicht, hier«, sagt er und tippt sich an die Stirn, »und hier«, er zeigt zwischen seine Beine. Nelly blickt ihn fragend an. »Sie ist eine Art Nymphomanin. Im Kopf nicht helle, aber die Triebe … Es heißt doch, dumm fickt gut.«

Magraja eine Nymphomanin? Diese zurückhaltende, schüchterne Frau?

Nelly schob die Verblüffung angesichts dieser Vertraulichkeit beiseite und versuchte sich zu erinnern, was in dem Moment sonst noch um sie herum passiert war. Was hatte sie noch bemerkt? Sie konnte den Erinnerungsfilm beliebig vor- und zurückspulen, doch nicht alle Details waren immer gleich scharf. Wer sich Alceo genähert hatte zum Beispiel.

Der Kellner namens Giulio hastet hin und her, bringt die mit Köstlichkeiten vollgepackten Holzbrettchen an den Tisch und stellt sie seinen Gästen hin. Alceo hat seines schon bekommen, er hat Hunger und isst. Nelly macht sich an das gefüllte Gemüse. Lachen, einander übertönende Stimmen. Man redet über die gedrehten Szenen und die, die am nächsten Tag anstehen. Die Zeit fliegt, schon ist man beim Kaffee. Alceo hat einen Malzkaffee mit Milch bestellt, seine Tasse unterscheidet sich von den anderen. Er trinkt sie in wenigen Schlucken aus, völlig ins Gespräch vertieft. Rings um ihren Tisch herrscht großes Gedränge, Leute stehen auf und gehen, andere kommen, an der Treppe quetscht man sich aneinander vorbei. Just in dem Augenblick murmelt Alceo etwas, das Nelly nicht versteht, kippt mit dem Stuhl nach hinten und fällt zu Boden, ehe Nelly etwas tun kann. Im losbrechenden Chaos beugt sie sich über ihn, er hat bereits das Bewusstsein verloren, kriegt kaum noch Luft. Die Anwesenden schreien, die Tische werden beiseitegerückt. Die Lebeau hat einen hysterischen Anfall. Nelly ruft einen Krankenwagen, dann brüllt sie, keiner solle sich bewegen.

Das war Freitagabend passiert. Nun war Mittwoch, Alceo Pisu war zwölf Stunden nach seinem Zusammenbruch in der Bar Berto gestorben und seine Leiche bereits obduziert worden. Nelly war dabei gewesen. Dottor Nardini, der Pathologe, hatte die Autopsie durchgeführt. Zyanid, hatte er diagnostiziert. Nicht sonderlich raffiniert, aber effektiv. Die toxikologischen Untersuchungen hatten ergeben, dass der Malzkaffee genug davon enthalten hatte, um mindestens einen weiteren Mann von der Statur des Regisseurs umzubringen. Nelly schauderte bei dem Gedanken, dass er ihr angeboten hatte, seinen Malzkaffee zu probieren, er sei sehr gut, viel besser als normaler Kaffee. Zum Glück hatte sie abgelehnt. Jetzt durchforstete sie ihre Erinnerungen nach etwas, das ihre Aufmerksamkeit erregt hatte, eine Bewegung, eine Geste, ein Gesichtsausdruck, irgendetwas, das in ihrem Unterbewusstsein abgespeichert war. Nichts zu machen, sie hatte alles genau vor Augen, doch das entscheidende Detail wollte sich nicht zeigen. Sie seufzte resigniert. Der Kellner, der Koch, die Crewmitglieder, alle waren genauestens unter die Lupe genommen worden. Die Barbetreiber hatten kein Motiv. Sofia, die aktuelle Geliebte? Alle hatten bestätigt, dass sie brennend eifersüchtig und außer sich vor Wut war, weil Alceo es angeblich mit beiden Whrights trieb, mit Mutter und

Tochter. Doch Zyanidsalze hatte sie gewiss nicht in der Handtasche gehabt, und auch an ihr selbst waren keine Spuren gefunden worden. Nelly hatte sofort alles gesichert, die Kollegen und Beamten angerufen und die Anwesenden durchsuchen lassen, obgleich zu diesem Zeitpunkt noch gar nicht klar war, was dem Regisseur zugestoßen war.

Nun war also auch Alceo, der vierte Mann der Familie, von seinem Schicksal eingeholt worden. Doch diesmal war ein Unfall ausgeschlossen. *Den hätte man gar nicht klassischer umbringen können. Vor meiner Nase … Wie ist das Gift in den Malzkaffee gekommen? Es war viel los, haben alle gesagt, in der Küche wusste man nicht mehr, wo oben und unten war. Die Holzbretter kamen und gingen im Walzertakt, die fertigen Kaffees standen erst noch ein paar Minuten unten auf dem Tresen, ehe sie serviert wurden. Irgendjemand ist ins Lokal gekommen, hat sich das Durcheinander zunutze gemacht und das Gift in die Tasse getan, die sich von den anderen unterschied. Nicht einfach, aber bei dem Chaos auch nicht unmöglich. Aber wer, und wieso? Der Mörder musste die Gewohnheiten des Regisseurs gut kennen. Ob jemand von der Crew den Zaubertrick vollbracht hat? Die Frauen sind alle nacheinander aufs Klo gegangen, auch ein paar Männer, am Tisch herrschte Kommen und Gehen. Susan ist gekommen und hat Alceo etwas ins Ohr geflüstert, hat sich auf seinen Schoß gesetzt … Beim Zaubern geht es vor allem darum, das Publikum abzulenken. Während alle auf das schauen, was der Zauberer uns vor die Nase hält, passiert der Trick woanders und ohne dass es jemand mitkriegt. Es ist schon vier, ich muss los. Um halb fünf bin ich mit Marilena Pizzi verabredet.*

»Du bist phantastisch. Doch diesmal ist ein Unfall ausgeschlossen. Hätte man das nicht anders machen können? Wieso die Eile?« »Lass mich nur machen. Wie gesagt, ich weiß, was zu tun ist. Die haben nichts in der Hand, nichts. Zum Totlachen, wie die Bullen im Dunklen tappen, die Rote vor allem. Auf uns kommt die nie.«

Marilena Pizzi, geborene Pisu, wohnt in der Via Corsica in Carignano. Nelly verlässt das Präsidium und geht zu Fuß. Es ist nicht kalt, doch der Himmel ist grau, von der böigen Tramontana bewegt. Das Meer sieht aus wie dreckiges Spülwasser, der Wind peitscht die Gischt darüber hin. Nelly geht den Corso Aurelio Saffi bis zu der erhöht liegenden Wendeschleife hinauf, an der die Via Corsica beginnt, eine der prächtigsten Straßen ganz Genuas. Das Viertel muss das teuerste der ganzen Stadt sein, direkt am Meer, zentral, auf einem Hügel. Eine beneidenswerte Lage. Sie geht die Allee entlang. Der Palazzo der Pizzi ist einer der ersten auf der linken Seite, ein imposantes Gebäude, das über dem Hafen aufragt, linker Hand bis zum Corso Italia und rechter Hand bis zur Riviera di Ponente blickt. Wenn es die Hochstraße nicht gäbe, die die Stadt durchschneidet und sie vom Meer abtrennt, dessen gedämpftes, wie entfernter Donner klingendes Rauschen bis hierher zu hören ist, wäre das Panorama hinreißend.

Auf dem Klingelschild steht Pisu–Pizzi. Nelly drückt auf den Knopf und sagt ihren Namen. Eine männliche Stimme bittet sie in den siebenten Stock, die Tür geht auf. Eine prächtige Eingangshalle, der Aufzug fährt ganz nach oben. Überall Marmor. Es gibt sogar einen Dienstboteneingang. Jemand beobachtet sie durch den Spion. Die Tür geht auf und ein dunkelhäutiger Diener in Livree erscheint. Die Diele ist geräumig und perfekt durchgestylt. Alles weiß. Möbel, Rahmen, Canapé. Spiegel lassen den ohnehin schon großen Raum noch größer erscheinen. Der Diener führt sie durch eine Glastür in den Salon, den ein Rundbogen vom riesigen Wohnzimmer trennt. Auch hier blendendes, reinstes Weiß, selbst der Teppich. *Wie hält man bloß so einen Teppich sauber? Und die Wände? Hier wohnen wohl Gespenster und keine menschlichen Wesen.* Weißlackierte Möbel mit polierten Metallintarsien. *Wie in einer Klinik.* Vielleicht mag die Hausherrin es genauso aseptisch wie an ihrem Arbeitsplatz. Oder sie hat das zwanghafte Bedürfnis, sich von etwas reinzuwaschen. Nur die Bilder an den Wänden, alles durchweg moderne oder zeitgenössische Werke, darunter einige Amerikaner, Warhol, Oldenburg, Haring, sind schreiend farbig, vor allem gelb, orange und blutrot.

Aus dem hintersten Winkel des Raumes ertönen Schritte. Dort, halb versteckt hinter einem Paravent, lässt sich eine Wendeltreppe erahnen. Marilena steigt die Stufen herab, klein, auf flachen Schuhen, was sie noch runder erscheinen lässt, und in einem rotsamtenen Hosenanzug. Mit ausgestreckten Armen kommt sie Nelly entgegen, die typische einstudierte, theatralische Geste. Das Gesicht mit dem energischen Unterkiefer ist stark geschminkt, doch die dicke Make-up-Schicht kann die dunklen Schatten um die Augen nicht ganz verdecken. Ihre Augen sind schwarz wie Sandras, aber nicht so sanft und heiter, sondern düster, abgründig und völlig unberührt von dem Lächeln, das sich auf den vollen, aufgespritzten Lippen ausbreitet. Sie greift nach Nellys Händen und zieht sie an sich.

»Liebe Nelly, wie bin ich froh, dass Sie hier sind. Ich weiß schon, Ihr Besuch hat …«, sie beißt sich auf die Unterlippe und sucht nach den richtigen Worten, »berufliche Gründe. Sie wollen herausfinden, wer Alceo ermordet hat.« Sie kann kaum weitersprechen, doch sie ist nicht der Typ, der sich leicht unterkriegen lässt. »Trotzdem ist es tröstlich, Sie zu sehen. Ich habe einen sehr wichtigen Termin abgesagt, um heute hier sein zu können. Kommen Sie, kommen Sie, folgen Sie mir in mein kleines Reich.«

Ohne sich darum zu kümmern, dass die von der überschwänglichen Begrüßung völlig überrumpelte Nelly noch kein einziges Wort hervorgebracht hat, zieht sie sie in Richtung Wendeltreppe. Sie kommen in einen kleineren, aber dennoch sehr großzügigen Raum. Die Einrichtung besteht aus behaglichen bunten Sesseln, Sofas und Teppichen. Eine gläserne Schiebetür geht auf eine riesige Terrasse voller mächtiger Blumenkübel hinaus – *Mamma mia, mein Terrässchen ist ein richtiger Fliegenschiss dagegen*. Korbsofas und -sessel, Tischchen und ein Schaukelstuhl sind mit durchsichtiger Plastikfolie abgedeckt, doch man kann sich unschwer die Frühlings- und Sommerabende vorstellen, wenn alle Pflanzen blühen, auch die Zitronen und Orangen, die jetzt zum Schutz vor der Kälte an die Hauswand gerückt sind. Nelly ist sprachlos. Marilena folgt ihrem Blick über den Hafen und hinüber zum Corso Italia.

»Herrlich, nicht wahr? Ein Traum von einer Wohnung. Nur dass ich sie kaum genießen kann. Ständig bin ich in Novi in der Klinik und operiere. Ich kann mir keine Fehler, Halbheiten oder Durchhänger erlauben. Ich habe mich nun mal für diesen Beruf entschieden, er macht mir Spaß und ich bin sehr gut darin. Wussten Sie, dass meine Patienten sogar aus Brasilien kommen, um sich von mir operieren zu lassen? Wenn Sie wüssten, wer sich alles bei mir unters Messer legt! Leider darf ich mich damit nicht brüsten, in unserem Metier ist Diskretion das A und O.«

Sie lächelt selbstzufrieden, senkt den Blick und mustert ihre im Schoß gefalteten Hände, als gehörten sie nicht zu ihr, als wären sie etwas Fremdes, Eigenständiges. Dann blickt sie Nelly mit ihren schwarz funkelnden Augen direkt ins Gesicht.

»Wer kann das gewesen sein, Nelly? Wer hat meinem kleinen Bruder das angetan?«

Ihre Augen füllen sich mit zitternden Tränen, die ihren harten Blick verschwommen und hilflos machen.

»Sie waren dort, ganz zufällig, als … Wer kann etwas so Entsetzliches getan haben?«

Räuspernd versucht Nelly, die Inszenierung zu verdauen. Ein echter Theatercoup. Der dramatische Tonfall, die wohlgesetzten Pausen.

»Die ganze Zeit muss ich an den letzten Freitagabend denken, Marilena. Ein paar Leute aus der Crew hätten die Gelegenheit gehabt, den Kaffee zu vergiften, ehe er Ihrem Bruder serviert wurde, aber Außenstehende genauso. Ich bin aufgestanden, um zur Toilette zu gehen. Als ich wiederkam, saß Susan Whright auf seinem Schoß und Sofia Lebeau hätte sie mit ihren Blicken am liebsten getötet, aber das heißt nichts. Niemand hatte Gift bei sich, alle im Lokal befindlichen Crewmitglieder sind durchsucht worden. Möglich, dass der Mörder es hat verschwinden lassen, in gewissem Sinne waren sowohl der Ort als auch die Situation ideal für ein Verbrechen. Der Täter war offenbar sehr wütend auf Ihren Bruder, er kannte sich aus, schreckte vor nichts zurück und hatte dazu reichlich Schwein. Da hätte alles Mögliche schiefgehen können.«

Marilenas Gesicht verzerrt sich zu einer hasserfüllten Fratze.

»Vielleicht ist es diese Schlampe Sofia gewesen. Mein Bruder hatte sie schon x-mal verlassen, aber die war schlimmer als eine Klette. Ich weiß nicht, warum er sie sich nicht vom Hals geschafft hat. Er sagte, diesmal würde er es tun, er hätte sich verliebt, vielleicht in Susan oder in ihre Mutter Shannon, aber er war sowieso immer verliebt. Er meinte, ohne Sex und Verliebtheit könne man nicht kreativ sein und vernünftig arbeiten.«

Sie hat Nellys Hände ergriffen und drückt sie. Marilenas Finger sind kalt. Die eisige Berührung jagt Nelly einen Schauder über den Rücken, doch sie kann ihre Hände unmöglich zurückziehen. Sie zwingt sich, ihren Widerwillen nicht zu zeigen.

»Sie haben wirklich keine Ahnung, wer der Verfasser oder die Verfasserin dieser anonymen Briefe sein könnte, Marilena? Oder was es für Gründe geben könnte, Sie alle so sehr zu hassen?«

Marilenas Kopf schnellt in die Höhe, ihre Finger krallen sich schmerzhaft in Nellys Hände. Dennoch hält Nelly stand.

»Sie vermuten, es könnte dieses Dreckschwein mit den anonymen Briefen gewesen sein? Der Gedanke ist mir auch schon gekommen, aber ich begreife es einfach nicht, es ergibt keinen Sinn. Wer kann uns dermaßen hassen? Uns alle? Wieso? Außerdem ist mein Vater von einem Raser überfahren worden, Anselmo hatte einen Unfall, das haben die Ermittlungen ergeben. Aber jetzt ist Alceo ermordet worden. Zwar war er in seiner Branche nicht sonderlich beliebt, aber er wurde bewundert. Beneidet. Und dann diese ganzen Weibergeschichten, vor allem mit blutjungen Mädchen, mit Minderjährigen ... Ob sich der Vater oder der Bruder eines Mädchens an ihm gerächt hat? Nein, je mehr ich darüber nachdenke, desto unwahrscheinlicher kommt es mir vor, dass diese Briefe von einem kaltblütigen Killer stammen, der uns einen nach dem anderen ermorden will. Das sieht vielmehr nach einem tragischen Schicksal aus, nach einer Art Familienfluch. Wissen Sie, was man in Sardinien sagt? Vielleicht hat uns einer mit dem bösen Blick belegt, s'*ogu malu*. Vielleicht ist dieser elende Briefeschreiber ein Magier – oder eine Hexe, die uns ihren bösen Zauber angehängt hat. Wir Sarden glauben an solche Sachen, wissen Sie?«

Sie versucht zu lachen, bringt jedoch nur ein gequältes Krächzen heraus. *Wenn du wüsstest, wie sehr ich daran glaube. Es gibt da so eine Senegalesin namens Madame Claire ... Aber in diesem Fall nicht.*

Lautlos ist der Diener mit einem Tablett aufgetaucht, auf dem eine Teekanne, zwei Teetassen und ein Zuckerdöschen voller Kandis stehen. Zitronenschnitze, ein kleines Milchkännchen und Buttergebäck auf einem Silberteller. Er stellt alles vor Nelly und Marilena auf dem Couchtisch ab, verbeugt sich und verschwindet ebenso lautlos, wie er gekommen ist.

»Sollte sich jedoch tatsächlich jemand an den Mitgliedern Ihrer Familie rächen, Marilena, dann sind auch Sie oder Ihre Schwester in Gefahr. Wenn Sie also irgendetwas wissen, irgendein Familiengeheimnis, dann sollten Sie jetzt darüber reden.«

Marilena fällt ihr gereizt ins Wort.

»Meine liebe Nelly, das ist doch Blödsinn. Es gibt keine Familiengeheimnisse. Und ich jedenfalls habe keine Feinde, anders als vielleicht mein Bruder Alceo. Schon möglich, dass ein Patient mit dem Resultat nicht hundertprozentig zufrieden ist, aber mich dafür umbringen zu wollen, erscheint mir doch sehr weit hergeholt. Ich bin immer überzeugter, dass Alceos Mörder in seiner Crew zu finden ist und das Motiv dafür in seinen Weibergeschichten. Natürlich ist das alles entsetzlich. Erst Papas Tod, dann Anselmos, dann wird Giancarlo des Mordes an der armen Gioia angeklagt und jetzt auch noch …«

Nelly hat sich mehr auf Marilenas Mienenspiel als auf ihre Worte konzentriert und hängt derweil anderen Gedanken nach. Dann unterbricht sie sie jäh.

»Weiß man, wer Alceos Erben sind, Marilena? Gibt es ein Testament?«

Nelly hat einen sachlichen Ton angeschlagen, doch Marilena reagiert wie von der Tarantel gestochen.

»Wer wird Alceo schon beerben? Wir natürlich, die Familie. Ich und Anselmos Kinder. Keine Ahnung, ob er ein Testament gemacht hat, aber ich glaube kaum. Das passte nicht zu ihm.«

Sie wendet den Blick von Nelly ab, als hinge sie einer Erinnerung nach. Oder als sagte sie nicht die Wahrheit.

»Und Magraja bekäme nichts? Sie ist doch auch Ihre Schwester.«

Marilena zuckt entnervt mit den Achseln.

»Was weiß ich? Wir werden sehen. Ist das denn so wichtig für die Ermittlungen?«

»Geld ist ein sehr beliebtes Motiv. Ja, es ist wichtig. Sollte es ein Testament geben, würde ich das gerne wissen.«

Marilena sieht sie ausdruckslos an, dann schüttelt sie den Kopf.

»Keiner von uns hätte Alceos Geld nötig.«

Nelly nickt und beschließt, die letzte Karte auszuspielen, obwohl Marilena sich bereits zusammenrollt wie ein Igel.

»Kurz vor seinem Zusammenbruch hat Ihr Bruder mir gesagt, Ihre Schwester Magraja sei eine Art Nymphomanin. Wussten Sie davon, Marilena?«

Marilena starrt sie eisig an. Die Rollläden sind vollständig heruntergegangen. Das Drehbuch gefällt ihr nicht mehr.

»Ich habe keine Ahnung, was Alceo damit sagen wollte. Magraja ist eine völlige Niete, Sex mit eingeschlossen. Und jetzt entschuldigen Sie mich bitte, Nelly, ich muss nach Novi, mein Mann erwartet mich.«

Sie steht auf und geht zur Treppe, obwohl Nelly noch nicht ausgetrunken hat. Nelly stellt die Tasse ab und folgt ihr.

»Was macht Ihr Mann, Marilena? Ist er auch Arzt?«

»Mein Mann ist Geschäftsführer der Klinik, oder besser gesagt der Gesellschaft, der die Klinik untersteht«, antwortet Marilena kalt und ohne sich umzudrehen. Das Gespräch ist beendet.

XI

»Spreche ich mit Maria Grazia Pisu? Guten Tag, Maria Grazia. Ich bin Commissario Nelly Rosso ... Genau, die Freundin ihrer Cousine Sandra. Dürfte ich heute um vier bei Ihnen vorbeikommen, wäre Ihnen das recht? Schön. Ich bringe meinen Assistenten Privitera mit. Danke, auf Wiedersehen.«

Nelly legte auf und fragte sich, was sie sich von einem Treffen mit der jüngsten Pisu-Schwester versprach. Vielleicht wollte sie nur dahinterkommen, weshalb sich alle so seltsam benahmen, sobald die Sprache auf sie kam. Weshalb es sogar so schien, als redeten sie nicht von derselben Person. *Vielleicht liegt es daran, dass sie nicht ganz sauber tickt. Aber zwischen Nymphomanin und sexueller Niete liegt ein weites Feld.* Sie war so sehr in das merkwürdige Schicksal der Pisus versunken, dass sie Tanos lautloses Eintreten nicht bemerkt hatte. Als er ihr die Hand auf die Schulter legte, fuhr sie erschrocken zusammen.

»Na, Nelly, in Trance?«

»Ich musste gerade an diese komische Sache mit den Pisus denken.«

Er zuckte mit den Achseln.

»Der einzige wirkliche Fall, mit dem wir es hier zu tun haben, ist der Giftmord an dem Filmemacher. Der ganze Rest ... puff!« Er blies sich in die offene Hand, um zu zeigen, wie halt- und substanzlos alles andere war.

Nelly blickte ihn an und versuchte, seiner Nähe zu widerstehen.

»Schon, aber du musst zugeben, dass die Familie seit einigen Monaten verdächtig viel Pech hat. Der Vater kommt unters Auto, der Fahrer flüchtet, verschwindet spurlos. Okay, es hat geregnet, und es war dunkel. Keiner weiß, was der Alte um elf Uhr abends bei diesem Wetter auf dem Corso Italia zu suchen hatte, aber egal. Unfall. Sechs Monate später stürzt der älteste Sohn die Treppe runter, fällt ins Koma und stirbt. Noch ein Unfall. Der Enkel bringt in einem Anfall von Schizophrenie seine Exfreundin um und landet im Knast. Wollen wir das auch als Unfall durchgehen lassen? Okay. Kaum sind Anselmo und die arme Gioia unter der Erde, rührt jemand Zyanid in Alceos Malzkaffee. Kurz zuvor hat die Familie, und zwar alle Familienmitglieder, Drohbriefe erhalten, wenn auch mit vagem Inhalt. Zufall? Zum Teufel mit dem Zufall!«

Tano ging zum Fenster, die Hände hinter dem Rücken verschränkt, die Stirn gerunzelt.

»Ich hab die Schnauze von diesen Pisus so was von voll! Als hätten wir nichts anderes zu tun, als uns um deren Irrsinn zu kümmern. Dabei haben wir schon genug Scheiße am Hals, nicht zuletzt den Global-Prozess, durch den uns plötzlich ein Haufen besserwisserischer Lackel aus Rom auf die Pelle rückt, bei denen man nicht weiß, ob es Bullen oder Verbrecher sind. Überall schnüffeln sie herum wie Trüffelschweine. Wir versuchen rauszukriegen, wer diesen berühmten Regisseur kaltgemacht hat, und basta. Gibt's dazu irgendwas Neues?«

Nelly musterte sein schönes, genervtes Gesicht und spürte Wut in sich aufsteigen. *Ich hab dich noch gar nicht gefragt, wieso du am Freitagabend nicht erreichbar warst, du Aas.*

»Übrigens, wo warst du eigentlich am Freitagabend, als Alceo Pisu ins Jenseits befördert wurde? Ich hab dich ein paarmal versucht anzurufen, aber dein Handy war aus. Ganz abgesehen davon, dass das nicht besonders professionell ist, würde ich schon gern wissen …«

Tano presste die Kiefer so fest zusammen, dass Nelly meinte, die Gelenke knirschen zu hören.

»Was willst du eigentlich? Du hast einen Freund, du hast einen Sohn, dass da ja keiner dran rührt, aber wenn ich mal einen Abend lang mein Ding mache, muss ich dir Bericht erstatten, oder was? Ich wusste doch, es ist 'ne Scheißidee, was am Arbeitsplatz anzufangen.«

Nelly war schon aufgesprungen und hatte sich Tasche und Jacke geschnappt.

»Keine Sorge, das können wir sofort ändern. Ciao, Tano, ich hab einen Termin. Mit Maria Grazia Pisu.«

Er wollte sie am Ärmel festhalten.

»Hör mal, ich wollte nicht ... Mir gehen gerade alle so dermaßen auf den Sack, Volponi inklusive ...«

»Leck mich, Tano.«

Die Tür schlug zu, und Nelly war fort. Tanos Gesicht glühte. Er versetzte dem Heizkörper einen wütenden Faustschlag. Unverständliches in sich hineinmurmelnd verließ er das Büro und rauschte, ohne sie anzusehen, an Valeria vorbei, die offenbar gerade etwas sehr Wichtiges an ihrem Computer zu tun hatte und ihn gar nicht zu bemerken schien.

Chefassistent Gerolamo Privitera war gerade auf dem Weg in Nellys Büro, als Nelly ihm auf der Treppe in voller Fahrt entgegenstürmte und ihn beinahe umgerissen hätte.

»Ach, da bist du ja, Gerolamo. Los geht's«, war ihr einziger Kommentar, und er folgte ihr wortlos.

Gerolamo Privitera war der schweigsame Typ, was Nelly ebenso angenehm wie zuweilen irritierend fand. In diesem speziellen Moment hatte Gerolamo gerochen, woher der Wind wehte, und so schlich er, ohne Fragen zu stellen, hinter ihr her. Die Kommissarin schwang sich hinter das Steuer eines Dienstwagens und umklammerte das Lenkrad so energisch, dass die Fingerknöchel weiß hervortraten. Gerolamo hatte sich kaum auf den Beifahrersitz gehockt, als Nelly auch schon aufs Gas trat. Es herrschte einiger Verkehr, doch man kam voran.

Nelly fuhr Richtung Corso Andrea Podestà und folgte der Umgehungsstraße am Meer entlang bis zur Via Andrea D'Oria, die zur Stazione Principe führte. Sie fuhr schnell, überholte so oft sie konnte und häufig ziemlich gewagt, derweil Gerolamo reglos neben ihr saß und aus dem Fenster blickte. Die Gründe für die Gemütszustände der Kommissarin hatten ihn nicht zu interessieren, und er hütete sich davor zu fragen, was vorgefallen war. Nelly bog auf den Bahnhofsvorplatz ein, parkte im Halteverbot, legte die Polizeiplakette in die Windschutzscheibe und schlug die Tür zu. Dann endlich fiel ihr Blick auf Gerolamo, der ganz in die Betrachtung der Bahnhofsfassade versunken zu sein schien. Sie kniff die Augen zusammen, schüttelte ihre rote Mähne und verzog den Mund zu einem Lächeln.

»Also, Gerolamo, diese Pisus sind ein echtes Kreuz. Offenbar hat irgendjemand denen was angehext oder sie mit dem *ogu malu* belegt, wie man in Sardinien sagt, und jetzt werden sie's nicht mehr los. Und wir auch nicht.«

»Ich bin im Bilde, Dottoressa.«

Gerolamo warf ihr einen verstohlenen Blick zu, um zu kontrollieren, ob alles wieder im Lot war oder ob er sich noch auf etwas gefasst machen musste. Doch Nelly schien wieder ganz die Alte zu sein.

»Ich bin froh, dass du heute auch dabei bist, denn bei dieser Geschichte passt nichts zueinander.«

Rasch fasste sie die Geschehnisse für ihn zusammen, während sie die Via Balbi entlanggingen. Sie sah Gerolamo beim Reden nicht an und musterte flüchtig die Passanten, die zu dieser Stunde die Straße bevölkerten: Studenten, Immigranten, elegante Signoras. Die Läden hatten gerade wieder geöffnet, und Nelly steuerte auf eine Bar an der Straßenecke zu.

»Ich brauche einen Kaffee, Gerolamo. Die Runde geht auf mich, keine Widerrede.«

Nelly hatte zwei Espressi bestellt und griff nach einer Scheibe Focaccia mit Oliven, die appetitlich in der gläsernen Vitrine lag.

»Möchtest du auch was essen?«

»Nein danke, Dottoressa. Diese Geschichte mit den Pisus, das sind wirklich ganz schön viele Zufälle auf einmal. Und die einzige Verbindung sind die anonymen Briefe. Eins macht mich allerdings stutzig.«

»Spuck's aus.«

»Wenn ich mich an irgendeinem Drecksack, der mir was angetan hat, rächen will, sorg ich doch dafür, dass er weiß, dass ich es bin, der's ihm heimgezahlt hat, oder? Darin besteht doch die Genugtuung: Pass auf, du elende Sau – Pardon, Dottoressa –, du hast mir dies und jenes getan, jetzt lass ich dich dafür bluten. Ich. Aber diese Pisus scheinen gar nicht zu wissen, wer was gegen sie hat und wieso, und bis jetzt ist noch nicht einmal klar, ob hinter diesen Unglücksfällen etwas anderes steckt oder ob es wirklich nur Unglücksfälle sind, mal abgesehen von dem Filmemacher. Wo ist denn da die Genugtuung?«

Nelly schluckte den letzten Bissen Focaccia hinunter. Sie dachte über den für Gerolamos Verhältnisse langen und zweifellos interessanten Vortrag nach. Der Rächer im Verborgenen.

»Du hast recht. Wenn derjenige, der mir etwas angetan hat, nicht weiß, dass ich es ihm heimzahle, was habe ich dann davon? Du glaubst also nicht, dass die anonymen Briefe was damit zu tun haben?«

»Das ist nicht gesagt. Ich glaube eher, dass die Pisus wissen oder zumindest ahnen sollten, weshalb jemand sie ins Fadenkreuz nimmt.«

»Aber sie sagen es nicht.«

»Aber sie sagen es nicht«, pflichtete Gerolamo ihr bei und stellte die leere Espressotasse auf die Untertasse zurück. Nelly musterte das hagere, dunkle Gesicht und die tiefliegenden, durchdringenden schwarzen Augen ihres Assistenten. Gerolamo redete nicht viel, aber wenn er etwas sagte, lohnte es sich zuzuhören.

Sie zahlten und verließen schweigend das Lokal. Nelly war gespannt, welchen Eindruck das Spukschloss der Pisus auf ihren

Assistenten machen würde und was er von Magraja hielte. Aus diesem Grund hatte sie ihn nicht weiter auf das Treffen vorbereitet. Nelly hielt viel von den Eindrücken ihrer Mitarbeiter, insbesondere von denen Gerolamos. Sie bogen nach links in die Salita Santa Brigida ein und standen im nächsten Augenblick vor der Festung, in der sich wie in einem gepanzerten Schrein die Wohnung der Familie Pisu befand. Sie schielte zu Gerolamo hinüber, der das riesenhafte Tor jedoch lediglich mit einem interessierten Blick bedachte. Nelly klingelte. Nichts passierte. Sie klingelte abermals. Endlich sprang das Tor einen Spaltbreit auf. Scheinbar mühelos stieß Gerolamo es auf, ließ sie eintreten und folgte ihr nach oben.

Die Wohnungstür war nur angelehnt, doch es war niemand da, um sie zu begrüßen. In der schummrigen Eingangshalle hatte Nelly das instinktive Gefühl, es verstecke sich jemand in der Dunkelheit. Ein Schatten, der sich bei ihrem Eintreten aufgelöst hatte, hinter den Stores oder in einer der vielen Türen verschwunden war. Gerolamo hingegen schien nichts Besonderes aufzufallen, oder er ließ sich zumindest nichts anmerken. *Mach dich locker, Nelly, du bist nicht in Bagdad, sondern in der Wohnung einer bettlägerigen Greisin und einer alten Jungfer.* Heutzutage sagte man dazu wohl etwas freundlicher *Single*. Eine nicht mehr ganz junge Frau, die nicht aus freien Stücken allein war oder einfach nur Pech gehabt hatte: Freund gestorben, Liebhaber verheiratet, alte, pflegebedürftige Eltern. Ferne Welten, allerdings nicht völlig ausgestorben, sondern lediglich versteckt in den Abgründen einer unter der schadhaften Oberfläche künstlicher Modernität zutiefst rückgewandten Gesellschaft.

»Guten Tag, Dottoressa Rosso, kommen Sie, folgen Sie mir.« Nelly fuhr erschrocken zusammen. Maria Grazia Pisu war lautlos in der Tür zu einem der zahlreichen Korridore aufgetaucht. Sie ging voran, indem sie ein trübes Licht anschaltete, das die Wohnung nur teilweise aus dem Halbdunkel riss. Ihre große, gebeugte Silhouette bewegte sich behende vor ihnen her. Sie trug strenge Trauer: Bluse, Pullover, Rock auf halber Wade, alles schwarz. Ihr Aussehen hatte etwas seltsam Überkommenes. *Sie ist die Einzige, die sich an diese Tradition hält, Marilena und den anderen Frauen der Familie scheint sie dagegen völlig schnuppe zu sein.*

Sie wurden in ein düsteres Arbeitszimmer geführt. Die Wände waren mit dunklem Holz vertäfelt. In einer Ecke ein Zweisitzer und zwei braune, von der Zeit und den zahllosen Hinterteilen, die auf ihnen gesessen hatten, zerschlissene Ledersessel. Maria Grazia ging zur Fenstertür, um die Vorhänge zur Seite zu ziehen. Kaltes, graues Licht flutete herein und mischte sich mit dem gelblichen Schein des Messinglüsters. Die Blässe auf Magrajas Gesicht bekam etwas Totenähnliches. Ihre trotz all der Trostlosigkeit seltsam lebendigen, schönen Augen funkelten wie Smaragde, ihr Haar war zusammengebunden, ihre Lippen so fest aufeinandergepresst, dass sie fast nicht zu sehen waren. Nelly hatte sie weich und voll in Erinnerung. *Sie könnte eine echte Schönheit sein, vielmehr als Marilena oder Sandra, so klein und stämmig, wie die sind. Magraja ist viel größer, vielleicht noch größer als ihre Brüder. Und diese hohen Wangenknochen, die langen, schlanken Beine. Schade, dass sie immer rumläuft wie eine Vogelscheuche.*

»Darf ich Ihnen meinen Assistenten Gerolamo Privitera vorstellen, Signorina Pisu?«

»Nennen Sie mich doch Magraja, wie alle.«

Nelly nickte leicht verblüfft. »Wir sind hier, weil wir herausfinden möchten, was es mit den jüngsten Vorfällen in Ihrer Familie auf sich hat.«

Ehrlich erstaunt zog Magraja die Brauen hoch.

»Mit den Vorfällen … Ich verstehe nicht, Dottoressa Rosso. Sie beziehen sich auf den Mord an Alceo, richtig?«

Sie sprach leise, aber klar und deutlich.

»Darauf natürlich, aber auch auf die anderen Unglücksfälle, die Ihren Vater und Ihren Bruder Anselmo das Leben gekostet haben, sowie auf die Tat Ihres Neffen Giancarlo.«

Magraja nickte langsam wie ein Kind, das etwas begriffen hat.

»Ach so, in letzter Zeit haben uns wirklich einige Schicksalsschläge getroffen. Aber was haben die mit dem Mord an Alceo zu tun? In den Zeitungen heißt es, Sie hätten neben ihm gesessen.«

Krumm hockte sie da, die Hände um die Knie gefaltet. Ihre wunderschönen hellen Augen wanderten von Nelly zu Gerolamo, der sie wie gebannt anstarrte. Nelly fragte sich, ob sie nur so beschränkt tat oder ob sie es wirklich war.

»Und Sie haben keinen Moment daran gedacht, dass es zwischen diesen Schicksalsschlägen einen auf Hass gegründeten Zusammenhang geben könnte – womit es, genau genommen, keine reinen Schicksalsschläge wären? Erinnern Sie sich an die anonymen Briefe, die Sie alle erhalten haben?«

Magraja runzelte die Stirn, als müsste sie ihr Gehirn nach der passenden Information durchwühlen. Ihr Gesicht hellte sich auf.

»Ach, die! Nein, daran habe ich gar nicht gedacht. Marilena ist wahnsinnig nervös geworden, aber ich hab die immer nur für einen Scherz gehalten. Oder für eine harmlose Gemeinheit. Manche Leute sind eben böse und neidisch. Wer könnte denn etwas gegen uns haben wollen?«

»Genau das würden wir gerne herausfinden. Haben Sie vielleicht eine Idee, wer Ihren Brüdern, Ihrem Vater oder Ihnen etwas Böses wollen könnte?«

Magraja hob abwehrend Hand und schüttelte heftig den Kopf.

»Nein, ganz und gar nicht. Sie kennen unsere Familie nicht, Dottoressa. Wir sind ein Herz und eine Seele, und unser Vater war einfach so ...«, sie suchte nach dem richtigen Wort. »Er war perfekt. Das hatte vielleicht nicht immer den Anschein, und meine Brüder konnten manchmal ein wenig extravagant oder hochnäsig wirken, aber sie waren herzensgute Menschen, die einander und uns Schwestern sehr nahestanden. Ich kann mir nicht vorstellen, dass jemand sie gehasst haben könnte, auch wenn sie da draußen in der Welt – in der Arbeitswelt«, verbesserte sie sich, »vielleicht den einen oder anderen vor den Kopf gestoßen haben. Aber davon weiß ich nichts. Sie wussten eben genau, was sie wollten. Damit meine ich natürlich Alceo, denn bei Anselmo war es doch ein Unfall, nicht wahr?«

Sie sah Nelly fragend an. Beim Reden hatten sich ihre fahlen Wangen gerötet, als hätte ein Maler einer Wachsfigur zwei kräftige Pinselstriche verpasst. Nelly ließ nicht locker.

»Kein unbekannter Feind? Seltsame Anrufe? Es sind keine weiteren Drohbriefe gekommen? Ganz sicher?«

Wieder schüttelte Magraja energisch den Kopf. Das schwarze Haarband hatte sich gelöst, ein paar Strähnen umrahmten weich ihr Gesicht.

»Sie sind die Jüngste, richtig? Das Nesthäkchen, nehme ich an?«

Ihre Wangen röteten sich noch mehr. Der Anflug eines Lächelns huschte wie ein Lichtstrahl über ihre Züge.

»Na ja, schon, Anselmo war zweiundfünfzig, Marilena ist fünfzig, Alceo«, sie hielt betrübt inne, «wäre in einer Woche siebenundvierzig geworden. Ich war eine Überraschung, sagte meine Mutter immer. Ein echter Nachzügler, ich bin gerade vierzig geworden.«

Verschämt wie ein kleines Mädchen senkte sie den Kopf. *In was für einer Welt lebt die Ärmste denn? Ist hier lebendig mit der bettlägerigen Mutter begraben, Bruder und Schwester halten sie für bekloppt, der Vater hat ihr, gemessen am Familienvermögen, einen Furz hinterlassen, und sie glaubt, sie ist Teil der Musterfamilie.*

»Was wussten Sie über das Leben Ihres Bruders Alceo?«

Magraja zog die Schultern hoch und breitete die Arme aus.

»Wo ich doch hier kaum herauskomme? Nichts. Das, was ich in der Zeitung gelesen habe oder was er so erzählt hat, wenn er uns mal besuchen kam. Dass Sofia ihn mit ihrer Eifersucht zur Weißglut trieb, dass sie ihn einmal mit einer Nagelschere an der Hand verletzt hat.«

Nelly horchte auf.

»Signorina Lebeau hat ihn verletzt? Hat Ihr Bruder sie angezeigt?«

»Ach wo, er hat gelacht, er meinte, er fände es toll ... bis aufs Blut geliebt zu werden.«

Als sie merkte, was sie gesagt hatte, fuhr sie erschrocken zusammen.

»Hab ich was Falsches gesagt?«, piepste sie weinerlich, »Marilena sagt immer, ich soll erst mal das Gehirn einschalten, bevor ich den Mund aufmache. Aber ich hab mich noch nie gut konzentrieren können, schon in der Schule nicht.«

Nelly machte eine beschwichtigende Handbewegung.

»Auf welchen Schulen waren Sie, Magraja?«

Verlegen rutschte sie auf ihrem Sesselchen hin und her und strich sich mit verschwitzten Händen über den Rock.

»Ich war auf dem Duchessa di Galliera. Aber ich hab die erste Klasse ein paar Mal wiederholt und keinen Abschluss gemacht.«

Ihre Stimme war tonlos, der Kopf gesenkt. Das Haar fiel ihr vors Gesicht, doch sie schien es nicht zu bemerken. In dem Moment huschte ein Schatten an der Tür vorbei. Gerolamo sprang auf und schoss auf den Flur hinaus.

»Verzeihung, ist außer Ihnen sonst noch jemand hier? Wer?«

»Oh, das ist nur Celeste, die Krankenschwester. Ich habe sie kommen lassen, damit wir uns ungestört unterhalten können, und jetzt habe ich Ihnen noch nicht einmal was zu trinken angeboten.«

Magraja hatte wieder den gewohnten weinerlichen Tonfall angenommen. Unterdessen hatte die Frau, die lautlos an der Tür vorbeigegangen war – *Ob die uns belauscht hat?* –, das Zimmer betreten. Sie war so groß wie Nelly, kräftig, um die fünfundvierzig, hatte kurzes, dunkelblondes Haar und wachsame braune Augen.

»Es tut mir leid, wenn ich Sie erschreckt habe, ich wollte nur fragen, ob Sie etwas trinken möchten.« Sie warf Magraja einen liebevollen, leicht herablassenden Blick zu. »Magraja vergisst manchmal das eine oder andere. Ich sollte das nicht sagen, sie ist ein wahrer Engel. Wie sie sich um die Mutter kümmert ... Wenn ich eine Tochter hätte, müsste sie sein wie sie.«

Nelly musterte die Frau. Sie steckte in einem weißen Kittel, trug weiße Krankenschwestersandalen und behandelte Magraja, obwohl sie ihr völlig ergeben schien, wie ein kleines Mädchen.

»Danke, wir haben gerade einen Kaffee getrunken. Ach, übrigens, Celeste ... und wie weiter?«

»Celeste Mazzoleni. Ich kümmere mich um Signora Lorenza, wenn Magraja mal nicht kann. Ich bin eingestellt worden, als die Signora krank geworden ist. Ach, Magraja, ich hab dir doch schon gesagt, dass du dich vor deiner Mutter nicht in Trauer zeigen sollst, sonst regt sie sich auf. Zieh dir immer schön den Kittel über, wenn du zu ihr gehst. Das Schwarz erschreckt sie.«

Magraja verzog gereizt das Gesicht, hatte sich aber sogleich wieder im Griff.

»Also begreift Signora Lorenza, was passiert?«, schaltete Nelly sich ein. »Sagt sie hin und wieder etwas? Könnte man ihr ein paar Fragen stellen? Natürlich sehr behutsam.«

»Das ist schwer zu sagen. Manches versteht sie, es hängt von der Tagesform ab. Aber bei einem schwarzen Kleid denkt jeder sofort an den Tod. Im Übrigen ist sie seit so langer Zeit ans Bett gefesselt, was soll sie Ihnen schon erzählen ...«

»Was für ein Mensch war Ihre Mutter vor ihrer Krankheit, Magraja?«

Magraja schien ganz woanders zu sein. Mühsam riss sie sich aus ihren Gedanken.

»Was? Meine Mama ... Wie war die Mama? Streng, aber gerecht. Ein bisschen trübsinnig. Anselmo war ihr sehr ähnlich. Manchmal war sie aber auch fröhlich und ausgelassen und brachte uns alle zum Lachen.«

Wieder kehrte sich ihr Blick nach innen. Nelly machte Gerolamo ein Zeichen. Es war Zeit zu verschwinden. Celeste begleitete sie zur Tür. Magraja schien ihr Gehen kaum zu bemerken, sie murmelte einen Abschied und stierte abwesend vor sich hin.

»Geht es Magraja gut? Sie wirkt so verloren.«

Celeste und die beiden Polizisten standen an der Wohnungstür.

»Sie leidet sehr unter dem Tod der Brüder und wegen des schrecklichen Verbrechens, dessen Giancarlo bezichtigt wird. Das arme Ding, sie ist ein äußerst sensibles Mädchen. Eine zarte Blume.« Celeste seufzte, und Nelly nutzte die Gunst des Augenblicks.

»Haben Sie in diesem Haus jemals von Drohungen gehört, vielleicht durch Fremde? Gab es Anrufe oder Ähnliches?«

Sofort verschloss sich ihre Miene.

»Ich habe nichts gehört. Die Pisus sind anständige Leute, wissen Sie? Sarden bis in die Haarspitzen. Vielleicht ein bisschen zu direkt, aber gut, ehrlich und aufrichtig.«

Nelly versucht, die unterschiedlichen Wirklichkeiten dieser Familie zu einem kohärenten Bild zusammenzufügen. Das von Beschuldigungen und Missgunst, wenn nicht gar Hass durchsetzte Psychodrama des ersten Besuchs und das freundliche Idyll einer scheinbar normalen Familie aus der träumerischen Schilderung Magrajas. *Omnia munda mundis …** Sie verabschieden sich von Celeste mit der Bitte, sich mit ihnen in Verbindung zu setzen, sollte ihr etwas Ungewöhnliches auffallen, und machen sich auf den Weg. Gerolamo schweigt wie üblich und hat einen schwer zu entziffernden Gesichtsausdruck. Als sie die Via Balbi wieder Richtung Bahnhof Principe hinunterschlendern, kann Nelly sich nicht mehr beherrschen.

»Und, was meinst du?«

Gerolamo sieht sie mit einem seltsamen Ausdruck in den Augen an.

* (lat.) Den Reinen ist alles rein.

Nelly ahnt, weshalb.

»Sie scheint ehrlich zu sein. Die arme Frau. Was für ein Leben in diesem Mausoleum, dabei ist sie gerade mal vierzig. Was für eine Vergeudung …«

Nelly nickt.

»Selbst in diesem Zustand ist Maria Grazia Pisu eine echte Schönheit. Und so sanftmütig, ich garantiere dir, ihre Brüder waren alles andere als Lämmchen, und ihre Schwester kann bestimmt eine richtige Hexe sein. Da ist eine riesige Kluft zwischen dem, was ich über die Pisus weiß, und dem, was die jüngste Schwester erzählt. Ich krieg das einfach nicht zusammen.« Nelly macht eine Pause.»Vielleicht redet sie sich das alles ein, um nicht einzugehen. Irgendwie ist sie mir auch ein bisschen … wie soll ich sagen …«

»… verblödet vorgekommen? Wer wäre das nicht, bei so einem Leben, eingesperrt in diese Wohnung? Die Ärmste. Diese Celeste hingegen ist mir nicht geheuer. Was sie sagt, ist eine Sache, aber ihre Augen sprechen eine andere Sprache. Es sieht fast so aus, als müsste Magraja nach ihrer Pfeife tanzen, anstatt umgekehrt.«

Das Aschenputtel aus dem Hause Pisu scheint es unserem Gerolamo ja angetan zu haben.

»Sag mal, Gerolamo, für was für eine Frau hältst du Magraja Pisu?«

Die Antwort lässt nicht auf sich warten, offenbar hat er sich bereits seine Gedanken dazu gemacht.

»Ich würde sagen, die ist geistig auf dem Stand eines kleinen Mädchens stehengeblieben. Aber das Potential ist da. Bei den Augen …«

»Was für eine fachmännische Einschätzung.«

»Sie haben mich nach meiner Meinung gefragt, Dottoressa. Aber ich kann natürlich auch falschliegen.«

Bei diesen Dingen liegst du selten falsch, Gerolamo, eigentlich nie. Ich frage mich nur: Wieso ist Magraja so zurückgeblieben? Oder ist sie es womöglich gar nicht, und wir lassen uns von ihrer unschuldi-

gen Art täuschen? Doch statt ihre Gedanken auszusprechen, nickt Nelly nur überzeugt.

»Gut, Gerolamo. Ich gehe jetzt zur Staatsanwältin Pasqui, die sich mit Alceo Pisus Vergiftung befasst. Sei so nett und fahr den Wagen zurück ins Präsidium.« Sie hält ihm die Schlüssel hin.

»Okay, bis morgen dann, Dottoressa.«

Sie geben sich die Hand, und schon ist Gerolamo weg.

Antonella Pasqui war nicht besonders groß und eher zierlich, doch irgendetwas an ihr flößte einem Respekt ein. Vielleicht die Art, wie sie das Kinn reckte und ihr Gegenüber aus schwarzen Augen eindringlich ansah, oder ihre überraschend tiefe, gewichtige, fast männliche Stimme, auf die man bei dieser kleinen Fünfzigjährigen nicht gefasst war.

»Und, Dottoressa Rosso, gibt es seit unserem letzten Treffen etwas Neues?«

Nelly entfuhr ein resignierter Seufzer.

»Bisher nicht. Wir sind dabei, sämtliche Anwesende des Abends unter die Lupe zu nehmen, die Aussagen liegen alle in der Akte, außerdem habe ich mich mit der älteren Schwester Marilena Pizzi unerhalten.« Antonella Pasqui nickte. »Jetzt komme ich gerade von einem Besuch bei der jüngeren Schwester, Maria Grazia, von allen Magraja genannt. Wenn ich ehrlich sein soll, ist die einzige Gewissheit, die wir bisher haben, dass Alceo Pisu tot ist und jemand ihn vergiftet hat. Zwar mangelt es nicht an eifersüchtigen Frauen oder Männern, die er mies behandelt und gegen sich aufgebracht hat, auch hatte er offenbar eine Vorliebe für blutjunge Mädchen, halbe Kinder, aber etwas Konkretes gibt es nicht. Nichts, worauf sich eine Anklage stützen ließe.«

»Hmhm … Und diese Sache mit den anonymen Briefen, die auch beim Tod des Bruders zur Sprache kamen? Irgendein Verdacht?«

»Auch das ist bislang eine Sackgasse. Vielmehr sind die noch lebenden Familienmitglieder fest davon überzeugt, dass die Briefe nichts mit Alceos Tod zu tun haben. Die machen alle gerade komplett dicht, wenn Sie mich fragen. Ich werde den Eindruck einfach nicht los, dass die beiden Pisu-Schwestern etwas wissen oder ahnen. Dass hinter dieser Sache irgendein Familiengeheimnis steckt. Aber die lassen nichts raus.«

»Wenn dem so wäre, müssten die restlichen Familienmitglieder die Hosen gestrichen voll haben.«

Antonella Pasqui stützte den rechten Ellenbogen auf den Schreibtisch und legte das Kinn in die Hand.

»Ich hasse diese Fälle, in denen sich die Leute eher umbringen lassen würden, als Tacheles zu reden. Aber wir wissen ja nicht einmal, ob das so ist, richtig?«

»Nein, gar nicht. Es könnte sein, dass die Briefe nichts damit zu tun haben. Das macht mich ja so kirre. Möglicherweise ist alles viel einfacher, als es scheint, und wir sehen es nicht.«

»Jedenfalls scheinen die Medien an diesem exotischen Fall allmählich Geschmack zu finden. Erst der soeben begonnene Prozess, und jetzt auch noch der Tod des Regisseurs, ein gefundenes Fressen. Die ermitteln auf eigene Faust und in alle Richtungen. Bisher mit denselben Ergebnissen. Gott sei Dank wissen sie nichts von den Briefen, die würden sich sonst wer weiß was zurechtspinnen.«

Ein paar Sekunden lang sahen sich die beiden Frauen schweigend über den Schreibtisch hinweg an.

»Der Anwalt der Produktionsfirma hat sich bei uns gemeldet«, sagte die Staatsanwältin schließlich. »Die verlieren jeden Tag einen Haufen Geld und wollen die Dreharbeiten so bald wie möglich fortsetzen. Morgen kommt ein englischer Regisseur nach Genua und übernimmt Alceo Pisus Aufgabe. Uns soll das recht sein, dann bleiben alle Crewmitglieder noch rund einen Monat hier und wir können mit den Ermittlungen fortfahren. Übrigens, wussten Sie, dass das ein Krimi wird? Vielleicht war der Mord ein Werbegag, um den Film zu promoten.«

Ihre schwarzen Augen funkelten belustigt, und Nelly musste grinsen.

»Wir werden auch in diese Richtung ermitteln.« *Ermitteln, pah! Das Einzige, was ich im Moment tun kann, ist, auf einen glücklichen Zufall zu hoffen.*

Die beiden Frauen verabschiedeten sich mit dem Versprechen, einander auf dem Laufenden zu halten.

Antonella Pasqui hatte die Situation sofort überrissen und machte es ihren Mitarbeitern einfach. Sie dachte mit und mischte sich in die Ermittlungen so wenig wie möglich ein. *Wären doch alle so wie sie.*

Gerade hatte Nelly die Haustür aufgeschlossen, als ihr Handy klingelte. »Tano« stand auf dem Display. Auf Nellys Stirn erschien eine steile Falte.

»Was ist?«

»Wo bist du?«

»Ich komme gerade nach Hause.«

»Können wir reden? Bitte. In fünf Minuten bin ich da.«

»Das ist keine gute Idee.«

»In fünf Minuten.« Das Handy erlosch. Wütend schmiss Nelly es in die Tasche zurück und ging die Treppe hinauf. *Wofür hält der sich, verdammt noch mal!* Der Zorn, der sich im Laufe des Nachmittags gelegt hatte, flackerte wieder auf. Sie würde es Tano nicht leicht machen.

Ein paar Minuten später klingelte es. Nelly drückte auf den Türöffner und ließ die Wohnungstür angelehnt. Sie ging ins Bad, um sich die Haare zu bürsten, warf einen Blick in den Spiegel, glosste sich die Lippen, verzichtete auf einen Spritzer Parfüm – *nur nicht übertreiben* – und hörte, wie die Wohnungstür sich öffnete und wieder schloss. Befangen wie ein Pennäler stand Tano im Eingang. Fast musste sie lachen, doch sie sah ihn nur wortlos an, den Kopf abwartend zur Seite gelegt. Er räusperte sich.

»Darf ich reinkommen oder muss ich wie ein Büßer auf der Schwelle stehen bleiben?«

Das war nicht der Ton, den sie erwartet hatte. Nellys Blick wurde hart.

»Komm schon, Nelly, sparen wir uns diese blöden Psychospielchen. Ich leide so schon genug, und das weißt du.«

Nelly fühlte sich plötzlich unendlich müde, die Spannung wich, und alles erschien ihr lächerlich und sinnlos: er, sie, die ganze Geschichte. Sie nickte Richtung Wohnzimmer. Tano zog sich den schwarzen Mantel aus und warf sich in einen Sessel. Nelly griff sich die Flasche Four Roses und zwei Gläser von der Kommode, schenkte jedem zwei Finger voll ein und hielt ihm ein Glas hin. Abwartend und beklommen saß sie da. Er schien zu ahnen, was sie empfand, und schüttelte mutlos den Kopf.

»Es tut mir leid. Freitagabend war ich enttäuscht, weil ich dich nicht sehen konnte, und bin nach Camogli gefahren, um meinen Freund Lucio Moresco zu besuchen. Er hat sich vor kurzem getrennt, es war kein lustiger Abend. Vorhin im Büro war ich gereizt, weil alles so beschissen läuft und auch wegen Volponi, der mir mit seinen Geheimdienst-Spielchen auf die Nerven geht. Ein echter Scheißtag eben, und ich hab überreagiert. Ich weiß, was ich gesagt habe, war total daneben. Entschuldige bitte, ich habe es nicht so gemeint«, schloss er mühsam. Er sah sie an und drehte das Glas zwischen den Händen. Dann stürzte er dessen Inhalt in einem Zug hinunter. Nelly musterte ihn und trank einen kleinen Schluck, der ihr seltsam bitter erschien.

»Das, was du über Beziehungen am Arbeitsplatz gesagt hast … Vielleicht hast du recht. Vielleicht ist es besser …« Doch Tano war schon aufgesprungen, hatte sich vor sie hingekniet und sie in die Arme geschlossen.

»Es wäre nicht besser. Es wäre eine Katastrophe. Vergiss, was du sagen wolltest, ich bitte dich.«

Er drückte sie an sich, küsste ihr Haar, wiegte sie sanft, und allmählich wich die dumpfe Ernüchterung einer tiefen Wärme. Nellys Finger fuhren durch Tanos Haar, sie nahm sein Gesicht zwischen die Hände und suchte mit geschlossenen Augen seine Lippen, taub und blind gegen alle Warnungen und weisen Ratschläge des Gewissens.

XII

Noch nie war er in Nellys Wohnung aufgewacht. Bisher war sie immer zu ihm gekommen. Tano öffnete die Augen und brauchte einen Moment, bis er wusste, wo er war. Die weißen Wände, der große Spiegel am Fußende des Bettes, das Licht, das durch die Fensterläden fiel, ihr Duft. Er drehte sich zu ihr um, wie sie neben ihm lag, sich träge räkelte, erwachte – und es erschien ihm die natürlichste Sache der Welt. In dem Moment blinzelte Nelly, und auf ihrem Gesicht zeigte sich das gleiche Erstaunen, begleitet von einem leisen Schock, den Tano nicht bemerkte: In diesem Bett wachte sie sonst immer mit Carlo auf. Sie machte sich sofort davon frei – *Meine Schuld, ich hab's ja so gewollt* – und streckte lächelnd ihren nackten Arm nach ihm aus. Doch ehe er sie abermals an sich ziehen konnte, schwang sie die Füße aus dem Bett und warf einen Blick auf den Wecker. »Los, sonst kommen wir noch zu spät. Ich möchte doch noch in Ruhe mit dir frühstücken«, und schon war sie im Bad verschwunden. Kurz darauf hörte Tano das Wasser rauschen. Er verschränkte die Arme im Nacken, betrachtete die Zimmerdecke, versuchte, das leise Verlorenheitsgefühl zu unterdrücken, das ihr plötzliches Aufspringen bei ihm ausgelöst hatte, und schalt sich dafür, es darauf angelegt zu haben. Diese Geschichte beanspruchte zu viel. Brachte ihn aus dem Gleichgewicht. Fast wehmütig dachte er an die Leichtigkeit, die er beim Aufwachen neben einer mehr oder weniger belanglosen Affäre empfand, an die Zufriedenheit, wieder Herr seiner selbst zu sein, sobald sie zur Tür hinaus war. Unterdessen war Nelly mit einem Handtuch um den Kopf und in einen verschossenen Morgenmantel gehüllt aus dem Bad gekommen. Sie musterte ihn lächelnd. Dann zog sie mit einem Ruck die Bettdecke weg. Tano sprang auf, sie jagten einander um das Bett, bis Nelly ihm endlich entwischen und in die Küche flüchten konnte.

»Mach voran, zieh dich an, du kriegst mich sowieso nicht«, lachte Nelly, und so blieb ihm nichts anderes übrig, als ins Bad zu gehen und der vertraulichen Nähe ein Ende zu setzen, die ihm am Abend zuvor so überwältigend und endgültig erschienen war. Allein in der Küche, hörte Nelly sofort auf zu lachen und fragte sich, wie es möglich war, dass sie sich wünschte, Tano möge so schnell wie möglich verschwinden, nachdem sie ihn die Nacht über so leidenschaftlich geliebt hatte. Sie konnte es kaum erwarten, die Laken zu wechseln, das Bett zu machen, als wäre es ein entweihter Ort. Sie versprach sich, von nun an ausschließlich zu ihm zu gehen und ihn nie wieder bei sich übernachten zu lassen. Weiter wagte sie das Ausmaß dieses inneren Erdbebens nicht zu hinterfragen.

Valeria saß bereits auf ihrem Posten hinter dem Computer, sah auf, um sie zu begrüßen, und bemerkte einen eigenartigen und bisher ungekannten Schatten auf dem Gesicht der Kommissarin. Nelly setzte sich vor sie hin.

»Ich möchte, dass du mir alles raussuchst, was es gibt, nicht nur zu Alceo Pisus Crewmitgliedern, sondern zu sämtlichen Pisus. Vor allem der Vater Giacomo interessiert mich. Was hat der in Sardinien gemacht, was hat er studiert, sein Bekanntenkreis dort und hier in Genua, seine Unterhosenmarke, sein Lieblingsessen, eventuelle Geliebte, Katzen, Hunde, Ticks, Sportarten … Alles, was du findest.«

Valeria sah sie überrascht an. Der Vater der Pisus? Ach ja, der vor ein paar Monaten von einem Raser überfahren worden war. Ein bisschen was hatte sie schon in Erfahrung gebracht. Er war 1967 mit Frau und Kindern nach Genua gekommen. Dann hatte er in wenigen Jahren die Baufirma hochgezogen, die ziemlich gut lief. Über sein Leben auf Sardinien war wenig bekannt, aber sie würde versuchen, so viel wie möglich rauszukriegen.

»Gut«, entgegnete Nelly und verschwand in ihrem Büro.

Kurz darauf stand Marco mit zwei Espressotassen in der Tür und setzte sich vor ihren Schreibtisch. Sie betrachtete die Falten um seine Mundwinkel, die an die Stelle seines offenen und spontanen Lächelns getreten waren. Seit dem jähen Bruch mit seiner langjährigen Freundin Luciana im letzten Sommer – sie hatte ihn ohne große Vorwarnung verlassen, um einen anderen zu heiraten – hatte sich der Vizekommissar verändert. Er war nachdenklicher geworden. Schwermütiger. *Hoffen wir mal, dass er bald die Passende findet und möglichst wieder der Alte wird.* Fragend legte sie den Kopf zur Seite und blickte ihn an. Marcos linkes Bein schien vom Veitstanz befallen zu sein. Schließlich gab er sich einen Ruck.

»Bisher hat sich noch nichts ergeben. Ich habe sämtliche Leute der Crew befragt, auch die, die am Abend seiner Ermordung nicht anwesend waren. Es gibt ein paar, die ihn nicht ausstehen konnten und ihm vielleicht den Tod gewünscht hätten, aber in die Tat umgesetzt hätten sie es niemals. Keinerlei Anhaltspunkte, Beweise erst recht nicht. Das Einzige, was als Motiv herhalten könnte, ist Sofia Lebeaus Eifersucht. Sie hat wohl auch der kleinen Susan ein paar Szenen gemacht, dabei finde ich ihre Mutter viel besser, aber offenbar stand Pisu auf ganz junge Dinger. Ziemlich frustrierend, das Ganze. Selbst wenn es die Lebeau gewesen sein sollte, was ich nicht glaube, wird es schwer sein, ihr das nachzuweisen.«

»Wieso glaubst du nicht, dass sie es war?«

Marco zuckte mit den Achseln.

»Vielleicht ist das nur oscarverdächtiges Theater, aber diese Frau ist total verzweifelt über den Tod ihres Freundes. Sie muss ihn sehr geliebt haben.«

»Ja, ich hab auch mit ihr geredet. Die scheint völlig am Ende zu sein, allerdings sieht man in unserem Beruf so einiges. Aber ich war da, als Alceo vergiftet wurde, und ihr Entsetzen an dem Abend wirkte echt. Was für uns allerdings ein Problem ist.«

»Stimmt.«

»Keine Verdächtigen, keine Beweise.«

»Hmhm.«

»Aber irgendjemand hat Alceo Pisu das Zyanid in den Malzkaffee gerührt.«

»Na los, Nelly, gib's schon zu: Du warst es.«

Marcos Augen funkelten belustigt. Nelly lachte.

»Du willst den Fall einfach gelöst haben, was?«

»Du saßt neben ihm, und bestimmt war er von deinen schönen Augen total abgelenkt: einen Moment nicht aufgepasst, und zack! hast du ihn kaltgemacht.«

»Erwischt, Marco. Aber du musst es beweisen. Das Motiv?«

»Du fandest ihn zum Kotzen, genau wie seine Mitarbeiter. Und da hast du beschlossen, eine gute Tat zu vollbringen und die Welt von einer Arschgeige zu befreien.«

»Du hast's erfasst. Ich gestehe. Der Fall ist gelöst.«

Sie prusteten los. Tano kam herein und sah sie fragend an.

»Lasst ihr mich mitlachen?«

»Nelly hat gerade gestanden, Alceo Pisu umgebracht zu haben, weil er ein Kotzbrocken war, und ich wollte sie festnehmen.«

Tano machte ein verdutztes Gesicht.

»Wie ist das ... Egal, Hauptsache, wir haben den Täter.« Er fiel in ihr Gelächter ein. Dann wandte er sich an Nelly, die sich eine Lachträne aus dem Augenwinkel wischte.

»Giancarlo Pisus Anwältin hat uns wissen lassen, dass der Junge dich sprechen möchte.«

Nelly sah Giancarlo vor sich, wie er ihr an jenem Sonntag in der Via Balbi erschienen war, seine irren Augen. Und dann nach der Tat, während des Verhörs im Gefängnis, apathisch, schlaff, mit Beruhigungsmitteln vollgepumpt.

»Okay, ich fahr hin. Mit dem wollte ich mich sowieso unterhalten. Kommst du mit, Marco?«

Noch ehe der Vize antworten konnte, sagte Tano: »Die Anwältin hat gesagt, er würde gern mit dir allein reden.«

Wegen seines Gesundheitszustandes war Giancarlo zunächst auf der Krankenstation des Gefängnisses behandelt und dann in eine Zelle verlegt worden. Seit Beginn der Haft stand er unter Beobachtung und nahm regelmäßig seine Medikamente. Sowohl die Anklage als auch die Verteidigung wollten ein psychiatrisches Gutachten erstellen lassen. Während Nelly im zähen Vormittagsverkehr Richtung Marassi-Gefängnis fuhr, fragte sie sich, was der junge Mann wohl von ihr wollen könnte. Von allen Fällen war seiner der offensichtlichste. Mit blutbeschmierten Händen neben dem Opfer gefasst. Die Fingerabdrücke auf dem Mordmesser. Sein Gefasel über den Vater, der die arme Gioia umgebracht hätte, um sie ihm wegzunehmen, reichte womöglich für eine Strafmilderung wegen Geisteskrankheit, doch bestimmt nicht für einen Freispruch.

Sie blickte zum Himmel, der grau und regenschwer über der Stadt hing. Es war warm und feucht. Im von Gestrüpp durchsetzten Bett des Bisagno schoss das trübe Wasser in drohenden Strudeln talwärts Richtung Meer. Vielleicht schmolz irgendwo noch der letzte Schnee. Nelly beschloss, außerhalb des Gefängnisses auf dem großen Parkplatz zwischen dem Ferraris-Stadion und der Firpo-Buonarroti-Oberschule zu parken. Das Schulgebäude stand auf einem ehemaligen Fabrikgelände und erinnerte an ein Schiff mit gerundetem Bug. Nelly betrachtete es ratlos und musste daran denken, dass es in den Neunzigern neu, weiß und modern gewesen war, im Gegensatz zu den meisten anderen Genueser Schulen, die in alten, baufälligen und völlig unzweckmäßigen Gebäuden untergebracht waren. Keine zwei Jahrzehnte später war es grau und schäbig geworden und erinnerte eher an eine Mietskaserne in der Bronx, was durch die hohen Gitter zwischen den beiden Gebäudeflügeln noch verstärkt wurde. *Ist es denn zu fassen, dass selbst die besten Absichten so enden müssen? Schon beim Anblick ihrer Schule kriegen Lehrer und Schüler einen Koller …*

Ansonsten hatte sich die Gegend in den letzten Jahren gebessert. Der kleine Markt auf der Piazza Romagnosi mit seinen klapprigen Verkaufsständen, hinter denen die Marktleute winters dem eisigen Talwind ausgesetzt gewesen waren und auf dem Nelly gelegentlich Obst und Gemüse gekauft hatte, war nun in eine neue, moderne Halle umgezogen. Viele der umliegenden Häuser waren restauriert oder zumindest frisch gestrichen. Das Marassi-Gefängnis existierte noch immer und war der steigenden Anzahl seiner Insassen nicht annähernd gewachsen. Wenn man bedachte, dass man in der Genueser Altstadt bis in die fünfziger Jahre hinein die Haustüren offen ließ ... Nelly riss sich aus ihren sozioarchitektonischen Betrachtungen und marschierte entschlossen auf das Haupttor des Gefängnisses zu.

Ein Gefängniswärter führte Giancarlo Pisu in den Besuchsraum, ließ ihn vor Nelly Platz nehmen und schloss leise die Tür hinter sich. Die Kommissarin musterte den Jungen. Sie war verblüfft, wie sehr er sich seit dem offiziellen Verhör durch Antonella Pasqui, bei dem sie zugegen gewesen war, verändert hatte. Damals war Giancarlo erregt und verwirrt gewesen. Jetzt war sein dunkles Haar fast weiß geworden und stach von seinem hageren, spitzen, immer noch jungen Gesicht ab. Seine Augen waren eingefallen, jedoch anders als beim letzten Mal ruhig.

»Guten Tag, Giancarlo. Wie geht es Ihnen?«

Nelly stützte sich auf die Tischplatte und beugte sich vor. Giancarlo seufzte kurz.

»Besser. Ich nehme meine Medizin und bin ... im Lot.«

Er schluckte. Nelly wartete ein paar Sekunden, damit er sich fassen konnte. Sie musterte ihn. Er trug ein blassgrünes T-Shirt und Jeans. Er hatte die Arme verschränkt, soweit die Handschellen es ihm erlaubten, und hielt die Unterarme umfasst. Eine Abwehrhaltung. Als rechne er damit, eins auf den Deckel zu kriegen.

»Sie wollten mit mir sprechen. Allein.«

»Ich habe Gioia umgebracht?«

Er hatte nur geflüstert, und Nelly begriff nicht genau, ob es eine Feststellung oder eine Frage war. Vielleicht beides.

»Du warst der Einzige, der dort war, und von oben bis unten mit Blut verschmiert. Du hattest das Messer in der Hand, am Tatort gab es keine weiteren Fingerabdrücke.«

Sie war zum Du übergegangen, um die Spannung zu mindern. Sie beobachtete die Wirkung ihrer Worte. Giancarlo zog sich noch mehr zurück – der gefürchtete Schlag war erfolgt. Tränen schossen ihm in die Augen und blieben zitternd darin stehen.

»Aber ich erinnere mich nicht, es getan zu haben. Wenn ich bei mir gewesen wäre, hätte ich das nie getan. Ich liebe … ich habe Gioia geliebt. Auch wenn sie und mein Vater vielleicht …«

Sein Blick verlor sich und kehrte dann zu Nelly zurück.

»Ich weiß nie genau, ob das, was ich sehe und höre, wirklich ist oder nicht. Wissen Sie, was das bedeutet, Nelly?«

Sie versuchte es sich vorzustellen, doch es gelang ihr nicht. Es war, als blicke man in einen Abgrund und zöge sich sogleich wieder zurück, um seinem Sog zu widerstehen. Stattdessen nickte sie teilnahmsvoll, doch er war in Gedanken bereits woanders.

»Ich glaube – aber nicht einmal ich kann mir trauen –, ich glaube, sie so gefunden zu haben, sie war noch nicht tot, sie lag im Sterben, ich habe sie in den Armen gehalten, alles war voller Blut, ich habe das Messer in die Hand genommen, dann habe ich gemerkt, dass sie nicht mehr atmete, und irgendwann ist dann meine Schwester gekommen, glaube ich. Oder vielleicht ist das eine Halluzination, und ich habe sie zuvor erstochen, oder?«

Giancarlo klang dermaßen gequält, dass Nelly unwillkürlich Mitleid empfand. *Der Ärmste. Es wäre besser für ihn, wenn er nie zur Vernunft käme. Das muss entsetzlich sein.*

»Wieso bist du zu Gioia gegangen?«

»Sie hatte mich angerufen, sie war völlig aufgelöst, stotterte. ›Komm her, sofort, bitte!‹ Jetzt kann ich mich ganz genau daran erinnern, aber ob es wirklich so war?«

Er starrte sie an, die wirren Augen angstgeweitet. Dann ließ er den Kopf jäh sinken, als drückte eine unerträgliche Last ihn nieder. Nelly begriff, dass hier nichts mehr zu holen war, und rief den Wärter, der ihn in seine Zelle zurückbrachte. Auf ihrem Weg hinaus begegnete sie einer energischen Rothaarigen in einer eleganten, leuchtend grünen Jacke, grauem Rock und Kaschmirschal. Es war die Anwältin Fiorenza De Mattei, die sie bereits beim Verhör getroffen hatte. Die Frau streckte ihr die Hand hin.

»Haben Sie mit meinem Mandanten gesprochen, Dottoressa Rosso? Er hat darauf bestanden, dass ich nicht dabei bin. Ich war natürlich dagegen.«

»Das verstehe ich. Aber ich kann auch Ihren Mandanten verstehen. Vermutlich wissen Sie, was er mir sagen wollte.«

Die Anwältin bedachte sie mit einem leicht ironischen Blick.

»Und ob ich das weiß. Und ich fange an zu glauben, dass jemand sich Giancarlos Krankheit zunutze machen wollte, um ihm einen Mord anzuhängen, den er nicht begangen hat. Ich gehe davon aus, dass die betreffenden Informationen bei Ihnen ebenfalls in guten Händen sind, Dottoressa Rosso. Ich kenne Sie zwar kaum, aber ich habe schon viel von Ihnen gehört.«

Ob Luca ihr von mir erzählt hat? Möglich. Diese geschwätzigen Kerle, von wegen, Frauen tratschen!

»Giancarlo scheint es besser zu gehen als letztes Mal.«

»Nicht wahr? Was halten Sie von den plötzlich wiederkehrenden Erinnerungen?«

»Gioias Anruf? War bereits bekannt.«

»Nein, dass er glaubt, sie sterbend vorgefunden zu haben.«

Nelly machte eine unbestimmte Handbewegung.

»Er glaubt sich zu erinnern, dass ... Es müsste schon ein bisschen konkreter sein, finden Sie nicht? Wie Sie bemerkt haben dürften, weiß selbst Ihr Mandant nicht, was er von seinem mentalen Zustand halten soll. Und das zu Recht.«

»Das ist mir klar. Aber dennoch, wenn es stimmte, dass er sie sterbend gefunden hat? Dann hätten wir einen frei herumlaufenden Mörder und einen armen, kranken Jungen im Knast. Ich bitte Sie ja nur, diese Möglichkeit in Betracht zu ziehen und die Ermittlungen nicht als vollkommen abgeschlossen zu betrachten. Für die Familie war das von Anfang an klar, sie können einfach nicht glauben, dass Giancarlo Gioia Innocenti ermordet hat, und haben einen Privatdetektiv engagiert, der Licht in die ganze Sache bringen soll. Was kann das Giancarlo schon schaden? Momentan scheint sein Schicksal sowieso besiegelt zu sein.«

»Wen haben sie denn beauftragt?«

Fiorenza zögerte kaum merklich.

»Die Mailänder Agentur untersteht einem tadellos beleumundeten Mann, der mir bereits in einigen Fällen geholfen hat. Er heißt Salvatore Mursia, ein ehemaliger Carabinieri-Hauptmann. Zusammen mit ein paar ehemaligen Kollegen hat er eine äußerst seriöse Detektei gegründet. Vor ein paar Monaten haben sie hier in der Altstadt eine kleine Dependance aufgemacht, in der Piazzetta Tavarone.«

Nelly überlegte, dass sie sich diese Agentur einmal ansehen würde. Im Blick der Anwältin lag eine seltsame Neugier. Es war keinerlei Feindseligkeit darin, eher der Wunsch, Nelly zu ergründen. Vielleicht fragte sie sich, was Luca an ihr gefunden haben mochte? Sie schenkte ihr ein offenes, fast herzliches Lächeln.

»Ein paar private Ermittlungen zusätzlich können nicht schaden. Auch wenn das an der Faktenlage leider nichts ändert. Es hat mich gefreut, Sie zu treffen, Avvocato, auf Wiedersehen«, verabschiedete sich Nelly. Sie war mit Sandra zu einem schnellen Mittagessen verabredet und wollte nicht zu spät kommen.

Pünktlich traf sie in ihrer gemeinsamen Lieblings-*friggitoria* an der Ecke der Via Giustiniani ein. Wie so oft gab es keinen freien Tisch, und sie musste am Tresen warten. Sie war nicht die Einzige, die, vom Anblick der herzhaften Kuchen auf dem Tresen und vom

Essensduft hungrig geworden, darauf wartete, dass jemand einen Tisch frei machte. Gut gelaunt wie jedes Mal, wenn sie hierher zum Essen kam, stellte Nelly sich an. Das *Sa Pesta* war eine typische Genueser Friggitoria mit weiß und grün gekachelten Wänden. Der vordere Teil des Lokals war lang und schmal und ging in einen hinteren, geräumigeren Teil über. Einfache lange Holztische und hölzerne Stühle und Bänke unterstrichen den rustikalen Charakter. Während Nelly gierig eine Schale mit gefülltem Gemüse anstarrte, tippte ihr jemand auf den Arm, und Sandra stand lächelnd neben ihr.

»Ciao, Giraffe. Wartest du schon lange?«

»Mindestens eine Stunde, mein dickes Zwergpudelchen, ich schlage schon Wurzeln.«

Sie verfielen gern in den Slang ihrer frühen Freundschaft. Die Jahre waren wie weggeblasen, und sie wurden füreinander wieder zu den jungen Mädchen von damals, sorglos, unbeschwert und weit entfernt von den beiden abgeklärten Fortysomethings, die sie heute waren. Sandra trug einen lammfellgefütterten Mantel und war wie immer perfekt geschminkt, doch Nelly bemerkte die Augenringe, die sich durch das Make-up nicht kaschieren ließen.

»Du arbeitest zu viel, Sa. Wie viele Stunden schläfst du denn so?«

Seit Jahren litt Sandra unter Schlaflosigkeit.

»Im Schnitt vier, aber daran hab ich mich inzwischen gewöhnt. Wieso fragst du? Sehe ich so mies aus oder was?«

»Das nicht, aber du wirkst müde.«

Inzwischen hatten sich die wartenden Gäste nach und nach auf die frei gewordenen Plätze verteilt, und eine junge, hübsche Kellnerin machte ihnen ein Zeichen, ihr zu folgen. In der Mitte des großen Gastraumes war ein Zweiertisch frei geworden. Sie nahmen Platz und studierten die Speisekarte. Stockfisch, klare Sache. Sie bestellten und nahmen einen offenen Weißen dazu.

»Und, wie geht's? Gibt's in Alceos Fall irgendwas Neues?« Sandra beugte sich vor und blickte Nelly in die Augen.

»Leider nein. Ach, übrigens, beim Lesen des ›Secolo‹ hab ich gesehen, dass jemand anderes über die Sache schreibt, nicht du.«

Sandras Miene verfinsterte sich.

»Nein, wie denn auch, ich habe das abgelehnt. Was sollten meine Cousins denken – oder inzwischen sollte ich vielleicht besser sagen, meine Cousinen –, wenn sie sähen, dass ich über sie schreibe? Und ich könnte nicht so bissig sein, wie ich will. Ich wäre nicht ich. Aber es fuchst mich trotzdem. Was für ein Fall, da leckt man sich doch alle zehn Finger nach …«

Die Kellnerin tauchte mit zwei dampfenden Tellern voll Stockfisch und Kartoffeln auf, und die beiden Freundinnen machten sich darüber her. Sie aßen schnell und in genussvollem Schweigen.

»Sind die Pisus oft in ihr Heimatdorf zurückgefahren? In das Dorf in Sardinien, meine ich«, fragte Nelly schließlich.

Sandra runzelte die Stirn.

»In ihr Heimatdorf? Nach Luras? Keine Ahnung. Mir gegenüber haben sie nie etwas erwähnt.«

»Deine Mutter und du, seid ihr je dort gewesen? Wie ist es da?«

Sandra öffnete den Mund, ihr Blick wanderte grüblerisch umher und richtete sich wieder auf Nelly.

»Nein, ich war da nie. Und soweit ich weiß, ist meine Mutter auch nie wieder hingefahren. Wir haben dort keine Verwandten mehr, und deshalb … Verdammt, Nelly, glaubst du, die Vorfälle könnten mit irgendeiner alten Sache aus dem Dorf zu tun haben?«

Nelly zuckte mit den Achseln und bestellte bei der Kellnerin zwei Kaffee.

»Wie geht's deiner Mutter, Sa? Was meinst du, könnte ich mit ihr reden?«

»Es geht ihr ganz okay, aber sie ist nicht mehr dieselbe wie früher. Sie ist sehr vergesslich, vor allem, was die jüngere Vergangenheit anbelangt. Aber alles, was länger her ist, hat sie noch prima drauf. Die wird sich riesig freuen, dich zu sehen, wir können sie jederzeit besuchen gehen.«

»Hast du gerade viel zu tun, oder könnten wir sofort hinfahren?«

Sandra schien von der Idee nicht sonderlich begeistert zu sein, aber sie hatte auch nichts entgegenzusetzen, und so tranken sie ihren Kaffee aus, zahlten am Tresen und traten auf die Via Giustiniani hinaus. Eine Tramontana hatte sich erhoben und pfiff grimmig durch die allzu engen Gassen. Die Freundinnen klappten ihre Mantelkragen hoch und gingen zu Nellys Wagen.

Das Altersheim befand sich in einem Neubau oberhalb Genuas, nicht weit von der Haltestelle der Righi-Standseilbahn entfernt. Von dort oben hatte man einen herrlichen Blick über das Meer, die Altstadt und den Hafen. Die Tramontana fegte die Reste grauer Wolken, die wie eine schwere Decke auf der Stadt gelastet hatten, vom eisig blauen Himmel. Selbst aus der Ferne ließ sich die stürmisch wogende See erahnen. Die beiden Frauen parkten neben dem Altersheim und hasteten zum Eingang. Unterdessen hatte sich Nelly an Signora Anna, Sandras Mutter, zurückerinnert. Sie hatte ihren Mann früh verloren und die einzige Tochter unter großen Opfern aufgezogen. Sie hatte eine Reinigung in der Altstadt betrieben, und Nelly sah sie noch vor sich, wie sie bügelnd vor den unaufhörlich brummenden Maschinen stand. Wenn die Mutter sonntags zu Hause war, war Nelly oft zu Gast gewesen. *Ich weiß noch, dass sie wahnsinnig gut kochen konnte. Eine unermüdliche, stille kleine Frau. Seit wann habe ich sie nicht mehr gesehen? Es muss eine Ewigkeit her sein.*

Wie viele Dinge, Menschen, freundschaftliche Bande doch auf der Strecke blieben, dachte sie traurig. Das Leben riss einen mit sich fort und spülte einen schließlich wie Treibgut ans Ufer, und man wurde das ungute Gefühl nicht los, Chancen verpasst und Menschen, die einem wichtig waren, vernachlässigt zu haben. *Zeit und Energie. Man bräuchte mindestens das Doppelte davon. Oder vielleicht eine zweite Chance, um alles besser zu machen. Die zweite Chance, die niemand von uns bekommt.*

»Ich habe deine Mutter noch nie hier besucht. Das tut mir leid, sie war immer so nett zu mir.«

Sandra warf ihr einen leicht ironischen Blick zu.

»Was glaubst du, wie oft ich hierherkomme? Und ich bin ihre Tochter. Uns wird man auch irgendwann vergessen, meine Liebe, das ist der Lauf der Dinge, mach dir nichts draus.«

Nelly seufzte. Sie musste an Mau denken, der sie womöglich schon zu vergessen begann, wenn er es nicht bereits getan hatte.

»Wenigstens hast du einen Sohn. Und wer wird mich füttern, wenn ich hier völlig verblödet rumsitze?«

Lachend zuckte Nelly mit den Schultern.

»Wenn wir erst mal so weit sind, ist es doch eh völlig schnuppe! Dann kriegen wir sowieso nix mehr mit, zumindest hoffe ich das.« Sie betraten das Altenheim: sauber, modern, effizient, steril und farblos. Sandra grüßte die Empfangsdame, die sie erkannt hatte, und ging die Treppe hinauf. Nelly folgte ihr und überlegte, was sie Signora Anna eigentlich fragen wollte.

Sie klopften, doch niemand antwortete. Sandra öffnete sachte die Tür. Signora Anna saß in einem Sessel am hohen, schmalen Fenster. Sie hatte den Kopf zurückgelehnt, eine Brille saß auf ihrer Nase, in ihrem Schoß lag ein Buch. Sie schnarchte leise. Im Zimmer standen zwei Betten, zwei Nachttische, zwei winzige Sekretäre und ein doppelter Wandschrank. Auf einem niedrigen Regal lehnte ein in schlichtem, hellem Metall gerahmter Spiegel. Eine Tür führte ins Bad.

»Du glaubst nicht, was ein Platz hier kostet, dabei ist es nicht gerade der pure Luxus.«

Sandra hatte sich flüsternd zu Nelly umgedreht und den Finger an die Lippen gelegt, doch die Mutter war dennoch zusammengezuckt und öffnete die Augen. Sie rückte ihre Brille zurecht, und ein breites Lächeln erschien auf ihrem faltigen kleinen Gesicht.

»Sandrinchen! Komm, komm her, mein Schatz! Wen hast du

denn mitgebracht? Kommen Sie doch herein ... Nelly! Was für eine schöne Überraschung!«

Sie streckte ihnen die Arme entgegen, die weiten Ärmel ihrer blassgelben Strickjacke rutschten hoch und gaben zwei magere, schlaffe Ärmchen frei.

»Ciao, *mamma*, wie geht's? Haben wir dich geweckt?« Sandra nahm ihre Mutter in die Arme und strich ihr eine weiße Haarsträhne aus der Stirn. Nelly stand beklommen daneben.

»Guten Tag, Signora Anna. Ich freue mich auch, Sie zu sehen. Wie geht es Ihnen?«

Das letzte Mal, als Nelly diese Frau gesehen hatte, war sie noch ziemlich fit gewesen und hatte allein in der Wohnung in Foce gelebt, in der Sandra groß geworden war. Wie lange war das her? Vier, fünf Jahre? Dann war Signora Anna wegen ihrer Arthritis immer weniger in der Lage gewesen, für sich selbst zu sorgen, und Sandra war in ihrem Job zu eingespannt, um sich genug um sie kümmern zu können. Eine Zeitlang hatten sie versucht, das Problem mit einer Pflegerin zu lösen, doch am Ende hatte sich dieses teure Pflegeheim am Righi als die beste Lösung erwiesen. So hatte Sandra ein ruhiges Gewissen, und Signora Anna schien sich in ihrem neuen Zuhause wohl zu fühlen. *Selbst wenn nicht, würde sie niemals jammern oder Sandra Steine in den Weg legen.*

»Mir geht es gut, Liebes. Die Leute hier sind nett zu mir, das Essen schmeckt, und die Luft ist gut. Meine Zimmergenossin«, sie breitete die Arme aus und deutete auf das leere Bett, »ist dahin gegangen, wo normalerweise alle hingehen, die sich von hier verabschieden. Sie war schon sehr schlecht beieinander, die Ärmste. Ich kann mich nicht beklagen, bis auf die starken Schmerzen manchmal. Und die Medikamente tun nicht immer gut. Und du, Nelly? Alles in Ordnung? Maurizio?«

»Alles in Ordnung, danke. Mau studiert Design und Fotografie in Mailand. Erstes Semester.«

Signora Anna legte den Kopf zur Seite. Ihre großen dunklen Augen musterten Nelly.

»Es ist gut, dass sie ihre eigenen Wege gehen, aber sie hinterlassen eine große Leere, nicht wahr?«

»So ist es.«

Nelly hatte sich ihr gegenüber hingesetzt, sie schien kleiner geworden zu sein, seit sie sie das letzte Mal gesehen hatte. Ihre Hände zitterten kaum merklich. Sandra kam wie immer direkt zur Sache.

»Mama, wir sind auch gekommen, um mit dir über das zu reden, was gerade in Giacomos Familie los ist. Du weißt schon, die Unglücksfälle, und jetzt der Mord an Alceo. Nelly leitet die Ermittlungen. Es gibt wahnsinnig viele Unklarheiten, und wir dachten, dass du uns vielleicht helfen könntest.«

Nelly bemerkte, dass Signora Anna wie geblendet mit den Lidern flatterte. Sie schluckte und faltete die Hände im Schoß.

»Ich habe die ganze Geschichte in den Zeitungen und im Fernsehen verfolgt. Ich habe Magraja angerufen, aber bei diesem armen Geschöpf kommt man ja nicht weit. Als ich ihr mein Beileid ausgesprochen habe, hat sie mir von dem Kuchen erzählt, den sie gerade für die Mutter bäckt. Völlig neben sich, wie immer. Eine entsetzliche Sache ... Die beiden Jungen Anselmo und Alceo tot, Giancarlino wegen eines furchtbaren Verbrechens im Gefängnis, ein Glück, dass Giacomo tot ist und Lorenza nichts mehr mitkriegt. Ein wahres Glück«, wiederholte sie kopfschüttelnd.

»Signora Anna, ich würde gerne etwas über Ihr Dorf wissen.«

»Über mein Dorf?«

Verständnislos blickte sie Nelly an, die sich vorgebeugt und ihre Hände umfasst hatte.

»Ja, Ihr Dorf. In Sardinien. Das, aus dem Sie alle stammen, Luras.«

»Oh.«

Sandras Mutter verstummte, als hinge sie fernen Bildern und

Erinnerungen nach. Dann sagte sie leise: »Ich denke oft an unser Dorf. An meine Jugend, meine Eltern. Das alles erscheint mir wirklicher als …«, sie ließ den Blick durchs Zimmer wandern, »als das hier. Also, zu meiner Zeit war Luras sehr arm. Richtig arm. Ich bin 1930 geboren, Giacomo 1925, Lorenza, seine spätere Frau, 1926. Wir waren nicht so arm wie die Hirten und Bauern, die von der Hand in den Mund lebten, wir gehörten zu den Bessergestellten. Anselmo Pisu, mein und Giacomos Großvater – unsere Väter waren Brüder – war der Dorfapotheker. Er war auch Bürgermeister gewesen. Einer der angesehensten Bürger des Dorfes neben dem Arzt, dem Lehrer und dem Pfarrer. Er hatte ein paar große Güter und Ländereien, Vieh, die Apotheke und ein schönes Haus im Ort. Außer meinem Vater Rodolfo, dem Erstgeborenen, und Onkel Samuele, Giacomos Vater, hatte er auch drei Töchter. Um sie gut unter die Haube zu bringen und ihnen eine anständige Mitgift zu sichern, hat er sich fast kaputtgerackert. Meinen Vater hat er studieren lassen, Pharmazie. Er sollte die Apotheke übernehmen. Das hat er auch getan, doch leider ist er bei einem Jagdunfall ums Leben gekommen, als ich erst achtzehn war, und Großvater ist kurz darauf gestorben. Vielleicht aus Kummer. Die verheirateten Tanten sind alle fortgezogen, nach Cagliari, Sassari und Livorno. Onkel Samuele hat gespielt und sich verschuldet, das ist allerdings erst nach Großvaters Tod ans Licht gekommen. Um seine Schulden zu begleichen, hatte Großvater wohl ein paar Güter verkauft, aber genau weiß ich das nicht. Wie auch immer, übrig blieben die Apotheke und das schöne Haus im Dorf, wo wir alle zusammen lebten, doch nach Vaters Tod haben wir die Apotheke aufgeben müssen. Onkel Samuele hat sich darum gekümmert«, sie hielt inne, um zu Atem zu kommen. »Die Hälfte des Erlöses hat er meiner Mutter gegeben oder das zumindest behauptet. Die andere Hälfte hat er behalten und ihr ihren Teil des Hauses abgekauft. Die Tanten waren schon vorher ausgezahlt worden und konnten keine Ansprüche mehr geltend machen. Nur dass meine

Mutter stets behauptet hat, ihr Schwager hätte sie betrogen. Übers Ohr gehauen, zusammen mit dem Notar Leonardo Secci. Sie hat das wenige Geld genommen, mit mir die Fähre bestiegen und ist nie mehr zurückgekehrt. In Genua habe ich dann deinen Vater kennengelernt, Sandra, irgendwann bist du gekommen, und den Rest kennst du. Deine Großmutter hat nie gewollt, dass ich ins Dorf zurückkehre, und als sie erfahren hat, dass mein Cousin Giacomo auch nach Genua gezogen war, hat sie mir verboten, auf seine Anrufe zu reagieren oder mit ihm in Kontakt zu treten.«

Sie blickte Sandra entschuldigend an.

»Aber was hatten Giacomo, Lorenza und ich mit dieser alten Erbgeschichte zu tun? Sie waren meine einzigen Verwandten, mit Lorenza war ich seit Kindertagen befreundet, und ich war Witwe, also haben wir nach dem Tod meiner Mutter wieder angefangen, uns zu sehen. Onkel Samuele war gestorben, noch ehe Giacomo und seine Familie Luras verlassen hatten. Man hat ihn mit zertrümmertem Schädel auf den Feldern gefunden, offenbar war er vom Pferd gefallen und auf einen Stein aufgeschlagen. Seine Frau war Jahre zuvor im Kindbett gestorben, das kleine Mädchen hatte nicht überlebt. Es gibt keinen Pisu mehr im Dorf.«

Mit gesenktem Kopf und im Schoß gefalteten Händen saß sie da.

»Für uns Kinder und junge Leute war es schön auf dem Land, aber das ganze Drumherum … die Atmosphäre … Ich kann verstehen, dass meine Mutter die Nase voll davon hatte. Und dann gab es da noch eine andere Familie, die etwas gegen uns hatte, eine seltsame Geschichte, wie aus einem Roman aus dem neunzehnten Jahrhundert. Aber darüber weiß ich so gut wie nichts. Es ging wohl um Frauen oder Vieh oder um beides, und sie befehdeten sich …«

Nelly und Sandra warfen sich vielsagende Blicke zu und fragten wie aus einem Mund: »Wie hieß diese Familie?«

»Oh, das weiß ich nicht mehr, das ist eine alte, längst begrabene Geschichte.«

»Genauso begraben wie alle männlichen Pisus«, murmelte Nelly.

»Als ich einmal ins Dorf zurückkehren wollte, um zu sehen, was sich dort getan hatte, hat mir meine Mutter eine seltsame Geschichte erzählt. Sie meinte, unsere Namen wären an der Kirchentür angeschlagen.«

»Was? Wo waren die angeschlagen?«

Sandra konnte ihre Stimme nur mühsam im Zaum halten.

»An der Kirchentür, zusammen mit anderen Namen. Eine Art Ächtungsliste. ›Wenn du da auftauchst, bringen die dich um, kehre niemals dorthin zurück‹, hat sie gesagt. Vielleicht wollte sie mir nur Angst machen, und das ist ihr gelungen. Ich bin nie mehr dort gewesen. Später habe ich Giacomo gefragt, ob das mit der Liste stimmt. Er hat nur gelacht, aber er ist auch nie mehr dort gewesen.«

Signora Anna war immer leiser geworden, der Kopf war ihr auf die Brust gesunken, auf ihren blassen Wangen standen zwei rote Flecken. Es war Zeit zu gehen. Sandra nickte stumm in Richtung Tür, küsste ihre Mutter auf den Scheitel, und die beiden Freundinnen schlichen sich auf Zehenspitzen hinaus. Signora Annas Schilderungen hatten Nelly dermaßen in den Bann geschlagen, dass sie die Tramontana kaum spürte.

»Verdammt, Sandra, ist eigentlich ein einziger Pisu friedlich in seinem Bett gestorben? Von wegen *ogu malu*! Tragische Zufälle, Unfälle, Schicksalsschläge, Ächtungslisten ... Ich bin noch immer sprachlos. Wusstest du davon?«

Sandra war ebenfalls völlig baff.

»Nein, nichts. Sie hat mir nie davon erzählt. Und jetzt kommt sie mit dieser Fehdengeschichte. Ich wusste noch nicht einmal, dass meine Großmutter meinte, sie wäre von ihrem spielsüchtigen Schwager Samuele um die Erbschaft betrogen worden. Glaubst du, diese alten Zwistigkeiten könnten etwas damit zu tun haben, was in letzter Zeit passiert ist?«

»Ich habe nicht den blassesten Schimmer. Wenn diese Sache so lange her ist, wundert es mich allerdings, dass jemand erst jetzt darauf kommen sollte, sich dafür zu rächen. Dein Cousin Giacomo ist … 1968 hierhergezogen, stimmt's?«

»1967, um genau zu sein. Sein Vater war schon ein paar Jahre tot, ein Reitunfall, wie gesagt. Vielleicht wollte er nur sein Glück auf dem Festland machen, wie viele andere Sarden auch.«

Das Geld dazu hatte er offenbar … Nelly ging nachdenklich zum Auto.

»Wusstest du, dass deine Cousinen über ihre Anwältin Fiorenza De Mattei eine Detektei mit der Suche nach Anhaltspunkten beauftragt haben, die Giancarlo entlasten oder zumindest die Umstände von Gioia Innocentis Tod klären könnten?«

Sie hatten den Wagen erreicht.

»Einen Privatdetektiv?«

»Sissignora.«

»Das haben sie nicht erwähnt. Giancarlos Mutter hat sich gerade zum Entzug einweisen lassen, offiziell wegen der Schlafmittel, aber im Grunde wegen ihrer Alkoholsucht. Sie ist in Marilenas Klinik in Novi.«

»Aber ist deine Cousine nicht eigentlich Schönheitschirurgin?«

»Anfangs war das so, aber inzwischen gehört ihre Klinik einer internationalen Gruppe, und sie haben das Angebot erweitert. Sie kümmern sich auch um Sucht- oder Geisteskrankheiten und um Opfer von Traumata und Unfällen. Eine echte Goldgrube, schätze ich.«

»Da bin ich mir sicher. Hör mal, ich habe jetzt noch was vor, wo darf ich dich absetzen? Musst du in die Redaktion?«

Sandra ließ sich auf den Beifahrersitz fallen und atmete tief durch.

»Ja, danke, bring mich zur Zeitung. Wenn ich an die Artikel denke, die ich über diesen Fall schreiben könnte, und stattdessen muss ich diesem Trottel von Kollegen dabei zuschauen! Aber von mir erfährst du nichts, das kannst du mir glauben!«

Nelly warf ihr einen spöttischen Blick zu.

»Es lebe die kollegiale Zusammenarbeit!«

»Nee, du, es gibt Typen, mit denen arbeitet man nicht zusammen. Die sind wie der Skorpion, der die Kröte sticht, egal, ob sie selber auch dabei ertrinken, weißt du, was ich meine?«

Nelly wusste es nicht, also erzählte Sandra ihr die Fabel des Skorpions, der auf die andere Seite des Flusses wollte und die Kröte fragte, ob sie ihn hinüberbringen könnte. Die arme Kröte willigte ein, denn sie glaubte, da der Skorpion unbeschadet ans andere Ufer gelangen wollte, würde er sie bestimmt verschonen. Auf der Hälfte des Weges stach der Skorpion sie aber doch, und während sie sterbend in den Fluten versank, fragte sie ihren mörderischen Passagier eher überrascht als verängstigt: »Jetzt sterben wir alle beide. Wieso hast du das getan?« Der antwortete gelassen: »Das ist meine Natur.«

»Hast du verstanden, liebe Nelly?«

»Mamma mia, der wird doch wohl nicht mit meinem Kollegen Lojacono verwandt sein?«

Am Ende der Via XXV Aprile ließ Nelly Sandra aussteigen und bog in die Via Roma ab, um in der Tiefgarage an der Piazza Piccapietra zu parken. Zu Fuß schlug sie den Weg Richtung Altstadt ein, nahm die Salita Santa Caterina, dann Via Luccoli, überquerte Piazza Soziglia und Campetto, bog in die Via San Matteo ein und schließlich nach rechts auf die Piazzetta Tavarone. Hier befand sich die Detektei. Auf dem Schild stand einfach nur Ermittlungsagentur. Sie klingelte, die Eingangstür sprang auf, und Nelly stieg die Treppe zum Zwischengeschoss hinauf: ein typisches Genueser Kontor in einem alten, noch unrenovierten Palazzo. Eine klapprige alte Glastür mit gelblichen Scheiben trennte es vom Treppenabsatz. Kaum stand Nelly davor, öffnete sie sich wie von Zauberhand. Dahinter ein winziger Eingang mit zwei alten Bänken an den Wänden und alten Genueser Stadtansichten. Ein Tischchen mit Zeitschriften.

»Herein«, ertönte eine sonore Männerstimme. Stirnrunzelnd ging Nelly auf die geschlossene Tür zu. Sie drückte auf die Klinke, trat ein und blieb wie vom Donner gerührt auf der Schwelle stehen.

»Basile! Ich glaub's nicht! Brigadiere Basile!«

Hinter einem nagelneuen Schreibtisch saß auf einem gepolsterten Drehstuhl kein anderer als Ex-Brigadiere Basile. Er war ein alter Bekannter, ein Stammkunde aus Beppes Weinlokal bei Nelly um die Ecke, in dem sie morgens regelmäßig ihren Cappuccino trank. Der erst seit kurzem pensionierte Basile hatte eine professionelle Schwäche für die besonders eigenwilligen Kriminalfälle, die sich in Genua und Umgebung zutrugen. Er war Nelly bei der Lösung eines früheren Falles von großer Hilfe gewesen.

»Was machen Sie denn hier, Brigadiere?«

»Das steht doch draußen dran, liebe Dottoressa. Ich ermittle.« Basiles Gesicht verzog sich zu einem seligen Lächeln.

»Kommen Sie, treten Sie ein, setzen Sie sich.« Er deutete auf einen der kleinen roten Polstersessel vor dem Schreibtisch. Nelly nahm Platz und blickte sich neugierig um. Das Büro war nicht groß, aber immerhin saniert: weiße Decken und Wände, Birkenlaminat, PVC-Fenster. Moderne Regale und Aktenschränke aus Metall an den Wänden. Eine Schiebetür aus mattiertem Glas führte in das zweite Zimmer, in dem ein weiterer Schreibtisch und ein hochmoderner Computer standen.

»Dann sind Sie die Zweigstelle der Mailänder Agentur von Salvatore Mursia.«

Basile versuchte vergeblich, eine bescheidene Miene aufzusetzen.

»Salvatore und ich haben jahrelang zusammen gearbeitet. Wir kennen einander seit der Ausbildung. Seit wir zusammen in Sardinien waren …«

»Sardinien?«

Nelly spitzte die Ohren.

»Ganz genau. Das waren harte Zeiten. Die Jahre der Entführungen und Geiselfahndungen. Da haben Salvatore und ich unser Handwerk gelernt. Dann sind wir befördert und in verschiedene Städte versetzt worden. Ich bin schließlich in Genua gelandet und er in Como. Als er pensioniert wurde, hat er seine Agentur in Mailand gegründet. Das war vor vier Jahren, und weil er auf Zack ist, war er damit gleich ziemlich erfolgreich. Vor einem Jahr hat er mich angerufen und mir angeboten, für ihn zu arbeiten, ich konnt's nicht glauben. Also hat er diese Abstellkammer an Land gezogen. Bei den Ermittlungen außerhalb Genuas ziehe ich Salvatore natürlich hinzu. Ich fühle mich wie ein neuer Mensch«, schloss er mit einem tiefen Seufzer.

»Das sehe ich«, entgegnete Nelly noch immer überrascht. »Und haben Sie Mitarbeiter?«, fragte sie und nickte in Richtung Nebenzimmer.

»Ja, einen jungen Jurastudenten, Filippo De Magistris. Vor seiner Einschreibung an der Uni hat er bei den Carabinieri seinen Militärdienst gemacht. Der ist ziemlich begabt, wäre ein super Polizist. Ich ziehe ihn mir ran, vielleicht entscheidet er sich doch für die Carabinieri oder die Polizei.«

Nelly beschloss, mit offenen Karten zu spielen.

»Die Familie Ihres Klienten Giancarlo Pisu hat es in letzter Zeit ziemlich dick abgekriegt, Basile.«

Sie sah ihn abwartend an. Basile nickte. »Ja, diese Pisus sind wirklich arm dran. Vom Pech verfolgt, würde ich sagen.«

»Hmhm.«

»Ich an deren Stelle würde versuchen, den Fluch bannen zu lassen.«

Basile trommelte mit der rechten Hand auf den Schreibtisch.

»Der Pisu-Junge erinnert sich nicht mehr genau, was passiert ist«, sagte er schließlich, »und vielleicht hat er wirklich seine Exfreundin umgebracht. Trotzdem passt da was nicht zusammen. Der Pförtner war vor der Tat mehrere Stunden lang nicht in seiner Loge, ihr werdet ihn bestimmt vernommen haben. Theoretisch könnte jemand hinaufgegangen sein und die arme Gioia Innocenti überrascht haben. Man hat sie bedroht und gezwungen, Giancarlo anzurufen.«

Als Nelly nichts sagte, fuhr Basile fort.

»Dann bringt dieser oder diese Unbekannte das Mädchen um und geht, niemand sieht ihn oder sie. Der junge Pisu rast nach dem verstörten Anruf seiner Ex zu ihr und findet sie in einer Blutlache. Er versucht ihr zu helfen, beschmutzt sich mit Blut, ruft panisch die Schwester an und schreit, und zwar so markerschütternd, dass ihn der ganze Palazzo hört, einschließlich des Pförtners, der wieder an seinem Platz sitzt und ihn hat hinaufgehen sehen. Der Mann ruft die Polizei, die Pisu-Schwester kommt und kurz danach die Beamten. Und schon hat man den Mörder auf frischer Tat ertappt und kann ihn einsacken. Eine perfekte Choreographie.«

Nelly rieb sich nachdenklich das Kinn. Daran hatte sie auch schon gedacht, aber es gab zu viele Aber.

»Okay, Basile. Theoretisch klingt das plausibel. Doch praktisch gibt es nicht die mindeste Spur, ganz abgesehen von dem Motiv. Wir haben Gioia Innocenti genauestens unter die Lupe genommen, mit dem Ergebnis, dass sie keine Feinde hat. Ein Mädchen wie aus einer anderen Zeit, könnte man sagen. Ehrgeizig, fleißig, verantwortungsvoll ...«

Basile musterte sie mit einem leisen Lächeln.

»Ein ganz braves Mädchen, nur dass sie eine Affäre mit ihrem superverheirateten Nachbarn hatte, Vater zweier kleiner Kinder, um im Zeitungsjargon zu reden.«

Nelly runzelte die Stirn.

»Kennen Sie auch den Namen dieses angeblichen Geliebten?«

Basiles Lächeln wurde noch breiter.

»Schauen Sie, Dottoressa, ich bin der Sache auf den Grund

gegangen. Zur Tatzeit waren der Typ und seine Frau nicht zu Hause, sie waren bei Freunden, und die Kinder waren mit dem Babysitter daheim. Ich will damit nur zeigen – ohne Sie damit belehren zu wollen, das läge mir völlig fern –, dass jedes Leben seine blinden Flecke hat. Wir sind alle Heilige, bis uns jemand das Gegenteil beweist. Es sei denn, man bezahlt jemanden dafür, die Rivalin umzubringen, und geht derweil mit seinem Mann essen. Ein felsenfestes Alibi. Und wir stehen da wie die Blöden. Es ist nicht mehr so wie damals, als man Verbrechen in null Komma nix löste. Als es noch keine DNA und keine amerikanischen Filme gab, die jedem Möchtegern-Mörder zeigten, wie man keine Spuren hinterlässt. Und auch noch kein Internet, aus dem man sich hübsche Rezepte für Bomben und Gift herunterladen kann, inklusive Gebrauchsanweisung und Bezugsquellen.«

Nelly kniff nachdenklich die Lippen zusammen.

»Gift und Bomben zum Selberbasteln. Verdammt! Okay, Basile, worauf wollen Sie hinaus?«

Er lächelte schüchtern. Die Dottoressa sollte ihn bloß nicht für respektlos halten.

»Ich wollte mir nur erlauben, Ihnen etwas vorzuschlagen … einen Deal, wie die Amerikaner sagen. Oder besser, eine informelle Zusammenarbeit auf Vertrauensbasis. Ich sage Ihnen, was ich herausbekomme, und Sie helfen mir ein bisschen, ohne das preiszugeben, was Sie nicht preisgeben können. Im Interesse der Wahrheit. Diese Sache stinkt, Dottoressa.«

Nelly hob scherzhaft drohend den Finger.

»Basile, Basile … Sie sollen für ihren Klienten arbeiten, wo soll das denn sonst hinführen?«

»Mein Klient will nur die Wahrheit wissen, der ist sowieso schon geliefert. Und? Was meinen Sie?«

Auf Basiles breitem Gesicht glomm hoffnungsvolle Erwartung.

»Soweit es mir möglich ist, in Ordnung. Hören Sie, Basile, Sie haben vorhin erwähnt, Sie seien in den sechziger, siebziger Jahren in Sardinien gewesen, stimmt's?«

»So ist es. Ein herrliches Land. Rau. Damals noch ganz archaisch. Voller Widersprüche. Seitdem hat sich viel verändert.«

»Wo waren Sie genau?«

»Zuerst in einem Dorf nicht weit von Palau, dann in einem etwas größeren Ort am Rande der Barbagia. Und schließlich in Cagliari. Ab und zu fahre ich noch mal in das Dörfchen bei Palau. Das ist kaum wiederzuerkennen, aber was soll's, ich hab einfach Sehnsucht nach dem Myrtenschnaps, dem Käse, den Menschen. Ich habe da gute Freunde.«

»Die Pisus stammen aus Luras. Das liegt mitten in der Gallura.«

»Ich weiß. Das Dorf kenne ich nicht, aber die Gegend ziemlich gut.«

»Als Giacomo Pisu sein Dorf mit Sack und Pack auf Nimmerwiedersehen verlassen hat, war er bei einigen seiner Mitbürger angeblich nicht mehr sonderlich gut gelitten. Eine uralte Geschichte. Seine Feinde müssten heute achtzig und älter oder schon unter der Erde sein. Überdies hätten sie mehr als dreißig Jahre Zeit gehabt, um es ihm heimzuzahlen. Aber vielleicht sollte man sich trotzdem die Mühe machen, der Sache nachzugehen. Sie sagten, Sie hätten Freunde dort …«

»Ich mach mich sofort an die Arbeit, Dottoressa Rosso. Sobald ich etwas weiß, sage ich Ihnen Bescheid.«

»Wunderbar. Ach, übrigens, Basile, Gioias angeblicher Liebhaber heißt A. G., den ganzen Namen darf ich nicht nennen. Sehen Sie, auch wir machen unsere Hausaufgaben«, sagte sie verschmitzt und verabschiedete sich.

Abends, als in ihrer Wohnung bis auf das gefräßige Schmatzen der Katzen Totenstille herrschte, setzte sich Nelly an den Schreibtisch. Ihr Abendbrot hatte aus einem Glas warmer Milch und einer Banane bestanden, und sie hatte Tano mit einer fadenscheinigen, wenn auch legitimen Entschuldigung abgewimmelt: »Ich bin müde.« Sie wollte ihre Gedanken zu einem Fall ordnen, der sich gerade als einer der verworrensten und interessantesten ihrer bisherigen Laufbahn entpuppen oder platzen könnte wie eine Seifenblase. Und genau das war das Problem. Sie öffnete eine neue Datei auf ihrem Computer und fing an zu schreiben. Als Erstes erstellte sie den Familienstammbaum nach Signora Annas Angaben. Um die alte Dame nicht einzuschüchtern, hatte sie sich während des Treffens keine Notizen gemacht, doch glücklicherweise funktionierte ihr Gedächtnis noch hervorragend, insbesondere, wenn es darum ging, sich Namen und Fakten zu merken.

Der Urgroßvater: Anselmo Pisu, Apotheker, ehemaliger Bürgermeister, Grundbesitzer. Die beiden Söhne: Samuele und Rodolfo. Die Namen der drei außerhalb des Dorfes verheirateten Schwestern würde sie über Valeria rauskriegen. Samuele hatte Giacomo bekommen, der wiederum mit seiner Frau Lorenza Anselmo, Marilena, Alceo und Magraja gekriegt hatte. Rodolfo, verheiratet mit (?) – vervollständigen –, hatte eine einzige Tochter gehabt, Anna. Signora Anna, Sandras Mutter. Die jüngste Generation bestand aus Anselmos Kindern Serena und Giancarlo. Und aus einer Tochter von Marilena und Romeo Pizzi, die in den Vereinigten Staaten wohnte. Den Namen musste sie sich noch besorgen. Dann schrieb sie die Todesursachen neben die Namen, sofern sie ihr bekannt waren. Sie stellte alles in eine Tabelle und betrachtete das Ergebnis. Rodolfo: Jagdunfall. Der alte Apotheker, der Anselmo hieß wie sein ältester Enkel: Herzversagen aus Kummer über den Tod des Sohnes? Samuele: Unfall, vom Pferd gefallen. Giacomo: Unfall, vom Auto überfahren. Anselmo: Unfall, die Treppe hinuntergestürzt. Alceo, vergiftet, und Giancarlo, nicht tot, sondern angeklagt wegen Mordes im Gefängnis, waren in der Liste von Unfalltoten die beiden Ausnahmen. *Was für eine Geschichte. Ich bin schon wahnsinnig gespannt, was Valeria und Basile bei ihren Recherchen über die Familie herausbekommen. Jeden-*

falls sind von sieben männlichen Familienmitgliedern vier durch Unfall gestorben, einer wurde vergiftet und einer ist in einen entsetzlichen Mordfall verwickelt. Klar passieren im Leben Unfälle. Und Verbrechen leider auch. Aber hier liegen wir bei einer suspekt hohen Trefferquote. Allerdings sind es anscheinend nur die Männer, denen das Schicksal eins auswischt.

Sie fügte die Hypothese des einzigen Motivs hinzu, das sich wie ein blutroter Faden durch die Familiengeschichte der Pisus zog: eine uralte Fehde und eine daraus resultierende Vendetta, der die Männer dreier Generationen zum Opfer gefallen waren und die auf einen tiefen, unstillbaren Hass schließen ließ und auf Nachkommen, die wild entschlossen waren, die Sache zu Ende zu bringen. Sie schrieb daneben: unwahrscheinlich. Die anonymen Briefe konnten dennoch von jemandem stammen, der Anselmo und Alceo auf dem Gewissen hatte.

Sie seufzte resigniert. Es fehlten zu viele Puzzleteilchen. Das einzig Sichere waren ein Haufen Tote und unbefriedigende Erklärungen. Sie beschloss, ins Bett zu gehen, und wollte gerade den Computer ausschalten, als das Telefon klingelte.

»Hallo? Oh, Mau. Ciao, mein Schatz, wie geht's? Ist was? Nein, ich wollte damit nicht sagen, dass du mich nur anrufst, wenn du was brauchst, Gott bewahre. Also, alles in Ordnung. Hier? Na ja, du warst am Wochenende ja da und hast mitgekriegt, was deiner Mutter passiert ist, die sich ein bisschen im Genueser Nachtleben amüsieren wollte. Nein, ich würde nicht sagen, dass die Ermittlungen vorangehen. Na, denn. Ciao, mein Schatz, ruf mich wieder an.«

Sie starrte auf das Telefon, aus dem Maus Stimme so nah und fern zugleich geklungen hatte. Am Telefon hatte er genau die Stimme seines Vaters. *Roberto, du wärst stolz auf unseren Sohn. Er ist richtig gut gelungen. Ob du ein guter Vater gewesen wärst?*

Sie fühlte sich plötzlich sehr müde. Maus Vater war ums Leben gekommen, als der Junge noch ganz klein gewesen war. Jahrelang war sie innerlich wie erstarrt vor Schmerz gewesen. Dann hatte das Leben sich nach und nach wieder Bahn gebrochen. Jetzt bereitete der Gedanke an Roberto ihr Kummer – weil sie nicht mehr so entsetzlich litt wie in den ersten Jahren. Sie hatte das Gefühl, ihn zu betrügen, ihn loszulassen. *Aber vielleicht willst du endlich losgelassen werden …* Der Eisblock in ihrer Brust schmolz zu stummen Tränen. Nelly setzte Wasser für einen dreifachen Kamillentee auf und ging ins Bad, um sich bettfertig zu machen. Sie schlüpfte ins Bett unter die Decke, trank den Kamillentee in kleinen Schlucken, löschte das Licht und fiel sofort in den erlösenden Schlaf.

XIII

Der Winter wollte nicht gehen. Es war bereits März, doch das verheißungsvolle vorfrühlingshafte Prickeln in der Luft, das Nelly jedes Mal mit Energie und Glück erfüllte, stellte sich nicht ein. Im Gegenteil. Es war grau und kühl, und der Wetterbericht sagte ein Tief nach dem anderen voraus. Nur die Skifahrer freuten sich, weil in den Bergen viel Schnee lag. Nelly hatte nie Zeit und Geld, um die Wochenenden im Gebirge zu verbringen, Mau war mal mit der Schule hingefahren. Mit Monika aber war er oft in Limone oder Frabosa gewesen; sie war eine gute Skiläuferin – Noblesse oblige. Monika und ihre traurigen grünen Augen beim Abschied … »Ciao, Nelly, ich gehe …« *Die Lebensphasen schließen sich hinter uns wie Türen, eine nach der anderen, treiben uns voran, drängen uns aus unserer Vergangenheit und einer ungewissen Zukunft entgegen. Yippee!* In derlei trübe Gedanken versunken hatte Nelly sich angezogen und das Haus verlassen.

Jetzt stand sie vor Beppes Weinhandlung. Durch die beschlagenen Fenster konnte man Leute an den Tischchen sitzen sehen. Sofort wurde Nelly schwach und fühlte sich von Beppes Spezialcappuccino plus einer Scheibe Focaccia unwiderstehlich angezogen. Sie stieß die Tür auf und betrat die vertraute kleine Welt.

Beppe stand hinter dem Tresen und nickte ihr zu.

»Das Übliche, Dottoressa?«

»Ja, danke, Beppe.«

Ein Tischchen am Fenster war frei. Nelly setzte sich. Als sie aufsah, begegnete sie Giannis Blick. Früher hatte sich der jeden Morgen mit Basile um den druckfrischen »Secolo« gezankt. Jetzt saß er an einem Tischchen im Halbdunkel und schien an der Zeitung, die aufgeschlagen vor ihm lag, nicht sonderlich interessiert zu sein.

»Guten Tag, Gianni. Wo ist denn der Brigadiere Basile geblieben? Den habe ich schon eine ganze Weile nicht mehr gesehen.«

Gianni schluckte den Köder samt Angel.

»Tja, meine liebe Dottoressa, Basile bekommt man nicht mehr zu Gesicht. Der fahndet und ermittelt. Muss die Welt retten. Frühmorgens schneit er herein, stürzt einen Kaffee runter und rennt zur Arbeit. Dabei hat er's kaum abwarten können, in Rente zu gehen. Das soll einer kapieren.«

Er schüttelte missbilligend den Kopf und sah sie Verständnis heischend an.

»Der fahndet und ermittelt? Was hat das denn zu bedeuten?«

Nelly machte große Augen. Wenigstens konnte der arme Gianni sich ein bisschen Luft machen und über den Freund und Gegner beim Zeitunglesen und Kartenspielen herziehen.

»Irgendeiner aus Mailand hat hier eine Niederlassung seiner Detektei an der Piazzetta Tavarone eröffnet – ein echtes Loch, wenn Sie mich fragen – und Basile als Trüffelschwein eingestellt. So vertreibt er sich die Zeit, derweil ich hier Schimmel ansetze.«

Er seufzte betrübt.

»Basile ist eben einfach zu rege, um den ganzen Tag nichts zu tun. Genau wie Sie, Gianni. Wieso suchen Sie sich nicht auch eine Beschäftigung?«

Beppe kam mit dem Supercappuccino. Auf einem Tellerchen lag eine warme Scheibe Zwiebel-Focaccia. Gianni blickte noch trüber drein.

»Ja, aber wer will mich denn? Ich hab's beruflich nicht so drauf wie Basile. Am Ende spiele ich noch den Babysitter für meine Tochter, die wieder arbeiten gehen will.« Leidender Hundeblick.

»Das ist doch toll, seinen Enkel zu genießen und der Tochter einen Gefallen zu tun. Männer, die sich um Kinder kümmern, werden heutzutage nicht mehr schief angeschaut, wissen Sie?«

Sie trank ihren Cappuccino und nickte ihm zum Abschied zu und ging mit der halben Focaccia in der Hand an den Tresen, um zu zahlen. Beppe hatte die Unterhaltung mit angehört und schielte mit einem vielsagenden Augenrollen zu dem Rentner hinüber.

»Sehr gut, Dottoressa, bauen Sie ihn ein bisschen auf. Seit Basile so viel zu tun hat, verpestet mir Gianni die Stimmung im Laden, der wird mir noch die Kunden vergraulen.« Er zwinkerte ihr grinsend zu. Nelly zwinkerte zurück und trat in den klammen, grauen Tag hinaus.

Valeria empfing sie mit einem Lächeln und einem frisch ausgedruckten Papierstoß voller Neuigkeiten. Sie freute sich wie immer, wenn sie einen guten Fund gemacht hatte.

»Dottoressa Rosso, ich habe einiges über die Pisus erfahren. Was für eine Familie! Bei denen scheinen tödliche Unfälle Tradition zu haben.«

»Schön, Valeria. Sag mir etwas, das ich noch nicht weiß.« Das Strahlen auf ihrem Gesicht erlosch, und sofort bereute Nelly ihre Flapsigkeit.

»Entschuldige, ich wollte dich nicht beleidigen. Aber wie die männlichen Pisus seit ein paar Generationen gestorben sind, weiß ich schon. Mich interessiert, wie sie gelebt haben. Wem sie auf die Füße getreten sind, ob sie irgendein auch nur halbwegs krummes Ding gedreht haben. Hast du da was rausgefunden?«

Sie setzte sich neben Valeria und griff nach dem Papierstoß. Zum Glück war Valeria nicht nachtragend.

»Interessant scheint mir Samuele Pisu zu sein, Giacomos Vater. Der war leidenschaftlicher Spieler, aber wohl auch ein Betrüger. Es gab anonyme Anzeigen, aber diese Leute hatten es anscheinend nicht so mit der Polizei, ich schätze, die haben das dann unter sich geregelt. Mehrmals hatte der Vater die Vergiftung von Schafen angezeigt, und einmal ist Samuele Pisu nachts überfallen und schwer verprügelt worden. Der Täter wurde nie gefasst. Er hatte verschiedene Gläubiger, der wichtigste war ein Notar, ein gewisser Leonardo Secci. Nach dem Tod des Bruders Rodolfo hat der Vater ihm wohl all seine Schulden beglichen und dann ins Gras gebissen. Die anderen Familienmitglieder standen ziemlich dumm da. Doch Samuele und der Notar Secci waren plötzlich ein Herz und eine Seele und haben bis zu Samueles Tod das eine oder andere Geschäft zusammen gemacht. Giacomo dagegen war ein stilles Wasser und hat nie von sich reden gemacht. Seine Baufirma lief jedoch ziemlich gut, als er beschloss, das Dorf zu verlassen und sein Glück in Genua zu versuchen. Die Frau von Rodolfo war bereits seit einiger Zeit mit ihrer Tochter Anna in Genua. «

Nelly nickte.

»Weiß man, wie Giacomo Pisu sich vom Kleinunternehmer zum großen Baulöwen mausern konnte? Das Kapital, woher kam das?«

Valeria schüttelte den Kopf. »Vielleicht von seiner Frau? Lorenza war die Tochter des Notars Secci. Dazu habe ich noch nichts herausbekommen, aber ich grabe weiter.«

»Die Tochter des Notars also. Danke, Valeria. Ist Ta… ist Dottor Esposito da?«

Valeria ging über Nellys kleinen Schnitzer hinweg.

»Ja, er ist in seinem Büro.«

Auf dem Flur lief Nelly Marco Auteri in die Arme.

»Ciao, Marco. Wolltest du zu mir?«

»Ja, Nelly. Ich habe gerade einen Anruf von Marilena Pisu bekommen, die mit dir sprechen wollte. Angeblich ist ihre Schwester Maria Grazia verschwunden.«

Nelly runzelte die Stirn.

»Ich rufe sie sofort zurück. Seit wann ist sie verschwunden?«

»Seit gestern Abend.«

Hastig suchte Nelly in ihrem Telefonspeicher nach Marilena Pisus Handynummer. Marilena ging sofort ran, ihre Stimme klang wie immer nüchtern und ein wenig kurzatmig, wie nach einem langen Lauf.

»Nelly? Ein Glück. Magraja ist die ganze Nacht nicht nach Hause gekommen.«

»Ist das schon mal vorgekommen? Wer war bei Ihrer Mutter?«

»Celeste war bei ihr. Magraja hat sie gebeten, über Nacht zu bleiben, und ist fortgegangen. Nicht zu fassen.«

»Ich glaube, ich verstehe nicht ganz, Marilena. Ihre Schwester hat dafür gesorgt, dass jemand bei Ihrer Mutter ist, und ist ausgegangen. Was ist daran so seltsam? Hat Celeste sich Sorgen gemacht und Sie angerufen?«

Schweigen. Eine, zwei, drei, vier Sekunden.

»Nein. Ich habe angerufen, um zu wissen, wie es Mama geht, ich wollte mit Magraja reden, und Celeste hat mir seelenruhig erklärt, dass sie nicht da ist und die ganze Nacht fort war. Nicht zu fassen«, wiederholte sie stur, obwohl ihr vielleicht gerade klarwurde, dass ihre Erregung für einen Außenstehenden nicht recht nachzuvollziehen war.

In Nelly stieg die kalte Wut auf. Wofür hielt diese Frau sich?

»Soweit ich weiß, ist Ihre Schwester seit ein paar Jährchen volljährig, Marilena. Wenn sie die Nacht über fortbleiben will und Ihre Mutter wohlversorgt zurücklässt, hat das doch nicht die Polizei zu interessieren. Falls sie innerhalb der nächsten vierundzwanzig Stunden nicht wieder auftaucht und auch sonst nichts von sich hören lässt, können wir anfangen, uns Sorgen zu machen, aber jetzt sehe ich keinerlei Veranlassung dazu.«

Marilena legte kommentarlos auf. Nelly musste mehrmals tief durchatmen, um sich wieder zu beruhigen. Marco musterte sie fragend.

»Die hat nicht mehr alle Tassen im Schrank. Ihre kleine Schwester hat sich eine Nacht freigenommen, und sie hat sie dabei erwischt und spielt sich auf wie eine Wahnsinnige.«

Marco nickte.

»Bei dieser Familie weiß man nie. Lass uns bei Lorenza Pisu vorbeischauen, was meinst du?«

Nelly kochte noch immer vor Wut über Marilenas Unverschämtheit, musste allerdings zugeben, dass Marco recht hatte. Es war besser, der Sache auf den Grund zu gehen, denn wenn Magraja in den nächsten Stunden tatsächlich nicht wieder auftauchen sollte, wäre sie der Sündenbock.

Sprachlos betrachtete Marco die gotische Trutzburg, und Nelly musste innerlich grinsen. *Hübsch, nicht wahr? Vielleicht sind die Pisus allesamt Vampire, und die kleine Magraja hat sich nachts auf den Weg gemacht, um neue Blutvorräte ranzuschaffen. Ich würde zu gern wissen, was unser Aschenputtel tut, wenn die Verwandtschaft sie gerade nicht kontrolliert.*

»So was hab ich noch nie gesehen. Was für ein … interessantes Gebäude.«

»Da bleibt einem die Spucke weg, was? Du solltest es erst mal von innen sehen.«

Nelly hatte schon mehrfach geklingelt, doch das Tor blieb verschlossen. Schließlich läutete sie bei einem Nachbarn. »Polizei!«, sagte sie, und endlich öffnete sich das schwere Tor. Nelly begann sich unwohl zu fühlen. Hätten sie ihren Besuch besser ankündigen sollen? Vielleicht war Celeste fort, um Besorgungen zu machen, und sie waren umsonst gekommen. Doch die Wohnungstür war nur angelehnt. Zögernd traten sie ein. Stille. Dunkel. Es hatte wieder zu regnen begonnen, und die Tropfen trommelten gegen die Fenster. Sonst war nichts zu hören.

»Signorina Pisu, Magraja? Celeste? Ich bin's, Rosso von der Polizei, mit meinem Kollegen Auteri.«

Ihre Stimme hallte von den hohen, gewölbten Decken wider. Instinktiv ließ Marco die Hand an die Pistole unter seiner Achsel gleiten. Wie Kinder, die Angst vorm Dunkeln haben, tasteten sie sich zum Lichtschalter vor. Schließlich erreichten sie das Schlafzimmer der Mutter. Die Tür war offen. Vorsichtig spähten sie hinein.

Die Frau saß an einen Stapel bestickter Kissen gelehnt. Das graue, ordentlich gekämmte Haar war zu einem kindlichen Pferdeschwanz gebunden. Sie trug eine wollene rosa Bettjacke und schien vor sich hin zu singen – ihre Lippen bewegten sich lautlos. Ihre Augen waren geschlossen, öffneten sich jedoch beim leisen Knarren der Tür. Braune, sehr große Augen. Als sie die beiden in der Tür stehen sah, verzog sich ihr Mund zu etwas, das wohl ein Lächeln sein sollte.

»Giacomo … k…komm, Giaco…mo«, nuschelte sie angestrengt an Marco Auteri gewandt. Nelly machte ihm ein Zeichen, zum Bett zu gehen. Die Gelegenheit, mit Lorenza Pisu zu sprechen, wollte sie sich nicht durch die Lappen gehen lassen. Marco hatte sofort begriffen und war ans Bett getreten. Lorenza Pisu beugte sich mühsam vor, sodass sie fast aus dem Bett rutschte, und hob matt die Hand. Marco griff danach.

»Lorenza«, flüsterte er.

»I…ich ver…zeihe dir. Bleib … bei … mir …«

Nelly hatte verblüfft zugesehen, wie schnell ihr Kollege in die Rolle von Lorenzas verstorbenem Gatten geschlüpft war. Abermals drückte er ihre knotige, blasse Hand, nahm sie sanft bei den Schultern und bettete sie wieder in die Kissen.

»Wie geht es dir, mein Liebes? Wo ist Magraja? Und Celeste, warum ist sie nicht hier?«

Lorenza verzog das Gesicht, sie wollte etwas sagen, bekam jedoch nichts Zusammenhängendes über die Lippen. Hilflose Tränen rannen ihr übers hagere Gesicht.

»Ma…ma…magrrrr.« Ihr Versuch endete in einem erstickten Knurren. Ihre Finger krampften sich um Marcos kräftige Hand. Sie versuchte, ihn an sich zu ziehen. Nelly und der Vizekommissar waren derart in den Bann geschlagen, dass sie nicht merkten, wie jemand die Wohnungstür öffnete.

»Wer sind Sie? Wie sind Sie hereingekommen? Raus mit Ihnen oder ich rufe die Polizei!«

Erschrocken fuhren Nelly und Marco herum. Die Fäuste in die Hüften gestemmt, neben sich zwei prall gefüllte Einkaufstüten, stand Celeste in der Tür und starrte sie an. Mit beschwichtigend erhobenen Händen ging Nelly auf sie zu.

»Wir sind die Polizei, Celeste. Wir sind wegen Magraja hier, oder besser wegen eines besorgten Anrufes ihrer Schwester Marilena. Die Tür stand offen, wir hatten befürchtet, es könnte etwas Schlimmes passiert sein, deshalb haben wir uns erlaubt nachzusehen.«

»Kommen Sie nach nebenan, dort können wir reden, sonst regt sich die arme Signora Lorenza noch auf.«

Doch Lorenza Pisu hatte nicht die Absicht, Marco loszulassen. Mit ungeahnter Kraft drückte sie seine Hand.

»Giaa...como ... ver...laass mich ... nicht.«

Energisch trat Celeste ans Bett und löste unsanft ihren Griff. Lorenzas ausgemergeltes Gesicht verzog sich schmerzvoll.

»Nein ... nicht ... weg«, stammelte die Alte. Tränen rannen ihr über die Wangen und tropften auf das rosa Bettjäckchen.

»Jetzt bringe ich Ihnen Ihren Kräutertee, und dann beruhigen Sie sich, Signora Lorenza. Signor Giacomo«, sie warf Marco einen komplizenhaften Blick zu, »geht nicht fort, er muss nur etwas essen und sich ausruhen. Dann kommt er wieder. Okay?«

In den kastanienbraunen Augen stand helle Panik, doch jegliche Gegenwehr war unmöglich. Schweren Herzens riss Marco sich vom Bett der Alten los. Wäre Celeste bloß einen Moment später gekommen, hätte man vielleicht noch mehr aus Lorenza Pisu herausbekommen, außer dass sie ihren Mann noch immer liebte und ihm irgendetwas verzieh und dass die Namen von Magraja und Celeste sie in Unruhe versetzten.

»Soll ich Ihnen einen Kaffee machen?«

Das Angebot ist höflich, die Stimme barsch. Celeste mustert sie kalt und stellt die Einkaufstaschen auf den Tisch der düsteren Küche, die auf den entsetzlichen gruseligen Innenhof hinausgeht. Der Regen trommelt laut auf das Glasdach, rinnt durch die Ritzen und fällt lärmend auf Metallrohre, Glas und Gott weiß was noch alles. Nelly und Marco lehnen den Kaffee dankend ab.

»Wir möchten Ihnen einige Fragen stellen, wenn Sie nichts dagegen haben, Celeste.«

Celeste zuckt genervt mit den Schultern.

»Und wenn ich was dagegen habe?«

Sie stiert Nelly feindselig an, führt sie in den großen Salon und lässt sie Platz nehmen. Aus dem Zimmer am Ende des Flurs dringen Klagelaute wie von einem leidenden Tier.

»Entschuldigen Sie kurz, ich muss nach ihr sehen.«

Sie verschwindet, und das Wimmern verstummt. Kurz darauf taucht Celeste wieder auf und setzt sich steif. Marco mustert ihr angespanntes Profil.

»Diese Marilena Pizzi soll sich gefälligst um ihren eigenen Kram kümmern«, bricht es aus ihr heraus. »Am liebsten wäre ihr wohl, Magraja drehte hier noch völlig durch. Dann kann sie das arme Ding in ein Irrenhaus sperren und sich auch noch die Wohnung unter den Nagel reißen.«

»Sie hat mich heute Morgen angerufen, weil sie besorgt darüber war, dass ihre Schwester die Nacht über nicht zu Hause gewesen ist. Gewiss hat das mit den Unglücksfällen der letzten Zeit zu tun. Ist es denn so merkwürdig, dass sie sich um ihre jüngere Schwester sorgt?«

Nelly versucht, neutral und beschwichtigend zu klingen. Schnaubend setzt sich Celeste zurecht.

»Meine liebe Frau Kommissarin, was wissen Sie schon von dieser Familie? Marilena Pizzi ist eine Hyäne, und vielleicht tue ich den armen Viechern damit noch unrecht. Die hat nur Geld im Kopf und anstelle eines Herzens ein großes Loch. Glauben Sie, sie oder die anderen Geschwister kommen die Mutter oft besuchen? Die haben sie hier eingemauert, und Magraja gleich mit, die sie am liebsten ans Bett ketten würden, damit sie zusammen mit der Alten verreckt. Wissen Sie eigentlich, dass die Pizzi sich, hätte ich nicht Rabatz gemacht, die Hälfte der Unterhaltszahlungen der Mutter gekrallt hätte, weil sie meinte, der Vater sei viel zu großzügig gewesen und Magraja brauche monatlich nicht so viel Geld? Zum Teufel soll die sich scheren, und zwar erste Klasse.«

Sie atmet tief durch und wartet Nellys Kommentare ab.

»Das mag ja alles stimmen, Celeste. Aber wo ist Magraja hin? Wissen Sie es?«

Celeste will gerade antworten, als eine bekannte, unterwürfige und freundliche Stimme ertönt.

»Ich war eine Freundin in Rapallo besuchen. Silvana Mantero, das können Sie gerne nachprüfen. Es ist die einzige Freundin, die ich habe, hin und wieder lädt sie mich ein. Ich kann Mama unbesorgt allein lassen, Celeste ist ja bei ihr. Wieso interessiert sich die Polizei dafür?«

Magraja trägt ein einfaches dunkelgrünes Kleid, dazu eine bestickte bordeauxfarbene Jacke und bequeme schwarze Stiefel. Sie hält eine kleine Reisetasche in der Hand und macht ein verständnisloses Gesicht. Nelly schämt sich fast, der Paranoia der Pizzi nachgegeben zu haben.

»Ihre Schwester hat sich Sorgen gemacht, weil Sie letzte Nacht nicht nach Hause gekommen sind, und hat uns angerufen. Vielleicht sollten Sie das untereinander klären, auch uns ist es nicht besonders angenehm, in familiäre Missverständnisse hineingezogen zu werden.«

Magraja lächelt verständnisvoll.

»Marilena sorgt sich um mich, das ist nett von ihr. Aber hattest du ihr nicht gesagt«, wendet sie sich an Celeste, »dass ich zu einer Freundin gefahren bin?«

Celeste zuckt mit den Achseln.

»Die hat mir gar keine Zeit dazu gelassen. Hat einfach aufgelegt. Was sollte ich machen?«

»Das ist ja kein Drama. Ich rufe sie an und kläre das. Die Ärmste ist bestimmt nervös wegen … wegen all der Schicksalsschläge, die uns ereilt haben. Es tut mir leid für die Unannehmlichkeiten, Nelly, die ich Ihnen bereitet habe und Ihrem Kollegen …«, sie sieht Marco an.

»Auteri. Vizekommissar Marco Auteri.«

»Kein Problem, Dingen auf den Grund zu gehen, ist unser Job. Wir sind froh, dass Ihnen nichts zugestoßen ist, Magraja, und wünschen Ihnen einen schönen Tag.«

Missmutig treten sie in den klammen, grauen Tag hinaus. Marco starrt vor sich hin, und Nelly denkt über die Beziehung der beiden Schwestern nach und darüber, dass Magraja diesmal als die vernünftigere und »normalere« erschien.

»Eine attraktive Frau, diese Maria Grazia.«

»Allerdings, auch wenn sie herumläuft wie meine Großmutter. Und manchmal erscheint sie ein bisschen, wie soll ich sagen? Weggetreten. Heute dagegen war sie völlig normal.«

»Die muss ganz schön gelitten haben. Dieser verlorene Blick … Diese Celeste dagegen ist ein echter Brecher. Sie scheint wahnsinnig an Magraja zu hängen. Was meinst du, soll ich die mal anrufen, diese Silvana …« Er zieht einen Zettel aus der Tasche, auf dem er sich den Namen notiert hat. »Diese Silvana Mantero in Rapallo? Überprüfen, wer das ist?«

»Mach, wie du denkst«, antwortet sie abwesend. »Kontrolle schadet nie, auch wenn ich, ehrlich gesagt, nicht glaube, das Magraja für einen freien Tag ein Alibi braucht.«

XIV

Seitdem waren anderthalb Wochen vergangen. Marilena hatte sich bei Nelly für ihr rüdes Benehmen entschuldigt, das sie mit ihrer Sorge um die Schwester rechtfertigte. Giancarlo war noch immer in Haft. Magraja führte ihren Alltag in der gotischen Festung fort, unterstützt von Celestes ruppiger Zuneigung, und Nelly hatte das Gefühl, auf der Stelle zu treten. Silvana Mantero hatte sich als eine fünfzigjährige Hebamme aus Rapallo erwiesen, eine alte Freundin von Magraja, die bestätigt hatte, dass diese bei ihr den Nachmittag und die Nacht verbracht hatte. Nelly hatte in dieser Hinsicht sowieso nichts Großes erwartet. Auch von Basile gab es keine Neuigkeiten. Tano war mit anderen, aktuelleren Fällen beschäftigt und Nelly somit ebenfalls. Sie und der Polizeivize trafen und liebten sich, in einer eigenen Wirklichkeit, die die Augen vor der Zukunft verschloss. Doch während der Alltag sein Recht einforderte, ließen die Pisus Nelly nicht los. Eines Nachts träumte sie sogar von ihnen.

Alle sind in der Wohnung der Mutter versammelt, wie an jenem Sonntag. Die Lebenden und die Toten. Mit ein paar Neuzugängen. Dass es sich um diese Wohnung handelt, ist eine für Träume typische Fraglosigkeit, auch wenn sie anders aussieht. Die Wände sind schwarz, kahl und fensterlos, wogend dehnen sie sich aus und ziehen sich wieder zusammen. Nelly betritt den Salon, doch keiner bemerkt sie. Die Brüder Anselmo und Alceo sind da, dazu ihr Schwager Pizzi mit Giancarlo, Alice und Serena, Marilena, Magraja und Gioia. Sie ist völlig mit Blut bedeckt wie auf den Fotos der Spurensicherung. Auch ein kleiner alter Mann ist da, den sie nur auf Bildern gesehen hat. Er strotzt vor Energie und Bosheit. Giacomo, der Vater. Die Mutter ist ebenfalls anwesend, bleich und schwach, jedoch nicht ans Bett gefesselt, sondern aufrecht. Sie bewegt sich ruckartig, wie ein Roboter. Sie klammert sich an ihren Mann, den sie um Haupteslänge überragt, und flüstert ihm etwas ins Ohr. Unsichtbar, wie man in Träumen zu sein pflegt, tritt Nelly näher und hört zu.

»Ich verzeihe dir, Giacomo, ich verzeihe dir, ich habe dich immer geliebt.« Er zuckt gereizt mit den Schultern und wendet sich an die beiden Söhne.

»Wieso habt ihr's nicht getan? Hättet ihr's getan, hätte es keine Probleme gegeben. Ihr seid keine Männer, ihr seid des Namens Pisu nicht würdig. Das war nicht viel anders, als einem Schaf die Kehle durchzuschneiden, und jetzt sind wir alle tot. Weil ihr Feiglinge wart. Es gibt keinen einzigen Pisu mehr, nicht einen.«

Anselmo stiert ihn wütend an. »Wenn du nicht getan hättest, was du getan hast, Alter, wäre auch nichts passiert. Es ist einfach, die Verantwortung auf die Jüngeren und Schwächeren abzuwälzen. Dabei bist du schuld. Deine verdammten Gene, genau wie bei Großvater.«

»Ja, ja, verdammt!«, kreischt Giancarlo. »Verdammt! Ich hab's schon immer gewusst. Verdammte. Ihr seid, wir sind alle Verdammte …« Großvater Giacomo verpasst ihm eine Maulschelle, und er wird flüssig wie Wachs. »Degeneriertes Arschloch. Der einzige Mann im Haus bist du, Marilena.« Er lächelt seine Tochter an. »Was nicht getan wurde, kann man jetzt tun, Papa«, sagt sie und starrt ihn an. »Ich kümmere mich darum.«

»Wehe!«, fährt der Alte zornig auf. »Jetzt ist es zu spät, ich verbiete es dir!«

»Was willst du schon verbieten, Alter, du bist tot … tot.«

»Du bist tot, Gott sei Dank, du bist tot«, fallen alle anderen im Chor ein.

Die finstere Totenklage ließ Nelly schweißnass aus dem Schlaf schrecken. Unglaublich, was ihr Hirn sich des Nachts zusammenreimte. Sie überlegte, was der Traum wohl bedeuten konnte. Ihr Unterbewusstsein war überzeugt davon, dass der Grund für die Todesfälle beim alten Pisu lag. Aber wieso beschuldigte er seine

Söhne? Was hatten sie sich geweigert zu tun? Es war absurd, Träume für bare Münze zu nehmen. Schluss damit, sie musste Basile anrufen. Irgendetwas würde bei den Ermittlungen in Sardinien schließlich herausgekommen sein. Sie schwang sich aus dem Bett und ging ins Bad. Draußen nahm der Frühling einen neuen Anlauf, und die erste Morgensonne schickte ihr blasses Leuchten über den Himmel. Doch die Luft war noch immer ziemlich frisch, dabei war es schon fast Ende März.

»Auf nichts ist mehr Verlass«, brummte sie, drehte die Dusche auf und wartete in gebührendem Abstand, bis der Wasserstrahl sich erwärmte. Als nichts geschah, stellte sie sich beherzt unter das kalte Wasser. *Soll ja angeblich gesund sein.* Unbewusst summte sie den Refrain aus ihrem Albtraum vor sich hin: »Du bist tot, Gott sei Dank, du bist tot.« Als sie es bemerkte, verstummte sie schaudernd.

Basile war nicht da, und auch sein Assistent nicht. Das Büro war verschlossen. Irritiert schüttelte Nelly den Kopf, kramte ihr Telefon hervor und wählte seine Handynummer. Eine penetrante Stimme setzte sie darüber in Kenntnis, dass Basile nicht erreichbar war. Nichts zu machen, sie würde es später noch einmal versuchen. Auch im Präsidium gab es nichts Neues. Valeria hatte über die Familie, die sich bis in Nellys Träume schlich, nichts weiter herausfinden können. Die einzige Neuigkeit, wenn man sie denn so nennen mochte, kam von Gerolamo.

»Was sagst du da? Bist du dir sicher?«

Ungläubig starrte Nelly ihren Chefassistenten an, der vor ihrem Schreibtisch stand, und merkte zu spät, dass sie ihm mit ihrer spontanen Reaktion auf den Schlips getreten war. Gerolamo sagte nie etwas, wenn er sich nicht sicher war. »Entschuldige bitte. Ich wollte deine Schilderung nicht in Zweifel ziehen, ich bin nur platt. Ich meinte, bist du sicher, dass es wirklich sie war?«

Gerolamo lächelte nur.

»Ich verstehe Ihre Verblüffung, Dottoressa. Ich musste auch mehrmals hinsehen, weil ich es selbst nicht glauben konnte. Leider habe ich sie aus den Augen verloren. Wir waren am Bahnhof Principe, es herrschte ziemliches Gedränge, sie war da und hat sich eine Zeitung gekauft, und während ich noch überlegt habe, was ich machen soll, ist sie verschwunden. Es tut mir leid«, schloss er kopfschüttelnd.

»Heute morgen gegen acht hat sich die hochelegante, wunderschöne Magraja Pisu mit einer Krokodilledertasche am Arm am Bahnhof Principe eine Zeitschrift gekauft. Beschreib sie mir bitte noch einmal.«

Geduldig wiederholte Gerolamo zum dritten Mal, was er gesehen hatte.

»Also, ich war dort, um Zigaretten zu kaufen. Eigentlich habe ich aufgehört, aber Sie wissen ja, wie das ist … Und als ich mich umdrehe, sehe ich sie. Diese Augen, groß und grün, gespuckt die Pisu, nur größer sah sie aus, weil sie sich ganz gerade hielt. Die Haare wirkten irgendwie heller, sie hatte … wie heißt das noch?«

»Strähnchen?«

»Ja, genau. Oder vielleicht war's auch eine Perücke. Schulterlanges, gepflegtes Haar. Sie war gut geschminkt, trug eine leichte rosa Jacke mit passendem Pulli drunter. Grauer, kurzer Rock, Pfennigabsätze und den kleinen Koffer in der Hand. Über der Schulter eine Krokotasche, passend zu den Schuhen. Sie sah ein paar Jahre jünger aus, aber sonst war sie es. Eine Hammerfrau«, schloss er mit Nachdruck.

Nelly hatte bereits zum Telefon gegriffen.

»Signorina Pisu? Magraja? Hier ist Nelly Rosso. Ich wollte sie fragen, wo sie heute früh gegen acht Uhr waren. Warum? Das darf ich Ihnen leider nicht sagen, aber ich wäre Ihnen dankbar, wenn Sie mir trotzdem antworten würden. Zu Hause?«

Gerolamo horchte irritiert auf.

»Ah, der Arzt war da, um Ihre Mutter zu untersuchen. Wären

Sie so freundlich, mir seinen Namen zu nennen? Sanmarco, Attilio Sanmarco? Kein Grund zur Aufregung, Maria Grazia. Nur eine routinemäßige Faktenkontrolle. Ob es was Neues gibt? Wir ermitteln noch immer in alle Richtungen. Natürlich halten wir Sie auf dem Laufenden. Wie geht es Ihrer Mutter? Vielen Dank für die Information und entschuldigen Sie die Störung.«

Nelly legte auf und trommelte mit den Fingern auf den Schreibtisch. Gerolamo machte ein zerknirschtes Gesicht.

Nelly kritzelte den Namen des Arztes auf einen Zettel und hielt ihn ihm hin.

»Der Doktor war bei ihr. Du kannst es nachprüfen, das ist er.« Sie sah ihn nachdenklich an. »Wie seltsam. Du hättest wirklich die Hand dafür ins Feuer gelegt, dass diese elegante Schönheit am Principe die Pisu war?«

»Ja, um dann zu enden wie Gaius Mucius Scaevola, der sie sich dabei verbrannte«, entgegnete Gerolamo schroff. Ganz offensichtlich fühlte er sich nicht ernst genommen.

»Ich habe keine Ahnung, was dahintersteckt oder ob diese Frau die Gabe der Allgegenwärtigkeit besitzt«, hob er wieder an und hielt den Zettel mit spitzen Fingern hoch. »Ich werde die Sache überprüfen, und sehr wahrscheinlich wird sie bestätigt. Aber ich schwöre Ihnen, Dottoressa, wenn diese Frau nicht die Pisu war, dann glich sie ihr aufs Haar. Sie war nur gepflegter. Und schicker angezogen.«

Seufzend verabschiedete er sich. Er tat Nelly leid. Während die Tür sich hinter ihm schloss, fragte sie sich, was es mit der seltsamen Begegnung am Bahnhof Principe auf sich hatte. Angenommen, die Frau hätte Magraja tatsächlich dermaßen ähnlich gesehen, dass Gerolamo sich hatte täuschen lassen. Sie dachte an Gioia und Gemma, die einander so gleichen, dass man Gänsehaut bekam, wenn man die Lebende vor sich hatte und an die Fotos der Toten dachte. Doch Magraja hatte keine Zwillingsschwester. Nur eine Schwester, die ihr nicht sonderlich ähnlich sah und sie offenbar hasste.

Sie hatte sich oft gefragt, wie es gewesen wäre, wenn sie einen

Bruder oder eine Schwester gehabt hätte. Zu Teenagerzeiten hatte sie ihre Klassenkameradinnen und Freundinnen mit großen Brüdern beneidet, und das aus ganz profanen Gründen. Sie konnten sich freier bewegen, abends öfter ausgehen, und außerdem brachten die Brüder haufenweise – so zumindest stellte es sich Nelly mit fünfzehn vor – coole Kumpels und Klassenkameraden mit nach Hause, mit denen man problemlos anbandeln konnte. Ach ja, die Vorteile eines großen Bruders! Doch dann hatte sie feststellen müssen, dass die Wirklichkeit anders aussah. Welcher große Bruder hatte schon Lust, die nervige kleine Schwester auf seinen Streifzügen mitzuschleifen oder ihr seine Kumpels vorzustellen. Und was eine Schwester betraf ... Sie kannte Schwestern, die ein sehr inniges, herzliches Verhältnis hatten, aber auch andere, und das waren viele, die ihren Neid und ihre Eifersucht aufeinander einfach nicht überwinden konnten. Marilena und Magraja gehörten offenbar zur zweiten Kategorie, was eher von Marilena denn von Magraja auszugehen schien. *Dem Aschenputtel ... Noch so ein Klischee, das immer wieder zutrifft. Wie das von Rotkäppchen, Opfer männlicher Triebe, oder das von Schneewittchen, Opfer weiblicher Rivalität. Die Märchen bringen es auf den Punkt.*

In dem Moment erschien Tano in der Tür. In einer perfekten Welt, schoss es ihr durch den Kopf, wären er und Carlo dicke Freunde, und zu dritt würden sie glücklich und zufrieden bis ans Ende ihrer Tage zusammenleben.

»Ciao, Nelly. Hör mal, ich wollte dir einen Vorschlag machen.«

Tano war in Hochform. Er trug das übliche hellblaue Hemd, eine dunkelblaue Steppweste, Jeans und Dreitagebart. Killerlächeln. *Musste ausgerechnet mir das passieren? Zwei zum Preis von einem. Dabei gibt es Heerscharen von Frauen, die nicht mal 'nen halben abkriegen. Was für eine Ungerechtigkeit.* Sie spürte, wie eine heiße Woge sie durchlief.

»Ciao, Tano. Ein unmoralisches Angebot? Eines, das man nicht ausschlagen kann?«

Sie sah ihn verschmitzt an.

»Was für ein Tag ist heute?«

Tano hatte die Tür sacht zugedrückt und war zu ihr hinter den Schreibtisch geschlüpft. Er küsste sie auf den Hals. Mit einem wohligen Schauer zog sie den Kopf zwischen die Schultern.

»Was heute für ein Tag ist? Mittwoch, glaube ich. Wieso?«

»Weil ich wahnsinnige Lust habe, das Wochenende mit dir wegzufahren, irgendwohin. Wir nehmen uns ein, zwei Tage frei und ab geht's. Komm schon, Nelly. Im Augenblick ist hier eh nicht viel los. Lass uns abhauen, wir waren noch nie zusammen weg.« Wieder küsste er sie auf den Hals, doch diesmal wich Nelly zurück.

»Darüber reden wir, wenn wir uns sehen, ja? Im Büro bin ich einfach nicht entspannt, wenn's um private Dinge geht, das weißt du doch.«

Ein Schatten legte sich auf sein Gesicht, und hastig griff sie nach seiner Hand.

»Ich komme heute Abend zu dir, okay?«

Sein Lächeln kehrte, nur um eine Winzigkeit getrübt, zurück. »Um acht, ich warte auf dich.« Und schon war er weg. Nelly stürzte sich in die Arbeit. Sie wollte an nichts denken, zumindest nicht bis zum Abend.

Der Abend kam pünktlich und willkommen wie ein unverhofftes Geschenk. Nach mehreren Tagen fast winterlicher Kälte zeigte sich der Frühling abermals lau und versöhnlich. Nelly hatte ihre Garderobe mit Bedacht ausgewählt, sie fühlte sich schön und begehrenswert. Während sie auf Tanos Klingel drückte, hoffte sie, dass er ähnlich gut gelaunt war und den Abend nicht wie so oft mit Gereiztheit und Eifersüchteleien verdarb. Bratenduft zog ihr entgegen, als sie die Wohnung betrat. Tano war ein guter Koch, wenn auch nicht ganz so gut wie Carlo.

»Ist hier jemand, oder soll ich sofort die Streife und den Gerichtsmediziner rufen?«

Sie schloss die Tür und trat in die kleine, dunkle Diele. Plötzlich packte sie jemand von hinten, instinktiv trat sie aus und erwischte den Fuß des Angreifers, dem ein Stöhnen und ein unterdrückter Fluch entfuhr. Als sie die Hände und die Lippen erkannte, die jetzt ihr Ohr berührten, gab Nelly ihre Gegenwehr auf und ließ sich in Tanos Arme sinken. Ohne ein Wort zu sagen, stolperten sie ins Schlafzimmer.

Viel später spürte sie auf dem zerwühlten Bett diesem berstenden Glücksgefühl nach, das sie erfüllte und zugleich unglücklich und beklommen machte. Denn es war das gleiche, das sie empfand, wenn sie mit Carlo geschlafen hatte. Es war sinnlos, sich etwas vorzumachen und sich einzureden, dass Carlo und sie zwei freie Menschen waren, die schon vor langer Zeit vereinbart hatten, einander nicht zur Treue verpflichtet zu sein.

»Woran denkst du?«

Tano war aufgestanden, in die Küche gegangen, hatte ein paar Scheiben Braten und Kartoffeln in die Mikrowelle geschoben, zwei Gläser Spumante eingegossen und stand nun nackt und mit einem Tablett in der Hand in der Schlafzimmertür. Sie lächelte ihn an und sah weg, um Zeit zu gewinnen.

»Ich habe daran gedacht, dass die ungesagten Worte die schönsten sind. Sie treiben wie Seerosen auf dem Spiegel unserer Gedanken und können nicht untergehen. Glück kann man nicht in Worte fassen.« Sie lächelte abermals und fühlte sich wie Judas. Tano setzte sich zu ihr aufs Bett. Er bewegte sich mit einer fast unmännlichen Geschmeidigkeit, wie eine Raubkatze. Carlo war viel ungelenker und täppischer. Er schob ihr ein Stück Kartoffel in den Mund.

»Ich weiß nicht, ob es stimmt, aber es klingt wunderschön«, entgegnete er ironisch. Nelly wurde wütend.

»Hör mal, ich bin nicht so ein unverbesserlicher Don Giovanni wie ein gewisser Bekannter von mir. Wenn ich etwas sage, dann meine ich es auch.«

»Normalerweise meinst du das auch«, entgegnete er und steckte ihr ein Stück Braten in den Mund. »Aber ich muss besagten unverbesserlichen Don Giovanni in Schutz nehmen. Der glaubt auch an das, was er sagt, andernfalls hält er einfach die Klappe.«

Er warf ihr einen beredten Blick zu.

»Ich sage ja gar nichts gegen diesen unverbesserlichen Don Giovanni, solange er nicht frech wird und das, was ich sage, nicht in Zweifel zieht.« Sie küsste ihn hingebungsvoll und schenkte ihm ein strahlendes Lächeln.

Der Imbiss im Bett verlief ausgelassen. Mehrere Gläser Spumante und eine ausgiebige Unterbrechung später ließ Nelly sich gegen die Kissen fallen und schloss beschwipst die Augen. Tano streichelte ihren Busen und musterte sie.

»Also, Commissario, wo soll unsere kleine Reise hingehen?« Schmeichelnde Schlafzimmerstimme.

»Nach Sardinien. Wir fahren nach Sardinien.« Sie öffnete die Augen, um seine Reaktion zu sehen. Sie konnte förmlich hören, wie sich die Zahnräder in seinem Hirn langsam in Bewegung setzten. Dann fiel der Groschen.

»Ich fasse es nicht. Die Pisus. Du willst nicht mit mir nach Sardinien fahren, sondern im Fall dieser elenden Verrückten ermitteln. Ich kann einfach nicht glauben, dass ich es mit so einem heuchlerischen Dreckstück getrieben habe.«

Er starrte sie halb bewundernd, halb empört an. Sie lachte.

»Komm schon, Tano. Klar will ich mit dir nach Sardinien fahren, ich bin schließlich nicht aus Stein, wie du hoffentlich gemerkt hast. Und was ist schon dabei, wenn man nebenher noch ein paar brauchbare Eindrücke oder Informationen erhaschen kann? Das Angenehme mit dem Nützlichen verbinden, nennt man das. Außerdem bin ich noch nie in Sardinien gewesen.«

Er machte ein ungläubiges Gesicht.

»Du lebst in Genua und bist noch nie in Sardinien gewesen? Wie geht denn das?«

Pikiert presste sie die Lippen zusammen. Was wusste er denn schon vom Leben einer alleinstehenden, alleinerziehenden Frau und Mutter? Zwar hatte Roberto eine Lebensversicherung zu Maus Gunsten abgeschlossen, doch er und Nelly waren noch nicht verheiratet gewesen, als er gestorben war, und so hatte sie keine Witwenrente bekommen. Das Geld für Mau hatte sie immer beiseitegelegt für seine Zukunft. Urlaub und Reisen waren bei ihnen nicht oft vorgekommen. Zum Glück gab es das Meer vor der Tür und die Stadtstrände.

»Es stammt halt nicht jeder aus einer wohlhabenden Familie wie der hier anwesende Polizeivize Gaetano Esposito, der sich mütterlicherseits angeblich sogar adliger Herkunft rühmen kann.«

Sie dämpfte den verbalen Faustschlag mit einem Lächeln und einem Augenzwinkern.

»Entschuldige Nelly, ich wollte dich nicht vor den Kopf stoßen. Ich dachte nur, Sardinien ist so nah, und da ... Na ja, ich hab nicht nachgedacht. Die ganzen Jahre allein mit Mau waren kein Zuckerschlecken, stimmt's?«

Nelly schluckte. Sie wollte sich nicht bemitleiden lassen. Es gab nichts zu bemitleiden. Ihr und Mau hatte es an nichts gefehlt, sie waren glücklich gewesen. Sie holte tief Luft und lächelte ihn an.

»Es war wunderschön, Mau heranwachsen zu sehen, ich habe mich nie gelangweilt oder es bereut, eine so junge Mutter zu sein. Wir konnten halt keine großen Sprünge machen, das ist alles.«

In Tanos Blick lag zärtliche Bewunderung.

»Na schön, Nelly. Also Sardinien. Wenn du deine Nase unbedingt in die Vergangenheit der Pisus stecken willst. Doch die Nacht gehört uns.«

Der leichte Schwips war verflogen. Glücklich und müde sank Nelly in seine Arme und schlief fast sofort ein.

XV

Am nächsten Morgen erschienen ihr die Beschlüsse des Vorabends in weit weniger verlockendem Licht. Eine Vergnügungsreise mit einer Ermittlung verbinden zu wollen, war völliger Schwachsinn. Sowohl das Vergnügen als auch die Ermittlungen würden darunter leiden. *Und überhaupt, was brocke ich mir da eigentlich gerade ein? Ich habe mich in Tano verknallt und rede mir ein, es sei nur eine vorübergehende Schwäche, der ich getrost nachgeben kann. Aber irgendwie bekommt die Sache gerade eine Eigendynamik und entwickelt sich zu einer ernsten Beziehung, ob ich will oder nicht … Wie schön wäre es, zusammen für ein paar Tage wegzufahren, doch erscheint mir das wie ein Versprechen, ein allzu großer Schritt … Pff! Als wüsste ich nicht, dass Tano es mit seinen Frauen immer so gehalten hat, ohne dass das irgendetwas bedeuten würde. Und ich mache mir tausend Gedanken, statt einfach den Moment zu genießen.*

Das Klingeln ihres Handys riss sie aus ihren Grübeleien. Sie hatte sich mit einem Kuss von Tano verabschiedet, dessen Duft sie noch umfing wie eine zweite Haut, und überquerte gerade die Via XX Settembre auf der Höhe des Ponte Monumentale. Die Ampel sprang auf Rot, sie rannte über die Straße, wühlte in ihrem riesigen Sack, erreichte die andere Straßenseite und drückte gerade noch rechtzeitig auf die grüne Taste.

»Basile? Na endlich! Wie bitte? Ich kann Sie kaum verstehen. In Sardinien? In Palau? Was, Ihr Mitarbeiter Filippo ist nach Sardinien gefahren und nicht mehr aufgetaucht? Verschwunden? Hören Sie, ich bin auch bald dort, dann können wir uns treffen. Ich muss noch ein paar Sachen auf dem Präsidium klären, aber ich denke, morgen oder übermorgen kann ich da sein. Gut, wir halten uns auf dem Laufenden. Auf Wiederhören, bis bald.«

Benommen starrte Nelly auf ihr stummes Handy. Deshalb hatte Basile nichts von sich hören lassen. Zuerst hatte es nichts Neues gegeben, und dann war sein Mitarbeiter Filippo verschwunden. Sie verspürte ein eigenartiges Gefühl im Bauch, als drückte ihr jemand die Eingeweide zusammen. Etwas Verborgenes und Düsteres lauerte dort jenseits des Meeres, unter den Jahren vergraben, doch bereit, zuzuschnappen und jeden, der ihm zu nahe kam, zu verschlingen.

Sie fragte sich, ob sie sich vielleicht allzu sehr in ihre Phantasie hineinsteigerte. Es konnte einen Haufen Gründe geben, weshalb Filippo sich nicht meldete. Sie hastete durch den abgasverseuchten Tunnel und überlegte wieder, ob es klug war, auch Tano mit seiner Vorstellung von einem romantischen Wochenende mit nach Sardinien zu nehmen. Was würde sie sagen können, um seinen unvermeidlichen und berechtigten Zorn zu lindern?

Starr vor Wut blickte Tano aus dem Fenster, die Hände hinterm Rücken gefaltet. Nelly verfluchte sich für ihr Talent, sich in Schwierigkeiten zu bringen, und war mucksmäuschenstill, um nicht alles noch schlimmer zu machen. Sie war direkt zu ihm gegangen und hatte ihm eröffnet, dass sie ohne ihn nach Sardinien fahren würde. Angesichts der jüngsten Entwicklungen war es besser, den privaten Teil zu verschieben. Tano hatte nichts darauf erwidert und schwieg noch immer. Dann drehte er sich plötzlich zu ihr um.

»Also, dieser Filippo …«

»De Magistris.«

»De Magistris, ja. Er ist seit drei Tagen in Sardinien verschwunden. Während er in unserem Fall ermittelte. Und er ist Genueser.«

Er blickte sie an. Nelly begriff, worauf er hinauswollte, und rief Valeria an, die sofort erschien.

»Valeria, kannst du nachsehen, ob es eine Vermisstenanzeige für einen gewissen Filippo De Magistris gegeben hat?«

Valeria verschwand und tauchte kurz darauf wieder auf.

»Ja, er wurde gestern als vermisst gemeldet. Von einem Kommilitonen. Er hat angegeben, ihn seit Montag nicht mehr erreichen zu können, und da sie sonst mindestens alle zwei Tage voneinander hörten, hat er ihn als vermisst gemeldet. Er schien besorgt, denn bei ihrem letzten Gespräch war De Magistris wohl ziemlich aufgewühlt ...«

»Ist gut, danke, Valeria«, schnitt Tano ihr das Wort ab, und Valeria verließ hastig das Zimmer.

»Du könntest zu Valeria ein bisschen netter sein. Sie reißt sich für uns beide Beine aus.«

Er machte eine genervte Handbewegung.

»Ich hab sie schließlich nicht gebissen. Also, wenn ich mich schlau anstelle, können wir nach Sardinien fahren und offiziell ermitteln. Dein Basile kann sich darüber nur freuen«, er grinste sie böse an.

»Bist du verrückt? Du bist doch wohl nicht eifersüchtig auf Basile?«

Er musterte sie eisig.

»Ich, eifersüchtig? Wo denkst du hin? Wenn es eine Ermittlung zu leiten gibt, dann leite ich sie, denn soweit ich mich erinnere, bin ich dein direkter Vorgesetzter. Und du darfst mich begleiten, ist das nicht großmütig von mir? Keine Diskussion, Dottoressa Rosso.«

Kochend vor Wut verließ Nelly das Zimmer, doch kaum saß sie in ihrem Büro, musste sie sich eingestehen, dass Tano nicht unrecht hatte. Auch wenn eine offizielle Ermittlung vielleicht weniger brächte als eine verdeckte. Doch in erster Linie ging es darum, den Jungen wiederzufinden. Nelly ging zum Kaffeeautomaten, holte sich einen schlechten Espresso und empfand ein masochistisches Vergnügen dabei, das giftige Gebräu mit nur einem Löffel Zucker hinunterzuschlucken.

XVI

In Rekordzeit war alles für die Abfahrt vorbereitet worden. Tano hatte sich mit den Carabinieri in Olbia in Verbindung gesetzt, wo Filippo das letzte Mal gesehen worden war, und die Polizei der dem Heimatdorf der Pisus nächstgelegenen Stadt Tempio über ihre Ankunft unterrichtet. Das Bed & Breakfast war reserviert, die Fähre ebenfalls. Es war später Freitagnachmittag, und während Nelly ein paar Klamotten in ihre vorzeigbarste Reisetasche schmiss, dachte sie darüber nach, dass dies nicht die Reise nach Sardinien war, die sich Frauen normalerweise wünschten. Unschlüssig, was sie bei diesem wankelmütigen Wetter einpacken sollte, hielt Nelly gerade einen dicken grünen und einen weniger dicken blauen Pulli in den Händen, als das Telefon klingelte. *Sandra. Ein Blick auf das Display bestätigte ihre Eingebung.*

»Ciao, Sa, was gibt's?«

»Nelly, seit wir bei meiner Mutter waren, geht es ihr nicht gut. Anfangs wollte ich zwischen unserem Besuch und ihrem sich verschlechternden Zustand keinen Zusammenhang sehen, aber jetzt ist es klar. Sie redet nur noch von Sardinien, vom Dorf, von ihrer Jugend. Von den Leuten, die sie dort kannte. Es ist, als wäre sie plötzlich in einer anderen Welt, die sie immer weiter von mir wegdriften lässt. Ich habe sogar einen Psychologen konsultiert, doch der hat nur ein paar Fachtermini heruntergeleiert und alles aufs Alter geschoben. Aber meine Mutter ist noch gerade mal sechsundsiebzig und kein bisschen tüdelig. Sie hat ein Problem mit den Knochen, nicht mit dem Kopf. Oder besser, hatte ...«

Nelly setzte sich aufs Bett. *Wieso hatte ich das geahnt? Weshalb überrascht es mich nicht, dass Signora Anna völlig von der Vergangenheit besessen ist?*

»Ich bin auf dem Weg nach Sardinien, Sa, dienstlich auch in das Dorf deiner Mutter. Es ist jemand verschwunden, der im Fall deiner Verwandten ermittelt hat, aber wenn du darüber auch nur ein Wort schreibst …«

»Wofür hältst du mich eigentlich? Wie lange kennen wir uns?«

Sandra musste wirklich sehr angespannt sein, normalerweise schnappte sie nicht so schnell ein.

»Schon gut, Sa. Der Fall lässt bei uns allen die Nerven blankliegen. Was genau ist mit deiner Mutter?«

Ein Seufzen am anderen Ende der Leitung, eine Pause und dann: »Sie redet nur noch über Luras. Inzwischen habe ich fast das Gefühl, als wäre ich selber dort groß geworden. Die Feste des Schutzheiligen hier, die Spaziergänge dort, der Karneval, Ostern, die Freundinnen, der Opa, ihr Vater … Wie ein Dampfkochtopf, von dem man den Druck ablässt. Ich frage mich, mit was für einem Bann meine Großmutter die Vergangenheit belegt hat, dass Mama nicht nur all die Jahre darüber geschwiegen, sondern sie komplett verdrängt hat. Jetzt kommt alles raus, wie im Delirium. Ich mache mir Sorgen, Nelly, große Sorgen.«

»Hat sie irgendwelche Namen genannt?«

»Sie nennt die ganze Zeit Namen. Ein Wasserfall von Namen. Verwandte, Freunde, Bekanntschaften, die erste Liebe, ein gewisser Saro, und vor allem der Schmerz um den Verlust des Vaters. Ach, es ist rausgekommen, dass meine Großmutter meinte, Zio Samuele hätte ihn umgebracht oder den Mord in Auftrag gegeben. Mama redet total lauter so wirres Zeug. Vielleicht war meine Großmutter verrückt und hat ihr diese kranken Ideen eingetrichtert. Das hat sie all die Jahre mit sich rumgeschleppt, die arme Mama.« Ein kurzes Schweigen, das Nelly nicht unterbrechen wollte, dann: »Was glaubt ihr in Luras zu finden? Es wird keinen Fitzel an Beweisen mehr geben, vorausgesetzt, es gäbe etwas zu beweisen. Alles seit ewigen Zeiten begraben. Und soweit ich die Sarden kenne, werdet ihr auf eine Mauer des Schweigens stoßen.

Ach, du hast mich nach Namen gefragt. Es gab eine enge Freundin, eine Amalia Sanna, mit der hat sie sich geschrieben, bis ihre Mutter ihr draufgekommen ist und ihr den Kontakt verboten hat. Wie im Mittelalter. Dann gibt es so eine Art schwarzen Mann, wie soll's auch anders sein. Ein struppiger, halbwilder Hirte, der kam und ging, im Dorf Käse verkaufte und den Kindern Angst machte. Vielleicht arbeitete er für die Pisus oder für die Seccis. Er kam irgendwo aus dem Landesinneren. Sie nannte ihn ... Sogos? Sie weiß es nicht mehr genau.«

»Bitte schreib dir die Namen dieser Leute auf.«

»Was glaubst denn du, ich bin Journalistin, das habe ich schon längst. Sämtliche Notizen stehen dir zur Verfügung, und dann schreibe ich noch einen dicken Roman darüber, mit dem ich endlich berühmt werde. Nelly, ich mach mir solche Sorgen um die Mama. Was, wenn das der Anfang von Alzheimer oder irgendeiner anderen Form von Demenz ist?«

»Ach komm, nur weil unsere Unterhaltung die Türen zu einer verdrängten Vergangenheit aufgestoßen hat, muss das noch lang nicht heißen, dass deine Mutter nicht mehr sauber tickt. Ich glaube sogar, es tut der Seele gut, alles herauszulassen. Hör mal, würdest du dich um die Katzen kümmern, solange ich weg bin? Du bist ein Schatz. Ich schreibe dir eine SMS, wenn ich wieder zurück bin. Danke und ... Entschuldige, Sa. Mein Handy klingelt, bis bald. Küss deine Mutter von mir.«

Hastig kramte Nelly das Handy aus ihrer Tasche. Tano. Er kommt nicht mit, wettete sie mit sich selbst. Als hätte sie ihn heraufbeschworen, erschien sein Name auf dem Display.

»Ciao, Tano. Was gibt's?«

Schweigend und mit geschlossenen Augen hörte sie zu. Aus unerfindlichen Gründen schien es ihr, als würde er sie verlassen, dabei teilte er ihr nur mit, dass Volponi nach Rom beordert worden war und ihn gebeten hatte, ihn zu begleiten.

»Tja, was soll man machen? Es wäre sowieso kein romantischer

Trip geworden, oder? Gute Reise und grüß den Big Boss und mein geliebtes Rom von mir.«

Sie legte hastig auf, doch sofort klingelte es erneut.

»Was? Machst du Witze? Wieso sollte stattdessen Gerolamo Privitera mitkommen? Ich fasse es nicht. Glaubst du, ich brauche einen Babysitter? Ich fahre doch nicht nach Afghanistan oder in den Irak! Wieso rufen wir nicht gleich die Marines? Du hast schon das Ticket auf seinen Namen ändern lassen, er erwartet mich in einer Viertelstunde am Terminal an der Ecke Via Buozzi? Willst du mich verarschen, Tano? Tano, verdammt noch mal …«

Doch diesmal hatte er bereits aufgelegt. Nelly blieb nichts anderes übrig, als das Telefon in ihre Tasche zu feuern, ihre Sachen fertig zu packen und die Neuigkeit zu verdauen. Die Fähre legte um zehn Uhr ab, mit dem Auto mussten sie zwei Stunden eher dort sein. *Verdammt! Das wirst du mir büßen, Tano.* Allerdings wusste sie nicht, was. Dass er ihr Gerolamo als Begleitung aufzwang? Oder dass er nach Rom fuhr und nicht mit ihr nach Sardinien? Ihre Laune sank noch tiefer, und sie beschloss, wenigstens die ganze Reise über nicht mehr an Tano zu denken.

Gerolamo wartete am verabredeten Treffpunkt. Sie hielt an, um ihn samt seinem halbleeren Rucksack einsteigen zu lassen, und fuhr weiter Richtung Anlegestelle. Der Chefassistent schwieg wie immer. Sie folgten den Schildern und reihten sich in die vor allem aus Geländewagen bestehende Autoschlange ein. Nelly beobachtete die Kontrolleure, die die Fahrscheine überprüften und kleine Zettel auf die Windschutzscheiben klebten. Keine Touristenhorden, die darauf warteten, an Bord zu gehen. Der Himmel war blassblau, und Nelly spürte, wie ein seltsamer Friede den Knoten negativer Gefühle in ihrer Brust löste.

»Auf ins Abenteuer, was, Gerolamo?«

Er lächelte. Der Gedanke, gen Insel aufzubrechen, gefiel ihm offensichtlich auch. Nelly stieg aus, um sich die Beine zu vertreten und den Blick auf die Stadt zu genießen. Am Ende des riesigen Platzes erinnerte eine moderne Skulptur an die Italiener in der Welt. Nelly dachte daran, was sie in der Schule über die Emigration zu Beginn des letzten Jahrhunderts gelernt hatte, vergilbte Fotos von Männern, Frauen und Kindern, die sich auf den Molen drängten, nachdem die Genueser sie des letzten bisschens beraubt hatten, das ihnen nach den Ausgaben für die Reise nach Amerika noch geblieben war. Weiter rechts sah man den alten Hafen und den Ostteil der Stadt, links die Molen und oben auf den Hügeln die Weststadt. Plötzlich erklangen fröhliche Stimmen und das Schlagen von Autotüren. Aus einem großen BMW-Geländewagen waren, aufgeregt ob der bevorstehenden Reise, zwei zehn- bis zwölfjährige Jungen gestiegen. Jeder hatte einen Pitbull an der Leine, ein Männchen und ein Weibchen, beide schwarz mit einem weißen Stern auf der Brust. Sie sahen aus wie geklont. Die Hunde schnupperten unruhig in die Luft und zogen ihre beiden kleinen Herrchen hinter sich her.

In dem Moment tauchte linker Hand die mehrstöckige Fähre auf und legte mit erstaunlicher Wendigkeit an der Mole an. Die Passagiere an Bord machten sich bereit, an Land zu gehen. Gerolamo war im Auto sitzen geblieben und streckte den Kopf zum Fenster heraus, um nichts zu verpassen. Kaum war das Schiff vertäut, öffnete sich die Luke und eine wohlgeordnete Autoschlange kroch an Land Richtung Hafenausfahrt. Die Fahrer der zur Abfahrt bereiten Wagen saßen am Steuer und warteten auf das Signal zur Einfahrt in den Schiffsbauch. Alle anderen Passagiere mussten die Gangway benutzen. Winkend stieg Gerolamo aus.

»Wir sehen uns an Bord, Dottoressa.«

Im Empfangsbereich war einiges los, der große Raum war voller Passagiere, die darauf warteten, dass ihre Reisebegleiter aus dem Parkdeck auftauchten. Nelly entdeckte Gerolamo und winkte ihm. Während der Lautsprecher den ersten Turnus im Restaurant ankündigte, zeigte ein Steward ihnen ihre Kabinen und gab ihnen die Magnetkarten für die Türen. Nelly hatte eine Außenkabine in schwindelerregender Höhe über dem Meer. Sie stellte ihre Reisetasche in den Schrank und betrachtete die beiden Betten, von denen eines leer bleiben würde. Hastig sah sie wieder weg.

Sie fanden sich draußen auf Deck wieder. Die Sirene tutete. Die Taue waren gelöst, und das große Schiff glitt träge aus dem Hafen. Kurz darauf waren die Zurückbleibenden auf der Mole auf Ameisengröße geschrumpft. Kraftvoll stieß der Bug durch die Wellen, und die Passagiere blickten fasziniert auf die lichtglitzernde Stadt zurück. *Wie eine Fata Morgana. Wie die Sehnsucht all jener, die sie auf der Suche nach einem glücklicheren Leben verlassen haben oder zur See gefahren sind, um sich ihr Brot zu verdienen. So wie Carlo …* Auf einmal hatte sie das Gefühl, er wäre bei ihr, drückte sie lächelnd an sich, und plötzlich war sie erleichtert, dass Tano sie nicht hatte begleiten können oder wollen. Sie betrachtete die vorbeiziehende Küste und versuchte die Orte zu erkennen. Der Lido, Capo Santa Chiara, Sturla …

»Überrascht über diese unverhoffte Reise, Gerolamo?«, brach sie endlich das Schweigen. Gerolamo wandte die dunklen Augen von dem Lotsenschiff, das sie begleitet hatte und nun in Richtung Hafen verschwand, und sah sie an.

»Das kann man wohl sagen. Aber auf angenehme Weise. Ich kenne Sardinien nicht.«

»Ich war auch noch nie dort. Seltsam, Inseln sind eine ganz eigene Welt …«

Sie verstummte, schließlich sprach sie mit einem Insulaner. Gerolamo war Sizilianer bis auf die Knochen. Ein leises Lächeln erschien auf seinem Gesicht.

»Das stimmt. Ich glaube, auf einer Insel aufzuwachsen ist etwas anderes als auf dem Festland, selbst wenn man am Meer wohnt. Dieses Isoliertsein, das Wasser ringsherum färbt auf die Menschen ab, die dort gelandet sind und sich einen ganz eigenen Lebensraum geschaffen haben, eine Art …«, vergeblich suchte er nach dem richtigen Wort.

»Heute würde man vielleicht Biotop sagen«, meinte Nelly, und er nickte.

»Im Urlaub fährst du immer nach Hause.«

»Das machen bei uns fast alle. Der Körper ist hier und das Herz in der Heimat. Bei den Auswanderern auch. Deshalb ist es auch so schwer, sich anderswo zu integrieren.«

»Stimmt ... Wie bei deinen Verwandten in Deutschland.«

Gerolamo nickte stumm. Für einen Tag hatte er mehr als genug gesprochen und war davon sichtlich erledigt. Sie wandten sich wieder den Passagieren zu, die die Treppe zum oberen Deck hinauf- und hinunterstiegen.

»Was meinst du, wollen wir was essen gehen?«

Inzwischen hatte die Fähre die offene See erreicht und steuerte der dunklen Nacht entgegen. Auf dem Weg zur Tür kamen Nelly und Gerolamo an den Käfigen vorbei, in denen die Hunde während der Überfahrt untergebracht waren. Die wenigen Tiere machten einen bedripsten Eindruck, in zwei nebeneinanderliegenden Boxen hockten die beiden schwarzen Pitbulls. Das Männchen jaulte unruhig. Die Passagiere strömten in Richtung Restaurant, Self Service und Pizzeria. Nelly und Gerolamo entschieden sich für den Self Service.

Die Atmosphäre war angenehm, das Essen hingegen trostlos. Als sie schließlich bei einem mittelschlechten Kaffee saßen, beschloss Nelly, ihren Chefassistenten auf den neuesten Stand zu bringen und ihm vom Verschwinden des jungen Privatdetektivs zu erzählen, der gehofft hatte, im Heimatdorf der Pisus etwas herauszufinden. Gerolamo hörte aufmerksam zu.

»Was für ein Typ ist dieser Basile?«

»Ein durch und durch anständiger Kerl, und außerdem der geborene Detektiv: Der hat es echt drauf.«

»Sehr gut.«

Nelly beobachtete die Mitreisenden. Ein paar Ausländer mittleren Alters, Franzosen oder Deutsche, meist Paare. Mehr oder weniger junge Italiener, allein oder in Grüppchen. Ein paar Familien mit Kindern. Aufgeregt plappernde Teenagergruppen mit Ruck- und Schlafsäcken. Die Familie mit den Pitbulls saß ebenfalls im Self-Service-Bereich. Die beiden Jungs, die es faustdick hinter den Ohren zu haben schienen, hatten Mund und Hände voller Pommes Frites und stritten sich um die letzten Bissen. Nelly bekam plötzlich eine heftige Sehnsucht nach Mau in dem Alter: ein mageres Kind mit riesigem roten Haarschopf und grauen Schlitzäuglein, fröhlich, immer dreckig und mit aufgeschlagenen Knien, das es kaum abwarten konnte, ins Sommerlager der Pfadfinder zu fahren, von wo es braungebrannt, noch dreckiger und mit noch aufgeschürfteren Knien zurückkehrte.

Wie schnell diese Zeit vergangen ist, die einem wie eine Ewigkeit erschien. Ein Atemzug, ein Wimpernschlag. Meine liebe Nelly, du tickst nicht mehr ganz sauber. Es geht schwer bergab mit dir. Komm wieder zu dir und denk an dich, nach all den Jahren, in denen Mau ständig im Mittelpunkt stand. Wie viel Raum hat er eingenommen, wie viel Leben verbrannt – und gegeben.

»Dottoressa, glauben Sie wirklich, wir werden in dem Dorf etwas finden? Irgendein verborgenes Geheimnis, das für die Todesfälle bei den Pisus verantwortlich ist?«, riss Gerolamo sie aus ihren Gedanken.

»Ich habe keine Ahnung, Gerolamo. Aber einen Versuch ist es wert. Basile hat mir gesagt, aus der Ferne ließe sich nichts ausrichten, seine sardischen Bekannten hätten nichts Interessantes herausfinden können. Sie wohnen nicht dort, sondern an der Küste oder in Cagliari. Ich muss zugeben, ich bin echt neugierig. Auf den Ort, auf die Menschen. Alles, was ich über Sardinien weiß, ist widersprüchlich und lückenhaft. Einerseits die Nuragen, die Dolmen, Grazia Deledda, *Padre Padrone*, die Hirten, die Fehden, die Entführungen und so weiter. Auf der anderen Seite das *Billionaire* – oder heißt es *Millionaire*? Wie auch immer, dieses Lokal von Flavio Briatore, Porto Cervo, die Luxusyachten, die Costa Smeralda, der Jet Set, Soru und Tiscali. Alles zusammengequirlt in meinem ignoranten Festlandshirn. Wieso bist du nicht Sarde? Dann könntest du mich wenigstens ein bisschen aufklären!«

Sie gingen wieder hinaus und schauten auf das unter ihnen liegende Deck hinunter. Ein paar junge Leute saßen dort im Kreis und plauderten, die Schlafsäcke neben sich. Ringsherum waren Himmel und Meer zu einer nachtschwarzen Einheit verschmolzen. Die Luft war kühler geworden, und Nelly erschauderte.

»Ich glaub, ich gehe schlafen. Wir sehen uns morgen früh.«

Er nickte. »Gute Nacht, Dottoressa.« Sie machte auf dem Absatz kehrt und ging zu ihrer Kabine.

ZWEITER TEIL

I

Als Nelly morgens um halb sieben durch den Weckton ihres Handys erwachte, hatte sie das Gefühl, in der Nacht eine unsichtbare Linie überschritten zu haben. Das Rollen des Schiffes hatte sie die ganze Zeit über in einem vor Symbolen und zehrenden Träumen berstenden Schlaf gewiegt, von denen nur eine vage Verstörtheit und nebulöse Bilder geblieben waren. Sie schlüpfte in Jeans, T-Shirt und Wollpulli und ging Richtung Speisesaal. Es war fast sieben Uhr, genau die richtige Zeit, um noch rasch zu frühstücken.

Die sardische Küste war schon seit geraumer Zeit in Sicht, ein diesiger, in pudriges Licht getauchter Streifen. Das Deck wimmelte vor aufgeregt plappernden Teenagern. Ein paar lagen noch in ihren Schlafsäcken. Die Mülleimer quollen über vor Bier- und Coladosen und wurden von ein paar Schiffsleuten in große Säcke entleert. Die Sonne stieg als rot leuchtender Ball über den Horizont, spiegelte sich auf den Wellen und verwandelte die Fähre in ein magisches Segelschiff. Nelly sog die salzige Luft tief in ihre Lungen. Der Grund der Reise war mit einemmal wie weggeblasen. Einen Moment lang stand sie da, genoss das herrliche Licht und machte sich dann auf den Weg zum Self Service.

Gerolamo saß schon da, nippte an dem ersten von zahlreichen Kaffees, die im Laufe des Tages noch folgen sollten, und begrüßte sie mit einem breiten Lächeln. Inzwischen lehnten die Passagiere über der Reling. Sardinien erschien nun schon zum Greifen nahe, und die am Himmel kreisenden Möwen sowie ein paar Delfine, die immer wieder im schaumigen Kielwasser auftauchten, zogen die Aufmerksamkeit der Zuschauer auf sich. Die Luft war lau, der Wind zauste in den Haaren und schenkte einem ein Gefühl von Freiheit und Abenteuer.

Plötzlich riss sich das Pitbullmännchen, das soeben aus seinem Käfig befreit worden war, mit einem Ruck von der Leine seines kleinen Herrn und flitzte zwischen den belustigten oder erschrockenen Passagieren umher. Der Vater, der gerade das Deck betreten hatte, sah die kreischenden Jungen hinter dem Hund herlaufen, war mit wenigen Schritten bei ihnen und stellte sich dem Tier in den Weg. Der Hund blieb abrupt stehen und versuchte, seinem Herrchen auszuweichen, das ihm mit barscher Stimme befahl stehen zu bleiben. Alles geschah sehr schnell.

»Stehen bleiben, Blitz! Platz, Blitz!«

Doch Blitz dachte nicht daran. Er blickte nach rechts zur Reling, dann nach links, von wo zwei Männer vom Bordpersonal herzugelaufen kamen. Er sah sich nach den beiden Jungen um, die ihm mit dem anderen Hund an der Leine den Weg verstellten, nahm Anlauf und setzte dicht an Nelly vorbei mit einem herrlichen Sprung über Bord. Der Aufschrei der Anwesenden mischte sich mit dem Aufprall des muskulösen Tierkörpers, der kurz über der Wasserlinie gegen die hohe Schott schlug. Dann verschwand er unterm Kiel.

Das Bordpersonal, das bei der Jagd mitgeholfen hatte, schüttelte entgeistert den Kopf und hielt dem Hundebesitzer eine saftige Standpauke. Solche Kampfmaschinen müssten von Erwachsenen gehalten werden! Und wenn er jemanden gebissen hätte? Nicht umsonst würden die während der Reise in Käfige gesperrt. Der sichtlich erschütterte Mann nickte abwesend. Die beiden Jungen klammerten sich weinend an den übriggebliebenen Hund, der sich gehetzt umblickte. Um die trauernde Familie wurde es leer. Die Passagiere entfernten sich mit mitleidigen oder vorwurfsvollen Blicken.

Nelly war wie erstarrt, die Heiterkeit des Morgens war verflogen und hatte einer düsteren Vorahnung Platz gemacht. Über Lautsprecher wurden die Autofahrer aufgefordert, sich in die Parkgarage zu begeben. Die übrigen Passagiere sollten sich zum Verlassen der Fähre im Wartesaal bereithalten.

Basile erwartet sie draußen am Kai, er steht ein wenig abseits, damit sie halten können, ohne die anderen Autos zu behindern. Nelly und Gerolamo steigen aus. Hastige Bekanntmachung, Basile hat Neuigkeiten.

»Filippo liegt im Krankenhaus von Tempio. Camper haben ihn bewusstlos in einer Felsspalte im Valle della Luna gefunden. Er hatte keine Papiere bei sich, aber die Beschreibung passt perfekt.«

»Valle della Luna? Was ist das denn?«

»Das ist ein Tal nicht weit von Santa Geresa di Gallura, das sich bis ins Landesinnere zieht, bis nach Aggius, ein Dorf am Fuße des Monte Limbara. Es ist sehr geröllig und erinnert an eine Mondlandschaft. Da sind viele Camper und Alternativtouristen unterwegs, junge Leute auf der Suche nach Abenteuern und Naturerlebnissen. Was Filippo dort gesucht hat, weiß ich nicht. Er ist wohl beim Sturz mit dem Kopf aufgeschlagen. Zur Sicherheit haben sie ihn ins künstliche Koma versetzt. Die Ärzte, mit denen ich telefoniert habe, hoffen, dass er sich bald wieder erholt, doch noch haben sie kein grünes Licht gegeben. Leider ist Filippo Waise, und die Großmutter, die ihn aufgezogen hat, ist letztes Jahr gestorben. Der arme Kerl ist ganz allein. Deshalb fühle ich mich umso mehr verpflichtet, mich um ihn zu kümmern.«

Basile atmet tief durch. Er sieht ein wenig dünner aus, müde. Nelly denkt an sein Alter und an die Anspannung der letzten Tage.

»Was sagen die Ermittler? Ist er überfallen worden?«

Basile breitet die Arme aus.

»Die Polizei von Tempio kümmert sich darum. Die Gegend ist ziemlich ruhig, da sind eigentlich keine Kriminellen unterwegs, sondern friedliche Leute. Und die ersten Touristen. Bisher hat es solche Fälle noch nicht gegeben. Dass Brieftasche und Papiere fehlen, könnte natürlich auf einen Raubüberfall hindeuten, es könnte aber ebenso gut eine falsche Fährte sein, um uns in die Irre zu führen. Vielleicht wollte ihn jemand außer Gefecht setzen und es wie einen Raub aussehen lassen. Wenn er aufwacht, wissen wir mehr.«

Wenn jemand Filippo das Maul stopfen wollte, könnte er es wieder versuchen, überlegt Nelly. Man muss mit der örtlichen Polizei sprechen. Sie redet mit Basile darüber, dann steigen sie ins Auto und fahren nach Tempio. Am Steuer lässt Nelly den Blick über die Landschaft schweifen. Der Hafen von Olbia ist ganz anders als der Genueser Hafen. Weitläufig und offen. Auch die Häuser sind viel niedriger, und im nächsten Augenblick sind sie schon auf der Straße nach Tempio Pausania, *Tempiu* wie die Sarden sagen. Niedrige Häuser, leuchtende Farben, viel Grün. Offensichtlich wurde in letzter Zeit viel und nicht immer umweltgerecht gebaut. Schon bald liegt der Golf hinter ihnen und die Bundesstraße 127 bringt sie zwischen flachen Bergen, Hügeln und kleinen Ebenen hindurch ihrem Ziel entgegen. Es ist nicht kalt, Nelly lässt das Fenster herunter und schließt die Augen. Ein intensiver Duft steigt ihr in die Nase.

»Ganz schön viele wilde Olivenbäume hier«, bemerkt Gerolamo. Basile nickt.

»In der Nähe von Luras gibt es hundertjährige, sogar einen tausendjährigen Oleaster. Und das Werkzeug, mit dem die *accabadora* ihre Sterbehilfe leistete, war eine Art Hammer aus Oleasterholz.«

»Die Accabadora? Wer war das?«

Mit wichtiger Miene klärt Basile sie auf. Das waren Frauen in der Gallura, die gerufen wurden, wenn jemand allzu lang mit dem Tode rang, eine Art umgekehrte Hebamme, die den Austritt aus dem Leben erleichterte.

Nelly und Gerolamo sind platt. So etwas haben sie noch nie gehört. Bis wann wurde das praktiziert? Und woher kam dieser seltsame Name? So genau ist Basile nicht informiert. Er nimmt an, bis zu Beginn des zwanzigsten Jahrhunderts vielleicht, oder auch etwas länger. Und was den Namen betrifft, kommt der wohl aus dem Spanischen, von *acabar*, beenden. Nelly denkt nach. *Die Beenderin. Die hatten das Problem der Sterbehilfe schon gelöst, die ganze Tragweite und sämtliche Ermessensgrenzen inbegriffen.* Auch die anderen schweigen. Denken nach. Das Thema ist brandaktuell.

Nach rund einer Dreiviertelstunde erreichen sie Tempio, das hoch oben auf einem Berg in der Sonne liegt. Gäbe es die farbigen Neubauten nicht, die hier und da zwischen den rosig schimmernden alten Granithäusern aufragen, könnte man die Stadt für eine Naturformation halten. Während sie noch die Ebene durchfahren, fallen Nelly und Gerolamo die seltsamen Bäume auf, die ringsumher wachsen, verkrümmt, im rechten Winkel gebogen, teils ohne Rinde. Einige sind dunkel, andere rosig wie verletzte Haut. Nelly ist die Erste, die ihr entferntes Wissen über die Insel mit den eigenartigen Bäumen in Verbindung bringt.

»Das sind Eichen, Korkeichen! Stimmt's, Basile?«

»Ganz genau, Dottoressa. Und sehen Sie dort«, er zeigt nach links auf eine Fabrik, in deren Hof sich Hunderte große Rindenstücke stapeln und auf die Weiterverarbeitung warten. Kurz bevor es in die Berge hinaufgeht, zeigt ein Schild nach rechts Richtung Luras. *Hier ist also das berühmte Dorf der Pisus. Nach all dem, was ich gehört habe, bin ich wirklich gespannt. Aber zuerst kümmern wir uns um den Jungen.*

Dottor Musso hat zu tun, sagt ein Beamter, lässt sie in einem Zimmer Platz nehmen, sammelt ihre Papiere ein und geht hinaus. Die drei fangen an, in den zerfledderten Gewerkschaftszeitschriften herumzublättern, die auf dem Tischchen liegen. Die Zeit verrinnt zäh, und nach einer Weile sind Nelly und Gerolamo über sämtliche ihnen ohnehin bereits bekannten Probleme ihres Berufsstandes mehr als im Bilde. Die Kommissarin sieht auf ihre Uhr, sie hat die Nase voll. Sie steht auf und geht in das Zimmer, in dem der junge Beamte hinterm Schreibtisch sitzt und auf seinen Computerbildschirm starrt.

»Hören Sie, wir haben es ziemlich eilig. Braucht Dottor Musso noch lange?«, fragt Nelly energisch.

Der Junge sieht verdattert auf. Basile und Gerolamo haben sich zu Nelly gesellt und machen grimmige Gesichter. Der Beamte räuspert sich hüstelnd. Offensichtlich weiß er nicht, wie er reagieren soll. Die Papiere liegen neben ihm auf dem Schreibtisch, Nelly greift danach und hält sie den beiden anderen hin.

»Ich nehme an, die haben Sie kontrolliert. Also, Herr …«

»Califano Matteo.«

»Califano Matteo, wir sind extra aus Genua gekommen, um in einem wichtigen Fall zu ermitteln, und das, was Filippo De Magistris zugestoßen ist, steht möglicherweise damit in Zusammenhang. Wären Sie also bitte so freundlich, Ihrem Vorgestzten zu sagen, dass wir ihn dringend sprechen möchten? Wir werden ihn nicht lange aufhalten.«

»Das stimmt mich aber froh, Dottoressa …«

Nelly dreht sich um und steht einem korpulenten Mittvierziger mit fortgeschrittener Halbglatze gegenüber. Die Uniform zwickt an allen Enden. In den dunklen Augen nicht ein Hauch von Freundlichkeit.

»Rosso. Dottoressa Rosso, Kripo Genua. Ihre Kollegen haben Sie über mein Kommen informiert.«

»Sicher haben sie mich informiert, aber begriffen habe ich es nicht. Wollen Sie mir bitte erklären, was Sie so dringend herführt?«

»Hätten Sie etwas dagegen, wenn wir in Ihr Büro gingen? Dann kläre ich Sie rasch auf.«

Nellys Geduldsfaden ist zum Zerreißen gespannt, doch das scheint der dicke Kommissar, der sie kalt mustert, nur amüsant zu finden.

»Wissen Sie, Dottoressa, wir haben hier sehr viel zu tun. Gewiss nicht in dem Maße wie im Präsidium einer Großstadt wie Genua, aber wir müssen auch unsere Arbeit machen. Die Zeit reicht gerade mal …« Nelly unterbricht ihn barsch.

»Zehn Minuten Ihrer wertvollen Zeit, und wir sind weg. In Ordnung?«

Musso hat sein Pulver verschossen. Er dreht sich abrupt um, und die drei folgen ihm grimmig. Er führt sie in ein großes, sonniges Zimmer am Ende des Flurs, zwängt sich hinter seinen mit Papierstapeln überhäuften Schreibtisch, verschränkt die Arme und sieht sie schweigend an. Als die drei Anstalten machen, sich ebenfalls zu setzen, hebt er die Hand.

»Sie, Basile, sind meines Wissens nicht mehr im Dienst und deshalb hier fehl am Platz. Warten Sie draußen.«

Der Befehlston lässt Basile zusammenzucken, doch er gehorcht. Nelly überlegt kurz, ob sie sich darüber mit dem ohnehin schon übel gesinnten Kollegen anlegen soll, sieht aber davon ab.

»Also, Dottor Musso. Es handelt sich um Ermittlungen zu einem kürzlich in Genua verübten Verbrechen. Ein berühmter Regisseur sardischer Herkunft, Alceo Pisu, ist in einer Altstadt-Kneipe vergiftet worden. Innerhalb der letzten Monate sind außerdem sein Vater Giacomo und sein Bruder Anselmo Pisu durch merkwürdige Unfälle zu Tode gekommen. Anselmo Pisus Sohn Giancarlo, schließlich, ist des Mordes an einem jungen Mädchen angeklagt, Gioia Innocenti, seiner Exfreundin. Der Junge leidet an Schizophrenie. Der ehemalige Brigadiere Basile ist von der Familie engagiert worden, um im Fall Innocenti zu ermitteln und den Jungen möglicherweise zu entlasten. Es gibt Indizien, die uns zu der Vermutung veranlassen, dass die Gründe für die merkwürdigen Unfälle und die beiden Morde in der Vergangenheit der aus Luras stammenden Familie Pisu zu suchen sind. Die Tatsache, dass Ex-Brigadiere Basiles Assistent Filippo De Magistris, der sich hier aufhielt, um dieser Sache nachzugehen, möglicherweise überfallen wurde und nun im hiesigen Krankenhaus im Koma liegt, scheint unsere Annahme zu bestätigen.«

Musso hat sich alles vollkommen reglos angehört. Jetzt schnauft er geräuschvoll und schüttelt mit ungläubiger Miene den Kopf.

»Was die Ermittlungen im Fall des Regisseurs Alceo Pisu betrifft, halte ich mich zurück, doch alles andere erscheint mir – mit Verlaub – die reinste Spekulation. Der Junge im Krankenhaus, den Sie, obwohl Sie ihn noch nicht identifiziert haben, für De Magistris halten, hat sich die Sache meiner bescheidenen Meinung nach selbst eingebrockt. Er war auf Abenteuersuche wie so viele. Er ist gestolpert und abgestürzt. Die Ärzte meinen, der kommt wieder in Ordnung, und dann wird er uns selbst erzählen, was passiert ist. Was die nebulösen Phantasien über das Heimatdorf der Familie anbelangt, glaube ich, werte Kollegin, dass Ihnen die falsche Lektüre über Sardinien zu Kopf gestiegen ist. Hier in der Gegend und auf der gesamten Insel hat sich in den letzten dreißig Jahren mehr getan als in den vorangegangenen drei Jahrhunderten. Von wegen jahrzehntealte Fehden! Aber euch in Genua hat De André mit seinen Liedern offenbar die Birne weichgekocht!«

Nelly hat genug.

»De André, der mit seiner Lebensgefährtin entführt und ganz hier in der Nähe gefangen gehalten wurde, meinen Sie? Wann hat es die letzte Entführung gegeben? 1997? Später? Sie wissen es bestimmt besser als ich, korrigieren Sie mich, wenn ich falschliege ... Und wenn De Magistris nun doch überfallen wurde und jemand darauf aus wäre, seine Arbeit zu Ende zu bringen und ihn zu töten? Übernehmen Sie dann die Verantwortung, ihn im Krankenhaus nicht unter Schutz zu stellen?«

Musso schnaubt wie ein wütender Stier, kann sich aber gerade noch zusammenreißen. Er trommelt mit den Fingern auf den Schreibtisch.

»Wir haben nun mal keine Heerscharen von Leuten, aber gut, wenn Sie mir zweifelsfrei bestätigen, dass es sich tatsächlich um De Magistris handelt, stellen wir einen Beamten zu seinem Schutz im Krankenhaus ab, bis er wieder aufwacht und wir wissen, was passiert ist. Trotzdem bleibe ich bei meiner Meinung. Und was das Übrige betrifft, können Sie gern in dieses Dorf fahren und die

Toten befragen, nur zu, viel Spaß. Ich habe damit nichts zu schaffen.«

Er schickt sich an aufzustehen, Nelly und Gerolamo tun es ihm gleich.

»Wir werden Sie umgehend über die Identifizierung informieren. Danke, dass sie De Magistris unter Bewachung stellen. Auf Wiedersehen, Dottore.« Schon sind sie im Flur. Basile wartet am Eingang. Er schaut sie fragend an, doch als er Nellys Gesicht sieht, sagt er lieber nichts. Sie gehen hinaus in den sonnigen Vormittag.

»Also, Basile, der Kollege wird den Jungen unter Bewachung stellen, bis wir wissen, was sich zugetragen hat.« Der Brigadiere nickt zufrieden.

»Dann würde ich jetzt gern ins Krankenhaus fahren, um ihn zu sehen, mich zu vergewissern, dass er es ist, und zu hören, wie es ihm geht. Es ist nicht weit.«

Er ist es, Filippo De Magistris, der Junge, der verletzt und ohne Papiere gefunden wurde. Nelly beobachtet Basile, der mit dem Arzt redet. Es gibt keinen Grund zur Sorge, die Computer-Tomographie hat nichts Besonderes ergeben, noch liegt er im künstlichen Koma, doch jetzt kann Entwarnung gegeben werden, und bald wird er wieder aufwachen. Die sorgenvolle Miene des Brigadiere entspannt sich. Sein Adamsapfel hüpft auf und nieder. Nelly erinnert sich, dass Basile einmal erwähnt hatte, er und seine Frau hätten sich vergeblich ein Kind gewünscht. Die Frau war ein Jahr vor seiner Pensionierung gestorben.

Nachdem sie Commissario Musso die Identität des Jungen bestätigt haben, verlassen die drei das große Krankenhausgebäude von Tempio. Da sie den Tag so früh begonnen haben, ist es erst elf Uhr vormittags, und Nelly ist heilfroh, sich endlich dem eigentlichen Grund ihres Hierseins zuwenden zu können, dem Dorf der Familie Pisu.

»Jetzt fahren wir direkt nach Luras. Der Ort kann ja nicht so weit sein«, sagt sie zu den beiden Männern. Sie steigen ins Auto und machen sich auf den Weg.

Luras ist tatsächlich ganz in der Nähe, doch nach einem Blick auf die Karte disponiert Nelly um und beschließt, zuerst nach Aggius zu fahren, das ebenfalls nur einen Steinwurf entfernt ist, und sich das berühmte Valle della Luna anzusehen, wo Filippo De Magistris gefunden wurde. Sie schlängeln sich zum Dorf Aggius hinauf, das sich an die Hänge des Monte Limbara klammert, und folgen dann der Panoramastraße ins Tal. Hinter jeder Kurve offenbart sich ein Meer aus Geröll und spärlicher Vegetation. Einige der von der Zeit und den Unbilden des Wetters geschaffenen Formationen sind wirklich imposant.

»Eine echte Mondlandschaft, vielleicht haben sie die amerikanische Mondlandung hier gefilmt.«

Nelly blickt sich um. Inzwischen sitzt Gerolamo am Steuer. Entlang der Straße gibt es zum Teil gar keine Vegetation, nur Geröll. Als sie eine Gruppe Camper sehen, fragt sich Nelly, woher die ihr Wasser bekommen. Vielleicht aus dem nächsten Supermarkt. Ein riesiger Hund trabt über die Straße, und Gerolamo steigt fluchend auf die Bremse. Ein Stück weiter wirkt das Tal vollkommen verlassen. Keine Menschenseele weit und breit.

»Der Name ist wirklich passend.«

Auch Gerolamo schweigt beeindruckt. Der Kontrast zur Küste könnte nicht größer sein. Als wäre man in einem völlig anderen Land.

»Wenn ich recht verstanden habe, wurde er dort unten gefunden«, sagt Basile plötzlich. Gerolamo stellt den Wagen ab. Die drei folgen einem gewundenen Trampelpfad, umrunden ein paar Gesteinsbrocken und erreichen einen einzeln stehenden Felsen, der an ein menschliches Profil erinnert. Darunter öffnet sich ein Spalt. Sie blicken sich um. Einsamkeit, Stille. Nelly bückt sich und untersucht den Boden, dann macht sie Gerolamo ein Zeichen, in die Öffnung zu steigen.

»Keine Angst, Gerolamo, in Sardinien gibt es keine Giftschlangen. Nur die *argia*, aber von der hat man schon lange nichts mehr gehört«, grinst Basile.

Gerolamo sieht ihn argwöhnisch an.

»Die Argia? Was soll das denn sein?«

»Eine giftige Spinne oder eine Art Ameise mit magischen Kräften. Es gibt sie in drei Ausführungen, ledig, verheiratet und verwitwet, genau wie die Frauen.«

Nelly seufzt. »Na klar, die Frauen sind der Quell allen Übels.«

Basile lässt sich nicht aus dem Konzept bringen.

»Ich würde sagen, es ist das Pendant zur Tarantel. Wer gebissen wird, macht eine Persönlichkeitsveränderung durch, und es gibt komplizierte Rituale – Tänze, Gesänge –, um den Familienstand der Argia herauszufinden, die ihn gestochen oder gebissen hat, und ihn von dem Übel zu befreien.«

Unterdessen ist Gerolamo halb in den Felsspalt hinabgekraxelt. Die Neuigkeiten über die Argia scheinen ihm jedoch nicht zu behagen. *Diese abergläubischen Insulaner, am Ende muss ich noch runtersteigen, weil Gerolamo die Hosen voll hat.* Unter Basiles verschmitztem Grinsen verschwindet der Chefassistent endlich mit einer geschmeidigen Bewegung in der Öffnung.

Eine Minute. Zwei Minuten. Drei … Nelly wird unruhig.

»He, Gerolamo, was ist da unten? Gib doch mal ein Lebenszeichen von dir!« Basile grinst jetzt nicht mehr. Mit gerunzelter Stirn bückt er sich über den Spalt. Es vergehen weitere Minuten, dann taucht Gerolamos Kopf wieder auf. Eine Sekunde später ist er draußen und klopft sich den Staub von Jacke und Hose.

»Und? Was hast du da unten gesehen?«

Gerolamo zuckt mit den Achseln.

»Da gibt's nicht viel zu sehen. Eine nicht sehr tiefe Höhle, die sich immer weiter verengt, bis man nicht mehr weiterkommt. Vom Wasser ausgewaschen, würde ich sagen. Und der Junge ist da reingefallen? Der muss total besoffen gewesen sein.«

»Es sei denn, er wurde gestoßen.«

»Vor allem frage ich mich, wie er hierhergekommen ist. Er hatte einen Punto gemietet, der in Olbia sichergestellt wurde. Er muss mit jemandem mitgefahren sein. Oder jemand hat den Wagen nach dem Überfall in Olbia abgestellt, damit Filippo nicht so schnell gefunden wird. Und dann die verschwundenen Papiere ...«

Ratlos schüttelt Basile den Kopf. Die Ortsbegehung hat mehr Fragen aufgeworfen als beantwortet. Inzwischen ist es nach Mittag.

»Ich weiß ja nicht, was mit euch ist, aber ich habe allmählich Hunger«, sagt Nelly. Den anderen geht es ähnlich. Sie wandern den Trampelpfad zurück, steigen ins Auto und fahren nach Luras.

Die Straße führt durch die Ebene Richtung Tempio zurück, dann geht es wieder bergan nach Luras, das hoch auf einem Hügel liegt, nicht von Bergen beengt wie Aggius, sondern mit freiem Rundblick auf die Landschaft darunter. Der neuere Teil des Dorfes liegt weiter unten, der alte und für Nelly interessantere Teil oben auf der Kuppe. Sie schlängeln sich durch die immer enger werdenden Straßen und erreichen eine Piazza, von der verschiedene Gassen abgehen. Das Dorfzentrum: die Post, das Rathaus, ein paar Bars. Die Läden schließen gerade zur Mittagspause. Nelly spricht eine alte Frau an, die eben das Rollgitter vor einem Papierwarenladen herunterlässt.

»Entschuldigen Sie, Signora, könnten Sie uns sagen, wo wir hier etwas Gutes zu Mittag essen können?«

Die Frau lächelt freundlich und denkt nach.

»Das ist gar nicht so einfach. Es gibt hier im Dorf ein Restaurant, aber das ist sehr teuer, da möchte ich Sie nicht hinschicken. Dann gibt es noch ein paar Lokale in den Ortschaften ringsum, aber auch da ziehen sie einem das Geld aus der Tasche und wirklich gut sind sie nicht. Dann lieber *Tiu Pedru*. Die Karte ist nicht besonders groß, aber alles ist hausgemacht. Ansonsten müssten

Sie ins neue Industriegebiet fahren. Dort gibt es ein paar gute Restaurants, die einander Konkurrenz machen. Aber wenn Sie im Dorf essen wollen, ist Tiu Pedru das beste. Sehen Sie dort die Straße? Die erste Gasse links, und Sie stehen direkt davor.«

Unter den Blicken der Dörfler, die vor den beiden Bars sitzen, folgen sie der Wegbeschreibung der Alten, biegen in die Gasse ein und stehen vor der Trattoria von Tiu Pedru.

»Hier isst man bestimmt ausgezeichnet«, ruft Basile mit Kennermiene aus. Sie betreten das schummrige Lokal, rechts ein Tresen, davor ein paar Tische. Hinter einem Rundbogen ein zweiter Gastraum. An den Wänden Dorfansichten vom Anfang des letzten Jahrhunderts, alte Fotos, die Nellys Neugier wecken. An einem Tisch sitzt ein Pärchen, an einem anderen eine Touristenfamilie, Deutsche oder Engländer, mit einem strohblonden kleinen Mädchen. Ein Mann mittleren Alters – Tiu Pedru? – eilt aus der Küche. Er heißt sie willkommen, führt sie zu einem Tisch und präsentiert ihnen das einfache, aber vielversprechende Menü. Eine breite Auswahl von Wurst und Käse mit Oliven und *pane carasau*, Spanferkel, *zuppa gallurese*, Ravioli in Tomatensauce, gegrilltes Schweinefleisch mit Kartoffeln. Zu trinken der Nebbiolo aus der Gegend oder Vermentino oder Moscato für die Weißweinliebhaber. Nebbiolo hier, wundert sich die Piemonteserin Nelly. Aber natürlich, die Traube wächst hier hervorragend. Und was ist das für eine Suppe? Eine typische Spezialität mit gekochtem Brot.

Sie essen in andächtigem Schweigen. Gerolamo hat auf Wein verzichtet, doch ein Gläschen Myrtenschnaps nach dem Kaffee kann er sich nicht verkneifen. Sie zahlen, verlassen das Lokal und machen sich auf den Weg zu ihrer Bleibe.

Das saubere, frisch sanierte Bed & Breakfast, das Tano ausgesucht hat, befindet sich im ersten Stock eines alten Granithauses direkt hinter der Piazza. Da Basile nicht vorgesehen war und Tano nicht für ihn reserviert hat, bringt ihn die Wirtin, eine attraktive, freundliche Frau um die fünfzig, im Haus von Freunden unter, die gelegentlich ihre Zimmer vermieten. Die drei stellen das wenige Gepäck in den Zimmern ab und treffen sich kurz darauf auf der Piazza. Was jetzt? Vielleicht die wenig erbauliche Begegnung mit Commissario Musso wiederholen und sich auf die örtliche Carabinieriwache begeben, um etwas über die Familie Pisu zu erfahren? Ein solches Treffen am Tag reicht, findet Nelly. Sie beschließen, sich ein wenig umzusehen und den Besuch bei den Ordnungshütern auf den nächsten Tag zu verschieben. Dann geht jeder seiner Wege.

Luras ist ein großes, wohlhabendes, von Ackerland umgebenes Dorf. Vielleicht war es früher noch größer, es gibt sogar eine Mittelschule und ein Institut für Korkverarbeitung. Viele der alten Häuser sind restauriert, andere werden gerade saniert, wieder andere sind verrammelt und möglicherweise nur im Sommer bewohnt. Vor der offenbar beliebtesten Bar hat sich eine Gruppe Jugendlicher versammelt, einige hocken auf ihren Mopeds und starren Nelly an wie eine Erscheinung. Nelly schlendert durch die engen, steilen Gassen und erreicht einen zweiten Platz im oberen Teil des Dorfes. Staunend blickt sie sich um. Ein bezaubernder Ort. Die wuchtige romanische Kirche aus Granit, links davon das Baptisterium im gleichen Stil. Beides ist geschlossen. Es ist ziemlich warm, eine angenehme Wärme, die die Erinnerung an den grauen ligurischen Frühling vergessen lässt. Sämtliche Straßen münden auf den Kirchplatz. Hinter der Kirche gelangt man zu einem Aussichtspunkt, von dem aus der Blick über das Tal und die Felder geht. Dahinter die Berge. Eine leichte Brise bringt einen intensiven Duft mit sich, den Nelly nicht benennen kann. Manche Häuser sind zwei- oder dreigeschossig und sehen herrschaftlich aus, andere sind schlicht und einstöckig. Ein alter Mann geht an ihr vorbei und grüßt höflich. Kurz darauf hört sie ihn mit einem jungen Mädchen scherzen, das ihm entgegenkommt. Im Sonnenlicht wirkt Luras belebt und gesellig.

Nelly wirft einen Blick in die Ortsbeschreibung, die sie sich aus dem Netz geholt hat. In den einstöckigen Häusern wohnte das Volk und in den zwei- und mehrstöckigen Grundbesitzer und Bürgertum. Unweit des Dorfes befinden sich Dolmen, ein Gigantengrab und einer jener tausendjährigen Oleasterbäume, von denen Basile gesprochen hat. Sie holt die kleine Panasonic aus der Tasche und macht ein paar Fotos, um die Atmosphäre festzuhalten und sich dann noch einmal in Ruhe im Dorfkern umzusehen. *Wer weiß, welches Haus den Pisus gehörte. Und die Apotheke von Sandras Großvater Rodolfo und ihrem Urgroßvater Anselmo? Die muss auch irgendwo sein. Die Seccis hatten sie übernommen …*

Da ist sie. Nelly ist den Wegbeschreibungen einer Passantin gefolgt und steht nun vor der Apotheke. Sie liegt am Anfang einer Seitenstraße, die von der ersten Piazza abgeht. Das Gebäude ist zweigeschossig und uralt, die Apotheke hingegen supermodern, allein die geschnitzten hölzernen Fenster- und Türrahmen sind darin noch original. Eine kleine Koketterie. Ansonsten könnte sie genauso gut in Mailand oder jeder anderen Stadt stehen. Kundenorientierte Einrichtung, Tiermedizin, Kinderheilkunde, Schönheitspflege, Alternativmedizin, Homöopathie und so weiter. Während Nelly sich neugierig umschaut, reißt eine Stimme sie aus ihren Gedanken.

»Kann ich Ihnen helfen, Signora?«

Hinter dem Tresen steht eine schlanke, blonde junge Frau in weißem Kittel und sieht sie aufmerksam an. Während Nelly noch fieberhaft überlegt, was sie kaufen könnte, um mit der jungen Apothekerin ins Gespräch zu kommen, betritt eine alte Frau mit einem Stapel Rezepte den Laden, und Nelly lässt sie vor. Avocadocreme, Aloe-Vera-Creme, Honigcreme … Unwillkürlich fährt sich Nelly mit der Hand übers Gesicht und entscheidet sich für die Honigcreme, die wahre Wunder für trockene Haut verspricht, und für eine Jojobacreme, die den Körper jugendlich hält. Sie geht zum Tresen und wartet. Die Alte wirft ihr einen neugierigen Blick zu. Dann greift sie nach der vor Medikamenten berstenden Einkaufstüte, verabschiedet sich – »Ciao, Monica, grüß mir Antonio«, »Auf Wiedersehen, Signora Amalia«, und geht zögernd hinaus. Vielleicht hätte sie gern gewusst, was die große rothaarige Frau – eine Irin? Eine Deutsche? – in dieser toten Jahreszeit hier zu suchen hat.

»Ich hätte gern diese Gesichtscreme und die Körpercreme. Die machen Sie selbst, richtig?«

Die Blonde wird rot vor Stolz.

»Ja, die produzieren wir selbst. Nach Dottoressa Seccis Originalrezept. Sie sind sehr ergiebig, man braucht nur ganz wenig. Wer sie einmal ausprobiert hat, kommt immer wieder, wir schicken sie an Kunden in ganz Sardinien, auch aufs Festland und sogar ins Ausland.«

Sie tippt die Preise in den Computer und reicht ihr den Bon. *Ganz schön teuer, diese Biocremes. Wollen wir mal hoffen, dass sie es wert sind.*

»Die Apotheke ist wohl schon lang in Familienbesitz?«

Das Mädchen hebt überrascht die Augenbraue.

»Das weiß ich gar nicht. Ich glaube schon. Dottor Secci hat die Apotheke seit langer Zeit, also … Ich bin nicht von hier, ich bin vor drei Jahren hierhergezogen, als ich geheiratet habe.« Sie steckt die Cremes in eine geblümte Papiertüte. Nelly lässt sich von dem entschiedenen Ton des Mädchens nicht abschrecken.

»Secci? Ich dachte, die wären alle Notare.«

»Früher vielleicht einmal, aber heute nicht mehr. Darf ich fragen, mit wem ich das Vergnügen habe?« Eine dunkelhaarige, gutaussehende Frau in Nellys Alter ist aus dem hinteren Teil des Ladens getreten. Der Zug um die Augen erinnert Nelly an jemanden, den sie kennt, doch sie kommt nicht darauf, an wen.

»Entschuldigen Sie meine Neugier, aber eine Freundin von mir stammt aus diesem Dorf und hat mir viel davon erzählt. Sie hat ein paar Bekannte erwähnt, an die sie sich noch erinnert. Sie ist schon sehr alt, wissen Sie.«

Ein Mann um die achtzig tritt ein, ebenfalls mit einem Bündel Rezepte in der Hand. Während Monica ihn bedient, tritt die Dunkelhaarige auf Nelly zu und mustert sie zurückhaltend, jedoch nicht feindselig.

»Wirklich? Ich bin Nedda Secci. Mein Vater Giovanni war Apotheker, aber mein Großvater Leonardo war tatsächlich Notar und ein Onkel von mir war lange Zeit der einzige Notar im Dorf. Mein Bruder ist ebenfalls Notar, aber in Cagliari. Wie heißt Ihre Freundin noch mal?«

Das habe ich dir gar nicht gesagt. »Sie heißt Anna. Anna Dodero.« Die Apothekerin zuckt mit den Achseln.

»Nie gehört. Aber wenn Sie sagen, sie ist alt, ist sie vielleicht vor langer Zeit weggegangen, und ich habe sie nie kennengelernt.«

»Ja, sie ist als junge Frau fortgegangen. Vielleicht sagt Ihnen ihr Mädchenname was. Anna Pisu.«

Nelly sieht Nedda Secci aufmerksam an. Ein winziges Aufleuchten der Augen, die Miene bleibt unverändert.

»Pisu ist ein ziemlich häufiger Name in Sardinien. Aber hier gibt es keine.«

»Nicht mehr, Dottoressa Secci. Nicht mehr«, erwidert Nelly freundlich, »aber es gab ganz viele. Diese Apotheke zum Beispiel gehörte den Pisus. Und …« Weiter kommt sie nicht. Nedda Secci hat sich zu ihr hingebeugt und mustert sie kalt. »Wer sind Sie? Was wollen Sie?«, raunt sie.

»Plaudern, Dottoressa. Nur plaudern.« Die Apothekerin macht ihr ein Zeichen, ihr ins geräumige Hinterzimmer voller Regale und Kartons zu folgen, von dem aus man durch eine Glastür ins Kosmetiklabor blickt.

»Sie haben mir noch nicht verraten, wer Sie sind und weshalb Sie so viele Fragen über diese Familie stellen.«

Nelly beschließt, es mit der Wahrheit zu versuchen, und zieht ihren Ausweis aus der Tasche.

»Ich bin Kommissarin aus Genua, Nelly Rosso ist mein Name.

Der Regisseur Alceo Pisu ist kürzlich vergiftet worden, womöglich haben Sie davon in der Zeitung gelesen, und wir informieren uns über die Vergangenheit der Familie. Ich kenne Signora Anna Pisu und habe auch die anderen in Genua ansässigen Familienangehörigen kennengelernt.«

Plötzlich weiß sie, wem die Apothekerin ähnlich sieht. Das ebenmäßige Gesicht erscheint ihr plötzlich wie durch Zauberhand ausgezehrt, gealtert und von Krankheit gezeichnet.

»Ich habe auch eine Verwandte von Ihnen kennengelernt, Lorenza Secci, die Ehefrau von Giacomo Pisu. Das sind die Eltern des ermordeten Regisseurs.«

Nedda ist hin- und hergerissen zwischen Zurückhaltung und Neugier. Oder weiß sie etwas, das sie nicht sagen will?

»Eine Polizistin. Sie sehen gar nicht so aus. Wie auch immer, natürlich habe ich über den Mord gelesen. Ja, hier im Dorf haben früher einmal Pisus gelebt. Lorenza Secci, die Mutter des Toten, war meine Tante. Eine der Schwestern meines Vaters.«

»War? Es geht Ihrer Tante zwar nicht gut, aber sie ist noch am Leben.«

»Oh, seit sie fort ist, ist es für mich, als wäre sie gestorben. Ich war noch sehr klein und kann mich gar nicht mehr an sie erinnern. Meine Eltern haben nie von ihr gesprochen, deshalb …«, sie macht eine vage Handbewegung. Nelly ist voll in Fahrt.

»Wieso, glauben Sie, wurde nie über sie gesprochen? Vielleicht wegen der Heirat mit einem Pisu? Dabei war, soweit ich weiß, Giacomos Vater Samuele Pisu mit Ihrem Großvater doch befreundet, ebenso wie Ihr Vater Giovanni und Giacomo Pisu.«

Nedda Secci zuckt mit den Achseln. Sie antwortet distanziert, aber nicht unhöflich.

»Ich weiß nicht, was ich Ihnen sagen soll. Sie sprechen von längst vergangenen Zeiten. Vielleicht könnte mein Vater Ihnen weiterhelfen«. Ein Hoffnungsschimmer glimmt in Nellys Augen auf, den Signora Secci mit Genugtuung wieder erstickt. »Aber leider hat er Alzheimer und kann sich nicht einmal mehr an seinen eigenen Namen erinnern.«

»Das tut mir leid. Ihrer Tante Lorenza geht es auch nicht viel besser, vor ein paar Jahren hatte sie einen Schlaganfall und hat sich nie wieder erholt.«

»Leider berührt mich das nicht sonderlich. Ich kenne sie, wie gesagt, eigentlich gar nicht, und in all den Jahren haben wir nie ein Lebenszeichen von ihr bekommen.«

»Seltsam, hat Ihr Vater nie mit Ihnen über den Grund für dieses Schweigen gesprochen? Weshalb die Tante und ihre Familie nie wieder ins Dorf zurückgekehrt sind?«

Nelly will nicht lockerlassen, doch die Frau schüttelt den Kopf, die schönen, vollen Lippen sind zu einer schmalen Linie geworden. Sie wirft einen Blick auf ihre goldene Calvin-Klein-Uhr.

»Es tut mir leid, aber ich kann Ihnen nicht weiterhelfen. Mein Vater hat sie nie erwähnt. Und jetzt entschuldigen Sie mich, Commissario, aber ich habe zu tun.«

Anmutig bewegt sie sich zur Tür und führt Nelly in den Verkaufsraum und zum Ausgang. Da kommt Nelly noch ein Gedanke.

»Entschuldigen Sie, Dottoressa. In den vergangenen Tagen ist nicht zufällig ein junger Mann vorbeigekommen und hat sich nach den Pisus erkundigt, genau wie ich?«

»Ganz sicher nicht.«

Die Tür der Apotheke fällt zu, und die schöne Sardin verschwindet im Halbdunkel des Ladens. Nelly seufzt. Sie betritt die Bar und zieht die mehr oder weniger unverhohlenen Blicke der anwesenden Männer auf sich. Die ist bestimmt Ausländerin, ist im Gesicht des bärtigen Barmannes zu lesen, der sie mit seinen stecknadelgroßen Äuglein mustert.

»Einen Espresso macchiato. Heiß, bitte.«

Die Blicke an den Tischen kreuzen sich. Keine Ausländerin, eine vom Festland. Ein paar Jungs spielen mit einem lachenden, laut plappernden Mädchen Tischfußball. Der Barmann macht ihre Bestellung fertig und kurz darauf hat Nelly ein dampfendes Tässchen in der Hand. Sie setzt sich an einen Tisch, von dem aus man die Piazza und die Mündung der Straße zur Apotheke im Blick hat. Zwei Kaffee später taucht Nedda Secci aus der Gasse auf und verschwindet in einer Seitenstraße. Nelly steht auf und schlendert an den Geschäften vorbei. Sardisches Handwerk. Jeansshop mit den hipsten Klamotten. Die Kickerspielerin muss sich vor ihren Genueser Altersgenossinnen beileibe nicht verstecken. Die neuesten Diesel-Jeans, nackter Bauch, T-Shirt einer Marke, die Nelly nicht kennt, die aber bestimmt total angesagt ist. Während sie sich der Apotheke nähert und überlegt, wie sie es anstellen kann, noch einmal mit der jungen Apothekerin Monica zu reden, kommt diese an die Tür und winkt sie heran.

»Signora! Sie haben ihre Cremes vergessen.«

Die Cremes! Die junge Frau hält das geblümte Papiertütchen hoch. Nelly wäre ihr für dieses unverhoffte Alibi am liebsten um den Hals gefallen. Sie greift nach der Tüte.

»Zum Glück sitzt der Kopf fest auf den Schultern, sonst hätte ich ihn schon längst irgendwo liegenlassen. Danke.« Sie drängt die Frau in den Laden zurück.

»Sagen Sie, ist Amalia hier ein verbreiteter Name?«

Monica blickt sie überrascht an.

»Amalia? Ich glaube nicht. Er ist ein bisschen altmodisch, wenn man sein Kind heute noch so nennt, dann nur, weil die Großmutter so hieß. Wieso fragen Sie?«

»Sie haben doch vorhin eine ältere Kundin Signora Amalia genannt, nicht wahr?«

»Ja«, antwortet die junge Apothekerin unsicher.

»Wissen Sie, die Mutter einer Bekannten von mir kommt aus Luras und war als Kind mit einem Mädchen namens Amalia Sanna befreundet, also hab ich gedacht, dass vielleicht …«

»Aber die alte Dame ist Amalia Sanna! Es wird hier im Dorf keine zweite geben. Sie wohnt ein bisschen außerhalb am Dorfrand. Eine ganz reizende alte Dame.«

»Ach, wirklich? Dann wird es ihr vielleicht Freude machen, nach all den Jahren von ihrer Jugendfreundin zu hören. Wären Sie so nett, mir die Adresse zu geben und mir zu sagen, wie ich zu ihr komme?«

Mit langen Schritten läuft Nelly eine Straße dorfauswärts entlang. Als ihr Blick auf den Wegweiser zu einem Dolmen fällt, kann sie nicht widerstehen. Der Weg führt zwischen Olivenhainen, Myrtensträuchern und Feldern hindurch. Hier und da ein vereinzeltes Haus. Dann taucht der Hügel auf, umgeben von einer niedrigen Mauer aus Steinquadern. In der Mitte steht etwas, das aussieht wie das Kartenhaus eines Riesenkindes. Mächtige Steinplatten, die ihrerseits auf schräg stehenden Steinen ruhen, stützen eine riesige Felstafel. Ringsherum nur verdorrtes Dornengestrüpp. Nelly bleibt bewundernd davor stehen. Sie stellt sich die Männer vor, die den Dolmen gebaut haben. *Was für eine irrwitzige Idee, solche mordsmäßigen Steinplatten zu bewegen, und das ohne Hilfsmittel!* Immer wieder dieser Drang, ein Zeichen unseres Daseins auf Erden zu hinterlassen … Die Schatten werden länger, und sie fröstelt, denn inzwischen ist ein kühler Wind aufgekommen. Schließlich gibt sie sich einen Ruck und kehrt zu der Kreuzung zurück, von der aus es zu Signora Amalia geht.

Der Abend senkte sich über das Land, und die Laternen entlang der Hauptstraße flackerten auf. *Wer weiß, was Basile und Gerolamo denken, die müssen glauben, mir ist es ergangen wie Filippo De Magistris. Ich lasse besser was von mir hören.*

»Gerolamo? Wo seid ihr? Sehr gut, plaudert mal ein bisschen mit den Dorfleuten. Gemein, wie ich bin, hab ich natürlich geglaubt, ihr würdet in der Bar hocken. Ich bin gerade auf dem Weg zu einer alten Dame, die die Pisus kannte. Danach komme ich zu euch. Nein, keine Sorge, alles bestens, ich brauche keine Verstärkung. Wir sehen uns gegen halb acht bei Tiu Pedru.« *Gerolamo ist eine echte Glucke. Was soll mir denn in diesem verschlafenen Kaff schon passieren? Ach, da auf der linken Seite ist es ja, das weiß gestrichene einstöckige Häuschen mit Vorgarten und Gemüsegarten daneben.*

Als sie den hölzernen Gartenzaun erreichte, stand plötzlich ein großer gelber Schäferhund vor ihr, die Vorderpfoten auf das Gatter gestützt. Argwöhnisch starrte er sie aus dreißig Zentimeter Entfernung an und ließ ein dumpfes, drohendes Knurren vernehmen. Dann folgte ein warnendes Bellen. Die alte Frau, die Nelly in der Apotheke gesehen hatte, erschien in der Tür und blickte suchend in die Dämmerung.

»Brav, Toro. Hierher.«

Sie kam zum Gartentor. Ohne Nelly aus den Augen zu lassen, hörte Toro zu knurren auf und gesellte sich zu seinem Frauchen. Die gebeugte, kaum eins fünfundfünfzig große Frau blickte Nelly mit lebhaften blauen, von Runzeln umgebenen Augen unerschrocken ins Gesicht.

»Sie waren heute Nachmittag in der Apotheke. Was wünschen Sie, Signora?«

»Ich würde gern kurz mit Ihnen reden, wenn es Ihnen recht ist. Über ihre Kinder- und Jugendfreundin Anna Pisu, von der ich Sie herzlich grüßen soll.«

Die alte Frau riss Mund und Augen auf.

»Annina? Meine Annina! Lebt sie noch? Wie geht es ihr? Kommen Sie herein, kommen Sie, kümmern Sie sich nicht um Toro, er spielt den bösen Wachhund, aber eigentlich ist er ein ganz Lieber.«

Kurz darauf saß Nelly an Signora Amalias Küchentisch, nippte an einem erstklassigen Moscato und knabberte selbstgebackene Kekse. Das Haus gefiel ihr: eine gelungene Mischung aus altem Bauernhaus und bescheidenem Komfort. Der Kamin war in Gebrauch, wie ein Korb voller Feuerholz verriet. Die Wände zierten bunte Keramikteller und ein paar kleine Gobelins. Signora Amalia saß ihr gegenüber und konnte kaum an sich halten vor Neugier. Dann stand sie plötzlich auf und verschwand im Nebenzimmer, kehrte mit einer alten Keksschachtel zurück und stellte sie behutsam wie einen Schatz auf den Tisch. Es waren Fotos und Briefe darin, auch ein paar Postkarten. Sie ging die Fotos durch, suchte einige heraus und hielt Nelly eines hin. Ein vergilbtes Schwarzweißfoto von zwei kleinen Mädchen mit Schürzen und Schleifen im langen Haar. Dahinter das Land. Sie waren mehr oder weniger gleich groß und hatten beide braune Locken, doch die eine hatte helle Augen.

»Sehen Sie, das hier ist Annina. Und das bin ich. Auf diesem Fotos sind wir sechs, nein, warten Sie, sieben Jahre alt. Wir waren in der zweiten Klasse. Das war 1937, wir sind beide Jahrgang dreißig. Und hier«, sie hielt Nelly ein zweites Foto hin, »hier sind wir fünfzehn. Ganz hübsch, was? Der Krieg war gerade vorbei und alle waren froh.«

Nelly griff nach dem zweiten Foto und betrachtete das hübsche halbwüchsige Mädchen mit langen Zöpfen und geblümtem Kleid, das einmal Sandras Mutter werden sollte. Kurze Söckchen in den Schuhen. Auch Amalia hatte sich verändert, sah jedoch noch kindlicher aus, schmal und zerbrechlich. Zwei seitliche Strähnen des langen, dunklen Haars waren auf dem Kopf mit einer Schleife zusammengebunden, der Rest fiel offen auf die Schultern. Lachend blickten die beiden Mädchen in die Kamera. Anna deutete eine Grimasse an.

»Das Foto hat Saro geschossen. Er hatte gerade einen Fotoapparat zum Geburtstag bekommen und war mächtig stolz darauf. Er hat Annina damals den Hof gemacht ...«

»Signora Anna hat ihn erwähnt. Könnte man sich mit ihm unterhalten?«

Signora Amalias Miene veränderte sich schlagartig. Ein trauriges Lächeln huschte über ihre Lippen. Sie stand abermals auf und nahm ein schwarzgerahmtes Foto aus einer Vitrine, ein Halbporträt, wie man es beim Fotografen machen lässt. Es zeigte einen ernst dreinblickenden Mann. Er war nicht schön – große Nase, kräftiges Kinn, glattes, mit Brillantine nach hinten gekämmtes Haar –, strahlte jedoch Kraft und Energie aus.

»Das war Saro Melis mit fünfundzwanzig, als wir uns verlobt haben. Er war mein Mann, doch wenn Sie ihn befragen wollen, müssen Sie zum Friedhof gehen. Allerdings war Saro schon zu Lebzeiten nicht besonders redselig«, schloss sie und zog die Schultern hoch. Nelly versuchte, ihre Überraschung nicht zu zeigen.

»Das tut mir leid, Signora Amalia. Ich wollte keine schmerzlichen Erinnerungen wecken, ich wusste nicht, dass er Ihr Mann war.«

»Grämen Sie sich nicht, wie sollten Sie das von Saro wissen.« Signora Amalia nahm ihr das Bild aus den Händen und stellte es behutsam in die Vitrine zurück.

»Ihre Freundin Anna hat sehr unter dem Tod ihres Vaters gelitten …«

»O ja, sehr. Sie war seine kleine Prinzessin, und danach war nichts mehr wie vorher. Dieser Mord hat ihr Leben auf den Kopf gestellt.«

»Dieser Mord? Aber niemand ist für seinen Tod verantwortlich gemacht worden.«

Signora Amalia sah sie mitleidig an.

»Verantwortlich gemacht? Natürlich nicht. Doch im Dorf wurde gemunkelt … Na ja, viele haben hinter vorgehaltener Hand auf den Bruder von Anninas Vater gezeigt, auf Samuele, er sei der Mörder, oder der Auftraggeber. Damals wussten Annina und ich nichts davon, wir waren junge Dinger, niemand redete mit uns darüber, und dann hat Anninas Mutter ihre Siebensachen gepackt und ist mit ihr auf und davon. Wir haben uns noch ungefähr ein Jahr lang geschrieben. Saro schrieb ihr auch. Er hat gehofft, sie würde zurückkommen, auch in Genua besuchen wollte er sie, aber dann hat sie plötzlich aufgehört zu schreiben. Sie hat keinem von uns mehr geantwortet. Die Briefe kamen zurück mit der Aufschrift ›Empfänger unbekannt‹. Wieso bloß? Hat Annina Ihnen etwas dazu gesagt?« Fragender Blick.

»Die Mutter hatte ihr jeglichen Kontakt mit dem Heimatdorf verboten, sie hat Ihre Briefe offenbar abgefangen und sie zurückgeschickt und Annas Briefe zerrissen. Auch sie war überzeugt, dass der Tod ihres Mannes kein Unfall war, und sie hat ihrer Tochter wohl auch erzählt, der Schwager Samuele habe sie um die Erbschaft betrogen.«

»So ist das also gewesen. Ich weiß nicht recht, ob ich darüber sehr traurig sein sollte. Immerhin habe ich Saro abgekriegt«, seufzte sie und errötete leicht. »Ansonsten waren sich hier alle einig, dass Samuele Pisu die Schwägerin mithilfe des Notars Secci um ihre Erbschaft betrogen hatte. Die beiden haben wohl Geschäfte miteinander gemacht.«

Nelly spitzte die Ohren. »Was für Geschäfte?«

»Tja, das weiß ich nicht. Sicher ist, dass der Notar die Apotheke für einen seiner Söhne bekommen hat, für Giovanni, und dass Samuele Pisu nach dem Tod des Bruders stets die Taschen voll Geld hatte. Sie waren ganz dicke, so sehr, dass der Notar seine Tochter Lorenza Samueles einzigem Sohn Giacomo zur Frau gegeben hat. Und Giacomo war sowohl mit Giovanni Secci als auch mit dem anderen Notarssohn Giosué, ebenfalls Notar, der vor zwei Jahren gestorben ist, unzertrennlich. Zusammen auf der Jagd, in der Bar, im Verein, in der Stadt, in Tempio, in Sassari und wo sie überall ihren Geschäften nachgingen – fragen Sie mich nicht welche, aber ein paar Jahre lang hat Giacomo Pisus Baufirma regelrecht gebrummt. Er hatte viel zu tun, auch außerhalb des Dorfes. Dann …«

Amalia hielt inne. Sie wußte nicht, ob sie fortfahren sollte. Aber im Grunde gab sie nur Dorfklatsch weiter. Nelly ermutigte sie: »Und dann? Was ist dann passiert?«

Die alte Frau seufzte resigniert. »Tja, was ist passiert? Das haben sich alle im Dorf gefragt, und auch in der Stadt, alle, die die Pisus und die Seccis kannten.«

Sie senke die Stimme: »Hören Sie, das, was ich Ihnen da erzähle, bleibt doch unter uns, oder?«

Nelly nickte. »Selbstverständlich.«

»Samuele Pisu war ein windiger Geselle, und es hieß, er habe seinen Freund Leonardo Secci über den Tisch gezogen. Der hat ihm das natürlich übelgenommen. Sehr übel. Und dann ist Samuele durch diesen Unfall ums Leben gekommen. Danach ist alles weitergelaufen, als wäre nichts gewesen, und wer getuschelt hat, hat das hinter verschlossenen Türen getan. Ansonsten hat man sich auf die Zunge gebissen, denn wenn etwas Wahres dran gewesen wäre und bei Samueles Tod wirklich die Seccis die Finger im Spiel gehabt hätten, hätte doch der Sohn bestimmt keine Geschäfte mehr mit den möglichen Mördern seines Vaters gemacht, nicht wahr? Auch wenn ...«, sie zögerte kurz, »auch wenn Samuele Pisu vor seinem Tod wieder mit dem Spielen angefangen und sehr viel öfter verloren als gewonnen hatte, also zu einer echten Bedrohung für beide Familien geworden war. Später haben sich dann auch die Söhne überworfen, Giacomo Pisu und Giosué und Giovannino Secci, allerdings nicht gleich nach Samueles Tod. Erst ein paar Jahre später.«

Nelly schwieg und versuchte, die Informationen zu verarbeiten. *Giacomo Pisu war in den Tod des Vaters verwickelt, der zur Bedrohung des Familienvermögens geworden war? Das wird ja immer besser.*

»Und Sie haben nicht die leiseste Ahnung, was für Geschäfte das waren, die die Seccis und die Pisus da betrieben?«

»Ich weiß nichts Genaues, nur Andeutungen. Aber sagen Sie mir, Commissario, wie geht es Annina? Wie ist es ihr ergangen?«

Nelly kam nicht umhin, Anna Pisus Leben nach ihrer Ankunft in Genua zusammenzufassen. Aufmerksam und gerührt hörte Amalia zu.

»Also hat sie eine Tochter. Ich dagegen zwei Söhne. Ich hätte mir so sehr eine Tochter gewünscht, sie stehen den Müttern näher«, seufzte sie. »Ist sie schön?«

Nelly sah Sandra mit ihren leuchtenden Augen und sexy Kleidern vor sich, ein Ausbund an Energie.

»Sie ist eine phantastische Frau und eine großartige Journalistin.«

Sie schwiegen eine Weile. Toro hatte sich in einer Ecke zusammengerollt und blinzelte zu ihnen hinüber, als höre er aufmerksam zu. Amalia wirkte traurig, dann lächelte sie. Ein Anflug von Schönheit und Jugend huschte über ihr runzeliges Gesicht.

»Wie aufregend, nach so vielen Jahren von Annina zu hören. Ich habe schon gefürchtet, sie wäre tot, es wäre ihr schlecht ergangen. Aber jetzt kann ich ihr vielleicht schreiben, wenn Sie mir die Adresse des Wohnheimes dalassen. Ich habe ihr so viel zu erzählen.«

»Das mache ich gern.« Nelly kramte einen Block und einen Kuli aus ihrer Tasche, schrieb die Adresse auf und hielt sie der alten Frau hin.

»Signora Amalia … stimmt es, dass die Pisus im Dorf geächtet wurden, nachdem Giacomo mit der Familie weggegangen war? Dass sogar ihre Namen an der Kirchentür angeschlagen waren?«

Die alte Frau fuhr zusammen. Ihre hellen Augen blickten sie beklommen an. Sie antwortete nicht direkt.

»Das waren andere Zeiten. Das ist so viele Jahre her, es kommt einem vor wie Jahrhunderte. Die Seccis und ihre Freunde waren zweifelsohne reich und mächtig, und zwischen den Familien war etwas vorgefallen, sie hatten sich mit den Pisus verfeindet, und dann … Hören Sie, Dottoressa, wieso versuchen Sie nicht, mit Boboi Sogos zu reden? Die Sogos waren Hirten, drei Brüder. Der Älteste ist tot, er hieß Gavino. Was mit Panni ist, weiß ich nicht, ich weiß nur, dass er im Gefängnis saß wegen einer … schlimmen Geschichte. Aber Boboi ist quicklebendig, hin und wieder kommt er ins Dorf und bringt seinen Käse, seine Ferkel und Lämmer mit.« Ein Zögern liegt in ihrer Stimme. »Aber gehen Sie nicht allein. Und seien Sie vorsichtig. Boboi ist … wild.«

Mühsam und leicht zitternd erhob sie sich. Das Gespräch war beendet. Nelly verabschiedete sich herzlich von Signora Amalia und dem gar nicht mehr feindseligen Toro und trat in die Dunkelheit hinaus.

Inzwischen war es so kühl geworden, dass Nelly hastig in ihren Pullover schlüpfte, den sie sich um die Taille gebunden hatte, weil sie am Morgen noch darin geschwitzt hatte. Ein dichter Nebel hatte sich über alles gelegt und gab der Landschaft, die wenige Stunden zuvor noch so freundlich gewirkt hatte, etwas Düsteres, Unheimliches. Die einzige Laterne in der von Mauern gesäumten, unbefestigten Straße sandte ein trübes Licht aus, das nicht den Boden erreichte. Ringsherum war niemand zu sehen. Weit hinter ihr erhob sich Toros Jaulen, und plötzlich wurde Nelly von einer bösen Vorahnung erfasst. Sie holte ihr Handy aus der Tasche, um Gerolamo und Basile anzurufen, und drückte hektisch auf den Tasten herum. Nichts. Kein Netz. Sie drückte die Taschenlampen-Funktion, ein winziges Licht leuchtete auf. *So sieht man mich sofort.* Hastig machte sie die Lampe wieder aus und ging schneller, vorsichtig, um nicht zu stolpern oder hinzufallen. Sie fühlte sich einsam und schutzlos auf dieser Straße und in dieser Welt, die ihr plötzlich fremd und feindselig erschien.

Mit Nellys Orientierungssinn war es nicht weit her, doch sie war sich sicher gewesen, in Richtung Dorf zu gehen. Nach einigen Minuten allerdings musste sie feststellen, dass weder Straßenlaternen noch Häuser auftauchten. *Verflucht seien die Pisus und ihr Dorf, wenn sie es nicht schon sind. Was für ein Wetterwechsel! Offenbar spielt selbst das Barometer verrückt, wenn man von ihnen redet. Also, wenn ich mich gerade vom Dorf wegbewege, dann muss ich nur umdrehen und in die andere Richtung gehen.* In dem Moment hörte sie ein asthmatisches Röcheln, es war ganz nah, links von ihr.

Nur selten hatte Nelly ein so instinktives Gefühl von Gefahr gehabt. Unwillkürlich nahm sie vor dem Röcheln Reißaus, machte kehrt und rannte blind in die Dunkelheit. Die Straße führte jetzt bergan. *Na klar, verdammt, ich bin bergab gelaufen, also weg vom Dorf. Mann, bin ich blöd!* Nelly hatte Ausdauer, und ihre Augen gewöhnten sich allmählich an das Dunkel. Eine Straßenlaterne tauchte auf – wieder konnte man Toros Gejaule hören, gefolgt von wütendem Gebell, auf das aus der Ferne andere Hunde antworteten –, und die schmale Straße mündete in eine größere, asphaltierte, die ins Dorf führte. Nelly rannte, bis ihr Keuchen das Röcheln hinter ihr übertönte. Dennoch konnte sie den Verfolger nicht abschütteln, und sie hatte ihre Pistole nicht dabei. Ein ranziger Stallgeruch stieg ihr in die Nase, er war nah, ganz nah ... Plötzlich blendeten sie zwei Scheinwerfer, und ein Auto kam mit quietschenden Reifen einen Meter vor ihr zum Stehen. Der Fahrer beugte sich vor Schreck fluchend aus dem Fenster, doch Nelly war so erleichtert, dass sie ihn am liebsten umarmt hätte. Sie blickte sich um, aber da war niemand.

Als sie mit Gerolamo und Basile im von Kerzenschein erleuchteten Tiu Pedru saß, schämte sie sich für ihre urzeitliche Panikattacke. Der Autofahrer, der sie beinahe überrollt hätte, hatte sich als freundlicher Herr mittleren Alters erwiesen, der darauf bestanden hatte, sie auf der Piazza abzusetzen, und der Eindruck, vom Hauch des Todes gestreift worden zu sein, war sogleich verpufft und lächerlich erschienen. Tiu Pedru hatte ihr eilends die letzte Portion Spanferkel vorgesetzt, während Basile und Gerolamo gebannt der Schilderung ihres Treffens mit Signora Amalia lauschten.

»Die Sogos-Brüder, an die Namen erinnere ich mich. Vor allem Gavino Sogos, der ist bei einer Schießerei mit den Carabinieri getötet worden, als ich in Cagliari war. Von den Brüdern weiß ich nichts, aber da kriegt man schnell was raus.«

»Wieso war der in eine Schießerei mit den Carabinieri verwickelt? Was hatte er angestellt?«

Basile zuckte mit den Achseln.

»Eine damals ganz übliche Sache hier in Sardinien. Anfangs kleine Viehdiebstähle, dann immer größere Dinger, eine Messerstecherei, Flucht mit dem Auto, ein Leben auf der Fahndungsliste. Dann hat er sich auf Entführungen verlegt. Der wollte auf keinen Fall geschnappt werden, dieser Gavino. Sogar ein Carabiniere ist bei der Schießerei draufgegangen, wenn ich mich recht erinnere.«

»Wenn er sich gestellt hätte, wäre er vielleicht mit ein paar Jährchen weggekommen. So hingegen …«

»Tja, Dottoressa, sich stellen und im Knast landen war völlig ausgeschlossen, damals zumindest. Bei uns war's genauso …« Gerolamo schüttelte nachdenklich den Kopf.

Inzwischen war das Lokal so gut wie leer, lediglich ein spät eingetroffenes Pärchen hatte noch etwas zu trinken bestellt, und drei Freunde saßen leise plaudernd in einer Ecke. Die Kerzen auf den Tischen warfen flackernde Schatten auf ihre Gesichter.

»Sonst nichts? Kein Verbrechen, dessen dieser Sogos verdächtigt worden wäre, der Mord an Samuele Pisu beispielsweise? Oder an seinem Bruder?«

»Auch wenn man ihm nichts nachweisen konnte, könnte dieser Gavino noch mehr auf dem Kerbholz haben«, meinte Gerolamo. »Mal sehen, ob die Brüder ähnlich drauf waren. Wir informieren uns, und morgen machen wir uns auf die Suche nach dem dritten Bruder, diesem …«

»Boboi Sogos. Was für ein komischer Name.«

Tiu Pedru kam mit gespitzten Ohren am Tisch vorbei.

»Boboi? Das ist eine Koseform von Salvatore. Verzeihung, wenn ich mich einmische.«

»Wir haben gehört, der Käse sei der beste der ganzen Gegend«, sagte Nelly hastig.

Der Wirt schluckte das oder tat zumindest so.

»Der Käse, den ich Ihnen heute zum Mittagessen serviert habe, war von Boboi. Der macht ihn noch wie früher, und es ist in der Tat der beste, nicht nur hier in der Gegend. Restaurants und Touristen sind ganz verrückt nach seinem Käse, seiner Wurst und seinen Spanferkeln. Auch das, was Sie heute Abend gegessen haben, kam aus seinem Stall. Lämmer hat er ebenfalls. Der verdient gut. Wer weiß, was der mit dem ganzen Geld anstellt, ganz allein in seinem Tal, in seinem Verschlag, der lebt wie ein Eremit. Jahrelang hat er gespart, um seinen Bruder aus dem Gefängnis zu holen, die Anwälte zu bezahlen und in Berufung zu gehen ...«

»Um den Bruder aus dem Gefängnis zu holen? Ich denke, sein Bruder Gavino ist schon seit Jahren tot.«

Der Wirt wurde unruhig. Offenbar hatte er zu viel gesagt. Er zuckte mit den Schultern.

»Ich meinte nicht Gavino, der ist tot. Ich meinte Panni, der auch irgendwo im Gefängnis saß oder sitzt. Boboi war völlig fixiert darauf, ihn rauszuholen. Aber vielleicht ist er inzwischen auch gestorben. Boboi redet nicht darüber, und niemand stellt ihm Fragen. Das ist seine Privatangelegenheit. Wie wär's mit einem Gläschen Myrtenschnaps?«

Die drei nickten, und der Wirt verschwand. Schweigend blickten sie sich an, während die letzten Gäste nach und nach das Lokal verließen.

II

Sonntagmorgen. Auch hier ist der Frühling nicht immer verlässlich. Es bläst ein starker Wind, und Nelly begreift langsam, weshalb manche der Korkeichen fast horizontal wachsen. Zusammen mit Gerolamo ist sie auf dem Weg zu Boboi Sogos' Hütte, sie sitzen im Auto und fahren an einem malerischen, vom Wind gekräuselten See entlang. Rechts von ihnen geben verrammelte Toreinfahrten dem Vorbeifahrenden zu verstehen, dass er auf den dahinterliegenden Privatgrundstücken nichts verloren hat. Die Landschaft um den See ist hügelig. Hin und wieder sieht man auf den grünen Weiden am Hang weiße Ochsen oder Schafe grasen. Nelly und Gerolamo halten die Augen nach Hinweisen offen, die sie zu Boboi Sogos führen sollen.

»Da, die Brücke und der Fluss, na ja, der Bach.«

Hier müssen sie das Auto stehen lassen, hat Tiu Pedru gesagt, und zu Fuß weitergehen. Sie folgen einem Pfad den Hang hinab zur Brücke, gehen dann flussaufwärts am Ufer entlang.

Inzwischen ist es fast zehn. Sie gehen seit einer guten Stunde. Nelly kraxelt bergan, immer längs des Baches, der durch sein steiniges Bett zum See hinunterrinnt. Gerolamo folgt ihr. Die beiden reden nicht, den Blick zu Boden gerichtet, um nicht zu stolpern, denn der Weg hat sich in einen tückischen Saumpfad verwandelt. Links geht es steil in die Tiefe, und hier und da lösen sich Steine unter ihren Schritten und poltern in die schmale Schlucht. Zum Glück haben sie vor ihrer Wanderung ausgiebig gefrühstückt. Basile, der sich für Filippo De Magistris' Unglück verantwortlich fühlt, hat sich ins Krankenhaus nach Tempio bringen lassen. Er will nicht, dass Filippo allein ist, wenn er aufwacht. Sie werden ihn später wiedertreffen. Unterdessen versucht er, etwas über die Sogos-Brüder herauszufinden. Der Wind wird immer kälter, und Nelly, die für dieses Wetter nicht gerüstet ist, fröstelt es in ihrer Lederjacke. Gerolamo wirkt wie immer ungerührt, doch Nelly könnte schwören, dass er ebenfalls friert. Sie bleibt stehen und blickt sich ratlos um. Gerolamo, der ein paar Schritte hinter ihr ist, hält ebenfalls an und schaut zurück Richtung Tal. Der See ist irgendwo da unten verschwunden. Ringsherum geduckte Vegetation, Geröll, Felsen, wilde Ölbäume, Eichenmoos, Myrtensträucher, kreisende Raubvögel und Wind, heulender Wind. *Mist.*

»Was meinst du, Gerolamo, fallen wir den Banditen anheim? Hast du die Artillerie mitgebracht?«

Gerolamo grinst.

»Aber klar, Dottoressa. Allerdings ist das hier nicht der Supramonte.«

»Das vielleicht nicht, aber wir sind trotzdem superhoch und haben uns dazu vielleicht noch verlaufen. Und wer sagt, dass es Überfälle nur auf dem Supramonte gibt?«

Gerolamo muss über die offensichtlich genervte Kommissarin lachen. Aber nur ein bisschen, um sie nicht noch mehr zu verstimmen. Am Abend zuvor muss etwas passiert sein, auch wenn sie nicht darüber gesprochen hat. Etwas hat sie beunruhigt, das ist ihm nicht entgangen. Noch eine Kurve, noch mehr Steinchen, die talwärts rieseln, und endlich taucht über ihnen eine Felsengruppe auf, in der Mitte ein Stein in Form eines gen Himmel jaulenden Hundekopfes. Kein Zweifel möglich. Unterhalb der Felsen teilt sich der Pfad.

»Nach links, hat Tiu Pedru gesagt.«

»Genau.«

Ermutigt durch ihren Erfolg legen die beiden einen Schritt zu und betreten einen niedrigen Eichenwald. *Wie Hänsel und Gretel, bald kommen wir ans Hexenhaus, oder besser ans Menschenfresserhaus.* Nelly hat ihre gute Laune wiedergefunden, auch wenn sie noch nicht weiß, was zum Teufel sie eigentlich vom berühmtesten Käsemacher der Gegend und Bruder toter oder eingebuchteter Banditen will. Ein Geständnis?

Der Pfad biegt nach rechts ab und führt in ein verstecktes kleines Tal hinab.

Nelly und Gerolamo blicken sich verblüfft um. Das Tal liegt völlig geschützt und ist seltsam grün. Der Bach, den sie verlassen hatten, ist erneut zu hören, ganz in der Nähe. Der Wind hat sich wie von Zauberhand gelegt, durch die reglosen Wolken bricht ein Lichtstrahl und legt sich sanft auf die einzigartige Landschaft. Die Vögel ringsum in den Bäumen fangen an zu singen, und irgendwo ertönt das bellende Meckern einer Ziege. Der Garten Eden, denkt Nelly, und Gerolamo raunt leise: »Das Paradies auf Erden.« Sie folgen dem Pfad, der nun fast eben verläuft. Plötzlich versperren zwei riesige, fuchsrote Schäferhunde ihnen den Weg. Sie knurren nicht, sondern stehen einfach nur da.

»Na, ihr beiden Hübschen, wie geht's?«

Nelly macht einen vorsichtigen Schritt auf sie zu. Die beiden Muskelpakete kauern sich zusammen, bereit zum Sprung. Gerolamo tastet nach seiner Pistole, während die Hunde ihn alles andere als freundlich anstarren. Sie scheinen den siebten Sinn zu haben. Er umklammert die Pistole, zieht sie jedoch nicht.

»Ist hier jemand? Bitte rufen Sie die Hunde zurück oder es passiert ein Unglück«, ruft Nelly. Plötzlich kommt ihr der Pitbull von der Fähre in den Sinn, der dumpfe Schlag des schweren Körpers gegen die Schiffswand. Diese düstere Vorahnung. *Abwegig!* Da taucht jemand in der nächsten Kurve auf und stellt sich zwischen die Hunde. Ein mittelgroßer Mann, kräftig, zwischen fünfzig und sechzig. Er trägt braune, ausgebeulte Breitkordhosen und grüne Gummistiefel. Unter einer grünen Steppjacke schaut ein kariertes Hemd unbestimmbarer Farbe heraus. Über der Schulter trägt er ein Jagdgewehr. Glücklicherweise scheint er nicht die Absicht zu haben, es zu benutzen. Er trägt keine Mütze, das graumelierte, halblange Haar ist dicht und lockig, sein Gesicht braungebrannt und von tiefen Falten durchzogen.

»Was haben Sie hier zu suchen? Das ist Privatgelände.«

Sein Akzent verrät, dass er normalerweise Dialekt spricht, aber sein Italienisch ist gut. Nelly spürt, dass sie die Situation in die Hand nehmen oder es zumindest versuchen muss. Sie räuspert sich.

»Commissario Nelly Rosso von der Genueser Polizei. Und das ist Chefassistent Gerolamo Privitera. Wir suchen Salvatore Sogos, um ihn zu einem Fall zu befragen, in dem wir ermitteln.«

Als wären sie darauf abgerichtet, fangen die Hunde bei den Worten »Commissario« und »Polizei« zu knurren an. Der Mann legt ihnen die Hände auf die Köpfe, und sie verstummen.

»Sogar aus Genua reisen Sie an, nur um mit Salvatore Sogos aus Luras zu reden?«, fragt er spöttisch. Er macht keine Anstalten, sich zu bewegen. Nelly bemerkt, dass Gerolamo genauso angespannt ist wie die beiden Hunde. Bereit zum Sprung.

»Nicht ganz. Die Ermittlungen betreffen den gewaltsamen Tod von Alceo Pisu, aber ...«

Der Mann greift nach seinem Gewehr, Gerolamo umklammert die Pistole, Nelly bricht der kalte Schweiß aus. Himmel! So sollte es im Garten Eden nicht ablaufen.

»Ich habe mich in letzter Zeit nicht aus Sardinien wegbewegt. Nicht mal aus Luras hab ich mich wegbewegt, allenfalls, um meinen Bruder Panni im Gefängnis von Sulmona zu besuchen, aber das ist Jahre her. Was hat dieser arme Christ mit mir zu tun? Wieso sind Sie ausgerechnet hierher gekommen?«

»Hören Sie, Signor Sogos, es gibt weder einen Verdacht noch eine Anschuldigung gegen Sie, gar nichts. Wir versuchen lediglich, die Familiengeschichte der Pisus zu rekonstruieren, und befragen daher einige Dorfbewohner, die sie gekannt haben könnten, weil ...«, sie holt tief Luft, »weil wir nichts in der Hand haben. Das ist alles. Außerdem sind wir auf Ihren Käse neugierig«, schließt sie hastig und kommt sich saudämlich vor. Der Mann starrt sie grimmig an, dann dreht er sich um und sagt brüsk: »Mir nach«, ob zu ihnen oder den Hunden, ist unklar.

Die Hunde trotten folgsam hinter ihm her, Nelly und Gerolamo werfen sich einen Blick zu und tun es ihnen gleich. Zehn Minuten Fußmarsch ohne ein Wort, dann taucht rechts ein einstöckiges Haus aus Granitstein auf. Nicht weit davon Bretterverschläge und Pferche, Schaf- und Schweinestall. Das Wasserrauschen, das Nelly und Gerolamo immer deutlicher gehört haben, kommt von einem Bach, der wie ein Wasserfall eine Felswand hinunterstürzt und einen kleinen, glasklaren See bildet. Die Schafe grasen auf einer Wiese daneben unter der Obhut eines vielleicht sechzehn- oder siebzehnjährigen Jungen in Jeans, T-Shirt und Windjacke. Er schaut neugierig zu ihnen hinüber. Boboi Sogos wendet sich im Befehlston an ihn.

»Gavino, bring die Tiere …« Er spricht in Dialekt, und Nelly ahnt den Sinn dessen, was er sagt, nur, weil der Junge aufspringt, die Hunde heranpfeift, die mit zwei Sätzen bei ihm sind und die Schafe weiter nach hinten treiben. Schon bald sind sie aus dem Blickfeld verschwunden.

Boboi macht ihnen ein Zeichen, ihm ins Haus zu folgen. Die Tür ist so niedrig, dass Nelly sich bücken muss. Drinnen ist es dunkel, aber behaglich. Wenige einfache Möbel zeugen von einem spartanischen Leben. Der Mann fordert sie auf, auf einer Bank Platz zu nehmen, die unter den Fenstern an einem Tisch steht. Er geht ins Nebenzimmer und kommt mit einer Flasche Milch zurück, greift sich drei recht trübe Gläser und stellt jedem eines hin. Dann zieht er ein Messer aus dem Gürtel, bei dem Gerolamo der Mund offen stehen bleibt, und schneidet drei dicke Scheiben Brot ab. Eine einladende Geste, und die drei fangen an, zu essen und zu trinken.

Nelly hat das Gefühl, in einer anderen Wirklichkeit zu sein.

Boboi scheint sie vergessen zu haben und kontrolliert die Messerklinge, indem er vorsichtig mit dem Finger darüberfährt. Ein roter Blutstropfen fällt in die weiße Milch und färbt sie blassrosa. Nelly schaudert, Gerolamo erstarrt. Er lässt das Messer nicht aus dem Blick. Ungerührt steckt der Mann den blutenden Finger in den Mund, saugt kurz daran, und das Blut versiegt.

»Ein schönes Messer«, bemerkt Gerolamo.

Boboi hält es ihm hin, und er nimmt es prüfend in die Hand.

»Ist aus Pattada. Ich kenne da einen Messermacher, der wahre Wunder vollbringt. Das hat er für mich angefertigt.«

»Die Form ist ungewöhnlich.«

»Pattadisch. Interessieren Sie sich für Messer?«

Gerolamo nickt und streicht ehrfürchtig über den Horngriff.

»Dann zeige ich Ihnen eines aus der Gegend hier.«

Er zieht eine Schublade des Tisches auf, holt ein Messer mit einer gestutzten Klinge hervor und hält es ihm hin.

»Sieht aus wie ein Rasiermesser.« Gerolamo ist Feuer und Flamme.

»So ungefähr. Die sind typisch für die Gegend um Tempio. Wenn Sie wollen, kann ich Ihnen einen hervorragenden Messermacher nennen.«

Nelly wird langsam ungehalten. Messer haben sie schon immer misstrauisch gemacht, sie hat kein Verständnis für das Leuchten in den Augen der beiden, während sie mit dem Finger behutsam über die scharfen Klingen fahren.

»Das wäre wirklich toll, aber ehrlich gesagt gefällt mir das aus Pattada noch besser.«

»Pattada ist nicht weit.«

Leute, jetzt reicht's!

»Wie gesagt, Signor Sogos – wir ermitteln wegen dem Mord an Alceo Pisu.«

Zwei gelbe Wolfsaugen lösen sich von den Klingen und blicken unverwandt in Nellys nussbraune Augen.

»Hat also jemand mit Alceo Pisu abgerechnet. Ein echter Rotzbengel war das, das weiß ich noch, aber schon damals ein Arschloch. Die Menschen werden groß und alt, aber ändern tun sie sich nicht. Es gab einige hier, die der Familie Pisu nichts Gutes wollten, vielleicht haben ihre Verwünschungen gewirkt. *S'ogu malu*, der böse Blick hat ihn erwischt. Aber was wollen Sie von mir? Was hab ich mit den Pisus zu tun? Dass das klar ist, ich hab für Bullen nichts übrig. Davon gibt's hier mehr als genug, da müssen nicht auch noch die vom Festland kommen.« Er sieht sie spöttisch an. *Ein echter Schatz.*

»Die Familie Pisu stammt aus Luras. Und da in letzter Zeit einige von ihnen unter fraglichen Umständen ums Leben gekommen sind – das gilt nicht für Alceo –, würden wir gerne wissen, ob sich mögliche Ursachen für diese Todesfälle in ihrer Vergangenheit finden lassen.«

Boboi kaut auf dem würzigen, harten Schwarzbrot herum. Er schüttelt den Kopf.

»Die Pisus, die ich kannte, waren Rodolfo und Samuele, beide um einiges älter als ich, und Samueles Sohn Giacomo. Der war auch älter als ich und meine Brüder. Ungefähr fünfzehn Jahre. Der Apotheker Rodolfo war ein anständiger Kerl, ein braver Christ, aber sein Bruder Samuele und dessen Sohn Giacomo … Hättet ihr mir gesagt, dass Giacomo vergiftet wurde, hätte mich das nicht gewundert. Ein Mistkerl war das.« Die gelben Augen werden kalt wie Stein.

»Lesen Sie keine Zeitung, Signor Sogos?«

Er verzieht die Mundwinkel zu einem Feixen.

»Ich will doch nicht, dass mir die Leber platzt.«

»Verstehe. Giacomo Pisu ist nämlich vor ein paar Monaten von einem Raser überfahren worden. Als sein Sohn Alceo umgebracht wurde, haben die Zeitungen auch von seinem Unfall und dem seines anderen Sohnes Anselmo berichtet. Der ist die Treppe heruntergefallen.«

Nelly mustert die harte, verschlossene Miene des Mannes. Nicht das kleinste Zucken.

»Wir müssen alle sterben. Und wenn es einen wie Giacomo Pisu erwischt, vergieße ich bestimmt keine Träne«, schließt er gelassen.

»Was hat Giacomo Pisu Ihnen getan?«

Sogos schüttelt den Kopf.

»Mir? Nichts. Das meine ich ganz allgemein. Der war ein Miststück, wo der auftauchte, gab's Ärger. Eine Zecke.«

»Ist Ihr Bruder Panni noch im Gefängnis von Sulmona?«

»Wenn schon die Bullen nicht wissen, wer im Knast ist und wer nicht ... Aber nein, ist er nicht. Mein Bruder ist schon eine ganze Weile draußen.«

»Und wo ist er jetzt, Signor Sogos?«

Die gelben Augen flackern zornig auf.

»Er ist frei wie die Luft. Er ist tot, Friede seiner Seele.«

Nelly und Gerolamo sehen sich an. Wie peinlich.

»Was für ein Verhältnis hatten Sie und Ihre Brüder zu Giacomo Pisu?«

Boboi zuckt die Achseln.

»Mein Vater hat für den alten Apotheker gearbeitet. Auch mein Großvater hat für die Familie gearbeitet. Die hatten damals viel Vieh. Schafherden. Wir waren Hirten, sie reiche, angesehene Leute. Dann sind wir zu den Seccis gewechselt. Ende des Verhältnisses.«

Das Brummen eines Wagenmotors lässt die beiden Polizisten aufhorchen. Kurz darauf tritt eine hochgewachsene Gestalt ein, sie muss sich bücken, um nicht mit dem Kopf anzustoßen. Ein Mann um die fünfunddreißig, vierzig. Überrascht sieht er Nelly und Gerolamo an, dann blickt er fragend zu Boboi.

»Komm rein, Emanuele. Die Polizisten hier wollen was über die Pisus wissen.«

»Die Pisus? Und warum?«

Der Mann zieht verächtlich die Augenbraue hoch.

»Alte Dorfgeschichten. Das waren die Herren deines Großvaters und deines Urgroßvaters, vor den Seccis.«

»Weiß ich doch.«

Der Neuankömmling ist oder scheint vollkommen desinteressiert. Seine ebenfalls hellen Augen richten sich abwesend auf Nelly und Gerolamo. Boboi stellt sie einander vor.

»Mein Neffe Emanuele Sogos. Sohn meines Bruders Gavino und Vater des Jungen, den Sie vorhin gesehen haben und der ebenfalls Gavino heißt. Wir Sogos kriegen nur Jungs«, schließt er stolz. Der andere zieht die Schultern hoch. Noch ehe Nelly und Gerolamo ihre Namen sagen können, wendet er sich ungeduldig an den Onkel.

»Wo ist Gavino, Onkel Boboi? Seine Mutter wartet in Olbia auf ihn. Wir müssen los.«

»Der ist mit den Tieren an der Quelle.«

Emanuele nickt kurz zum Abschied und geht hinaus.

»Was macht denn Ihr Neffe, Signor Sogos?«

Nelly setzt ein argloses Gesicht auf.

»Er hat ein Restaurant in Olbia, sein Sohn geht aufs Gymnasium und danach auf die Uni, hoffe ich. Nicht wie wir, die wir nicht die kleinste Chance hatten.«

Er steht auf und gibt zu verstehen, dass er nichts mehr zu sagen hat. Nelly fragt sich, ob Emanuele und Gavino Sogos auch über den Bergpfad gekommen sind. Das Motorengeräusch lässt etwas anderes vermuten. Sie fragt Boboi, der leise grinst. Sie gehen ums Haus zu einem Schotterplatz, auf dem ein brandneuer BMW-Geländewagen und ein verbeulter alter Jeep stehen. Dahinter beginnt eine schmale, unbefestigte Straße.

»Tja, wenn man sich die Beine vertreten will und keinen Geländewagen hat, kommt man über den alten Bergpfad. So ist es jedoch sehr viel bequemer. Allerdings gibt es ein Gatter und man braucht den Schlüssel. Übrigens, möchten Sie mal einen richtig guten Käse probieren?«

Nelly unterdrückt ein Stöhnen und sieht verstohlen zu Gerolamo hinüber, der die Augen verdreht. Einzig der angebotene Käse tröstet sie über die überflüssige Wanderung hinweg. Während sie auf Boboi warten, der den versprochenen Käse holt, dringt Nelly ein Geruch in die Nase, den sie schon eine ganze Weile wahrnimmt, ohne zu wissen, weshalb er sie nervös macht. Mit einemmal begreift sie, dass es derselbe Geruch ist, den sie am Abend zuvor im Dunkeln gerochen hat. Ein Geruch nach Vieh, nach Stall. Nach »Wildheit«.

Basile ist bester Laune. Filippo bewegt sich und murmelt unverständliches Zeug im Schlaf. Die Ärzte sind zuversichtlich, dass er bald wieder zu sich kommt. Sie sitzen im Restaurant, vor sich ein Gläschen Myrtenschnaps, es ist Abend. Nach der Wanderung zu Boboi Sogos hat der Tag Nelly und Gerolamo nicht viel Neues gebracht. Die alten Schulfreunde von Giacomo und Lorenza haben nichts Interessantes von sich gegeben. Basile hingegen hat sich bei seinen ehemaligen Kollegen über das Schicksal der Sogos-Brüder schlaugemacht

Nelly und Gerolamo haben ihm gerade von ihrem Besuch bei Boboi Sogos erzählt, und Nelly hat ihm stolz einen schwarzen, abstoßend aussehenden, aber göttlich schmeckenden Käse unter die Nase gehalten. Gerolamo hat sich von dem Hirten tatsächlich die Adresse des Messerschmieds geben lassen, bei dem er sich auch eines kaufen will. Jetzt ist Basile an der Reihe.

»Ich hatte so sehr gehofft, dass Filippo aufwacht, während ich bei ihm bin. Zum Glück wird er im Krankenhaus wirklich gut betreut. Also, ihr wolltet was über die Sogos-Brüder wissen. Ich habe mir die Akte angesehen und die Protokolle kopiert. Der älteste war Gavino, Jahrgang vierzig, dann Giovanni, genannt Panni, Jahrgang einundvierzig, und dann Salvatore, genannt Boboi, Jahrgang neunundvierzig. Der Vater Gianuario Sogos war eine Art Pächter und Vertrauensmann von Rodolfo Pisu. Dann, als er einen

Teil seiner Güter verkauft hat, sind sie zu den Käufern übergewechselt, den Seccis. Die beiden älteren waren ziemlich aufsässige Kerle. Vor allem Gavino. Streitereien, Viehdiebstahl, Widerstand gegen die Staatsgewalt. Aber deshalb kommt einer noch lange nicht bei einem Schusswechsel mit den Carabinieri ums Leben oder landet jahrelang im Knast wie Panni. Man ist ihnen draufgekommen, dass sie in den sechziger Jahren in mehrere Entführungen verwickelt waren, die sich in relativ weit voneinander entfernten Gegenden Sardiniens abgespielt haben. Vier konnten ihnen mit Sicherheit nachgewiesen werden, bei anderen weiß man nichts Genaues. Es gab keine Beweise. Gavino ist erwischt worden, während er nach einer Entführung offenbar gerade das Lösegeld abholen wollte, er hat angefangen zu schießen und ist dabei draufgegangen. Panni ist in derselben Schießerei verletzt worden. Sie hatten ein blutbeflecktes Kleidungsstück der Geisel bei sich, die sie vermutlich umgebracht haben – die Leiche wurde nie gefunden. Es handelte sich um ein Kleinkind. Damals war die Öffentlichkeit zutiefst geschockt. Und dann begann die Zeit der politischen Verbrechen, die die Gesellschaft jahrelang in Atem gehalten haben, und in Sardinien gab es so viele Entführungen, dass kaum noch jemand darüber geredet hat.«

»Verdammt«, murmelt Nelly betroffen. »Und Boboi? Ich meine, Salvatore?«

»Der war damals noch ganz jung und hatte mit den Taten der Brüder nichts zu tun. Die Mutter ist gestorben, kurz nachdem Panni lebenslänglich bekommen hat, der Vater hat sich mit einem Gewehr in den Mund geschossen.«

»Verdammt hoch zwei«, sagt Nelly bestürzt. »Was Tragödien angeht, können es die Sogos glatt mit den Pisus aufnehmen.«

Basile muss an Filippo im Krankenhaus denken und seufzt. Es ist Sonntagabend. Morgen geht es nach Genua zurück.

III

Vor ihrer Abreise aus Luras wollte Nelly sich von Signora Amalia verabschieden, doch sie war nicht da. Nur Toro, der im Garten umherlief und sie mit freundlichem Winseln begrüßte. Sie schrieb einen Gruß auf einen Zettel und klemmte ihn zwischen die Stäbe des Gartentors. Dann beschloss sie, selbst noch einmal bei der Carabinieriwache vorbeizugehen, um vielleicht doch noch mehr über die Familien herauszubekommen, die sie beschäftigten.

Die Carabinieriwache lag am Dorfrand, ein graues Häuschen mit einer Kamera über dem Eingang. Eigentlich hatte sich Nelly darauf eingestellt, auf einen zweiten Commissario Musso zu treffen, doch stattdessen hatte sie es mit dem jungen, freundlichen Maresciallo Salaria zu tun, der sie in sein winziges Büro bat und ihr aufmerksam zuhörte.

»Dottoressa Rosso, es ist wirklich ein Jammer, dass mein Vorgänger Maresciallo Lotofano nicht mehr hier ist. Das habe ich gestern auch schon zu Ex-Brigadiere Basile gesagt. Er war das Langzeitgedächtnis des Dorfes, zumindest was die letzten vierzig Jahre betrifft. Ich kann Ihnen nur ein wenig Dorfklatsch bieten, die zugänglichen Informationen haben Sie bereits alle.«

Nelly nickte.

»Gavinos Sohn und seinen Enkel haben Sie ja bereits kennengelernt. Panni war auch verheiratet und hatte ein kleines Kind, als er verhaftet wurde. Eine Tochter, um genau zu sein.«

»Eine Tochter? Ich dachte, die Sogos hätten nur Söhne.« Nelly war verblüfft.

»Tja, Filomena Sogos war eben die Ausnahme.«

»Und wo ist Filomena Sogos jetzt?«

Der Maresciallo zuckte mit den Achseln.

»Als der Mann verurteilt wurde, hat die Mutter mit ihr das Dorf verlassen. Sie hieß Maria Immacolata Chessa. Niemand weiß, wo die beiden abgeblieben sind, weder sie noch die Tochter haben sich je wieder im Dorf blicken lassen. Emanuele Sogos' Mutter, die Frau von Gavino, ist nach Olbia gezogen, wo ihre Familie eine Trattoria hatte. Sie ist vor ein paar Jahren gestorben. Die Trattoria war ein echtes Loch, und der Sohn hat dann daraus ein florierendes Restaurant gemacht. Er kommt oft ins Dorf, um seinen Onkel Boboi zu besuchen. Das sind tüchtige Leute, die ihr eigenes Ding machen und mit Entführungen und dergleichen nicht das Geringste am Hut haben.«

Nelly musste an Filomena Sogos denken, die Boboi nicht erwähnt hatte. Die kleine Filomena war von ihrer Mutter weggebracht worden und nie mehr im Dorf aufgetaucht. Eine weitere Frau, die das Dorf verlassen hatte, ohne sich noch einmal umzublicken.

»Wohnt dieser Maresciallo zufällig noch hier, dieser ...«

»Maresciallo Lotofano.«

»Ganz genau. Kann man mit ihm sprechen?«

»Der ist wohl im Dorf geblieben, aber um mit ihm zu sprechen, müssen Sie auf den Friedhof gehen.«

Nelly biss sich resigniert auf die Unterlippe. Alle interessanten Gesprächspartner lagen bereits unter der Erde. Auch Giacomo Pisus Kumpel Giosué Secci. Auch Gavinos Witwe. Vielleicht sollte man eine spiritistische Sitzung abhalten. Sie stand auf und hielt ihm die Hand hin.

»Vielen Dank für ihre Zeit und Mühe, Maresciallo.«

»Gern geschehen, Dottoressa.«

Nelly war schon fast zur Tür hinaus, als ihr plötzlich noch etwas einfiel.

»Die Sogos-Brüder waren die einzigen für die Entführungen Angeklagten. Gab es noch andere Bandenmitglieder, zumindest Verdächtige? Etwas, das nicht in den Protokollen steht?«

»Gute Frage. Den Ermittlungsbeamten zufolge gab es die ganz bestimmt. Eine solche Bande muss mindestens aus sechs oder sieben Leuten bestehen, um effizient zu sein. Der Organisator, der Schacherer und so weiter. Die gab's bestimmt, nur dass sie nie gefasst wurden. Die Leute hier halten der Polizei gegenüber den Mund. Und Panni Sogos hat nie geredet.«

»Das Lösegeld? Hat man es wiedergefunden?«

Ein belustigter Ausdruck trat auf das lange, hagere Gesicht des Maresciallo.

»Nicht einen Cent. Nicht einen einzigen Cent.« Er breitete die Arme aus. »Das hat man hier nicht einfach zur Bank getragen. Zumindest die beiden Sogos-Brüder nicht. Wenn es ein Sümmchen gegeben hat – und das dürfte für die damalige Zeit mehr als beträchtlich gewesen sein –, haben sie es unter irgendeiner Korkeiche verscharrt. Oder die Komplizen, die nie gefasst wurden, haben sich damit eine schöne Zeit gemacht. Man hat Salvatore Sogos verhört, überwacht, ohne Erfolg. Und ein Luxusleben hat er danach auch nicht geführt.«

Nelly sah ihn nachdenklich an.

»Wem gehört das Tal, in dem Boboi lebt?«

Salaria begann unruhig zu werden, er hatte zu tun. Er antwortete hastig, die Hand schon an der Tür der Carabinieriwache.

»Den Sogos. Rodolfo Pisu hatte es irgendwann dem alten Secci verkauft und der wiederum hat es dem Sogos-Vater verkauft. Wenn Sie mich jetzt entschuldigen würden …« Er machte ein bedauerndes Gesicht, und Nelly verließ das Gebäude mit dem Gefühl, keinen Schritt weitergekommen zu sein. *Das stimmt nicht ganz. Es ist zwar total unklar, wie, aber ich bin mir sicher, dass die Schicksale dieser drei Familien, der Seccis, der Pisus und der Sogos miteinander verflochten sind. Liegen die Lösegelder wirklich unter irgendeiner Eiche? Und wenn Panni Sogos' Frau Chessa sich damit aus dem Staub gemacht hat? Die ist wie vom Erdboden verschluckt. Da hat Valeria wieder was zu tun.*

IV

Tano war noch nicht wieder aus Rom zurück. Seit Nelly nach Sardinien aufgebrochen war, hatte er sich nicht mehr gemeldet, und das Präsidium wirkte ohne ihn fremd und leer, trotz all der Menschen, der Hektik und dem üblichen Ärger. Andere Fälle hatten sich auf ihrem Schreibtisch angehäuft und verlangten nach Aufmerksamkeit, und das in nur drei läppischen Tagen. Aber war sie wirklich dort gewesen? Wenn sie die Augen schloss, konnte sie den berauschenden Duft der Myrten und all der anderen Pflanzen riechen, deren Namen sie nicht kannte, das Rauschen des Wasserfalls und das Blöken der Schafe hören. Und dann das Dorf, das rückblickend alles andere als offen und freundlich erschien, sondern unheimlich wie an dem Abend ihrer Rückkehr von Signora Amalia. Tempio. Die Dolmen. Boboi Sogos und sein Messer im Garten Eden. Der Geschmack des Käses. Sie und Gerolamo waren nun seit zehn Tagen wieder zurück, und alles war in der Erinnerung bereits verschwommen. Der kurze Aufenthalt auf der Insel hatte sich eingebrannt, hatte den Wunsch geweckt zurückzukehren und eine diffuse Wehmut hinterlassen, die sich mit der Sehnsucht nach Tano und Carlo mischte. Und nach Mau. Und über allem schwebte die nervenaufreibende Ermittlung im Mordfall Pisu, die keinen Schritt voranging.

Basile war in Tempio bei Filippo De Magistris geblieben, der vor wenigen Tagen aufgewacht war und sich beim besten Willen nicht mehr erinnern konnte, was ihm im Valle della Luna zugestoßen war. Davon abgesehen erholte er sich rasch und würde bald wieder in Genua sein. Niemand konnte jedoch sagen, ob seine Erinnerung zurückkehren würde. Valeria hatte sich über den Lebenswandel der Sogos-Brüder informiert, und Nelly hatte mit den

Carabinieri telefoniert, die sich damals mit dem Fall befasst hatten. Jetzt, um sechs Uhr abends an einem kühlen, regnerischen Apriltag, saß Nelly am Schreibtisch und versuchte Ordnung in das vorhandene Material zu bringen.

Die Geschichte der Sogos-Brüder und ihrer Entführungen war ziemlich seltsam. Anormal, wie sich der inzwischen pensionierte damalige Chef der Anti-Entführungs-Einheit von Sassari am Telefon ausgedrückt hatte. Die Brüder waren Anfang der sechziger Jahre aktiv gewesen, als der Tourismus langsam losging und die Costa Smeralda Leute mit Geld anzog. Sie hatten vor allem kleine Kinder entführt und die Eltern dermaßen unter Druck gesetzt, dass die ersten drei Entführungen völlig unbemerkt geblieben waren. Die Kleinen waren auf unterschiedlichste Art entführt worden, nachts aus dem Bett, am Strand oder beim Spielen im Garten. Die Eltern wurden durch Boten kontaktiert, die in direktem Kontakt mit den Entführern standen: Wenn sie zahlten und den Mund hielten, bekämen sie die Kleinen in kürzester Zeit zurück. Sollten sie auf die Idee kommen, zur Polizei zu gehen, würden Entführer und Kind auf Nimmerwiedersehen verschwinden.

In drei Fällen hatten die Eltern riesige Summen gezahlt, und die Kinder waren den Vermittlern übergeben worden, die schworen, mit der ganzen Sache nichts zu tun zu haben und lediglich von den Entführern zu den Botendiensten gezwungen worden zu sein. Die vierte und lukrativste Entführung war jedoch in einem Desaster geendet. Die Geisel war ein wenige Monate altes Mädchen gewesen, Tochter vermögender Schweizer, die ihre Ferien an der Costa Smeralda verbrachten. Das Kindermädchen hatte die Kleine, die in der Wiege im Garten schlief, wenige Minuten aus den Augen gelassen, und als sie zurückkam, war das Baby verschwunden. Stattdessen lag dort ein Zettel mit der Lösegeldforderung und ein Totenschädel, der deutlich machte, was passieren würde, wenn sie die Polizei einschalteten. Die verzweifelten Eltern trieben die für die damalige Zeit schwindel-

erregende Summe auf und warteten mit einem sardischen Notar an ihrer Seite auf weitere Anweisungen.

Endlich kommt die Nacht der Lösegeldübergabe, in der sie ihr Kind wiederbekommen sollen. Doch diesmal geht etwas schief. Der Notar fährt mit ausgeschalteten Scheinwerfern eine kleine Landstraße bei Aggius entlang – da ist es wieder, das Valle della Luna. Am Ort der Geldübergabe lässt er die Scheinwerfer ein, zwei, drei Mal aufblinken. Er wirft den Sack mit dem Geld aus dem Fenster, wendet und fährt wieder. Unterdessen fiebern die aufgelösten Eltern der Rückgabe ihrer kleinen Annabelle entgegen. Sie hocken neben dem Telefon der Villa und warten darauf, dass man ihnen mitteilt, wo die Kleine freigelassen wird. Die Zeit vergeht, und nichts passiert. Der Notar ist bereits zurück und versichert ihnen, dass alles nach Vorschrift gelaufen ist. Die Mutter Christine Simon erleidet einen Nervenzusammenbruch. Der Mann gibt ihr ein Beruhigungsmittel. Zehn Uhr, elf Uhr, Mitternacht … Das Telefon bleibt stumm. Dann klingelt es an der Tür. Es sind die Carabinieri. Ein Hauptmann namens Salvo Dellera möchte mit Signor Simon sprechen, der ob des Auftauchens der Ordnungskräfte in diesem heiklen Moment völlig außer sich gerät. Was haben die Carabinieri hier zu suchen?

Nelly sah von den auf dem Schreibtisch verteilten Papieren auf und atmete ein paar Mal tief durch. Was für ein Alptraum!

Der Hauptmann fragt: Stimmt es, dass Ihre Tochter Annabelle entführt worden ist? Dass an diesem Abend das Lösegeld gezahlt werden sollte? Lucien Simon laviert herum, tut so, als verstehe er nicht, doch der Carabiniere lässt nicht locker. Er scheint etwas zu wissen. Simon fängt an, sich ernste Sorgen zu machen: Wieso sind die Carabinieri aufgekreuzt? Was ist passiert? Ja, gibt er schließlich zu, die Tochter ist entführt worden, das Lösegeld ist gezahlt, man wartet auf die Freilassung, die Polizei darf sich nicht einmischen, sonst steht Annabelles Leben auf dem Spiel. Der Hauptmann zögert, er sieht dem Mann nicht in die Augen, der sofort begreift, dass er seine Tochter nicht mehr wiedersehen wird.

Was war passiert? An welchem Punkt hatte sich der bewährte Entführungsmechanismus mit so tragischer und irreversibler Folge verhakt? Das war der Knackpunkt der Geschichte. Nelly las alles noch einmal, ohne zu einer Lösung zu gelangen, genau wie die damaligen Ermittler.

Jemand hatte gesungen. Den Carabinieri einen Wink gegeben. Es wird Lösegeld für ein entführtes Kind gezahlt. Man kann die Entführer auf frischer Tat schnappen. Der Hauptmann und seine Leute setzen sich sofort in Bewegung, der Übergabeort ist ganz in der Nähe, an der Straße, die bei Aggius durch das Valle della Luna führt. Die Wegbeschreibung ist exakt. Die Carabinieri erreichen den Ort. Zwei Schemen im Dunkel. Die Militärs rufen Halt. Die beiden versuchen zu fliehen, doch die Carabinieri umzingeln sie. Einer der beiden schießt, ein Carabiniere stürzt, die anderen erwidern das Feuer. Wenige Sekunden Gefecht, dann Stille. Die Brüder Gavino und Panni Sogos liegen am Boden, neben ihnen ein Sack. Er enthält ein blutbeflecktes Babyleibchen, ein Foto der Familie Simon, der Villa, der kleinen Annabelle, die Adresse der Villa, einen Zettel, auf dem die Forderungen vermerkt sind. Von der Kleinen keine Spur.

Nelly überlegt, was an jenem Abend schiefgelaufen sein konnte. Wieso wurde die Kleine nicht zurückgegeben? Ist sie eines natürlichen Todes gestorben oder durch einen Unfall? Oder vielleicht hatte sie geweint und einer der Sogos-Brüder hatte die Nerven verloren und sie umgebracht? Doch wer hatte die Ordnungskräfte alarmiert und die beiden Brüder ans Messer geliefert, die sonst davongekommen wären? Und weshalb hatten die beiden das Lösegeld nicht bei sich?

Christine und Lucien Simon blieben noch ein paar Monate in Sardinien und sperrten sich gegen das, was sie im Innersten bereits wussten: dass Annabelle tot war. Die Suche nach der Kleinen war weit über jede berechtigte Hoffnung hinaus fortgesetzt worden. Der schwer verletzte Panni hatte wochenlang nicht vernommen werden können. Auch später hatte er sich nicht verteidigt, sondern beharrlich geschwiegen. Selbst gegenüber den verzweifelten Simon-Eltern, die ihn angefleht hatten, ihnen wenigstens zu verraten, wo er Annabelles kleinen Leichnam vergraben hatte. Weder Drohungen noch die Aussicht auf Strafmilderung hatten ihn dazu gebracht, den Mund aufzumachen und die Namen der Mittäter zu nennen. Die Ermittlungen hatten zwar die anderen drei Kindesentführungen ans Licht gebracht, jedoch keinerlei Hinweise auf die übrigen Bandenmitglieder. Die Mitwisserschaft der Sogos-Eltern, der Frau Gavinos und des jüngsten Bruders Salvatore hatte sich nicht nachweisen lassen. Vor wenigen Jahren war Panni aus der Haft entlassen worden und irgendwo gestorben.

Nelly griff nach Stift und Zettel, um sich Daten, Namen, Orte und Fakten zu notieren. Sie breitete die Landkarte der Gegend vor sich aus, die ihr inzwischen vertraut war.

Das Schicksalsjahr war 1967 gewesen. In dem Jahr war Gavino Sogos 27 Jahre alt, sein Bruder Panni 26 und Boboi 18. Die Familie wohnte in dem Tal unweit von Luras, das Nelly gesehen hatte. Die wenige Monate alte Annabelle hatte mit ihren Eltern Ferien an der Küste gemacht, in Porto Rotondo. Sie war von den beiden Sogos-Brüdern entführt und an einem unbekannten Ort in der Nähe von Luras oder Aggius gefangen gehalten worden. In den Häusern der Sogos war nichts gefunden worden, das auf eine dortige Gefangenschaft der kleinen Annabelle schließen ließ. Sie hatte sich in Luft aufgelöst, irgendwo in der Macchia der Eichenwälder, zwischen den Felsen des Valle della Luna. Im selben Jahr war die Mutter der Sogos-Brüder womöglich aus Gram gestorben, der Vater hatte sich erschossen. Pannis Frau Maria Immacolata Chessa hatte Sardinien mit der ebenfalls wenige Monate alten Filomena verlassen. Sie war von jeder Mitschuld freigesprochen worden und nie wieder aufgetaucht. Ebenfalls im selben Jahr war die Fehde zwischen Giovanni und Giosué Secci einerseits und Giacomo Pisu andererseits ausgebrochen. Giacomo hatte seine Siebensachen gepackt, war mit seiner Familie und einem Haufen Geld in der Tasche aufs Festland gezogen und hatte nie wieder einen Fuß auf sardischen Boden gesetzt. 1967 war Anselmo elf, Marilena neun, Alceo sechs und Magraja war gerade geboren worden. Ein unschuldiges Bündel, genau wie Annabelle Simon und Filomena Sogos.

Um so ein Kind zu versorgen, braucht man eine Frau, man kann es schließlich nicht an ein Schafseuter hängen. Oder sie wollten es von vornherein umbringen. Die Zeitungsbilder aus der Zeit waren schwarzweiß, verschwommen, gaben wenig her. Valeria, die etwas über Maria Immacolata und Filomena Sogos herausbekommen sollte, hatte bisher noch nichts gefunden. Die Frau schien sich samt ihrer Kleinen in Luft aufgelöst zu haben, die inzwischen die vierzig gepackt haben dürfte. Aber wieso hatte Panni Sogos nicht seine Komplizen ans Messer geliefert, die ihn und seinen Bruder verraten haben?

Die Tür öffnete sich sacht, und Nelly, die mit geschlossenen Augen dasaß, um sich besser konzentrieren zu können, wurde plötzlich gepackt und auf den Mund geküsst. Sie fuhr hoch und riss die Augen auf.

»Tano!«

Für einen kurzen Augenblick ließ sie sich gehen, dann schob sie ihn sanft von sich.

»Wann bist zu zurückgekommen?«

Er lachte. Sein Bart war noch länger als sonst, das blaue Hemd zerknittert.

»Gerade eben. Ich bin noch nicht einmal zu Hause gewesen, um mich umzuziehen, ich wollte dich sehen. Du hast mir gefehlt, Nelly.«

»Du hast mir auch gefehlt.« Die Wahrheit rutschte ihr einfach so heraus, und er musste lächeln. Ein triumphierendes Lächeln? Sein Blick fiel auf die Akten auf Nellys Schreibtisch. Er überflog die Seiten.

»Die Simon-Entführung … Die Sogos-Brüder … Haben die

etwas mit den Pisus zu tun? Was ist sonst noch in Sardinien rausgekommen?«

Er griff sich einen Stuhl.

»Na ja. Diese Sogos waren Hirten von den Pisus, dann von den Seccis und zwei von ihnen, Gavino und Giovanni, genannt Panni, hatten sich auf die Entführung von Kindern reicher Leute verlegt. Das war Mitte der Sechziger. Sie haben einen Haufen Geld kassiert, bis 1967 die Entführung der kleinen Annabelle Simon schiefgelaufen ist. Gavino wurde von den Carabinieri erschossen, das Mädchen wurde nie mehr gefunden und für tot erklärt. Panni ist vor ein paar Jahren aus dem Knast gekommen und inzwischen gestorben. Ich habe mit dem jüngsten Bruder Salvatore gesprochen. Er hat aus seiner Verachtung für Giacomo Pisu keinen Hehl gemacht.«

Tano las mit gerunzelter Stirn.

»Das Geld ist also nicht gefunden worden. Und auch die Komplizen nicht. Glaubst du, unser Freund Giacomo Pisu war in die Entführungen verwickelt?«

»Möglich, meinst du nicht? Er ist mit einem hübschen Sümmchen nach Genua gekommen und hat seine Firma aufgezogen. Allerdings war seine Frau die Tochter eines steinreichen Notars, das Geld konnte also genauso gut daher stammen. Die Apotheke der Pisus gehört heute den Seccis, und wie es aussieht, haben die und Giacomo sich damals alles andere als gütlich getrennt. Keinerlei Kontakt mehr, die Nichte Nedda Secci hat ihre Tante – Giacomos Frau Lorenza – nie mehr gesehen. Ach, da war noch eine Freundin von Anna Pisu, eine gewisse Amalia Sanna. Sie meinte, hinter dem Tod von Rodolfo Pisu stecke der Bruder Samuele. Und dessen Sohn Giacomo – jetzt kommt's! – hätte besagten Samuele auf dem Gewissen. Seinen eigenen Vater, stell dir das mal vor!«

Tano pfiff durch die Zähne.

»Das sind ja griechische Tragödien. Egal, wo man bei deinen Pisus anfängt zu graben …«

»… kommen Blut und Geld zum Vorschein«, schloss Nelly nickend. Er lachte.

»Fehlt nur noch Sex, dann haben wir die drei Motive zusammen, die bei x-tausend Verbrechen Pate stehen und die Zeitungen glücklich machen. Kommst du heute Abend zu mir?«

Nelly antwortete nicht, aber ihr Blick sprach Bände.

»Sie war im Dorf … Die ahnt etwas.« »Wo denkst du hin, was soll die denn schon ahnen. Die kann nichts ahnen, sie hat nichts in der Hand. Soll sie sich ruhig den Kopf zerbrechen. Und selbst wenn sie was wittert, wird ihr das nichts nützen.«

V

An der Ermittlungsfront tat sich wenig Neues, an der privaten Front hingegen … *O dolci baci, o languide carezze!* Nelly lebte und arbeitete wie in Trance. Sandra hatte sich seit ihrer Rückkehr aus Sardinien nicht mehr gemeldet. Ein paar Mal hatte Nelly erfolglos versucht, sie zu erreichen, um ihr von den Erlebnissen in ihrem Heimatdorf zu berichten und sie nach dem Gesundheitszustand ihrer Mutter zu fragen. Als Nelly gerade um halb neun Uhr abends vor einem Glas Guinness und einer Scheibe gefüllter Kalbsbrust in der Küche saß, klingelte es. Es war Sandra.

»Sa! Wenn man an den Teufel denkt … Ich war drauf und dran, dich anzurufen.« Nelly öffnete die Tür, ging in die Küche und holte ein zweites Glas und ein kaltes Guinness heraus. Als Sandras Gesicht in der Tür auftauchte, begriff sie, dass die Freundin das Bier dringend nötig hatte. Sie war blass trotz des dicken Make-ups, und die Wimperntusche rann ihr mit Tränen vermischt über die Wangen.

»Was ist passiert, Sandra? Was ist los? Geht es deiner Mutter schlecht?«

Sandra schüttelte wortlos den Kopf. Ein ersticktes Schluchzen war zu hören.

»Ist … ist wieder was mit deinen Verwandten?«

Wieder ein Kopfschütteln, energischer als das erste.

»Was ist es dann? Na los, raus mit der Sprache …«

»Giorgio hat mich verlassen.« Ein Schniefen.

»Aber du hast mir doch vor kurzem erzählt, zwischen euch liefe alles prima?«

»Vor kurzem ist in Wirklichkeit zwei Monate her. Inzwischen hat dieses Arschloch sich eine fünfzehn Jahre Jüngere gesucht, mit der er zusammenziehen will. Und mir hat er immer wieder beteuert, er sei nicht fürs Zusammenleben gemacht!«

Sandra brach in lautes Weinen aus, der Rotz lief ihr aus der Nase. Nelly war zu verdattert, um angemessen zu reagieren. »Wärst du so freundlich, mir wenigstens ein beschissenes Tempotaschentuch zu geben?«, zeterte Sandra aufgelöst. Hastig riss Nelly ein Blatt von der Küchenrolle. Die Katzen hatten sich schon lange verdrückt. Sie hassten Szenen. Sie waren viel zu empfindlich. Sandra schnaubte sich die Nase, und allmählich ebbte der Heulanfall zu immer vereinzelteren Schluchzern ab. Entschlossen griff Sandra nach ihrem Bier und kippte es in einem Zug herunter.

»Sie ist Praktikantin bei der Mailänder Zeitung, für die er hin und wieder schreibt. So haben sie sich kennengelernt. Total nichtssagend, eine Art überdimensioniertes Meerschweinchen, aber eben gerade mal zwanzig Jahre jung«, schloss sie bissig. »Lange Rede, kurzer Sinn, er hat sie gefickt, und jetzt ist es die ganz große Liebe, und er hat beschlossen, nach Mailand zu ziehen, wo sie sich eine Wohnung suchen und zusammenleben wollen. Was sagst du dazu? Hast du noch ein Bier?«

Nelly holte das letzte Guinness aus dem Kühlschrank und ärgerte sich, dass sie nicht für Nachschub gesorgt hatte. Zum Glück war noch eine halbe Flasche Four Roses da. Sandra öffnete das Bier mit einem Feuerzeug, trank es gierig halbleer und knallte es auf den Tisch. Sie weinte nicht mehr.

»Was soll's, ich weiß eh, dass du Giorgio nicht leiden konntest.« Nelly wollte widersprechen, doch Sandra hob abwehrend die Hand. »Und du hattest recht. Ein schleimiger, selbstverliebter Lackel. Ich sollte froh sein, dass ich ihn los bin, aber ich bin es so satt, allein zu sein, Nelly. Nie auf einen grünen Zweig zu kommen … In unserem Alter hat man auf diesen Teenagerkram langsam keinen Bock mehr. Ich hatte gehofft, mal für ein Weilchen Ruhe zu haben, jemanden an meiner Seite zu haben, der es wert ist … Was ist bloß aus mir geworden!«, sagte sie mit einem bitteren Lachen und griff nach ihrem Bier. »Das mir, die ich in einer Zeitschrift unter Pseudonym eine Rubrik für einsame Herzen schreibe! Einfach lächerlich! Aber ich bin bald wieder obenauf, das schwöre ich dir. *I will survive!*«, krächzte sie schief, während eine verräterische Träne ihr über die Wange lief. Nelly hielt ihr ein Kleenex hin. *Verflixt, ich wünschte, ich könnte sie irgendwie trösten. Was würde ich bloß tun, wenn ich Carlo verlieren würde? O nein, nicht auszudenken … Und wenn Tano mich nicht mehr wollte?*

»In der Liga spiele ich also jetzt, in der frau für eine Jüngere verlassen wird – zum Kotzen! Und am Telefon hat er es mir gesagt, dieser Feigling, ohne mir in die Augen zu schauen. Ich könnte ihm den Hals umdrehen, vielleicht würde es mir dann besser gehen. Doch stattdessen muss ich's einfach schlucken, kapierst du, Nelly?«

Und ob sie kapierte: von wegen Herzeleid! Sandra war in erster Linie in ihrem Stolz verletzt.

»Sieh es doch mal positiv: Du findest einen Besseren, und er kann sehen, wo er mit seinem neuen Hasi bleibt. Komm schon, Sa, du bist nur in deiner Ehre getroffen. Was würdest du einem einsamen Herzen antworten, das sich mit diesem Problem an dich gewandt hätte?«

Sandra nahm die Frage wörtlich. Sie ließ sich Papier und Stift geben und vertiefte sich in die Antwort an die hypothetische Sitzengelassene. Dann trug sie sie feierlich vor, und mit Hilfe zweier großer Gläser Four Roses brachen die beiden Freundinnen schließlich in hysterisches Gelächter aus. Sandra schlang Nelly die Arme um den Hals und drückte sie an sich.

»Was würde ich nur ohne dich machen, Nelly? Du hast mich abgefüllt und vor dem Selbstmord gerettet. Ich verdanke dir mein Leben. Kann ich heute Nacht in Maus Zimmer schlafen?«

Ihr Kopf kippte zur Seite, die Augen fielen ihr zu. Nelly half ihr vom Stuhl, brachte sie ins Bad und bezog rasch das Bett. Dann gab sie ihr einen ihrer alten, verwaschenen Pyjamas und steckte sie ins Bett, ehe sie selbst seufzend unter ihre Decke kroch.

VI

Merkwürdig. Irgendjemand machte in der Küche Kaffee. Sie hörte das Gurgeln der Kaffeemaschine, und Kaffeeduft erfüllte die Wohnung. *Mau? Ach Quatsch, Sandra!* Nelly blickte auf den Wecker und schloss aus dem raschen Wechsel von Licht und Schatten hinter den Vorhängen, dass sich der Frühlingswind bemühte, den Himmel von Regenwolken zu befreien. Hastig stand sie auf und ging ins Bad. Sie wusch sich, schlüpfte in eine Jeans und ein weißes Hemd und ging in die Küche. Zwei Toasts sprangen aus dem Toaster. Für einen Sekundenbruchteil schloss sie die Augen und sah einen großen, hageren Jungen mit Dreadlocks vor sich, der die Toasts auf einen Teller legte. Stattdessen stand da die perfekt geschminkte und vollkommen gefasste Sandra und musterte sie kritisch.

»Du dachtest an Mau, was? Gib's zu.« Sandra goss ihr einen großen Kaffee mit etwas lauwarmer Milch ein.

»Schön, dass du hier bist, Sa. Wie geht es dir heute Morgen?«

Sandra schnaubte. Das Gefühlsdrama des gestrigen Abends schien Lichtjahre hinter ihr zu liegen.

»Großartig geht's mir, sieht man das nicht? Zum Teufel mit diesem Möchtegern-Intellektuellen, der noch nicht mal ordentlich vögeln kann. Den Orgasmus zu spielen ist auf Dauer ziemlich ermüdend.« Mit einem zynischen kleinen Lächeln nippte sie an ihrem schwarzen Kaffee.

»Aber wieso …« Nelly brach ab. Es gab nichts weiter zu wissen. Die menschliche Seele und die weibliche zumal waren ein unergründliches Geheimnis, wer wusste das besser als sie? Rasch wechselte sie das Thema.

»Wie geht's deiner Mutter? Ist sie noch immer in den Nebeln der sardischen Vergangenheit versunken?«

Lächelnd butterte Sandra ihren Toast.

»Zum Glück nicht mehr. Nach der Sturmflut der Erinnerungen haben sich die Wogen geglättet. Sie redet zwar noch davon, aber nicht mehr so krankhaft. Ach, und sie ist überglücklich, weil sie einen Brief von ihrer Freundin Amalia aus dem Dorf bekommen hat. Sie sagt, die Adresse hättest du ihr wohl gegeben. Gut gemacht. Wie war es übrigens in Sardinien? Wir haben uns seit deiner Rückkehr noch nicht gesprochen.«

Nelly erzählte kurz von ihrer Blitzvisite auf der Insel, von den Menschen, die sie dort getroffen hatte, von der Apothekerin Nedda Secci, Signora Amalia und Filippo De Magistris, der sich an seinen Unfall nicht mehr erinnern konnte. Von den Sogos-Brüdern und ihren Vermutungen sprach sie indes nicht. Sandra hörte aufmerksam zu.

»Was meinst du, sollte ich vielleicht eine kleine Reise dahin unternehmen? Es ist so viel Zeit vergangen, wer soll sich an uns noch erinnern? Vielleicht miete ich für den Sommer ein Ferienhaus an der Küste und mache einen Abstecher nach Luras, um meine Wurzeln zu ergründen. Hast du nachgesehen, ob die Ächtungsliste noch an der Kirchentür hängt?«

Nelly grinste.

»Du solltest dich dort besser nicht blicken lassen. An der Kirchentür hing ein Foto von dir mit der Aufschrift: 100000 Euro Belohnung, tot oder lebendig. Aber wenn du unbedingt deine Wurzeln ergründen willst, nur zu, vielleicht siehst du sie ja von unten wachsen.«

Sandra sah sie ungläubig an. »Lügnerin!«, lachte sie dann, dennoch leicht verunsichert.

»Du glaubst mir nicht? Na, dann fahr doch hin und überzeug dich selbst.«

VII

Piazzetta Tavarone, feucht vom elenden Nieselregen, der bis auf die Knochen drang und den Genuesern zu schaffen machte. Dabei war schon Ostern! Nelly drückte die Klingel der Detektei, und die Tür sprang auf. Nachdenklich stieg sie die Treppe hinauf. Seit auch die Fahrt nach Sardinien zu keinem konkreten Ergebnis geführt hatte, trug sie ein ungutes Gefühl des Scheiterns mit sich herum, den Eindruck, einer richtigen Spur vergeblich gefolgt zu sein. *Selbst angenommen, Giacomo Pisu und die beiden Seccis wären in die Kindesentführungen verwickelt gewesen, wie soll man das beweisen, jetzt, wo alle tot sind oder Alzheimer haben? Und wer könnte beschlossen haben, sich nach so langer Zeit für eine Verfehlung Giacomos zu rächen? Die einstigen Komplizen bestimmt nicht. Boboi Sogos? Der lebt als Eremit im Garten Eden und scheint das Dorf tatsächlich seit Ewigkeiten nicht mehr verlassen zu haben. Zwar war das, was ich an jenem Abend in die Nase bekommen habe, derselbe Schafsgeruch wie bei ihm, aber woher hätte er von mir wissen sollen, wir waren ja gerade erst angekommen. Sackgassen in alle Richtungen.* Sie drückte die Tür zu Basiles Büro auf, wild entschlossen, ihren Frust zusammen mit ein paar Scheiben Salbei-Focaccia mit dem Ex-Brigadiere zu teilen. Doch Basile war nicht da. Stattdessen saß ein gutaussehender, dunkelhaariger junger Mann an seinem Schreibtisch, den sie bisher nur bewusstlos im Krankenhaus gesehen hatte.

»Guten Tag. Sie müssen Filippo De Magistris sein. Ich bin Kommissarin Nelly Rosso.«

Der junge Mann war aufgesprungen und hielt ihr lächelnd die Hand hin.

»Dottoressa Rosso, es freut mich sehr, Sie kennenzulernen.

Basile redet oft von Ihnen, und ich habe mich schon gefragt, wann wir uns endlich einmal begegnen würden. Kommen Sie, setzen Sie sich, der Brigadiere sollte gleich wieder hier sein, er hatte noch das eine oder andere zu erledigen, aber er ist schon über eine Stunde weg. Darf ich Ihnen einen Kaffee oder einen Cappuccino anbieten?« Stolz deutete er auf eine brandneue Kaffeemaschine. Nelly setzte sich lächelnd.

»Einen Kaffee nehme ich immer gern. Ich freue mich auch, Sie kennenzulernen und ein bisschen mit Ihnen plaudern zu können, Filippo. Darf ich Sie so nennen?«

»Aber sicher, Dottoressa.«

Er hatte sich an der Kaffeemaschine zu schaffen gemacht, die wenig vertrauenerweckende Geräusche von sich gab. Nelly musterte ihn verstohlen. Er war rund eins achtzig groß, schlank und muskulös. Dichtes schwarzes Haar, braune Augen, ebenmäßige Züge – ein hübsches Kerlchen. Sicher ein Mädchenschwarm. Er reichte ihr ein Plastiktässchen und zwei Zuckertütchen und nahm ebenfalls mit einem Plastiktässchen zwischen den Fingern Platz.

»Wie unaufmerksam! Möchten Sie ein wenig Milch?«

»Sehr gern, danke.«

Er zog eine Schublade unter der Kaffeemaschine auf, in der winzige Behälter mit Kondensmilch lagen. Nelly wickelte die Focaccia aus.

»Die habe ich für den Brigadiere mitgebracht, aber es reicht für uns alle.«

»Salbei-Focaccia, super«, rief er mit fast kindlicher Begeisterung aus. Nelly hatte sofort das Gefühl, ihn schon lange zu kennen.

Während sie ihr zweites Frühstück genossen, sprachen sie über Filippos Unfall in Sardinien.

»Das ist wirklich total komisch, als hätte man mir eine Scheibe meines Gedächtnisses herausgeschnitten. Ich erinnere mich, wie ich in Olbia aus dem Flugzeug gestiegen bin, ein Auto gemietet habe, nach Tempio gefahren und im Krankenhaus wieder aufgewacht bin. Dazwischen ist ein Loch, das ich einfach nicht füllen kann. Keine Ahnung, wie und weshalb ich ins Valle della Luna geraten bin, ob ich allein oder in Begleitung war. Nichts, so sehr ich mir auch das Hirn verrenke. Es ist zum Verrücktwerden.« Er machte ein verzweifeltes Gesicht.

»Sie dürfen sich nicht dazu zwingen, Filippo. Die Erinnerungen kommen nach und nach von allein zurück.«

»Wollen wir's hoffen. Es tut mir leid, dass ich bisher nichts zu den Ermittlungen beitragen konnte. Für einen Anfänger wie mich ist die ganze Sache ein faszinierendes Puzzle.« Er griff nach einer zweiten Scheibe Focaccia. *Armer Basile. Wenn er sich nicht beeilt, bleibt kein Krümel mehr übrig.*

»Nicht nur für einen Anfänger, glauben Sie mir. Und ein äußerst vertracktes dazu, weil so viele der damals Beteiligten nicht mehr am Leben sind, und die, die noch da sind, sich in Schweigen hüllen. Wie geht es Ihrem Klienten Giancarlo Pisu?«

Filippo schüttelte den Kopf.

»Unverändert. Vollgestopft mit Medikamenten und depressiv. Ich glaube, es ist dem völlig schnuppe, ob er verurteilt wird oder nicht, seine Strafe hat er bereits bekommen.«

»Das fürchte ich auch. Studieren Sie noch, Filippo?«

Leicht perplex ob des plötzlichen Themawechsels blickte der Junge sie an.

»Ich? Ja, Jura. Es dauert etwas länger, weil ich nebenbei arbeite, aber in ein paar Jahren bin ich hoffentlich fertig.«

»Basile hat mir erzählt, dass Sie Waise sind.«

Ein Schatten legte sich über Filippos Gesicht.

»Es tut mir leid, ich wollte nicht ...« Doch er hatte sich schon wieder im Griff.

»Ach, kein Problem, Dottoressa Rosso. Mein Vater ist gestorben, da war ich noch ein Baby, und meine Mutter, als ich sieben war. Ich hab alles meiner Großmutter zu verdanken, sie hat mich großgezogen. Ich beklage mich nicht, inzwischen kann ich bestens für mich selbst sorgen, auch wenn es schmerzhaft war, sie auch noch zu verlieren. Sie ist vor ein paar Monaten an einem Tumor gestorben.« Er sah weg, um Nelly seine Trauer nicht zu zeigen.

Der Arme. Ein tapferer Junge. Während Nelly noch vergeblich überlegte, was sie darauf erwidern konnte, klingelte es. Offenbar ein Kunde. Nelly stand auf und wandte sich zum Gehen.

»Sie haben gewiss zu tun. Ich auch. Grüßen Sie mir den Brigadiere, ich schaue bald wieder vorbei.«

Filippo drückte ihr die Hand. Auf dem Weg zur Tür traf Nelly auf Signor Pizzi, Marilena Pisus Mann, der genauso erstaunt dreinblickte wie sie, mit einem hastigen Nicken grüßte und in Basiles Büro verschwand. Nachdenklicher als zuvor schlenderte sie die Treppe hinab.

Wieso war es Signor Pizzi so unangenehm gewesen, sie dort zu treffen? Im Grunde war es doch ziemlich naheliegend, dass Marilenas Mann in der Detektei aufkreuzte, die von der Familie beauftragt war, im dem Neffen angelasteten Mordfall zu ermitteln. Und wenn er nicht wegen des Neffen dort gewesen war, sondern in eigener Sache? Wie immer, wenn es um die Pisus ging, gab es Fragen über Fragen. Die Antwort war immer die gleiche: Valeria. Sie sollte die finanzielle Situation des Paares und das Leben des Signor Pizzi ein wenig unter die Lupe nehmen.

Während sie scheinbar ziellos durch die Gassen der Altstadt streifte, wurde sie wie von einer höheren Macht in die Via del Campo gezogen. Vor Claire Ngoros Wohnhaus blieb sie stehen. Ihre Madame Claire. Sie klingelte, und die Tür sprang auf. Während sie das heruntergekommene Treppenhaus erklomm, überfiel sie die Erinnerung an den Sommer und an die Ströme von Blut, die Genua überschwemmt hatten. An die beiden Männer, die, besessen von ihrem Wahn, immer und immer wieder unschuldige Menschen und vor allem Frauen abgeschlachtet hatten. Sie versuchte, die Panik, die diese Erinnerungen in ihr auslösten, zu unterdrücken und stieß die angelehnte Wohnungstür auf.

Verblüfft schaute sie sich um. Der Eingang hatte sich in ein Warenlager verwandelt. Überall standen bunte Stoffrollen sowie Kisten mit Halsketten und Schmuckstücken aus Knochen, Perlen, Muscheln und Halbedelsteinen herum. Zwei farbige junge Mädchen blickten sie fragend an. Eine erkannte sie.

»Guten Tag, Signora Nelly, suchen Sie *Madame*?«

»Grüß dich, Georgette. Ja, die suche ich, aber was ist denn hier los?«

Madame Claire kam hinter dem Vorhang hervor, der die großzügige Diele vom Rest der Wohnung trennte. Sie hatte Kleider aus den ausliegenden Stoffen über dem Arm.

»Commissario! Was für eine schöne Überraschung. Ich habe gerade an dich gedacht.«

Sie legte die Kleider auf einem Sofa ab und drückte Nelly fest an ihren üppigen Busen. Claire hatte eine Nichte und eine ihrer Schützlinge durch den, oder besser gesagt die Serienkiller verloren und Nelly tatkräftig, wenn auch mit eigenwilligen Methoden, bei den Ermittlungen unterstützt: Als Medium hatte sie der Kommissarin wichtige Hinweise zur Ergreifung der Täter geliefert.

»Hier ist ja alles neu! Dich muss man nur einen Moment aus den Augen lassen, und schon gibt's eine Revolution. Was macht ihr denn hier?«

Nelly blickte sich begeistert um und griff nach einem der Kleidungsstücke, die Claire ihr hinhielt. Ein schlichtes türkises, kaftanartiges Kleid mit braunem und schwarzem Muster und einem silbergesäumten Ausschnitt. *Wunderschön.*

»O ja, in letzter Zeit hat sich hier einiges verändert. Die Stadt hat Fördermittel für das Viertel rund um die Via della Maddalena vergeben, damit hier Läden und Werkstätten entstehen. Damit wollen sie das Viertel aufwerten und unternehmerische Initiativen vor allem von Frauen unterstützen. Wir haben einen Antrag gestellt und hier ist das Ergebnis.« Sie zeigte stolz auf das Chaos ringsherum.

»Ihr habt einen Laden bekommen?«, staunte Nelly.

»Einen Laden mit Werkstatt. Dreißig Prozent stecken wir rein, den Rest die Stadt, und davon sind fünfzig Prozent rückzahlungsfrei. Die andere Hälfte bekommen wir zu sehr günstigen Zinsen. Na, wie findest du das, Commissario?«

»Großartig finde ich das. Näht ihr die Kleider selbst?«

»Zum Teil ja, aber einiges lassen wir auch aus dem Senegal oder anderen afrikanischen Ländern kommen. Und das ist erst der Anfang.«

Nelly hielt sich das türkise Kleid an. Claire lächelte verschmitzt.

»Gefällt es dir? Für dich mache ich einen Sonderpreis, Commissario. Probier's an.«

Nelly ließ sich das nicht zweimal sagen. Es stand ihr wirklich gut. Früher oder später würde der Frühling oder zumindest der Sommer schon kommen. Im nächsten Moment war Nelly um ein neues Kleid und mehrere Ketten reicher, darunter ein Perlenamulett, das das Liebesleben fördern sollte. Zu Claire und den beiden jungen Frauen gesellten sich neugierig zwei vier- oder fünfjährige Kinder. Sie fingen an, mit den Ketten zu spielen, wurden jedoch sogleich von Claire verscheucht und flitzten lachend davon. Schließlich fing eine der beiden Frauen an zu kochen, und Nelly wurde zum Mittagessen eingeladen. Es gab *ceebu ginaar*, Reis mit Huhn, himmlisch. Als sie gehen wollte, nahm Claire sie beiseite und sah ihr in die Augen.

»Du musst sehr aufpassen, Commissario.« Nelly schluckte.

»Worauf, Claire?«

»Auf dich. Sei vorsichtig, etwas Bedrohliches hängt über dir, ein Schatten. Sei wachsam. Du läufst auf einem Pfad des Hasses.« Sie lächelte, um die Wirkung ihrer Worte zu mildern. Nelly schluckte abermals, entschlossen, Claires Warnung zu beherzigen.

Als Nelly beim Präsidium ankam, traf sie auf Marco Auteri, der draußen vor dem Eingang eine Zigarette rauchte.

»Nelly, ich wollte dich gerade anrufen. Es ist etwas Entsetzliches passiert.« Er nahm sie beim Ellenbogen und zog sie ins Gebäude.

»Etwas Entsetzliches? Sag nicht, dass es wieder um die Pisus geht!«

Marco blieb stehen und blickte sie betroffen an.

»Giancarlo Pisu ist tot. Er hat sich im Gefängnis umgebracht. Es tut mir so leid für seine Schwester. Als sie es erfahren hat, ist sie zusammengebrochen, hat mir die Tante erzählt. Sie ist ein großartiges Mädchen, so viel Pech hat sie nicht verdient.«

Nelly sah ihn verwundert an, ohne auf die Bemerkung einzugehen.

»Wie hat er sich umbringen können? Wurde er nicht überwacht? In seinem Zustand, Himmel noch mal!«

»Offenbar hat er einen Teil seiner täglichen Tablettenration verstecken können und sie dann alle auf einmal genommen. Als man ihn fand, war es bereits zu spät.«

VIII

Die x-te Beisetzung im Hause Pisu. Nun hat sich auch Giancarlo zu Großvater, Vater und Onkel in die Familiengruft der Pisus gesellt. Doch während Anselmos und Alceos Trauerfeiern gesellschaftlichen Ereignissen gleichkamen, zu denen auch Politiker, Freunde, Bekannte, Kollegen und Neugierige erschienen waren, hatte sich für den armen Giancarlo nur ein spärliches Grüppchen eingefunden. Nelly im grauen Hosenanzug steht neben Sandra in einem eleganten dunkelblauen Kostüm, die nicht merkt, dass sie schon seit einigen Minuten den Kopf schüttelt, so betroffen ist sie.

Nelly lässt den Blick über die Anwesenden schweifen: die Mutter Alice in einem ganz offenbar sündhaft teuren schwarzen Kleid, dessen Anschaffung sich allerdings gelohnt hat, denkt Nelly zynisch. Ihre Miene ist völlig stumpf, sie scheint noch nicht einmal mitgekriegt zu haben, dass es ihr Sohn ist, der hier zu Grabe getragen wird. Da sie sich allein nicht auf den Beinen halten könnte, wird sie von Signor Pizzi gestützt, dessen Pferdegesicht noch niedergeschmetterter dreinblickt als sonst. Neben ihm seine Frau Marilena mit düsterer Miene und in einem eleganten, kreischend fuchsiafarbenen Anzug. *Die scheint ebenfalls nicht begriffen zu haben, dass heute ihr Neffe beigesetzt wird. Jeder trauert zwar auf seine Art, aber Fuchsia erscheint mir doch ein bisschen arg daneben.* Interessant ist die Anwesenheit von Marco Auteri in rein privater Sache. Eine völlig aufgelöste Serena Pisu stützt sich auf seinen Arm, um nicht zusammenzubrechen. Sie starrt ins Leere. Auch sie muss sich irgendeinen chemischen Cocktail genehmigt haben, um die Zeremonie halbwegs zu überstehen. Über ihre Garderobe hingegen hat sie sich offenbar keinerlei Gedanken gemacht: Sie trägt eine alte schwarze Jacke und dunkelbraune Trainingshosen. Trotzdem ist sie hübsch, so zerbrechlich, mit den goldenen Haaren, die ihr über die Schultern fallen. *Ich glaube, Marco ist dabei, sich zu verlieben. Oder vielleicht ist es wirklich nur Mitleid, wer weiß … Jedenfalls scheint er sie in letzter Zeit öfter getroffen zu haben. Nicht besonders professionell, mein Lieber.*

Neben Marilena steht eine sehr viel größere junge Frau, die Nelly noch nie gesehen hat. Sie hat das lange, trübsinnige Gesicht des Signor Pizzi. Richtig: Das Paar hat eine Tochter Ende zwanzig, die seit Jahren in Amerika lebt. Zu den anderen Beisetzungen hatte sie sich nicht herbemüht, vielleicht hing sie an ihrem Cousin. Nelly mustert sie eingehend. Plötzlich hebt die Frau den Blick und sieht Nelly an. Marilenas Augen in Pizzis Gesicht. Es sind harte, feindselige Augen. Nelly sieht weg und entdeckt den Menschen, den sie als Letztes hier erwartet hätte: Maria Grazia Pisu. Auch sie war nicht zu den Trauerfeiern der Brüder erschienen. Diesmal jedoch ist sie gekommen, ganz in Schwarz. Sie steht ein wenig abseits, mit gewohnt abwesender Miene. Der Geistliche erteilt den letzten Segen.

»Giancarlo hätte das nicht gefallen. Der war überhaupt nicht gläubig, der Ärmste«, flüstert Sandra Nelly ins Ohr.

»An den Satan und die Verdammnis hat er aber schon geglaubt«, wispert sie zurück.

»Was meinst du? An was glaubte er?«

»Vergiss es, Sa, ich erzähl's dir später.«

Am Rand stehen weitere Trauergäste, die einzigen außer ihr und Marco Auteri, die nicht zur Familie gehören: Giancarlos Anwältin Fiorenza De Mattei, Basile und Filippo De Magistris. Dazu ein hochgewachsener, sportlicher älterer Herr mit weißem Haar, den Nelly nicht kennt.

Der kleine Trauerzug ist von Marilena Pizzi zu einem Kondolenzempfang in ihre Wohnung gebeten worden. Ziemlich unpassend, wenn man bedenkt, wie der Neffe zu Tode gekommen ist. Für

Nelly jedoch eine ideale Gelegenheit, die Pisus und ihre Freunde zu beobachten. Lange schwarze, extra für den Anlass gemietete Limousinen warten vor dem Staglieno-Friedhof und bringen die Angehörigen und Kondolierenden in die Via Corsica. Es herrscht gespenstische Stille. Nur Magraja fehlt, sie hat sich damit entschuldigt, dass Celeste früh wegmuss und man die Mutter nicht allein lassen kann. Marilena hat sich gehütet, sie zurückzuhalten. Und jetzt sind alle im makellos weißen Wohnzimmer versammelt, wo sich das Schwarz der Trauergäste mit dem Fuchsia der Hausherrin beißt. Der Diener hat Unterstützung von einem Catering-Service bekommen. Auf zwei langen, weiß gedeckten Tischen stehen Canapés mit Kaviar, Räucherlachs, Russischem Salat, Kalbszunge in Grüner Sauce und eine großzügige Auswahl von Käse und Obst. Hinter einem der beiden Tische schenkt einer der Kellner Aperitifs und Wein an die immer noch schweigsamen Gäste aus, was inzwischen jedoch an ihren vollen Mündern liegen dürfte. Nur Serena rührt keinen Bissen an. Sie hat sich in einen Sessel gekauert, neben sich Marco Auteri, der ihre Hand hält. Die Mutter schaufelt das Essen in sich hinein, doch Marilena hat ein Auge auf sie, und als sie sich den Getränken nähert, nimmt sie sie beim Arm, zieht sie unsanft weg und gibt den Kellnern eine klare Anweisung: »Die Signora bekommt nur Orangenlimonade und Grapefruitsaft.«

Alice reagiert nicht, ist völlig abwesend, wie ferngesteuert. Ein eilfertiger Kellner gießt ihr einen Grapefruitsaft ein und drückt ihn ihr in die Hand. Kopfschüttelnd setzt sie sich auf ein Sofa.

Nach und nach kommen die Gäste miteinander ins Gespräch, und schon bald hallt der Raum von Stimmen und vereinzeltem, gedämpftem Gelächter wider. Der neuerliche Sieg des Lebens über den Tod, denkt Nelly und stellt fest, dass jetzt sogar Serena mit Marco spricht, der sie zu ein paar Bissen überreden konnte und endlich mit einem blassen Lächeln belohnt wird.

»Ach, Nelly, wer hätte gedacht, dass sich die Dinge so entwickeln würden, damals an jenem Januartag im Caffè degli Specchi, als ich dir zum ersten Mal von meinen Verwandten und den anonymen Briefen erzählte.«

Sandras Stimme reißt Nelly aus ihren Beobachtungen.

»Vielleicht hat es sich jemand gedacht, aber nicht darüber geredet. Was meinen Sie, Dottoressa?« Nelly hat den Ball im Flug gefangen und an Marilena weitergegeben, die gerade mit einem Champagnerglas in der drallen Hand an ihnen vorbeigeht.

»Entschuldigen Sie, Nelly. Ich habe nicht mitbekommen, worüber Sie gerade mit Sandra geredet haben.« Sie sieht Nelly mit unschuldigen Augen an. *Lügnerin, du hast uns belauscht.*

»Ich sagte, dass vielleicht jemand vorhergesehen hat, dass Ihrer Familie diese schrecklichen Dinge zustoßen würden, schon damals, als Sandra mir von den anonymen Briefen erzählt hat. Und jetzt ist es zu spät.« Sie sieht Marilena in die Augen, die noch immer nicht zu verstehen scheint und die Anschuldigung einfach übergeht.

»Kommen Sie, Nelly, ich stelle Ihnen meine Tochter Susanna vor. Sie arbeitet für ein weltbekanntes amerikanisches Pharmaunternehmen.«

Sie zieht Nelly zu der großen, langgesichtigen Frau mit den dunklen Augen, die sich gerade über das Vitello Tonnato hermacht.

»Susanna, das ist Nelly Rosso, die Kommissarin, die sich mit Onkel Alceos Tod befasst und auch mit Giancarlos Fall. Sie ist eine gute Freundin von Cousine Sandra.«

Susanna hält ihr eine kalte Hand hin, während sie in der anderen ein Tellerchen samt Besteck und Champagnerflöte balanciert. Marilena lässt die beiden allein.

»Dottoressa Rosso … vom Schicksal in diese seltsame Familie katapultiert. Sind Sie schon traumatisiert?« Sie grinst unangenehm.

»Nun, das Trauma ist wohl ganz auf Ihrer Seite, Dottoressa

Pizzi, und die Verluste ebenfalls. Wir von der Polizei haben leider oft mit traurigen oder tragischen Fällen zu tun, das ist unser Job.«

»Wollen Sie etwa behaupten, dass Sie uns für eine ganz normale Familie halten?«

»Normal? Da müssten wir uns zuerst über die Definition von ›normal‹ einigen, Dottoressa. Aber sagen Sie mir lieber, weshalb Sie Ihre Familie nicht für normal halten?«

Susanna starrt sie ungläubig an.

»Sie wollen mir weismachen, Sie hätten nicht bemerkt, dass meine Angehörigen allesamt Psychopathen wie aus dem Lehrbuch sind? Und ich meine nicht nur den armen Giancarlo, bei dem es am offensichtlichsten war. Wäre ich geblieben, hätte ich ihm vielleicht helfen können …«

Sie blickt ins Leere, in die Vergangenheit. Dann schüttelt sie den Kopf.

»Nein, das hätte auch nichts gebracht, ich wäre nur selbst verrückt geworden. Ich musste meine Haut retten. Und kaum bin ich hier, habe ich auch schon wieder das Gefühl zu ersticken. Zum Glück steige ich morgen wieder in den Flieger und verschwinde.« Sie stürzt den Champagner herunter. Nelly ist neugierig geworden.

»Ihr Cousin Giancarlo hat ihre Verwandten als ›Verdammte‹ bezeichnet. Haben Sie eine Ahnung, was der Grund für dieses wenig schmeichelhafte Etikett sein könnte?«

Zu Nellys Überraschung fängt die Frau an zu lachen.

»Ah, das ist typisch Gianca. Er war so ein netter Junge …« Sie senkt den Blick, fängt sich wieder. »In gewissem Sinne hatte er recht. Wenn man unter Verdammten Menschen versteht, die dazu verurteilt sind, eine schreckliche Last mit sich herumzuschleppen, von der sie sich nicht befreien können, dann hat er wohl den Nagel auf den Kopf getroffen.« Nelly mustert sie eindringlich.

»Für gewöhnlich haben sich Verdammte durch irgendein Vergehen ihr schweres Schicksal selbst eingehandelt.«

Susanna nickt kurz.

»Ich hatte immer den Verdacht, dass der Ursprung allen Übels bei meinem Großvater Giacomo liegt. Er war ein gnadenloser Tyrann. Doch der Apfel fällt nicht weit vom Stamm, und seine Kinder, meine Mutter eingeschlossen, sind ihm gar nicht mal so unähnlich.«

Sie legt den Kopf zur Seite und sieht Nelly nachdenklich an.

»Die Einzigen, die nicht ins Familienschema passen wollten, waren Tante Magraja und die jüngste Generation, das heißt ich, Giancarlo und Serena. Giancarlo hat darüber, wie man sieht, sein Leben gelassen. Serena erscheint schwach, aber im Grunde ist sie stark. Ich meinerseits habe den Atlantik zwischen mich und meine Familie gebracht, sobald ich konnte, und Tante Magraja ist auf ihre Art geflohen. Die Eheleute der Pisus, also Großmutter Lorenza, Tante Alice und mein Vater, hatten und haben ein schweres Leben. Mein Vater ... Unter der Fassade des besonnenen Gentlemans ist er raffgierig. Meine Mutter hat ihn mit Geld und Prestige gehalten.«

Sie haben sich ein wenig abseits in eine Fensternische gestellt und blicken über die graue Stadt, das trübe Meer, bleiern wie der Himmel. Plötzlich hat Nelly Mitleid mit der hart wirkenden Frau, die so geworden ist, um sich zu retten, wenn es denn geholfen hat.

»Entschuldigen Sie, Dottoressa, aber weshalb erzählen Sie mir das alles?«

Susanna seufzt.

»Weil ich mir wünsche, dass die Wahrheit ans Licht kommt, so es eine Wahrheit gibt. Ich wünsche mir, dass derjenige, der Giancarlo auf dem Gewissen hat, dafür zahlt, und dass der Fluch, der auf meiner Familie lastet, seit ich denken kann, endlich gebannt wird. Ich fürchte«, sie senkt die Stimme, »dass mein Großvater schlimme Dinge auf dem Gewissen hatte. Sehr schlimme Dinge. Und dass er Sardinien deshalb verlassen hat. Einmal – ich war noch ein Kind und im Haus meiner Großeltern zu Besuch – hatte ich mich zum Spielen unter seinem Schreibtisch versteckt. Er ist hereingekommen, weil das Telefon klingelte, und weil ich Angst hatte, ausgeschimpft zu werden, bin ich mucksmäuschenstill dort hocken geblieben. Ich werde niemals seine Stimme vergessen – er schrie nicht, doch sein Ton war furchteinflößend. Er sagte zu der Person am anderen Ende der Leitung, sie solle ihn nie wieder anrufen, sie wisse ganz genau, was ihr sonst blühen würde und zu was er, Giacomo Pisu, fähig wäre. Dann hat er aufgelegt, ist wie ein Raubtier im Zimmer auf und ab gewandert und schließlich türenschlagend rausgegangen. Und noch etwas habe ich erlebt, wieder in meinem Versteck …«

Susanna Pizzi lässt den Blick durch das Zimmer schweifen, als wäre sie wieder klein und ganz woanders. Sie atmet tief ein und schließt die Augen. Nelly bemerkt, dass Marilena Pizzi sie mit gerunzelter Stirn beobachtet.

»Was haben Sie gesehen oder gehört, Dottoressa?«, fragt Nelly schnell.

Susanna Pizzi schaut verlegen zur Seite.

»Ich weiß nicht, weshalb ich Ihnen diesen ganzen privaten Familienkram erzähle … Sie sollten lieber mit Tante Magraja reden, es hat nämlich mit ihr zu tun.« Mit diesen Worten wendet sie sich brüsk vom Fenster ab und geht davon. Marilena scheint erleichtert zu sein.

Am anderen Ende des Raumes sieht sie Filippo De Magistris, der sich gerade mit Serena Pisu unterhält. *Das sieht ja seltsam vertraut aus, die wirken wie alte Freunde.* Plötzlich steht Fiorenza De Mattei mit einem Glas Nebbiolo neben ihr.

»Dottoressa Rosso, sind Sie zufrieden mit dem Ausgang der Geschichte?«, fragt sie provokant.

»Was soll das heißen, zufrieden? Wieso sollte ich mich über solch ein tragisches Ende freuen? Ihnen ist wohl die Trauer über den Tod Ihres Mandanten aufs Hirn geschlagen.«

Die Anwältin zuckt zusammen, so eine Reaktion hatte sie nicht erwartet.

»Ich hatte den Eindruck, Sie seien von Giancarlos Schuld überzeugt und deshalb vielleicht froh, sich nicht mehr um den Fall kümmern zu müssen«, entgegnet sie leicht verunsichert. »Liege ich falsch?«

Nelly sieht sie eisig an, zischt: »Ja, Avvocato, da haben Sie wirklich voll danebengehauen«, dreht sich um und lässt sie mit ihrem Nebbiolo stehen.

Sie will sich gerade zu Basile gesellen, der etwas verloren in der Gegend herumsteht, als Signor Pizzi plötzlich neben ihr auftaucht und ihr ein Glas Champagner anbietet.

»Danke, Signor Pizzi, aber ich muss leider ablehnen. Es wäre das vierte, und ich habe keine Lust, mich zu so einem Anlass lächerlich zu machen.«

Der Mann lächelt, und die Ähnlichkeit mit seiner Tochter wird noch deutlicher. Er scheint ihre Gedanken zu lesen, denn er sagt: »Wie ich sehe, haben Sie Susanna kennengelernt. Meine Tochter ist ein großartiger Mensch.«

»Ja, wirklich eine außergewöhnliche Frau. Ist sie verheiratet?«

»Nein, aber sie lebt mit einem holländischen Wissenschaftler zusammen. Sie haben zwei kleine Kinder. Ich habe sie nur ein paar Mal gesehen, als wir zu ihnen in die Vereinigten Staaten gefahren sind. Sie sind beide strohblond und haben nichts von den Pisus«, schließt er zufrieden. *Und was ist mit den Genen? Die können so blond sein, wie sie wollen, aber Blut ist dicker als Wasser. Vielleicht wird eines von ihnen zu Giacomo Pisu 2 … Aber was weiß ich eigentlich Genaues über diesen Mann? Und wenn ich ihm Unrecht tue, indem ich ihn mir immer als die Ausgeburt allen Übels vorstelle?*

»Was war Ihr Schwiegervater für ein Mensch, Signor Pizzi? In was für einem Verhältnis standen Sie zu ihm?«

Pizzi blinzelt. Er späht über Nellys Schulter, denn seine Frau winkt ihn zu sich heran.

»Entschuldigen Sie, Dottoressa, ich muss gehen.« Und schon

ist er weg. *Aber klar, du musst gehen. Abhauen trifft es wohl eher. Und bloß nicht über deinen Schwiegervater reden. Ach, ich wollte ihn doch noch fragen, was er in der Detektei zu tun hatte …*

Unterdessen hat sich Serena wieder unter Marcos schützende Fittiche geflüchtet, der ihr etwas ins Ohr flüstert. Sie hat die Augen geschlossen wie ein trauriges Kind, das man mit einem Märchen tröstet. Nelly geht zu Filippo hinüber.

»Hallo, Filippo. Was macht Ihre Erinnerung?«

Er verzieht das Gesicht. Das Thema scheint ihm nicht zu schmecken.

»Keine Ahnung, Dottoressa Rosso. Unverändert, würde ich sagen. Leider.« Er lächelt entschuldigend.

»Ich habe gesehen, dass Sie mit der Schwester des Toten geredet haben. Irre ich mich, oder kannten Sie sie bereits, bevor sie Ihre und Basiles Klientin wurde?«

»Klar kenne ich sie. Wir sind zusammen auf der Uni, sie studiert Jura wie ich, auch wenn wir nicht die gleichen Kurse besuchen.«

»Verstehe. Und Gioia Innocenti? Kannten Sie die auch?«

Nelly fragt das wie nebenbei und ohne ihn anzuschauen. Aber sie kann ihn im Spiegel gegenüber sehen. Filippo scheint die Frage nichts auszumachen.

»Gioia kannte ich auch, die Ärmste, und ihre Schwester Gemma, mit der bin ich sogar ein paar Mal aus gewesen. Giancarlo kannte ich hingegen nur vom Sehen.«

Ein Schrei lässt alle Anwesenden zusammenfahren. Es ist Serena. Panisch stürzt sie zu ihrer Mutter, die schlaff und wie ohnmächtig in ihrem Sessel hängt.

IX

Trotz des strikten Verbots hatte es Alice Pisu geschafft, sich heimlich ein paar Gläschen Wein einzuhelfen, dazu Schnaps, weshalb sie beinahe draufgegangen wäre. Zum Glück – oder zu ihrem Unglück? Wollte sie sterben? – wurde sie wieder zurückgeholt und schleunigst in die x-te Entzugsklinik gebracht. *Entzug von was? Vom Leben? Auf ihre Art hat sie das doch schon gemacht. Scheiße, ich werde echt zynisch.*

Nelly saß in der Küche und frühstückte mit ihrem Sohn, ein Frühstück im Freien war trotz des blauen Himmels nicht möglich, denn die Tramontana ging einem durch Mark und Bein. Sie gab sich einen Ruck und richtete ihre Aufmerksamkeit wieder auf den Jungen, der sich endlich bequemt hatte, ein Wochenende bei seiner alten Mutter zu verbringen, nachdem sie sich das letzte Mal dank der Verdammten so gut wir gar nicht gesehen hatten. Er hatte sich die roten Rastazöpfe abgeschnitten, und das kurze Haar ließ sein schmales Gesicht noch hagerer erscheinen. *Ob er genug isst? Ob er anständig isst, oder nur Junk-Food?* Eigentlich war Mau in puncto Essen, Umwelt und fairem Handel immer weitaus bewusster gewesen als sie, doch seit seine Beziehung zu seiner ersten großen Liebe Monica Pittaluga in die Brüche gegangen war, war er sehr viel verschlossener, und Nelly hatte Mühe, aus diesem rätselhaften Menschen, den sie auf die Welt gebracht und großgezogen hatte, schlau zu werden.

Mit gesenktem Blick aß Mau die Focaccia, die sie noch schnell besorgt hatte. Der Appetit schien zum Glück nicht gelitten zu haben. Aber was sein Leben in Mailand betraf, musste man ihm alles aus der Nase ziehen. Nach ein paar Anläufen hatte Nelly es aufgegeben und sich darauf beschränkt, seine Anwesenheit zu genießen.

»Und, Mama, wie geht's dir so? So allein, meine ich.«

Mau sah sie mit seinen schmalen grauen Augen an. Endlich schien er sie wieder wahrzunehmen. Die Frage traf Nelly unerwartet. Sie druckste ein wenig herum: Das war ein heikles Thema, und sie versuchte Zeit zu gewinnen. Sollte sie lügen oder die Wahrheit sagen?

»Wie's mir so geht? Na ja, wie immer eigentlich, alles beim Alten. Arbeit gibt's genug, es wird sogar mehr, und …« Sie brach ab, als sie seinen scheelen Blick bemerkte. »Okay, okay ... Ich find's blöd, allein zu sein, wenn es das ist, was du wissen wolltest. Du fehlst mir, und Carlo fehlt mir auch. Aber so ist das Leben, nicht wahr? Ich komme zurecht. So schaut's aus.« *Mit Tanos tatkräftiger Unterstützung.*

Sie senkte die Lider, damit ihre Augen nichts von ihren Treffen mit Tano verrieten, und auch, um die Traurigkeit ihres Sohnes nicht zu sehen.

»Vielleicht hätte ich nicht fortgehen sollen«, murmelte er. »Durchs Abhauen kriegt man seine Probleme auch nicht gelöst. Man rennt und rennt, aber innerlich bleibt man doch immer man selbst.« Er lächelte schief. Sie wollte gerade etwas nicht allzu Plattes erwidern, als ihr Handy klingelte. *Tanos Dienstnummer?* Seine Stimme traf sie fast schmerzhaft in diesem vertraulichen Moment mit ihrem Sohn.

»Hör mal, Nelly, es tut mir leid, dass ich dir ausgerechnet an deinem freien Tag auf die Nerven fallen muss. Du brauchst auch nicht zu kommen, Marco ist da, und vielleicht kann ich auch Lojacono anheuern …« *Auf keinen Fall Lojacono!*

»Wärst du so freundlich, mich ins Bild zu setzen, worum es geht?« Ihre Stimme klang heiser.

»Marilena Pizzi ist verschwunden. Sie ist gestern Abend in Novi losgefahren, aber nie zu Hause angekommen. Ihr Wagen ist ausgebrannt im Flussbett des Scrivia gefunden worden.«

»Ich komme.«

»Schade, so ein schönes Auto.«

Mit echtem Bedauern betrachtete Gerolamo das noch qualmende Gerippe des BMW Z4 Coupé, das im Kiesbett des Scrivia stand. Der Wagen war über eine unbefestigte Straße zu einem Vorsprung gebracht worden, von dem aus man ihn angezündet und hinuntergestoßen hatte, oder vielleicht war er auch von selbst in Flammen aufgegangen. Das würde die Spurensicherung klären, die sich wie eine Schar eifriger Gespenster am Tatort zu schaffen machte. Nelly stand da und antwortete nicht. Ein leichter Nebel stieg auf. Die Nachricht von Marilenas Verschwinden hatte ihr einen Schlag versetzt und ihr die wenigen Karten, die sie über die Familie zu haben glaubte, endgültig aus der Hand gerissen. Sie überlegte laut:

»Also, fangen wir ganz am Anfang an: In Luras, einem Dorf der Gallura, bringt in den vierziger Jahren Samuele Pisu seinen Bruder Rodolfo um, um an das Erbe zu kommen und seine Schulden zu bezahlen, wobei er gemeinsame Sache mit dem Notar Secci macht. Jahre später bringt Samueles Sohn Giacomo den unbequemen Vater um oder lässt ihn umbringen, weil der noch immer ein unverbesserlicher Spieler ist und das Familienvermögen verpulvert. Wir springen in die sechziger Jahre. Der Mustersohn hat inzwischen Lorenza Secci geheiratet und angefangen, mit ihren Brüdern Giosué und Giovanni Geschäfte zu machen, Spezialgebiet Entführungen. Für die Drecksarbeit heuern sie Gavino und Panni Sogos an und vielleicht noch andere. Die letzte Entführung der kleinen Simon-Tochter geht schief, und Giacomo macht sich mit der Kohle Richtung Festland aus dem Staub. Szenenwechsel, vom ländlich-rückständigen Sardinien in das boomende Nachkriegs-Genua. Das wäre für einen betrogenen Komplizen der Moment, ihn aufzuspüren und ihn zur Rechenschaft zu ziehen. Doch es passiert nichts, und unser Freund wird ein reicher Bauunternehmer. Plötzlich, nach vierzig Jahren, wird er von einem Unbekannten überfahren, und kurz darauf sterben seine Söhne. Auch sein Enkel wird zum Opfer – möglicherweise Opfer seiner selbst, aber er nimmt dennoch ein schlimmes Ende. Eine Art Rache oder Fluch mit verspäteter Zündung. *S'ogu malu*, der böse Blick, wie Boboi Sogos angedeutet hat? Oder steckt da etwas anderes hinter?«

»Der böse Blick, der bisher nur die männlichen Familienmitglieder getroffen hat«, vervollständigte Marco, der sich zu ihnen gesellt und ihre Zusammenfassung mit angehört hatte. Nelly nickte.

»Und jetzt? Der oder die Rächer haben beschlossen, die ganze Sippe auszulöschen, oder ...«

»Oder diese Entführung hat nichts mit dem Rest der Geschichte zu tun. Irgendjemand weiß, dass die Pizzi einen Haufen Schotter hat, und will sich ein bisschen was davon abzwacken.«

»Na, so ein Zufall! Ein Unglück kommt selten allein, oder was?« Nelly schüttelte skeptisch den Kopf. »Dann schon eher eine historische Vergeltung. Die Tochter des Entführers entführt ...«

Marco zuckte mit den Achseln und sah sie an.

»Diese Geschichte ist das reinste Luftschloss, meine liebe Nelly. Wir haben nicht den kleinsten Beweis, nichts. Ich wette mit euch, binnen achtundvierzig Stunden werden die Entführer mit einer satten Lösegeldforderung von sich hören lassen.« Er versuchte überzeugend zu klingen, doch Nelly und Gerolamo sahen ihn nur schweigend an, in Gedanken bereits ganz woanders.

Marco und Nelly sitzen Tano gegenüber, der sich hinter seinem Schreibtisch verschanzt hat. Seit ein paar Minuten herrscht Schweigen, jeder grübelt über die neueste Wendung dieser immer vertrackteren Geschichte nach. In dem Moment klopft jemand an die Tür. Es ist Valeria. Signor Pizzi ist da. Er kommt herein, noch grauer und gebeugter als sonst, und grüßt die Anwesenden mit einem Nicken. Das Sprechen scheint ihn Kraft zu kosten. Marco überlässt ihm seinen Stuhl und geht hinaus, um sich einen anderen zu holen. Der Mann setzt sich und beginnt zu weinen. Die anderen schweigen betreten. Signor Pizzi schluchzt noch ein paar

Mal, zieht ein verknülltes Seidentaschentuch aus der Anzugtasche und schnäuzt sich. Nelly ist von dieser Posse eher genervt als gerührt. Tano räuspert sich diskret, und der Mann blickt ihn mit geröteten Augen an.

»Was ist meiner Frau zugestoßen, Dottor Esposito? Dottoressa Rosso?«

Sein Blick wandert zwischen den beiden hin und her.

»Es sieht ganz nach einer Entführung aus, Signor Pizzi«, antwortet Tano. »Ihre Frau befand sich glücklicherweise nicht in dem Auto. Man kann also nur abwarten, dass die Entführer sich melden. Oder haben Sie vielleicht einen anderen Verdacht? Ein Racheakt? Konkurrenten oder Kollegen Ihrer Frau? Irgendeine OP mit unbefriedigendem Ausgang? Offene Rechnungen?«

Pizzi schüttelt verzweifelt den Kopf.

»Das kann ich mir alles nicht vorstellen. Wir haben keine Schulden, die Klinik läuft gut, auch für die Aktionäre, es gibt keine finanziellen Probleme. Es hat wohl mal die eine oder andere Klage auf Schadensersatz gegeben, wegen … nicht vollends gelungener Operationen, aber wir sind entweder freigesprochen worden oder haben großzügig entschädigt. Ich zeige Ihnen gern, worum es ging, aber ich wüsste wirklich nicht … Rache?« Er seufzt erschöpft. »Ich kann dieses Wort einfach nicht mehr hören. Seit Monaten taucht es bei jedem neuen Schicksalsschlag, der uns trifft, wieder auf wie ein böser Kehrreim.«

Er blickt Nelly an.

»Aber Rache wofür? Und vor allem, wer will sich an uns rächen?«

Seine Stimme ist schrill geworden. Nelly bleibt ungerührt.

»Lieber Signor Pizzi, wenn wir wüssten, worum es sich handelt oder wer Ihrer Familie diese Schicksalsschläge, wie Sie es nennen, zufügt, würden wir hier nicht sitzen. Der Verdacht, dass es einen Zusammenhang gibt zwischen den Unfällen, Verbrechen, Morden und Entführungen, die Ihre Familie in den letzten Monaten heimgesucht haben, ist nur eine Hypothese, die genauso gerechtfertigt ist wie jede andere, die des blinden Zufalls beispielsweise, des Pechs. Solange wir nichts beweisen können, können Sie sich aussuchen, welche Ihnen lieber ist. Übrigens, Ihre Frau ist gestern Nachmittag um sechs aus Novi losgefahren, doch bis zur Autobahn ist sie nicht gekommen. Wo waren Sie gestern um diese Zeit, Signor Pizzi?«

Der Mann wird wachsweiß.

»Muss ich meinen Anwalt anrufen? Verdächtigen Sie mich?«

»Antworten Sie einfach. Wo waren Sie zu der Zeit?«, schaltet sich Tano ein.

»Ich war ... bei meiner Schwägerin Magraja.«

Die drei Polizisten sehen sich an.

»Das werden wir überprüfen. Und weshalb waren Sie bei ihr?«

»Ich ... ich habe meine Schwiegermutter besucht. Sie wissen ja, sie ist sehr krank.«

Schweigen senkt sich über die Szene.

»Wie ist das Verhältnis zwischen Ihnen und Ihrer Frau, Signor Pizzi?«, fragt Nelly schließlich.

Er zieht den Kopf noch tiefer zwischen die Schultern. Die Frage behagt ihm nicht, doch um eine Antwort kommt er nicht herum. Sein Mund verzieht sich, als müsste er eine bittere Pille schlucken.

»Wie soll es schon sein? Wie bei Eheleuten, die seit mehr als dreißig Jahren verheiratet sind, die zusammen arbeiten und einander respektieren. Wir haben ein gutes Verhältnis. Ich verstehe, dass Sie Ihre Arbeit tun müssen, aber Sie irren sich, wenn Sie glauben ... Also, verstehen Sie mich doch. Ich bin zutiefst geschockt, meine Frau ist verschwunden, und ich weiß nicht, was mit ihr ist, ob man ihr etwas angetan hat.«

Er hockt schlaff auf seinem Stuhl.

Du sagst nicht die Wahrheit, Freundchen. Deine Tochter hat mich darüber aufgeklärt, was für ein Leben die Partner und Kinder der

Pisus führen. Sie ist abgehauen. Du bist geblieben. Wegen des Geldes, meint sie. Ein gutes Verhältnis? Und mit Magraja? Hast du mit dem stillen Wasser von Schwägerin auch ein gutes Verhältnis?

»Gut, Signor Pizzi, Sie können jetzt gehen. Wie Sie wissen, sind unsere Techniker bereits bei Ihnen gewesen und haben Ihr Telefon verkabelt für den Fall, dass die Entführer sich melden sollten. Vizekommissar Auteri wird sich mit anderen Kollegen zur Überwachung bei Ihnen abwechseln. Hoffen wir, dass sich alles glimpflich lösen wird.«

Tano steht auf, die anderen tun es ihm gleich. Signor Pizzi ist fürs Erste entlassen.

X

Es vergehen zähe zwei, drei, vier, fünf Tage. Die Entführer lassen nichts von sich hören. Marilena Pizzi scheint sich in Luft aufgelöst zu haben, das Telefon im Hause Pisu-Pizzi bleibt stumm. Marilenas Mann hingegen scheint mit jedem Tag, der ohne ein Lebenszeichen von seiner Frau verstreicht, mehr und mehr aufzublühen. Fasziniert registriert Nelly diese wundersame Wandlung, die sich womöglich unbewusst, aber umso bedeutungsschwerer vollzieht. Romeo Pizzi ist wie ausgewechselt, sein Gang plötzlich aufrecht, der Teint weniger fahl. Seine Augen glänzen, und seine Versuche, den erschütterten Ehemann zu mimen, scheitern kläglich. Es ist, als würde er sich von einer schweren Krankheit erholen. *Und wenn er Marilena auf dem Gewissen hat? Magraja hat sein Alibi bestätigt. Am Ende sind die wirklich ein Liebespaar …* Nelly muss an Alceo Pisus spöttische Bemerkung an jenem Abend an der Piazza delle Erbe denken: »Die ist eine Art Nymphomanin, im Kopf nicht helle, aber die Triebe …« Sie ist auf dem Weg in die Via Balbi, noch ehe sie es beschließen kann, bringen ihre Füße sie dorthin: zu Magraja Pisu.

Schon beim Eintreten bemerkt Nelly, dass sich auch in der Pisu-Wohnung etwas verändert hat. Es ist heller, weniger muffig, anders. Celeste hat mit dem üblichen Gemecker über die zudringliche Polizei die Tür geöffnet und barsch nach Magraja gerufen, die sofort auftaucht und sanftmütig lächelt.

»Kommen Sie, Dottoressa Rosso, und nehmen Sie es Celeste nicht übel. Sie mag keinen Besuch, ihr wäre es am liebsten, es käme nie jemand hierher …«

Sie führt Nelly in den kleinen Salon, das Fenster steht weit auf,

Frühlingsgeruch strömt herein. Nelly setzt sich und schlägt die langen Beine übereinander. Magraja nimmt ebenfalls Platz. Sie trägt ein schlichtes, aber leuchtend blaues Kleid, ihr Haar fällt offen über die Schultern und ihr Gesicht ist glatt und faltenlos.

»Wirklich? Celeste hat Besuch nicht gern? Und wie sieht es mit Ihrem Schwager Romeo Pizzi aus?«

Für einen kurzen Moment weiß Magraja nicht, was sie sagen soll, doch sie versucht, sich nichts anmerken zu lassen.

»Die Verwandten kommen natürlich, um meine Mutter zu besuchen. Signor Pizzi ist der Schwiegersohn, hin und wieder schaut er vorbei, was ist daran so komisch?«

Nelly lässt nicht locker.

»Ich habe nicht behauptet, dass daran etwas komisch ist. Ich habe nur gefragt, ob Celeste etwas gegen seine Besuche hat. Immerhin waren Sie am Abend der Entführung Ihrer Schwester Marilena zusammen … Ein hübsches Alibi für Sie beide, oder?«

Magraja blickt sie wortlos an und fährt sich mit der Zunge über die Lippen. Sie blinzelt unsicher.

»Celeste liebt mich wie eine große Schwester und versucht nur, mich zu beschützen, das ist alles.«

»Jetzt, wo Ihre richtige große Schwester verschwunden ist?«

»Ja ... nein ... das ist entsetzlich! Ich weiß nicht, was ich davon halten soll. Manchmal frage ich mich, ob sie nicht aus freien Stücken verschwunden ist. Einfach abgehauen«, murmelt sie.

»Wieso hätte sie das tun sollen? Wüssten Sie einen Grund, weshalb sie sich einfach aus dem Staub hätte machen sollen?«

Sie beugt sich forschend zu Magraja hinüber, die mit den Lidern blinzelt, aber keinen Millimeter zurückweicht.

»Manchmal denke ich … dass man … vielleicht alles hinter sich lassen und verschwinden will, das ist alles. Damit will ich nicht sagen, dass Marilena das gemacht hat. Aber es kann passieren, oder nicht?«

»Magraja, sind Sie die Geliebte Ihres Schwagers Romeo Pizzi?«

Sie hat die Frage abgefeuert wie einen Pistolenschuss, doch Magraja ist nicht leicht aus der Fassung zu bringen. Sie sieht Nelly mit großen, arglosen Augen an.

»Mein Schwager ist ein anständiger Mensch. Manchmal fühlt er sich einsam und sucht Gesellschaft. Geliebte … Wieso unterhalten Sie sich nicht mal mit Dottor Boatti, Dottoressa Rosso? Leonardo Boatti. Er arbeitet in Marilenas Klinik.«

Nelly erinnert sich. Vor zwei Tagen ist sie mit Marco in Novi gewesen, um Marilenas Mitarbeiter zu befragen. Sie sieht einen großen, kräftigen, reichlich behaarten Mann vor sich, der eher wie ein Ringer denn wie ein Arzt aussieht, jedoch als hervorragender plastischer Chirurg gilt.

»Ich habe bereits mit Dottor Boatti gesprochen.«

Magraja sieht sie demütig und leicht abwesend an.

»Dann haben Sie ihm vielleicht nicht die richtigen Fragen gestellt …«

Der achtundvierzigjährige Leonardo Boatti überragt Nelly um ein gutes Stück, als er sie in sein Büro in der Klinik Rinascere führt. Schon vor ein paar Tagen hat Nelly über den modernen Luxus in den brandneuen Gebäuden der Klinik gestaunt, die inmitten eines mehrere Hektar großen Parks vor den Toren Novi Ligures liegt, augenscheinlich völlig losgelöst von der Ortschaft, neben der sie wächst und floriert. Die Kollegen haben berichtet, dass Patienten und Klinikpersonal nichts mit der Kleinstadt zu tun haben. Im Park stehen mehrere Villen für die Mediziner und das Personal. Auch für die Angehörigen der Patienten gibt es eine Art kleines Luxushotel mit riesigem Pool. Marilena und ihr Stab haben sich wahrlich nicht lumpen lassen.

Schnaufend nimmt der Mann hinter seinem Schreibtisch Platz. Das Zimmer ist vollkommen in Weiß gehalten und das Mobiliar mehr als luxuriös. Nelly hat gerade einen Artikel über die Kliniken gelesen, die in Thailand wie Pilze aus dem Boden schießen und in denen eine Behandlung ein Bruchteil dessen kostet, was man hierzulande dafür bezahlt. Amerikaner und Araber strömen dorthin, jeder, der sich Service und Komfort zu erschwinglichen Preisen wünscht. In der Zeitung war sogar ein Foto der Eingangshalle einer dieser Superkliniken abgebildet, mit Flügel, Pianist und Springbrunnen, wie in einem Fünfsternehotel. Diese Klinik hier erinnert sie daran, einzig der Flügel fehlt.

»Also, Dottoressa Rosso, worum geht es? Sie haben bereits alle mehr als ausgiebig vernommen, wieso sind Sie schon wieder hier, statt Dottoressa Pizzi zu suchen?«

Das erste Mal ist er freundlicher gewesen.

»Wir tun nur unsere Arbeit, Dottore. Um zu wissen, wo wir sie suchen sollen, müssen wir zunächst einmal versuchen zu verstehen, weshalb die Dottoressa verschwunden ist und wer dahinterstecken könnte. Übrigens, stimmt es, dass Sie beide ein Verhältnis hatten?«

Freundlich und arglos lächelt Nelly ihn an. Sein Gesicht wird puterrot.

»Und Sie glauben, wenn Sie den Leuten mit solchen Kriminalkomödienfragen auf den Sack gehen, kommen Sie dahinter, was Marilena zugestoßen ist?«

Aha. Jetzt ist es nicht mehr Dottoressa Pizzi, sondern Marilena. Der Chirurg lässt sich gegen die Stuhllehne fallen. Allmählich weicht die Röte aus seinem Gesicht. Er seufzt resigniert.

»In einem Umfeld wie diesem wird nun mal viel getratscht. Trotzdem weiß ich nicht, was Sie meinen. Dottoressa Pizzi und ich treffen uns ab und zu und haben auch Sex miteinander. Nichts, was der Rede wert wäre, keinerlei Gefühlsverwicklungen, um Gottes willen. In unserem Job steht man mächtig unter Stress, und Marilena hat einen, sagen wir mal, nicht sonderlich aufmerksamen Ehemann.« Er grinst. *Ein echter Gentleman.*

»Wissen Sie, ob Romeo Pizzi etwas von Ihrem Anti-Stress-Programm wusste?«

»Was weiß ich? Marilena hat nie etwas dergleichen erwähnt. Und ehrlich gesagt, ist es mir auch egal. Die beiden hatten seit Jahren schon eine reine Geschäftsbeziehung, ansonsten hat jeder seins gemacht. Glauben Sie wirklich, diese Plauderei über unser Privatleben bringt Sie in Ihren Ermittlungen weiter?«

Er sieht sie herausfordernd an.

»Kommt darauf an. Wo waren Sie zum Beispiel an dem Abend von Marilenas Verschwinden zwischen sechs und sieben Uhr?«

Wieder schießt ihm die Röte ins Gesicht.

»Auf Visite bei den Patienten, die ich am nächsten Tag operieren sollte. Das habe ich auch schon Ihrem Kollegen zu Protokoll gegeben. Fragen Sie Imelda, die Oberschwester, oder meinen Assistenten Bonaiuti oder wen immer Sie wollen. Mit Marilena habe ich mich kurz gegen drei zu einem Briefing getroffen. Sie war wie immer, voller Energie.«

»Wirkte Dottoressa Pizzi vielleicht bedrückt wegen der Geschehnisse innerhalb ihrer Familie? Hat sie mit Ihnen darüber gesprochen?«

Boatti denkt nach, das Kinn auf die gefalteten Hände gestützt. Schlanke, feine, wunderschöne Hände, die nicht zu seinem großen, massigen Körper passen wollen.

»Lassen Sie mich überlegen … Natürlich hat der Tod der Brüder und des Neffen sie mitgenommen. Aber Marilena ist nicht so leicht unterzukriegen. Was für sie zählte, waren die Arbeit und ihr Vater. Als der Alte gestorben ist, da war sie am Boden zerstört. Aber sie hat sich schnell wieder im Griff gehabt.«

»Kennen Sie sie schon lange?«

Boatti zuckt mit den Schultern.

»Seit rund fünfzehn Jahren. Ich war einer ihrer ersten Mitarbeiter. Also, ihren Vater hat Marilena echt vergöttert, während sie ihre Schwester hasst.«

»Hasst, sagen Sie?«

»Sie kann sie nicht ausstehen. Als der Vater noch lebte, war sie eifersüchtig, sie meinte, das sei eine Scheinheilige, die sich die Zuneigung des Vaters und der Geschwister zu erschleichen versuche. Einmal war sie dermaßen wütend auf sie, dass sie sogar meinte: ›Diese elende Nutte ist noch nicht mal meine richtige Schwester.‹ Wenn es um die geht, sieht Marilena rot.« Er lächelt herablassend. Weiber und ihre dämliche Eifersucht.

»Das hat sie gesagt?«, fragt Nelly verblüfft.

»So etwas sagt man halt, wenn man sauer ist. Ich nehme an, diese Schwester ist jünger und sieht besser aus.«

Vielsagendes Grinsen. Am liebsten würde Nelly ihm eine reinhauen.

»Und was passiert nun? Wie geht es weiter? Ich wollte das auch, das weißt du, aber jetzt wird alles noch gefährlicher.« »Erinnerst du dich noch, dass du keine Luft zum Atmen hattest? Wie atmet es sich jetzt?« »Du weißt es … natürlich weißt du es. Du hast recht, aber du wirst immer kühner. Werd bitte nicht unvorsichtig.« »Vertraust du mir nicht?« »Das meine ich nicht, ich fürchte nur, die Sache könnte aus dem Ruder laufen …« »Nicht, wenn ich das Ruder halte.«

XI

Sechs Tage. Sieben. Acht. Die Entführer schweigen. Um die Angehörigen mürbe zu machen, damit sie sofort und ohne zu zögern zahlen? Oder steckt etwas anderes dahinter? Handelt es sich wirklich um eine Entführung, die es auf Lösegeld abgesehen hat? Marilena Pizzi ist zwar steinreich, aber eben auch eine Pisu … Nelly und Marco Auteri sind mehrmals zwischen Genua und der Klinik hin- und hergefahren, um die Mitarbeiter zu befragen. Ein paar Gerüchte, Eifersüchteleien, viel Groll. Marilena scherte sich einen Dreck um das Betriebsklima, war anmaßend, herrisch, herablassend. Alle mussten spuren wie die Heinzelmännchen, sonst gab es Ärger. Mit den reichen Patienten hingegen war sie zuckersüß, ein anderer Mensch. Ob sich jemand hatte rächen wollen?

Die Aussagen waren einhellig. An jenem Tag, an dem sie zum letzten Mal gesehen worden war, hatte sie spontan beschlossen, eine Stunde früher als sonst nach Genua zu fahren. Nelly fragte sich, ob sie ihren Mann bei der Schwester hatte ertappen wollen. Hatte sie gegen die beiden vielleicht einen Verdacht? Jedenfalls hatte sie sich von einigen Mitarbeitern und der Empfangsdame verabschiedet und war in ihren BMW gestiegen. Dann war sie verschwunden. Die Suche entlang des Flusses, im Kiesbett und in der Umgebung hatte nichts ergeben. Keine Spur.

Nelly wurde von Tag zu Tag unruhiger. Sie stand am Fenster ihres Büros, zäh und chaotisch schob sich der Verkehr im Corso Andrea Podestà und dem Viale Brigate Partigiane an einer Baustelle vorbei. Es klopfte an der Tür, und auf ihr abwesendes »Herein!« betrat Sandra in eine Parfümwolke gehüllt den Raum.

»Ciao, Nelly, störe ich? Ich war gerade in der Gegend und dachte, ich schaue mal rein. Wenn es dir nicht passt, verschwinde ich sofort wieder.«

Sandra ging auf sie zu, musterte sie von oben bis unten und reckte sich, um ihr einen Kuss zu geben.

»Nein, du störst mich nicht. Stell dir vor, an wen ich gerade gedacht habe?«

Nelly deutete auf einen Stuhl, bat Valeria, ihnen zwei Kaffee zu bringen, und setzte sich. Sandra machte ein gespielt nachdenkliches Gesicht.

»Lass mich überlegen … an Carlo.« Nellys rote Locken wippten verneinend.

»An Tano.« Wieder schüttelte Nelly den Kopf und legte stirnrunzelnd den Finger auf die Lippen.

»An meine Verwandten.« Diesmal folgte ein energisches Nicken. »Neuigkeiten von Marilena?«

Nelly breitete frustriert die Arme aus. »Nichts und wieder nichts.«

»Das ist unglaublich. Wer kann das gewesen sein?«

»Alle, die etwas gegen sie haben könnten, haben ein bombensicheres Alibi. Erpresserforderungen, Fehlanzeige.«

Valeria kam mit dem Kaffee herein, stellte die beiden Tassen lächelnd auf den Tisch und zog sich diskret wieder zurück.

Nelly nahm ihre Freundin in Augenschein. Sandra hatte sich die Haare heller getönt und Strähnchen machen lassen, sie war sorgfältig geschminkt und hatte mindestens fünf Kilo abgenommen. Der positive Effekt des Kummers über die zerbrochene Beziehung mit Giorgio Del Vecchio. Sie hatte sich die leichte, großkarierte blaue Wolljacke ausgezogen, unter der sie eine altrosa Chiffonbluse trug. Der Rock war wie immer sehr kurz, und die Pfennigabsätze brachten ihre Beine in den perlgrauen Seidenstrümpfen zur Geltung. Nelly pfiff bewundernd.

»Seit du dir diese Filzlaus von Giorgio vom Hals geschafft hast, bist du regelrecht aufgeblüht. Du siehst umwerfend aus. Gibt's einen Neuen?«

»Bloß nicht! Bis ich mich wieder auf irgendetwas einlasse, muss noch ordentlich Wasser den Fluss runterfließen. Ich genieße meine Freiheit und verwöhne mich ein bisschen. Ich habe so viel Zeit und guten Willen für diesen Typen verplempert, und das ohne Gegenleistung«, schloss sie bitter.

»Sandra, wie waren deine Verwandten als junge Leute? Ich meine, als du sie kennengelernt hast. Wie standen sie zueinander?«

Sandra dachte angestrengt nach.

»Also, da meine Großmutter nicht wollte, dass wir mit denen was zu tun haben, habe ich sie als Kind nicht gekannt. Als wir sie das erste Mal besucht haben, muss ich so etwa vierzehn gewesen sein. Ich war aufgeregt, weil ich väterlicherseits keine Verwandten hatte, und außerdem hatten diese sardischen Vettern einen Haufen Kohle, während wir ... Na, das weißt du ja. Als ich das erste Mal in ihre Wohnung kam, traf mich fast der Schlag. Die war damals nicht so, wie du sie gesehen hast, sondern makellos, einfach umwerfend. So etwas hatte ich noch nie gesehen. Sie kam mir vor wie ein Schloss. Lorenza war eine schöne Frau, ein bisschen größer als Giacomo, freundlich, auch wenn sie oft traurig und bedrückt wirkte. Anselmo stand kurz vor seinem Anwaltsexamen. Er muss so Mitte zwanzig gewesen sein. Schon damals war er verschlossen, unnahbar, nur manchmal war er plötzlich wahnsinnig gut gelaunt und alberte herum. Alceo ging zur Uni, träumte aber von der Filmschule in Rom. Er war der typische Rebell, der gegen alles und jeden war. Oder besser gesagt, der gern gegen alles und jeden gewesen wäre, und wenn er nicht zu Hause war, spielte er den Linksintellektuellen, aber vor seinem Vater traute er sich das nicht. Marilena ...«

Sandra versuchte sich die blutjunge Medizinstudentin Marilena ins Gedächtnis zu rufen.

»Die war völlig fanatisch. Sie studierte wie besessen, war ehrgeizig und wild entschlossen, ihrem Vater zu beweisen, dass sie die Beste war. Sie war keine Schönheit, das war sie nie. Eigentlich sieht sie heute besser aus. Damals war sie ziemlich mollig, pausbäckig und zog sich schlecht an, na ja … «

»Und Giacomo? Wie war der?«

Sandra blickte zur Decke.

»Giacomo strotzte nur so vor Energie. Er hat mir Angst gemacht, auch wenn er nett war«, gestand Sandra.

»Angst?«

»Angst. Ich weiß nicht, wie ich's erklären soll. Man spürte, dass man ihn besser nicht provozierte. Er war wie eine tickende Bombe. Die Söhne machten einen möglichst großen Bogen um ihn. Marilena hingegen vergötterte ihn. Und er trug sie auf Händen, weil sie so gut war. Die waren aus demselben Holz geschnitzt. Seine Frau versuchte tunlichst, nicht in die Schusslinie zu geraten. Sie hat ihre Kinder nie vor ihm in Schutz genommen, und wenn er einen seiner Wutanfälle hatte, verkrümelte sie sich.«

Nelly bemerkte, dass in Sandras Schilderung etwas fehlte. Oder besser, jemand.

»Und Magraja? Wie war die damals?«

Sandra sah sie erstaunt an. Stimmt, Magraja …

»Magraja war wunderschön. Damals war sie vielleicht zwölf und schon eine Schönheit. Doch niemand kümmerte sich um sie, vielleicht, weil sie die Kleinste war oder weil sie so schüchtern und still war. Und außerdem hat Marilena, die sehr viel Einfluss auf ihre Brüder hatte, keine Gelegenheit ausgelassen, sie zu demütigen und dafür lächerlich zu machen, dass sie in der Schule nicht richtig mitkam. Sie war brennend eifersüchtig auf sie. Vielleicht weil …«

Sandra legte die Stirn in Falten.

»Einmal waren wir Jüngeren alle zusammen. Es gab irgendeinen festlichen Anlass, und wir hatten gemeinsam zu Mittag gegessen. Wir haben irgendein Spiel gemacht, ein Quiz, ja genau, ein Quiz wie im Fernsehen, und es gab auch Strafen. Magraja verlor immer, weil sie die Jüngste war und sowieso von Geschichte, Kunst und Literatur keine Ahnung hatte. Das war natürlich total ungerecht.

Alceo hat ihr trotzdem befohlen, sich auszuziehen, pro Fehler ein Kleidungsstück. Wie konnte ich das vergessen? Mir war das schrecklich unangenehm, aber ich hab mich nicht getraut, was zu sagen. Am Ende stand sie zitternd in Unterhosen da, die Ärmste. Sie hat wieder verloren, und Alceo hat ihr die Unterhosen ausgezogen, und ich hatte den Eindruck, dass gleich etwas sehr Hässliches passiert. Sie haben sie angesehen, Anselmo und er … Ich weiß nicht, wie ich das erklären soll … Marilena war eine Fratze des Hasses. Sie hat sie angestarrt, als wollte sie sie vernichten. In dem Moment ist die Mutter hereingekommen, und Magraja hat ihre Sachen geschnappt und sich aus dem Staub gemacht. Wie seltsam, das alles hatte ich völlig vergessen.«

Nelly dachte angestrengt nach.

»Und dein Onkel Giacomo, wie hat er sich ihr gegenüber verhalten?«

Wieder kramte Sandra in ihrem Gedächtnis.

»Das ist alles so lange her, weißt du … Wie hat Giacomo die jüngste Tochter behandelt? Ich erinnere mich nicht mehr. Aber er hat weder sie noch Marilena je angeschrien, da bin ich mir sicher. Nur die Jungs, die hat er zur Sau gemacht. Er war ziemlich liebevoll mit ihr, er streichelte ihr Haar und sagte, wie schön es sei. Einmal bin ich in sein Arbeitszimmer gekommen, da hatte er sie auf dem Schoß und küsste sie …«

Sandra brach jäh ab, als sie Nellys Blick sah.

»Ach du Scheiße. Das ist ein paar Jahre später gewesen, sie war vielleicht vierzehn oder fünfzehn, und er hatte sie auf dem Schoß wie ein kleines Mädchen und streichelte sie … Wenn er da nicht mal … Wieso ist mir das nie in den Sinn gekommen? Nelly, glaubst du, er hat sie … ?«

Sandra rutschte entgeistert auf ihrem Stuhl hin und her. Sie sah wieder Giacomos zornigen Blick, hörte die bissige Bemerkung: »Hat man dir nicht beigebracht anzuklopfen?«

Nelly versuchte, die Sache zu relativieren.

»Es ist möglich oder auch nicht. Es gibt nur eine, die es bestätigen oder bestreiten könnte, aber ich glaube nicht, dass sie es tun wird. Ein solch traumatisches Thema anzusprechen, könnte für Magraja ungeahnte Konsequenzen haben. Aber vielleicht war alles völlig unschuldig, sie hat sich einfach auf die Knie ihres Vaters gesetzt ...«

Sandra schüttelte den Kopf, geschockt von dieser Erinnerung, die plötzlich alles in einem ganz anderen Licht erscheinen ließ.

»Nein, nein. Ich könnte wetten. Er hat sie angefasst, ich könnte wetten. Dieses Schwein!«

Das Wort brachte Nelly auf einen Gedanken. »Schweine. Das werdet ihr büßen.« War das nicht der Wortlaut der Drohbriefe gewesen? Und wenn sie sich statt auf einen weit zurückliegenden Verrat auf häusliche Gewalt an der Tochter bezögen? Doch die Anschuldigung war im Plural, und zur Zeit der Drohbriefe war Giacomo bereits tot. Einen hatte er allerdings bekommen ... Nellys Gedanken nahmen plötzlich einen ganz neuen Kurs.

»Eine Entführung ohne Lösegeldforderung – seltsam. Seit Tagen will mir einfach nicht in den Kopf, was deiner Cousine Marilena zugestoßen sein könnte, dabei hätte ich vielleicht schon drauf kommen können, dass ... Na klar! Entschuldige, wenn ich unhöflich bin, aber ich hab zu tun. Wir hören voneinander. Und lass dir bloß nicht einfallen, mit Magraja über deinen verspäteten Verdacht zu sprechen.«

In null Komma nichts schob Nelly die verdatterte Sandra aus ihrem Büro, die nur noch murmeln konnte: »Na, so was aber auch ... Ciao, ciao, ich gehe ja schon, schubs mich nicht!«

»Valeria, komm bitte sofort zu mir!«

Valeria hastete zur ungeduldig wartenden Nelly ins Büro.

»Mach die Tür zu und setz dich, schreib mit, höchste Dringlichkeit.«

Sie deutete auf einen Stuhl und nahm ebenfalls Platz. Valeria, vorausschauend wie immer, hatte bereits einen Block dabei.

»Setz dich mit den Carabinieri von Luras in Verbindung, und zwar direkt mit dem Maresciallo Salaria. Sag ihm, er soll sich bitte äußerst diskret darüber informieren, was Boboi Sogos in den letzten zwei Wochen getrieben hat, ob er das Dorf verlassen hat. Er muss ihn überwachen, aber wie gesagt, äußerst diskret, verstanden? Dann bittest du ihn, sich mit seinen Kollegen in Olbia in Verbindung zu setzen und sich über die Aktivitäten eines gewissen Emanuele Sogos schlauzumachen. Ob er Sardinien verlassen hat, wer seine Freunde sind, wen er in letzter Zeit getroffen hat und so weiter. Sag ihm, ein Verdacht auf Entführung mache dies alles notwendig. Lediglich eine informelle Observierung, die sollen nicht misstrauisch werden. Es ist nur eine Idee, eine Vermutung, wir haben nichts in der Hand. Wenn die spitzkriegen, dass sie beobachtet werden, dann *addio*.«

Valeria wollte schon aufstehen, doch Nelly hielt sie zurück.

»Ich will außerdem eingehende Informationen zu einer Person, Filippo De Magistris.«

»Der neulich als vermisst gemeldet wurde?«

»Genau der. Vor allem über seine Familie. Alles, was du finden kannst. Danke, Valeria, du kannst gehen.«

Nelly holte Marco und Gerolamo und ging direkt zu Tano. Der Polizeivize machte ein erstauntes Gesicht, als er sie einen nach dem anderen eintreten sah.

»Ganz ruhig, ich erklär's dir. Wir müssen über die Pisu-Entführung reden.«

Tano hob die Hände.

»Nein, ich bitte dich, nenn sie doch wenigstens Pizzi. Ich krieg Ausschlag, wenn ich den Namen höre.«

»Entschuldige, also die Pizzi-Entführung. Wobei wir noch nicht einmal wissen, ob es sich um eine Entführung oder um einen als Entführung getarnten Mord handelt.«

Die drei Männer hatten im Halbkreis um die aufgeregte Nelly Platz genommen und sahen sie gespannt an.

»Angenommen, es steckt jemand hinter den ganzen ›Unglücksfällen‹, die die Familie Pisu-Pizzi in den letzten Monaten heimgesucht haben«, hob Nelly an. Die anderen blieben stumm. Es wäre zu früh gewesen, etwas gegen die Lieblingsthese der Kommissarin einzuwenden. Zuerst wollten sie hören, was sie noch zu sagen hatte. »Und die anonymen Briefe kündigten tatsächlich eine Rache an.« Schweigen. »›Schweine. Das werdet ihr büßen.‹ Und die Pisus büßen tatsächlich. Mit dem Leben. Sämtliche Männer im Haus. Die Frage oder besser die Fragen, auf die wir eine Antwort brauchen, lauten: Wieso mussten sie sterben? Was haben sie getan, um als Schweine bezeichnet zu werden? Und wer hat sich mit so gnadenlosem Geschick an ihnen rächen wollen?«

Nelly sah ihre Zuhörer einen nach dem anderen an. Tano machte ihr ein Zeichen, weiterzureden.

»Aller Wahrscheinlichkeit nach hat diese Vendetta im Heimatdorf der Pisus ihren Anfang genommen. Auch dort hat es bereits ›Unfälle‹ gegeben, die der Brüder Rodolfo und Samuele.«

Tano wurde ungeduldig.

»Bis hierher nichts Neues, Nelly.«

Sie sah ihn fast flehentlich an.

»Tano, bitte. Nur mal angenommen, okay? Lass mich wenigstens ausreden.«

»Schon gut, schon gut, entschuldige. Red weiter.«

»Die Pisus sind inzwischen mit den ebenso mächtigen, wenn nicht mächtigeren Seccis verwandt, die sie schon bei mehr als einer Gelegenheit gedeckt hatten. Giacomo Pisu und die in etwa gleich alten Secci-Brüder Giosué und Giovanni entdecken das lukrative Geschäft der Personenentführung. Sie spannen dafür die Sogos-Brüder Gavino und Panni ein. Und noch jemanden, den wir nicht kennen. Sie spezialisieren sich auf Kindesentführung. Drei laufen glatt, die vierte und einträglichste der kleinen Annabelle Simon geht schief, weil einer gesungen hat. Die Geisel ist verloren, Gavino und Panni Sogos bleiben auf der Strecke, einer ist tot, der andere verletzt und gibt die Namen seiner Komplizen niemals preis.«

Nelly holte Luft und musterte die Gesichter von Tano und ihren Mitarbeitern, die eher genervt als beeindruckt dreinschauten. Marco wagte einen vorsichtigen Einwand.

»Ja, so etwas in der Art hattest du uns schon nach deiner Rückkehr aus Sardinien erzählt. Alles möglich, aber leider nicht zu beweisen. Wo ist jetzt der Zusammenhang mit der …«

»… Pizzi-Entführung?«, schnitt Nelly ihm das Wort ab. »Eben genau da: dass wir es wieder mit einer Entführung zu tun haben, zwar nicht von einem Kind, sondern von einer Frau, aber von einer Pisu. Seht ihr denn die Parallele zum Fall der kleinen Annabelle Simon nicht?«

»Ehrlich gesagt, sehe ich rein gar nichts, Nelly. Das ist Jahre her, die Leute, die etwas mit dieser Geschichte zu tun hatten, die sich – vielleicht, womöglich, wer weiß – in Sardinien abgespielt hat, sind tot oder von Alter und Krankheit außer Gefecht gesetzt, wer um alles in der Welt könnte …«

»Tano, man ist immer davon ausgegangen, nur Gavino und Panni seien an den Kindesentführungen beteiligt gewesen, aber Boboi, der jüngste Bruder, war damals achtzehn Jahre alt. Allemal alt genug, um als wie auch immer gearteter Komplize zu dienen. Normalerweise ist immer die ganze Familie in diese Art von Entführungen verwickelt. Gavino hatte eine Frau und einen Sohn, Panni eine Frau und eine Tochter …«

Tano rutschte auf seinem Stuhl herum.

»Entschuldige mal, du kannst doch nicht die gesamte Verwandtschaft der Sogos beschuldigen! Bei Boboi und den anderen Personen, die du gerade genannt hast, wurden keinerlei Hinweise darauf gefunden, dass sie etwas davon gewusst haben oder beteiligt gewesen sind, und die Kinder der beiden waren damals noch winzig …«

Nelly warf ihm einen ironischen Blick zu.

»Sehr gut, Tano. Es wurden keine Beweise gefunden. Und Kinder werden nun mal groß. Genauso wie die Pisu-Kinder.«

Schweigen erfüllte das Zimmer. Jeder war in seine Gedanken versunken.

»Eine Rache der Sogos-Nachkommen, womöglich mit Hilfe von Boboi Sogos und zu Schaden von Giacomo und seinen Nachkommen?«

Marcos Miene und Stimme verrieten seine Skepsis. Gerolamo machte den Mund nicht auf, doch Nelly hatte den Eindruck, dass er auf ihrer Seite war. In seinen dunklen Augen lag Zuspruch.

»Kann man es ausschließen?«, fuhr sie beharrlich fort. »Aller Wahrscheinlichkeit nach hat Giacomo Pisu sowohl die Sogos als auch die Seccis über den Tisch gezogen. Erstere hat er angeschwärzt, nachdem er sich das Lösegeld unter den Nagel gerissen hat, und hat sie der Polizei ins Netz gehen lassen. Und den anderen hat er nichts davon abgegeben und sich Richtung Festland aus dem Staub gemacht. Das reicht doch dicke für eine Rache, findet ihr nicht?«

»Und wieso könnten es nicht die Nachkommen der Seccis sein, die sich nach so vielen Jahren einen Ruck gegeben und beschlossen haben, den Pisus doch noch eine kleine Lektion zu erteilen?«

Tano hatte nonchalant und ein bisschen von oben herab geklungen. Sie starrt ihn grimmig an.

»Schon möglich, aber ich glaube nicht, dass sie es waren. Sie stehen sehr gut da, haben Geld, Einfluss und Besitz. Und wenn das, was ich geschildert habe, zutrifft, hat es ihnen nur im Portemonnaie weh getan, während die Leben der Sogos zerstört worden sind: Gavino tot, Panni im Knast, die Mutter stirbt quasi vor Gram, der Vater bringt sich um – wie Giancarlo, ganz nebenbei bemerkt … Nur Gavinos Frau macht mit einem scheinbar normalen Leben in der elterlichen Trattoria weiter und zieht den Sohn Emanuele groß, der heute ein erfolgreicher Restaurantbesitzer in Olbia ist. Ein Mann um die vierzig …«

»Der bestimmt so durchgeknallt ist, sein Leben und seine Reputation aufs Spiel zu setzen, um den Vater zu rächen. Das ist doch ein verdammtes Klischee: die Sarden und die Rache! Hast du in letzter Zeit vielleicht *Colomba* von Mérimée gelesen, Nelly? Die ist zwar Korsin, aber ansonsten ist es dasselbe, Blut und Rache.«

»Verdammt, Tano, und dann ist da noch die andere Frau, die von Panni, die verschwunden ist und eine Tochter hatte.«

»Und die hat sich in einen Racheengel verwandelt. Wenn sie nicht irgendwo in einem sardischen Eichenwäldchen verscharrt wurde. Ist dir denn noch nie in den Sinn gekommen, dass Menschen manchmal einfach sterben? Eines natürlichen Todes, meine ich.«

Marco sah sie selbstgefällig an, doch Nelly war in voller Fahrt und ließ sich nicht aus dem Konzept bringen.

»Ich lasse all eure Einwände gelten und nehme sie nicht persönlich. Aber jetzt haben wir es mit einer Entführung zu tun – und die entführte Person ist weiblich. Soweit wir wissen, haben sich die Entführer nicht gemeldet. Aber können wir uns da sicher sein?« Sie sah triumphierend in die Runde.

»Der Richter hat das Familienvermögen einfrieren lassen, damit sie das Lösegeld nicht doch zahlen«, hob Tano an, und Nelly warf ihm einen ironischen Blick zu.

»Und natürlich gibt es für international agierende Personen heutzutage keine Möglichkeit, die Sache zu umgehen, wie?«

Wieder fielen die vier in Schweigen, jeder grübelte für sich. Schließlich ergriff Tano das Wort.

»Die Geschichte könnte – wohlgemerkt, sie *könnte* – aufgehen, auch wenn sie mir allzu sehr nach dem Grafen von Monte Christo und seinen über Jahrzehnte im Kerker ausgeklügelten Racheplänen schmeckt. Wir sollten Emanuele Sogos und seinen Onkel ins Visier nehmen.«

»Schon veranlasst.«

Tano sah sie an. »Wir sollten herausfinden, wo die Frau und die Tochter von Panni Sogos abgeblieben sind und ob sie noch leben.«

»Schon veranlasst.«

Tano presste genervt die Lippen aufeinander. Nelly lächelte ihn an. »Und wir sollten Pizzi ausquetschen, um herauszukriegen, was der hinter unserem Rücken womöglich so alles treibt. Ob er vielleicht Forderungen von den Entführern erhalten hat. Zufrieden?«

Nelly warf ihm eine Kusshand zu.

»Welche Optionen hätten wir auch sonst?«

Marco erhob sich kopfschüttelnd und dachte an Serena, die völlig schuldlos in etwas hineingeraten war, das sie ebenfalls zerstören könnte. Doch er würde sich um sie kümmern, er würde sie schützen.

XII

»Sie müssen verstehen, Dottor Esposito. Hier steht ein Menschenleben auf dem Spiel, das Leben meiner Frau. Es ist meine höchste Pflicht …«

Sie sind in Signor Pizzis Büro in der Klinik, wo Tano und Nelly ohne Vorankündigung aufgetaucht sind. Romeo Pizzi klappert mit den Lidern und blickt den Polizeivize flehentlich an, er fühlt sich sichtlich unwohl unter Tanos eisblauem Blick.

»Lieber Signor Pizzi, wir wissen aus verlässlicher Quelle, dass die Entführer sich mit Ihnen in Verbindung gesetzt haben. Sind Sie sich sicher, dass Ihr unkooperatives Verhalten dazu beiträgt, das Leben Ihrer Frau zu schützen? Und wenn genau das Gegenteil der Fall wäre? Wenn Sie sie damit in Lebensgefahr brächten?«

Romeo Pizzi schwitzt, obwohl es nicht sonderlich warm ist. Er sieht hilfesuchend zu Nelly, doch sie bleibt ungerührt. Er zögert, dann zieht er ein Schubfach seines futuristischen Schreibtisches auf und holt ein zusammengefaltetes Blatt Papier heraus. Er öffnet es, streicht es glatt und schiebt es den beiden Polizisten hin. Nelly erkennt den Stil der Nachricht sofort, sie ist aus den gleichen Buchstaben zusammengesetzt wie die Drohbriefe.

»Fünf Millionen Dollar auf ein Konto, das wir dir mitteilen werden, oder M. ist tot.«

Während Tano und Nelly es kaum fassen können, wischt sich Romeo Pizzi mit einem schneeweißen Taschentuch den Schweiß von der Stirn.

»Diese dämliche Celeste … Sie hat es Ihnen gesagt, stimmt's?«

Romeo Pizzi ist eher erschöpft als wütend und bedenkt sie mit einem unterwürfigen Hundeblick.

»Celeste?«

Nelly sieht ihn verständnislos an. Pizzi ahnt, was passiert ist.

»Sie haben also nur geblufft? Und ich bin darauf reingefallen. Aber vielleicht bin ich auch ganz froh, diese Last losgeworden zu sein. Vor vier Tagen hat jemand diese Nachricht in einem geschlossenen Umschlag unter der Wohnungstür von Magraja und Celeste durchgeschoben, und diese Schnüfflerin hat ihn geöffnet und gelesen. Magraja hat ihn mir gegeben.«

»Und statt die Polizei zu informieren, haben Sie fröhlich auf dem Umschlag und dem Brief herumgetatscht, sodass es so gut wie unmöglich sein wird, noch irgendwelche Fingerabdrücke darauf zu finden.«

Tano schnaubt wütend. Nelly schüttelt den Kopf.

»Wir werden keine Abdrücke finden. Genau wie bei den anderen. Du wirst sehen.«

»Deine Rache-Theorie nimmt Form an, Nelly.« Tano sieht sie bewundernd an, doch sie wendet sich an den verständnislos dreinblickenden Pizzi.

»Vor vier Tagen ist der Brief eingetroffen, und die Kontonummer, haben Sie die inzwischen?«

»J...ja«, gesteht Pizzi widerwillig.

»Und?«, rufen Tano und Nelly gleichzeitig.

»Es war eine Nummer von einer Bank auf den Kaimaninseln. Sobald ich die Überweisung getätigt hatte, sollte ich die Nachricht auf dem Handy löschen und das Handy wegwerfen. Ich habe gehorcht.«

Pizzis Stimme ist nur noch ein Wispern.

»Gehorcht? Wann? Wie?«

Pizzi seufzt und sieht wieder genauso grau und gebeugt aus wie vor der Entführung seiner Frau.

»Die Überweisung sollte gestern Morgen getätigt werden. Sie wurde durch unseren Geschäftspartner in New York angewiesen. Alles ist gutgegangen. Ich habe die Nummer gelöscht und das Handy weggeworfen, aber selbst wenn ich sie irgendwo aufgeschrieben hätte – das Konto ist geleert und geschlossen worden. Und aus Erfahrung glaube ich, dass es unmöglich sein wird, herauszufinden, wo dieses Geld geblieben ist«, schließt er niedergeschlagen.

Tano und Nelly sind einen Moment lang sprachlos. Sie müssen die Neuigkeiten und das, was dahintersteht, erst verdauen.

»Die Bedingungen. Was sind die Bedingungen? Wann soll Ihre Frau freigelassen werden?«

Nelly spürt eine vage Beklommenheit in sich aufsteigen. Pizzi breitet die Arme aus und schaltet den Computer an. Am Morgen hat er eine Mail erhalten. Ein einziges Wort. »Bald.« Sonst nichts.

»Soll das heißen, Sie haben fünf Millionen Dollar mehr oder weniger ins Klo geschmissen, ohne auch nur den Hauch einer Garantie zu haben? Ohne zu wissen, ob Ihre Frau überhaupt noch am Leben ist?«

Nelly kann es kaum fassen. Die Ähnlichkeiten mit einer anderen Entführung an einem anderen Ort und zu einer anderen Zeit scheinen zuzunehmen. Romeo Pizzi vergräbt den Kopf in den Händen.

»Ich liebe Marilena schon lange nicht mehr. Sie hat mir das Leben ... nicht leicht gemacht, sie hat unsere Tochter von uns distanziert ... Eigentlich sollte ich sie hassen, aber konnte ich zulassen, dass die Entführer sie umbringen?«

Die Frage ist offensichtlich nicht an die Polizisten, sondern an ihn selbst gerichtet. Tano hat nicht sonderlich viel Verständnis für den Mann.

»Sie werden jetzt tun, was wir Ihnen sagen, und enthalten Sie uns um Himmels willen keine Informationen mehr vor. Die Freilassung einer Geisel ist der heikelste Moment einer Entführung, wenn es denn eine Freilassung gibt«, schließt er böse, und Pizzi zuckt zusammen.

»Freilassung hin oder her, was Sie auf jeden Fall interessieren wird, ist vielleicht nicht, die fünf Millionen zurückzubekommen, denn die scheinen Peanuts für Sie zu sein, sondern die Entführer bestraft zu sehen, oder irre ich mich?«

Nelly versucht, weniger hart zu klingen als Tano, doch es fällt ihr schwer.

Romeo Pizzi lässt den Kopf hängen und nickt wortlos.

XIII

Die nebulöse Ankündigung »Bald« ist inzwischen sechs Tage alt. Die fünf Millionen haben sich im Web verflüchtigt. Die E-Mail an Romeo Pizzi war aus einem Internetcafé in der Altstadt abgeschickt worden, was zumindest bedeutet, dass die Entführer nicht weit sind. Auf dem Forderungsschreiben sind außer den Fingerabdrücken von Celeste, Magraja und Pizzi keinerlei verwertbare Spuren. Seufzend studiert Nelly die Berichte, die Valeria ihr auf den Schreibtisch gelegt hat. Einige kommen aus Sardinien. Boboi Sogos scheint sich aus seinem Heimatdorf nicht wegbewegt zu haben, während der letzten zehn Tage wurde er sogar täglich im Ort gesehen, was für ihn ungewöhnlich ist. *Als hätte er zeigen wollen, dass er da ist.* Der Neffe Emanuele Sogos hingegen war geschäftlich auf dem Festland, in der Toskana. Offenbar hat er sich Genua und Novi nicht genähert, er ist in Siena gesehen worden, wo er in einem Hotel in der Altstadt abgestiegen ist. Verdrossen schüttelt Nelly den Kopf. Gerade will sie mit dem Papierstoß in der Hand zu Tano gehen, als das Telefon klingelt. Nach kurzem Zögern macht sie kehrt.

»Basile? Wie? Etwas sehr Wichtiges? Ja, verstanden. Würde es Ihnen etwas ausmachen, hier vorbeizukommen? Ach so. Und wann erwarten Sie Ihren Klienten? Okay, dann komme ich zu Ihnen.« Sie blickt auf die Uhr. »In Ordnung, bis gleich.«

»Und, was sagst du? Noch Einwände?« »Nein. Du bist großartig, einfach großartig. Trotzdem habe ich das Gefühl, am Rand eines Abgrundes zu balancieren, der uns anzieht, auf uns wartet. Hör auf, ich bitte dich. Es reicht.« »Erst, wenn alles gemacht ist. Erst dann reicht es. Lass mich den nächsten Schritt planen.«

Auf dem Weg zur Privatdetektei war das ungute Gefühl, das die Nachricht der Lösegeldzahlung in Nelly ausgelöst hatte, immer noch da. Entführungen, bei denen das Lösegeld gezahlt worden und die Geisel nicht zurückgekehrt war, hatte es leider häufig gegeben. Und im Grunde ihres Herzens »wusste« Nelly, dass Marilena Pizzi nicht mehr auftauchen würde. Das gehässige Stimmchen raunte ihr ins Ohr, die Würfel seien gefallen und auch für Marilena habe sich die düstere Prophezeiung erfüllt: »Schweine. Dafür werdet ihr büßen.« Doch was sollte Marilena büßen, die zur Zeit der Simon-Entführung und des möglichen Verrats noch ein Kind gewesen war, genau wie ihre Brüder? Grübelnd und eine Scheibe Focaccia aus einer Bäckerei an der Ecke Via XXV Aprile kauend, bog Nelly in die Via San Matteo ein und fragte sich, welche Neuigkeiten Basile wohl für sie hätte. Die Stimme des Ex-Brigadiere, der sonst stets ruhig und gelassen blieb, hatte am Telefon fast gezittert.

Als sie in seinem Büro eintraf, war Basile beschäftigt. Nelly setzte sich und vertiefte sich in die Zeitschrift *La Casana*, das vierteljährlich erscheinende Blatt der Genueser Sparkasse, die einzige Lektüre, die den Klienten der Detektei neben dem Carabinieri-Magazin zur Verfügung stand. Nach einer Viertelstunde kam Basiles Kunde endlich heraus, fast im Laufschritt und ohne sich umzublicken. Nelly erhaschte das flüchtige Bild einer gut gekleideten Frau mittleren Alters mit rotgeweinten Augen. *Ein untreuer Ehemann? Ein drogenabhängiges Kind? Wer weiß …* Gleich darauf erschien Basile in der Tür seines Büros.

»Guten Tag, Dottoressa Rosso, danke, dass Sie so schnell gekommen sind.« Er ließ sie Platz nehmen. Mit besorgter Miene schloss er die Tür. Dann zog er eine Schublade auf, holte zwei winzige Wanzen hervor und hielt sie Nelly hin.

»Hier, in Ihrem Büro?« Nelly war fassungslos. Basile nickte grimmig.

»Und das ist nicht alles. Heute Morgen habe ich ein Dokument gesucht und eine Schublade an Filippos Schreibtisch aufgezogen, unter seinem Computer … Schauen Sie mal.« Er hielt Nelly ein Schwarzweißfoto hin. Darauf war eine junge Frau mit langen, dunklen, zu einem Dutt gebundenen Haaren zu sehen. Sie hielt ein kleines Mädchen an der Hand. Dahinter sah man eine sonnenbeschienene, ländliche Umgebung. Nelly betrachtete es verständnislos. Dann drehte sie es um und sah, was auf der Rückseite stand. Es war in einer unsicheren, kindlichen Handschrift geschrieben. »Meinem lieben Ehemann Panni. Von seiner Mimma mit Töchterchen Filomena, 13. August 1976.« Nelly schluckte ein paar Mal.

»Panni Sogos' Frau? Wie sind Sie an dieses Foto gekommen, Basile?«

Basile holte tief Luft. Er sah aus, als würde ihm ein Zahn gezogen.

»Wie gesagt, ich habe etwas gesucht und eine von Filippos Schubladen aufgezogen. Darin lag dieses Foto. Und dieses auch.« Er hielt ihr das Passbild eines Personalausweises hin. Es war dieselbe Frau, nur ein paar Jahrzehnte älter. Das Haar war kurz und weiß, das Gesicht eingefallen, der Blick stumpf. Ihr Name war Maria Immacolata Capitone. Ausgestellt war das Dokument im Jahr 2005. In Genua.

»Wo ist Filippo? Was hat er mit der Witwe von Panni Sogos zu tun?«

Basile schnaufte.

»Er war schon seit ein paar Tagen nicht mehr hier, weil er sich auf eine wichtige Prüfung an der Uni vorbereiten muss. Das hat er mir zumindest gesagt. Diese Frau … Er hat mir neulich mal ein Bild von sich mit seiner Großmutter gezeigt. Dies ist seine Großmutter.« Er schnaufte erneut. »Er ist Panni Sogos' Enkel, der Sohn seiner Tochter Filomena, so sieht es aus.«

Nelly und Basile sahen einander fassungslos an. Der Junge hatte sie die ganze Zeit über für dumm verkauft. Während sie sich mit der Suche nach den verschollenen Sogos-Angehörigen herumgeschlagen hatten, hatte er danebengesessen und zugesehen. Aber warum?

»Wieso hat er mich angelogen? Ich hab alles für ihn getan, er war wie ein Sohn für mich, ich hätte mein Leben in seine Hände gelegt, so blind habe ich ihm vertraut.«

Basile ließ seine Faust so heftig auf den Schreibtisch niedersausen, dass Papiere und Stifte einen Satz machten.

»Entschuldigen Sie, Dottoressa. Ich fühle mich so … Ich kann es einfach nicht fassen. Filippo ist ein guter Junge. Vielleicht sind unsere Schlüsse zu voreilig. Wir sollten uns erst anhören, was er zu sagen hat.«

»Basile, ich bin genauso vor den Kopf geschlagen wie Sie. Aber hier geht es um eine Entführung, und Sie wissen ebenso gut wie ich, dass es bei den Sogos, ob jung oder alt, noch immer Wut- und Hassgefühle gegen Giacomo Pisu und seine Familie geben könnte. Natürlich hören wir uns an, was Filippo zu sagen hat, und vielleicht hat er wirklich nichts damit zu tun, dennoch werde ich mir einen Durchsuchungsbefehl für seine Wohnung verschaffen, wir werden sofort hinfahren, und der Staatsanwalt soll mir derweil einen ausstellen. Wo wohnt Filippo De Magistris?«

Filippo De Magistris wohnte in einer Gasse nicht weit entfernt von der Piazza Tavarone. Nelly und Basile hatten auf dem Weg dorthin kein Wort mehr gewechselt. Nelly hatte mit der Staatsanwältin Antonella Pasqui telefoniert, die auch mit dem Pizzi-Fall betraut war, und Marco gebeten, ihr den Durchsuchungsbefehl zu Filippos Wohnung zu bringen. Sollte De Magistris etwas mit der Entführung zu tun haben, war keine Zeit zu verlieren. Basile war rastlos, man sah, dass er es kaum abwarten konnte, dem Jungen gegenüberzustehen. Doch sie mussten sich noch eine Dreiviertelstunde gedulden, die sie in einer Bar totschlugen, von der aus man die Eingangstür von Filippos Wohnhaus im Blick hatte. Endlich traf Marco völlig außer Atem ein.

»Alles in Ordnung, hier ist der Durchsuchungsbefehl. Wo wohnt unser Freund?«

Wortlos deutete Nelly mit dem Kinn auf die Eingangstür. Sie zahlten und verließen das Lokal.

»Sie, Basile, bleiben erst einmal hier, wir gehen rein. Später können Sie nachkommen.«

»Dottoressa, ich bitte Sie, lassen Sie mich dabei sein. Wenn Sie wüssten, wie ich mich fühle ...«

»Gerade deshalb.«

Nelly ließ sich nicht erweichen.

»Wenn er mich sieht, macht er vielleicht keine Dummheiten. Er vertraut mir. Vielleicht ist alles nur ein Missverständnis ...«

Basiles Stimme klang flehentlich. Nelly und Marco wechselten einen Blick, und der Vizekommissar zuckte mit den Achseln. Er hatte nichts dagegen. Widerwillig gab Nelly nach und hoffte, dass sie es nicht bereuen würden. Sie klingelten, und Filippos Stimme erscholl in der Gegensprechanlage.

»Wer ist da?«

»Ich bin's, Basile. Dottoressa Rosso ist auch hier. Können wir raufkommen? Es gibt ein paar Neuigkeiten, die wir gern mit dir besprechen würden.«

Basile hatte ganz normal geklungen. Das war ihm nicht leicht gefallen. Die Antwort klang ebenfalls gelassen.

»Klar, Brigadiere. Kommen Sie rauf.« Die Eingangstür sprang auf.

Filippo wohnte im sechsten Stock eines Hauses, das einmal bessere Zeiten gesehen hatte. Zwar wurde das Gebäude saniert, doch ließ die Fassade nicht erahnen, dass die gesamte Rückseite eingerüstet war, um das Dach zu erneuern. Die Stufen waren steil und ausgetreten, wie so oft in den Genueser Altstadthäusern. Das Treppenhaus roch nach Stockfisch, doch keiner der drei konnte gerade an Essen denken. Scheinbar völlig relaxt stand Filippo in weißem T-Shirt und ausgewaschenen blauen Trainingshosen in der Tür. Nur bei Auteris Anblick runzelte er kaum merklich die Stirn.

»Guten Tag, Brigadiere, wie geht es Ihnen, Dottoressa? Verzeihen Sie, ich bin wirklich nicht vorzeigbar. Wegen dieser verdammten Prüfung habe ich mich hier völlig vergraben. Strafrecht.« Er warf Basile einen fragenden Blick zu und wurde sofort beschwichtigt.

»Das hier ist Vizekommissar Auteri, Nellys Kollege. Können wir reinkommen, Filippo?«

»Klar doch …« Er trat zur Seite und ließ die drei in die geräumige Diele treten. Die Wände waren vor kurzem gestrichen worden, und der Raum war als Studierkammer eingerichtet: ein Computer in einer Ecke beim Fenster, zahllose Bücher auf dem Computertisch, dem Boden und in einem Regal an der Wand. Drei behagliche, mit bedruckten Baumwolltüchern bedeckte Sessel, vielleicht aus einem Trödelladen, verbreiteten eine wohnliche Atmosphäre. Von der Diele gingen drei Türen ab. Lautlos tauchte eine schwarze Katze auf und strich um Filippos Beine. Der sah seine unerwarteten Gäste ratlos an. Er ahnte langsam, dass etwas nicht stimmte.

»Darf ich den Grund erfahren …«, hob er unsicher an und sah zu Basile hinüber. Nelly nahm ihm die Antwort ab. Sie zog das Foto der Frau mit dem kleinen Mädchen aus der Tasche und hielt es Filippo unter die Nase, der einen halben Meter zurückwich.

»Das ist der Grund, Filippo. Diese Frau ist Ihre Großmutter, stimmt's? Maria Immacolata Sogos, Pannis Frau. Und das kleine Mädchen ist Ihre Mutter, Filomena Sogos. Richtig?«

Filippo wirkte wie versteinert. Schweigend starrte er das Foto an. Dann presste er mühsam hervor:

»Ja, so ist es. Aber wie sind Sie an dieses Foto gekommen?«

Nelly zeigte ihm auch den Personalausweis.

»Genau so, wie an dieses hier, auf dem Ihre Großmutter als alte Frau zu sehen ist. Basile hat sie in der Schublade ihres Computertisches im Büro gefunden.«

Filippo war blass geworden. »Das kann nicht sein«, stammelte er.

»Und wieso nicht, das sind doch Ihre Fotos, oder nicht?«

Filippo schüttelte den Kopf.

»Das sind meine, aber sie sind mir zusammen mit meinen Papieren in Sardinien gestohlen worden, als ich in dieses Loch im Valle della Luna gestürzt bin. Die Büroschlüssel wurden mir auch gestohlen ...«

Basile konnte nicht mehr an sich halten.

»Und das hast du mir nicht gesagt? Filippo, was hat das alles zu bedeuten? Wieso hast du mir nicht gesagt, dass du mit den Sogos verwandt bist? Wieso hast du das verheimlicht? Und warum hast du mich ausspioniert? Ich hab die Wanzen im Büro entdeckt.«

Filippo war völlig fassungslos.

»Brigadiere, als ich bei Ihnen angefangen habe, gab es keinen Grund, Ihnen meine Familiengeschichte zu erzählen. Und später, als diese ganze Sache mit den Pisus losgegangen ist, wollte ich nicht, dass Sie denken ... Niemand sollte wissen, dass meine Großmutter Panni Sogos' Witwe war. Sie hatte sogar den Namen ihrer Mutter angenommen, als sie aus Sardinien kam, und sie hat wieder geheiratet, ohne sich jemals scheiden zu lassen. In Neapel, einen gewissen Pasquale Capitone, der bald darauf bei einem Arbeitsunfall gestorben ist. Dann ist sie mit meiner Mutter zuerst nach Pavia und dann nach Genua gezogen. Nicht ein Wort wollte sie über die Vergangenheit hören, geschweige denn verlieren. Wer die Sogos waren, die ganze Geschichte, das alles hat sie mir erst kurz vor ihrem Tod erzählt.« Tränen glänzten in seinen Augen. »Aber die Wanzen im Büro habe ich ganz bestimmt nicht installiert!«

»Du kommst jetzt mit uns mit aufs Präsidium, mein Junge, und dort werden wir mal ein bisschen miteinander plaudern«, schaltete sich Marco ein. Panik malte sich auf Filippos Gesicht.

»Wieso? Wessen werde ich beschuldigt? Einen Großvater im Gefängnis gehabt zu haben, ist doch kein Vergehen. Ich kenne meine Rechte, ihr könnt nicht ...«

Nelly zog den Durchsuchungsbefehl hervor.

»Wieso können wir dich nicht als mit den Fakten vertraute Person verhören und deine Aussage aufnehmen, Filippo? Was ist daran so merkwürdig? Es gibt einigen Klärungsbedarf. Aber zunächst wollen wir uns hier ein bisschen umsehen.« Sie machte Marco und Basile ein Zeichen, mit der Durchsuchung zu beginnen. Filippo stand stocksteif da und warf Basile einen verzweifelten Blick zu.

»Brigadiere, Sie kennen mich. Ich sage Ihnen, ich ...«

Doch Basile antwortete nicht. Nelly sah sich in der Wohn-Arbeits-Diele um. Auf dem Boden lagen Vorlesungsnotizen und ein paar juristische Texte.

»Was hast du denn gerade Schönes gelernt?«

»Strafrecht, das hatte ich doch schon gesagt«, entgegnete Filippo kaum hörbar. In dem hölzernen Bücherregal stand von allem etwas, von den Klassikern in Taschenbuchausgabe bis hin zu Ammaniti und Saviano. Filippo beobachtete sie beklommen.

»Ich ... Es stimmt nicht, dass ich an einer Amnesie leide, ich weiß, was mir im Valle della Luna passiert ist«, haspelte er plötzlich hervor.

»Wirklich? Und wieso hast du uns das verschwiegen?«

Nervös trat Filippo von einem Bein aufs andere.

»Weil es was mit der Familie meiner Mutter zu tun hatte und ich nicht wollte, dass es herauskommt.«

Nelly wollte gerade weiterbohren, als Marco aus der Küche kam. Er hielt einen ziemlich großen, zerknitterten und blutbefleckten rosa Schlüpfer in der behandschuhten Hand. Filippo und Nelly blickten ihn fragend an.

»Hast du deine Tage, Filippo?«, fragte Marco Auteri eisig. »Irgendetwas sagt mir, dass das Blut auf diesem Slip nicht von dir stammt.« Er steckte die Unterhose in eine durchsichtige Plastiktüte. Auch Basile kehrte in die Diele zurück.

»Wo ist Marilena Pizzi, Freundchen?«, bellte er Filippo an. »Wenn du mitarbeitest und es uns sofort sagst, gibt's Strafmilderung, aber sollte ihr in der Zwischenzeit etwas zugestoßen sein …« Er fuhr sich mit der Handkante an der Kehle entlang. Filippo De Magistris war wie vom Donner gerührt und brachte keinen Ton heraus. Schließlich krächzte er: »Ich habe diese Unterhosen noch nie gesehen. Wo habt ihr sie gefunden? Das sind nicht meine.«

»Ach nein? Tja, die lagen in einer Tüte auf deinem Balkon, zusammen mit dem hier.« Er hielt einen ebenfalls blutbesudelten Fetzen hoch.

»Auf geht's ins Präsidium. Dort werden wir den Fetzen und den Slip untersuchen lassen, dann wissen wir, wessen Blut das ist, wenn es sich denn um Blut handelt.«

Nelly machte einen Schritt auf Filippo zu, der noch blasser geworden war, doch plötzlich sehr ruhig wirkte.

»In Ordnung. Kein Problem, ich komme mit und werde alles aufklären. Kann ich mir einen Pullover und meine Papiere holen?«, fragte er und trat auf die Küchentür zu. Ehe die drei es sich versahen, hatte er die Tür hinter sich zugeschlagen und den Schlüssel umgedreht.

»Filippo! Mach's nicht noch schlimmer, komm sofort raus, was hast du vor?«

Basile trommelte mit den Fäusten gegen die Tür.

»Vor der Küche gibt es einen kleinen Balkon, von dem aus man auf das Baugerüst klettern kann. Schnell, ich gehe runter und passe ihn ab, sonst geht er uns durch die Lappen.« Marco stürzte die Treppe hinunter. Nelly konnte nicht glauben, dass der Junge sie so kaltschnäuzig übers Ohr gehauen hatte. Endlich gelang es ihr und Basile, das Schloss zu öffnen. Die Küche und der kleine Balkon waren leer. Sie lehnten sich über die Brüstung, doch auch auf dem Baugerüst war von Filippo keine Spur.

»Hier ist er nicht«, erscholl Marcos Stimme von unten. »Wo hat sich dieses Arschloch verkrochen?«

Ratlos und zerknirscht blickten Nelly und Basile einander an. Der Sogos-Spross war ihnen vor ihren Augen entwischt.

XIV

Seit zwei Tagen gab es von Filippo Giovanni De Magistris keine Spur. Die Untersuchungsergebnisse der Unterhose und des Herrenunterhemdes, denn als solches hatte sich der Fetzen erwiesen, standen noch aus. Nelly saß in Tanos Büro und fasste ihm die Situation zusammen. Wie immer, wenn ihm etwas nicht passte, stand er mit hinter dem Rücken verschränkten Händen am Fenster und schaute hinaus. Nelly schäumte vor Wut.

»Wir hatten ihn die ganze Zeit vor der Nase. Nicht zu fassen. Dass er von seiner Großmutter aufgezogen worden war, war bekannt, aber die hieß nun mal Capitone, wer soll da was vermuten? Dass die Mutter an einer Überdosis gestorben ist, als er sieben Jahre alt war, wussten wir ebenfalls. Sie war von diesem Capitone adoptiert worden und ließ sich bei ihrem zweiten Namen nennen, Natalia. Wie sollte man ahnen, dass Natalia Capitone und Filomena Sogos ein und dieselbe Person waren?«

Sie blickte Tano fast flehentlich an, doch der schien allzu sehr von etwas draußen vor dem Fenster eingenommen zu sein.

»Der Vater, ein gewisser Francesco De Magistris, war ebenfalls drogenabhängig und hat ein paar Mal wegen Dealerei im Knast gesessen. Damals lebten sie in Pavia. Als die Frau blutjung starb, ist er spurlos verschwunden. Filippo hat uns angelogen, als er sagte, der Vater sei tot. Um das Kind hat er sich allerdings nie gekümmert. Die Großmutter hat es zu sich genommen und ist nach Genua gezogen. Sie hat immer hart gearbeitet, sie hat eine Schneiderei in einem Dorf im Inland aufgemacht. Anscheinend hatte sie ein bisschen Kapital, sie haben nie in Saus und Braus gelebt, aber es ging ihnen immer ganz anständig. Die Wohnung in der Altstadt hat der Großmutter gehört, er hat sie geerbt. Wenn es stimmt, was

Filippo behauptet, dann hat sie ihm bis kurz vor ihrem Tod nie etwas über die Familie seines Großvaters erzählt. Sie ist vor acht Monaten gestorben, und ziemlich genau zu dem Zeitpunkt hat Filippo sich auf Basiles Stellengesuch gemeldet. Kurz darauf stirbt Giacomo Pisu. Den Rest der Geschichte kennst du.«

Endlich riss sich Tano vom Fenster los und drehte sich zu ihr um.

»Aber ihn sich so durch die Lappen gehen zu lassen …« Er sah sie vielsagend an.

»Du hast völlig recht, der hat uns alle drei an der Nase herumgeführt wie die letzten Anfänger. Aber wer hätte gedacht, dass der flink ist wie ein Frettchen und das Gerüst nur einen Katzensprung von einer benachbarten Terrasse entfernt? Außerdem, wenn er es ist, der der Pisu-Familie derart zugesetzt hat, dann ist er alles andere als der unschuldige Junge, der er zu sein schien. Außerdem war er bei den Carabinieri, ist Savate-Meister und in Ermittlungen nicht unerfahren. Das Einzige, was ich nicht verstehe, ist diese Sache im Valle della Luna. Er hat zugegeben, dass er das Gedächtnis überhaupt nicht verloren hat, sondern nicht sagen wollte, was ihm an jenem Abend passiert ist, weil es etwas mit der Familie seiner Mutter zu tun hatte.«

Tano schnitt ihr genervt das Wort ab: »Was interessiert uns das jetzt? Der ist euch nicht nur entwischt, sondern hat sich auch noch in Luft aufgelöst. Wo zum Teufel kann der sich verkrochen haben?«

Nelly breitete hilflos die Arme aus.

»Wir haben mit seinem besten Freund gesprochen, der die Vermisstenanzeige aufgegeben hatte, auch mit ein paar anderen Freunden und seiner Freundin, Pardon, Exfreundin. Sie haben ihn nicht gesehen und wissen nichts. Sie sind alle geschockt, dass er polizeilich gesucht wird. Alle halten ihn für einen Musterknaben.«

»Aber sicher. Alle sind supernormale, supertolle Musterkinder … Hast du Exfreundin gesagt? Und zurzeit hat er keine Freundin? In dem Alter bleibt man doch nie lange allein.« *Da spricht wohl die Erfahrung, was, mein Lieber? In deinem Alter auch nicht, nehme ich an.*

»Es heißt, er habe sich seit kurzem mit einer getroffen, aber keiner weiß, mit wem. Er ist in dieser Hinsicht wohl sehr verschlossen.«

Tano blickte sie an, seine Augen waren blauer denn je.

»Wenn das Blut von Marilena stammt und sie nicht auftaucht … Hör mal, das musst du für dich behalten, aber wenn du mich fragst, diese Frau ist tot.« Er schüttelte den Kopf und spreizte Zeige- und kleinen Finger ab, um Unglück abzuwehren. »Ich will's nicht beschwören, aber ich hab einfach so ein Gefühl, dass wir die nicht mehr lebend finden werden.«

Nelly lief ein Schauder über den Rücken. »Ich bin ganz deiner Meinung. Ich hoffe nur, dass wir uns irren. Wenn nur außer dem Gefühl nicht auch noch diese seltsame Übereinstimmung wäre.«

»Was für eine Übereinstimmung?«

»Na ja, die Simon-Entführung in Sardinien ist damals genauso gelaufen. Ein blutbeflecktes Leibchen, und das war's. Von der Geisel hat man nie wieder was gehört. Die Lösegeldzahlung ist erfolgreich verlaufen, genau wie jetzt, doch dann ist etwas schiefgegangen und das Mädchen ist möglicherweise ermordet und irgendwo verscharrt worden.«

Tano schien nicht sonderlich beeindruckt und erst recht nicht überzeugt zu sein.

»Wenn deine Phantasie mit dir durchgeht, rette sich, wer kann! Darf ich dich darauf hinweisen, dass bei der ersten Entführung Gavino Sogos auf der Strecke geblieben ist und sein Bruder Panni verletzt und festgenommen wurde? Wo ist denn hier die Übereinstimmung?«

Nelly wusste nicht, was sie erwidern sollte, doch sie wollte ihre Theorie nicht in den Wind schießen. Sie war einfach zu gut.

»Okay, du hast recht, aber diesmal wollte Panni Sogos' Enkel die Übereinstimmung nicht so weit treiben, bis er selber im Knast verrottet wie sein Opa, der ist schließlich kein Masochist. Der wollte a) die Pisus büßen lassen und b) einen Haufen Kohle einstreichen und glücklich und zufrieden damit leben. Eine Entschädigung für das, was damals seinen Angehörigen widerfahren ist. Nur dass ...«

»Was?«, fragte Tano ungeduldig, und Nelly verlor den zarten Faden, dem sie gerade folgte, und konnte weder ihren Gedanken noch den Satz zu Ende bringen.

DRITTER TEIL

I

Auf dem Slip war tatsächlich Blut, und es stammte von Marilena Pizzi. Auch das Herrenunterhemd war damit getränkt. Seit einer Woche wurde nach Filippo De Magistris gefahndet, doch er schien sich in Luft aufgelöst zu haben. Von Marilena keine Spur, was wesentlich schlimmer war. Natürlich waren viele Geiseln Wochen oder sogar Monate in der Hand ihrer Entführer gewesen, ehe sie befreit worden waren. Aber Genua war nicht die Barbagia und auch nicht die Gallura, und Filippo De Magistris war kein Flüchtiger, der sich in den Wäldern des Supramonte versteckt hatte.

Nelly lag auf Tanos großem, behaglichem Bett. Sie trug ein durchsichtiges, äußerst knappes schwarzes Negligé, das Tano ihr am Abend zuvor bei einem Candle-Light-Dinner geschenkt hatte. Leider war Nelly zurzeit nicht sonderlich empfänglich für die schönen Seiten des Lebens. Natürlich hatte sie das Risotto mit Venusmuscheln und die Lachs-Crostini gelobt und pflichtschuldig »Oh, wie hübsch! Danke!« gerufen, als sie das verführerische Wäschestück von La Perla ausgepackt und auf Tanos Drängen sofort angezogen hatte. Doch nur eine großzügige Menge Wein und Spumante hatte ihr schließlich die nötige Entspannung gebracht, und jetzt, am Morgen danach – es war glücklicherweise Sonntag – war der Effekt des Alkohols und der Küsse verflogen und hatte einem nagenden Unmut Platz gemacht. Das Handy klingelte.

»Ma? Wo zum Henker steckst du?« Maus Stimme gellte ihr im Ohr. »Ich bin heute Nacht mit dem letzten Zug gekommen und hatte nicht gemerkt, dass dein Bett leer ist. Heute Morgen hab ich Frühstück gemacht, ich komme mit dem Tablett in der Hand in dein Zimmer und kriege fast 'nen Herzinfarkt, als du nicht da bist.«

Sein Ton schwankte zwischen Sorge und Vorwurf. *Verdammt, wie oft habe ich morgens vor deinem leeren Bett gestanden, mein lieber Sohn? Und bin nicht sofort ans Telefon gestürzt, um dir auf den Sack zu gehen?* Nelly konnte und wollte ihrem Sohn nicht sagen, wo und mit wem sie die Nacht verbracht hatte. Mau hing an Carlo und hätte ihr dieses Spiel mit zwei Männern sehr übelgenommen. Überdies ging es ihn nichts an, sie wollte ihn aber auch nicht anlügen. Sie presste ein aufgesetztes kleines Lachen hervor.

»Das wüsstest du gern, wo deine alte Mutter ihre Nächte verbringt, was? Aber du musst dich wohl mit der Information zufriedengeben, dass es mir gutgeht und ich in rund einer Stunde zu Hause bin. Wartest du auf mich? Schön, also bis gleich.«

Sie ging ins Bad, hin- und hergerissen zwischen der Freude darüber, Mau zu sehen, und dem Bedauern, Tano schon wieder vor den Kopf zu stoßen, dem ein Tag ganz allein für sie beide vorgeschwebt hatte. *Mau kommt so selten, und doch schafft er es immer wieder, mir einen Stock in die Räder zu schieben. Ob der den sechsten Sinn hat? Oder einen direkten Draht zu Carlo? Verdammter Mist!* Sie hörte, wie Tano sich in der Küche zu schaffen machte, und gerade wollte sich ihr schlechtes Gewissen melden, doch ihr Trotz war schneller. *Schluss jetzt.* Sie war es leid, sich ständig schuldig zu fühlen: als Mutter, als Freundin, als Polizistin, als Geliebte … Sie gönnte sich ein ausgiebiges Bad in Tanos Jacuzzi und cremte sich mit den teuren Cremes ein, die andere Frauen zurückgelassen hatten. Dann zog sie sich an und ging zu ihm ins Wohnzimmer, wo er gerade dabei war, den Frühstückstisch zu decken.

»Schon angezogen? Wo willst du hin? Ich dachte, wir beide lassen es endlich mal gemütlich angehen«, sagte er stirnrunzelnd. Er traute Nelly nicht, und das zu Recht.

»Es tut mir wahnsinnig leid, Tano, aber mein Sohn hat ein echtes Talent, einem auf die Nerven zu gehen. Er ist überraschend heute Nacht gekommen und will mit mir reden. Ich wette, er hat mal wieder Ärger wegen seiner Mailänder Bude oder so, aber da er heute Abend bereits wieder fährt, kann ich mich schlecht aus der Affäre ziehen …«

Tano starrte sie an, als hätte sie ihm soeben eröffnet, dass sie für sämtliche Morde an den Pisus inklusive Marilenas Entführung verantwortlich sei. Doch wahrscheinlich wäre sein Blick dann mitleidiger und verständnisvoller ausgefallen. Vergeblich rang er nach einer angemessenen Erwiderung, brachte aber nur ein zorniges Schnauben heraus. Nelly nahm Platz, als wäre nichts, und goss sich eine Tasse Kaffee mit lauwarmer Milch ein. Sie wagte es nicht, ihn anzusehen, so mies fühlte sie sich. Der Schutzwall gegen das schlechte Gewissen fiel erbärmlich in sich zusammen. Tano versuchte derweil dem Impuls zu widerstehen, etwas gegen die Wand zu schmettern.

»Wann hörst du endlich auf, die Super-Mama zu spielen? Reicht es nicht, dass du einen Freund am anderen Ende der Welt hast, der sich hin und wieder bequemt, in Genua aufzukreuzen, nein, auch noch das verwöhnte Söhnchen muss es sein, das wochenlang nichts von sich hören lässt und dann deine Pläne auf den Kopf stellt, wann's ihm gerade passt, ohne überhaupt zu fragen, ob du welche hast, oder sich dafür zu entschuldigen. Ich verstehe dich nicht. Du bist doch eine kluge, unabhängige, starke Frau. Machst du das eigentlich nur bei mir so? Bin ich der Einzige, den man im letzten Moment abservieren kann?«

Tano hatte leise und drohend geklungen. Nelly musste zugeben, dass er allen Grund hatte, verärgert zu sein.

»Es tut mir leid, Tano«, murmelte sie. »Du hast recht. Aber ich muss gehen.«

»Ich habe recht? Danke! Den Blöden gibt man immer recht, wusstest du das nicht? Aber das machst du mit mir nicht noch mal, das sage ich dir.«

Sie schluckte. Fühlte sich unglücklich, fehl am Platz, gescheitert.

»In Ordnung, wie du willst. Ich gehe, ciao.« Sie stand auf und

ging ihre Tasche holen, dann trat sie unsicher auf ihn zu, doch er drehte sich weg. Sie berührte seine Hand, die er sofort zurückzog.
»Ciao.« Und schon war sie fort.

Nelly hatte ins Schwarze getroffen. Mau war gekommen, um mit ihr über finanziellen Ärger wegen der Wohnung zu sprechen. Einer der beiden Mitbewohner zahlte nicht regelmäßig, weil er kein Geld hatte, und hatte die anderen gebeten, ihm etwas zu leihen, oder besser, ihm für unbestimmte Zeit die Miete zu zahlen. Der Gutmensch Mau war sogar bereit, das für zwei Monate zu tun, doch Luca, der Dritte im Bunde, war vollkommen dagegen, und die täglichen Streitereien drohten zu eskalieren. Wollte Mau seinem klammen Mitmieter helfen, würde er zwei Monate lang das Doppelte an Miete zahlen müssen. Die von Luca verfochtene Alternative war, Matteo einfach rauszuschmeißen. Das war leichter gesagt, als getan. Nelly und Mau überlegten gemeinsam und kamen zu dem Schluss, dass Mau einen Monat zahlen würde. In der Zeit würde Matteo sich etwas ausdenken oder sich einen neuen Job und/oder eine neue Wohnung suchen müssen. Mau und Luca würden sich dafür einen anderen, zahlungsfähigen Mitbewohner suchen.

Und so war Nelly am Abend, als Mau wieder gefahren war, um ein paar Scheine ärmer, aber dennoch froh, endlich einen Tag mit ihrem Sohn verbracht zu haben, der ihr diesmal vielleicht aus Taktgefühl Gesellschaft geleistet hatte, statt mit seinen Freunden loszuziehen. Das hatte sie zumindest ein wenig für den Streit mit Tano entschädigt, für den sie in den kommenden Tagen womöglich noch teuer würde bezahlen müssen. Tano war nachtragend und spielte gern die beleidigte Leberwurst.

All das ging Nelly durch den Kopf, als sie nun nach zahllosen feuchtkalten Regentagen endlich einmal wieder auf ihrer Terrasse saß. Die Katzen waren aufgekratzt wie immer, wenn ihr geliebter Mau auftauchte, und Pippo hatte sich an ihre Brust geschmiegt.

Er liebte das regelmäßige Pochen ihres Herzens. Automatisch fuhr sie ihm mit der Hand durch das glatte, dichte Fell und wurde dafür mit einem Schnurren belohnt. *Wie lieb du bist … Wären die Männer doch auch so genügsam wie du, ein paar Zärtlichkeiten, und sie fangen an zu schnurren, und wenn man sie runterschubst, nehmen sie's einem auch nicht krumm, aber nein …* Sie überlegte kurz, ob sie Tano anrufen sollte, ließ es aber bleiben. Bestimmt war er noch nicht zu Friedensverhandlungen bereit. Sie hatte ihn zu sehr enttäuscht.

Seufzend lenkte sie ihre Gedanken auf die Pisu-Ermittlungen, zu denen sich nun auch Filippo De Magistris und die Sogos-Familie gesellt hatten. Um die war es ebenfalls nicht sonderlich gut bestellt. Filippos Großmutter Maria Immacolata Sogos-Capitone hat ein nicht unerhebliches Vermögen hinterlassen – nicht zu vergleichen mit dem der Pisus oder der Seccis, aber immerhin. War ihr das gezahlt worden, damit sie verschwand? War das der Grund, warum Panni Sogos nie geredet hat? Oder hatte er um das Leben seiner Frau und der Tochter gefürchtet und es deshalb vorgezogen, seines im Knast zu verbringen? Und die Seccis, hatten die wirklich was mit den Entführungen zu tun, und Giacomo Pisu hatte sie übers Ohr gehauen und das gesamte Geld der Simon-Entführung behalten? Da war die kleine Annabelle Simon, die ihren Eltern nie zurückgegeben wurde, und Marilena, von der man seit Tagen nichts gehört hatte, trotz der Lösegeldzahlung. *Vielleicht wurde sie sofort umgebracht …*

Nelly fühlte sich auf einmal müde. Die Spannung, unter der ihr berufliches und privates Leben stand, ließ so gut wie nie nach. Jetzt hatte sie endlich mal einen Moment Ruhe, während Pippos Herzschlag sich in ihrem verlor. Sie seufzte, spürte, wie sie wegnickte, und ließ es geschehen.

Boboi Sogos sieht sie mit seinen gelben Wolfsaugen an. Er sitzt draußen auf einer Bank neben seiner Hütte im Garten Eden und isst Pane

Carasau. Mit seinem schönen Pattada-Messer schneidet er den Käse mit der schwarzen Rinde. Neben ihm sitzt Filippo De Magistris und trinkt frisch gemolkene Milch. Wie konnte Nelly die Ähnlichkeit zwischen den beiden entgehen, die zwar nicht offensichtlich, aber dennoch wahrnehmbar ist, wie so oft bei Menschen gleichen Blutes? Der Gesichtsausdruck, die Stimmlage? Filippo hat sanfte braune Augen, doch manchmal, wenn er sie zusammenkneift, sehen sie aus wie Bobois. Wieso starrt Boboi sie an? Sie dreht sich um, denn er starrt nicht sie an, schließlich ist sie traumgemäß unsichtbar, sondern einen gebückten Mann hinter ihr, der asthmatisch hustet und röchelt. Sein Aussehen ist nicht klar umrissen. Im Traum meint sie, den ranzigen Schafsgeruch wahrzunehmen, den sie am Abend nach ihrem Besuch bei Signora Amalia gerochen hat. Derselbe wie bei Bobois Stall … Dann sieht sie das kleine Mädchen. Blond und niedlich steht es zwischen den Schafen. Sie hat es nie zuvor gesehen, und dennoch weiß sie, dass es Annabelle Simon ist. Allerdings ist das Mädchen sieben oder acht Jahre alt, und obwohl sie träumt, weiß Nelly, dass Annabelle nie so alt geworden ist. Dennoch kommt es ihr selbstverständlich vor, dass sie dort ist und Bobois große Hunde anlacht, die sie schwanzwedelnd umkreisen. Was für ein Frieden im Garten Eden! Weder Tod noch Schmerz noch irgendein Geräusch, nur das Flüstern des Baches. Das Mädchen lächelt ihr zu, und nach und nach lösen sich ihre Umrisse auf wie Nebel.

Nelly lässt sich in diesen Frieden fallen, bis sie von ihrem eigenen lauten Schnarchen aufgeschreckt wird. Ihre Glieder sind schwer, sie fröstelt, denn es ist kühl geworden. Der aufgescheuchte Pippo springt zu Boden, der Zauber ist gebrochen.

II

Zwei Tage waren seit jenem leidigen Sonntag vergangen, und noch immer war kein Frieden in Sicht. Tano ging ihr tunlichst aus dem Weg und wechselte im Büro nur die allernötigsten Worte mit ihr. Doch obwohl Nelly meinte, in dieser gespannten, feindseligen Atmosphäre ersticken zu müssen, war sie innerlich wie erstarrt und konnte sich einfach nicht zu einem versöhnlichen Schritt durchringen. Sie schnappte sich ihre Tasche, verabschiedete sich von Valeria und beschloss, Basile besuchen zu gehen.

Der Himmel war wolkenlos und die Sonne gab sich alle Mühe, doch die Temperatur hatte allenfalls Vorfrühlingsniveau, und dabei hatte der Mai schon längst begonnen. Nelly erreichte die Piazzetta Tavarone, der Wind fuhr ihr durchs Haar, und sie war froh, dem unversöhnlichen Tano im Präsidium entkommen zu sein.

Es schien fast, als hätte Basile sie erwartet. Einsam saß er hinter seinem Schreibtisch und erinnerte nur noch entfernt an den stolzen, zufriedenen Mann, den Nelly dort ein paar Wochen zuvor angetroffen hatte. Der jugendliche Elan war verpufft, seine einst so geraden Schultern waren nach vorn gesackt.

»Guten Tag, Dottoressa.«

»Guten Tag, Basile. Wie geht's?«

Er breitete die Arme aus.

»Das sehen Sie ja. An Mandanten fehlt's mir nicht, auch wenn im Moment nicht viel los ist. Aber ich bin nicht mehr auf dem Posten. Ich habe das Vertrauen in mich selbst verloren.«

»Und wieso? Wegen Filippo De Magistris? Das können Sie sich nicht vorwerfen. Wer hätte denn ahnen können, dass …«

Basile schüttelte mutlos den Kopf.

»Nein, nein, es ist nicht so, wie Sie denken. Es ist nicht, weil sich herausgestellt hat, dass Filippo der Enkel von Panni Sogos ist und dass womöglich er für sämtliche Pisu-Verbrechen verantwortlich ist. Es ist nur, dass ich mich immer für einen guten Menschenkenner gehalten habe. Für diesen Jungen hätte ich meinen Hals auf den Hackklotz gelegt.« Dann wärst du jetzt einen Kopf kürzer, mein Lieber, dachte Nelly in einem Anflug von schwarzem Humor. »Und im Grunde meines Herzens«, fuhr Basile fort, »glaube ich immer noch nicht, dass Filippo hinter diesen Verbrechen steckt. Ich weiß schon«, er hob die Hand, um Nelly am Widersprechen zu hindern, »ich weiß schon: Alles passt zusammen, am Abend des Mordes an Alceo Pisu ist Filippo sogar in der Nähe der Piazza delle Erbe gesehen worden. Er war allein, niemand hat ihm ein Alibi gegeben. Und die Kleidungsstücke auf seinem Balkon waren vom Blut dieser Frau getränkt.«

Er hieb mit der Faust auf den Tisch, dass Nelly zusammenfuhr.

»Ich kann's trotzdem einfach nicht glauben, verdammt. Nicht Filippo.«

Nelly ließ ihn gewähren.

»Lieber Brigadiere«, hob sie schließlich mitfühlend an, »ich verstehe Sie hundertprozentig. Das ist ungefähr so, als würde sich herausstellen, dass Valeria, meine rechte Hand im Büro, der ich blind vertraue, eine schäbige Mafia-Spionin ist und mehrere Verbrechen auf dem Kerbholz hat. Nicht auszudenken, meine ganze Welt würde in sich zusammenstürzen. Aber«, sie setzte eine Pause und hob die Stimme, um die Aufmerksamkeit des Mannes, der mit gesenktem Kopf und scheinbar abwesend vor ihr saß, wieder auf sich zu lenken, »aber man muss den Tatsachen ins Auge blicken. Das wissen Sie besser als ich. Statt zu erklären, was passiert ist, ist Filippo De Magistris einfach abgehauen. Und Marilena Pizzi ist unauffindbar. Was sollen wir also daraus schließen?«

Basile sah sie verstört an.

»Natürlich, aber es ist, als wäre ich schizophren. Jetzt kapiere ich, wie sich das anfühlen muss. Wie sich dieser arme Junge, Giancarlo Pisu, gefühlt haben muss, weil er zwischen Einbildung und Wirklichkeit nicht unterscheiden konnte. Die Vernunft sagt mir, Filippo ist schuldig, doch«, mit einer dramatischen Geste legte er die rechte Hand aufs Herz, »das Herz will es nicht glauben, das ist alles. Es muss am Alter liegen. Früher habe ich mich nie so sehr von einem Fall erschüttern lassen. Ich bin alt, Dottoressa, alt und vertrottelt. Ich sollte aufhören, Räuber und Gendarm zu spielen.«

Nelly dachte an Filippo, wie sie ihn am Tag der Beisetzung seines Altersgenossen Giancarlo gesehen hatte. Ruhig, freundlich, verlässlich. Ein anständiger Junge, der Jura studierte und der jobbte, um ein wenig mehr in der Tasche zu haben. Ein Ex-Carabiniere. Worüber hatten sie noch geredet? Ach ja ... Ruckartig hob Nelly den Kopf und sah den verdatterten Basile an.

»Brigadiere, würden sie Filippo gern in die Augen sehen und ihn fragen, ob er es getan hat und warum?«

»Lieber als alles in der Welt, Dottoressa. Aber wieso fragen Sie?«

Nelly war schon aufgesprungen und rief mit dem Handy im Präsidium an.

»Weil Sie vielleicht die Gelegenheit haben werden, es zu tun. Wenn wir Glück haben und ich mit meiner Vermutung richtigliege.«

III

Gerolamo saß neben Marco im Auto, das im Corso Andrea Podestà mit Blick auf den Eingang des Hauses parkte, in dem Familie Innocenti gewohnt hatte und in dem nun nur noch Gemma, Gioias Zwillingsschwester, allein mit ihren Erinnerungen lebte. Seit einem Tag wechselten sich die beiden mit Inspektor Amanda Sacco und dem Beamten Piccoli ab, um zu beobachten, wer kam und wer ging. Griesgrämig biss Marco in sein Stück Focaccia. Er war ein ruheloser Mensch, der Bewegung brauchte, und Beschattungen, bei denen man zuweilen eine Engelsgeduld an den Tag legen musste, waren nicht sein Ding. Doch auch das gehörte zum Job eines Bullen: stundenlang dahocken und glotzen. Gerolamo hingegen schien für diese Aufgabe wie geschaffen zu sein. Reglos saß er da, wie eine Katze vor einem Mauseloch.

Diese Beschattung war einer Eingebung Nellys zu verdanken, die Marco allerdings für echten Schwachsinn hielt: Gemma Innocenti beobachten, die Schwester des Mordopfers von Giancarlo Pisu – was sollte das? Seine Kollegin vor einem Untergebenen zu kritisieren, wäre ihm nicht in den Sinn gekommen, doch mit Gerolamo war es etwas anderes, und so konnte er nicht länger an sich halten. Er wollte wissen, was der Chefassistent davon hielt.

»Was meinst du, Gerolamo, glaubst du, unsere Geduld wird belohnt? Wer weiß, was Nelly geritten hat.«

Gerolamo zog wortlos die Schultern hoch. Er hätte sich nie erlaubt, Nellys Entscheidungen zu kritisieren oder dem Vizekommissar zu widersprechen. Nicht einmal mit der Kneifzange konnte man Gerolamo etwas aus der Nase ziehen. In dem Moment – es war halb neun Uhr abends und noch nicht ganz dunkel – erschien Gemma in der Tür. Sie war unauffällig gekleidet, Jeans und eine dunkle Windjacke, blickte sich um und machte jemandem, der hinter ihr im Schatten stand, ein Zeichen. Ein hochgewachsener, schlanker Schemen mit tief ins Gesicht gezogener Kappe tauchte auf.

»Scheiße, Gerolamo, mich trifft der Schlag! Das ist er, De Magistris, jede Wette. Los, den schnappen wir uns.«

Lautlos und mit langsamen, fließenden Bewegungen schälten sich die beiden aus dem Auto. Das Paar huschte geduckt an der Mauer Richtung Via Corsica entlang. Hin und wieder warf der junge Mann einen Blick nach rechts und links. Die zwei Polizisten näherten sich den beiden, Marco überholte sie, während Gerolamo hinter ihnen blieb, um ihnen den Weg abzuschneiden. Als er seine Verfolger bemerkte, versuchte Filippo De Magistris, seitlich zu entwischen, doch zu spät. Marco kam ihm zuvor, packte ihn, und Sekunden später lag er mit Handschellen am Boden.

»Filippo De Magistris, ich verhafte Sie wegen des Verdachts auf Entführung und Mord an Marilena Pizzi«, stieß Marco hervor, während Gemma Innocenti, die sich gerade vom ersten Schock erholte, zu schreien anfing. »Seien Sie still und folgen Sie uns, Signorina«, forderte der Vizekommissar sie barsch auf. »Sie sind beide verhaftet, Ihr Freund wegen Verdacht auf Entführung und Mordes und Sie wegen Beihilfe.«

»Wovon reden Sie? Beihilfe? Sind Sie verrückt? Filippo ist mich besuchen gekommen, ich hatte keine Ahnung von diesen Anschuldigungen.«

Marco lachte grimmig. »Aber sicher, das können Sie sonst wem erzählen.«

Zusammen mit Gerolamo schob er die beiden ins Auto – Filippo hatte keinen Ton gesagt –, und sie rasten los Richtung Marassi.

IV

Nelly hatte recht gehabt. Die Erinnerung an das kurze Gespräch mit Filippo während des Trauerempfangs bei Marilena Pizzi hatte ihr mit einem Schlag ein neues, zwar rein theoretisches, jedoch durchaus denkbares Szenario eröffnet. Der Junge hatte ihr erzählt, dass er die beiden Innocenti-Schwestern kenne und ein paar Mal mit Gemma ausgegangen sei. Seine Freunde hatten ausgesagt, er habe eine neue Flamme, die sie noch nie gesehen hätten. Ein Versuch ins Blaue, aber er hatte funktioniert. Nun saß Filippo im Marassi-Gefängnis und sollte von der Staatsanwältin Antonella Pasqui verhört werden. Die Fährte der Familienrache war die wahrscheinlichste, auch wenn es für Giacomo Pisus Mittäterschaft bei den Entführungen in den Siebzigern in Sardinien keinerlei Beweise gab. Vielleicht wusste Filippo De Magistris mehr.

Mit dem unguten Gefühl eines schlimmen Déjà-vu stand Nelly in dem Verhörzimmer des Gefängnisses dem jungen Mann gegenüber. Dieselbe Anwältin wie bei der Vernehmung von Giancarlo Pisu, Fiorenza De Mattei, die mit einem kämpferischen Ausdruck auf ihrem sorgfältig geschminkten Gesicht dasaß, um dem Verhör beizuwohnen, und dieselbe Staatsanwältin, die für alle drei Ermittlungen im Zusammenhang mit der Familie Pisu zuständig war, den Mord an Gioia Innocenti eingeschlossen. Der Verdacht, dass Giancarlo Pisu nur in eine Falle gelockt worden und Gioias Tod eine Art grausamer »Kollateralschaden« in einem unerbittlichen Rachefeldzug gegen die Pisus war, erschien letztlich nicht mehr allzu weit hergeholt. Gioia hätte Filippo De Magistris bestimmt arglos die Tür geöffnet, er war ein Kommilitone und ein Freund ihrer Schwester. Die Ärmste, wie würde sie reagieren, wenn sie erfuhr, dass ihr Freund, den sie bei sich versteckt hatte, womöglich ihre Zwillingsschwester umgebracht hatte? *Nein, das ist einfach zu absurd …*

Nelly ließ den Blick zwischen den Anwesenden hin- und herwandern. Mit düsterer, verschlossener Miene hockte Filippo zusammengesunken auf demselben Stuhl, auf dem Giancarlo Pisu ihr vor einigen Wochen von Zweifeln und Selbstvorwürfen zerfressen gegenübergesessen hatte. *Ein rücksichtsloser, zu allem bereiter Mörder, wild entschlossen, das an seiner Familie begangene Unrecht heimzuzahlen?* Antonella Pasquis Stimme rief sie in die Wirklichkeit zurück. Sie verlas die Anklage, das Verhör hatte begonnen. Es war zwei Uhr nachmittags.

»Signor De Magistris, das Blut auf dem Slip und dem Unterhemd, die in einer Tüte auf dem Balkon Ihrer Wohnung gefunden wurden, stammt von Marilena Pizzi. Würden Sie uns verraten, wo sich Signora Pizzi jetzt befindet? Und ob sie noch lebt?«

Filippo schüttelte den Kopf.

»Jemand hat diese Kleidungsstücke auf meinem Balkon deponiert, um mich in die Pfanne zu hauen. Offenbar mit Erfolg«, fügte er ätzend hinzu. »Es ist nicht schwer, auf den Balkon zu gelangen, man muss nur aufs Gerüst klettern. Ich habe keine Ahnung, wo Marilena Pizzi ist. Aber mir ist klar, dass alles gegen mich spricht, genau wie damals bei meinem Großvater.«

»Lassen wir fürs Erste Ihren Großvater aus dem Spiel. Sagen Sie mir lieber, wer ein Interesse daran haben könnte, Sie in Schwierigkeiten zu bringen, Sie in die Pfanne zu hauen, wie Sie sagen.«

Die Staatsanwältin musterte ihn ruhig, ihre Stimme klang freundlich. Er schüttelte abermals den Kopf.

»Ich weiß, dass ich in der Scheiße stecke. Das alles ist einfach unglaublich, unfassbar. Ich studiere schließlich Jura und weiß, wie das, was ich sage, wirken muss …«

»Sie sind nicht verpflichtet, auf die Anschuldigungen zu antworten, Signor De Magistris. Ich würde Ihnen raten …« Fiorenza De Mattei hatte sich zu ihrem Mandanten gebeugt, doch Filippo hob abwehrend die Hand.

»Ich weiß, Avvocato, ich weiß. Aber beweise ich meine Unschuld, wenn ich schweige? Ich kann doch wenigstens versuchen zu erklären, wie die Dinge meiner Meinung nach gelaufen sind.«

Nelly blickte auf die Uhr und konnte ihren Augen nicht trauen. Es war sechs Uhr abends, und man war kaum einen Schritt vorangekommen, wiewohl Filippo sich nicht hinter absolutem Schweigen verschanzt hatte wie damals sein Großvater. Seine Erklärung der Tatsachen war derart absurd, dass einem nichts mehr dazu einfiel. Kindisch geradezu. Er hatte sich als ahnungsloses Opfer hingestellt. Fiorenza De Mattei würde es mit seiner Verteidigung nicht leicht haben, vor allem wenn Marilena Pizzi nicht bald wieder auftauchte, und das möglichst lebend. Der Junge war in die Zelle zurückgebracht worden, seine Anwältin hatte sich verabschiedet und war gegangen. Nelly und Antonella Pasqui machten sich auf den Weg hinaus und kommentierten die spärlichen Neuigkeiten, die bei dem Verhör herausgesprungen waren.

»Er behauptet, erst vor acht Monaten von seiner Herkunft erfahren zu haben. Von seiner Großmutter, kurz vor ihrem Tod. Er habe sich für die Pisus interessiert, weil die Großmutter ihm erzählt hätte, Giacomo wäre für ihr Unglück verantwortlich«, meinte Nelly nachdenklich.

»Die arme De Mattei ist fast umgekippt, als er das gesagt hat. Der hat sich selbst die Schlinge um den Hals gelegt. Er hat zugegeben, die Tätigkeit in der Detektei des Brigadiere Basile sei ihm nützlich gewesen, um etwas über die Pisus in Erfahrung zu bringen. Doch alles andere leugnet er, Unfälle, Morde und die Entführung. Auch wenn er für die fraglichen Zeitpunkte nicht den Hauch eines Alibis hat.«

»Er streitet nicht nur alles ab, sondern weigert sich auch zu sagen, wo er Marilena Pizzi gefangen hält. Wenn sie denn noch …«

Nelly brachte den Satz nicht zu Ende. Die Staatsanwältin nickte.

»Wenn sie denn noch am Leben ist«, schloss sie und fügte hinzu: »Dabei weiß er ganz genau, dass zwischen Entführung und Mord ein himmelweiter Unterschied besteht.«

»Dann hat er beschrieben, was ihm bei Aggius zugestoßen sein soll. Völlig abwegig. Ein unbekannter Mister X hätte ihn kontaktiert und ihn mit wichtigen Enthüllungen über seine Familie in das Valle della Luna gelockt. Dort sei er von hinten niedergeschlagen worden. Als er im Krankenhaus wieder aufwachte, waren das Foto, seine Papiere und die Kopie der Büroschlüssel geklaut. Die hatte er sich übrigens heimlich machen lassen, deshalb hat er nicht darüber reden wollen. Und das würde die Wanzen erklären, die bei Basile gefunden wurden. Also, ich weiß nicht.«

»Schon möglich, doch wer sollte sich mit ihm in Verbindung gesetzt haben? Sein Onkel Boboi? Der hatte keinen Grund, ihn umbringen zu wollen. Jemand von der Secci-Familie? Vielleicht wollen die nicht, dass die Geschichten von früher ans Licht kommen, aber was für eine Gefahr war Filippo für sie?«

Nelly schüttelte den Kopf. Dieses Verhör hatte die Sache alles andere als klarer werden lassen. Sie wollten gerade in ihre Wagen steigen, als Nelly sich einen Ruck gab und der Staatsanwältin darlegte, was ihr seit ein paar Tagen keine Ruhe mehr ließ. Antonella Pasqui hörte zunächst skeptisch und dann immer interessierter zu und gab schließlich der Bitte der Kommissarin nach.

»Hast du gesehen, zu was ich fähig bin? Hörst du jetzt endlich mal auf, dir Sorgen zu machen, und vertraust mir?« »Ich vertraue dir, aber es ist einfach stärker als ich. Ich komme mir vor … ich komme mir vor wie ein von Hunden gehetzter Fuchs. Nein, werd' nicht böse, geh nicht fort …«

V

Der trügerische Frühling kannte keine Gnade, dabei war es schon Ende Mai. Der sonnenwarme Wonnemonat voller Liebe, Lieder und Gedichte. *Wo das denn?* Nelly schnaubte frustriert, wie so oft in letzter Zeit. Sie zog sich die Lederjacke eng um die Schultern und leckte an ihrem Eis, eine echte Herausforderung bei dem kalten Wind, der in der kleinen Bucht von Boccadasse über das Meer fegte, wo sie auf einem Felsen hockte und sich von der Gischt nassspritzen ließ. Ein perfekter Ort, um klare Gedanken zu fassen. Die Ermittlungen hatten nichts Neues ergeben. Der schwarze Peter war bei Filippo De Magistris hängengeblieben. Er war der Personenentführung und des Mordes angeklagt, wiewohl es von der Leiche keine Spur gab. Doch das Blut belastete ihn … *Blut. Wie auf dem Leibchen von Annabelle Simon. Es bleiben noch eine Menge unbeantworteter Fragen. Filippos Großmutter hat die Pisus ihm gegenüber angeblich nie mit den Kindesentführungen in Verbindung gebracht. Sie hätte ihm nur gesagt, sie seien der Grund für all ihr Unglück, vor allem Giacomo Pisu. Und – na, so ein Zufall – sie hätte erwähnt, dass die Mutter der Sogos-Brüder die Vendetta quasi der Magie anvertraut und die Pisus vor ihrem Tod mit dem* ogu malu, *dem bösen Blick belegt hat. Basile, der brave Mann, glaubt ihm. Und er ribbelt sich auf, um Beweise für seine Unschuld zu finden. Der arme Brigadiere. Gemma gehört ebenfalls zu den Unschuldsverfechtern – klar, sie liebt ihn – und sagt, die Behauptung, Filippo hätte ihre Schwester umgebracht, um Giancarlo in die Falle zu locken, sei völlig irrsinnig. Und ich? Was glaube ich? Um mit dem guten, alten Sokrates zu reden, ich weiß, dass ich nichts weiß. Für einen Philosophen mag das angehen, aber für einen Ermittler ist es ein Armutszeugnis.*

Mit der freien Hand öffnete sie ihre Tasche und kramte eine Tüte mit Fotos heraus. Marco, der steif und fest behauptete, zu besonderen Anlässen wie Hochzeiten oder Todesfällen würde die Maske auf den Gesichtern der Menschen durchscheinender und ließe etwas vom wahren Ich erkennen, hatte sie bei Giancarlo Pisus Beisetzung geschossen. Sie zog ein Foto hervor und hielt es fest, damit der Wind es nicht fortriss. Marco hatte Magraja fotografiert, allein, neben der Tür des Mausoleums. Die Schwarzweißfotografie brachte die makellose Schönheit der trauernden Frau voll zur Geltung. Nelly betrachtete sie lange und steckte das Bild schließlich in die Tasche zurück. *Das gefällt mir alles ganz und gar nicht. Zu viele Schatten, zu viele Schatten … und dann ist da noch Tano …*

»Ciao, Nelly.«

Die vertraute Stimme des Polizeivizes hinter ihrem Rücken ließ sie so sehr zusammenfahren, dass das Eis auf den Felsen klatschte. Eher verdattert als verärgert drehte sie sich um.

»Mist, mein Eis.«

»Ist das alles, was du mir zu sagen hast? Wenn's nur das ist, ich kauf dir ein neues.« Er quetschte sich neben sie. Viel zu nah, für ihren Geschmack, doch sie wollte ihm nicht die Genugtuung geben, aufzustehen und wegzurennen.

»Ja, bitte sehr, geh zu Amedeo und kauf mir ein neues, ehe die zumachen. Halbgefrorenes, bei dem Mistwetter. Haselnuss und Creme, danke.« Ungerührt beobachtete sie die Möwen, die über den schäumenden Wellen ihre halsbrecherischen Kunststücke vollführten. Er stand auf und ging zur Eisdiele hinüber. Die Straßenlaternen flackerten auf. Leicht schaudernd vor Kälte hockte Nelly da und sog die salzig duftende, gischtgesättigte Luft ein. Ein paar Minuten später kehrte er zurück, hielt ihr das Eis hin und setzte sich neben sie. Eine unwirkliche Stille umfing sie. Nach einer Weile hatte Nelly das Spielchen satt.

»Was soll das sein, ein Schweigewettbewerb? Was willst du, Tano? Und wie hast du mich überhaupt gefunden?«

Verärgert sah sie ihn an und leckte an dem letzten Rest ihres Eises. Sein grimmiges Lachen ließ Nelly erschaudern, diesmal nicht vor Kälte.

»Ich bin nun mal Ermittler, nicht wahr? Unter Folter hat die arme Valeria doch noch den Mund aufgemacht. Sie hat mir verraten, dass die Dottoressa gerade weg sei und gemeint habe, sie wolle in Boccadasse ein Eis essen gehen.«

»Und was zum Teufel willst du, Tano? Seit Wochen würdigst du mich keines Blickes und behandelst mich wie eine Aussätzige, und jetzt stellst du mir nach. Klär mich auf.«

Nelly war bei der Waffel angelangt. Argwöhnisch starrte sie ihn an. Seine Nichtachtung hatte ihr weh getan, und zwar viel mehr, als sie sich selbst hatte eingestehen wollen. Der Polizeivize ließ den Blick über die Bucht schweifen, die jetzt im aufkommenden Sturm noch berückender war als bei Sonnenschein und postkartenblauem Himmel. Die Kirche von Sant'Antonio rechts oben, die Fischerhäuser ringsum, linker Hand das Restaurant Santa Chiara mit der Terrasse aufs Meer hinaus. Mittendrin der Kieselstrand, an dem die Kinder bei schönem Wetter spielten. Die Fischer hatten ihre Boote zum Schutz vor der Flut hoch oben aufs Trockene gezogen. Es war Samstag, die Lampen der Restaurants leuchteten über den Tischen im Freien und den wagemutigen Gästen, die dem unfreundlichen Wetter trotzten und das Wellenspektakel von der Terrasse aus genießen wollten. Tano sah sie nicht an. Langsam schüttelte er den Kopf.

»Ich war stinkwütend. Ich wollte die Sache zwischen uns beenden.« Nellys Herzschlag setzte aus, doch sie sagte nichts und wartete. Wie immer suchte er nach den richtigen Worten. Selbst wenn er in Schwierigkeiten war, verlor Tano niemals die Kontrolle und suchte nach der besten Lösung, dachte Nelly ironisch.

»Aber ich schaffe es nicht. Und was für einen Sinn hätte das auch? Wieso sollten wir einander weh tun? Dir ging's in diesen Tagen doch auch nicht gut, oder, Nelly?« *Elender Mistkerl, das weißt du doch genau.*

»Was willst du, Tano? Weil du es gerade nicht über dich bringst, mit mir Schluss zu machen, soll ich Mitleid mit dir haben und darauf warten, dass du früher oder später die Kraft dazu findest? Was erwartest du von mir? Das nächste Mal werden wir wieder an genau dem gleichen Punkt sein. Es funktioniert einfach nicht. Weder ich noch du sind für halbe Sachen. Also lassen wir's lieber sein und halten den Schaden begrenzt, findest du nicht? Dann können wir wenigstens Freunde bleiben …«

Tano fuhr zu ihr herum und packte ihren Arm.

»Von wegen Freunde. Ich bin nicht dein Freund, Nelly, und ich werde es auch nie sein. Ich bin in dich verliebt und halte es ohne dich nicht aus. Keine Ahnung, was die Zukunft bringt, aber jetzt ist es so. Ich weiß, dass ich alles kaputtgemacht habe, weil ich brennend eifersüchtig auf Carlo bin, auf deinen Sohn, sogar auf deine blöden Katzen.« Er holte tief Luft. »Ich weiß, wenn ich liebe, bin ich nervig und unausstehlich. Wäre dir lieber, ich liebte dich nicht? Es wäre mir egal, mit wem du zusammen bist, wie du deine Tage verbringst? Ob du bei mir bist oder nicht?«

Nelly spürte, wie sie dahinschmolz, und hasste sich dafür. Sie war durch ein Dornenfeld gegangen und hatte es fast geschafft. Wenn sie jetzt nachgab, würde alles wieder von vorn beginnen, mit dem gleichen Leid, der gleichen Zerrissenheit. Stattdessen griff sie nach seiner Hand und drückte sie.

»Ich liebe dich auch, Tano. Und das weißt du genau und nutzt es aus, du Mistkerl.«

Triumph blitzte in seinen blauen Augen auf, doch Nelly war es gleich. Auch sie hatte gesiegt, und die Zukunft spielte keine Rolle.

VI

Valeria war unzufrieden, etwas stimmte nicht. Nelly bemerkte es sofort, als sie das Vorzimmer zu ihrem Büro betrat.

»Dottoressa, was diese Recherche betrifft, um die Sie mich gebeten hatten, Sie wissen schon, über die Familie Simon. Die leben nicht mehr in der Schweiz. Sie sind vor Jahren nach Amerika gezogen, in die Vereinigten Staaten. Die aufzuspüren würde ziemlich viel Zeit in Anspruch nehmen … Das ist die schlechte Neuigkeit.« Ein verschmitztes Lächeln strafte ihre Zerknirschtheit Lügen.

»Daraus schließe ich, dass es auch eine gute gibt.«

Nelly setzte sich auf Valerias Schreibtischkante. Sie wusste eigentlich, dass ihre Mitarbeiterin das nicht mochte, doch manchmal dachte sie nicht daran. Valeria kniff die Lippen zusammen und wandte den Blick von der Pobacke ab, die ihr die Sicht versperrte.

»Ja, es gibt eine gute. Die Tochter der Simons, Isabelle, lebt – raten Sie mal, wo?«

»In Genua!«, rief Nelly.

»Warm: in Mailand. Seit sieben Jahren. Sie leitet eine Modelagentur. Eine Karrierefrau. Ich hatte gehofft, ein Foto von ihr aufzutreiben, aber ich hab's noch nicht geschafft, und deshalb bin ich genervt. Vielleicht …«

Nelly unterbrach sie. Die gute Nachricht machte ihrem Namen alle Ehre.

»Das ist nicht so wichtig, Valeria. Hast du ihre Adresse? Die Telefonnummer der Agentur und auch die private? Super. Setz dich mit ihr in Verbindung oder mit ihrer Sekretärin, wenn sie eine hat, und mach einen Termin für mich aus. Sag ihr, was du willst, Hauptsache, du kriegst sie rum. Sag ihr, es geht um Leben und Tod oder was auch immer. Manchmal darf man auch übertreiben.«

VII

Mailand. Drei Tage nach dem Frieden von Boccadasse und nach ein paar feurigen Nächten. Zwei Tage nach der Neuigkeit von Valeria. Umtriebig wie immer hat sie einen Blitztermin mit der Simon klargemacht. Es regnet in Strömen, doch Nelly ist in Gedanken ganz bei dem bevorstehenden Treffen. Sie drückt auf die Klingel des Palazzos am Piazzale Loreto, wo die Tochter des Schweizer Paares wohnt, das die erste Tochter vor vierzig Jahren in Sardinien verloren hat. Isabelle führt in der lombardischen Hauptstadt eine sehr bekannte Modelagentur, ein Ableger einer berühmten amerikanischen Agency.

Nelly betritt das Gebäude – Signora Simon hat eingewilligt, die Kommissarin bei sich zu Hause zu empfangen – und fährt mit dem Aufzug ins Penthouse. Die Tür geht auf, Nelly bleibt wie angewurzelt stehen und bringt für ein paar quälende Augenblicke kein Wort heraus. Auch wenn sie insgeheim etwas Ähnliches erwartet – erhofft? – hatte, ist sie dennoch sprachlos. Auf der Schwelle steht Maria Grazia Pisu, nur moderner gekleidet. Nelly fällt die Frau wieder ein, die Gerolamo am Bahnhof Principe gesehen hat und von der er hätte schwören können, es sei Magraja gewesen. Die Untersuchung der DNA, wegen der sie gekommen ist, ist plötzlich hinfällig. Die Frau, die jeder für die Tochter von Lorenza und Giacomo Pisu gehalten hat, ist in Wirklichkeit die kleine Annabelle. Ist das möglich? Aber von wem ist dann das Blut auf dem Leibchen, das man bei den Sogos-Brüdern gefunden hat?

»Dottoressa Rosso? Kommen Sie doch bitte herein.«

Isabelles Stimme ist harmonisch und selbstbewusst, genau wie ihr Äußeres. Ein kaum hörbarer ausländischer Akzent. Eine, die gern alles unter Kontrolle hat. Nelly versucht sich zusammenzureißen, aber sie kann nicht anders, als die schöne, hochgewachsene Frau mit den grünen Augen wie verblödet anzustarren. Aus der Nähe sieht man die Unterschiede zu Magraja, sie ist offenbar etwas jünger, das Haar ist durch die Strähnchen heller. Außerdem ist sie äußerst gepflegt und sehr gut geschminkt. Sie trägt ein grünes Seidenkleid, das zu ihren Augen passt. Man sieht, dass sie mit dem verblüfften Gesichtsausdruck ihres Gastes nichts anzufangen weiß.

Endlich gibt Nelly sich einen Ruck und folgt ihr in die schlichte, elegante Wohnung, die nach Geschmack und Geld riecht. Die Frau führt sie in einen in den Tönen Sand und Mokka eingerichteten Salon. Eine gläserne Schiebetür geht auf die blühende Terrasse hinaus. Der Straßenlärm klingt nur gedämpft herauf. Magrajas schöne Doppelgängerin lässt ihre Besucherin Platz nehmen und sieht sie fragend an. Nelly setzt sich auf das mokkabraune Sofa und räuspert sich.

»Sie werden sich bestimmt fragen, weshalb ich Sie um diesen Termin gebeten habe, Signora Simon.«

»Bevilacqua. Simon ist mein Mädchenname, und ich benutze ihn beruflich, aber eigentlich heiße ich Bevilacqua, das ist der Name meines zweiten Mannes«, sagt sie nickend, wie um zu bestätigen, dass sie sich tatsächlich fragt, was eine Kommissarin der Genueser Polizei so dringend von ihr wollen kann.

»Eigentlich wollten wir mit Ihren Eltern sprechen, doch da sie nicht mehr in Europa leben, Sie jedoch sozusagen gleich um die Ecke wohnen ... Es geht um Annabelle.«

Nelly rechnet mit einer Reaktion, die jedoch auf sich warten lässt. Isabelle Bevilacqua runzelt leicht die Stirn und legt den schönen Kopf zur Seite.

»Annabelle?«

»Ihre Schwester Annabelle, die in den sechziger Jahren in Sardinien entführt und nie wieder gefunden wurde«, beharrt Nelly und mustert sie. Ein leichter Schatten legt sich über Isabelles Blick.

»Ach, mein verschwundenes Schwesterchen. Das ist lange her, da war ich noch nicht auf der Welt. Sie ist von ihren Entführern getötet worden. Meine Eltern haben nie darüber reden wollen, für sie muss es furchtbar gewesen sein. Das erste Kind …«

»Ihre Eltern leben in Miami, richtig?«

Nelly ist sich nicht mehr so sicher, dass ihre Neuigkeiten freudig aufgenommen werden. Isabelle nickt.

»Meine Mutter war schwanger mit mir, als Annabelle verschwunden ist, allerdings wusste sie es zu dem Zeitpunkt noch nicht. Ich bin sieben Monate nach dem … Unglück geboren. Meine Eltern waren vom Tod meiner Schwester und seinen Umständen zutiefst traumatisiert.«

Sie blickt hinaus auf die blühenden Azaleen, die Rhododendren, die Spaliere mit den knospenden und vom Regen reichlich gewässerten Rosen. Inzwischen hat der Schatten ihr ganzes Gesicht verschleiert, man sieht ihre tiefe Beklommenheit. Das Thema Annabelle war offenbar ein Tabu bei den Simons. Zögernd beschließt Isabelle fortzufahren.

»Sie haben sich scheiden lassen, als ich drei war. Fast unmittelbar nach der Sache mit Annabelle sind sie in die Staaten gezogen. Nach New York. Wir – ich und die weiteren Kinder meines Vaters aus zweiter Ehe – sind alle in Amerika geboren. Mein Vater lebt zwischen New York und Miami, meine Mutter in Boston. Sie hat ebenfalls wieder geheiratet. Sie reisen viel, kommen oft nach Europa. Aber verraten Sie mir, Dottoressa, was gibt es nach so vielen Jahren Neues in diesem Fall? Ich dachte, das sei alles geklärt, der Schuldige gefasst und verurteilt.«

Nelly wählt ihre Worte mit Bedacht.

»Wir möchten eine DNA-Analyse des Blutes auf dem Leibchen ihrer Schwester vornehmen lassen. Damals gab es diese Möglichkeit noch nicht, und man ist davon ausgegangen, das Blut auf dem Kinderleibchen stamme von ihr. Die Blutgruppe stimmte überein, das ließ sich damals schon feststellen.«

Isabelle nickt leicht irritiert, und weiter?

»Seit Mitte der achtziger Jahre ist uns dank immer genauerer Tests eine Personenidentifizierung möglich. Somit haben wir jetzt die Möglichkeit festzustellen, ob es sich wirklich um ihr Blut handelt oder nicht.«

Isabelle Simon runzelt angespannt die Brauen und presst die Lippen zusammen.

»Ich verstehe nicht. Welchen Sinn könnte das haben? Natürlich ist es Annabelles Blut. Und außerdem, nach so langer Zeit ... Selbst wenn es nach so vielen Jahren noch möglich sein sollte, das Beweisstück – so sagt man doch, oder? – zu analysieren, bin ich nicht sicher, ob meine Eltern wirklich daran interessiert sind.«

»Wir haben Grund zu der Annahme, dass es sich nicht um das Blut Ihrer Schwester handelt, Signora. Und nachdem ich Sie gesehen habe, bin ich sogar davon überzeugt.«

»Das Blut stammt nicht von Annabelle? Und von wem dann?«

Ein ungläubiges Schweigen, während die verschiedensten Gefühlsregungen sich auf Isabelles Gesicht widerspiegeln. Sie schluckt und sagt: »Ich glaube ... ich glaube, ich brauche etwas zu trinken. Darf ich Ihnen einen Cointreau anbieten, Dottoressa? Oder trinken Sie nicht im Dienst?«

Nelly lächelt. Sie weiß nicht genau, wie sie weitermachen soll, und das Angebot verschafft ihr ein wenig Bedenkzeit.

»Ein Gläschen Cointreau wäre genau das Richtige, Signora Bevilacqua.«

Die Frau, die aussieht wie Magrajas Luxusausgabe, steht auf und holt zwei Gläser und eine Flasche von einem futuristisch aussehenden Servierwagen. Mit leicht zitternder Hand gießt sie etwas in die beiden Gläser, hält Nelly eines hin und setzt sich wieder.

Nelly nippt behutsam an ihrem Cointreau – sie will nüchtern bleiben –, während Isabelle das randvolle Kristallglas in einem Zug leert. Jetzt scheint sie für den Rest der Geschichte bereit zu sein.

»Haben Sie herausgefunden, von wem das Blut stammt?«

»Das wäre ein nächster Schritt. Das momentan Wichtigste ist, festzustellen, ob es von Annabelle stammt oder nicht. Es gibt Neuigkeiten bezüglich des Falls Ihrer Schwester, die etwas mit unseren derzeitigen Ermittlungen im Mordfall Pisu zu tun haben. Und mit der Entführung der Pisu-Schwester Marilena Pizzi. Die Familie Pisu stammt aus Luras, einem Dorf in Sardinien, unweit des Ortes, an dem Ihre Schwester entführt wurde.«

»Pisu … Sie meinen Alceo, den Regisseur?«

Sie hält inne und blickt Nelly an, langsam scheint ihr etwas zu dämmern.

»Genau, wir ermitteln in seinem Tod. Sie kannten ihn?«

Isabelle zuckt mit den Schultern.

»Natürlich, alle kennen Alceo, oder kannten ihn. In unserer Branche, meine ich. Er war ein außergewöhnlicher Mensch, auch wenn er eine Schwäche für schöne Frauen und den Jetset hatte. Ein echtes Genie«, schließt sie überzeugt.

Der Moment ist gekommen. Sie zieht ein Foto aus ihrer Tasche und hält es Isabelle hin. Die greift danach, wird blass und sieht Nelly hilfesuchend an.

»Wer … wer ist diese Frau?« Ihre Stimme bebt.

»Maria Grazia Pisu. Alceo Pisus jüngere Schwester.«

»Die sieht aus wie ich. Deshalb hat Alceo immer gesagt, ich würde ihn an eine seiner Schwestern erinnern. Von wegen erinnern, wir könnten Zwillinge sein!«

Wieder betrachtet sie eingehend das Foto. Nelly wartet schweigend.

»Und Sie glauben, diese Maria Grazia könnte meine Schwester Annabelle sein? Aber wie ist das möglich? Und das Blut, von wem stammt dann das Blut?«

»Nachdem ich Sie kennengelernt habe, Signora, gehe ich ebenfalls davon aus, dass Maria Grazia Pisu Ihre vor vierzig Jahren entführte Schwester ist. Die DNA-Analyse könnte dies nun noch belegen. Was die Herkunft des Blutes angeht, da gibt es mehrere

Hypothesen, denen wir nachgehen müssen. Damals verschwand auch ein Mädchen der Familie Sogos, zu der Annabelles Entführer gehörten. Es könnte sich, doch das ist nur eine Vermutung, um ihr Blut handeln.«

Fassungslos über diese unerwarteten Neuigkeiten schüttelt Isabelle den Kopf.

»Sie können gern alle nötigen Tests machen, aber ich weiß es so oder so. Das ist Annabelle. Man muss uns doch nur ansehen. Da braucht's keine DNA. Was werden Papa und Mama dazu sagen, wie wird das für sie sein? Sie sind nie mehr in Italien gewesen, nach der … Sache mit Annabelle, wissen Sie? Sie sind nicht glücklich darüber, dass ich hier in Mailand arbeite und einen Italiener geheiratet habe. Sie hassen dieses Land, wer könnte es ihnen verübeln?«

Signora Bevilacqua schenkt sich einen zweiten großzügigen Cointreau ein und kippt ihn hinunter. Nelly hat vollstes Verständnis für sie. Was empfindet man, wenn man erfährt, dass die seit vierzig Jahren totgeglaubte Schwester unter anderem Namen putzmunter in demselben Land lebt wie man selbst?

»Und was passiert jetzt? Weiß diese … diese Frau von Ihren Vermutungen? Ist sie bereit, eine DNA-Analyse vornehmen zu lassen?«

Nelly denkt an Magraja, die zurückgezogen in ihrer Wohnung lebt. Überzeugt, eine Pisu zu sein. So zerbrechlich. Sie denkt an den Tsunami, den die Entdeckung in den beiden Familien auslösen wird, ganz zu schweigen von den juristischen Folgen. Einen Moment lang geht ihr durch den Kopf, dass es vielleicht besser gewesen wäre, nicht an der Sache zu rühren. Sie schließt die Augen, dann öffnete sie sie wieder und sieht Isabelle an.

»Nein, Signora. Maria Grazia Pisu weiß von nichts, und ich glaube, diese Neuigkeit wird ihr Leben auf den Kopf stellen. Sie ist ein sehr fragiler Mensch. Man muss äußerst behutsam vorgehen. Ich möchte Sie auch bitten, Ihren Eltern nichts zu sagen, bis wir nicht ganz sicher sind.«

»Fragil? Was glauben Sie, wie ich mich fühle, und ich bin alles andere als fragil. Nein, ich werde meinen Eltern natürlich nichts sagen. Das wäre unverantwortlich. Sagen Sie mir, was ich für diese DNA-Analyse tun muss, ich stehe zu Ihrer Verfügung.«

VIII

»Dottoressa Rosso, die von Ihnen beauftragten Laborergebnisse sind da. Bitte.« Valeria legte ihr ein paar Blätter auf den Tisch. Nelly bedankte sich abwesend und griff danach, während Valeria sich taktvoll zurückzog. Aufgeregt überflog sie die Zeilen, die ihr in nüchternem Fachjargon mitteilten, was sie seit ihrem Besuch bei Isabelle Simon Bevilacqua in der vergangenen Woche ohnehin bereits wusste. Und dazu noch vieles mehr, was sie niemals vermutet hätte. Sie sprang auf und rannte zu Tanos Büro, doch der war nicht da. Auf dem Rückweg traf sie Marco Auteri.

»Marco, komm mit, ich hab hier eine unfassbare Bestätigung. Du wirst es nicht glauben. Komm in mein Büro, und ich erzähl's dir.«

Sie zog ihn hinter sich her. Obschon an Nellys überschwängliche Reaktionen gewöhnt, war der Vizekommissar dennoch verdattert. Was hatte sie bloß?

»Die Pisus, möchte ich wetten.«

»Bingo!«

Sie setzten sich, und Nelly hielt ihm triumphierend den soeben erhaltenen Bericht unter die Nase. Marco griff danach, las und war sprachlos.

»Ich kann's nicht glauben. Es war nicht von … Und von wem war es dann? Folglich wäre … Das ist der Wahnsinn!«

Seine Stimme war heiser vor Aufregung. Diese Tatsache mischte alle Karten neu. Mit funkelnden Augen und brennenden Wangen starrte Nelly ihn an.

»Ganz genau. Und wieso ist das Blut nicht von Annabelle? Damals gab es noch keine DNA-Analysen, wie wir wissen, und deshalb ist man logischerweise davon ausgegangen, dass das Blut auf dem in Panni Sogos' Tasche gefundenen Kinderhemdchen von der kleinen Simon stammte. Doch heute kann man diese Analyse machen. Ich war in Mailand, um die Schwester Isabelle Simon um Erlaubnis zu bitten, ihre DNA mit der auf dem Leibchen zu vergleichen. Sie hat sofort eingewilligt. Sie stimmen nicht überein, also kann das Blut nicht von ihrer Schwester sein. Ich hatte noch einen Verdacht und habe deshalb Magrajas Foto mitgenommen, das du auf der Trauerfeier von Giancarlo gemacht hattest. Nachdem ich Isabelle Simon gesehen habe, bin ich überzeugt davon, dass Maria Grazia Pisu in Wirklichkeit Annabelle Simon ist. Schau mal.« Sie hielt ihm ein Foto von Isabelle hin. Marco pfiff durch die Zähne.

»Die sieht ja genau aus wie Magraja! Nur ein bisschen besser.«

»Was hab ich dir gesagt? Und wenn wir Isabelles DNA mit der von Maria Grazia abgleichen, haben wir die Gewissheit. Was die Kleine betrifft, deren Blut auf dem Hemdchen ist, wissen wir jetzt auch, zu wem es gehört, der Mitochondrialen DNA sei Dank. Die wird nämlich nur auf weiblichem Weg weitervererbt, von der Mutter an die Tochter. Es war ein mit den Pisus verwandtes Mädchen, die Übereinstimmung liegt bei neunzig Prozent. Eine Tochter von Lorenza Pisu, eine Schwester von Marilena Pizzi, es lebe die moderne Wissenschaft!«

Sprachlos drehte Marco das Foto in den Händen und versuchte die Neuigkeiten zu verdauen. Maria Grazia Pisu war womöglich vor vierzig Jahren gestorben, und stets war man davon ausgegangen, dass das Blut von Annabelle stammte. Und selbst wenn Maria Grazia Pisu vielleicht noch am Leben war, wo steckte sie dann jetzt? Oder sie war tatsächlich als kleines Kind gestorben, aber wieso? Wieder und wieder las er das nüchterne Untersuchungsergebnis.

»Hältst du es für möglich, dass ... dass sie vielleicht ... und man deshalb ...«

Marco brachte den Satz nicht über die Lippen. Die Idee, die ihm beim Lesen der DNA-Analyse gekommen war, war in ihrer bestialischen Einfachheit einfach zu schrecklich. Nelly vervollständigte seinen Gedanken.

»Dass das kleine Pisu-Mädchen umgebracht wurde, weil es das Downsyndrom hatte und man es durch die kleine, hübsche und gesunde Annabelle ersetzt hat? Wer weiß? Vielleicht war es ein Unfall oder ein natürlicher Tod. Aber wenn du mich fragst, nach all dem, was ich über Giacomo Pisu gehört habe, glaube ich, dass es genau so gelaufen ist.«

»Das mit der DNA-Analyse des Blutes auf dem Hemdchen verstehe ich ja, heutzutage macht man das nachträglich in vielen *cold cases*. Ich verstehe auch, dass die Ähnlichkeit zwischen Isabelle und Magraja dich darauf gebracht hat, es könnte sich um Annabelle handeln, aber wie bist du darauf gekommen, die Mitochondriale DNA auf dem Leibchen mit der von Marilena Pisu abzugleichen?«

»Das ist das Geheimnis des Genies, mein Lieber.« Nelly lachte triumphierend. Endlich ging es in den Ermittlungen einen Schritt voran, nach all den Pleiten. Marco war noch immer völlig fassungslos.

»Und jetzt? Was für ein Wahnsinn für diese Familie Simon, wenn sich bestätigt, dass Magraja Annabelle ist, und was für eine Katastrophe für die Pisu.«

Nelly zuckte mit den Achseln.

»Wenn man solche Sauereien veranstaltet, darf man sich nicht wundern, wenn die Scheiße früher oder später ans Licht kommt«, kommentierte sie kalt.

»Ja, aber das gilt für denjenigen, der die Schweinerei gemacht hat. Für Giacomo Pisu. Für die beiden Sogos-Brüder. Aber die sind allesamt tot und von der weltlichen Justiz nicht mehr zu belangen. Stell dir vor, man würde dir eröffnen, deine Eltern seien gar nicht deine Eltern, und außerdem hätten sie dich entführt. Dass der Mann, den du für deinen Vater gehalten hast, womöglich ein Mörder oder zumindest der Urheber mehrerer Entführungen ist. Dass die Frau, die du seit Jahren pflegst, nicht deine Mutter ist und dass du irgendwo auf der Welt eine Familie hast, die in jeder Hinsicht Lichtjahre von dir entfernt ist.«

»Du hast recht, aber was sollen wir machen? Wir können schlecht so tun, als wüssten wir von nichts. Es ist jetzt an uns, herauszufinden, was genau passiert ist. Immerhin haben wir noch eine Vermisste zu finden, vergiss das nicht. Wir bestellen die Pisu hierher und dazu den Pizzi. Als psychologische Stütze. Und dann kommen wir der Wahrheit ein weiteres Stückchen näher.«

Marco machte ein nachdenkliches Gesicht.

»Was glaubst du, wie die Pisu reagieren wird?«

»Keine Ahnung. Das wird ein harter Schlag für sie werden, und nicht nur für sie.«

IX

Zögernd betritt Maria Grazia Pisu Nellys Büro. Sie trägt Rot, eine lebendige Farbe, die sie jünger macht, das helle Haar fällt ihr offen auf die Schultern. Die Ähnlichkeit mit Isabelle Bevilacqua ist noch auffälliger. Einzig der Gesichtsausdruck und die Körperhaltung unterscheiden sie und verraten die so ganz verschiedenen Biographien der beiden Frauen. Magraja blickt sich besorgt um. Hinter ihr erscheint die hohe Gestalt Romeo Pizzis, der sie ermutigend am Ellenbogen fasst.

»Guten Tag, Signora Pisu, Signor Pizzi. Setzen Sie sich bitte.«

Offizieller Tonfall. Neutrales Gesicht. Magraja zuckt leicht zusammen. Keine Vertraulichkeit, sie hat sie nicht mit Vornamen angesprochen. Sie setzen sich.

»G...guten Tag, Dottoressa Rosso. Gibt es etwas Neues von Marilena?«

Die langen dunklen Wimpern flattern, die grünen Augen huschen zu Romeo Pizzi, der wie immer stocksteif dasitzt und Nelly anglotzt, als hätte sie Marilenas Leiche unter dem Schreibtisch versteckt. Seine Miene ist eine Mischung aus Empörung und Entsetzen.

»Ihre Vorladung hat uns sehr erschüttert, Dottoressa«, sagt er eisig. »Worum handelt es sich?«

Nelly stützt das Kinn auf die gefalteten Hände. Sie schindet Zeit.

»Signor Pizzi, es handelt sich nicht um Ihre Frau. In ihrem Fall gibt es leider keine Neuigkeiten. Wir haben Sie nur hergebeten, weil Ihre Schwägerin jetzt vielleicht die Unterstützung einer vertrauten Person aus dem Familienkreis nötig haben könnte. Es handelt sich um eine äußerst heikle Sache. Die sich vor vielen Jahren ereignet hat, als die Familie Pisu noch in Luras in der Gallura lebte und ein wenige Monate altes kleines Mädchen namens Annabelle Simon verschwand.«

Eine gute Stunde später. Nelly hat zu Ende geredet und schweigt. Magraja sitzt reglos da. Sie hält das Foto von Isabelle Bevilacqua in den Händen, doch es ist offensichtlich, dass sie es nicht mehr wahrnimmt. Sie hat Nellys Schilderung wortlos angehört und das Ergebnis der DNA-Analyse kaum angesehen. Ihr Blick ist nach innen gerichtet. Wie immer hat sie sich in eine andere Welt zurückgezogen. Auch Pizzi ist wie vom Donner gerührt. Nelly schweigt und wartet. Marco ist vor einer guten halben Stunde dazugekommen, hat die Anwesenden gegrüßt und sich neben den Schreibtisch gesetzt, doch keiner scheint ihn bemerkt zu haben. Er sieht Nelly besorgt an. Was er befürchtet hat, ist eingetreten.

Plötzlich flattert Magraja mit den Lidern, als würde sie aus einem Traum erwachen, und greift nach der Hand ihres Schwagers.

»Bring mich fort von hier, Romeo. Bring mich nach Hause.« Sie steht auf. Pizzi erhebt sich ebenfalls und wirft Nelly und Marco vernichtende Blicke zu.

»Diese Geschichte ist völlig verrückt. Verrückt, etwas anderes fällt mir dazu nicht ein. Ich bin erschüttert ...«

»Lass uns gehen.«

Sie dreht sich zu den beiden Polizisten um, die die Szene reglos beobachtet haben.

»Das hat alles nichts mit mir zu tun. Ich weiß, dass ich Maria Grazia Pisu bin. Ich werde keine DNA-Untersuchung machen. Dazu müsste man mich schon zwingen.«

Pizzi hat ihr den Arm um die Schultern gelegt, und schon sind die beiden fort. Nelly und Marco sehen sich an und heben seufzend die Hände.

X

»Magraja liegt seit zwei Tagen mit Fieber im Bett. Das war aber auch ein dicker Hund, den ihr ihr da vorgesetzt habt, meinst du nicht, Nelly?«

Sandra und Nelly schlendern die Promenade von Nervi entlang. Immer wieder blinzelt die Sonne zwischen den Wolken hervor, das Meer ist bewegt, aber nicht stürmisch. Sie setzen sich vor ein Café und bestellen zwei Cappuccini. Nur ein paar Touristen sitzen draußen, es ist sieben Uhr abends, der Wind ist für die Jahreszeit noch immer ungewöhnlich frisch. Nelly schlürft schweigend ihren Cappuccino. Sandra wartet, auch wenn Geduld nicht gerade zu ihren hervorstechendsten Tugenden zählt. Als sie keine Antwort bekommt, redet sie weiter.

»Klar, was solltet ihr machen, wenn es denn so ist, musste sie es erfahren. Dass sie den Kopf in den Sand steckt, ist typisch für Magraja. Ich mache mir nur Sorgen um ihre Gesundheit. Sie redet mit niemandem und will nur Romeo und Celeste sehen. Ich weiß wirklich nicht, wie das enden soll. Was für eine Geschichte! Wenn das alles stimmt, was ihr behauptet …«

»Es stimmt, Sa. Es ist alles wahr. Wenn sie den Kopf in den Sand steckt, macht deine Cousine alles nur noch schlimmer. Viele Dinge müssen noch geklärt werden. Ihre Identität zweifelsfrei sicherzustellen ist dabei mit das Wichtigste.« Sie lächelt Sandra an, die seufzt und in langen Schlucken ihren Cappuccino trinkt.

»Du hast ja recht. Aber das ist alles einfach so unglaublich und pervers … Giacomo war womöglich Teil einer Entführerbande und hat vielleicht die eigene Tochter umgebracht oder umbringen lassen, weil sie behindert war. Und Lorenza? Die muss es doch gewusst haben. Die kann die beiden Babys doch schlecht verwechselt haben. War sie einverstanden? Die eigene Mutter? Wie grauenvoll.«

Nelly reibt sich die müden Augen. Nachts schläft sie wenig und tagsüber arbeitet sie wie ein Tier. *Ich leide, wenn ich nicht mindestens acht Stunden schlafe, Tano hingegen ist immer taufrisch, auch nach drei oder vier Stunden Schlaf. Herrlich, diese Liebesnächte, aber sie fordern ihren Preis.*

»Dass die kleine Pisu umgebracht wurde, weil sie das Downsyndrom hatte, ist ein besonders grausamer Verdacht. Sie könnte auch einem Unfall zum Opfer gefallen sein, woraufhin die Pisus beschlossen haben, das Simon-Mädchen zu behalten. Sicher ist, dass Annabelles Eltern das Leibchen seinerzeit zweifelsfrei identifiziert haben. Das heißt, entweder hat es jemand absichtlich mit dem Blut der echten Maria Grazia befleckt, oder sie trug es, als sie verletzt wurde. Es könnte sogar sein, dass Giacomo Pisu gar nicht direkt mit der Entführung zu tun hatte und dass die Sogos-Brüder ihm das Kind verkauft haben, weil sie wussten, was mit seiner Kleinen passiert war. Das sind jedoch alles nur Vermutungen.«

»Nelly ... Als du mir von deinem Sardinien-Besuch erzählt hast, hast du gesagt, Panni Sogos sei tot. Seid ihr sicher? Habt ihr das überprüft?«

Nellys Magen zieht sich alarmiert zusammen. In der Akte des Bruders fand sich nur das Entlassungsdatum, nicht das Todesdatum.

»Ich habe zu der Sache nämlich mal ein bisschen recherchiert, auch wenn das nicht einfach war. Nach meinen Informationen ist Giovanni Sogos vor zwei Jahren aus dem Knast gekommen.«

»Genau.«

»Und dann ist er verschwunden. Niemand weiß, was mit ihm passiert ist. Dass er tot sei, behauptet sein Bruder, aber Beweise gibt es keine.«

Nelly kommt sich saublöd vor. Nein, sie hat das nie überprüft. Sie haben einfach geschluckt, was ein alter Schafhirte ihnen erzählt hat. Maresciallo Salaria hat diesbezüglich auch nichts gesagt, vielleicht hatte er auch keine Ahnung, was mit dem alten Sogos passiert war. Sie springt auf.

»Entschuldige, mein Schatz, aber du hast recht. Sogos könnte noch am Leben sein, und das würde alles ändern. Ich muss der Sache auf den Grund gehen. Trink in Ruhe aus, ich lade dich ein. Den Cappuccino hast du dir wirklich verdient. Das nenne ich investigativen Journalismus, Hut ab.«

Sie zahlt an der Kasse und hastet davon, während Sandra ihr verdattert nachblickt.

XI

Im Morgenlicht ist Olbia wunderschön. Vom Flugzeug aus sieht man die zerklüftete Küste, den Golf, die Buchten. Doch Nelly ist gerade nicht sonderlich empfänglich für Touristenromantik. Seit Sandras Einwand vor zwei Tagen ist ihr Magen wie zugeschnürt. *Ich bin ein echtes Genie. Ein alter Schafhirte behauptet, sein Bruder sei gestorben, und ich schlucke es, ohne mit der Wimper zu zucken. Tanos Gesicht, als ich ihm das erzählt habe! Aber jetzt kriegt unser Freund Boboi was zu hören. Entweder, er zeigt mir, wo sein Bruder begraben ist, oder er sagt mir, wo ich ihn finde. Und wehe, er kriegt die Zähne nicht auseinander …* Der Lautsprecher kündigt die Landung an. Sinkflug, sanftes Aufsetzen auf der Landebahn, Ausrollen, Halt. Nelly hat kein Gepäck bei sich, nur eine Handtasche. Sofort steuert sie eine Autovermietung an. Nach den Formalitäten bringt der Angestellte sie zum Parkplatz, händigt ihr die Schlüssel für einen Ford Fusion aus und verabschiedet sich. Sie schmeißt ihre Tasche auf den Rücksitz und fährt los Richtung Luras.

Trotz ihrer Wut kann sie nicht umhin, erfreut festzustellen, dass hier ein ganz anderes Wetter herrscht als in Ligurien. Die Landschaft ist in strahlendes Sonnenlicht getaucht, und es ist mindestens fünf Grad wärmer. Es ist elf Uhr, und Nellys Laune hellt sich auf. Sie lehnt sich zurück und hängt ihren Gedanken nach. Was wird Boboi Sogos sagen? Wird er auf ihre Fragen antworten? Sie hat nicht die Absicht, bei den Kollegen in Tempio oder den Carabinieri in Luras vorbeizuschauen. Während die Felsen, Sträucher und vom Wind gebeugten Korkeichen an ihr vorbeiziehen und der vertraute Duft durchs offene Wagenfenster dringt, löst sich der Kloß in ihrem Magen allmählich auf. Nelly biegt in die unbefestigte Straße ein, die sie, wie sie inzwischen weiß, direkt zum Garten Eden bringt. Sie steht vor dem Gatter, das den Zutritt zum Privatgelände der Sogos verwehrt. Der Riegel ist nicht mit einem Schloss versehen. Sie öffnet das Gatter und fährt in einer Staubwolke los, ohne es hinter sich zu schließen.

Nach mehreren Kurven bergan verrät ihr das Rauschen des Wassers, dass Sogos' Hütte nicht mehr weit ist. Nach der nächsten Kurve taucht die Schotterfläche auf, auf der gerade kein Geländewagen parkt, weder der zerbeulte von Boboi noch der brandneue seines Neffen Emanuele. Bei dem Gedanken an die beiden Hunde wird Nelly unruhig. Sie greift nach der Beretta in ihrer Tasche und steckt sie hinten in den Hosenbund. *Hoffentlich muss ich sie nicht benutzen. Immerhin ist das hier ein Privatgrundstück, ich bin weder angekündigt, noch habe ich einen Durchsuchungsbefehl, und vor allem habe ich keine Lust, die beiden Hunde kaltzumachen, um meine Haut zu retten.*

Vorsichtig öffnete sie die Wagentür und steigt aus. Außer dem Gurgeln der Quelle ist nichts zu hören. Die Schafe sind in ihrem Pferch und glotzen sie neugierig an. Ein wenig weiter weg auf der Wiese grasen vier weiße Kühe. Nelly betrachtet sie fasziniert. *Wie schön die sind. Die erinnern mich an die Rinder, die in Castagnole vor die Karren gespannt wurden, als ich klein war. Damals kamen die mir riesig vor. Mein Onkel hatte auch zwei davon …*

Vollkommen eingenommen von den Rindern hat Nelly die Gestalt nicht bemerkt, die lautlos hinter der Hütte hervorgetreten ist und sich heranschleicht. Als sie den pfeifenden Atem und den ranzigen Stallgeruch wahrnimmt und sich umdrehen will, wird sie von zwei kräftigen Händen an der Kehle gepackt. Panisch versucht sie, den Würgegriff zu lösen, der ihr unerbittlich die Luft abdrückt. Ihr wird schwarz vor Augen.

Entferntes Schafsblöken. Hundegebell. Kaffeeduft, gemischt mit Stallgestank. Nelly schluckt mühsam, ihre Kehle schmerzt. Sie öffnet ein Auge, alles ist verschwommen. Sie schließt es wieder. Versucht es noch einmal. Öffnet auch das andere. Versucht sich zu rühren, doch vergeblich. Sie begreift, dass sie an einen Stuhl gefesselt ist. Nach und nach wird das Bild um sie herum klar. Sie sitzt in Boboi Sogos' Küche, der sich mit dem Rücken zu ihr an der Kaffeemaschine zu schaffen macht. »Boboi ...« Der Mann dreht sich um.

»Ich bin nicht Boboi. Ich bin Panni«, sagt er und zieht seelenruhig den Espresso vom Feuer. Auf dem Tisch, außerhalb von Nellys Reichweite, liegt ihre Pistole. Daneben stehen zwei Espressotassen. Jetzt, da ihr Blick nicht mehr verschwommen ist, ist klar, dass nicht Boboi vor ihr steht. Der Mann ist größer, aber lange nicht so kräftig, sein Rücken ist leicht gebeugt, das Haar fast weiß und dünner als Bobois. Die stoppeligen Wangen sind kaum gebräunt, eher kränklich wächsern. Die auf sie gerichteten Augen sind braun und nicht gelb. Ruhig gießt er den Kaffee in die Tassen, nimmt Nellys Pistole vom Tisch und steckt sie in eine Schublade.

»Lassen Sie mich sofort frei, wenn Sie nicht alles noch schlimmer machen wollen, ich bin ...«

»Ein Bulle, ich weiß. Ich habe Ihre Papiere gesehen. Für mich sind Sie nur jemand, der hier ohne Erlaubnis eingedrungen ist. In mein Haus, auf mein Land. Bewaffnet.«

Seine Stimme ist eisig. Nelly ändert die Taktik.

»Signor Sogos, es stimmt, ich habe mich nicht angekündigt, aber mich deshalb erwürgen zu wollen, erscheint mir ein bisschen übertrieben, finden Sie nicht?«

Der Mann wiegt den Kopf. Er scheint leise in sich hineinzulachen.

»Wenn ich Sie hätte erwürgen wollen, wären Sie jetzt tot, Signora. Ich wollte nur, dass Sie keine Dummheiten machen. Ich konnte doch nicht ahnen, wer Sie sind.«

Er bekommt einen Hustenanfall, zieht ein kariertes Taschentuch hervor und hält es sich vor den Mund. *Was für ein übler Husten. Und dieser klapprige Kerl hat mich derart gewürgt. Woher hatte der die Kraft?*

»Jedenfalls wollte ich nur mit Ihnen reden.«

Er scheint sie nicht zu hören, in der Hand hält er ein Messer, das aus Tempio, das aussieht wie eine Rasierklinge, Nelly fährt zusammen.

»Wenn du artig bist, schneide ich dir eine Hand los, damit du deinen Kaffee trinken kannst.« Die Andeutung eines Lächelns huscht über den weißlichen Stoppelbart. Nelly rümpft die Nase.

»Keine Sorge, ich werde brav sein. Wäschst du dich eigentlich nie, Panni? Entschuldige die persönliche Frage, aber du stinkst wie ein Ziegenbock.«

Die Hand mit dem Messer verharrt in der Luft, und Nelly fürchtet, er könnte es sich noch einmal anders überlegen und ihr doch die Kehle statt der Handfessel durchschneiden. Sie sind zum Du übergegangen, Nelly vermutet, das Siezen ist Panni Sogos zu kompliziert. Doch sie irrt sich.

»Ich wasche mich selten, das ist richtig. Auch, weil ich bei den Tieren schlafe, ich mag das.« Er zögert, unsicher, ob er dieser Unbekannten so viel von sich preisgeben soll. »Ich kann die Menschen einfach nicht mehr ausstehen«, sagt er und durchtrennt behutsam das Seil um Nellys rechte Hand. »Die Tiere sind viel besser als die Menschen. Stinke ich denn wirklich so sehr? Ich merke das gar nicht mehr.«

Nelly muss lachen.

»Ja, du stinkst ganz schön. Aber sag mal, erträgst du die Menschen nicht mehr, weil Giacomo Pisu euch betrogen hat?«

Es ist raus, sie hat es abgefeuert und wartet auf die Reaktion. Ungerührt drückt der Mann ihr die Tasse in die Hand.

»Wie viel Zucker?«

Dieser kleine Kaffeeklatsch ist dermaßen absurd, dass Nelly kurz davor ist, in hysterisches Gelächter auszubrechen.

»Zwei Löffelchen, danke.«

Panni löffelt ihr sorgsam den Zucker in die Tasse und rührt um. Nelly überlegt kurz, dass sie ihm den heißen Kaffee ins Gesicht schütten und sich das Messer auf dem Tisch greifen könnte. Der gute Mann hat wirklich recht: Da soll man den Menschen noch trauen. Doch sie denkt nicht daran, etwas Derartiges zu unternehmen. Erstens ist sie viel zu scharf darauf, sich mit ihm zu unterhalten, und sie spürt, das es vielleicht klappen könnte. Dass der Mann vielleicht endlich bereit ist zu erzählen, was in jener Nacht vor vierzig Jahren wirklich passiert ist. Und zweitens will sie nicht als Schweinefutter enden, denn so schlecht beieinander der Mann auch zu sein scheint, er verfügt über ungeahnte Energien und ist schlau wie ein Fuchs.

Er hat sich an den Tisch gesetzt, trinkt seinen ungesüßten Kaffee und mustert sie wie ein seltenes Tier.

»Jetzt gibt's bei den Bullen auch Frauen. Zu meiner Zeit war das anders. Ich hab seit Ewigkeiten nicht mehr mit einer Frau geredet.« Er neigt den Kopf zur Seite. Sein Atem geht mühsam.

»Du solltest zum Arzt gehen.«

Er zuckt die Achseln, seine Miene lässt keinen Zweifel daran, wie gleichgültig ihm seine Gesundheit ist.

»Dieser Junge, den ihr in den Knast gesteckt habt, dieser Filippo De Magistris, das ist mein Enkel? Der Sohn meiner Tochter Filomena? Ich hab gelesen, sie sei jung gestorben. Hat Drogen genommen.«

»Ja, Panni, das ist dein Enkel. Er wird beschuldigt, Marilena Pisu entführt und womöglich ermordet zu haben. Und vielleicht hat er ihren Bruder Alceo ebenfalls umgebracht, um sich für das zu rächen, was Giacomo Pisu eurer Familie angetan hat. Hältst du das für möglich?«

»Dann wäre er ein echter Dummkopf. Noch ein Sogos, der seine besten Jahre im Knast verbringt. Der sein Leben wegwirft, und für was? Für alte, längst vergangene Geschichten. Wenn ich mich an Giacomo hätte rächen wollen, hätte ich das längst getan. Als ich aus dem Gefängnis kam, war er noch am Leben. Doch ich …« Wieder hat er einen Hustenanfall. »Ich will nicht im Knast sterben. Die Gerechtigkeit – das *ogu malu*, das meine Mutter ihm angehängt hat – hat sich der Pisus auch ohne mich angenommen.« Sein Gesicht verzieht sich zu einem Grinsen. Nelly läuft ein kalter Schauer über den Rücken.

»Du gibst also zu, dass Giacomo Pisu in die Entführung von Annabelle Simon verwickelt war und euch betrogen hat.«

Nelly hält ihm die leere Kaffeetasse hin.

»Neugierig, was? Wie alle Weiber. Lass uns einen Pakt schließen, Commissario. Ich erzähle dir, was ich weiß, aber solltest du versuchen, es gegen mich oder meine Familie zu verwenden, werde ich alles leugnen. Ich hab im Knast nämlich studiert, weißt du? Ich hab die Grundschule nachgeholt, dann die Mittelschule, und ich habe eine Menge gelesen. Zeit hatte ich reichlich. Ich bin nicht der dämliche Ziegenbock, für den du mich hältst, auch wenn ich stinke.« Er lächelt. »Dafür hilfst du dem Jungen, so gut es geht. Vielleicht ist ihm das Gleiche passiert wie Gavino und mir. Vielleicht wollte ihn jemand in die Pfanne hauen. Ich bitte dich nur um eine unvoreingenommene Ermittlung.«

»Meine Ermittlungen sind immer unvoreingenommen. Aber wenn er es war, kann ich ihm nicht helfen.«

»Das ist klar. Doch als ich die Geschichte in der Zeitung gelesen habe … Das klingt zu sehr nach dem, was ich selbst erlebt habe. Die blutbefleckten Kleidungsstücke, das Foto in der Schublade. Das ist alles eine Finte, auch wenn ich mir nicht vorstellen kann, wer es gewesen sein könnte.« Er kratzt sich nachdenklich am Kopf. Seine kastanienbraunen Augen sind die gleichen wie Filippos, und sie wirken aufrichtig.

»Was ist in jener Nacht passiert, Panni? Als die Carabinieri euch im Valle della Luna überrascht haben?«

Klar und bündig beginnt Panni zu erzählen. *Giovanni und*

Giosué Secci haben sich mit Giacomo Pisu auf Kindesentführungen verlegt. Alle drei Familien, die Seccis, die Pisus und die Sogos wussten von der Sache und waren mit verschiedenen Aufgaben daran beteiligt. Die Sogos-Eltern, die Frauen der Brüder, Pisus Ehefrau Lorenza und die Frauen ihrer Brüder. Auch Boboi, ja auch er, aber er hat nie unmittelbar an einer Aktion teilgenommen.

Es war eine sichere Sache. Der Notar Sala aus Olbia kollaborierte, und auch ein paar andere, die er nicht kannte. Einfach und genial. Die Kinder waren ein leichtes Ziel, und die Eltern hatten Todesangst. Sie schwiegen und zahlten. Die Babies waren nicht in der Lage, ihre Entführer oder den Ort, an dem sie gefangen gehalten wurden, wiederzuerkennen, und waren sie ein bisschen größer, wurden ihnen die Augen verbunden. Und dazu – hier musste Panni kurz auflachen – hielt man sie vor aller Augen gefangen. In einem Verlies unter dem Haus der Pisus, mitten im Dorf. Ein schalldichter Raum, von dem niemand wusste. Die Frauen der Familie kümmerten sich um die Kleinen, alles ging schnell über die Bühne, die Entführungen dauerten nie länger als ein paar Tage. Die Sogos hatten Geschmack daran gefunden, auch wenn die Seccis und die Pisus den Löwenanteil einstrichen und ihnen nur ein paar Krümel übrigließen, doch die waren zu jener Zeit wie Manna.

Alles lief glatt, bis zur Entführung der kleinen Schweizerin. Der Notar aus Olbia hatte durchblicken lassen, die Eltern seien stinkreich, und er wisse, wo sie sich aufhielten. Ablauf und Logistik wurden abgesprochen. Gavino hat sie geholt. Sie ist im Verlies gelandet, das noch aus der Zeit der Spanier stammte, wer weiß, was die da für Schweinereien veranstaltet haben … Dieses kleine Mädchen ist ihm ziemlich nahegegangen, er war nämlich selbst erst vor kurzem Vater eines kleinen Mädchens geworden. Ansonsten war es für die Familie die übliche Routine. Giacomo Pisu und seine Frau hatten ebenfalls gerade eine Tochter bekommen, das vierte Kind. Aber sie waren darüber alles andere als glücklich. Die Kleine war nicht normal, sie war mongoloid – Nelly zuckt bei diesem abfälligen Ausdruck zusam-

men. Lorenza hat ständig geweint, Giacomo war außer sich, sie hatten sie weder taufen lassen noch irgendjemandem im Dorf gezeigt. Sie schämten sich. Dann kam der Abend, an dem die Eltern der kleinen Schweizerin das Lösegeld bezahlen und ihre Kleine wiederbekommen sollten. Eine völlig überzogene Summe, aber das wusste er damals noch nicht. Er sollte es erst in den Zeitungen lesen, als er bereits im Gefängnis saß und Gavino tot war …

Nelly hört ihm mit angehaltenem Atem zu. Sie unterbricht ihn kein einziges Mal, nur der Husten zwingt Panni hin und wieder zu einer Pause.

Giacomo hatte bereits alles für die Flucht vorbereitet, doch niemand wusste davon. Er hatte gesagt, er wolle aufs Festland fahren, um Geld anzulegen, eine ganz normale Geschäftsreise, und stattdessen hat er sich heimlich darauf eingestellt, uns zu verraten und zu verschwinden. An jenem Abend ist er losgegangen, um das Lösegeld zu holen, niemand war eingeweiht, vielleicht war es mit dem Vermittler so abgesprochen. Zu Gavino hatte er gesagt, die kleine Simon sei plötzlich krank geworden und gestorben. Schicksal. Man solle so tun, als wäre nichts, und das Geld an einer bestimmten Stelle im Valle della Luna abholen. Panni und Gavino machten sich auf den Weg, es war dunkel, doch die Wegbeschreibung war wie immer präzise. Sie hatten nicht gemerkt, das Giacomo ihnen das blutverschmierte Leibchen und den Plan mit der Villa samt Telefonnummer und Adresse der Simons untergeschoben hatte, die Beweisstücke, die ihnen zum Verhängnis werden sollten.

Nelly bewundert die Distanziertheit, mit der sich der Mann an die Nacht erinnert, die über sein Leben entscheiden sollte.

Dann ist alles gelaufen, wie es laufen musste. Der Hinterhalt der von Giacomo benachrichtigten Carabinieri, Gavino verliert den Kopf und schießt, der Carabiniere stürzt, es folgt ein Feuergefecht, Gavino stirbt, er selbst wird schwer verletzt. Im Krankenhaus ist seine Frau ihn besuchen gekommen. Es war das letzte Mal, dass er sie sah. Giacomo Pisu hatte seine Bedingungen gestellt. Gavinos Witwe und seine Frau würden eine Entschädigung erhalten, und dafür würde Panni den Mund halten. Andernfalls würde Pannis Tochter enden wie das Simon-Mädchen. Er hatte akzeptiert. Wenn man verloren hat, hat man verloren. Und Giacomo war zu allem fähig, das wusste er. Doch ehe sie starb, ist seine Mutter ihn im Krankenhaus besuchen gekommen und hat ihm gesagt, er solle die Pisus getrost ihr überlassen. Sie war eine Art Hexe und Heilerin, sie kannte sich mit Kräutern aus. Alle Frauen in der Familie mütterlicherseits waren so. Man tat also gut daran, sie nicht zu reizen. Er solle sich keine Sorgen machen und nach vorn blicken, hatte sie ihm gesagt. Keine Vendetta, wenn er herauskäme. Ein getöteter und ein gefangener Sohn seien genug. Er hatte es ihr schwören müssen, und er hatte Wort gehalten, auch wenn es anfangs hart war, nichts tun zu können. Jahrelang war er wie besessen davon, wie er Giacomo zu Tode quälen könnte. Er konnte an kaum etwas anderes denken. Dann hatte er angefangen, zu lesen und sich davon zu befreien. Es lohnte nicht, ihn umzubringen. Seine Mutter hatte recht gehabt: Am Ende hat das Unglück sich der Pisus angenommen.

Vom vielen Reden muss er entsetzlich husten, er steht auf und gießt sich ein Glas Wasser ein. Nach ein paar Schlucken lässt der Husten nach, doch sein Atem geht pfeifend. Nelly ist sprachlos über die grausame Einfachheit von Giacomo Pisus Plan. War der Tod seines Kindes wirklich ein Unglücksfall? Oder ist ihm beim Anblick des makellosen Babys die Eingebung gekommen, es zu behalten und sich mit der schwindelerregenden Lösegeldsumme aufs Festland abzusetzen? Und dann wieder diese unfassbare Geschichte mit der Mutter und dem Fluch, den sie den Pisus angehängt haben wollte, das berühmte *ogu malu*, von dem Boboi gesprochen hatte und von dem Filippos Großmutter ihrem Enkel erzählt hatte. Ein kalter Schauer lief ihr über den Rücken.

Panni ist noch nicht fertig.

Die Seccis sind schließlich auch von Giacomo über den Tisch gezogen worden. Panni grinst. Die waren echte Schlappschwänze gegen den, und außerdem konnten sie den Mund nicht aufmachen, ohne sich selbst zu verraten, womöglich hatte Giacomo auch irgendwelche belastenden Schriftstücke hinterlegt, sollte ihm etwas zustoßen, wer weiß. Er war eine gierige, erbarmungslose Bestie. Einer, der den Hals nicht vollkriegen konnte und bereit war, über Leichen zu gehen. Dagegen waren er und Gavino und auch die Seccis echte Waisenknaben. Giacomo kannte keine Skrupel, und das war seine Stärke.

Die Zeit ist wie im Flug vergangen. Jetzt hat Nelly Fragen.

»Es ist nicht das Simon-Mädchen, was gestorben ist, sondern die kleine Pisu. Könnte der Vater sie umgebracht haben?«

Panni holt tief Luft.

»Es fällt mir nicht schwer, das zu glauben. Dieses vierte Kind war wie eine Schande für ihn, eine persönliche Beleidigung. Er hasste es. Aber wie es wirklich gelaufen ist, weiß ich nicht. Fähig wäre er dazu gewesen.«

Nelly will noch etwas wissen. War er es, der ihr vor einiger Zeit gefolgt ist, als sie von Signora Amalia kam? Panni zuckt mit den Schultern. Ja, Boboi hatte sie im Dorf gesehen und war neugierig geworden, weil er gehört hatte, sie hätten sich nach den Pisus erkundigt, und deshalb sollte er sie beschatten. Wie hatte sie das gemerkt? Sie hält sich die Nase zu, und Panni verdreht die Augen, lacht, hustet. In dem Moment hören sie ein Auto vorfahren. Eine Tür schlägt zu, Hunde bellen. Boboi Sogos erscheint im Türrahmen und starrt sie ungläubig an.

XII

Es ist fast Mitte Juni, und in Genua lässt der Frühling weiter auf sich warten. Nelly hat noch immer den strotzenden Frühling der Gallura im Sinn. Und dazu die Neuigkeiten, die bei ihrer zweiten Reise herausgesprungen sind und die sie auf jeden Fall für sich behalten will. Die beiden Sogos-Brüder würden sowieso alles abstreiten, und sie hätte nichts davon. Sie musste sich mit der Bestätigung ihres Verdachts begnügen, auch wenn sie das bei all den anderen drängenden Fragen nicht wirklich weiterbrachte: Waren es tatsächlich Unfälle, die Giacomo und Anselmo das Leben gekostet hatten? Oder hatte Filippo De Magistris sie umgebracht, und hatte er auch Alceo ermordet und – daran schien am wenigsten zu rütteln zu sein – Marilena Pizzi entführt und ermordet? Außer Basile und Gemma waren alle davon überzeugt. Der junge Mann hatte sich in ein depressives Schweigen geflüchtet und kaum mit der eigenen Anwältin gesprochen. Marilena war nicht gefunden worden, weder tot noch lebendig. Magraja hatte sich einer DNA-Analyse verweigert und wollte Isabelle Simon auf keinen Fall treffen. Doch obwohl Nelly angefangen hatte, sich mit einem neuen Mord zu befassen – ein in seiner Wohnung erstochener alter Mann, der erst entdeckt wurde, als die Nachbarn wegen des Geruchs die Polizei alarmiert hatten –, ließ ihr der Fall Pisu, Sogos und Simon keine Ruhe. Sie saß am Schreibtisch, nippte an ihrem Kaffee – dem guten aus der Bar – und musste nur die Augen schließen, um wieder in Pannis und Bobois Hütte zu sein. *Als ich ihm sagte, er hätte mich angelogen, sein Bruder sei nicht tot, meinte Boboi, er habe die Wahrheit gesagt. Den Bruder, der ins Gefängnis gewandert sei, gäbe es nicht mehr, herausgekommen sei ein anderer Mensch. Obwohl sie Filippo nicht kennen, machen sie sich beide*

Sorgen um ihn. Sie wagen nicht, Kontakt mit ihm aufzunehmen, da sie fürchten, das könnte ihm schaden, und haben mich gebeten, ihn von ihnen zu grüßen. Irgendwie gefallen mir diese Sogos-Brüder.

Das Telefon klingelte. Es war Basile, der dringend mit ihr sprechen wollte und fragte, ob er im Präsidium vorbeikommen könne. Eine knappe halbe Stunde später betrat er ihr Büro. Seit sein Schützling im Gefängnis saß, wirkte der Brigadiere ernst und angespannt. Er hatte deutlich abgenommen und lächelte nur noch selten, als koste es ihn Mühe.

»Dottoressa Rosso, ich habe Beweise. Ich könnte drauf schwören.« Er stach mit dem rechten Zeigefinger in die Luft.

»Das freut mich, Basile. Beweise wofür?« Nelly versuchte höflich zu klingen und lehnte sich mit verschränkten Armen zurück. Seit einer Weile zeigte der Brigadiere untrügliche Anzeichen von Verfolgungswahn. Verstohlen blickte er sich um, als befürchte er, Nellys Büro sei verwanzt. Er senkte die Stimme.

»Ich habe Maria Grazia Pisus Wohnung beschattet. Diese Frau hat was mit ihrem Schwager, so viel ist schon mal sicher. Er kommt und geht, wann er will. Vor allem nachts, wenn er meint, niemand würde es merken, und dann übernachtet er auch dort.« Er blinzelte sie triumphierend an.

Nelly machte ein fragendes Gesicht. Langsam wurde sie ungeduldig, doch sie wollte den wackeren Mann nicht vor den Kopf stoßen. Er handelte schließlich in bester Absicht und hatte in ermittlerischer Hinsicht vielleicht sogar berechtigte Gründe. Nicht umsonst hatte sie beantragt, die Telefone von Magraja und Romeo Pizzi anzuzapfen. Bisher allerdings ohne Erfolg.

»Ach, ja? Aber woher sollen wir wissen, was die beiden treiben, wenn sie allein sind? Vielleicht hören sie Musik, sehen fern, stricken …«

Sie lächelte beschwichtigend.

»Ich mache nur Spaß, Brigadiere. Aber selbst, wenn sie ein Liebespaar wären, beweist das noch lange nicht, dass sie seine Frau beziehungsweise ihre Schwester entführt und umgebracht haben.«

»Ach nein?« Basile war puterrot geworden, und Nelly verfluchte ihre schnelle Zunge. »Ich habe sie am Fenster gesehen, es muss das Schlafzimmer gewesen sein, zwei eng umschlungene Gestalten. Sie haben sich geküsst, ich habe sie sogar mit dem Teleobjektiv aufgenommen.«

Er warf ihr ein paar Fotos auf den Tisch. Nelly griff danach. Zwei Figuren im Gegenlicht. Die Gesichter waren nicht genau zu erkennen. Mit ein paar technischen Kniffen ließ sich das Bild vielleicht optimieren, sodass man es in einem Verfahren verwenden konnte. So allerdings war nicht mit Sicherheit zu sagen, ob es sich um Maria Grazia und ihren Schwager handelte. Nelly seufzte.

»Na schön, vielleicht haben sie ein Verhältnis. Und dafür haben Sie den Beweis? Diese unscharfen Fotos?«

»Die sind gar nicht so unscharf. Der ist Tag und Nacht bei ihr, sage ich Ihnen, die sind noch nicht einmal taktvoll genug zu warten, bis ein wenig Gras über die Sache gewachsen ist. Und wenn es stimmt, dass sie ein Verhältnis haben, dann hatten sie auch ein Interesse daran, die Pizzi loszuwerden und sich das Geld unter den Nagel zu reißen, was sie angeblich als Lösegeld gezahlt haben. Fünf Millionen schnuckelige Euro. Nein, Dollar. Na, was meinen Sie, Dottoressa?«

Nelly unterdrückte ein Gähnen.

»Klar, das ist möglich. Aber es zu beweisen ... Kommen Sie schon, Basile, Sie wissen doch besser als ich, dass es einiges mehr braucht, um die Richter zu überzeugen. Mal ganz abgesehen davon, dass Marilenas blutbefleckte Kleidungsstücke bei Filippo gefunden wurden und nicht bei Magraja und ihrem Schwager, schon vergessen?«

Basile ließ sich von seiner fixen Idee nicht abbringen.

»Genau. Die beiden haben die Sache durchgezogen, und um den Verdacht von sich abzulenken, haben sie den armen Jungen zum

Sündenbock gemacht und ihm die Beweise auf den Balkon gelegt. Und mich die Indizien für seine wahre Herkunft in der Schublade finden lassen. Wir sind drauf reingefallen wie die Volltrottel, und die beiden können jetzt in Seelenruhe vögeln und das Geld von der Pizzi verjubeln.«

»Brigadiere, jetzt gehen Sie entschieden zu weit. Filippo hat sich selbst in diese Lage gebracht. Er hat seine Herkunft verschleiert, uns irregeführt und noch immer nicht alles gesagt, was er weiß. Trotzdem, falls Sie das beruhigt: Wir lassen schon seit einiger Zeit Maria Grazia Pisus und Romeo Pizzis Telefone überwachen. Man weiß ja nie.«

Basiles Miene hellte sich auf.

»Dann bin ich also doch kein alter Trottel und Sie verdächtigen sie auch.«

»Nun ja, man sollte nach Kräften versuchen, Licht in die schattigen Winkel dieser Geschichte zu bringen, und davon gibt es so einige. Haben Sie nur die Wohnung der Pisu observiert, oder sind Sie ihr auch gefolgt?«

Basile sah sie überrascht an.

»Ich habe nur die Wohnung beschattet. Aber wenn Sie meinen ...«

»Ich meine gar nichts und habe Ihnen auch nichts gesagt. Ihre Ermittlungen sind schließlich privater Natur und gehen mich nichts an.« Sie stand auf, um ihm zu verstehen zu geben, dass die Unterredung beendet war.

Als sie abends auf dem Weg zu Tano war, überkam sie plötzlich ein seltsames Gefühl. Sie fuhr herum. Ein paar Fußgänger gingen in ihre Richtung. Sie verlangsamte ihren Schritt und beobachtete sie. Eine Frau ging an ihr vorbei, ein Pärchen blieb vor einem Schaufenster stehen. Ein junger Mann bog in Richtung Teatro Carlo Felice in die Via Vernazza ab. Dieses merkwürdige Kribbeln im Nacken, als würde jemand sie anstarren. Sie verfolgen. Was für ein

Blödsinn, wer sollte sich ihr an die Fersen geheftet haben? *Also bitte. Offenbar hat diese Geschichte nicht nur Basile das Hirn aufgeweicht.*

Unterdessen war sie, sich immer noch verstohlen nach möglichen Verfolgern umblickend, vor Tanos Haustür angekommen und schloss auf. Seit einiger Zeit hatte sie einen Schlüssel. Was hatte er ihr noch bei der Übergabe gesagt? »Hier sind die Schlüssel zu meinem Herzen.« Worauf sie bissig geantwortet hatte: »Ich hoffe, davon sind nicht noch ein paar mehr in Umlauf, bei Anita zum Beispiel. Ich habe keine Lust, ein Messer in den Rücken zu kriegen, wenn ich bei dir im Bett liege.« Scharmützel eines endlosen Krieges, der nur zwischen den Laken zur Ruhe kam.

Sie stieg die Treppe hinauf und öffnete, das Licht brannte. Tano erwartete sie. Aus der Küche kam ein verlockender Duft nach Pasta mit Pesto. Sie stellte ihre Tasche in der Diele ab und ging zu ihm. Er lächelte ihr augenzwinkernd zu, und alle Sorgen waren plötzlich wie weggeblasen. Sie küsste ihn auf den Hals, er legte ihr seinen Arm um die Taille, und sie wusste, dass sie verloren war. Von wegen kleines Abenteuer und flüchtiger Zeitvertreib. *Carlo, was geschieht mit mir? Ich bin verloren, verloren. Ich habe das Gefühl, du entfernst dich jeden Tag mehr von mir, löst dich auf wie ein Traum im Morgengrauen.*

»Und, Dottoressa Rosso, wie geht's? Heute habe ich den Brigadiere mit grimmigem Gesicht aus deinem Büro stapfen sehen, was hast du ihm angetan?«

Sanft machte sie sich von ihm los. Sie hatte nicht die geringste Lust, über Basile oder die Arbeit zu reden.

»Dieser arme Kerl verliert über der Sache mit Filippo De Magistris noch den Verstand. Er hat sich in den Kopf gesetzt zu beweisen, dass Filippo unschuldig ist, und möchte mich davon überzeugen, dass Maria Grazia Pisu und ihr Schwager ein Liebespaar sind und deshalb Marilena aus dem Weg geschafft haben, um freie Bahn zu haben und ihr Geld zu verjubeln. Und der arme Sogos-Spross soll als Sündenbock herhalten. Was für ein Irrsinn.« Sie schmiegte sich an ihn.

»Möglich. Jedoch momentan nicht zu beweisen.« Er küsste sie, und Nelly vergaß Basile, Filippo, die Sogos und alle Verdammten dieser Welt.

Nach den von einem kräftigen Sangiovese begleiteten Nudeln, den Erdbeeren mit Eis, dem Espresso und dem Sex lag Nelly an Tanos Brust, und er fuhr ihr mit den Fingern durch die widerspenstigen Locken. Mit einemmal kam ihr wieder der unangenehme Eindruck in den Sinn, auf dem Weg zu ihm verfolgt worden zu sein, und sie erzählte ihm davon.

»Wer könnte das sein?«, fragte Tano ernst, denn er wusste, dass Nelly in solchen Dingen alles andere als hysterisch war. »Womit befasst du dich gerade? Dem toten Rentner in der Via del Molo?«

»Ja, aber der Pizzi-Fall ist für mich noch alles andere als abgeschlossen.«

Er sah sie nachdenklich an.

»Als du das zweite Mal in der Gallura warst, hast du die Sogos-Brüder gefragt, ob sie sich vorstellen könnten, wer Filippo in Schwierigkeiten bringen will?«

Nelly ließ die Fingerspitzen durch Tanos Brusthaar gleiten.

»Denen ist dazu nichts eingefallen. Wie denn auch, die wissen ja nichts von dem Jungen und von seinem bisherigen Leben. Natürlich gibt es einen Haufen Gründe, weshalb Magraja und Romeo Pizzi daran gelegen sein könnte, Marilena aus dem Weg zu schaffen. Doch aus der Art und Weise, wie Filippo ein Bein gestellt worden ist, müsste man schließen, dass sie über die ganze Geschichte im Bilde sind. Dass sie wussten, dass Magraja in Wirklichkeit Annabelle Simon ist und dass Giacomo seine Komplizen übers Ohr gehauen und die eigene Tochter durch sie ersetzt hat. Und sie hätten Filippos Schlüssel und die Fotos in Sardinien klauen müssen. Zudem glaube ich, dass die Unglücksfälle der Pisus alle den gleichen Ursprung haben. Und das würde bedeuten, dass Magraja alles wusste und mit Romeo Pizzis Beihilfe den alten Giacomo und danach Anselmo und Alceo aus dem Weg geräumt hat …«

»Die Pisus und ihr ganzer Irrsinn können mich mal«, murmelte Tano, schob seine Hand sanft zwischen Nellys Schenkel und legte ihr logisches Denkvermögen mit einem Schlag lahm.

Nelly wälzt sich neben dem leise schnarchenden Tano hin und her. Sie schläft, doch ihre Augen zucken unter den Lidern und folgen beunruhigenden Bildern.

Sie ist in einem halbdunklen Zimmer. Sie sieht düstre, schwere Möbel. In einer Ecke die Wiege. Ein Schleier verdeckt das Kind, das darin liegt und weint. Ein verzweifeltes Weinen, auf das niemand reagiert. Keiner kommt, um nachzusehen und es zu trösten. Irgendwann hört das Kind auf. Offenbar ist es eingeschlafen. Plötzlich fliegt die Tür auf, und Lorenza Pisu kommt aufgebracht herein. Nelly weiß, dass sie es ist, auch wenn sie der alten, bettlägerigen Frau kein bisschen ähnelt. Sie ringt weinend die Hände.

»Ich will nicht, ich will nicht. Das können wir nicht tun, ich will nicht.«

Sie spricht mit Giacomo, der auch ganz anders aussieht als der alte Mann, den Nelly auf Fotos gesehen hat. Er packt sie bei den Armen und drängt sie grob gegen die Wand.

»Es wird gemacht, was ich sage, verstanden? Jetzt reicht's, hör mit dem Geflenne auf. Raus hier.«

Die Frau versucht sich zu befreien. »Nein, nein, ich bitte dich, nein!«

Giacomo verpasst ihr einen derart heftigen Fausthieb, dass ihr Kopf nach hinten schlägt. Lorenza sackt zu Boden. Er zieht sie hoch wie einen Sack und zerrt sie aus dem Zimmer. Nelly steht der kalte Schweiß auf der Stirn, der Albtraum erscheint ihr immer realer. Die Tür, die soeben hinter Giacomo zugegangen ist, öffnet sich leise knarrend wieder. Er kommt als Erster herein, gefolgt von einer schwarz-

gekleideten Gestalt. Sie trägt ein schwarzes Kopftuch und hält den Blick gesenkt. Eine Frau.

»Mach deine Arbeit, und beeil dich!« Die Frau nickt und holt eine Art Hammer aus ihrer Tasche. Nelly erstarrt. Sie weiß, was jetzt passiert. Die Accabadora ist gekommen. Vergeblich versucht sie zu schreien, sich dazwischenzuwerfen, doch die Frau geht einfach durch sie hindurch. Die Szene ist bereits abgedreht, und für sie war keine Rolle vorgesehen. Sie sieht, wie die Frau ans Bettchen tritt und den Schleier hebt. Sie sieht das schlafende kleine Mädchen, ein Fingerchen im Mund, das hin und wieder noch leise schluchzt. Die Frau hebt den Hammer. Nelly schreit. Sie schreit, doch niemand hört sie, und ohne dass sie etwas tun kann, saust der Hammer auf den kleinen Schädel nieder.

Schreiend schlägt Nelly um sich. Tano wacht auf und nimmt sie fest in die Arme, bis sie endlich erwacht und sich ganz allmählich wieder beruhigt.

XIII

Tags darauf im Büro. Noch immer unter dem Eindruck ihres Traumes, erhielt Nelly unerwarteten Besuch. Susanna Pizzi war noch einmal über den großen Teich gekommen, um Neuigkeiten über das Verschwinden ihrer Mutter zu erfahren. Doch leider gab es keine. Nelly musterte sie über den Schreibtisch hinweg: eine grambeugte, leidende Frau. Hatte sie nicht gesagt, sie könnte ihre Mutter nicht ausstehen?

»Ich habe jeden Tag mit meinem Vater telefoniert, er hat mich auf dem Laufenden gehalten, doch in Amerika hatte ich trotzdem das Gefühl, sie im Stich zu lassen.«

Die Frau mit den gleichen Augen wie Marilena und dem gleichen Gesicht wie Romeo Pizzi sah sie gequält an. Nelly hob hilflos die Arme.

»Wie ich Ihnen bereits sagte, es gibt nichts Neues, Dottoressa. Wir haben einen Verdacht und sogar einen mutmaßlichen Täter, wie Sie wahrscheinlich wissen, doch dieser Filippo De Magistris leugnet alles und will uns auch nicht verraten, wo er Ihre Mutter gefangen hält …« Susanna Pizzi wandte den Blick ab. »… oder ihre Leiche versteckt hat.«

Ein quälendes Schweigen folgte.

»Ich spüre, dass sie tot ist. Meine Mutter ist tot«, flüsterte Susanna mit gesenktem Blick.

Nelly widersprach ihr nicht.

»Bestimmt wundern Sie sich, mich so zu sehen, immerhin hatte ich Ihnen erzählt, wie schwierig meine Mutter ist. Ich bin selbst erstaunt. Jahrelang hatte ich geglaubt, sie zu hassen, und jetzt, wo sie verschwunden ist, habe … habe ich das Gefühl, die Welt ist leer.« *Ja, so ist das …*

Nelly setzte sie kurz über Magraja und die DNA-Analyse in Kenntnis, behielt Panni Sogos' Geständnis jedoch für sich. Susanna Pizzi war geschockt.

»Unglaublich, nicht zu fassen! Das ergibt alles einen Sinn. Ich hatte also doch recht! Wissen Sie noch, dass ich Ihnen gesagt hatte, meiner Meinung nach läge der Grund allen Übels, das unsere Familie heimgesucht hat, in unserem Heimatdorf? Ein kleines Mädchen wird entführt, ein anderes verschwindet ... Und Tante Magraja, die alles mit einer einfachen DNA-Analyse aufklären könnte, weigert sich. Wieso? Natürlich ist es ein Schlag, zu erfahren, dass man nicht der ist, für den man sich immer gehalten hat ...«

Sie war derart aufgebracht, dass sie nicht still sitzen konnte. Sie stand auf und ging zum Fenster. Es war offensichtlich, dass sie jetzt gern etwas getrunken oder eine Zigarette geraucht hätte. Sie setzte sich wieder.

»Großvater Giacomo war also ein Verbrecher. Fähig dazu war er allemal. Und Tante Magraja ist schon immer so anders als Mama und ihre anderen Geschwister gewesen, nicht nur äußerlich.«

Sie brach ab, stand auf und streckte Nelly die Hand hin.

»Danke, dass Sie mich empfangen haben, Dottoressa Rosso. Ich werde noch eine Weile in Genua bleiben, sofern das mit meinen familiären und beruflichen Verpflichtungen vereinbar ist. Ich wohne in der Wohnung meiner Eltern in der Via Corsica.«

Nelly hielt sie zurück.

»Nur noch ein paar Dinge, Dottoressa Pizzi. Glauben Sie, Ihr Vater und Ihre Tante könnten ein Verhältnis haben? Wie es aussieht, sehen sie sich in letzter Zeit sehr oft.«

Susanna starrte sie verständnislos an. Sie schüttelte den Kopf.

»Mein Vater und Tante Magraja? Nein, also das ist mir niemals in den Sinn gekommen. Vielleicht hat die Sorge um meine Mutter sie näher zusammengebracht. Mein Vater leidet sehr, vielleicht ist es ihm so gegangen wie mir und ihm ist erst jetzt klargeworden, wie sehr er an ihr hängt. Was gibt es sonst noch?«

»Bei dem Empfang nach der Trauerfeier haben Sie so etwas angedeutet, im Hinblick auf Ihre Tante. Etwas, das sie und Ihren Großvater betraf, wenn ich mich nicht irre.«

Susanna Pizzi kniff die Lippen zusammen.

»Und wenn ich mich nicht irre, hatte ich Ihnen geraten, sich direkt an meine Tante zu wenden. Guten Tag, Dottoressa.«

XIV

Zwei Tage nach Susanna Pizzis Besuch steht Nelly vor der Tür der Pisus, ohne recht zu wissen, was sie dort eigentlich will. Vielleicht sind es Susannas rätselhafte Andeutungen über das Verhältnis zwischen dem Großvater und der Tante oder Basiles Halsstarrigkeit, die sie dazu gebracht haben, mit Magraja zu reden, auch wenn sie sich nichts Großartiges davon verspricht. Das Neueste, was sie von Sandra weiß, ist, dass Magraja sich wieder gefangen hat und ihr altes Leben führt, als wäre nichts gewesen. Die Unterredung auf dem Präsidium und die inzwischen als Tatsachen zu erachtenden Vermutungen über ihre wahre Identität werden komplett verdrängt. *Was für eine seltsame Frau. Sie wirkt ehrlich, arglos, und trotzdem ist sie nicht zu fassen. Undurchschaubar.* Sie blickt sich auf dem Treppenabsatz um, wieder kann sie sich der bedrückenden Atmosphäre des Hauses nicht entziehen.

Wie kann man nur an einem solchen Ort leben? Doch vielleicht hat derjenige, der sich dieses Haus ausgesucht hat, sich sofort darin wiedererkannt. Wenn Giacomo ein skrupelloser Verbrecher war, wer war dann seine Frau Lorenza? Die es zugelassen hatte, dass er ihr Kind durch ein anderes ersetzte und es dann wie ihr eigenes aufzog. Ein Kind, das immer schöner wurde, sich immer mehr von den eigenen unterschied, wie ein Kuckucksküken. Wie verhalten sich die Jungen noch mal, die in fremden Nestern schlüpfen? Sie werden viel größer und rücksichtsloser als ihre Stiefgeschwister. Na, das trifft auf unsere Magraja ja nun gerade nicht zu.

»Ihr könnt die armen Leute wohl einfach nicht in Ruhe lassen, ihr Polizisten.«

Celeste steht mit in die Hüften gestemmten Händen in der Wohnungstür, und ihre braunen Augen starren sie vernichtend an.

Sie scheint nicht die geringste Absicht zu haben, Nelly hereinzulassen.

»Guten Tag, Celeste. Ist Signora Pisu zu Hause?«

Entschieden drängt sie sich an der Frau vorbei.

»Signora Pisu … Welche meinen Sie denn bitte? Magraja oder ihre Mutter?«

»Dass Signora Lorenza zu Hause ist, steht wohl außer Frage. Ich meinte die Tochter. Wie soll ich sie nennen, Signorina Pisu? In ihrem Alter erscheint mir das ein bisschen überholt.«

»Natürlich ist sie da, wo soll die Ärmste schon sein? Tag und Nacht wartet sie auf Neuigkeiten von der Schwester, tröstet Signor Romeo …« *Und ob sie den tröstet, und du weißt auch ganz genau wie, du treuer Wachhund.* Doch Nelly will Celeste nicht provozieren und bittet sie lediglich, Magraja zu sagen, dass sie mit ihr reden möchte. Leise in sich hineinschimpfend verlässt Celeste den Salon, in dem sie Nelly unwirsch hat Platz nehmen lassen. Nelly blickt sich um und ist überrascht. Das Licht. Es ist plötzlich so hell in der einst düsteren Wohnung. Schon das letzte Mal hatte sich etwas geändert, aber jetzt hat sich eine regelrechte Revolution vollzogen. Die alte Einrichtung ist verschwunden und durch moderne, schlichte, praktische Möbel ersetzt worden. Das Sofa und die Sessel sind flammend rot. Die Fenster stehen weit auf, ein paar blühende Zimmerpflanzen schmücken den Raum. Nellys Überraschung erreicht ihren Höhepunkt, als Magraja hereinkommt. Ein diskreter Duft umgibt sie, Trésor von Lancôme? Sie wirkt um zehn Jahre jünger. Durch die Strähnchen sieht sie Isabelle Simon noch ähnlicher, sie hält sich anders, die Schultern sind gerade, und sie ist dezent geschminkt. Unter ihrem rosa Kostüm blitzt ein zartes, weißes Unterhemd hervor. Falls sie Nellys Verblüffung bemerkt, weiß sie es zu verbergen.

»Guten Tag, Dottoressa Rosso. Oder darf ich Sie wieder Nelly nennen?«

»Bitte, ich habe nichts dagegen. Wir hatten uns doch bereits beim Vornamen genannt.«

Magraja lächelt kühl.

»Ja, zu Anfang. Als Sie das erste Mal mit Sandra gekommen sind, als Freundin und nicht als Polizistin.«

Nelly kommt über die neue Magraja einfach nicht hinweg. Sie ist sich nicht mehr so sicher, dass die Frau, die Gerolamo am Bahnhof Principe gesehen hat, Isabelle Simon war. Die Ähnlichkeit zwischen den beiden ist unglaublich. In der Aufmachung kann Magraja glatt für die andere durchgehen. Doch der Hausarzt hatte bestätigt, dass sie an jenem Morgen zu Hause war. Wie hieß der noch mal? Attilio, Attilio Sanmarco. *Vielleicht sollte ich mich mit dem mal unterhalten.* Magraja blickt auf die Uhr wie ein vielbeschäftigter Manager, der einen lästigen Bittsteller abwimmeln möchte.

»Würden Sie mir verraten, weshalb Sie hier sind, Nelly? Es tut mir leid, aber ich habe Sie nicht erwartet und habe gleich einen Termin. Wenn ich gewusst hätte, dass Sie kommen, hätte ich mich darauf eingestellt.«

Und wie es ihr leidtut! Die langen Wimpern flattern, und in ihren grünen Augen blitzt ein Funke Ironie auf. Oder Mitleid? Nelly spürt, wie sie wütend wird.

»Ich kann Sie auch gern aufs Präsidium bestellen, wenn es jetzt nicht passt, Magraja.« Sie macht Anstalten aufzustehen, doch Magraja hält sie zurück.

»So habe ich es doch gar nicht gemeint. Ich wollte nur sagen, dass ich nicht viel Zeit habe, aber ich bin gern bereit, auf Ihre Fragen zu antworten. Und mir Ihre Neuigkeiten anzuhören, natürlich. Marilena betreffend.«

Sie schenkt ihr ein gewinnendes Lächeln. Für einen Augenblick ist sie wieder die Magraja, die Nelly kennt.

Wer ist diese Frau? Ob Basile recht hat? Oder blüht sie nur, befreit von der Knechtschaft ihres Vaters und ihrer Geschwister, neu auf? Das wäre nur allzu verständlich, zumal wenn das, was Sandra vermutet, wahr ist …

»Sehr freundlich. Neulich hatte ich Besuch von Ihrer Nichte Susanna.«

»Ich weiß, wir sehen uns täglich, zusammen mit Romeo. Die Ärmste ist verzweifelt wegen ihrer Mutter. Wir machen uns alle entsetzliche Sorgen.«

Sie hat sich hingesetzt und wartet geduldig, was Nelly zu sagen hat.

»Wie war Ihr Leben mit Ihrer Familie, Magraja? Was für ein Verhältnis hatten Sie wirklich mit Ihren Geschwistern? Mit Ihren Eltern? Vor allem mit …«

Magraja runzelt die Stirn und drückt sich tief in den Sessel. Ihre Körpersprache verrät, dass sie am liebsten verschwinden würde.

»Sie wollen doch nicht schon wieder mit diesen Lügen über meine Herkunft anfangen. Ich bin Maria Grazia Pisu. Wenn Sie deshalb gekommen sind …«

Nelly legt hastig den Rückwärtsgang ein.

»Ich wollte mir nur ein genaueres Bild über die Familiendynamiken machen. Das ist normal, bei einer derartigen Häufung von Verbrechen oder zumindest ungeklärten Ereignissen innerhalb einer Familie. Ich habe gehört, Ihre Geschwister waren nicht immer nett zu Ihnen. Und Marilena sei besonders eifersüchtig auf das zärtliche Verhältnis ihres Vaters zu Ihnen gewesen.«

Magraja atmet erleichtert durch und entspannt sich, bereit, ihre Wahrheit darzulegen.

»Ich möchte wissen, wer Ihnen so etwas erzählt hat, aber es stimmt, dass meine Geschwister mich manchmal gehänselt haben, weil ich nicht so intelligent und so gut in der Schule war wie sie. Und Jungs sind nun mal wild, das weiß man doch. Hier und da ein grober Scherz … Aber Papa hat mir nie auch nur den winzigsten Klaps gegeben. Schon möglich, dass Marilena eifersüchtig war. Marilena ist nun mal von Natur aus eifersüchtig.«

»Wirklich? Vielleicht auch auf Sie und ihren Gatten Romeo?«

Einen Augenblick lang starrt Magraja sie sprachlos an, dann

bricht sie in schallendes Gelächter aus, das Nelly bei ihr noch nie gehört hat.

»Sie können wohl einfach nicht von der fixen Idee ablassen, dass Romeo und ich ein Verhältnis haben? Aber ich habe Ihnen doch schon gesagt, dass Sie völlig falschliegen, Romeo ist wie ein Bruder für mich. Er steht mir bei, das ist alles.« *Und wie weit geht sein Beistand, liebe Magraja? Ziemlich weit, Basiles Fotos nach zu urteilen.*

»Und Ihr Vater? Wie hat der sich Ihnen gegenüber so verhalten?«

Die Lider mit den unglaublich langen Wimpern senken sich wie Rollgitter über die Augen, die Unterlippe zittert und Magraja blickt auf ihre Armbanduhr.

»Mein Vater hat mich geliebt und behandelt, wie jeder liebende Vater es tut. Verzeihen Sie, Nelly, aber jetzt muss ich wirklich los.«

Sie steht auf und lächelt entschuldigend. Nelly bleibt nichts anders übrig, als ebenfalls aufzustehen und ihr die Hand zu drücken. Sofort erscheint Celeste – *ob sie gelauscht hat? Die sieht ganz danach aus, diese Schnüfflerin* –, bringt sie zur Tür und wirft sie wütend hinter ihr zu.

»Valeria, würdest du mir die Adresse von Dottor Sanmarco raussuchen? Attilio Sanmarco, wenn ich mich recht erinnere.«

Nach ihrem ergebnislosen Besuch bei Magraja war Nelly wieder ins Büro zurückgekehrt. Dottor Sanmarco war nicht schwer zu finden gewesen. Der Mann war seit ein paar Jahren pensioniert und wohnte in Ruta di Camogli. Ein- oder zweimal die Woche kam er nach Genua, um seine Stammpatientinnen in einer Praxis in der Via Cesarea zu empfangen, die er sich mit einem Kollegen teilte. Dazu hatte er noch einige Patientinnen, bei denen er Hausbesuche machte, und Lorenza Pisu gehörte dazu. Etwas daran hatte Nelly aufhorchen lassen. Die Stammpatientinnen? Patienten nicht? Na ja, hatte Valeria herumgedruckst, es hätte etwas seltsam ausgesehen, wenn er auch männliche Patienten gehabt hätte, auch wenn nach der Sache mit der Transsexuellen, die ein Kind bekommen hatte, alles möglich schien. Valeria kicherte verschmitzt. Das war doch ganz einfach: Dottor Sanmarco war Gynäkologe.

XV

Während sie mit dem Dienstwagen zu Dottor Sanmarco fuhr, dachte Nelly über diesen eigenartigen Umstand nach. Ein Gynäkologe für eine Achtzigjährige mit einem Schlaganfall. Seltsam. Vielleicht war er ein alter Freund der Familie. Sie sah zu Gerolamo hinüber, der neben ihr auf dem Beifahrersitz saß und in die graue, stürmische Landschaft hinausblickte. Wie immer, wenn er nicht gefragt wurde, blieb er stumm.

»Gerolamo, was hältst du von Filippo De Magistris? Glaubst du, er ist unser Mann und für alles verantwortlich, was den Pisus seit Giacomos Autounfall zugestoßen ist, rein theoretisch und ganz abgesehen von irgendwelchen Beweisen?«

Gerolamo musste nicht lange nachdenken. Er antwortete mit einer Gegenfrage.

»Haben die Zweifel des Brigadiere Sie angesteckt, Dottoressa?«

Nelly fühlte sich ertappt. War es so? Hatte Basiles verzweifeltes Beharren auf Filippos Unschuld ihre Überzeugung von Filippos Schuld ins Wanken gebracht? Nein, das war es nicht allein. Da war auch noch Panni Sogos und seine Bitte, nach bestem Gewissen zu ermitteln, und dazu ihre eigenen Zweifel. Aber gab es die nicht immer?

»Schon möglich, Gerolamo. Aber irgendwas überzeugt mich nicht, Basile hin oder her.« Sie sah ihn an. »Was meinst du? Haben wir wirklich ins Schwarze getroffen und können uns jetzt beruhigt zurücklehnen?«

Der Chefassistent kniff die Augen zusammen, als wollte er einen flüchtigen Gedanken festhalten.

»Es gibt ein Motiv. Giacomo Pisu hat Filippos Großonkel unter die Erde und den Großvater in den Knast gebracht. Und vielleicht wäre seine Mutter auch nicht so jung an Drogen gestorben, wenn seine Großmutter sie nicht durch halb Italien gezerrt hätte, um vor der Vergangenheit zu fliehen. Dass er also mit Giacomo Pisu eine Rechnung begleichen will und ihn überfährt, ist denkbar. Aber sämtliche Kinder, all die Unfälle und Morde …«

Er holte tief Luft und blickte wieder aufs Meer hinaus, über dem ein Blitz die grauen Regenwolken zerriss.

»Kommt auf den Charakter an. Wenn einer von der Idee besessen ist, sich zu rächen und sich durch nichts davon abhalten lässt … Aber wirklich überzeugen tut's mich auch nicht.«

Sie hatten soeben Ruta erreicht, das in feuchtem Dunst versank. Das Gewitter war in vollem Gange, man kam kaum voran. Nelly fuhr an den Straßenrand und schaltete den Motor ab.

»Es könnte auch sein«, fuhr Gerolamo fort, »dass er das Angenehme mit dem Nützlichen verbunden hat, wie man so schön sagt. Er wollte eine Genugtuung für das verhunzte Leben seiner Familie und dazu noch einen Haufen Geld machen, und dafür war die Pizzi ideal. In ihrem Fall, und das dürfen wir nicht vergessen, geht es nicht nur um Rache. Was ist mit den fünf Millionen?«

Nelly musste über Gerolamos Ernsthaftigkeit lachen.

»Genau, die fünf Millionen, wo hat er die gelassen? Filippo schwört, er hätte nicht einen Cent gesehen, aber das Geld ist genauso verschwunden wie die Pizzi.«

Der Regen hatte ebenso plötzlich nachgelassen, wie er gekommen war, und Nelly fuhr weiter, bis sie auf halbem Weg zwischen Ruta und San Rocco rechts die Einmündung einer *creuza* erblickte, die der Arzt Valeria beschrieben hatte. Sie parkte. Inzwischen war die Sonne wieder hervorgekommen und verwandelte die wassertriefende Landschaft in ein glitzerndes Spektakel. Nelly schloss den Wagen ab und ging mit Gerolamo den steilen, mit Ziegeln gepflasterten Weg hinunter. Schon bald tauchte auf der rechten Seite ein Tor in der Mauer auf, das zum Haus des Doktors führte. Darüber eine Kamera. Dazu eine ebenfalls mit Kamera ausgestattete Gegensprechanlage. Die beiden Polizisten sahen sich an. Entweder der Arzt ließ es sich an nichts fehlen, oder er litt an Verfolgungswahn. Sie wollten gerade klingeln, als das Tor sich knarrend öffnete und sie einließ. Mit einem trockenen Klacken fiel es hinter ihnen ins Schloss.

»Was für ein Paradies!«, zischte Gerolamo.

Nelly pfiff leise. Der weitläufige Park war in goldglitzerndes Sonnenlicht getaucht und zog sich in weiten Terrassen zum Meer hinunter. Ein gepflasterter Weg führte zur Villa, die sich rechts auf einer kleinen Anhöhe erhob. Linker Hand lag eine große, von einer blumengeschmückten Balustrade umgebene Terrasse. Nelly konnte nicht widerstehen und schaute hinunter. Gerolamo folgte ihr. Unter ihnen tauchten gepflegte Olivenhaine auf und weiter oben, direkt unterhalb der Terrasse, Gemüsegärten mit Salaten, Kräutern, Borretsch, Mangold, Bohnen, Zucchini, Tomaten ... Der Duft nach Basilikum, Salbei, Rosmarin und Minze stieg ihr in die Nase. Auch Gerolamo atmete tief ein. Das Meer lag blau im gleißenden Sonnenlicht. Auf einer Steintreppe im Olivenhain tauchte, dunkel im Gegenlicht, eine Gestalt auf. Der Mann bemerkte sie nicht und verschwand zwischen den Bäumen.

»Nicht schlecht hier, was? Guten Tag, ich bin Dottor Sanmarco. Dottoressa Rosso?«

Wie ertappte Kinder fuhren Nelly und Gerolamo herum. Der Mann musterte sie mit einem leisen Lächeln auf dem breiten, rotwangigen Gesicht. Er hatte buschige graue Brauen, dichtes weißes Haar, grob geschnittene Züge, schwarze Augen und eine beeindruckend große Nase. Er war recht groß und kräftig, aber nicht dick, trug dunkelblaue Hosen, ein Jeanshemd und darüber eine sportliche graue Mehrzweckweste. Er lehnte sich auf einen Stock, den er jedoch nicht zu brauchen schien, denn er kam locker und geschmeidig auf sie zu. Neben sich hatte er einen schwarzweißen Pointer, der die Besucher schwanzwedelnd begrüßte.

Dottor Sanmarco bat sie, ihm zu folgen, und sie machten sich auf den Weg zur Villa. Nelly blickte sich um. Das Haus war ein typisch ligurisches, dreistöckiges Gebäude. Es war offenbar kürzlich frisch gestrichen worden: altrosa Wände, weiße Fensterrahmen, grüne Läden, typisch für die Gegend. Von der großzügigen Terrasse aus konnte man die gesamte Küste bis nach Genua sehen, die wie das Meer im Sonnenlicht strahlte. Links Richtung Punta Chiappa begrenzte ein grüner Bergrücken den Blick.

Der Mann ließ sie durch eine Terrassentür eintreten und in zwei chintzbezogenen Sesseln Platz nehmen. Er selbst machte es sich auf einem zweisitzigen Sofa bequem, derweil der Hund an der Schwelle stehen blieb und sie wehmütig ansah. Er wäre so gern gestreichelt worden. Der als Wohn- und Arbeitszimmer genutzte Raum war mit wenigen, antiken Möbelstücken aus dunklem Holz bestückt. Ein Schreibtisch, eine Truhe, ein Bücherregal. Nelly überlegte kurz, wie es wohl sein mochte, morgens in diesem Haus aufzuwachen und auf die Terrasse zu treten. Dort draußen am gusseisernen Tisch zu frühstücken. Sich um den Gemüsegarten zu kümmern und sich dann in dieses Zimmer zurückzuziehen und zu lesen. Dottor Sanmarcos Frage, ob er ihnen etwas anbieten dürfe, holte sie in die Wirklichkeit zurück.

»Einen Tee? Ja, sehr gern, danke. Sie leben in einem Paradies, Dottore.«

Sie sah den Besitzer ihres Traumhauses an. Plötzlich erinnerte sie sich, ihn beim Empfang in Marilenas Wohnung unter den Trauergästen gesehen zu haben, und ärgerte sich, dass sie nicht schon damals mit ihm gesprochen hatte. Die Gelegenheit wäre sehr viel günstiger und weniger offiziell gewesen. Sanmarco musterte sie höflich und wartete darauf zu erfahren, weshalb die beiden Polizisten den weiten Weg aus Genua gemacht hatten, um ihn zu treffen.

»Wir sind hier, um mit Ihnen über die Familie Pisu zu sprechen. Soweit ich weiß, sind Sie der Hausarzt der Familie.«

Der Mann nickte.

»Ja, und das seit vielen Jahren. Seit die Pisus nach Ligurien gekommen sind. Ich war eng mit Giacomo Pisu befreundet und habe seine Kinder aufwachsen sehen. Die entsetzlichen Dinge, die ihnen zugestoßen sind, haben mich erschüttert. Marilenas Entführung, und dass man sie nicht findet … Aber nach dem, was ich in der Zeitung gelesen habe und was mir Magraja erzählt hat, haben Sie den Schuldigen gefasst.«

»Ja, jemand ist der Entführung angeklagt. Aber verzeihen Sie, Dottore, wenn ich mich nicht irre, sind Sie Gynäkologe. Wieso haben Sie dann auch die männlichen Familienmitglieder betreut?«

Der Arzt lächelte.

»Meine liebe Dottoressa, Giacomo und seine Kinder wären für jeden Arzt ein Albtraum gewesen. Sie waren kerngesund. Und für den kleinen Schnupfen zwischendurch war ich gut genug. Lorenza hingegen hatte immer schon eine schwache Gesundheit. Und Magraja … Aber das fällt unter meine Schweigepflicht, und Sie erwarten bestimmt nicht, dass ich Ihnen davon erzähle, nicht wahr?«

Eine blonde junge Frau kam mit einem Tablett herein und stellte es vor ihnen ab. Ihr runder Bauch ließ darauf schließen, dass sie im sechsten oder siebten Monat schwanger war. Sie hatte schmale, helle Augen und hohe Wangenknochen.

»Danke, Irina.«

»Sind Sie verheiratet, Dottore?«

»Witwer. Meine Frau ist vor drei Jahren von mir gegangen, nach fast vierzig Jahren Ehe.«

Nelly wusste nicht warum, doch das Privatleben des Arztes interessierte sie brennend. Sie heuchelte Anteilnahme.

»Das tut mir aber leid. Hatten Sie Kinder?«

Der Arzt verzog keine Miene. Er schien alles daranzusetzen, sich kollaborativ und gewissenhaft zu zeigen.

»Einen Sohn. Er ist sechsundzwanzig, Severo, er hat gerade seinen Abschluss in Informatik gemacht. Wir haben ihn spät bekommen, aber das Glück ist uns hold gewesen. Er ist ein großartiger Junge.« Verstohlen schielte er über den Tassenrand zu Nelly hinüber.

»Sie als Freund, haben Sie bemerkt, dass Giacomo Pisu vor seinem tödlichen Unfall nervös war? Besorgt?«

Sanmarco dachte über die Frage nach, die ihn allerdings nicht überrascht zu haben schien. Schließlich schüttelte er den Kopf.

»Giacomo war keiner, der sich etwas anmerken ließ, selbst wenn er besorgt gewesen wäre ... Er war hart im Nehmen. Ein Kämpfer.«

Nelly versuchte eine andere Taktik.

»Soweit ich weiß, kennen Sie Maria Grazia Pisu von Kindesbeinen an. Ohne Ihrer Schweigepflicht zu nahe treten zu wollen, was halten Sie von ihr? Was für eine Frau ist sie? Als ich sie kennengelernt habe, schien sie sehr verklemmt und verschüchtert zu sein, inzwischen wirkt sie wie ausgewechselt. Nach den Tragödien ist sie wie verwandelt. Wie befreit von einer Last.«

Attilio Sanmarco ließ sich von den offenkundigen Anspielungen nicht aus der Ruhe bringen. Er machte ein konzentriertes Gesicht wie ein braver Schüler bei einer Prüfung.

»Magraja hatte einige Probleme. In der Familie war sie nie besonders gut gelitten, dabei ist sie eine sensible, intelligente Frau. Der Einzige, der sie ernst nahm, war der Vater. Ich glaube nicht, dass sie bewusst erfreut über das Ende der Brüder oder das Verschwinden der Schwester ist, sie ist ein zu anständiger Mensch und hätte große Gewissensbisse. Aber natürlich ist der Druck weg, den die Verwandten ständig auf sie ausgeübt haben, und vielleicht ist ihr das gar nicht so klar, wer weiß. Familien sind Welten voller Geheimnisse …«

»Da hast du allerdings vollkommen recht, Papa.«

Dottor Sanmarco fuhr zusammen. Nelly und Gerolamo sahen einen großen, dunkelhaarigen Mann eintreten, der ein mehr als spöttisches Gesicht machte.

»Darf ich Ihnen meinen Sohn Severo vorstellen? Severo, das sind Commissario Nelly Rosso und ihr Assistent Privitera von der Genueser Polizei. Sie sind hier, um im Fall der Pisus zu ermitteln.«

Er warf dem Neuankömmling einen nervösen Blick zu und schien nicht sonderlich erfreut zu sein, ihn ausgerechnet jetzt zu sehen. Mit dem Eintreten des jungen Mannes hatte sich eine Spannung eingestellt, als stünde ein Gewitter bevor. Nelly war beeindruckt von dem jungen Sanmarco. *Mann, sieht der geil aus, würde Monica sagen. Der ist ja noch mindestens zehn Zentimeter größer als sein schon recht stattlicher Vater, und dazu noch sportlich, muskulös und extrem attraktiv.* Severo Sanmarco trat auf sie zu und gab ihr die Hand. Er hatte hellbraune Augen und lange, gebogene Wimpern, die einer Frau alle Ehre gemacht hätten. Er strahlte Kraft und Entschiedenheit aus.

»Tatsächlich? Ich dachte, Sie sind hier, um ein bisschen über die Geschehnisse in der Bolzaneto-Kaserne und der Diaz-Schule während des G8-Gipfels zu plaudern. Der Prozess steht nämlich kurz vor dem Abschluss. Übrigens, waren Sie da? Wie, glauben Sie, wird diese Geschichte enden, Commissario?« Er bleckte die schönen weißen Zähne zu einem Lächeln, das aussah, als wollte er gleich zubeißen.

Gerolamo richtete sich in seinem Sessel auf, Nelly war von der unvorhergesehenen Attacke einen Moment lang aus dem Konzept gebracht worden. Die Anspielungen auf die Geschehnisse in Genua 2001 waren für einen Polizisten ein wunder Punkt. Sie wollte gerade antworten, doch Attilio Sanmarco war schneller. Seine Stimme und sein Blick waren um ein paar Grade kälter geworden.

»Diese Unhöflichkeit gegen unsere Gäste erscheint mir mehr als unangebracht, Severo.« Er wandte sich wieder an Nelly, der es inzwischen gelungen war, ihre Hand dem Griff des jungen Mannes zu entwinden.

»Bitte verzeihen Sie, Dottoressa. Er war bei einer friedlichen Demonstration dabei, und Freunde von ihm, darunter auch ein

Mädchen, wurden heftig geschlagen, Schädeltrauma, gebrochene Rippen, eine zertrümmerte Hand …«

Ohne darauf einzugehen, wandte Nelly sich an den Sohn.

»Nein, mein Assistent Privitera und ich waren nicht dabei, weder in Bolzaneto noch in der Diaz-Schule. Doch die Bilder haben wir gesehen. Diese und auch die einer Stadt, die sich nach den Übergriffen nicht gerade friedlicher Demonstranten in eine Art Kriegsgebiet verwandelt hatte. Leider kann man dazu nur sagen, dass das friedliche Zusammenleben zusammenbricht, sobald die Situation außer Kontrolle gerät, und sich Räume bilden, in denen der Mensch seine wahre Natur zeigt. Die übliche. Die, die man mit Hilfe von Gesetzen und der Polizei zu bekämpfen versucht, doch Letztere besteht leider auch nur aus menschlichen Wesen.«

»Sehr gut, ausgezeichnet.« Severo Sanmarco deutete einen Applaus an. »Immer schön im Vagen bleiben. Ein echter Pontius Pilatus. Die menschliche Natur … schieben wir's doch darauf. Wir sprechen sie schuldig, und alle sind freigesprochen.«

Er drehte sich um und verschwand ebenso lautlos, wie er gekommen war. Nelly fühlte sich, als hätte sie ein paar Ohrfeigen bekommen. Gerolamo blickte starr geradeaus, seine Wange zuckte unmerklich. Dottor Sanmarco kratzte sich ratlos am Kopf und holte tief Luft.

»Es tut mir leid, Signori. Diese Geschichte ist eine Wunde …«

»… die noch eine ganze Weile brauchen wird, um zu heilen, ich weiß. Machen Sie sich nichts draus. Ich verstehe Ihren Sohn. Meiner hat damals auch nicht anders geredet. Ich maße mir nicht an, etwas in zwei Sätzen erklären zu können, was ich selbst nicht genau durchschaue. Dennoch danke ich Ihnen für Ihre Zeit.« Nelly stand auf, und die beiden Männer erhoben sich ebenfalls.

Die beiden fuhren die Via Aurelia zurück. Die rote Sonne setzte den vom Wolkenbruch blankgeputzten Abendhimmel in Flammen. Seit dem Verlassen der Villa hatten sie kein einziges Wort gewechselt. Nelly fühlte sich leer und innerlich taub. Ausnahmsweise sprach diesmal Gerolamo als Erster.

»Das tut weh, was, Dottoressa?«

»Ja.«

»Eigentlich sollten wir inzwischen abgehärtet sein, aber das sind wir nicht.«

»Wir müssen damit leben, Gerolamo. Und die, die es grundlos abbekommen haben, auch.«

»So ist es.«

Sie schwiegen noch eine Weile, während das Auto durch Camogli, Recco, Sori und Bogliasco rollte. Plötzlich musste Nelly nicht mehr an die Worte des jungen Sanmarco, sondern an sein Gesicht denken. An diesen harten Ausdruck, den es hatte, als er ihre Hand gedrückt hatte, und wie verzerrt und hässlich seine hübschen Züge plötzlich geworden waren. Er hatte sie an jemanden erinnert ... Vergeblich durchwühlte sie ihr Hirn.

»Der Junge erinnert mich an jemanden, aber ich weiß nicht, an wen.«

Gerolamo schüttelte den Kopf.

»Eine Sache ist sicher, die Nase hat er jedenfalls nicht von seinem Vater, zum Glück.«

XVI

Lorenza Pisu war in einer Nacht Mitte Juni gestorben, ein paar Tage nach Nellys und Gerolamos Besuch in Ruta. Als man sie morgens fand, hing sie halb aus dem Bett, und Dottor Sanmarco, der sofort gerufen worden war, konnte nur noch ihren Tod feststellen.

Als Nelly es von Sandra erfuhr, war sie nicht besonders überrascht. Eine alte, sehr kranke Frau, die seit langem schon ein Leben führte, das keines mehr war. Es war nur eine Frage der Zeit gewesen, und nun war die Zeit abgelaufen. Daran musste sie denken, als sie zum vierten Mal binnen weniger Monate zum Mausoleum der Pisus hinter dem Sarg herschritt. Eine laue Brise fuhr ihr durchs Haar, die Sonne, die sich gnädig blicken ließ, wärmte bereits, es war ein »Top«-Tag nach vielen »Flop«-Tagen dieses nicht nur in meteorologischer Hinsicht durchwachsenen Spätfrühlings. Sandra stöckelte seufzend neben ihr her und hatte Mühe, auf ihren extravaganten Stiefeletten mit ihr Schritt zu halten. Nach jedem Seufzer stieß sie ein »So was!« hervor, was Nelly allmählich gehörig auf den Wecker ging.

»Könntest du bitte mal ’ne andere Platte auflegen, Sa? Du nervst.«

Sandra warf ihr einen verdutzten Blick zu und verstummte.

Magraja folgte dem Sarg als Erste, auf Romeo Pizzi gestützt. Statt strenger Trauer trug sie ein schlichtes taubengraues Kostüm. Das helle Haar fiel ihr ins Gesicht und verbarg ihre Züge. Susanna in einem hellblauen Kleid mit schwarzer Jacke schritt allein und mit verschlossener, düsterer Miene hinter ihnen her. Dahinter Serena, die Emotionalste der Familie, wie immer in Tränen und von Marco Auteris starkem Arm gehalten, der inzwischen zu ihrem Vollzeitbeschützer avanciert war. Dann war da noch Dottor Sanmarco in einem nüchternen grauen Anzug mit violett gestreiftem Hemd. Sein elastischer Schritt ließ ihn viel jünger wirken als siebzig. Er hatte Nelly gesehen und ihr zugenickt. Den Abschluss des kleinen Trauerzuges bildete die wie immer verstimmte Celeste, die für Nelly nur einen vorwurfsvollen Blick übrig hatte. *Als könnte ich etwas für den Tod der Alten. Dabei ist es letztendlich eine Befreiung, nicht nur für sie, sondern auch für Magraja. Magraja ist jetzt wirklich frei.*

Gedankenverloren war Nelly mit den anderen an der Familiengruft angekommen, deren Tür abermals weit offen stand, um nach Mann, Söhnen und Enkel nun die Mutter aufzunehmen. Nelly bemerkte, dass Anselmos Witwe fehlte. Womöglich war sie noch in der Entzugsklinik. Sie musste an die erste Beisetzung denken, an jenem eisigen Tag an Tanos Arm. An ihren Eindruck, selbst anstelle des Toten in dem Sarg zu liegen, den ihr labiles Gemüt ihr vorgegaukelt hatte. Einzig die Geräusche der Bestatter durchbrachen die beklemmende Stille. Sandra trat von einem Fuß auf den anderen und betrachtete die Kränze und Blumenkissen, deren Anzahl sehr viel spärlicher ausfiel als bei den anderen Familienmitgliedern. Auf den Bändern die üblichen Sprüche. Auch Nelly ließ ihren Blick zum Zeitvertreib über die Trauergebinde gleiten. Plötzlich blieb sie an einem hängen. Moment mal, exakt das gleiche hatte sie schon bei der vorherigen Beisetzung gesehen. Und bei der davor auch, und bei der davor ebenfalls. Bei Giacomos Beisetzung war sie nicht gewesen, doch womöglich hatte es auch dort ein solches gegeben. Sie besah sich den Kranz genauer. Er war recht klein und bescheiden, doch die Blumen waren besonders: gelbe und rote Nelken, nicht weiter außergewöhnlich, wären da nicht in der Mitte diese schwarzen Blüten gewesen. Nelly betrachtete sie stirnrunzelnd. Es war Mohn. Schwarzer Mohn. Die schwarze Schleife war goldumrandet, eine typische Trauerschleife, und darauf nur zwei Buchstaben: O. M. Das konnte für alles Mögliche stehen, Oreste Mususmeci, Oscar Menarini, Ofelia Mammasantissima. Es konnte jedoch auch *ogu malu* bedeuten. Nelly durchlief ein Schauder, der Sandra nicht entging.

»Was ist los, Nelly? Hast du ein Gespenst gesehen?«.

Zu ihrem Schrecken nickte Nelly, ohne sie anzusehen.

XVII

Die von Valeria und Gerolamo unternommene Gespensterjagd – so hatte Nelly sie seit der Entdeckung des seltsamen Kranzes auf Lorenza Pisus Beisetzung genannt – hatte sich als lang und fruchtlos erwiesen. Mit Hilfe von Valerias Computer und Gerolamos Streifzügen durch die Stadt hatten sie jeden Floristen in Genua und Umgebung unter die Lupe genommen, um herauszufinden, wer die Kränze bestellt hatte. Doch O. M., zu dem auch Magraja, Romeo Pizzi, Serena und Susanna befragt worden waren, war namenlos geblieben. Kaum einer hatte sich für die Kränze und Blumenkissen interessiert, die zu den Beisetzungen geschickt worden waren, sie hatten allenfalls überprüft, ob die von ihnen bestellten Trauergebinde ihren Wünschen entsprachen. Für sämtliche männliche Pisus, Giancarlo ausgenommen, hatte es eine Flut der unterschiedlichsten Kränze und Kissen gegeben, und so war das seltsame Arrangement mit den Initialen niemandem aufgefallen.

Jetzt war die Jagd zu Ende. Zum zweiten Mal las Nelly die Ergebnisse und verspürte eine ohnmächtige Wut. *Du elende Drecksau! Du bist wirklich gerissen.* Die Kränze waren jedes Mal bei einem anderen Floristen bestellt worden. Telefonisch. Anscheinend von derselben Männerstimme. Und sie waren von verschiedenen Personen bezahlt worden. Im ersten Fall, der Beisetzung Giacomos – ja, Valeria war auch diesem allerersten Kranz auf die Spur gekommen –, von einer Hausfrau. Einer gewissen Maria Teresa Vassallo. Bei Anselmo von einem Rentner. Aleramo Rossi. Alceos Kranz war von einem Kurzarbeiter namens Lodovico Aste gezahlt worden. Der für Giancarlo wieder von einem Rentner, Fabrizio Micciché. Und der letzte in der Reihe – *der vorerst letzte, fassen wir uns mal lieber an die Eier, wie Marco Auteri es täte, auch wenn das nicht besonders fein ist* –, der Nellys Aufmerksamkeit erregt hatte, war einer Supermarktkassiererin namens Beniamina Sartori zu verdanken. Alle waren von einer höflichen Männerstimme angerufen worden, die sie »bezirzt« hatte. Der geheimnisvolle Unbekannte hatte ihnen mitgeteilt, sie seien für eine Marktforschung ausgewählt worden, mit der sie sich spielend dreihundert Euro verdienen konnten. Nelly nahm an, dass viele einfach aufgelegt hatten, aber angesichts der prekären finanziellen Lage der Ausgewählten hatte die zunächst misstrauische Mehrheit angebissen. Und was mussten sie tun, um die dreihundert Euro für die Umfrage zu bekommen? Nicht alle erinnerten sich an den genauen Wortlaut der Antwort, doch der Tenor war immer der gleiche. Sie mussten einfach nur zu diesem oder jenem Floristen gehen – immer handelte es sich um recht vornehme Adressen – und einen Trauerkranz aus gelben und roten Nelken sowie schwarzen Mohnblüten mit einer schwarzgoldenen Schleife und der Aufschrift O. M. für einen Verstorbenen bezahlen, dessen Name, Nachname und Adresse ihnen per Post zugeschickt würde.

An diesem Punkt kam sämtlichen der Geköderten der Verdacht, dass man sie möglicherweise reinlegen wollte. So ein Kranz koste einen Haufen Geld ... Die Antwort ließ nicht auf sich warten. Am folgenden Tag würden sie in ihrem Briefkasten einen gelben Umschlag mit den Daten des Verstorbenen finden und dazu eine ausreichende Summe für den Kranz plus hundertundfünfzig Euro in bar. Ohne Tricks und Schummelei. Natürlich würde überprüft werden, ob sie sich nicht das ganze Geld in die Tasche gesteckt hätten. Andernfalls würden sie den restlichen Betrag nicht erhalten und alles zurückgeben müssen. Ein Ziehungsbeamter würde das gesamte Prozedere kontrollieren. Wenn sie jedoch alles richtig machten, würden sie die versprochene Restsumme erhalten und für weitere lukrative »Umfragen« kontaktiert werden. Alle haben brav gespurt und die restlichen hundertfünfzig Euro eingesackt. Per Umschlag, den sie wie verlangt vernichtet hatten. Und so war die Jagd an ihrem Ende angelangt, und der hinter den Initialen O. M. versteckte Fuchs war triumphierend ins Unterholz entwischt.

Nelly konnte ihre Dummheit nicht fassen. Wie hatte sie diesen eigenartigen Kranz übersehen können, der bei jeder Pisu-Beisetzung aufgetaucht war? Da auch Lorenza Pisu den Kranz erhalten hatte, beschlichen Nelly ernsthafte Zweifel, dass sie eines natürlichen Todes gestorben war. Sie hatte der Staatsanwältin und Tano so lange in den Ohren gelegen, bis eine Autopsie angeordnet worden war, was bei den verbleibenden Pisus für höchste Entrüstung gesorgt hatte. Das Ergebnis lag nun vor ihr. Natürliche Todesursache, Herzversagen. Ende der Geschichte. Nelly hatte Kopfschmerzen vor Wut, sie glaubte in diesem Büro ersticken zu müssen.

Immerhin waren sie nahe dran gewesen. O. M. Die Sogos? Korrekte, dialektfreie Aussprache. So hatten die »Geköderten« die Stimme des Unbekannten beschrieben. Einige Floristen hatten das bestätigt, andere erinnerten sich noch nicht einmal, ob die Bestellung von einem Mann oder einer Frau aufgegeben worden war. Eine Floristin hatte etwas sehr Interessantes bemerkt und Nelly in der Überzeugung bestätigt, dass der Absender der Kränze nicht sonderlich viel für deren Empfänger übrighatte. Die Frau hatte Valeria gesagt: »Natürlich erinnere ich mich an diesen Kranz. Mit der Sprache der Blumen kenne ich mich aus, und ich fand es wirklich seltsam, dass jemand seinem verstorbenen Angehörigen oder Freund Blumen mit dieser Bedeutung schickt. Die gelbe Nelke bedeutet Verachtung, Ekel. Die rote Grauen. Und die schwarzen Mohnblumen – der Kunde hat ausdrücklich darum gebeten, und die waren nicht einfach aufzutreiben – nun ja, schwarzer Mohn bedeutet Hass, Tod.«

Nelly bezweifelte, dass die Sogos-Brüder sich mit der Blumensprache auskannten und eine Vendetta mit solcherlei Raffinesse krönten. Die Seccis schon eher …

Vielleicht habe ich von den Sarden im Allgemeinen und den Sogos und Seccis im Besonderen zu wenig Ahnung, und sie sind allemal zu so etwas fähig. Das Bürschchen zum Beispiel, der Sohn von Emanuele Sogos, der hatte keinen Akzent, und sein Vater auch nicht. Es war zum Verrücktwerden! Wohin sie sich auch wendete, stieß sie auf unüberwindliche Mauern. Und selbst wenn der Kranz die Existenz eines unbekannten Jemands bewies, der oder die den Pisus Verachtung, Grauen und Hass mit ins Grab gab und möglicherweise für ihren Tod verantwortlich war, was war dann mit Lorenza? Wieso hatte die erwiesenermaßen an Herzstillstand gestorbene Mutter ebenfalls einen Kranz erhalten? *Ach leckt mich doch alle!*

»Valeria, ich gehe mal für ein Stündchen raus.«

Valeria blickte sie an und verstand sofort. Sie hatte Himmel und Hölle in Bewegung gesetzt, um sämtliche Floristen ausfindig zu machen, und jetzt stand man wieder am Anfang. Sie teilte Nellys Frust.

»In Ordnung, Dottoressa. Bis später.«

Nelly sauste hinaus und landete in Tanos Armen.

»Holla, nicht so schnell, Dottoressa Rosso. Auf dem Weg zu einem romantischen Date?«

Diesmal konnte selbst sein Lächeln nichts mehr retten. Er machte ihr ein Zeichen, mit in sein Büro zu kommen, und sie folgte ihm widerwillig. Er schloss die Tür, hob ihr Kinn und küsste sie sanft. Doch so leicht war ihre miese Laune nicht zu zerstreuen.

»Lass mal lieber. Du weißt doch, dass ich das im Büro nicht mag. Wenn jetzt jemand reinkommt …«

Er ließ nun ebenfalls verstimmt von ihr ab.

»Weißt du, was ich glaube, Nelly? Dieser Pisu-Fall macht dich krank. Der frisst dich komplett auf. Du bist völlig besessen. Gib endlich Ruhe, sonst endest du noch wie dein Brigadiere, der mit irrem Blick durch Genua streift, auf der Suche nach Beweisen, die seinen De Magistris entlasten. Beweise, die es nicht gibt.« Er schüttelte sie sanft. Nelly machte sich von ihm los.

»Vielleicht hast du recht. Ich sage ja auch gar nicht, dass er unschuldig ist. Marilenas Entführung könnte mit den Fällen des Vaters und der Brüder nichts zu tun haben, auch wenn es sehr unwahrscheinlich ist, dass nicht derselbe Täter dahintersteckt … Ich weiß nicht, denkst du nicht, er könnte einen Komplizen haben? Aber im Mordfall von Alceo treten wir ebenfalls auf der Stelle, und jetzt auch noch diese Kränze mit der Aufschrift O. M. …«

Tano grinste. »Vielleicht wollte er G.M.O. schreiben. Ein Öko-Freak, der gegen genetisch modifizierte Organismen ist und glaubt, die Pisus seien welche. Deshalb hat er sie aus dem Verkehr gezogen.« Dann wurde er wieder ernst. »Die Sache mit den Kränzen ist also eine Sackgasse.«

Nelly fühlte sich plötzlich unendlich müde.

»Mach du nur deine blöden Witze. Und besucht mich mal im Irrenhaus, wenn ich als Gefahr für mich und meine Umwelt eingeliefert worden bin.«

»Komm, lass uns heute Abend ausgehen. Ich hab von einer wahnsinnig guten Trattoria im Hinterland gehört …«

Nelly zögerte, doch nur kurz. Wieso sich das Leben vermiesen? Seit ein paar Tagen aß sie schlecht und wenig. Sie lächelte ihn zustimmend an, einen Moment lang mit dem Leben versöhnt. Eine plötzliche Idee durchfuhr sie, ein letzter Strohhalm, an den sie sich klammerte, und sie kehrte hastig in ihr Büro zurück.

»Valeria, tu mir einen Gefallen. Such mir bitte alles über diesen Dottor Attilio Sanmarco raus, über seine Familie. Jede Kleinigkeit. Du weißt schon, was ich meine.«

Valeria sah sie verdattert an.

»Okay, Dottoressa.«

XVIII

Das Abendessen mit Tano hatte sich als masochistische Orgie erwiesen. Er war mit ihr ins Hinterland gefahren, zu einer kleinen Bergpension, die den Städtern einst als Sommerresidenz gedient hatte. Das abgelegene Lokal war voller essensfreudiger Gäste. Tano, der normalerweise für raffinierte oder zumindest sehr gut zubereitete Speisen in gediegener Atmosphäre war, hatte diesmal eine typisch ligurische Trattoria ausgewählt, in der es lokale Gerichte in gigantischen Portionen gab. Die Qualität war hervorragend und der Quantität ausnahmsweise einmal nicht proportional entgegengesetzt. Schon eine Vorspeise reichte für zwei. Danach stopfte sich Nelly mit Pesto-*trofie* und geschmortem Zicklein voll und musste bei der *crema catalana* heimlich den Reisverschluss ihrer Jeans öffnen. So landete sie halb betrunken und mit schwerem Magen in Tanos Wohnung, brach angezogen auf seinem Bett zusammen und machte Tanos amouröse Hoffnungen zunichte.

Dafür ist Tano am folgenden Morgen zum Zug gekommen, und so fühlt sich Nellys Psyche sehr viel besser an, auch wenn die Taille wieder ein wenig zugelegt hat. Es ist Donnerstag, und sie hat sich mit Susanna Pisu, die bald zu ihrer Familie nach Amerika zurückkehren wird, in der *Bar dell'Accademia* unter den Arkaden der Piazza De Ferrari verabredet. Tano hat das Telefonat zähneknirschend mit angehört und sich gefragt, wann Nelly endlich von diesen Verdammten ablassen wird. Seit einer Viertelstunde sitzt sie nun vor der Bar und trinkt ungeduldig ihren zweiten Cappuccino, dem bereits zwei zum Frühstück bei Tano vorangegangen sind. Blasses Sonnenlicht glänzt im Brunnenwasser, und Nelly fragt sich zerstreut, weshalb man bei der Restaurierung des Platzes nicht ein paar Blumenbeete und Bänke ringsum eingeplant hat, um alles ein wenig freundlicher und einladender zu gestalten.

»Guten Tag, Dottoressa, wie geht es Ihnen?«

Susanna Pizzi steht in schwarzen Leggins vor ihr, die ihre langen Beine zur Geltung bringen. Sie sieht aus, als hätte sie das Erstbeste angezogen, was sie in die Finger bekommen hat, und das farbige Hemd und die Jeansjacke wollen beim besten Willen nicht zum sonst eher strengen, konservativen Stil der Frau passen. Ihr ungeschminktes Gesicht ist blass und schutzlos. Gequält.

»Danke, gut, Dottoressa Pizzi. Ich frage Sie nicht, wie es Ihnen geht, ich kann es mir leider denken. Setzen Sie sich doch.«

Mit verkniffenen Lippen lässt sich Susanna Nelly gegenüber auf einen Stuhl sinken.

»Ich darf wohl nicht hoffen, dass es Neuigkeiten bezüglich meiner Mutter gibt, stimmt's?« Sie blickt Nelly bitter an. »Vielleicht ist es auch besser so. Manchmal habe ich Angst, dass es welche geben könnte. Dass ihre Leiche gefunden wird und alles zu Ende ist, auch die Hoffnung.« Sie ringt sich ein Lächeln ab. Sie tut Nelly leid. Irgendwie mag sie diese junge, taffe Frau.

»Sie haben recht, es gibt keine Neuigkeiten. Aber ich versuche noch immer, Licht in Ihr Familiengeheimnis zu bringen, und Sie und Magraja sind die einzigen Quellen …«, *die noch geblieben sind,* kann sie sich gerade noch verkneifen und sagt stattdessen: »die ich habe.«

Susanna nickt resigniert. Der Kellner kommt, Susanna bestellt einen Weißwein und eine Scheibe Focaccia und sieht Nelly abwartend an.

»Sicher kennen Sie Dottor Sanmarco, den Freund Ihres Großvaters …«

Susannas Reaktion überrascht Nelly. Ihre Miene verfinstert sich. Zwischen ihren Brauen entstehen zwei tiefe Falten.

»Der liebe, nette Onkel Attilio. Dieses Aas. Verzeihung, Dottoressa, aber ich kann diesen Heuchler einfach nicht ausstehen. Von wegen Freund … Ich bin mir gar nicht so sicher, ob er und mein Großvater befreundet waren. Mal ganz abgesehen davon, dass *nonno* Giacomo bei seinem Charakter vermutlich generell keine Freunde hatte, sondern höchstens Geschäftspartner, die nach seiner Pfeife tanzen mussten.«

Sie denkt kurz nach, vielleicht ist sie unsicher, ob sie derlei Familienangelegenheiten preisgeben soll, dann fährt sie fort, und Nelly hört gespannt zu.

»Meine Mutter hat mir erzählt, dass er meine stets kränkelnde Großmutter behandelt hat und vor vielen Jahren auch Magraja, wegen psychischer Probleme. Magraja litt als Kind wohl unter schweren Depressionen. Auch deshalb hatte sie Schwierigkeiten in der Schule. Sie fehlte oft, manchmal monatelang, es ist sogar möglich – ich weiß es nicht mit Sicherheit –, dass sie sie in eine Nervenklinik eingewiesen haben. Um diese Angelegenheit hat sich Onkel Attilio gekümmert.« Beim Aussprechen seines Namens verzieht sie den Mund, und Nelly ist überrascht, einen derart blankliegenden Nerv getroffen zu haben.

»Wieso nennen Sie ihn einen Heuchler und meinen, er und Ihr Großvater seien sich nicht wirklich grün gewesen?«

»Meine Mutter erzählte mir, im letzten Jahr vor Großvaters Tod sei es zwischen den beiden zu einem Bruch gekommen, wenn auch zu keinem dramatischen. Er kam nicht mehr so oft zu uns und nur, wenn mein Großvater nicht da war. Wenn man von ihm sprach, bekam mein Großvater schlechte Laune und wechselte das Thema.«

Susanna hält inne, der Kellner hat das Weinglas und die Focaccia auf den Tisch gestellt. Ehe sie fortfährt, trinkt sie das halbe Glas aus.

»Aus diesem Grund waren meine Mutter und ihre Geschwister erstaunt, dass er ihm ausgerechnet im letzten Jahr achthunderttausend Euro überlassen hat. Aber so war Großvater Giacomo nun mal, er tat, was er wollte, und basta. Vielleicht wollte er sich für Onkel Attilios Dienste erkenntlich zeigen, aber das glaube ich kaum. Mein Großvater … Na ja, ich schätze, er wusste noch nicht einmal, was das Wort Dankbarkeit bedeutet.«

Nelly ist sprachlos.

»Er hat ihm achthunderttausend Euro *überlassen*? Einfach so?«

Susanna zuckt mit den Schultern.

»Haben Sie da nicht an Erpressung gedacht?«

Jetzt macht Susanna ein verdattertes Gesicht.

»Erpressung? Gütiger Himmel, Dottoressa Rosso, nein, daran hat keiner gedacht. Außerdem ist das Geld nicht direkt an ihn gegangen, sondern an eine von ihm gegründete Stiftung, einen Wohltätigkeitsverein, der Kindern in armen Ländern hilft. Wie gesagt, Großvater war ein Despot, sein Wille war Gesetz. Und Onkel Attilio war jemand, der, ob man es wollte oder nicht, irgendwie zur Familie gehörte. Es hat ihn immer gegeben. Wir haben gedacht, dass Großvater sich damit vielleicht einen Platz im Paradies erkaufen wollte. Natürlich waren seine Kinder irritiert, aber es war schließlich genug für alle da. Und so …«

Sie breitet die Arme aus und sieht Nelly an. Nelly ist noch dabei, die unerwartete Neuigkeit zu verdauen.

»Diese Summe macht mich so stutzig. Eine Schenkung, na schön, aber achthunderttausend Euro …«

Vielleicht bin ich so platt, weil ich noch nie achthunderttausend Euro auf einem Haufen gesehen habe und auch nie sehen werde. Aber für manch einen ist das nur Kleingeld. Susannas Blick bestätigt ihr das. Für sie ist es schon Geld, aber nicht rasend viel.

»Und Magraja hat er nur die Wohnung vererbt, mit Auflagen.«

Wieder ein Schulterzucken. »Saniert ist die Wohnung eine Million Euro wert. Und Mama hat immer gemeint, Großvater Giacomo hätte Magraja unter der Hand nach und nach eine Menge Geld zukommen lassen. Sogar viel mehr, als er seinen anderen Kindern gegeben hat, und das war nicht wenig. Sie war deshalb stinkwütend, aber sie hatte keine Beweise. Ich glaube, meine Mutter war rasend eifersüchtig auf ihre jüngere Schwester. Sie war zwar eine renommierte Chirurgin, aber Magraja war schön, viel jünger und schöner als sie.« Sie runzelt nachdenklich die Stirn. »Vielleicht stimmte es also auch gar nicht, dass Großvater ihr Geld gegeben hat, und sie hat es aus purem Neid behauptet. Wissen Sie, sosehr mich das Verschwinden meiner Mutter und ihr ungeklärtes Schicksal auch quälen, verklären kann ich sie nicht. In gewisser Hinsicht ist sie hart und grausam. Wie alle Pisus.«

Im Augenblick sind Nelly Susannas psychologische Konflikte und Marilenas Temperament, das ihr nie sonderlich liebenswert vorgekommen war, herzlich egal. Der Gedanke an die Schenkung lässt sie nicht mehr los.

»Susanna, in letzter Zeit hat es in Ihrer Familie leider einige Testamentsverlesungen gegeben. Sie wissen, dass ich Einsicht in diese Dokumente habe, aber mich interessiert Ihr Standpunkt, Ihre Meinung.«

Susanna lässt sich nicht lange bitten. Bei Anselmo ging alles an seine Familie, an die Frau und die beiden Kinder. Mutter und Schwester erbten wiederum von Giancarlo. Alceo hatte bereits zu Lebzeiten seine Villa in Hollywood an seine Lebensgefährtin Sofia Lebeau überschrieben. Der Rest seines nicht testamentlich erwähnten Vermögens und Besitzes wurde zu gleichen Teilen zwischen der Mutter und den Geschwistern aufgeteilt. Lorenzas Rendite aus dem Anlagefonds würde an Magraja gehen, ein kleiner Teil an Celeste. Nelly sah, dass Susanna es tunlichst vermied, von der Mutter und den Konsequenzen ihres Verschwindens zu reden. Sie erwähnte nur, dass der Vater sowohl den gesamten Besitz als auch die Klinik verwaltete. Er kümmerte sich um alles. Derweil konnte man also nur abwarten, wie die Entführung weitergehen würde. Sie atmete tief durch und schwieg.

Für Magraja bedeutet das eine Befreiung in jeder Hinsicht, auch in finanzieller. Das Altenteil der Mutter muss recht erklecklich sein, immerhin liegt ihr ein Kapital von zwei Millionen Euro zugrunde. Gedankenverloren überlegt sie, auf was sich Celestes Anteil beläuft. Sie wird blass. Hunderttausend Euro! Nicht schlecht.

»Ein anderes Thema, Dottoressa Pizzi …«

»Könnten Sie mich Susanna nennen?«

»Wieso nicht? Susanna, wie hat man auf die Sache mit der Simon-Entführung reagiert? Auf den Verdacht, bei Ihrer Tante Magraja könnte es sich um ein seit Jahren totgeglaubtes Kind handeln? Sie wissen, dass das auf dem Leibchen gefundene Blut von einem weiblichen Mitglied der Pisu-Familie stammte, von einer Schwester Ihrer Mutter, die das Downsyndrom hatte, und dass Magraja sich standhaft weigert, ihre DNA untersuchen zu lassen, wodurch sich die Sache ein für alle Male klären ließe …«

Susanna verzieht den Mund, als hätte sie in etwas Saures gebissen.

»Und meinem verstorbenen Großvater könnte man sonst was für Verbrechen anhängen. Nach so langer Zeit. Ich weiß nicht … Die ganze Geschichte löst bei mir inzwischen nur noch Abscheu aus, und ich verstehe Tante Magraja. Doch wie immer es auch gelaufen sein mag, er ist tot, von der Kleinen mit Downsyndrom gibt es keine Spur, und Tante Magraja – die Einzige, die daran interessiert sein könnte – möchte nichts davon wissen. Das ist wohl ihr gutes Recht. Auch wenn es für diese Schweizer Familie – wie heißen die noch?«

»Simon.«

»Genau, für die muss es entsetzlich sein. Nichts Genaues zu wissen, zu hoffen, dass ihr Kind am Ende doch nicht tot ist. Aber Magraja gegen ihren Willen zu einer Untersuchung zu zwingen wäre nicht richtig und würde die Büchse der Pandora öffnen, glauben Sie nicht?«

Nelly senkt den Blick, ohne zu antworten. Sie kommt auf Dottor Sanmarco zurück und bittet Susanna, ihren Vater zu fragen, ob er die Bankunterlagen ihres Großvaters aufgehoben hat. Ein Blick auf seine Kontobewegungen könnte aufschlussreich sein. Susanna scheint nicht sonderlich überzeugt zu sein, doch sie verspricht, sich darum zu kümmern.

Da bekam der Rottweiler Celeste also hunderttausend Euro für seine Treue. Und der redliche Dottor Sanmarco hatte satte achthunderttausend eingesackt, als Giacomo Pisu noch am Leben war. Nach ihrem Treffen mit Susanna hatte sich Nelly auf den Weg ins Präsidium gemacht. An der Via XX Settembre fiel ihr Blick auf ein Sommerkleid in einem Schaufenster. Grau, luftig, mit einem weißen Spitzenkragen, nicht schlecht, ausgefallen, vielleicht auch was für eine, die die vierzig gepackt hatte. Der Passantenstrom hinter ihr spiegelte sich in den Scheiben und verschwamm mit den ausgestellten Kleidern. Plötzlich kreuzte ihr Blick ein Augenpaar, das sie anstarrte. Sie drehte sich um. Severo Sanmarco, der Sohn des Arztes, der glücklicherweise gerade nicht in Angriffslaune zu sein schien. Er kam auf sie zu und hielt ihr die Hand hin.

»Guten Tag, Dottoressa. Kleiner Schaufensterbummel zwischendurch?«

»Na ja, wir Bullen leben schließlich auch nicht nur von Schlagstockprügeleien.«

Sie hatte sich die Bemerkung einfach nicht verkneifen können, wiewohl sie nicht die Absicht hatte, einen neuen Streit vom Zaun zu brechen. Doch Severo Sanmarco ging mit einem entspannten Lächeln darüber hinweg, als hätte es seine verbale Attacke gegen Nelly nie gegeben.

»Dieses Graue mit dem Spitzenkragen stünde Ihnen gut.«

Unser junger Informatiker ist ja heute honigsüß. Und Geschmack hat er auch.

»Ja, das ist nicht schlecht. Wie geht es Ihrem Vater?«

»Der Alte und ich sind nicht besonders dicke. Wir sehen uns nicht sehr oft. An dem Tag, als wir uns in Ruta getroffen haben, war ich mehr oder weniger zufällig dort. Ich wohne schon seit mehreren Jahren in der Altstadt, an der Piazza delle Erbe. Nett, Sie wiedergesehen zu haben, Dottoressa, aber jetzt muss ich leider weiter.«

Mit einem verführerischen Lächeln hielt er ihr die Hand hin. Nelly sah ihm nach, wie er Richtung Piazza De Ferrari davonging. *Weißt du was über deinen Vater und Giacomo Pisu, du hübsches Kerlchen? Was weißt du von den Leichen, die eure Familien im Keller haben, wenn sie denn welche haben? Oder vielleicht sind er und die Scherereien der Pisus dir herzlich egal, weil du in den letzten Jahren dein eigenes Ding in deiner Altstadtwohnung gemacht hast? Wie viele andere junge Leute auch, denen ihre Familien auf den Sack gehen und die sie nur ertragen, weil sie zahlen?*

Diese Sanmarcos machten sie neugierig. In der Hoffnung, dass Valeria bereits etwas herausgefunden hatte, machte sie sich eiligst auf den Weg ins Präsidium.

XIX

Carlo, den Nelly seit einiger Zeit in einen dunklen Winkel verbannt hatte, hatte sich angewöhnt, in den ungünstigsten Momenten daraus hervorzuspringen. Als setze er alles daran, ihren mehr oder weniger geordneten Gefühlshaushalt durcheinanderzubringen. Zwar nicht leibhaftig, denn zur Zeit weilte er in Japan, aber er war immer wieder gegenwärtig, wie ein Geist. Jetzt gerade stand er in der Küche und machte den Kühlschrank auf wie bei seinem letzten Blitzbesuch. Nelly seufzte. Ihr Gewissen hatte gelegentlich masochistische Anwandlungen. Jetzt drehte er sich lächelnd zu ihr um, und Nellys Herz zog sich zusammen. Ihr verlogenes, verräterisches Herz. *Als wäre Mau nicht genug. Als wären die Arbeit und vor allem die Verdammten namens Pisu nicht genug. Als wäre Tano nicht genug, der in mein Leben dringt und es mehr und mehr besetzt. Und jetzt auch noch du, Carlo? Du bist nicht da, Ende. Bleib hübsch brav auf deinem Gastanker und lass mich leben. Und wenn du wiederkommst, sehen wir weiter.* Sie kniff die Lider zusammen. Als sie sie wieder öffnete, hatte sich Carlo in Luft aufgelöst. Nelly schnappte sich ihre Tasche und verließ die Wohnung.

Es war ein durchwachsener Junitag, der ihrer Gemütslage entsprach. Wind, Wolken, Sonne, Wasser, wann würde der Sommer kommen, nachdem schon der Frühling ausgefallen war? Ihre Füße trugen sie zu Beppe. Sie wollte gerade die Tür aufdrücken, als sie durch die Scheibe Basile mit Gianni zusammensitzen sah. Erregt und mit geröteten Wangen redete Gianni auf ihn ein, als wolle er ihn von etwas überzeugen. Der Brigadiere saß zusammengesunken und mit hängendem Kopf daneben und zeigte keine Reaktion. Nelly glaubte zu wissen, worum es ging. Filippo. Immer Filippo. Gianni schien sich in der Rolle des Trösters zu gefallen, jetzt, da sein Freund endlich nicht mehr gut gelaunt und vielbeschäftigt war. *Wir sind allesamt Egoisten, auch wenn wir es nicht merken. Armer Basile … Aber ich habe keine Lust, ihn zu treffen. Bloß weg.* Nelly machte auf dem Absatz kehrt. Was sollte es, sie würde sich den Cappuccino aus der Bar ins Präsidium bringen lassen.

Doch auch dort war das Schicksal gegen sie. Kaum hatte sie die Polizeistation betreten, lief sie dem normalerweise ziemlich griesgrämigen Commissario Lojacono in die Arme. Heute schien er ausnahmsweise mal bester Dinge zu sein, und das verhieß nichts Gutes. Er musterte sie kalt, ein falsches Lächeln auf den Lippen.

»Hey, Nelly, wie geht's? Siehst in letzter Zeit ein bisschen bedrückt aus. Läuft's schlecht? Der Job, die Liebe? Ach ja, immer allein, dein Seemann weit weg, kein Wunder, dass man da schlechte Laune kriegt …«

Woher wusste dieser Mistkerl von ihr und Carlo? Spionierte er ihr Privatleben aus? Wusste er vielleicht auch von ihr und Tano? Elender Schnüffler.

»Wieso kümmerst du dich nicht um deinen eigenen Kram, Lojacono?«, entgegnete sie zuckersüß und ließ ihn einfach stehen. Doch Lojacono dachte nicht daran, von ihr abzulassen.

»Unser schöner Polizeivize ist heute nicht da. Er hat familiäre Probleme. Wusstest du das nicht? Dabei seid ihr doch ganz dicke …«

Nelly zwang sich, sich nicht umzudrehen, doch kaum war er verschwunden, rannte sie die Treppe hinauf. Familiäre Probleme? Welche konnten das sein? Und wieso hatte Tano ihr nicht Bescheid gesagt? Sie stürmte in ihr Büro und sah, dass Valeria nicht an ihrem Platz war. Seltsam. In dem Moment erschien die sonst so ausgeglichene und gutgelaunte Valeria mit ungewöhnlich angespannter Miene in der Tür.

»Dottor Esposito hat angerufen und gesagt, dass er heute nicht ins Büro kommt. Sein Sohn Massimo hatte einen Mopedunfall, er wusste noch nichts Genaues. Er ist sofort nach Florenz gefahren, wo der Junge studiert, und hat mich gebeten, Sie davon in Kenntnis zu setzen. Er wird sich so bald wie möglich melden.«

Als sie Nellys bestürztes Gesicht sah, fügte sie hinzu: »Hoffen wir mal das Beste, der arme Dottor Esposito. Es ist entsetzlich, wenn den Kindern etwas zustößt, etwas Schlimmeres kann man sich nicht vorstellen.« Valeria, die selbst Zwillinge hatte, wusste wovon sie sprach.

»Wann hat Dottor Esposito angerufen?«

»Vor rund einer Stunde. Ich war gerade gekommen.«

Soll ich ihn anrufen, soll ich ihn nicht anrufen? Ich warte besser, bis er mich anruft. Ich möchte ihm beistehen, aber wie? Ihr Herz gebot ihr, sofort nach Florenz aufzubrechen, um Tano nahe zu sein, doch die Vernunft riet ihr davon ab. Besser abwarten. Sie zwang sich zur Routine und bat Valeria, ihnen beiden Kaffee und Croissants in der Bar zu bestellen.

Vergeblich versuchte Nelly, sich zu konzentrieren. Ihre Gedanken spielten verrückt. *Massimo … Ein hübsches, sportliches Kerlchen, kaum jünger als Mau. Gütiger Himmel, hoffen wir, dass nichts Schlimmes passiert ist …* Zum Glück kam Valeria mit den Kaffee und Croissants herein, und die beiden Frauen gönnten sich eine kleine Pause.

»Hast du was über Dottor Sanmarco und seine Familie rausgekriegt, Valeria?«

Sie hatte die Frage fast automatisch gestellt. Seit sie von der nicht unerheblichen Spende erfahren hatte, war der Arzt ihr nicht mehr aus dem Kopf gegangen. Valeria wurde plötzlich hellwach. Natürlich hatte sie etwas herausbekommen. Nicht viel, aber immerhin. Sie hielt Nelly eine Mappe hin. Die griff danach, bedankte sich und war nicht mehr ansprechbar.

Dottor Sanmarco war in Vicenza geboren, das Kind einer einfachen Bauernfamilie, aber er war intelligent, hatte Medizin studiert und war nach dem Examen nach Genua gezogen. Dort hatte er sich auf

Geburtsheilkunde und Gynäkologie spezialisiert, und in den städtischen Krankenhäusern als Assistent namhafter Professoren gearbeitet. Dennoch hatte er es nicht bis zum Chefarzt gebracht. Seine Frau hatte Eliana Basso geheißen, sie war sein Jahrgang gewesen und hatte vor der Heirat einige Jahre als Hebamme gearbeitet. Der einzige Sohn Severo war geboren worden, als sie schon nicht mehr damit gerechnet hatten. Die Frau war fast fünfundvierzig gewesen. Vor rund dreißig Jahren hatte der Doktor seine gemeinnützige Stiftung für Kinder in Entwicklungsländern gegründet und verbrachte jedes Jahr ein paar Wochen in Afrika oder im Nahen Osten, wo er sich um Schwangere und Neugeborene kümmerte. Plötzlich hatte Nelly wieder die junge Slawin vor Augen, die ihnen den Tee serviert hatte. Ein Schützling?

Die finanzielle Lage des Mediziners ging aus den jüngsten Einkommenssteuerunterlagen hervor. Er besaß fünf Wohnungen und zehn Garagen in Genua sowie einen Bauernhof in der Nähe von Vicenza. Eine Wohnung in Cervinia für den Winter, eine kleine Villa auf Elba für den Sommer und das Haus in Ruta, das Nelly gesehen hatte. Unter den Wohnungen war auch ein Penthouse mit Garage an der Piazza delle Erbe. *Das Refugium des Sohnes. Alles nicht übel, aber auch nicht unbedingt verdächtig. Um zu wissen, ob er Aktien und Vermögenspapiere besitzt, müsste man sich bei der Bank erkundigen. Sämtliche Immobilien sind vor Giacomo Pisus Tod gekauft worden, und über das flüssige oder feste Kapital weiß man nichts. Wenn es nötig wird, müssen wir uns auch danach erkundigen …* Das Klingeln ihres Handys ließ sie aufschrecken.

»Tano? Ich hab's gehört. Wie geht es Massimo? Gebrochener Arm, gebrochenes Bein, Gehirnerschütterung … Ist er bei Bewusstsein? Ein Glück. Okay, sag mir, wenn's was Neues gibt. Ja, ciao.« Möchtest du, dass ich komme? Die Frage brannte ihr auf den Lippen. Sie hatte es nicht herausgebracht. Es war besser so, das wusste sie. Außerdem waren die Nachrichten nicht allzu beunruhigend, und am Krankenbett hätten außer Tano auch noch die

Mutter und die Geschwister gestanden, was hätte sie da zu suchen gehabt? Sie ging zur Tür, um Valeria mitzuteilen, dass die Folgen des Unfalls nicht allzu dramatisch waren, und um sie für ihre Arbeit zu loben. Die Informationen über Dottor Sanmarco waren in Rekordzeit auf ihrem Tisch gewesen. *Wenn auch wie immer ein paar entscheidende Puzzleteile fehlen. Wie bei einer Patience, die man nicht auflösen kann, weil die entscheidenden Karten im Haufen stecken …* Wieder klingelte ihr Handy. *Susanna P.*

»Ja, Susanna? Ob Sie stören? Nein, gar nicht. Ich bin im Präsidium. Kommen Sie vorbei, ich warte auf Sie.«

Ein Vierteljahrhundert lang hatte Giacomo Pisu monatlich Geld an Attilios Stiftung überwiesen, zuerst fünfhunderttausend Lire, dann, nach der Währungsumstellung, dreihundert Euro. Eine äußerst großzügige Unterstützung. *Wie freigebig. Susanna war völlig baff, das hatte sie von ihrem Großvater nicht erwartet.* Im fraglichen Zeitraum gibt es lediglich zwei Lücken von jeweils zwölf Monaten, in denen kein Cent überwiesen wurde. Laut Susanna war das Verhältnis zwischen Giacomo und Attilio jedoch immer herzlich, bis auf das Jahr vor Giacomos Tod, und da waren die achthunderttausend Euro trotzdem an Attilios Stiftung gegangen. Außerdem waren im letzten Jahr zweimal fünfzigtausend Euro in bar abgehoben worden, einmal in der Woche vor Giacomo Pisus tödlichem Unfall.

Nelly wurde unruhig. Wurde Giacomo Pisu von Attilio Sanmarco erpresst? Aber weshalb? Die Überweisungen waren jedoch jahrzehntelang getätigt worden, da waren die beiden noch befreundet gewesen, und die Beträge waren nicht riesig. Dann war womöglich etwas passiert … Vielleicht war der gute Doktor gieriger geworden. Hatten er und Giacomo sich in jener Nacht auf dem Corso Italia getroffen? Nelly beschloss, Dottor Sanmarco so bald wie möglich einen weiteren Besuch abzustatten. Doch vorher musste sie etwas über seine gemeinnützige Organisation herausfinden. Und da war wieder Valeria gefragt.

Sanmarcos Stiftung heißt *Futuro* und hat ihren Sitz in seinem Haus in Ruta. Mitglieder sind ein paar Genueser Ärzte und Geschäftsleute, vor allem Freunde oder Exkollegen, die ebenfalls als Sponsoren auftreten. Giacomo Pisu ist als Fördermitglied eingetragen, was die großzügigen monatlichen Zuwendungen allerdings nur teilweise erklärt. Um die Buchführung hat sich jahrelang die Ehefrau des Arztes gekümmert, nach ihrem Tod dann der Doktor selbst, mit Unterstützung einer Steuerberaterin namens Anna Belsito. In all den Jahren sind zahlreiche freiwillige Helfer bei der Stiftung ein und aus gegangen, um sich nützlich zu machen, Kleidung und Medikamente zu sammeln und in die armen Länder zu schicken. Einige sind auch selbst hingefahren und haben eine Zeitlang ehrenamtlich in Krankenhäusern und Waisenhäusern gearbeitet. Zunächst ist die Hilfe nach Südamerika und Afrika gegangen, nach dem Mauerfall dann nach Osteuropa und schließlich auch in muslimische Länder, in erster Linie nach Afghanistan. Die achthunderttausend Euro? Die sind angeblich an mehrere Krankenhäuser und humanitäre Hilfsorganisationen in Afghanistan überwiesen worden. Alles scheint einwandfrei, doch dort unten zu ermitteln dürfte schwierig sein. Die Stiftung hat einen guten Ruf und arbeitet mit minimalen Verwaltungskosten. Sie erhält viele, teils großzügige Spenden. Bis heute reist Sanmarco für mehrere Wochen im Jahr in zahlreiche Länder – gerade ist er in Afghanistan gewesen – und hilft, wo es nötig ist. Auch einige der Mitglieder – Ärzte, Krankenschwestern und Hebammen – machen sich ein paar Wochen im Jahr für ein symbolisches Gehalt nützlich, wo sie gebraucht werden.

Nelly schreibt sich ein paar Adressen der Wohltäter und Sponsoren heraus. Sie verspricht sich davon nicht viel, doch sie will mehr über *Futuro* wissen, so unbescholten die Stiftung auch zu sein scheint. Und wer ihr wohl am meisten darüber erzählen kann, ist kein anderer als Sanmarco selbst.

XX

Doch das Schicksal wollte es, dass Nelly nicht mehr zu ihrer Unterredung mit Dottor Sanmarco kam. Zur selben Zeit, als Nelly die Kontoauszüge des verstorbenen Giacomo Pisu studiert hatte, war Attilio Sanmarco aus seiner Villa in Ruta verschwunden. Er war morgens aufgestanden und hatte wie immer im kleinen Salon gefrühstückt, in dem er Nelly und Gerolamo empfangen hatte, dann war er, gefolgt von seinem Pointer, in den Park zum Olivenhain hinunterspaziert. Bis dahin war alles wie immer. Gegen Mittag hatte seine schwangere Haushälterin Irina dann gemerkt, dass er nicht zurückgekommen war. Für gewöhnlich saß er um diese Zeit auf der Terrasse und rauchte eine Zigarre. Sie war durch den Park gegangen, hatte im Olivenhain nachgesehen, doch sie hatte ihn nicht gefunden. Nicht allzu besorgt war sie ins Haus zurückgekehrt. Um eins hatte Nelly angerufen, um einen Termin zu vereinbaren, und allmählich begann Irina unruhig zu werden, denn ihr Arbeitgeber war ein Gewohnheitsmensch, der stets pünktlich um halb eins zu Mittag aß. Also hatte sie sich der Kommissarin anvertraut. Der Sohn wurde angerufen, und die Suche begann, die zunächst erfolglos blieb, bis Nelly, Gerolamo, Severo Sanmarco und Mario, der Gärtner, das gedämpfte Bellen eines Hundes hörten. Sanmarcos Pointer? Sie hatten laut nach ihm gerufen und waren seinem Jaulen in die dichte Macchia gefolgt, die sich unterhalb der Gartenterrassen zum Meer hinunterzog. Bis ganz nach unten, wo eine Art Pfad zu erkennen war und sich plötzlich ein steiler Abhang auftat. Dort, am Fuße des Felsens, hatte der Arzt den Tod gefunden. Neben ihm kauerte jaulend sein schwerverletzter Hund.

»Dieses Gelände ist ganz schön tückisch, nicht nur für einen alten Menschen. Was hat Sanmarco bloß hier unten zu suchen gehabt?«

Nachdenklich betrachtet Marco den vom rotweißen Band der Spurensicherung abgesperrten Fundort. Nelly fragt sich, wieso dieser Tod sie irgendwie nicht erstaunt. *S'ogu malu … Nelly, krieg dich mal wieder ein, das ist völlig abwegig!* Celsi und seine Kollegen, die nach Indizien suchen, sehen in ihren Overalls wie Astronauten aus. Offenbar war der Hund wie schon andere Male sehr weit ins Unterholz vorgedrungen und den Abhang hinuntergestürzt, wobei er sich die Hinterpfoten und einige Rippen gebrochen hatte. Sein Herrchen war ihm vielleicht gefolgt, bis er in dieselbe Falle gegangen war. Dichtes Gestrüpp und Lorbeerbüsche, Mastix, Heidekraut, Erdbeerbaum und Myrte verdecken die gefährliche Stelle. Er hat den Fuß falsch gesetzt, ist hinuntergestürzt und hat weniger Glück gehabt als der um einiges leichtere Hund. Seine Geheimnisse, wenn er denn welche gehabt hat, hat er mit in den Tod genommen. Sein Verhältnis zu Giacomo Pisu. Die Einzahlungen. Die großzügigen Geldgeschenke. *Aber er ist allein bis hierher gegangen, das beweisen die Spuren. Es gibt zwar auch andere Fußabdrücke, doch sowohl der Gärtner als auch der Sohn haben angegeben, dass sie manchmal hierher kommen und dass in dieser Gegend viele Beeren- und Pilzsammler unterwegs sind, obwohl es verboten ist. Der Doktor wollte das Grundstück deshalb einzäunen lassen …*

Celsi winkt sie heran, und Nelly hangelt sich an den Sträuchern entlang zu ihm. In den letzten Tagen hat es ausnahmsweise mal nicht geregnet, und auf dem trockenen Boden bleiben keine Spuren zurück. Celsi hält ihr den Spazierstock hin, der nicht weit von der Leiche gefunden wurde. Er ist zerbrochen.

»Er muss genau hier gestolpert sein, wo man nichts sieht und sich unter dem Gestrüpp der Abgrund auftut. Unser Toter hat das Gleichgewicht verloren und ist in die Tiefe gestürzt. Die Landung war alles andere als weich.«

»Könnte er nicht gestoßen worden sein?«

»Natürlich könnte er, Dottoressa Rosso. Man muss nur die Indizien dafür finden. Bisher lässt sich noch nichts sagen, wir müssen erst die Fundstücke auswerten.«

Dottor Parodi kommt hinzu. »So wie es aussieht, handelt es sich um einen banalen Unfall. Aber warten wir das Autopsieergebnis ab …«

Nelly nickt abwesend. Auf der Suche nach Dottor Sanmarco ist die ganze Gegend durchstreift worden. Es wird nicht einfach sein, eventuelle Indizien zu finden. Sein Sohn kommt auf sie zu, der Fund des toten Vaters hat ihn geschockt. Er hatte eine Art Nervenzusammenbruch. Jetzt wirkt er gefasster.

»Bleibst du hier, Marco? Ich rede mit dem Sohn und den Bediensteten, okay?«

Zusammen mit Severo macht Nelly sich an den mühsamen Aufstieg Richtung Villa. Der Arzt muss wirklich sehr an seinem Hund gehangen haben, um bis dort hinabzusteigen. Und wie wollte er wieder hinaufkommen? Wie den Hund hinaufbringen? Im Arm, allein? Wäre er in Begleitung gewesen, hätte er es versuchen können. Aber wer sollte das gewesen sein? Irina hat niemanden gesehen, und Severo war angeblich nicht da.

Sie steigen noch immer bergan. Severo ist sportlich und zeigt keinerlei Erschöpfung. Auch Nelly ist ausdauernd, doch ihr Atem wird schwer. In letzter Zeit hat sie das Joggen im Righi ziemlich vernachlässigt. Den ganzen Weg über reden sie kein Wort. Als sie endlich das Haus erreichen, steuert Severo schnurstracks auf die gläserne Hausbar zu. Er öffnet sie und sieht Nelly fragend an. Sie winkt ab. *Wie gerne würde ich mir einen Whisky hinterkippen!* Er hingegen greift nach einer Flasche zwanzigjährigem Laphroaig und gönnt sich ein randvolles Glas.

Sie setzen sich, aber nicht in das kleine Wohn- und Studierzimmer, das Nelly bereits kennt, sondern in einen größeren Raum, einen geräumigen, behaglich eingerichteten Salon. Auch hier sind

Sofa und Sessel mit geblümtem Chintz bezogen. Luxuriöser Landhausstil. Ob das dem Geschmack der verstorbenen Ehefrau geschuldet ist?

»Das, was Ihrem Vater zugestoßen ist, tut mir sehr leid, Dottor Sanmarco.«

Der junge Mann sieht sie an und kippt sein Glas in einem Zug hinunter. *Nicht schlecht.*

»Ja, mir tut es auch leid. Mit wem soll ich mich denn jetzt zanken?« Er lächelt traurig. Nelly denkt an Susanna, die auch geglaubt hatte, ihre Mutter nicht leiden zu können.

»Wo waren Sie heute Morgen, Dottore?«

»Ich bitte Sie, nennen Sie mich nicht Dottore. Das klingt, als wäre ich plötzlich mein Vater, und das mag ich nicht. Nennen Sie mich Severo. So alt bin ich doch noch nicht, oder? Ich werde sechsundzwanzig. Wo ich heute Morgen war? Im Bett mit meiner Freundin, sie heißt Manuela Pittaluga, das können Sie gern überprüfen. Gestern Abend ist es spät geworden, und heute früh haben wir bis nach eins geschlafen, das Telefon hat uns geweckt. Es war Irina. Den Rest kennen Sie.«

Manuela Pittaluga? Das hier ist der Freund von Manu, Monicas Schwester? Der Ex meines Sohnes? Wie klein Genua doch ist!

»Das werden wir überprüfen. Reine Routine. Wann haben Sie Ihren Vater zum letzten Mal gesehen? Ich meine lebend.« Severo steht auf und gießt sich ein zweites Glas ein.

»Das letzte Mal? Lassen Sie mich nachdenken … Das muss letzte Woche gewesen sein, als Sie hier waren. Ja, so ist es. Wir haben uns nicht gerade toll verstanden, das sagte ich Ihnen bereits.« Das zweite Glas endet wie das erste.

»Wieso hatten Sie kein gutes Verhältnis?«

Er zuckt die Achseln. »Tja. Die üblichen Spannungen zwischen Vater und Sohn, denke ich. Nichts wirklich Wichtiges. Und jetzt ist es vorbei. Irgendwie hatte ich immer geglaubt, mein Vater wäre unsterblich.« Wieder lächelt er sein Nicht-Lächeln.

»Ihr Vater war jahrzehntelang mit Giacomo Pisu befreundet und hat die Frauen der Familie medizinisch betreut: die Ehefrau Lorenza und die Töchter Marilena und Magraja. Kennen Sie sie?«

»Aber klar. Allerdings nur dem Namen nach. Meine Mutter und ich hatten zu denen keinen Kontakt, nur mein Vater war mit Giacomo Pisu befreundet und hat die Familie beruflich frequentiert.«

»Wussten Sie, dass Giacomo Pisu der von Ihrem Vater geleiteten humanitären Stiftung jahrelang beachtliche Geldsummen zukommen ließ? Dass er ihm vor seinem Tod achthunderttausend Euro vermacht hat?«

Severo zieht die Brauen hoch und pfeift durch die Zähne. Nein, verdammt, sein Vater hat nie mit ihm übers Geschäft geredet und auch nicht über die Stiftung, für die er, Severo, sich nie interessiert hat. Die Neuigkeit scheint ihn umzuhauen, und so steht er abermals auf und schenkt sich ein drittes Glas ein. Nelly beschließt, dass es Zeit ist zu gehen. Sie verabschiedet sich und lässt ihn mit seiner Flasche Laphroaig allein.

XXI

Vier Tage sind vergangen. Die Ergebnisse der von Dottor Nardini durchgeführten Autopsie und Celsis Bericht liegen vor Nelly auf dem Schreibtisch und weisen auf einen Unfall hin, es gibt keine Indizien, die eine Mord-These unterstützen würden, auch wenn sie nicht vollständig auszuschließen ist. In dem Fall hätte jemand allerdings eine kleine Meisterleistung vollbracht. *Wie bei ein paar anderen Unfällen, die ich kenne.* Der junge Sanmarco ist als einziger Sohn und Erbe plötzlich reich und unabhängig. Heute soll Manuela Pittaluga ins Präsidium kommen, damit Nelly sein Alibi überprüfen kann.

Das junge, hübsche Mädchen betritt ihr Büro wie ein Geist aus der Vergangenheit. Nelly fühlt sich schlagartig um zwei Jahre zurückversetzt, als Maus bester Freund Francesco Bagnasco am Klee-Gymnasium umgebracht worden war. Damals waren Mau und Monica Pittaluga, Manuelas Schwester, noch ein Paar gewesen. Auch das Mädchen lässt es nicht kalt, Nelly zu sehen. Sie geht auf sie zu und umarmt sie. Ihre Augen werden feucht.

»Nelly, wie schön, Sie zu sehen. Wie geht es Mau?«

Nelly erwidert die Umarmung.

»Ich freue mich auch, dich zu sehen. Das letzte Mal haben wir uns im Krankenhaus getroffen, weißt du noch … Mau studiert in Mailand, ich sehe ihn nur selten. Und Moni?«

»Moni studiert in London. Im Sommer fahre ich sie besuchen. Oh, Nelly, es ist alles so traurig, aber immerhin habe ich die Liebe gefunden.« Sie strahlt.

»Das habe ich gehört. Du bist mit Severo Sanmarco zusammen. Hübsches Kerlchen. Tut mir leid, dass wir uns nun unter diesen Umständen wiedersehen. Severo hat mir gesagt, dass ihr zusammen im Bett lagt, als sein Vater den tödlichen Unfall hatte.« Sie sieht Manuela forschend an.

»Ja, so war's. Wir hatten bei einem Kumpel Geburtstag gefeiert und waren erst gegen Morgen zu Hause und total fertig. Außerdem hatte ich noch eine monstermäßige Migräne. Ich bin todmüde ins Bett gefallen und Severo auch. Um kurz nach eins bin ich dann wach geworden, weil sein Telefon nicht aufhörte zu klingeln. Ich habe ihn wachgerüttelt, er ist drangegangen, aus dem Bett gesprungen und nach Ruta gefahren.« Sie seufzt betroffen.

»Verstehe. Valeria wird deine Aussage zu Protokoll nehmen. Zwischendurch bist du nicht wach geworden?«

Nelly versucht, unbeteiligt zu klingen, doch Manuela findet die Frage kein bisschen verdächtig und antwortet sofort: »Kein Stück. Ich war wie im Koma. Als das Telefon mich geweckt hat, konnte ich kaum aus den Augen gucken und musste erst überlegen, wo ich bin. Ich hatte ordentlich einen über den Durst getrunken, Alkohol vertrage ich nicht besonders.«

Signora Rosaria Bianchinis Stimme klang am Telefon zuerst verblüfft und dann genervt. Was wollte denn die Polizei von ihr? Worüber wollten sie mit ihr reden und weshalb? Marco hatte all sein rhetorisches Talent und auch ein paar unterschwellige Drohungen aufbieten müssen, um einen Termin mit ihr zu bekommen. Und jetzt sitzt er im Wohnzimmer des Hauses Bianchini in Albaro. Eine schmucke Wohnung in einem Haus aus den fünfziger Jahren. Signora Bianchini ist Lehrerin für Literatur am Gymnasium, ihr Mann Bankangestellter. Sie hockt auf der Kante ihres gelben Ledersofas und ist offensichtlich angespannt. Weshalb? Sie und ihr Mann wirken wie das klassische Musterpaar, das nichts zu verbergen hat. Vorzeigebürger, redlich und ordentlich. Für wohltätige Zwecke offen. Vor drei Jahren haben sie Dottor Sanmarcos Stiftung sogar dreißigtausend Euro gespendet. Sie sind zwar beide berufstätig und scheinen ein wenig Geld zu haben, aber dennoch ist die Summe ziemlich hoch.

Marco mustert sie verstohlen. Signora Bianchini, geschätzte Anfang, Mitte vierzig, ist dünn, fast schon magersüchtig. Sie hat braunes, halblanges Haar und wäre gar nicht mal unattraktiv, wenn sie nicht ein so verkrampftes Gesicht machen würde. Marco hat sich den Ausweis geben lassen. Sie ist achtundvierzig Jahre alt. Der Mann ist vier Jahre jünger und müsste jeden Moment aus dem Büro zurück sein.

»Verzeihen Sie, Signora, kannten Sie Dottor Attilio Sanmarco?«

»Aber natürlich kannte ich ihn. Er war mein Gynäkologe. Ich habe gelesen, dass er gerade bei einem Unfall ums Leben gekommen ist. Der Ärmste. Er war ein wunderbarer Mensch.« Sie sieht ihn fragend an. Argwöhnisch.

»Wir wissen, dass Sie und Ihr Mann seiner Stiftung *Futuro* eine recht erkleckliche Summe gespendet haben. Dreißigtausend Euro, wenn ich mich nicht irre.«

Marco beugt sich zu ihr hinüber, während sie sich unbehaglich gegen die Sofalehne drückt.

»Das stimmt, seine wohltätige Arbeit hat uns angesprochen, wir wollten den Kindern in Schwierigkeiten helfen, auch aus Dankbarkeit. Denn wir …«

Sie bricht ab, beißt sich auf die Lippen. Marco beendet den Satz für sie: »Weil Sie nach jahrelangen vergeblichen Versuchen endlich das ersehnte Kind bekommen haben, ein Mädchen, das jetzt drei Jahre alt ist.«

Marco wirft einen Blick in seine Unterlagen und lässt absichtlich eine gute Minute verstreichen.

»Dottor Sanmarco hat Sie während der Schwangerschaft und der Hausgeburt betreut. Er hat auch die Geburtsurkunde ausgestellt. Elisabetta, richtig? Ist das hier Ihre Tochter?«

Er steht auf, geht zu einer Kommode, auf der ein paar bunt gerahmte Fotos stehen, und betrachtet eingehend das Bild eines etwa dreijährigen Mädchens. Sie hat dunkle Augen, schwarze Locken, hält eine riesige Eistüte in der Hand und lacht. Marco dreht sich um und sieht, dass Signora Bianchini weint. Sie kann sich nicht mehr kontrollieren. Er geht zu ihr, und sie blickt mit gehetzten, verzweifelten Augen zu ihm auf.

»Sie nehmen sie uns doch nicht weg, oder? Wenn Sie sie mir wegnehmen, bringe ich mich um.«

Sie vergräbt das Gesicht in den Händen.

»Dottor Sanmarco hat Paaren, die keine Kinder bekommen konnten, gegen Bezahlung ›Nachwuchs‹ verschafft. Die Summen schwankten zwischen zwanzig- und fünfzigtausend Euro, entsprechend den finanziellen Möglichkeiten des Paares und der ›Qualität‹ des Kindes. Ohne lange Wartezeiten und lästige Bürokratie. Vom Produzenten direkt an den Konsumenten sozusagen. Auch Irina, seine Hausangestellte, hat zugegeben, dass das Kind in ihrem Bauch gleich nach der Geburt an ein Paar gehen sollte, das es als sein eigenes ausgegeben hätte. Kannst du dir das vorstellen? Die Sache lief schon seit mindestens dreißig Jahren. Die Paare, die wir bisher kontaktiert haben, sind völlig außer sich vor Angst, man könnte ihnen die kleinen Kinder wegnehmen oder die bereits Erwachsenen könnten erfahren, dass sie sozusagen gekauft worden sind. Sie waren dem Doktor allesamt dankbar, und er hielt sich anscheinend für eine Art Wohltäter. Ein moderner Storch, wenn man so will.«

Nelly setzt Tano über die jüngsten Entwicklungen, diesen neuerlichen Auswuchs des Pisu-Falls in Kenntnis. Er schüttelt ungläubig den Kopf.

»Wenn das so ist und alle bekommen haben, was sie wollten, was hat dann Giacomo Pisu damit zu tun? Welches Interesse könnte er an den Machenschaften des Doktors gehabt haben? Er hatte Kinder und wollte sich bestimmt nicht noch eines dazukaufen. Um einen Ersatz für sein ›defektes‹ hatte er sich ja schon selbst gekümmert.«

Tano ist seit ein paar Tagen aus Florenz zurück, um die Gesundheit seines Jungen ist er weniger besorgt als um dessen Tenniskarriere. Das rechte Bein ist mehrmals gebrochen, der rechte Arm ebenfalls, und im besten Fall wird es eine ganze Weile dauern, bis beides wieder voll einsatzfähig ist. Nelly ist nur erleichtert und glücklich, dass er wieder da ist. Sie lächelt ihn an und verzeiht ihm sogar die zynische Bemerkung über Giacomo Pisu.

»Genau, was hatte Pisu mit Sanmarcos illegalen ›Adoptionen‹ zu tun? Wieso hat er ihm monatlich Geld überwiesen? Ich kann mir nicht vorstellen, dass einem Typen wie dem das Schicksal der Kinder in Entwicklungsländern wirklich so sehr am Herzen lag.«

»Das müsste man Pisu oder den guten Doktor selbst fragen, doch leider stehen beide nicht mehr zur Verfügung. Sicher könnte es sich bei der zum Ersten jeden Monats überwiesenen Summe um eine Erpressung gehandelt haben. Von wegen großzügige Geste. Noch eklatanter sind die im letzten Jahr bar abgehobenen Beträge von je fünfzigtausend Euro, von denen man jedoch nicht weiß, wo sie geblieben sind, sowie die letzte, riesige Spende. Wirklich schade, dass unser Hauptzeuge zu seinem ›Sponsor‹ ins Jenseits gegangen ist und auf unsere Fragen nicht mehr antworten kann. Weißt du, an was mich diese monatliche Überweisung noch denken lässt? An Unterhaltszahlungen«, schließt Tano, der sich als geschiedener Vater dreier Kinder mit Alimenten bestens auskennt. Nelly macht dieser x-te Stillstand ihrer Ermittlung fast verrückt. Dennoch spürt sie, dass sie auf der richtigen Spur sind und die Lösung näher rückt.

XXII

Die Karten ihrer ganz persönlichen Patience könnten auf wundersame Weise aufgehen, denkt Nelly, doch ihr Herz bebt, als sie an der Tür von Silvana Mantero in Rapallo klingelt. Ein paar Häuser mit Garten zeugen davon, dass die Straße früher einmal am Ortsrand lag, doch inzwischen sind ringsherum große, hässliche Mietskasernen emporgewachsen, wie sie in den Vororten jeder Großstadt stehen. Signora Mantero wohnt im dritten Stock eines der kleinen Häuschen. Als Nelly sie angerufen hat, war sie sofort bereit, sie zu treffen. Sie wirkte nervös, fast verängstigt.

Es dauert nicht lang, und eine Frauenstimme fragt, wer dort ist. Als Nelly es ihr sagt, hört man das Geräusch von Ketten und Sicherheitsschlössern. Signora Mantero hat sich in ihrer Wohnung regelrecht verschanzt. Sie öffnet, lässt Nelly herein und verriegelt die Tür sofort wieder. Sie zittert merklich. Die Fensterläden sind geschlossen. Sie führt Nelly in die Wohnküche und drückt argwöhnisch den unteren Flügel eines Fensterladens auf. Dann setzt sie sich so hin, dass man sie von außen nicht sehen kann.

»Ich ermittle im Mordfall des Regisseurs Alceo Pisu und in der Entführung seiner Schwester Marilena Pizzi. Während der Ermittlungen sind wir auf Ihren Namen gestoßen, weil Sie mit Maria Grazia, der Schwester der beiden, befreundet sind. Nun habe ich eine Mitarbeiterliste der von Attilio Sanmarco gegründeten Stiftung *Futuro* in die Hände bekommen, der kürzlich durch einen Unfall ums Leben gekommen ist, und …«

Sie merkt, dass die Frau noch immer zittert, ihr Blick jagt gehetzt durchs Zimmer, und sie scheint kaum zuzuhören.

»Bedrückt Sie etwas? Haben Sie vor irgendetwas oder irgendjemandem Angst, Signora Mantero?«

»Natürlich habe ich Angst. Ich traue mich kaum mehr aus dem Haus. Gestern in aller Frühe hat man versucht, mich umzubringen, mich zu überfahren. Ich habe mich um ein Haar retten können.« Sie starrt Nelly mit weit aufgerissenen Augen an.

»Wenn ich rede, stellen Sie mich dann unter polizeilichen Schutz? Schützen Sie mich?«

Nelly mustert die große, kräftige Mittfünfzigerin, die Magraja als ihre enge Freundin ausgegeben und bei der sie angeblich übernachtet hatte, als sie zu Marilenas Verärgerung abends einmal nicht nach Hause gekommen war, und die sich nun auch noch als langjährige Mitarbeiterin Sanmarcos herausgestellt hat.

»Wer hat versucht Sie umzubringen, Signora Mantero? Und weshalb?«

»Schauen Sie, als ich in der Zeitung gelesen habe, dass der Dottore tot ist, war mir alles klar. Ich wusste, dass ich an der Reihe bin. Wenn Sie mich nicht angerufen hätten, hätte ich vielleicht von mir aus die Polizei kontaktiert. Besser im Knast als unter der Erde. Ich erzähle Ihnen die ganze Geschichte, aber Sie müssen mich unter Schutz stellen, einverstanden? Ich will nicht enden wie Sanmarco und die anderen …«

»Welche anderen? Und wieso sollten Sie enden wie Dottor Sanmarco? Es ist ein Unfall gewesen, bislang gibt es noch keine Beweise für einen Mord.«

Die Frau starrt sie kopfschüttelnd an.

»Der war keiner, der einfach im Wald ausrutscht und stirbt. Der ist kaltgemacht worden, Beweise hin oder her. Und den Grund, weshalb ich genauso enden sollte wie er, haben Sie bereits genannt. Ich habe zwanzig Jahre als Hebamme für ihn gearbeitet. Ich weiß zu viel.«

Magraja öffnete die Tür. Nelly erkundigte sich nach ihrem Befinden, doch die Frage war überflüssig. Seit Nelly sie das erste Mal zu Gesicht bekommen hatte, eine von der Häme der Geschwister gebeugte Hausangestellte aus einer anderen Zeit, schien sie sich vollkommen gewandelt zu haben. Sie trug ein leichtes, lavendelfarbenes Kleid. Endlich war es wärmer geworden, wenn auch nicht so, wie man es zu dieser Jahreszeit gewohnt war. Magraja lächelte nicht, schien jedoch nicht überrascht, Nelly zu sehen. Nach langem Zögern führte sie sie schließlich in den kleinen Salon. Nellys Blick fiel auf ein brandneues Set gepackter Koffer.

»Sie verreisen, Magraja?«

Ein Schulterzucken und ein angedeutetes Lächeln.

»Die Koffer? Die sind voller alter Kleider von Mama, die ich verschenken will. Darf ich Ihnen etwas anbieten, Nelly?«

Und die alten Klamotten stopfst du in ein Kofferset, das ein halbes Vermögen wert ist?

»Nein, danke. Ich wollte nur mit Ihnen reden.« Sie nahm auf dem roten Sofa Platz. Magraja setzte sich in einen der Sessel. Sie hatte wieder ihren alten abwesenden Gesichtsausdruck angenommen.

»Wirklich? Und worüber?«

»Über die drei Kinder, die Sie von Giacomo Pisu bekommen haben, vor allem über das erste, Severo. Ein äußerst hübscher Junge. Severo Sanmarco.«

Magraja blieb reglos, nur ihre langen Wimpern zitterten leicht.

»Wie bitte?«

»Von Giacomo Pisu, Ihrem Vater, der jedoch nicht Ihr Vater war, sondern der Mann, der Sie als Baby entführt, Ihrer Familie geraubt und Sie jahrelang missbraucht hat. Mit vierzehn haben Sie ein Kind bekommen, das Dottor Sanmarco und seine Frau aufgezogen haben wie ihr eigenes. In den folgenden Jahren haben Sie zwei Mädchen gekriegt, die an Familien in anderen Städten abgegeben wurden. Verkauft. Stehen Sie mit denen in Kontakt wie mit Severo?«

Magraja setzte sich zurecht und atmete tief durch.

»Dieses Dreckstück von Mantero. Ich hätte es wissen müssen, ich hätte …«

»Sie hat alles gestanden. Alles, was sie wusste. Und den Rest würde ich jetzt gern von Ihnen hören. Mir fehlen einige Glieder in der Kette.« *Oder Karten, um die Patience aufzulösen.*

»Und Sie glauben, ich könnte – möchte Ihnen davon erzählen? Das sind äußerst intime Angelegenheiten.«

Ihr Ton ist flach, ruhig. *Diese Frau muss Nerven wie Drahtseile haben. Von wegen fragil.*

»Ich glaube, Sie werden es so oder so tun müssen, wenn wir aufs Präsidium gehen. Irgendwann vor etwa anderthalb Jahren sind Sie zu Signora Mantero gefahren und haben ihr gedroht, alles über den Handel mit Neugeborenen zu verraten, wenn sie Ihnen nicht sagt, wo Ihre eigenen Kinder geblieben sind.«

»Sie haben einen Sohn und werden mich deshalb gewiss verstehen. Jahrelang hatte ich nicht den Mut, meine Kinder zu suchen. Ich hatte zu große Angst vor Giacomo. Doch eines Tages habe ich es einfach nicht mehr ausgehalten, ich erinnerte mich noch sehr gut an die Mantero und daran, wo diese Hexe wohnte. Ich hatte damals in ihrem Haus entbunden. Das war ihr Fehler gewesen.« Sie lächelt undurchschaubar.

»Wessen Fehler?«

»Verkaufen Sie mich nicht für dumm, Nelly. Giacomos und Attilios. Sie glaubten, ich sei ein seelenloses, gefühlloses Stück Fleisch ohne Mumm. Nur weil ich zu jung und verängstigt war. Sie waren überzeugt, ich würde mich niemals wehren.« Wieder dieses sanfte Lächeln.

»Doch da haben sie sich geirrt.«

»Das kommt vor. Wollen Sie wissen, wie die Dinge gelaufen sind? Alle haben sich an mir vergangen. Giacomo, Attilio, Anselmo und Alceo. ›Papa‹, ›Onkelchen‹ und die ›Brüder‹. ›Muttilein‹ und ›Schwesterherz‹ wussten davon und haben so getan, als wäre nichts. Sie haben mich gehasst, als wäre es meine Schuld. Lange habe ich das auch geglaubt, ich hielt mich für schmutzig und verdorben. Wie finden Sie das? Nachdem sie mich meiner Familie entrissen hatten. Aber das«, sie lächelt wieder, »habe ich erst sehr viel später herausgefunden. Diese Entdeckung hat mich aufgerüttelt, und ich habe mich zur Wehr gesetzt.«

»Wie haben Sie davon erfahren?«

»Ich habe einen Artikel in einer Zeitschrift gelesen, in dem es um besonders grausame Entführungsfälle ging. Auch von der Entführung und dem Verschwinden der kleinen Annabelle war die Rede. Der Ort und die Umstände wurden beschrieben. Es gab Fotos. Von meinem wirklichen Vater und von meiner Mutter. Von Isabelle, wie sie heute aussieht, mein absolutes Ebenbild. Ich habe eins und eins zusammengezählt und bin aufgewacht.«

»Und Sie haben beschlossen, sich zu rächen …« Magraja schüttelt den Kopf.

»Nein. Nur, meinen Sohn ausfindig zu machen. Die Mädchen interessierten mich nicht.«

»Wollen Sie damit sagen, dass Sie und Ihr Sohn den ersten Drohbrief an Giacomo Pisu verfasst haben? Und ihn über Dottor Sanmarco erpresst haben, den Sie seinerseits erpressten? Das Geld ging an Severo und Sie, Magraja, und nicht an den Doktor. Sie hatten sie alle beide in der Hand. Aber das hat Ihnen dann irgendwann nicht mehr gereicht, und Sie haben angefangen zu morden. Der Erste ist Giacomo gewesen …«

»Wieso sind Sie allein gekommen, Nelly? Wieso nicht mit jaulenden Sirenen, um mich festzunehmen, wenn Sie das wirklich glauben?«

»Weil diese Drecksnutte vielleicht 'ne Wanze bei sich hat und dich zum Reden bringen will, ist es nicht so, Dottoressa?«

Das sind die letzten Worte, die sie hört, ehe ein Schlag auf den Kopf ihr die Sinne raubt.

Der Schlag war nicht besonders heftig. Nelly kommt nach zehn Minuten wieder zu sich, doch ihr Kopf brummt, als hätte ein Wespenschwarm sich darin eingenistet. Sie öffnet die Augen, sie liegt bäuchlings auf dem Sofa, die Hände hinter dem Rücken gefesselt, die Füße ebenfalls. Das Zimmer ist leer, sie haben sich noch nicht einmal die Mühe gemacht, sie zu knebeln. Sie hört Stimmen im Flur. Schritte, die hin und her eilen. Sie kann die Worte nicht verstehen. Dann schnappt sie ein »ist doch egal« auf. »Bis die gefunden wird, sind wir längst über alle Berge. Wenn sie überhaupt gefunden wird. Die Keller hier unten sind echte Verliese.« Eine Männerstimme. Severo kommt herein. Er trägt eine Art Arbeitsoverall und macht ein entschlossenes Gesicht. Hinter ihm erscheint Magraja, sie wirkt ziemlich besorgt.

»Severino, wir müssen verschwinden. Die werden wissen, dass sie hier ist, und bald haben wir sie auf der Pelle. Lass gut sein, es ist zu gefährlich, lass uns sofort gehen.«

»Ja, Severo, wieso hören Sie nicht auf Ihre Mutter? Mich umzubringen, würde eure Lage nur noch verschlimmern, wenn ihr für eure Verbrechen geradestehen müsst.«

Der junge Mann sieht sie an, als wäre sie eine Schabe. Wie bei ihrer ersten Begegnung in der Villa, nein, schlimmer. Nelly erschaudert.

»Immer verteidigt ihr widerlichen Bullen die Verbrecher und macht die Opfer fertig. Du Drecksau, weißt du eigentlich, was sie meiner Mutter angetan haben? Klar weißt du das, und du redest von Verbrechen. Nach all dem, was Giacomo bereits in Sardinien angerichtet hat? Und da sind wir die Verbrecher? Die hatten es nicht verdient zu leben, keiner von denen. Giacomo wollte mich umbringen, an jenem Abend auf dem Corso Italia, wusstest du das? Er hatte ein Messer in der Tasche, das geht sogar aus den Protokollen hervor. Aber ich hatte damit gerechnet. Ich war bereit und bin ihm zuvorgekommen. Dieser Bastard war einfach zu gefährlich, ich wusste, dass er sich nicht lange erpressen lassen würde.«

»Auch das mit Anselmo ist kein Unfall gewesen, stimmt's?«

»Severino, mach, was du willst, aber schnell. Wir haben keine Zeit für ein Schwätzchen.«

»Ach kommen Sie, Magraja, gönnen Sie mir diese Genugtuung, wenn ich schon sterben muss. Ich will die Patience zu Ende bringen.«

»Die Patience? Wovon redet die?«

Magraja zuckt die Achseln. Nelly lässt nicht locker.

»Bei keinem hat es sich um einen Unfall gehandelt, stimmt's? Weder bei Anselmo noch bei Dottor Sanmarco. Und Gioia … Die haben Sie umgebracht, Severo, um Giancarlo ins Netz gehen zu lassen.«

Der Junge lacht. Er scheint stolz auf sich zu sein.

»Das mit Gioia Innocenti musste leider sein, um Giancarlo aus dem Weg zu räumen. Eine Laune von mir, eigentlich hatte er nichts mit der Sache zu tun. Aber er war ein Pisu. Und mit diesem dämlichen Möchtegerndetektiv De Magistris, der versucht hat herumzuschnüffeln, habe ich mir einen Spaß gemacht. Immerhin war er ein Sogos, und diese Unmenschen haben meine Mutter als Kind entführt. Ich wollte ihn schon in Sardinien kaltmachen, aber dann habe ich ihm nur die Schlüssel und die Papiere weggenommen, und die Fotos der Großmutter. Ihm Marilenas Entführung unterzuschieben war einfach genial, finden Sie nicht? Mamas Idee.« Er zwinkert Magraja zu. Nelly spürt, dass die Zeit abläuft.

»Und wo ist Marilena?«

Severo feixt.

»Wie ich sie kenne, in der Hölle. Diese Nutte verdächtigte meine Mutter, aber das hat ihr nicht viel genützt.« Er kommt mit einem Nylonseil in den Händen auf sie zu. *Scheiße, die Zeit ist um. Worauf warten diese Idioten noch?* Severo kniet sich vor das Sofa, bereit, ihr die Schlinge um den Hals zu legen, und Nelly hat ein Déjà-vu. Letzten Sommer wollte Simba sie mit einer Kette erwürgen. Sie windet sich schreiend und versucht, ihn von seinem Vorhaben abzuhalten. Sie brüllt verzweifelt, der Mann versucht ihr den Mund zuzuhalten. Sie beißt ihn, er verpasst ihr eine Ohrfeige.

»Tano, verdammt, worauf wartet ihr. Marco …«

Ein lautes Geräusch lässt Nelly, Magraja und Severo zusammenfahren. Dumpfe Schläge. Ein Krachen, das den Fußboden erzittern lässt. Sie haben die Tür aufgebrochen. Tano, Marco und vier Beamte dringen in die Wohnung ein, für Mutter und Sohn gibt es kein Entrinnen. Nelly ist stinkwütend. Zu Tode erschrocken und stinkwütend über ihre Scheißangst.

»Super, da seid ihr ja endlich. Wieso habt ihr nicht ein kleines Nickerchen gemacht? Ihr hättet auch noch gemütlich Kaffee trinken gehen können, schließlich hab ja nur ich den Kopf hingehalten, nicht wahr? Ich habe gesagt, Zugriff in einer halben Stunde, wenn ich nicht eher wieder herauskomme. Ihr habt doch alle zugehört oder nicht? Verdammte Scheiße …«

Affogato al Whisky

Als Nelly schon befürchtete, ihre Patience würde nicht mehr aufgehen, hat sie es bravourös zu Ende gebracht. Alle haben sie beglückwünscht, Tano vorneweg. An jenem Tag bei den Pisus hatte sie tatsächlich eine Wanze am Körper, die Severo gefunden und während ihrer Bewusstlosigkeit zerstört hatte, doch hatte ihn das von der zweiten Wanze abgelenkt, die sie während einer kurzen Unachtsamkeit Magrajas unter den Couchtisch geklebt hatte. Tano, Marco und die anderen vor dem Haus Postierten hatten alles mit angehört und mitgeschnitten. De Magistris ist frei, Basile selig. Panni und Boboi Sogos haben den Enkel nach Luras eingeladen. *Hoffentlich duscht Panni vorher.*

Und dann gibt es – abgesehen von den zahllosen Toten – noch weitere Verlierer. Pizzi, der Magraja wahrscheinlich liebte und nicht ahnte, was vor sich ging, Manuela, die so verliebt in Severo war … Nelly sitzt vor der Eisdiele Guarino, vormals Reati, auf der Spianata Castelletto. Stühle und Tische stehen auf einer Art hölzernen Bühne, es ist Abend, ein laues Lüftchen geht, und ganz plötzlich ist der Sommer gekommen, mild und versöhnlich. Sie sitzt vor einem mehr als üppigen *affogato al whisky* und wartet auf Sandra. Sie denkt daran, wie sie sie im Caffè degli Specchi getroffen hat und alles seinen Anfang nahm. An den langen Weg durch menschliche Bosheit und Qual. An die vielen Protagonisten dieser Tragödie.

»Woran denken Sie, Dottoressa Rosso?«

»Ciao, Sa.«

Sandra trägt ein schwarzes, trägerloses Seidentop über einem schwarzen, rot und gelb geblümten Minirock, sie ist knackbraun und entspannt. In Bestform. Nelly dagegen ist blass, sie hat sich ein zu großes T-Shirt und eine alte Jeans übergeworfen und fühlt sich unendlich müde. Sie sollte zufrieden sein, sich über die Ergebnisse freuen, auch wenn es noch manche Punkte zu klären gibt. Aber stattdessen …

»Was ist los, Schätzchen? Du siehst bedrückt aus. Die Zeitungen, meine voran, und auch das Fernsehen reden von nichts anderem als dem Fall, den du gerade gelöst hast. Wenn das so weitergeht, wird das noch verfilmt. Meine Mutter weint vor Dankbarkeit, wenn sie nur deinen Namen hört, und ich soll dir ihren tiefen Dank aussprechen. Ihre Freundin Amalia schreibt und telefoniert regelmäßig mit ihr, sie erscheint um Jahre jünger und mit der Vergangenheit versöhnt. Du hast ein geradezu unentwirrbares Knäuel aufgelöst. Wieso so geknickt?«

Nelly schüttelt den Kopf. Sie weiß nicht, wie sie das, was sie empfindet, ausdrücken soll. Den bitteren Nachgeschmack, den diese schmutzige Geschichte bei ihr hinterlassen hat, in der die Opfer zu Mördern geworden sind.

»Je älter ich werde, desto mehr verweichliche ich. Die Grenzen zwischen Tätern und Opfern verschwimmen immer häufiger. Ich empfinde immer mehr Verständnis für … Ich weiß nicht, wie ich's erklären soll. Schon seit einer Weile ist Schwarz nicht mehr Schwarz, vom Weiß ganz zu schweigen. Wenn ich an all das denke, was dein Cousin Giacomo verbrochen hat, frage ich mich, ob es wirklich eine höhere Gerechtigkeit gibt. Vielleicht hat er seinen Vater umbringen lassen. Er hat die Kindesentführungen veranlasst. Er hat seine Komplizen verraten. Er hat nicht gezögert, seine als behindert erachtete Tochter aus dem Weg zu räumen – er selbst hat es Annabelle, nein, Magraja gesagt, ich kann mich einfach nicht daran gewöhnen, sie bei ihrem richtigen Namen zu nennen – und sie durch ein entführtes Kind zu ersetzen. Und als wäre das nicht genug, hat er sich jahrelang an ihr vergangen und ihr drei Kinder gemacht. Den Sohn, Severo, hat er Sanmarco gegeben und für ihn offenbar Unterhalt bezahlt. Oder Schweigegeld? Die Mädchen – wertlos in seinen Augen – sind an Familien verkauft worden, deswegen die Lücken in den Zahlungen an Sanmarco, der schon kassiert hatte. Wen wundert es da, dass die Geschichte ein böses Ende genommen hat?«

Sandra seufzt. Sie starrt in den Eisbecher, den Nelly gerade auslöffelt.

»Was hast du denn da? Einen Affogato al Whisky? Das will ich auch.« Sandra bestellt. »Wem sagst du das? Ich kannte die Sippe von Kindesbeinen an. In meinen Augen ganz normale Leute wie viele andere auch. Weit gefehlt! Schon früher im Heimatdorf nichts als Bruder- und Vatermorde. Giacomo ist wirklich vor nichts zurückgeschreckt. Aber dass auch Anselmo und Alceo sich an ihrer Schwester vergangen haben und die Mutter die ganze Zeit die Klappe gehalten hat, das kann ich noch viel weniger fassen. Da ist es doch nicht erstaunlich, dass all dieses Übel Früchte getragen und sich gegen Giacomo und seine Nachkommen gewandt hat. Aber sag mal, Nelly, wie hat Severo es geschafft, fast die ganze Familie auszulöschen, ohne Verdacht zu erregen? Kriegen wir Details von euch? Mein Kollege ist gerade nicht da, ich will die Geschichte schreiben.«

Nelly hat keine Lust, wieder davon anzufangen. Sie hat die Nase gestrichen voll von den Pisus, doch sie versteht die Neugier der Freundin, die nicht nur beruflich interessiert, sondern auch persönlich von der Sache betroffen ist.

»Manches weißt du ja schon. Annabelle alias Magraja zwingt die Mantero, ihr den Verbleib des Sohnes zu verraten und erfährt, dass ihr Peiniger Attilio Sanmarco ihn aufgezogen hat. Sie trifft den Jungen und erzählt ihm die ganze Geschichte. Zusammen beschließen sie, die beiden Komplizen zu erpressen. Daher die Summen von zweimal 50000 und später dann 800000 Euro – von wegen Krankenhäuser in Afghanistan! Anscheinend haben sie sich immer bei der Mantero getroffen, die aus Angst den Mund gehalten hat. Eines Tages sagt Giacomo, er will mit Severo reden, aber Magraja sieht, wie er vor dem Treffen ein Messer einsteckt. Sie warnt den Sohn, der Giacomo überfährt und umbringt. Nichts bringt ihn mit den Pisus in Verbindung, das Auto hat er gestohlen, er versteckt es ein paar Monate in einer Garage und verkauft es dann an einen Schrotthändler. Zu dem Zeitpunkt entscheidet sich Severo für einen totalen Rachefeldzug, der ihn und die Mutter reich und frei machen soll. Jetzt versucht er, sie mit allen Mitteln zu entlasten, er sagt, sie hätte nichts getan und auch nicht gewollt, dass er irgendjemanden umbringt. Die Simons sind aus den Staaten angereist und versuchen, der totgeglaubten Tochter mit einer Schar berühmter Anwälte zu helfen. Vor Gericht wird man sehen.

Tatsache ist, dass Severo nach dem Mord an Giacomo monatelang Anselmos Gewohnheiten ausspioniert und sich eines Abends auf der Treppe postiert hat, um ihn hinabzustoßen. Kraft hat er genug. Dein Cousin stirbt im Krankenhaus. Zweifel, aber keine Beweise. Dann ist Giancarlo dran, der mit Hilfe eines entsetzlichen Verbrechens ausgeschaltet wird. Severo gibt sich Gioia Innocenti gegenüber als Freund von Giancarlo aus. Sie lässt ihn arglos herein. Er droht ihr, zwingt sie, Giancarlo anzurufen, bringt sie um, und als Giancarlo eintrifft, ist er schon über alle Berge. Armer Giancarlo, er ist in dem Glauben gestorben, er hätte Gioia umgebracht. Bei Alceo benutzt er die gleiche Masche wie bei Anselmo: Er beschattet ihn, verfolgt ihn. Er weiß, dass er mit seiner Crew immer an der Piazza delle Erbe zu Abend isst, direkt nebenan. Er weiß, dass er nach dem Essen stets einen Malzkaffee trinkt. Ein gewagter und gefährlicher Plan. Im samstäglichen Getümmel mischt er sich unter die Gäste, belauscht die Bestellungen, kippt eine Prise Gift in Alceos Tasse und ist auch ihn los.«

Nelly holt Luft. Ihre Schilderungen bringen sie zu jenen Tagen zurück. Sie schließt kurz die Augen.

»Fühlst du dich nicht gut, mein Schatz? Willst du lieber nicht mehr darüber reden?«

»Ach was. Wo waren wir? Ah ja, dann ist Filippo De Magistris dran. Severo hat uns verraten, wie er darauf gekommen ist, dass er der Sogos-Enkel ist. Giacomo hatte Magraja von seiner sardischen Vergangenheit erzählt und auch, dass er Panni Sogos' Familienschicksal über all die Jahre verfolgt hatte. Er wollte keine Überraschungen, doch stattdessen musste er welche erleben, mit denen er nicht gerechnet hatte.«

Nelly hat sich warm geredet.

»Severo hat Filippo kurz nach dem Tod von dessen Großmutter und vor dem Tod von Giacomo angerufen und sich als Opfer Giacomos vorgestellt, der viel über ihn wusste und sich an ihm rächen wollte. Filippo ist darauf reingefallen. Sie haben Informationen ausgetauscht, aber Severo wollte sich auch an einem Nachkommen der Sogos rächen. Schließlich ist Filippo nach Sardinien gefahren, und sie haben sich im Valle della Luna verabredet, für Severo die perfekte Gelegenheit, um ihn umzubringen, oder vielleicht wollte er ihn nur erschrecken. Das zumindest behauptet er jetzt. Es war dunkel, Filippo konnte den Mann nicht erkennen, der ihn angriff. Er wurde bewusstlos geschlagen. Mit Hilfe seiner Papiere, aber vor allem der Fotos und des Büroschlüssels hatte Severo dann alles Nötige in der Hand, um aus Filippo den Sündenbock für Marilenas Entführung zu machen. Die perfekte Rache.«

»Von wegen Entführung«, seufzt Sandra.

»Stimmt. Ein kaltblütiger Mord. Auch wenn Severos Anwalt zu beweisen versuchen wird, dass deine Cousine sich gewehrt hat und er sie gar nicht töten wollte. Bisher hat er noch nicht verraten, wo er die Leiche gelassen hat. An diesem Punkt hatten Magraja und ihr Sohn ihr Ziel erreicht. Sie hatten sich in großem Stil gerächt und waren durch ihr Erbe und die 5 000 000 Dollar Lösegeld steinreich. Doch dann habe ich mich mit Dottor Sanmarco in Verbindung gesetzt, und das war sein Tod. Falls sie nicht schon vorher beschlossen hatten, ihn aus dem Weg zu räumen. Danach wäre die Mantero dran gewesen, aber zum Glück bin ich rechtzeitig gekommen. Wenigstens das eine Mal.« Sie lächelt resigniert. Sandra streichelt ihre Hand.

»Na, komm schon, du hast alles gegeben. Du warst großartig.« Nelly winkt ab, und Sandra wechselt das Thema.

»Aber verrat mir doch bitte eins: Diese Sache mit den Kränzen und den Initialen O. M. ... Was sollte das bedeuten?«

»Während eines ihrer Telefongespräche hat Filippo Severo von der Verwünschung seiner Urgroßmutter erzählt, vom *ogu malu*. Das hat Severo gefallen, und er hat seiner Vendetta gewissermaßen das Sahnehäubchen aufgesetzt. Die Initialen bedeuteten genau das. Und man muss sagen, es hat voll ins Schwarze getroffen.«

Sandra schüttelt den Kopf.

»Ich bin wirklich schon lange für Verbrechensmeldungen zuständig und bestimmt keine Mimose, aber diese Geschichte meiner Verwandten ... Mann, ist das düster. Man kann nur zu dem Schluss kommen, die ganze Menschheit sei verdammt und diese Familie ganz besonders. Der arme Giancarlo in seinem Wahnsinn hatte am Ende recht.«

Die Kellnerin bringt den Affogato, Sandra versenkt den Löffel im Eis mit Whisky und probiert.

»Köstlich! Eine Wucht! Zum Glück gibt es auch noch Gutes in der Welt, das einen mit diesem Leben versöhnt!« Sie zwinkert Nelly zu, die unwillkürlich lächeln muss.

Dunkel

Nelly lächelt noch immer, als sie nach Hause kommt. Sie denkt an Sandra und ihre Bemerkung beim Eis mit Whisky. Sie zu sehen hat ihr gutgetan. Sie steht vor ihrer Haustür, steckt den Schlüssel ins Schloss und öffnet. Das Licht der Straßenlaterne wirft ihren Schatten in den Hausflur. Drinnen herrscht Finsternis. *Seltsam, wieso geht das Treppenlicht nicht …*

Ein plötzlicher heftiger Hieb in die Seite nimmt ihr den Atem. Sie begreift nicht, was passiert, kriegt keine Luft und stürzt zu Boden. Eine Taschenlampe blendet sie. *Ein Messer. Jemand hat mich mit einem Messer angegriffen. Ich darf nicht ohnmächtig werden. Ich darf nicht … Ich kann nichts sehen …*

»Du widerliches Miststück hast meine Magraja ins Gefängnis gebracht. Und ihren Sohn. Elende Nutte, weißt du überhaupt, was sie durchgemacht hat? Sie, die leibhaftige Vollkommenheit, die Liebe meines Lebens. Jetzt ist mir alles egal.«

Celestes Stimme erreicht sie wie von weit her.

»Celeste …«, stammelt sie und versucht, die Pistole zu ziehen, die unter ihrem T-Shirt im Gürtel steckt. Die Finger zu bewegen, kostet sie übermenschliche Kraft, die Waffe wiegt Tonnen.

»Ja, Celeste, die gekommen ist, um es dir Drecksau heimzuzahlen.«

Celeste ist zur Seite getreten, das Licht sickert durch die halb geöffnete Tür und umreißt ihre Silhouette mit der zum nächsten Messerstich erhobenen Hand. Der Schuss kracht, die Hand mit dem Messer verharrt in der Luft, dann fällt der Arm herab und Celeste sackt in Zeitlupe auf die am Boden liegende Nelly, die ins Dunkel stürzt.